U0726459

中国古典文学观止丛书

ZHONGGUO GUDIAN WENXUE GUANZHI CONGSHU

先秦两汉文观止

XIANQIN-LIANGHAN WEN GUANZHI

丛书主编　尚永亮

本书主编　张新科
尚永亮

陕西新华出版传媒集团
陕西人民教育出版社
·西安·

撰搞人（以姓氏笔画为序）：

马雅琴	王其祎	王成林	王纪刚	王春冰	凤录生
池万兴	刘生良	江　健	李立炜	李培坤	李　雪
李梦奎	陆永品	束有春	张新科	陈兰村	陈彩琴
佳　木	尚永亮	赵光勇	赵润会	胥　云	皇甫修文
俞樟华	郭建勋	高益荣	梁瑜霞	韩兆琦	韩唯一
温洪隆	喻　斌	鲍海波	熊宪光	潘世东	霍旭东

总　序

物华天宝，人杰地灵。在中华文明古国五千年的历史进程中，数不清的文人才士，经过代复一代顽强持续的努力，创作出了难以数计的各种体裁的文学精品，宛如取之不竭、用之不尽的昆山邓林。这些文学精品不仅极大地丰富了中华民族的文化宝库，而且以其超越时空的永恒魅力，在世界范围内发生着越来越深远的影响。作为当代的文化人，我们无比珍视这笔财富，为了做到既对得起昨日的历史，又无愧于今日的时代，使古典文学从高雅的殿堂走向千家万户，我们特在全国范围内约请数百位专家学者，共同编纂了这套大型《中国古典文学观止》丛书。

《中国古典文学观止》丛书分诗骚、先秦两汉文、历代小赋、历代小品文、汉魏六朝乐府、唐诗、唐宋八大家文、宋词、元曲、明清小说十册，收录作品2000余篇，总计约500万字。在编写体例上，它不同于时下流行的各类文学选本和鉴赏辞典，除传统的作者简介、注释外，另辟【今译】【点评】【集说】诸栏目。【今译】力求信、达、雅，便于读者对原作的阅读理解；【点评】避免了长篇赏析的空泛，抓住要点难点，既单刀直入、抽笋剥蕉，又提纲挈领、点到为止，给读者留下了广阔的思考空间；【集说】则荟萃了历代对每一作品的具体评说，便于人们从多角度、多层面理解原作，并具有较强的资料性。总之，通过这些方法，我们力争做到探幽抉隐，快人耳目，画龙点睛，开启思维，使得一册在手，专业读者不觉其浅，一般读者不嫌其深，雅俗共赏，老少咸宜。

丛书的顺利完成和出版，得力于各分册主编和作者的协作努力，也得力于陕西人民教育出版社的领导和综合编辑室诸位编辑的无私帮助。值此丛书修订、再版之际，我们谨对参与其事的各位同仁一并致以真诚的感谢！并希望广大读者能在这套丛书数千篇文学精品的游弋中，获得“观止”的感受。

尚永亮

2017 年岁首于珞珈山麓

目　录

两汉散文

前　言

先秦两汉散文，以其辉煌的成就、多彩的风格，形成了中国散文史上第一座巍峨的里程碑。唐代韩愈、柳宗元掀起的古文运动，明确提出了学习先秦两汉文章的主张，明代的前、后七子，也高举起"文必秦汉，诗必盛唐"的大旗，足见秦汉文章是多么富有魅力了。

一

散文，诞生在有文字之后，是人的思维能力达到一定程度时的产物。中国最早的文字，应是殷商时期的甲骨文，但那些甲骨卜辞记事十分简单，充满迷信色彩，没有完整的情节，所以，还不能算是真正的散文。青铜器上的金文，记事比甲骨卜辞稍微发展了一步，有些长达三百余字，但仍因其先天的不足而难入散文之列。

真正代表散文初期成果的是《尚书》，它是中国文学史上第一部散文集子。"书者，政事之纪也。"(《荀子·劝学篇》)《尚书》大部分篇章是政府文告，读起来佶屈聱牙，不大好懂，但从散文发展的角度看，却有值得重视的地方。《尚书》中有较完整的叙事、记人的篇章，有些篇章甚至有完整的结构，像《无逸》篇，可以说是后代议论文的开端。《盘庚》篇中用了许多生动的比喻，"予若观火""若网在纲，有条而不紊""若火之燎于原"等等。波澜壮阔的中国散文史就从这里开始了。

春秋战国是中国历史上的大变革时期，也是文化学术的辉煌时期。此时，奴隶主贵族日趋没落，新兴的地主阶级登上了政治舞台，"高岸为谷，深谷为陵"的社会现实打破了传统的生活和观念。历史的车轮将向哪里转动？动荡分裂的局面何时结束？一系列的问题摆在了人们的面前。于是乎，"忧民之士，纷出而献匡时之策；舌辩之雄，竞起而效驰驱之任”，人们都在设计理想的社会蓝图。此时涌现出许多伟大的哲学家、政治家、军事家、外交家、法学家。他们著书立说，互相辩驳，形成了百家争鸣的局面。与此相适应，散文的发展也进入黄金时代，以历史散文和诸子散文最为突出。

历史散文以《左传》《国语》《战国策》为代表。与《尚书》相比，无论是叙事还是写人，无论是语言还是结构，都有了长足的发展。清人刘熙载在《艺概》中评《左传》说：“左氏叙事，纷者整之，孤者辅之，板者活之，直者婉之，俗者雅之，枯者腴之；翦裁运化之方，斯为大备。”《左传》善于叙事，如《春秋经》上“郑伯克段于鄢”一语，就被它写成一篇极为生动的统治阶级内部争权斗争的故事，并且在叙事中刻画了郑庄公阴险狠恶的性格特征。《左传》还长于写战事，能把列国间复杂的军事斗争形象地展示出来，最为有名的像《晋楚城濮之战》《秦晋殽之战》《晋楚邲之战》《齐晋鞍之战》《晋楚鄢陵之战》等。《左传》写当时外交家的辞令也极有特色，或针锋相对，或柔中带刚，或盛气凌人，或以理相辩，真可谓千姿百态，风格各异，像《吕相绝秦》《烛之武退秦师》《知罃对楚王问》等，令人目不暇接。

《国语》是第一部国别体史书，以记言为主，文学成就虽不如《左传》，但在某些方面也有独特之处。《晋语》写晋献公杀太子和重耳走亡之事，在历史真实基础上进行合理想象、夸张，刻画的人物形象十分生动。骊姬的阴险，献公的昏庸，太子的孝慈，无不形象地展示在人们面前。《越语》写勾践灭吴，刻画了一位发愤图强、报仇雪耻的贤君形象，与此同时，范蠡、文种等人的性格特征也清晰可见。《国语》里记载了大量生动而有意义的言语，即使到今天，仍具有其价值，像《召公谏弭谤》《王孙圉论楚宝》《叔向贺贫》等篇，即是典型的例子。

《战国策》主要记载战国时代策士们的言行，其文学价值比《左传》《国语》又有新的发展。刘熙载说：“文之快者每不沉，沉者每不快，《国策》乃沉而快；文之隽者每不雄，雄者每不隽，《国策》乃雄而隽。”（《艺概》卷一）《战国策》刻画了一大批富有个性特征的人物形象，像朝秦暮楚的苏秦、张仪，义不帝秦的鲁仲连，不辱使命的唐雎，善于劝谏的邹忌、触龙，食客冯谖，刺客荆轲等等。《战国策》的文章，既有纵横捭阖的气势，如《苏秦始将连横》《鲁仲连义不帝秦》等，亦有委婉曲折的风姿，如《触龙说太后》《邹忌讽齐王纳谏》等。《战国策》中的文章有些带有明显的夸张色彩，更具有文学意味，可以说是失之于历史，得之于文学。

诸子散文是百家争鸣的产物。这些著作，“以立意为宗，不以能文为本”（萧统《文选序》），它们是哲学著作、政治文章，亦是文学作品。初期的《论语》《墨子》，中期的《孟子》《庄子》，后期的《荀子》《韩非子》，篇幅由短而长，文辞由简趋繁，风格由简朴而纵恣。《论语》是语录体散文，由孔子弟子或再传弟子编纂而成，语言质朴、简练，并且富有哲理性，可以说是一部格言集，像“欲速则不达”“工欲善其事，必先利其器”“三人行必有我师”“文质彬彬”“任重道远”等等，都已成为人们常用的词语了。而且，有些篇章还写出了人物的音容笑貌，像《侍坐章》中孔子及其弟子的形象给人留下较深的印象。《墨子》在语录体中杂有议论，既朴实无华，又富有逻辑性，是它的两大特征。《非攻》就是这种文风的代表。

诸子散文中《孟子》和《庄子》最为人们所称道。《孟子》一书，虽是语录体，但已形成对话式的论辩文。文章气势充沛，辞锋犀利，有纵横家、雄辩家的气魄，孟子说“我善养吾浩然之气”，正是这种气，使其论辩极有力量，无论是攻是守，都能立于不败之地。孟子在论辩中还善于采用欲擒故纵、引君入彀的方法，一步一步引导对方进入自己的圈套，像《齐桓晋文之事章》，便一再设伏、层层逼近，终于把一个野心勃勃、希图以武力取天下的齐宣王引到了仁政上来。在诸子散文中，孟子还善于用比喻说理，比喻不仅多，而且妙，给论辩增添了不少色彩。孟子文章讲究逻辑性，像《天时不如地利章》就是极有逻辑力量而说理透彻的论辩典范。

《庄子》一书在先秦诸子散文中最富浪漫色彩。鲁迅先生在《汉文学史纲要》中评庄子文“汪洋辟阖，仪态万方，晚周诸子之作，莫能先也”。奇特的想象，大胆的夸张，使文章呈现出五彩的光芒。《逍遥游》为了宣传自己绝对自由的思想，以变幻莫测的笔法，显示出现实的拘束和理想的广阔。林云铭《庄子因》评说：“篇中忽而叙事，忽而引证，忽而譬喻，忽而议论；以为断而非断，以为续而非续，以为复而非复。只见云气空蒙，往返纸上，顷刻之间，顿成异观。”可以说，这是整个庄子文章的特色。《庄子》中的文章还创造了大量的寓言故事。庄子认为“天下混浊，不可与庄语”，于是寓庄于谐，意在笔外，有些整篇是一个寓言，有些则一篇十几个寓言，风可以说话，蛇可以辩论，骷髅可以谈理。庄子思想中确有消极悲观情绪，但就其文章来说，实在是别有一番风味。

战国末期出现的《荀子》《韩非子》，已经发展到议论文的最高峰。荀子是战国后期的儒学大师，他的文章浑厚有力，论证严密，说理透彻，取譬精警，人们所熟知的《劝学篇》就是最好的例证。韩非子是法家学派的集大成者，他的文章以严峻峭刻著称，但也充满着孤愤之气。茅坤说韩非子的文章“沉郁孤峻，如江流出峡，遇石而未伸者，有哽咽之气焉”（《韩子评选后语》）。《说难》《五蠹》等篇代表了韩非子文章的风格。另外，韩非子也喜欢用寓言说理，使其文章又呈现出风趣诙谐的特点，“自相矛盾”“滥竽充数”“买椟还珠”“守株待兔”等，已成为人们熟知的寓言故事了。

诸子散文各以其风貌展示了当时的社会现实，展示了每个人的社会理想和思想特征，在当时乃至后代都产生了巨大影响。郭沫若在《十批判书》中曾把孟子、庄子、荀子、韩非子称为先秦诸子散文的“四大台柱子”：“孟文的犀利，庄文的恣肆，荀文的浑厚，韩文的峻峭，单拿文章来讲，实在是各有千秋。”这个评价是切当的。

春秋战国时代的散文，除上面所述外，还有一些，如《易传》《山海经》《晏子春秋》《吕氏春秋》《礼记》《老子》《管子》《孙子》等，也都有其独特的艺术价值。另如汉初写定的《公羊传》《穀梁传》，在战国时已口耳相传，虽重在解经，但亦有文学价值。

总之，先秦散文由简单的甲骨卜辞逐渐发展为洋洋洒洒的大块文章，由简单的记事发展为有系统、有组织的完整的叙事，是一个质的飞跃。这个飞跃，除了文字的进化，书写工具的发展外，更重要的是社会的变化促使了散文的变化。到了战国时代，先秦散文的发展达到高潮，出现了众多的著作，它们各有风采，各有情趣。清人章学诚说：“至战国而文章之变尽，至战国而著述之事专，至战国而后世之文体备。故论文于战国，而升降盛衰之故可知也。”又说：“后世之文，其体皆备于战国。”（《文史通义·诗教上》）这话虽有夸张，但也大体符合散文发展的历史。战国时代形成的历史散文和诸子散文，从文体上说，成为后代叙事散文、论辩散文的两大源头，而这也正是散文之大宗。从思想上说，历史散文中所表现的民本思想、爱国思想等，对后代散文家不无影响，而作家敢于秉笔直书、褒善扬恶的精神亦成为后代史家的楷模。诸子散文中的儒、道、墨、法等各家的思想，对中国几千年文化产生了极为深远的影响，尤其是儒、道思想，对中国文化产生的作用，更是不可估量。

二

“六王毕，四海一”，经过春秋战国时代的大动荡，社会终于出现了统一的局面，秦王朝的中央集权制代替了长期的割据政权，这在历史发展中具有重要的进步意义。但是，秦的暴政导致了王朝的很快覆灭，文化上推行的“燔灭文章，以愚黔首”的极端措施，致使散文方面没有什么大的成就。当时只有一个作家李斯，他在战国后期写的《谏逐客书》，成为秦代散文的代表作。文章笔势纵横，排比铺张，古今对比，颇有战国纵横家的余风。这种文风，也给后来的汉赋带来了一定的影响。李斯还有几篇刻石文，为秦始皇歌功颂德，既是先秦颂诗的继承，也是先秦青铜器铭文的发展。

汉代文化在中国文化史上起着承前启后的作用。单就散文而言，比起先秦散文，又有新的发展。其中最有特色的是政论文和史传文。

汉代的政论文，是与时代的发展密切相联的。随着时代课题的不同，议论的中心也因之不同。西汉初年，战国时期百家争鸣的局面又一次出现，但声势已不如前。陆贾《新语》、贾山《至言》、贾谊《过秦论》等，都旨在总结历史经验，为汉朝的长治久安出谋画策，充满热情和豪气，颇有战国余风。姚鼐《古文辞类纂》评《至言》说：“雄肆之气，喷薄横出，汉初之文如此。昭宣以后，盖希有矣。况东京而降乎？”这个评论道出了汉初文章的共同特点。晁错的《论贵粟疏》也是为如何巩固政权而发的，雄肆之气虽不如贾谊，但其锋芒所向，切中现实，论述精到，回人视听。邹阳、枚乘，虽客游藩国，却归心于汉王朝。他们的上书，议论纵横，旁出斜入，洋洋洒洒，颇有奇气。由此不难看出汉初散文沾溉于战国而又别有新变的总体风貌。

到了汉武帝时期，政治、经济、军事、文化等各方面出现了鼎盛局面。与此同时，汉武帝采纳董仲舒建议“罢黜百家，独尊儒术”，人们的思想又受到钳制。此时的散文，既有董仲舒专讲天人感应的《春秋繁露》，也有司马相如那种“主文而谲谏”的檄文、谏文；既有司马迁那样感情奔放的《报任安书》，也有《淮南子》那样分章别类、纵横论议的诸子文章。这些文章的风格，各不一样，有些改变了汉初纵横之气，变得温文尔雅；有些则承袭汉初余绪，颇有一股豪迈之气。此后，桓宽的《盐铁论》，以辩难为主，仍带有汉初政论文的特色。刘向的《说苑》《新序》又颇似诸子散文。西汉末年，复古之风兴起，神学迷信泛滥，于是，产生了扬雄的《法言》、桓谭的《新论》等著作。前者是模仿《论语》而作，向古人学习；后者则是针对神学迷信而发。此时的散文，不像汉初那么恣肆了，而向着质朴的方向发展。

东汉时期的政论散文，首先值得重视的是王充的《论衡》。王充是东汉杰出的唯物主义思想家。他的著作，大胆批判天道神权的迷信学说，是一部"疾虚妄"之书。刘熙载评云："独抒己见，思力绝人，虽时有激而近僻者，然不掩其卓诣。"(《艺概》卷一)从文章方面看，上下古今，反复论证，他把西汉末年尚质的文风向前推进了一步。东汉后期，王符的《潜夫论》、荀悦的《申鉴》、崔寔的《政论》、仲长统的《昌言》等，也都是优秀的政论散文。所谓"王充、王符、仲长统三家文，皆东京之佼佼者。分按之：大抵《论衡》奇创，略近《淮南子》；《潜夫论》醇厚，略近董广川；《昌言》俊发，略近贾长沙""崔寔《政论》，参霸政之法术；荀悦《申鉴》，明古圣王之仁义"(《艺概》卷一)，不为无见，惟其气势略逊于西汉耳。

汉代的史传散文是在先秦史传文基础上发展而来的。《史记》《汉书》是其中的佼佼者。

《史记》是我国第一部纪传体通史。上下三千年，历代的帝王、贵族、各种大小官僚、政治家、军事家、文学家、经学家、说客、策士、刺客、游侠、商贾、卜者、俳优，都涌现在司马迁的笔下。这些人物，各有风貌，各有性情，正如日本学者斋藤正谦所说："子长同叙智者，子房有子房风姿，陈平有陈平风姿；同叙勇者，廉颇有廉颇面目，樊哙有樊哙面目；同叙刺客，豫让之于专诸、聂政之于荆轲，才出一语，乃觉口气各不相同。《高祖本纪》见宽仁之气于纸上，《项羽本纪》觉喑噁叱咤来薄人。"(泷川资言《史记会注考证》引)司马迁在写历史人物时，一方面继承了前代秉笔直书的优良传统，另一方面也发展了"文"的成分，运用了更多的文学手法，因此，文学味也更浓，成为记述真人真事的传记文学作品。《史记》充分体现了司马迁非凡的史学和文学才能。鲁迅以"史家之绝唱，无韵之离骚"高度评价《史记》，极为精辟。《史记》的文章，善于把人物放在尖锐激烈的矛盾斗争中去写，如《项羽本纪》《陈涉世家》等；善于在对比中显出人物个性，如《李将军列传》等；善于选择典型事例表现人物性格，如《廉颇蔺相如列传》；善于用细节和生活小事来表现人物，如《李斯列传》等；善于写大的场面，如钜鹿之战、鸿门宴、垓下之围、背水一战、东朝廷辩论等；善于用不同的结构表现不同的人物，有些是单线发展，冈峦起伏，有些是双线交错，复杂多变；还善于把自己的一腔感情倾注到历史人物身上，如《伯夷列传》《屈原列传》等等。《史记》的出现，推动中国散文大大向前发展了一步，并且对后代的史学家、散文家产生了巨大的影响。读《史记》，既是一种历史的教益，又是一种美的享受。

班固的《汉书》，亦是汉代史传散文的一颗明星。它是我国第一部纪传体断代史。尽管由于时代的局限，使其思想受到了限制，但是《汉书》的成功，又给散文史增添了光彩。其中的人物，如苏武、霍光等，亦是极有个性特征的人物。《汉书》叙事简练整饬，详赡严密，其中附录了大量的辞赋和散文，这是它为后来文章家爱好的一个原因。《汉书》的语言，不像《史记》那样恣意奔放，而是向着骈偶的方向发展。虽然历代有"扬马抑班"的倾向，但从散文发展来看，《汉书》之功究不可没。

除《史记》《汉书》外，汉代的史传散文还有赵晔的《吴越春秋》、袁康的《越绝书》等。这两部书都在叙述春秋末年吴越争霸的历史，但它们并不完全拘泥于史实，其中有不少夸张和虚构，与后代的传奇小说相类似。这是我们阅读时应注意的。

汉代散文，虽以政论和史传为大宗，然其分支仍堪注目。书信体散文如李陵《答苏武书》、杨恽《报孙会宗书》、班昭《为兄超求代疏》、李固《遗黄琼书》等，都是有名的篇章。至于文帝、景帝、武帝时的诏令，或简朴，或醇厚，或纵恣，自成风格。另如东汉时兴起的碑文，也是汉代散文中的一个部分，其内容、风格和特色，似不应再受到冷落。

东汉末年，社会又一次发生剧烈的变化，进而出现了三国鼎立的局面。这时的散文，向着清峻通脱的方面发展。曹操"是一个改造文章的祖师"（鲁迅《魏晋风度及文章与药及酒之关系》），他的《让县自明本志令》披露心迹，坦诚无隐，具有政治家的气魄。曹丕《与吴质书》、曹植《与杨德祖书》等，也都具有各自的特色。尤其是诸葛亮的《出师表》，字字真挚，语语含情，表现了他“鞠躬尽瘁，死而后已”的可贵精神，千载之下，读来仍令人怦然心动。

总而观之，汉代散文与先秦散文相比，是一次大的飞跃。尽管在哲学深度上，文章汪洋恣肆的风格上，甚至在总体气象上，汉代散文已经很难再与先秦散文这一人类幼年阶段不可企及的生动标本同日而语，但在散文文体的进化上，在叙事写人、谈道说理的技巧上，在历史散文的规模和深广度上，却有着长足的发展，并以此继往开来，昭示后人。

三

先秦两汉散文，在中国文学史上写下了光辉灿烂的一页，历来受到人们的推崇。这本《先秦两汉文观止》，选择了先秦两汉散文一百余篇(段)，使人们能对这个时期的散文有一个总体认识。受全书篇幅的限制，我们在选篇目时，本着“短而精”的原则，既不避人之所选，又不为人所选者限，着重选择艺术性强且在千字以内的短篇。篇幅较长的作品，千百年来流传极广，所以我们也适当选录，有些则选取其中的一两段精华，另标题目。注释力求简洁，不做过多考证。译文以直译为主，辅以意译。点评灵活多样，不拘一格，或偏重思想内容，或偏重章法结构，或勾勒全篇，或点其要害。集说尽量选取古人评语，并酌用今人评论，有些作品，如《左传》《史记》等，古今评论颇多，我们也只能择其最精当者数条以资参考。一般来说，先秦两汉文学的下限只到东汉末年，从建安起，另划入魏晋南北朝文学。为了尽量展示先秦两汉散文的面貌，我们参考古代学者的一些古文选本，把下限延伸到了建安时代。

欢迎专家学者和广大读者对本书批评指正。

张新科　尚永亮

先秦散文

《尚书》

《尚书》，亦称《书》《书经》，儒家经典之一，是我国最早的一部历史文献，汇集了春秋以前历代政府文件和部分追述古代事迹的政治著述。相传由孔子编选而成。但据当代学者研究，其中不少篇章形成于战国时代。《尚书》在汉代形成了两种版本，一种是今文，一种是古文，后至东晋，又出现了梅赜所献的伪古文《尚书》。现在通行的《十三经注疏》本《尚书》，就是今文《尚书》与伪古文《尚书》的合编。《尚书》文辞古老艰深，颇不易懂，但它开源启流，对中国古代散文有深远影响。注本有唐孔颖达《尚书正义》、清孙星衍《尚书今古文注疏》等。

无　逸[1]

周公作《无逸》。

周公曰："呜呼！君子所其无逸[2]。先知稼穑之艰难[3]，乃逸，则知小人之依[4]。相小人，厥父母勤劳稼穑[5]，厥子乃不知稼穑之艰难，乃逸；乃谚既诞[6]。否则侮厥父母曰[7]：'昔之人无闻知。'"

周公曰："呜呼！我闻曰：昔在殷王中宗[8]，严恭寅畏，天命自

度[9]。治民祗惧[10]，不敢荒宁[11]。肆中宗之享国[12]，七十有五年。其在高宗[13]，时旧劳于外[14]，爰暨小人[15]。作其即位[16]，乃或亮阴[17]，三年不言。其惟不言，言乃雍[18]。不敢荒宁，嘉靖殷邦[19]。至于小大，无时或怨[20]。肆高宗之享国，五十有九年。其在祖甲[21]，不义惟王，旧为小人[22]。作其即位，爰知小人之依，能保惠于庶民，不敢侮鳏寡[23]。肆祖甲之享国，三十有三年。自时厥后立王，生则逸。生则逸，不知稼穑之艰难，不闻小人之劳，惟耽乐之从[24]。自时厥后，亦罔或克寿[25]：或十年，或七八年，或五六年，或四三年。"

周公曰："呜呼！厥亦惟我周太王、王季[26]，克自抑畏[27]；文王卑服，即康功田功[28]。徽柔懿恭[29]，怀保小民，惠鲜鳏寡[30]。自朝至于日中昃[31]，不遑暇食[32]，用咸和万民[33]。文王不敢盘于游田[34]，以庶邦惟正之供[35]。文王受命惟中身[36]，厥享国五十年。"

周公曰："呜呼！继自今嗣王[37]，则其无淫于观、于逸、于游、于田[38]，以万民惟正之供，无皇曰[39]：'今日耽乐。'乃非民攸训，非天攸若[40]，时人丕则有愆[41]。无若殷王受之迷乱，酗于酒德哉[42]！"

周公曰："呜呼！我闻曰：古之人，犹胥训告[43]，胥保惠，胥教诲，民无或胥诪张为幻[44]。此厥不听，人乃训之[45]，乃变乱先王之正刑[46]，至于小大。民否则厥心违怨，否则厥口诅祝[47]。"

周公曰："呜呼！自殷王中宗及高宗及祖甲及我周文王，兹四人迪哲[48]。厥或告之曰：'小人怨汝詈汝。'则皇自敬德。厥愆[49]，曰'朕之愆'。允若时[50]，不啻不敢含怒[51]。此厥不听，人乃或诪张为幻，曰：'小人怨汝詈汝。'则信之。则若时[52]，不永念厥辟[53]，不宽绰厥心，乱罚无罪，杀无辜；怨有同，是丛于厥身[54]。"

周公曰："呜呼，嗣王其监于兹[55]！"

【注释】(1)无逸：原列《尚书·周书》第十七。据《史记·鲁周公世家》

载：成王年长之后，周公怕他“有所淫佚”，故作《无逸》“以诫成王”。今人张西堂认为是篇应出于《泰誓》之后，亦即成于春秋末年（见《尚书引论》）。(2)所其：居其位。逸：安逸。　(3)稼穑（sè）：种谷，收谷，农事的总称。(4)小人：小民。依：依靠，凭借。　(5)相：看。厥；其，他。　(6)乃谚既诞：粗鲁放肆，叛然不恭。　(7)否则：若不这样，就……　(8)中宗：太戊，商汤的玄孙和太庚的儿子。据载：太戊称帝后，殷朝复兴，故称中宗。　(9)严恭寅：严肃，恭敬。度：限制。以天命制约自己。　(10)祗惧：敬惧小心。(11)荒宁：怠惰，逸乐。　(12)肆：故，因而。　(13)高宗：即武丁，盘庚的侄子，曾擢用傅说为相，励精图治，使国势大振。　(14)旧劳于外：曾长期外出行役。旧：久也。　(15)爰：因而。暨：及，和。　(16)作：及，等到。(17)亮阴：古时天子守孝之称，为时三年。　(18)雍：和谐。　(19)嘉靖：安定。　(20)时：是，代词。　(21)祖甲：武丁之子帝甲。马融注云：“祖甲有兄祖庚而祖甲贤，武丁欲立之，祖甲以王废长立少，不义，逃亡民间，故曰‘不义惟王’。”　(22)旧：通“久”。　(23)鳏（guān）：年老无妻者。寡：年老无夫者。　(24)耽乐：沉溺于享乐。　(25)罔或克寿：没有能够长寿的。罔：没有。克：能。　(26)太王：即古公亶父，周文王之祖父。王季：名季历，周文王之父。　(27)抑畏：谨慎小心，有所忧畏。　(28)卑服：从事卑贱的劳作。康功田功：指建造房屋、田野耕作等。　(29)徽柔懿恭：徽：善良。懿：美好。　(30)惠鲜：爱护的意思。鲜：善也。　(31)昃（zè）：太阳偏西。(32)不遑暇食：没有空闲吃饭。遑：闲暇。不遑：没有工夫。　(33)咸和：和谐。　(34)盘：耽于游乐。田：同畋，狩猎。　(35)庶：多。邦：指诸侯国。正：正身行己。供：供奉，供侍。　(36)中身：中年。　(37)嗣王：指周成王。(38)淫：过度放纵。观：游览。　(39)皇：通“遑”。无皇：不暇，来不及。(40)攸：所。训：教导。若：顺应。(41)时：是，这。丕则：那就。愆：过失。(42)殷王受：即殷纣王。酗（今音 xù）：《正义》云：“酗从酉，以凶为声，是酗为凶酒之名。故以酒为凶谓之酗酗，是饮酒而益凶也。言纣心迷乱，以酗酒为德，饮酒为政。”　(43)胥：相互。　(44)诪（zhōu）张：欺诳。幻：幻惑，迷乱。　(45)训之：以之为法，以之为榜样。　(46)正刑：政治法律。(47)否：三体石经作“不”，联系上文当指无所适从（王世舜说）。诅祝：诅咒。祝通“咒”。　(48)迪哲：通达明智。　(49)厥愆：其错，他们错了。

(50)允:诚,信。时:是。 (51)不啻:不但。 (52)则若时:就像这样。(53)辟:法度。 (54)丛:聚集。 (55)监:同“鉴”。兹:此。

【今译】周公写了《无逸》。

周公说:“唉!君子在位,不应贪图安逸。应先了解耕作的艰难,然后处在安逸的环境,就知道老百姓是靠什么生活了。看看那些老百姓,做父母的在勤劳耕作,做儿子的却不知耕作的艰难,便安逸享乐起来,以至于放肆不恭,轻侮他的父母说:‘你们这些旧时的人无知无识,什么也不懂!’”

周公说:“唉!我听说早在殷朝时,殷王中宗庄重敬畏,以天命制约自己。治理百姓,敬慎畏惧,不敢荒怠。所以中宗在位七十五年。到了高宗,他曾因长期外出过,与百姓在一起劳作。等他即位以后,又碰到父死守丧之事,便三年保持沉默。正因为如此,所以他偶尔说到什么,群臣都很和悦。他不敢荒怠,安定了殷国。从百姓到大臣,都没人发怨言。所以高宗在位五十九年。到了祖甲,他父亲让他代兄为王,他认为这样不合道义,就逃往民间,长期从事百姓的劳役。等他即位以后,便很了解百姓的生活情形,而能施惠于民,不敢慢怠那些鳏寡之人。所以,祖甲在位三十三年。从那以后所立的殷王,生来就贪图安逸了。因生来就贪图安逸,所以不知道耕作的艰难,不了解百姓的劳苦,只是沉溺在享乐之中。从那以后,在位的殷王时间没有长的,有的十年,有的七八年,有的五六年,有的四年三年。”

周公说:“唉!只有我们周朝的太王、王季,能够谦让敬畏。文王干过卑贱的活,如建房耕田。他宽爱仁慈、和蔼恭谨,保护百姓,惠及鳏寡。从早晨到中午直到太阳偏西,一直忙碌着,连饭都来不及吃,为的就是使百姓安乐。文王不敢耽于游乐田猎,以身作则,让众邦国能效法供侍。文王接受天命即位时正是中年,他在位长达五十年。”

周公说:“唉!从今以后继位的王呵,希望不要过度放纵于观赏、闲逸、游乐、田猎,正身行己,让百姓能效法供侍。这样,就不敢自我放松说‘今天先享乐一下再说。’因为这不是教导民众、顺从天意的正当行为,这样的人就犯了大错了。所以,不要像殷纣王那样昏庸迷乱,以酗酒为德啊!”

周公说:“唉!我听说古时候的人还相互劝导,相互扶持,相互教诲,百姓们没有相互欺诳骗诈的。假若不听从这些话,人们就会起而效法,就会变乱先王的各项法律制度，以至于大大小小的法令。百姓们无所适从，心中就会产生反抗怨怼的情绪；无所适从，口中就会发出诅咒的语言。”

周公说：“唉！从殷王中宗到高宗到祖甲，再到我们的周文王，这四人都是圣明之君。有人告诉他们说‘百姓们在怨你骂你。’他们便敬修德业，广施善政。他们有了过错，就说‘这是我的错误。’他们实在是这样做的，不但不敢发怒(而且还想多听一些这样的话)。假如不这样做，有的人就会欺诳骗诈你说‘百姓们怨你骂你。’你就相信了。这样的话，就不会长念为君之道，难以宽缓自己的心胸，以至于乱罚、乱杀那些无罪、无辜之人。如此，人们便会一同怨恨你，把仇恨的情绪集聚在你身上。”

周公说：“唉！王啊，希望你要以此为鉴戒呀！”

【点评】本篇为周公训诫成王之辞，“君子所其无逸”乃全文总纲，周公的七段话皆围绕此一总纲，反复申说，纵横铺排，耳提面命，言之谆谆，其慎终追远之意、忧虑戒惧之心，溢于楮墨之间。

首段话开宗明义，提出“无逸”之旨，而将“先知稼穑之艰难”作为达到无逸的前提条件，盖知稼穑艰难，方可知民生疾苦；知民生疾苦，方可知安逸不足取，为政当戒惧。第二、三段话承上启开，远溯近追，将历史上殷代诸王及周太王、王季、文王之执政情形一一道来，用事实指出：凡享国长久者，皆熟知民生之困苦忧患，甚或亲履贱役，与民同劳，故而能“治民祗惧，不敢荒宁”“怀保小民，惠鲜鳏寡”。反之，凡生来即贪图安逸、不知稼穑之艰难者，无不国祚短促，数年而已。文意至此，“君子所其无逸”之旨已甚明，而周公特于文王详作申说，所谓“言则古昔，必称商王者，时之近也；必称文王者，王之亲也。举三宗者，继世之君也；详文王者，耳目之所逮也”(蔡沈语)。正因为文王事迹为周公所亲见，知之甚详，故对成王道来，说服力更强，且令其取法父祖之用意亦已不言自明。第四段话一笔拉回，告诫“继自今嗣王”——成王及此后继位之王：既不得淫于观、逸、游、田，亦不得做暂且享乐之想，更不得步殷纣王纵酒乱政之后尘。这段话为全文重点，语气斩截，言简意赅，既为前两段话之自然收束，又顺势开启下文。第五、六段话一古一今，一正一反，古今对照，正反比较，具体阐述了民众产生“怨詈”的原因和正确对待“怨詈”的态度，指出应取法古圣，敬德保民，有过即改，宽宏心胸，化解民怨。最后

一语以“嗣王其监于兹”斩然作结，虽未明提“无逸”而“无逸”之旨自现，令人读来，极语重心长之至。

此文洋洋洒洒而不散乱，结构严整而不拘谨，叙述论说脉络清晰，或详加排列，或举重若轻，于“无逸”之旨，不啻众星拱月，眉目朗然。加之行文气体充盈，鼓荡而下，又不无曲折波澜，周公之声气口吻，借较为浅近流畅之文字表现出来，如汩汩清泉，最能沁人心脾。

【集说】上智不肯为非，下愚(戒之无益，故中人之性，可上可下，不能勉强，多)好逸预，故周公作书以戒之，使无逸。此虽指戒成王，以为人之大法，成王以圣贤辅之，当在中人以上，其实本性亦中人耳。(孔颖达《尚书正义》)

篇之次第以先后为序。《多士》《君奭》，皆是成王即位之初，知此篇是成王始初即政，周公恐其逸豫，即以所戒名篇也。(同上)

(尚永亮)

秦　誓[1]

公曰：“嗟！我士，听，无哗，予誓告汝群言之首[2]。

“古人有言曰：‘民讫自若是多盘[3]，责人斯无难，惟受责俾如流，是惟艰哉。’

“我心之忧，日月逾迈[4]，若弗云来。惟古之谋人，则曰未就予忌[5]。惟今之谋人，姑将以为亲。虽则云然，尚猷询兹黄发[6]，则罔所愆。

“番番良士[7]，旅力既愆[8]，我尚有之[9]。仡仡勇夫[10]，射御不违[11]，我尚不欲。惟截截善谝言[12]，俾君子易辞[13]，我皇多有之[14]。

“昧昧我思之[15]。如有一介臣[16]，断断猗无他技[17]。其心休休焉[18]，其如有容。人之有技，若已有之。人之彦圣[19]，其心好之，不啻若自其口出[20]。是能容之，以保我子孙黎民，亦职有利哉[21]？人之有技，冒疾以恶之[22]，人之彦圣，而违之俾不达[23]，是不能容，以不能保我子孙黎民，亦曰殆哉！

“邦之杌陧[24]，曰由一人；邦之荣怀[25]，亦尚一人之庆。”

【注释】(1)本文是《尚书》中的最后一篇。《秦誓》即秦穆公誓众之辞的简称。誓，是一种有约束性和有决断意义的语言。此篇也出于史官记录。(2)群言之首：开头的话，相当于今天的开场白。一曰，群言之首，许多话中最基本的方面。(3)古人有言：是泛举古人的格言。讫：止，尽。若：善。盘：游乐，可引申为幸福。(4)逾迈：越行。(5)忌：王引之认为当作“惎”，作意志解。未就予忌：不顺从我的意志。(6)猷：谋略，此处指军国大计。询：征求意见。黄发：年老的人，此处隐指蹇叔。愆：过失。(7)番番(pó)：当作“皤皤”，白头貌。良士：善士。(8)旅：同“膂”，膂力即体力。愆：读作“骞”，亏损之意。(9)有之：王念孙认为，“有之”是亲之的意思。(10)仡(yì)仡：雄壮勇敢的样子。(11)射：射箭。御：驾车。违：失误。(12)截截：《说文》引作戋戋，浅薄的样子。谝(pián)：花言巧语。(13)俾：使。易：轻忽。辞：《公羊传》引文作“怠”，曾运乾说：“古音辞读如怠也。”(14)皇：一作“况”，皇、况古同音。益之意。有：亲近。这句话意思是说不应该亲近他。(15)昧昧：即冥冥，所虑深远之意。(16)介臣：大臣。(17)断断：诚恳的样子。(18)休休：宽容。(19)彦：美士为彦。圣：指道德高尚。(20)不啻：不但。这句是形容接纳别人意见时的喜悦心情。他对别人所讲的话，比出于他自己口中的话还要信任。(21)职：《大学》引文作“尚”，常。(22)冒：郑玄以为作娼(mào)，妒的意思。冒疾：即嫉妒。恶(wù)：讨厌。(23)俾：使。(24)杌(wù)陧：不安的样子。(25)荣怀：乐安。

【今译】穆公说：“唉！我的士兵们，听着，不要喧哗，我要向你们发出誓言。”

“古人有句话说：‘人们总要听取别人的劝告，才能获得快乐和幸福。责备别人是没有什么困难的，如果受别人责备，而能够像流水那样顺从，这就困难了。’”

“我的心啊，真是忧虑重重，时光一天一天地过去，而不再回来。只有那

些遵从古训的人，才肯提一些不是一味顺从我的心意的意见，对于这样的人，我却讨厌他；现在的人只知一味曲从我的意见，我却要和他亲近。虽然这样说，军国大计还是要请教年老而有经验的人，才不会犯错误。

“那头发雪白的善良老人，虽然身体衰弱，我却应当亲近他；那身强力壮的勇士，虽然射箭、驾车的技术十分高强，但还不能够满足我的愿望。那浅薄的花言巧语，容易使君子疑惑，这样的人我怎能够亲近他们呢！

“我暗暗地思量，如果有这样一位大臣，忠实诚恳而没有别的本领，他心胸宽厚，能够容人容物。人家有了本事，就好像他自己的本事一样。别人品德高尚，他就心中喜欢，超过了他口中的称道。这种宽洪大量的人，是可以保护我的子孙和臣民的，是可以为我的子孙臣民造福的。人家有本领，便嫉妒他，讨厌他；人家有了好的品德，便故意压制他，使他的美德不为君主所了解。这种心胸狭窄的人，是不能够保护我的子孙臣民的幸福的。这样的人，实在危险啊！

“国家的危难，是因为君主用人不当；国家的安宁，是因为君主用人得当。”

【点评】本篇是秦穆公所做的誓词。据《左传》僖公三十二年、三十三年记载，秦穆公听信了杞子的意见，派孟明等大将率领军队远道偷袭郑国。出师时，大臣蹇叔竭力劝阻，但穆公利令智昏，不听从蹇叔的劝阻，结果遭到惨败。这篇誓词是战事以后，穆公自责自悔，沉痛总结失败教训之作。

通篇全是悔过之辞。一开始，穆公便引古训自责，忧虑改过无日，表现出深自痛悔的心情。接着便怀着这种心情来总结经验教训。穆公举出三种人：一种是依从古训，直言敢谏的人；一种是“今之谋人”；一种是“黄发”老人。第一、三种人是正面人物，第二种显然属于反面人物。穆公检查了对这两类人的错误态度：对第一类人讨厌；对第二类人亲近。由于这种错误态度，给国家带来了重大的损失。从这种损失中，穆公总结出：“尚猷询兹黄发，则罔所愆”的经验教训。从这种教训出发，穆公总结出对人应采取正确态度。在这里，穆公也举出了三种人：一种是“番番良士”，一种是“仡仡勇夫”，一种是“截截善谝言”。穆公认为：对第一种人应：“我尚有之”；对第二种人“我尚不欲”即不要满足；对第三种人则应当疏远。接着又举出对德才兼备的人所采取的两种态度，指出只有对有德有才的人采取正确态度，才能“保我子孙黎民”，巩固自身统治。

本文语言恳挚，从始至终运用对比手法，写得深刻有力，从思想内容和写作方法上看，无疑是《左传》的先河，可以看作是先秦散文发展史上的一个标志。

【集说】三十六年，缪公复益厚孟明等，使将兵伐晋。渡河焚船，大败晋人。取王官及鄗，以报殽之役。晋人皆城守不敢出。于是缪公乃自茅津渡河，封殽中尸，为发丧，哭之三日。乃誓于军曰：“嗟士卒！听无哗，余誓告汝。古之人谋黄发番番，则无所过。”以申思不用蹇叔、百里奚之谋，故作此《誓》，令后世以记余过。（司马迁《史记·秦本纪》）

此述古训，言民冥无知，止以自顺，是为多乐耳。然责人此无难，惟受责于人如流之顺，是惟艰也。……言惟始之谋人，则以未肯就予而憎恶之。惟近之谋人，且将以为亲附。悔不听故旧之言也。（孙星衍《尚书今古文注疏》）

首段悔自顺之过，而思谋于老成。次段悔待士之失，而思能容人之善。（周秉钧《尚书易解》）

（池万兴）

《易传》

《易传》是从不同的角度对《易经》进行解释和发挥的一组论文。它包括《文言》《彖传》上下、《象传》上下、《系辞传》上下、《说卦传》《序卦传》和《杂卦传》，计七种十篇，又称“十翼”。《易传》的作者，旧说为孔子。现多认为非一人所作，而是春秋战国之前，由多人创作的。

天下何思何虑[1]

子曰[2]：天下何思何虑[3]？天下同归而殊塗[4]，一致而百虑[5]，天下何思何虑？日往则月来，月往则日来，日月相推而明生焉[6]；寒往则暑来，暑往则寒来，寒暑相推而岁成焉[7]。往者屈也[8]，来者信也[9]，屈信相感而利生焉[10]。尺蠖之屈[11]，以求信也；龙蛇之蛰[12]，以存身也。精义入神[13]，以致用也；利用安身[14]，以崇德也。过此以往[15]，未之或知也[16]；穷神知化[17]，德之盛也[18]。

【注释】(1)选自《易传·系辞下》。 (2)子:孔子。从这里可以看出,《易传》并非全由孔子所作,然其中确乎包含孔子的一些易学思想。下文所引孔子语,是对《咸》卦九四爻辞"憧憧往来,朋从尔思"义旨的阐释与发挥。 (3)思:思考。虑:忧虑。 (4)同归而殊塗:即殊塗而同归。殊塗:不同的道路。塗,同"途"。 (5)一致而百虑:即百虑而一致。百虑:各种各样不同的思想。 (6)相推:交相推移。 (7)岁成:形成年岁。 (8)屈:收缩。 (9)信:通"伸",伸展。 (10)相感:交相感应。 (11)尺蠖(huò):昆虫名,北方称步曲,南方称造桥虫,行动时作伸缩之状。 (12)蛰(zhé):动物冬眠时的状态。 (13)精义:精研道义。入神:进入神妙的境界。 (14)利用:有利于施用。 (15)此:指上述境界。 (16)未之或知:即或未知之。 (17)穷神知化:穷极神理,通晓变化。 (18)盛:充盈。

【今译】孔子说:天下之事何须思考、何须忧虑?天下万物殊途同归,各种各样不同的思想也会自然地趋向一致,天下之事又何须思考、何须忧虑呢?太阳西往就有月亮东来,月亮西往就有太阳东来,太阳月亮交相推移,光明因而常生;寒冬消失就有夏暑到来,夏暑消失就有寒冬到来,寒冬夏暑交相推移,年岁因而形成。归去的就是收缩,到来的就是伸展,收缩与伸展交相感应,各种利益也就产生了。尺蠖虫的收缩,是为了伸展;龙蛇的冬眠蛰伏,是为了保存自身。精通道义,进入神妙的境界,是为了学以致用;有利于施用,以安身立命,是为了尊崇美德。超过这种境界再向上发展,或许就难以知晓了。穷极神理而通晓变化之道,那就可以说美德十分充盈了。

【点评】《易传·系辞下》中的这段文辞,紧扣《咸》卦九四爻辞中的"往来"二字加以生发,展开议论,将狭义的"往来"推广引申于自然与人事的普通领域。将形下的具体描述提升为形上的理论原则。天下之事无须思虑,因为万物殊途同归,一致百虑。这是总的结论,而"往来"之道则是这个结论的基础:从自然界看,日月往来相推而明生,寒暑往来相推而岁成,万物屈伸相感而利生;从人事上看,学者精研道义、利用安身,就如同尺蠖之屈、龙蛇之蛰一样,是为了致用、崇德,求学安身是往、是屈,致用崇德是来、是伸。往来之道支配着自然与人事,这就是殊途同归、一致百虑的具体内容,也是"天

下无须思虑”的原因。而其中“以屈求伸”之说与老庄“以退为进”的思想有相通之处,并成为后世一种重要的政治权术与处世哲学。

这段文辞虽短,涵蕴却极为丰富,风格雍容大度,表述生动精练,堪称议论之精品。

【集说】因言屈信往来之理,而又推以言学亦有自然之机也。精研其义,至于入神,屈之至也,然乃所以为出而致用之本;利其施用,无适不安,信之极也,然乃所以为入而崇德之资。内外交相养,互相发也。(朱熹《周易本义》)

天下感应之理,本同归也,但事物则千形万状,而其途各殊异;天下感应之理,本一致也,但所接之事物不一,而所发之虑亦因之有百耳。夫虑虽百而其致则一,途虽殊而归则同,是其此感彼应之理,一皆出于自然而然,而不必少容心于其间者。吾之应事接物,一惟顺其自然之理而已矣,天下何思何虑?(蔡清《易经蒙引》)

以造化言之:一昼一夜相推而明生,一寒一暑相推而岁成;成功者退谓之屈,方来者进谓之信;一往一来、一屈一信、循环不已谓之相感。利者,功也。日月有照临之功,岁序有生成之功也……以物理言之:屈者乃所以为信之地,不屈则不能信矣。故曰求必蛰,而后存其身以奋发,不蛰则不能存身矣。应时而屈,自然而屈;应时而信,自然而信。此则物理相感一定之类,惟季乎形之自然而已,非可以思虑而屈也,非可以思虑而信也。(来知德《周易集注》)

(郭建勋)

《山海经》

《山海经》是一部地理书，主要记载古代传说中的地理。作者不详，当出于春秋战国间人之手，秦汉间又有附益。全书共十八篇，记述海内外山川、道里、部族、物产、药物、祭祀等，保存不少远古的神话传说。晋代郭璞作注，其后考释者颇多，今人袁轲有《山海经校注》。

精卫填海[(1)]

发鸠之山[(2)]，其上多柘木[(3)]。有鸟焉，其状如乌[(4)]，文首[(5)]，白喙[(6)]，赤足，名曰精卫，其鸣自设[(7)]。是炎帝之少女[(8)]，名曰女娃。女娃游于东海，溺而不返，故为精卫。常衔西山之木石，以堙于东海[(9)]。

【注释】(1)选自《山海经·北山经》。精卫：鸟名，又名誓鸟、冤禽、志鸟，俗称帝女雀。 (2)发鸠：山名，在今山西高平市西。 (3)柘(zhè)木：落叶灌木或乔木，叶子可喂蚕，为桑树之一种。木材质坚而致密，是贵重的木料。 (4)乌：乌鸦。 (5)文首：头上有花纹。文同“纹”。 (6)喙(huì)：鸟嘴。 (7)设(xiāo)：呼叫。 (8)炎帝：传说中五帝之一，号神农

氏。 (9)堙(yīn):填塞。

【今译】发鸠这座山,上面有许多柘树。有一种鸟,形状如同乌鸦,头有花纹,嘴呈白色,双脚赤红,名叫精卫,它鸣叫起来好像在呼叫自己。其实它是炎帝神农氏的幼女,名叫女娃。女娃曾经在东海嬉游,因溺水而不返,故化为精卫鸟。经常从西山衔来木石等物,填入东海(以泄己冤)。

【点评】文笔简洁、明快,叙事朴实、生动。首句介绍发鸠之山多名贵柘木,点明精卫鸟所栖之所非为一般。描绘其形状,先言似乌,次用"文首、白喙、赤足"点出特征,寥寥数字,精卫形象便宛然现于眼前。用"其鸣自詨",既传神地描写出叫声的奇异,又暗含典故,自然引出下文对精卫鸟遭遇的叙述。尾句"常衔西山之木石,以堙于东海",于平实中见悲壮,猛然间增添了全篇的沉重气势和悲壮色彩。

【集说】案《述异记》云:"昔炎帝女溺死东海中,化为精卫。偶海燕而生子,生雌状如精卫,生雄如海燕。今东海精卫誓水处,曾溺此川,誓不饮其水。一名誓鸟,一名冤禽,又名志鸟,欲呼帝女雀。"则是此一神话之流传演变也。(袁珂《山海经校注》)

陶潜《读山海经》诗说:"精卫衔微木,将以填沧海。"虽只是短短的两句,一种悲壮的赞美之情却已跃然纸上。因为小鸟对大海所进行的斗争在这里形成了鲜明的对比:在波涛汹涌的海面上,在高高的天空中,飞行的是一只小鸟,小鸟所投下来的,是"微木",是细石,然而"将以填沧海"。她去而复来,成年累月、千秋万岁都干着这样艰巨的报冤雪恨的工作。从人们的理智上看来,她这工作当然是徒劳无益的;但从感情上看来,沧海固然浩大,然而小鸟的坚韧不拔地想要填平沧海的志概却比沧海还要浩大,此其所以为悲壮,值得赞美。(袁珂《古神话选释》)

(王纪刚)

夸父逐日[1]

夸父与日逐走,入日[2]。渴,欲得饮,饮于河、渭[3];河、渭不足，北饮大泽[4]。未至，道渴而死。弃其杖，化为邓林[5]。

【注释】(1)选自《山海经·海外北经》。夸父：人名。传说中还有一夸父国。 (2)入日：太阳入于地平线以下。 (3)河、渭：黄河，渭水(河)。 (4)大泽：即太湖。传说纵横千里，在雁门山北。 (5)邓林：桃林。清毕沅云：邓林即桃林也。邓、桃音相近。

【今译】夸父奔跑着追赶太阳，直到太阳落山。夸父感到焦渴，想去喝水。从黄河、渭河啜饮，黄河、渭河，不足以饮，便北走大泽而饮。还没到，便在路上渴极而死。他丢弃手杖，手杖化成一片桃林。

【点评】文笔简洁，气势宏伟。“夸父与日逐走”乍一出现，即给人一种壮伟的气势，油然而敬意起。“入日，渴，欲得饮”诸句，既表现出竞走一日而焦渴难忍的顽强意志，又喻示出夸父不暇喝水的忘我精神。“未至，道渴而死”，然精神未泯，“弃其杖，化为邓林”，在生命的最后一息，仍以其不灭的意志，幻化为生生不息的桃林，也留下了其千古照人的顽强精神：夸父扶杖逐日，此“杖”犹其精神支柱耳。寥寥数句，一个与日竞走、气吞山河、意志坚强的夸父形象宛然现于眼前，给读者以奋斗不息的动力。

【集说】按夸父者，炎帝之裔也，以义求之，盖古之大人也。(袁珂《山海经校注》)

郭璞云：夸父者，盖神人之名也；其能及日景而倾河、渭，岂以走饮哉，寄用于走饮耳。几乎不疾而速，不行而至者矣。此以一体为万殊，存亡代谢，寄邓林而遁形，恶得寻其灵化哉！(袁珂《山海经校注》引)

夸父逐日，应当看作是古代劳动人民对光明和真理的寻求，或者说，是与大自然竞胜、征服大自然的那种雄心壮志。……陶潜《读山海经》诗说：“夸父诞宏志，乃与日竞走。”……用“宏志”二字，表达出了夸父的精神。(袁珂《古神话选释》)

(王纪刚)

《左传》

《左传》亦称《春秋左氏传》或《左氏春秋》，儒家经典之一，相传是春秋时左丘明所撰。近人大都认为是战国初年人据各国史料编成。这是一部编年体著作，记载了鲁隐公元年（前722）到鲁哀公二十七年（前468）共255年间周王朝及诸侯各国的重大历史事件，比较真实地反映了时代风貌，颇具进步意义，亦有迷信色彩。《左传》在艺术上有较高的价值，善于叙事，善于描写战争，亦善于刻画人物，善于写外交辞令，为后人所推崇。本书每与《春秋》合刊，作为《十三经》之一。注本有晋代杜预《春秋左氏经传集解》、唐代孔颖达《春秋左传正义》等。

郑伯克段于鄢[(1)]

初，郑武公娶于申[(2)]，曰武姜。生庄公及共叔段[(3)]。庄公寤生[(4)]，惊姜氏，故名曰"寤生"，遂恶之。爱共叔段，欲立之。亟请于武公[(5)]，公弗许。及庄公即位，为之请制[(6)]。公曰："制，岩邑也，虢叔死焉[(7)]，他邑唯命。"请京，使居之，谓之"京城大叔"[(8)]。

祭仲曰:“都城过百雉,国之害也[9]。先王之制:大都,不过参国之一[10];中,五之一;小,九之一。今京不度,非制也[11]。君将不堪[12]。”公曰:“姜氏欲之,焉辟害?”对曰:“姜氏何厌之有[13]?不如早为之所[14],无使滋蔓,蔓难图也;蔓草犹不可除,况君之宠弟乎?”公曰:“多行不义,必自毙[15],子姑待之。”

既而大叔命西鄙、北鄙贰于己[16]。公子吕曰[17]:“国不堪贰,君将若之何?欲与大叔,臣请事之[18];若弗与,则请除之。无生民心[19]。”公曰:“无庸,将自及[20]。”大叔又收贰以为己邑,至于廪延[21]。子封曰:“可矣,厚将得众[22]。”公曰:“不义不暱[23],厚将崩。”

大叔完聚,缮甲兵,具卒乘,将袭郑[24]。夫人将启之[25]。公闻其期,曰:“可矣!”命子封帅车二百乘以伐京[26]。京叛大叔段,段入于鄢。公伐诸鄢[27]。五月辛丑[28],大叔出奔共[29]。

遂置姜氏于城颍[30],而誓之曰:“不及黄泉,无相见也[31]。”既而悔之。

颍考叔为颍谷封人[32],闻之,有献于公[33]。公赐之食。食舍肉[34]。公问之,对曰:“小人有母,皆尝小人之食矣,未尝君之羹,请以遗之[35]。”公曰:“尔有母遗,繄我独无[36]!”颍考叔曰:“敢问何谓也?”公语之故,且告之悔。对曰:“君何患焉?若阙地及泉[37],隧而相见[38],其谁曰不然[39]?”公从之。公入而赋[40]:“大隧之中,其乐也融融[41]。”姜出而赋:“大隧之外,其乐也泄泄[42]。”遂为母子如初[43]。

【注释】(1)选自《左传·隐公元年》。郑:国名,姬姓。郑伯:指郑国国君郑庄公。克:战胜。段:庄公之弟。鄢(yān):郑地,今河南鄢陵县境内。(2)初:当初。《左传》按年月记当时之事,用“初”表示追叙往事。申:国名,姜姓,在今河南南阳市。 (3)共(gōng):国名,在今河南辉县市。叔:同辈间排行在末的,在此表示段为庄公之弟。段后来出奔共,故称共叔段。

(4)寤:同牾,逆,倒着。寤生:胎儿脚先下,即难产。 (5)亟(qì):屡次。 (6)制:邑名,又称虎牢,在今河南荥阳市,原属东虢国,东虢为郑所灭,制遂为郑地。 (7)岩:险要。虢叔:东虢国君。 (8)京:邑名,在今河南荥阳市。大:同太。 (9)祭(zhài)仲:郑大夫。雉:量词,长三丈,高一丈为雉。 (10)参:同三。国:国都。参国之一是当时制度,诸侯分封子弟的都城,最大不得超过国都的三分之一。 (11)度:法度。 (12)不堪:经受不起。 (13)厌:满足。 (14)所:处所,有处置意。 (15)毙:仆倒。 (16)鄙:边境的邑。贰:两属。既属庄公,又属段。 (17)公子吕:字子封、郑大夫。 (18)事:侍奉。 (19)无生民心:不要使民众产生二心。 (20)庸:用。及:赶上。谓段将自己遭祸。 (21)廪延:邑名,在今河南延津县北。 (22)厚:指土地广大。 (23)昵:亲近,有拥护之意。 (24)完:修缮城郭。聚:收集粮草。缮:修整。具卒乘:准备好步兵和车兵。 (25)夫人:武姜。启:开城门做内应。 (26)帅:带领。乘:军队编制的单位,包括一辆兵车、甲士三人,步卒七十二人。 (27)诸:"之于"的合音字。 (28)辛丑:《左传》以干支纪日。辛丑为二十三日。 (29)出奔:逃到国外避难。 (30)颍:邑名,在今河南临颍县西北。 (31)黄泉:地下之泉。此句谓死后埋在地下再见面,生时不相往来。 (32)颍考叔:郑大夫。颍谷:郑边邑,在今河南登封市西南。封人:管理疆界、土地的官员。 (33)献:下级送东西给上级。 (34)舍:放着。此句谓留下肉不吃。 (35)遗(wèi):赠送。 (36)尔:你。繄(yí):句首语气语,表示感叹。 (37)阙:掘。 (38)隧:地下通道,此指挖隧道。 (39)然:代词,指黄泉相见。 (40)赋:赋诗。 (41)融融:和乐相得之貌。 (42)泄泄:舒畅快乐之貌。 (43)如初:谓母子关系还和当初一样。

【今译】从前,郑武公从申国娶了一位妻子,叫武姜。她生了庄公和共叔段。庄公出生时,姜氏因难产而受惊,所以取名"寤生",因此讨厌他。武姜偏爱共叔段,想要立段为太子,多次向武公请求,武公都没答应。到庄公即位时,姜氏为段请求把制作为封地。庄公说:"制邑是险要的城邑,东虢君就死在那里,如果封别的城邑就唯命是从。"姜氏改而请求京邑,庄公答应,派段住在那里,称为"京城大叔"。

祭仲说："凡是分封的城邑，城墙周围超过三百丈，就是国家的祸害。按照先王的规定，大的都邑，不得超过国都的三分之一；中等的不超过五分之一；小的不超过九分之一。现在京邑不合法制，违犯先王的规定，君王将要控制不住它。"庄公说："姜氏要这样，我怎能避开这个祸患呢？"祭仲回答说："姜氏怎能满足呢？不如及早对他处置，不要使他滋长蔓延。一旦蔓延，就很难对付了。蔓延的野草还不能除干净，何况是君王宠爱的弟弟呢？"庄公说："多行不义，必自毙，你姑且等着吧！"

不久大叔命令西部和北部的边邑同时听命于庄公和自己。公子吕说："国家不能忍受这种两属的情况，您打算怎么办？君王要让给大叔，就让我去侍奉他；如果不给，那就除掉他，不要使民众有二心。"庄公说："不用除掉他，他会自食其果的。"大叔又收取两属的地方作为自己的封邑，一直扩展到廪延。子封又说："可以动手了。他势力雄厚了，就会得到民心。"庄公说："多行不义就没人拥护，势力雄厚也会崩溃。"

大叔修缮城郭，积聚粮草，整治铠甲和兵器，准备好步兵车兵，将要偷袭郑国国都。姜氏要打开城门做内应。庄公听到大叔起兵的时间，说："可以动手了。"就命令子封率二百辆兵车攻打京邑。京邑的民众叛离了大叔段。大叔又逃到鄢邑。庄公的军队赶到鄢邑攻打他。五月二十三日大叔逃奔到共国。

于是庄公就把姜氏安置在城颍，发誓说："不到黄泉，绝不相见。"不久又后悔了。

颍考叔是颍谷管理疆界的官吏，听到这件事，就献给庄公一些东西。庄公赏赐他吃饭。吃的时候，他把肉放到一边不吃。庄公问他为什么，他说："我有母亲，我吃的东西她都尝过，只是没尝过君王的肉汤，请让我把它带回去送给她。"庄公说："你有母亲可送，咳！我却单单没有！"颍考叔说："请问这是什么意思？"庄公就告诉他原因，并且说自己很后悔。颍考叔说："君王有什么担心的？如果挖掘地下见到泉水，在地道中相见，哪有谁敢说不对？"

庄公听从了颍考叔的话。庄公进入地道，赋诗说："身在地道内，快乐来相会。"姜氏从地道中出来，赋诗说："身出地道外，和乐又畅快。"于是作为母子又和从前一样。

【点评】本文是《左传》第一篇有声有色的文字。作者突破编年格局,用伸前探后的方法,在广阔的时空背景下展示出郑庄公母子兄弟之间的矛盾冲突。

文章叙事、剪裁极见功力。全文双线运行,明暗交错。开头以“初”字领起,悠然远叙庄公与姜氏“交恶”之由来,再写姜氏帮助共叔段扩大势力乃至发兵袭郑。放逐姜氏后,又写庄公先“誓”后“悔”,颍考叔导演“隧见”闹剧。最后由一“初”字煞尾,交代庄公与姜氏的关系,曲曲折折,余波荡漾。一片讽刺意味,尽在不言之中。这是文章的一条线索。文章的另一线索写庄公与共叔段的矛盾。共叔段恃宠而骄,扩张势力,阴谋叛乱;庄公成竹在胸,后发制人,在共叔段袭郑前将其一举击溃。这条线索,作者写来也极尽波澜。一面是祭仲、子封的分析形势,指陈利害;一面是共叔段的步步蚕食、肆意扩张;一面是庄公的以静制动、坐观其变。作者一支妙笔兼写三面,繁简有致,各尽其色。再以简当之笔、短促之语叙述庄公以破竹之势击败共叔段,与庄公话语一一验证。语约意足,关合照应,毫无赘笔。

文章刻画人物,数笔点染,形象俱出。“左氏每叙一人,必宛肖此一人之口吻”(林纾《左传撷华》语)。庄公性格阴鸷沉雄,狡诈多谋,对姜氏、共叔段早有防范之心,却故作仁慈,显其顺母爱弟之意。对共叔段的觊觎君位,扩张势力,他处变不惊,连老臣都被瞒过。“必自毙”“将自及”“厚将崩”数语,可见其处心积虑,诱段入彀中的阴险冷酷面目;“攻段”一节,显其不乏决断杀伐之威;“隧见”描写,又活画出他的虚伪奸诈。庄公形象,具有多种色调、多重性格,适足为一切统治者写心。其他人物也各具特征。姜氏因偏爱而贾祸,可见贵族女性的母爱堕落到何等地步。共叔段骄横放纵、贪欲无度,野心与能力不成正比。祭仲的精于谋略、明察利害,子封的急躁、直率,颍考叔的帮闲、善谋,都给人以鲜明的印象。

【集说】通篇要分认,其前半是一样音节,后半是一样音节。前半,狱在庄公,姜氏只是率性偏爱妇人,叔段只是娇养失教子弟。后半,功在颍考叔,庄公只是恶人到贯满后,却有自悔改过之时。(金圣叹《天下才子必读书》)

左氏铺叙好处,以十分笔力写十分人情。篇中首揭“爱”“恶”字,见爱之适以害之。武姜一妇人耳,爱恶一偏,贼伦误国乃尔。结处要看“遂为母子

如初”句，其母子之间相伤已久，“如初”都不过如未誓之先耳。（孙琮《山晓阁左传评》引吕祖谦语）

庄公雄鸷多智，不特姜氏与叔段在其术中，即祭仲、公子吕辈亦莫能测其所为。观其论虢叔之死，俨然为谋甚忠，娓娓可听。使无他日之事，不谓之仁人之言不可也。（吴曾祺《左传菁华录》）

郑庄公欲杀弟，祭仲、子封诸臣，皆不得而知。“姜氏欲之，焉辟害”、“必自毙，子姑待之”“将自及”“厚将崩”等语，分明是逆料其必至于此，故虽婉言直谏，一切不听。迨后乘时迅发，并及于母。是以兵机施于骨肉，真残忍之尤。幸良心忽现，又被考叔一番救正，得母子如初。左氏以纯孝赞考叔作结，寓慨殊深。（吴楚材、吴调侯《古文观止》）

以简古透快之笔，写惨刻伤残之事，不特使诸色人须眉毕现，直令郑庄公狠毒性情，流露满纸，千百载后，可以洞见其心，真是鬼斧神工，非寻常笔墨所能到也。其实字法、句法、承接法、衬托法、摹写法、铺叙断制法、起伏照应法，一一金针度与。固宜吕东莱谓为十分笔力。吴荪右称以文章之祖也。（余诚《重订古文释义新编》）

（李梦奎）

曹刿论战[1]

十年春，齐师伐我[2]。公将战，曹刿请见[3]。其乡人曰：“肉食者谋之[4]，又何间焉[5]？”刿曰：“肉食者鄙[6]，未能远谋。”乃入见，问：“何以战。”公曰：“衣食所安[7]，弗敢专也[8]，必以分人。”对曰：“小惠未遍[9]，民弗从也[10]。”公曰：“牺牲玉帛，弗敢加也[11]，必以信[12]。”对曰：“小信未孚[13]，神弗福也[14]。”公曰；“小大之狱，虽不能察[15]，必以情[16]。”对曰：“忠之属也[17]，可以一战。战则请从。”

公与之乘[18]。战于长勺[19]。公将鼓之[20]，刿曰：“未可。”齐人三鼓。刿曰：“可矣。”齐师败绩[21]。公将驰之[22]，刿曰：“未可。”下视其辙[23]，登轼而望之[24]，曰：“可矣。”遂逐齐师。

既克，公问其故，对曰："夫战，勇气也。一鼓作气，再而衰，三而竭。彼竭我盈，故克之。夫大国，难测也，惧有伏焉。吾视其辙乱，望其旗靡[25]，故逐之。"

【注释】(1)选自《左传·庄公十年》。 (2)我：指鲁国。 (3)曹刿：鲁人，以勇力事鲁庄公。 (4)肉食者：古时大夫以上官员每日食肉，故称。 (5)间：参与。 (6)鄙：鄙陋，见识短浅。 (7)衣食所安：衣食这些使身体安定的东西。 (8)专：独享。 (9)小惠：指衣食。遍：周全。 (10)从：跟从。 (11)牺牲玉帛：祭祀用的牛、羊、豕、玉器、丝帛等物。加：增加，此指对神虚报。 (12)信：诚实。 (13)孚：信诚以动人。 (14)福：保佑。 (15)狱：案件。察：洞察清楚。 (16)情：实情。 (17)忠：指为民尽力。 (18)乘：乘车。庄公和曹刿同乘一辆战车。 (19)长勺：鲁地，今山东曲阜市北。 (20)鼓：军中进攻号令。在此用为动词，击鼓进军。 (21)败绩：军队溃败。 (22)驰之：指追击齐军。 (23)辙：车轮轨迹。 (24)轼：车前供扶靠的横木。 (25)靡：倒下。

【今译】鲁庄公十年春天，齐国军队攻打鲁国。庄公准备与齐军交战，曹刿请求进见。他的同乡人说："做官的人考虑这件事，你又何必参与呢？"曹刿说："当官的见识短浅，不能考虑长远。"于是进去谒见庄公，问："依靠什么同齐军作战。"庄公说："衣食这样的物品，我从不独自享受，一定分给别人。"曹刿回答说："小恩小惠不能遍施于民，百姓不会跟随你参战。"庄公说："祭祀用的牛羊玉帛，数量符合礼仪，从不对神明虚报，一定反映实情。"曹刿回答说："小的诚信不能使人信服，神明不会保佑的。"庄公说："大大小小的案件，即使不能明察，但必定能按实际情况处理。"曹刿说："这是为民众尽心尽力的表现，可以凭这同齐军作战。交战时请让我跟随前往。"

庄公和他同乘一辆战车，在长勺与齐军交战。庄公准备击鼓进兵。曹刿说："还不行。"齐军进攻三次之后，曹刿说："可以进攻了。"齐军大败。庄公准备下令追击，曹刿说："还不行。"下车察看齐军的车辙，又登上车伏着车前的横木远望齐军，说："可以追击了。"于是就追击齐军。

战胜齐军以后，庄公问他得胜的原因。曹刿回答说："作战是靠勇气的。

第一遍战鼓勇气振奋，第二遍战鼓勇气就衰退，第三遍战鼓勇气就竭尽了。敌军勇气竭尽，而我军却充满勇气，所以能战胜他们。大国难于猜测，恐怕他们有伏兵。我看到他们的车迹很乱，远望他们的旗子已经倒下，所以才追赶他们。"

【点评】描写战争是《左传》的突出成就。春秋时期的每次战役，经作者写来都笔墨不同，姿态各异。本文是一篇极有特色的论战文字，与《宋楚泓之战》(僖公二十二年)堪称论战的姊妹篇。

文章叙论结合，相辅而行，极见作者剪裁运化之匠心。全文仅二百余字，然而却包蕴丰富，叙战事首尾完足，有条不紊。作者按时间线索编织情节，对战前、战中、战后情况都有简短而完整的描述。人物思想冲突，战场鏖兵状况，战后论战见解，一线贯穿，容千军万马于尺幅之中，显得纵横开阔，波澜曲折。通过饶有特色的叙事和议论，展示出整个战争过程。

论战文字是文章的重要内容。战前写曹刿入见，与乡人的对话，表明他位卑不忘忧国，同时对统治者有着清醒的认识。正基于此，他才请见庄公。庄公之语，正可作"肉食者鄙"之注脚。曹刿的话语，字字警绝，掷地有声。他否定了庄公的"小惠""小信"，认为"忠之属"，即获得民心，才是进行战争的必要条件。战后，曹刿总结战胜原因的话语，简当精辟，对战争规律、反攻时机、追击时机的论述，都表现出卓越的军事见解。"一鼓作气，再而衰，三而竭"，成为流传古今的至理名言。

本文体现了《左传》在叙事中写人的特点。文章把人物放在对比情境中，寥寥数笔，略加点染，而人物情状、风神便呼之欲出。作者以乡人的漠然国事反衬曹刿的热爱国家，见识深刻；以庄公的昏庸、自信突出曹刿的民本思想和战略眼光。战斗中，庄公"将鼓""将驰"，适足见其勇而无谋，轻举妄动；而曹刿一曰"未可"，二曰"可矣"，则显示出判断准确、精于谋略的特点。而一"视"一"望"的动作描写，又可见其精审细致的性格，论战时的侃侃而谈，更是对人物性格的重彩描绘。综观全文，可以看到作者多角度、多棱面地塑造出的曹刿的军事家形象，呈动态感地矗立在人们面前，千载之下，犹有生气。

【集说】细玩通篇当分三段。以"远谋"二字作眼，总是一团慎战之意。

唯知慎战，故于未战之先，必考君德；方战之时，必养士气；既胜之后，必察敌情。步步详审持重处，皆成兵机妙用。所谓远谋者，此也。肉食辈能无汗浃！（林云铭《古文析义》）

"远谋"二字，一篇眼目，却借答乡人语，闲闲点出。入后层层写曹刿远谋，正以见肉食者之未能远谋也。通体不满一百二十字，而其间具无限事势、无限情形、无限问答。急弦促节，在《左传》中另自别是一词。（余诚《重订古文释义新编》）

此是左氏一首极有心结构文字。又整齐，又变化，开后人无数局法。通篇叙议兼行，大概是两截格。前一个"将战"，后两个"将鼓""将驰"，又是一头两脚格。然上截一事却分说，下截两事却合说。（冯李骅《左绣》）

论用兵之道，不用权谋密计，全从根本上立论，此兵书中所不多见。（吴曾祺《左传菁华录》）

（李梦奎）

齐伐楚盟于召陵[(1)]

四年春，齐侯以诸侯之师侵蔡[(2)]，蔡溃，遂伐楚。楚子使与师言曰[(3)]："君处北海[(4)]，寡人处南海，唯是风马牛不相及也[(5)]。不虞君之涉吾地也[(6)]，何故？"管仲对曰[(7)]："昔召康公命我先君大公曰[(8)]：'五侯九伯[(9)]，女实征之[(10)]，以夹辅周室。'赐我先君履[(11)]，东至于海，西至于河[(12)]，南至于穆陵[(13)]，北至于无棣[(14)]。尔贡包茅不入[(15)]，王祭不共，无以缩酒[(16)]，寡人是征[(17)]；昭王南征而不复[(18)]，寡人是问。"对曰："贡之不入，寡君之罪也，敢不共给？昭王之不复，君其问诸水滨[(19)]！"

师进，次于陉[(20)]。

夏，楚子使屈完如师[(21)]。师退，次于召陵。齐侯陈诸侯之师，与屈完乘而观之[(22)]。齐侯曰："岂不穀是为[(23)]，先君之好是继。与不穀同好，如何？"对曰："君惠徼福于敝邑之社稷[(24)]，辱收寡君，寡君之愿也。"齐侯曰："以此众战，谁能御之？以此攻城，何城不克？"对曰："君若以德绥诸侯[(25)]，谁敢不服？君若以力，楚国方城以为城[26]，汉水以为池，虽众，无所用之。”屈完及诸侯盟。

【注释】(1)选自《左传·僖公四年》。召陵：在今河南省漯河市东。 (2)齐侯：齐桓公。诸侯：当时参与此次战役的有鲁、宋、陈、卫、郑、许、曹等国。 (3)楚子：楚成王。 (4)北海：泛指北方边远地方，下句南海泛指南方边远地方。 (5)风马牛不相及："风"与"放"通。此指两国相去甚远，绝不相干，虽牛马放逸，也无从相及。 (6)不虞：不料。 (7)管仲：齐国大夫。 (8)召康公：周成王时太保召公奭(shì)。大公：太公，即姜尚。 (9)五侯：公、侯、伯、子、男五等诸侯。九伯：九州之长。此处泛指所有的诸侯。 (10)女：同"汝"。 (11)履：本为践履之地，引申为征伐所至的范围。 (12)河：黄河。 (13)穆陵：地名。一说在齐地，一说在楚境内。 (14)无棣：地名，今山东无棣县北。 (15)包茅：即菁茅，楚国特产植物，向周天子进贡的礼物。 (16)缩酒：缩，同"湑"(xǔ)，滤去酒糟。菁茅是用来滤酒的。 (17)征：追究。 (18)昭王：周昭王。昭王晚年荒于国政，百姓痛恶，当他巡狩南方渡水时，当地人给他一只破船，行至中流，船身解体，昭王和从臣被淹死。 (19)诸：之于。 (20)陉(xíng)：山名。今河南漯河市郾城区南。 (21)屈完：楚大夫。如：去，往。 (22)乘：乘兵车。 (23)不穀：古代诸侯自称的谦辞。 (24)徼(jiǎo)：求。 (25)绥：安抚。 (26)方城：春秋时楚国所筑长城，在今河南叶县南有方城山。

【今译】鲁僖公四年春天，齐桓公率领诸侯军队攻打蔡国。蔡军溃散，就接着攻打楚国。楚成王派使者到诸侯军中说："君王处在北方，寡人处在南方，真是风马牛不相及，没想到君王竟跋涉到我国的土地上，这是为什么呢？"管仲回答说："从前召康公命令我们的先君太公说：'五侯九伯，你都可以征伐他们，以便共同辅佐周王室。'赐给我们先君征伐的范围，东到大海，西到黄河，南到穆陵，北到无棣。王室用的包茅你不进贡，使天子的祭祀缺乏包茅，不能滤酒，寡人为此而追究。周昭王到南方巡狩没有回去，寡人为此而责问。"使者回答说："贡品没有送来，这是寡君罪过，岂敢不供给？至于昭王没有回去，君王还是到水边去问吧！"

诸侯的军队继续前进，驻扎在陉地。

夏天,楚成王派屈完到诸侯大军去。诸侯军退走,驻扎在召陵。齐桓公把诸侯军队列成阵势,和屈完乘战车观看。齐桓公说:"(我们起兵)难道是为了我吗?是为了继续先君建立的友好关系。你们和我共同友好,怎样?"屈完说:"君王的惠临为楚国社稷求福,承蒙君王接纳寡君,这正是寡君的愿望。"齐桓公说:"用这样的军队来作战,谁能抵御他们?以这样的军队攻城,哪个城攻克不了?"屈完说:"君王如果用德来安抚诸侯,谁敢不服?君王如果用武力,楚国有方城山作为城墙,汉水作为护城河,君王的军队即使再多,也没有用得上的地方。"屈完和诸侯订立了盟约。

【点评】开笔写齐桓以诸侯之师侵蔡伐楚,便见其不属正大,故楚人理直气壮问之:两地相处,风马牛不相及,今涉吾地,何故?管仲对话,以先王之命破其"不相及",以先王赐履破"涉吾地",以"包茅不入""昭王南征而不复"破其"何故",凿凿有理,亦有气势。但楚人却置先王之命而不顾,只反破"包茅不入""昭王南征而不复",且只承认一件,又推开一件,毫无惧色。舌战之后,继之以兵,齐师进逼,欲抑楚人之威风。屈完入盟,齐桓与之观师,仍想以气势压倒对方。齐桓辞气委婉,屈完则以委婉回敬;齐桓变弱为硬,以武力威胁,屈完则亦针锋相对,气派不凡。终于变干戈为友好,使齐桓草草收场。整个辞令刚柔结合,颇有韵味,足见屈完之凛然不可犯。

【集说】此篇写齐,凡三换声口;写楚,只是一意闲闲然,此为左氏于小白之微词也。(金圣叹《天下才子必读书》)

齐桓合八国之师以伐楚,不责楚以僭王猾夏之罪,而顾责以包茅不入、昭王不复,一则为罪甚细,一则与楚无干。何哉?盖齐之内失德而外失义者多矣。我以大恶责之,彼必斥吾之恶以对,其何以服楚而对诸侯乎?故舍其所当责,而及其不必责。霸者举动,极有收放,类如此也。篇中写齐处,一味是权谋笼络之态。写楚处,忽而巽顺,忽而诙谐,忽而严厉,节节生峰。真辞令妙品。(吴楚材、吴调侯《古文观止》)

行文双偶到底,而屈完之对,一却一受,一婉一直,又何其不亢不卑也。(汪基《古文喈凤新编》引慕严忝评语)

(张新科)

宫之奇谏假道[1]

晋侯复假道于虞以伐虢[2]。宫之奇谏曰："虢，虞之表也[3]。虢亡，虞必从之[4]。晋不可启[5]，寇不可玩[6]。一之谓甚，其可再乎？谚所谓'辅车相依，唇亡齿寒'者[7]，其虞、虢之谓也。"

公曰："晋吾宗也[8]，岂害我哉？"对曰："大伯、虞仲[9]，大王之昭也[10]。大伯不从[11]，是以不嗣。虢仲、虢叔[12]，王季之穆也，为文王卿士[13]，勋在王室，藏于盟府[14]。将虢是灭[15]，何爱于虞？且虞能亲于桓、庄乎[16]？其爱之也，桓、庄之族何罪？而以为戮[17]？不唯偪乎[18]？亲以宠偪，犹尚害之，况以国乎？"

公曰："吾享祀丰洁，神必据我[19]。"对曰："臣闻之，鬼神非人实亲，惟德是依[20]。故《周书》曰[21]：'皇天无亲，惟德是辅。'又曰：'黍稷非馨，明德惟馨[22]。'又曰：'民不易物，惟德繄物[23]。'如是，则非德，民不和，神不享矣。神所冯依[24]，将在德矣。若晋取虞，而明德以荐馨香，神其吐之乎[25]？"

弗听，许晋使。宫之奇以其族行[26]，曰："虞不腊矣[27]。在此行也，晋不更举矣[28]。"冬，晋灭虢。师还，馆于虞，遂袭虞，灭之，执虞公[29]。

【注释】(1)选自《左传·僖公五年》。宫之奇：一作"宫奇"，虞国大夫。假道：借路。这里专指军队借路通过别国领土。 (2)晋侯：指晋献公，公元前676年—前652年在位。晋曾在僖公二年向虞借路攻虢，灭夏阳。现在是第二次向虞借路。所以说是"复假道"。虞：国名，周文王时建立的诸侯国，姬姓，在今山西平陆县北。僖公五年晋国假道攻虢时，被晋袭击攻灭。虢(guó)：国名，指北虢。周文王封其弟虢仲，于现在陕西省宝鸡市附近，号西虢。北虢是虢仲的别支，在今山西平陆县。 (3)表：外表，意思是屏蔽，如门户、藩篱之类。这里指外围，屏障。 (4)从之：跟着它，意思是跟着它灭亡。 (5)晋不可启：谓晋欲无餍，不可轻启其贪心。也就是说，假道给晋

国，就能引起它的贪心，所以不可招惹它。启：赋启。 (6)玩：轻视，玩忽。 (7)辅车相依：辅：颊辅，面颊皮肉，在外。车：牙床，牙床骨，在内。它们互相依靠。比喻存亡相依，关系极为密切。唇亡齿寒：嘴唇没有了，牙齿就会感到寒冷。比喻关系密切，利害相同。这里引这句谚语来比喻虞如齿，如牙床，在里，虢如唇，如颊辅，在外；两国相依，缺一不可。 (8)宗：同祖，同一宗族。晋、虞、虢都是姬姓国，同一祖先。 (9)大(tài)伯、虞仲：是大王的长子、次子。 (10)大(tài)王：周太王，周的先王，即“古公亶(dǎn)父”。昭、穆：古时帝王死后，宗庙里都设有他们的神位。神主的位次，始祖神主居中，以下父子递位为昭穆。位次在左边的称“昭”，在右边的称“穆”。昭位之子在穆位，穆位之子在昭位，这样左右更迭，分别辈次。大王在宗庙中位于穆，穆生昭，所以大王之子为昭。 (11)大伯不从：大伯和虞仲在得知大王要传位给小儿子王季(名季历)后一起出走，因此没有跟随在大王身边。不从：即不从父命。 (12)虢仲、虢叔：王季的次子和三子，周文王的弟弟。王季是大伯、虞仲的母弟，是后稷第十三代孙，为昭，则虢仲、虢叔为穆。所以说“王季之穆”。 (13)文王：商末周族领袖。姬姓，名昌，王季的长子。卿士：上卿，执掌国政的大臣。 (14)藏于盟府：(记载他们功劳的盟书)藏在专管盟书的官府里。盟府：主管盟誓典策的政府部门。 (15)将虢是灭：(虢国的先人与晋同宗，并且有功于周朝，晋国却打算)把虢国灭掉。将虢是灭，是“将灭虢”的倒装。 (16)桓、庄：桓叔和庄伯。桓，指曲沃桓叔。庄，指曲沃庄伯，桓叔的儿子。庄伯的儿子是武公，武公的儿子是献公。庄伯是献公之祖，桓叔是献公的曾祖。 (17)以为戮：即“以之为戮”，把他们当作杀戮的对象，等于说“把他们杀了”。 (18)不惟偪乎：不就是因为桓、庄之族盛大，晋献公恐怕被逼害吗？唯：因。偪：同“逼”。 (19)据：犹“安”。这里有保佑的意思。 (20)惟德是依：即“惟依德”的倒装。惟：只。 (21)《周书》：周朝的史书，现已失传。下面这两句见于今本伪《古文尚书·蔡仲之命》。 (22)黍(shǔ)：一年生草本植物，子实叫黍子，碾成米叫黄米，性黏，也叫黍子。稷(jì)：也叫粢、穄，米质不黏的糜子。黍稷是古人祭祀常用的谷物。馨(xīn)：芳香，特指散发很远的香气。明德：美德。这两句见于今本伪《古文尚书·君陈》。 (23)易：改，变更。物：祭物，祭祀的物品。繄(yī)：犹“是”。这两句见于今本伪《古文尚书·旅獒》。 (24)冯(píng)依：凭借依从。冯：通“凭”。 （25）其：难道。 （26）以其族行：率领他的家族走了（到他国避祸）。以：率领。 （27）虞不腊矣：虞国不能举行腊祭了。意思是说虞就要亡国，等不到腊祭了。腊：年终举行的一种祭祀。 （28）在此行也，晋不更举矣：就在这次发兵攻灭虢国之后，就要灭虞国了，晋国不用再次举兵了。 （29）执：逮捕，捉拿。

【今译】晋侯再次向虞国借路去攻打虢国。宫之奇规劝虞侯说道：“虢国，是虞国的屏障。如果虢国灭亡了，那么虞国必定跟着它而灭亡。晋国的贪欲绝对不能纵容，侵略者不可忽视。借一次路已经是很过分的了，哪里再能借第二次呢？俗话说的‘辅车相依，唇亡齿寒’，就是像虞国和虢国的这种相互依存的关系呀。”

虞公说：“晋国是我的同宗，难道会害我吗？”宫之奇回答说：“太伯、虞仲都是周太王的儿子。太伯没有跟随在太王身边，所以没有继承王位。虢仲、虢叔是王季的儿子，做过周文王的卿士，对王室有功勋，受勋的典策还藏在盟府里面。晋国连虢国也要灭掉，对虞国还有什么可爱惜的呢？虞国能比桓叔、庄伯还亲吗？要是晋国爱惜宗族，那么桓叔、庄伯这两个家族有什么罪过呢？而晋国竟把他们杀了，这不就是仅仅认为构成威胁吗？至亲的人一旦位尊势大构成威胁，尚且还要杀害他们，何况您拥有一个国家呢？”

虞公说：“我祭祀的祭品丰盛清洁，神灵一定保佑我。”宫之奇回答说：“臣听说，鬼神并不是亲近哪一个人的，而只是保佑有德行的人。所以《周书》上说：‘上天对人没有亲疏之别，上天只辅助那些有德行的人。’《周书》上还说：‘祭祀的黍稷不算芳香，只有美德才芳香。’《周书》上又说：‘人们进献的祭品没有什么不同，只有有道德的人进供的祭品，神灵们才会享受。’要是这样，那么没有道德，百姓就不和睦，神灵也不会来享用祭品的。神灵所凭借依从的，就是道德。如果晋国夺取虞国，而且把修明德行作为芳香的祭品来奉献给神灵，神灵难道会把它吐出来吗？”

虞公没有听从宫之奇的规劝，答应晋国使者的要求。宫之奇带领他的家族出走，并且说道：“虞国今年不可能举行腊祭了。就在这次行动（中灭掉虞国），晋国不用再次出兵了。”就在这一年的冬天，晋国灭掉了虢国。晋国的军队回国时，驻扎在虞国，于是乘机袭击了虞国，灭掉了它，并抓住了虞公。

【点评】春秋之时,诸侯兼并,群雄争吞。晋国统一之后,国势日强,趁强秦未及东顾之际,遂想侵占虞、虢两小国,以解西顾之忧。晋献公即用大夫荀息之计,以“屈产之乘”“垂棘之璧”诱虞公上钩。虞大夫宫之奇识破阴谋,力谏之。终因虞公贪愚,“不听”而假道于晋。

此文首句直述“复”假道这一重大事件,交代“谏”的因由。一“复”字,便有不可再语之意,起笔峭然,重鼓重锣。尔后紧绕宫之奇谏假道叙事说理,内容集中,重点突出。

先写宫之奇单刀直入,直接指出“虢亡,虞必从之”,两相依存的利害关系,劝虞公拒绝晋国再假道的险恶要求。出语愈陡险,催人警醒,雄奇之至。并又深纠一步,指明“晋不可启,寇不可玩”,用反问与“复”相应,率直鲜明。“在昔为晋,在今为寇;在昔为启,在今为玩,晋不可启,故为一甚。寇不可玩,故不可再也。”紧后又用俗谚加以喻证,形象揭示两小弱国相依相存,“不能独完”的深刻道理,与前句相应。出语处处惊人,一指要害,口气坚决有力。之后又针锋相对,用事实说明同宗相残,不足信用,来反驳虞公“吾宗,岂害我”的愚稚之见。理、事俱在,痛快淋漓。接着对虞公“吾享祀丰洁,神必据我”,则强调指出“神鬼非人实亲,唯德是依”,而加以反驳,并三引《周书》之经句,博证鬼神不足恃的道理。三句逐层加深,层层相逼,又忽用反诘冷语,气势冷峭不已,言已至极。

最后简述虞公“不听”而“复假道”于晋,宫之奇遂率族出走。结尾虞国亡于晋,虞公被执,证实了宫之奇的预见。全文层次清楚,叙事完整,井然有序,引人叹息、深思。

【集说】事险,便作险语,看其段段俱是峭笔、健笔,更不下一宽句、宽字。古人文,必照事用笔,每每如此。(金圣叹《天下才子必读书》)

宫之奇三番谏诤,前段论势、中段论情、后段论理。层次井井。激昂尽致。奈君听不聪,终寻覆辙。读竟为之掩卷三叹。(吴楚材、吴调侯《古文观止》)

开首一语提清,以下先论势,次论情,再次论理。危言正论,总见晋使不可许。虞公弗听而许之。又作去后之谏,而卒亦不悟。是一时最不快意之事,却是千古最快意之文。(余诚《重订古文释义新编》)

(赵润会)

子鱼论战[1]

宋公及楚人战于泓[2]。宋人既成列，楚人未既济[3]。司马曰[4]："彼众我寡，及其未既济也，请击之。"公曰："不可。"既济而未成列，又以告。公曰："未可。"既陈而后击之[5]。宋师败绩，公伤股，门官歼焉[6]。

国人皆咎公[7]。公曰："君子不重伤，不禽二毛[8]。古之为军也，不以阻隘也[9]。寡人虽亡国之余[10]，不鼓不成列[11]。"

子鱼曰："君未知战。勍敌之人[12]，隘而不列，天赞我也[13]。阻而鼓之，不亦可乎？犹有惧焉[14]。且今之勍者[15]，皆吾敌也。虽及胡耇[16]，获则取之，何有于二毛[17]？明耻教战[18]，求杀敌也。伤未及死，如何勿重[19]？若爱重伤[20]，则如勿伤；爱其二毛，则如服焉[21]。三军以利用也[22]，金鼓以声气也。利而用之，阻隘可也[23]；声盛致志，鼓儳可也[24]。"

【注释】(1)选自《左传·僖公二十二年》。 (2)宋公及楚人战于泓：宋公，宋襄公，名兹父。泓：泓水(现在河南省柘城县西)。 (3)未既济：还没有完全渡过河(泓水)。 (4)司马：官名，这里指公子目夷。目夷，字子鱼，宋襄公的庶兄。 (5)陈：同"阵"，这里作动词用，是说楚人摆好了阵势。(6)门官歼(jiān)焉：门官，守门的官(平时给国君守门，出师则在国君左右护卫)。歼：尽死。 (7)咎(jiù)：责备。 (8)君子不重(chóng)伤：君子，有道德的人。不重伤：不再杀伤已经受伤的敌人。不禽二毛：禽：同"擒"，俘虏。二毛：头发斑白的老人。 (9)不以阻隘(ài)：不靠险阻(取胜)。另一说，不迫人于险以求胜。 (10)亡国之余：亡国者的后代。宋是商纣的后代，所以襄公这样说。这句话有自谦的意味。 (11)不鼓不成列：不进攻没有排成阵势的敌人。古代用兵，鸣鼓以战，这里的"鼓"是动词，意思是鸣鼓进军，也就是进攻。 (12)勍(qíng)敌之人：强敌的兵。勍：强。 (13)赞：助。 (14)犹有惧焉：还怕不能取胜吗。犹：尚且，还。 (15)今之勍者：当

前的强有力的人。 (16)虽及胡耇(gǒu):即使年纪特别大的。胡:老。耇:寿。 (17)何有于二毛:对于头发斑白的敌人有什么关系(有什么可以怜惜)? (18)明耻教战:明耻:(使)认识什么是耻辱。教战:教以作战的技能。明耻以鼓舞战斗的勇气,教战使掌握战斗的方法。 (19)如何勿重:怎么不可以再杀伤他们呢!(这是说对那些受伤没死,继续作战的敌人。) (20)爱:怜惜。 (21)服:(对敌人)屈服。 (22)三军以利用也:军队本是按着有利的时机而行动的。春秋时期,诸侯大国三军,合三万七千五百人。这里的"三军"泛指军队。用:施用,这里是指作战。 (23)利而用之,阻隘可也:意思是,既然军队作战是根据有利的时机,那么敌人遇到险阻,我们是可以进击的。 (24)声盛致志:声气充沛盛大,引起士兵的战斗意志。致:招致,引起。鼓儳(chán)可也:攻击未成列的敌人是可以的。儳:不整齐,这里是说"未成列"。

【今译】宋襄公和楚人在泓水边上作战。宋国军队已经排成队列,楚国军队还没有全部渡河。司马说:"他们人多,我们人少,等他们没有全部渡过河的时候,请君王下令攻击他们。"宋襄公说道:"不行。"楚军渡过河以后还没有摆开阵势,司马又(把刚才的意见)报告宋襄公。宋襄公说:"还不行。"等楚军摆开阵势后,这才开始攻击他们。宋军大败,连宋襄公的大腿也被打断,他的门官全部被歼。

国人纷纷指责宋襄公。宋襄公说:"君子不伤害伤员,不擒头发花白的人。古代的作战,不在险隘的地方阻击敌人。寡人虽然是殷商亡国的后裔,但也不攻击没有摆好阵势的敌人。"

子鱼说:"国君不懂得作战。强大的敌人,由于地势狭隘而没有摆开阵势,这是上天在帮助我们。把他们拦截而攻击,不也是可以的吗?还怕不能取胜吗?现在强大的国家,都是我们的敌人,虽然是老头子,俘虏了就抓回来,管他什么头发花白不花白。说明什么是耻辱,教给士兵作战的技能,这是为了杀死敌人。敌人受伤而没有死,为什么不可以再伤害他一次呢?如果爱惜敌人伤员而不再次伤害,就应当(一开始就)不伤害他们;爱惜他们头发花白的人,还不如向他们投降不战。军队,由于有利才加以使用;鸣金击鼓,是用声音来鼓励士气。有利而使用,在狭路阻击是可以的;鼓声大作鼓舞了士气，攻击没有摆开阵势的敌人也是可以的。”

【点评】春秋前期，从齐桓公死（公元前643年）到晋文公奠定霸业（公元前632年），这期间中原没有霸主，力量并不十分强大的宋襄公就企图称霸。这时南方的强国楚国也想争霸中原，因此发生了宋楚两国的泓之战。

战争开始时，宋国处于有利的地位，本来可以利用时机击溃楚军，但宋襄公不听子鱼劝告而遭致惨败。写子鱼的劝告，一次完整的写出所说的话，另一次只说“又以告”，笔法灵活而有变化。用“不可”“未可”表现宋襄公的固执，用“公伤股，门官歼焉”七个字表现惨败之状，简洁生动。之后，具体写宋襄公的迂腐、虚伪。既摆出上文“不可”“未可”的“理由”，又为下文子鱼逐点反驳立下根据。最后写子鱼论战。子鱼先总说“君未知战”，后分驳“不以阻隘”“不鼓不成列”，再驳“不禽二毛”“不重伤”，最后指出应于敌人处于不利情况下进击。寥寥数语，正面反面讲得十分透彻。不但指明了宋襄公的愚蠢、虚伪，而且反映了古代军事家要求及时抓住战机，消灭敌人力量的优秀军事见解。

【集说】笔快，却如剪刀快相似，愈剪愈疾，愈疾愈剪。胸中无数关隔噎咳之病，读此文，便一时顿消。（金圣叹《天下才子必读书》）

宋襄公欲以假仁假义，笼络诸侯以继霸，而不知适成其愚。篇中只重阻险鼓进意，“重伤”“二毛”带说。子鱼之论，从不阻不鼓，说到不重不禽。复从不重不禽，说到不阻不鼓。层层辩驳，句句斩截，殊为痛快。（吴楚材、吴调侯《古文观止》）

宋襄公以不阻不鼓取败。公羊过褒，胡氏过贬，均失。总是继霸之初，不知度德量力，欲以假仁假义笼络诸侯，故但用正兵，不肯诈胜，是其愚处。与前此以乘车会楚被执，同一好笑。及败后受通国咎责，因引及“不重伤，不禽二毛”门面话头，虚张掩护，更觉不情，独不思敌之伤可恤，敌之老可矜，而己之师，己之股，己之门官，皆可不必计乎？子鱼此论，从不阻不鼓，倒说到不重不禽；复从不重不禽，顺说到不阻不鼓，一句一驳，总见其未知战。所以深惜其愚也。

文之精练斩截，如短兵接战，转斗无前。（林云铭《古文析义》）

（赵润会）

介之推不言禄[1]

晋侯赏从亡者[2],介之推不言禄,禄亦弗及。推曰:"献公之子九人,唯君在矣[3]!惠、怀无亲,外内弃之。天未绝晋,必将有主。主晋祀者[4],非君而谁?天实置之[5],而二三子以为己力[6],不亦诬乎?窃人之财,犹谓之盗;况贪天之功以为己力乎?下义其罪,上赏其奸[7],上下相蒙,难与处矣。"其母曰:"盍亦求之,以死谁怼[8]?"对曰:"尤而效之[9],罪又甚焉!且出怨言,不食其食。"其母曰:"亦使知之,若何?"对曰:"言,身之文也[10],身将隐,焉用文之?是求显也[11]。"其母曰:"能如是乎?与女偕隐。"遂隐而死。晋侯求之不获,以绵上为之田[12],曰:"以志吾过[13],且旌[14]善人。"

【注释】(1)选自《左传·僖公二十四年》。介之推:晋文公重耳从亡之臣,姓介名推,之是语气助词。 (2)晋侯:即晋公子重耳,后称晋文公。 (3)君:指重耳。 (4)主晋祀者:主持晋国祭祀的人,指掌握晋国政权之人。 (5)置:立。 (6)二三子:指从亡者。 (7)奸:坏事。 (8)怼(duì):怨恨。 (9)尤:过失。 (10)文:装饰,修饰。 (11)求显:让世人皆知。 (12)为之田:作为他的祭田。 (13)志:标志。 (14)旌:表扬,弘扬。

【今译】晋文公赏赐跟随他一起流亡的人,介之推绝口不提俸禄之事,俸禄也就没有给他。介之推说:"献公之子共有九个,只有晋文公还在!惠、怀王没有亲信,里里外外都抛弃他们。上天没有使晋国走向绝境,必定有所主掌政权的人。而主持晋国祭祀的,除了晋文公又还有谁呢?本来是上天确定的事,而从亡的几个人却认为是自己的能力所致,这不是捏造事实吗?偷窃别人的财物,都称之为盗贼,更何况贪天之功呢?在下的从亡者把罪过作为正义的事,在上的君主奖赏他们所做的坏事。上下相互蒙蔽,我很难相处于其中。"介之推的母亲说:"你怎么不去请赏呢?到快死的时候又埋怨谁呢?"介之推回答道:"既然认识到过失,却又要模仿它,罪过就更大了。我只是说些埋怨的话，不吃他供给的俸禄罢了。”他的母亲又说：“这也应该让晋文公知道，怎么样？”介之推回答说：“言语是人身上的文饰，身子就要归隐了，还要语言文饰做什么用呢？这是故意让别人知道呀。”他母亲说：“如果能这样的话，我和你一起隐居。”于是两人隐居直到终老。晋文公没有找到介之推，就把绵上作为介之推的祭田，说道：“用这个来标明我的过错，并作为对正直善良之人的表彰。”

【点评】本篇重在写介之推之“言”，并以此现出人物境界。对话生动传神，切合口吻。先言介之推对“不言禄”的解释，正好作为背景和环境描写，为下文做铺垫。与其母对话，亦层递而进，话语淋漓，人物情操亦尽致。尤其母亦“遂隐”、晋侯以绵上为祭田等事，更突出介之推情操之感人效果。

【集说】最是清绝、峭绝文字。写其母三段话，是三样文字。细细玩味之。（金圣叹《天下才子必读书》）

晋文反国之初，从行诸臣，骈首争功，有市人之所不忍为者。而介推独超然众纷之外，孰谓此时而有此人乎？是宜百世之后，闻其风者，犹咨嗟叹息不能已也。篇中三提其母，作三样写法，介推之高，其母成之欤！（吴楚材、吴调侯《古文观止》）

此传直起直收，一似平铺顺叙，毫无结构者，然其实起伏照应，丝丝入扣，神明于法，而绝无用法痕迹，是宇宙间极有数文字。（余诚《重订古文释义新编》）

“不言禄”三字是一篇纲领。“禄亦弗及”只带说。“推曰”以下，皆发明不言禄意。但自“献公之子九人”至“难与处矣”，皆以他人言禄作衬，议论滔滔不竭，有一泻千里之势，而自己不言禄意，只于言外见得。其笔趣却又浑如蜻蜓点水一般。“其母曰”至“与女偕隐”，几番问答，便移宫换羽，纯用清峭之笔，几于不多著墨而不言禄意，层层实写得出，又酷类颜鲁公书法，精力直透过纸背数重，前后笔法迥异，正足见谋篇之妙。末用“绵上为之田”紧应“禄亦弗及”，又用晋侯语暗应“不言禄”、“禄亦弗及”两层，周到精密，细心寻绎，当自得之。（余诚《重订古文释义新编》）

（王纪刚）

晋楚城濮之战[1]

宋人使门尹般如晋师告急[2]。公曰[3]:"宋人告急,舍之则绝[4],告楚不许。我欲战矣,齐、秦未可。若之何?"先轸曰[5]:"使宋舍我,而赂齐、秦,藉之告楚[6]。我执曹君[7],而分曹、卫之田以赐宋人[8]。楚爱曹、卫[9],必不许也。喜赂怒顽[10],能无战乎?"公说[11],执曹伯[12],分曹、卫之田,以畀宋人[13]。

楚子入居于申[14],使申叔去穀[15],使子玉去宋[16],曰:"无从晋师[17]。晋侯在外十九年矣[18],而果得晋国。险阻艰难,备尝之矣。民之情伪[19],尽知之矣。天假之年[20],而除其害。天之所置,其可废乎?《军志》曰[21]:'允当则归[22]。'又曰:'知难而退。'又曰:'有德不可敌。'此三志者,晋之谓矣[23]。"

子玉使伯棼请战[24],曰:"非敢必有功也,愿以间执谗慝之口[25]"。王怒,少与之师,唯西广、东宫与若敖之六卒[26],实从之[27]。

子玉使宛春告于晋师曰[28]:"请复卫侯而封曹[29],臣亦释宋之围[30]。"子犯曰[31]:"子玉无礼哉!君取一,臣取二[32],不可失矣。"先轸曰:"子与之[33]。定人之谓礼[34]。楚一言而定三国[35],我一言而亡之,我则无礼,何以战乎?不许楚言,是弃宋也。救而弃之,谓诸侯何[36]?楚有三施[37],我有三怨,怨仇已多,将何以战?不如私许复曹、卫以携之[38],执宛春以怒楚[39],既战而后图之[40]。"公说,乃拘宛春于卫,且私许复曹、卫。曹、卫告绝于楚[41]。

子玉怒,从晋师,晋师退。军吏曰:"以君避臣[42],辱也;且楚师老矣[43],何故退?"子犯曰:"师直为壮[44],曲为老[45],岂在久乎?微楚之惠不及此[46],退三舍避之[47],所以报也。背惠食言[48],以亢其仇[49],我曲楚直,其众素饱[50],不可谓老。我退而楚还,我将何求?若其不还,君退臣犯,曲在彼矣。"退三舍。楚众欲止[51],子玉不可。

夏，四月戊辰[52]，晋侯、宋公、齐国归父、崔夭、秦小子慭次于城濮[53]。楚师背酅而舍[54]，晋侯患之。听舆人之诵曰[55]："原田每每[56]，舍其旧而新是谋[57]。"公疑焉。子犯曰："战也！战而捷，必得诸侯[58]。若其不捷，表里山河[59]，必无害也。"公曰："若楚惠何[60]？"栾贞子曰[61]："汉阳诸姬[62]，楚实尽之。思小惠而忘大耻[63]，不如战也。"晋侯梦与楚子搏[64]，楚子伏己而盬其脑[65]，是以惧[66]。子犯曰："吉。我得天，楚伏其罪，吾且柔之矣[67]。"

子玉使斗勃请战[68]，曰："请与君之士戏[69]，君冯轼而观之[70]，得臣与寓目焉[71]"晋侯使栾枝对曰："寡君闻命矣。楚君之惠，未之敢忘，是以在此。为大夫退，其敢当君乎[72]？既不获命矣，敢烦大夫，谓二三子[73]：戒尔车乘[74]，敬尔君事[75]，诘朝将见[76]。"

晋车七百乘[77]，韅、靷、鞅、靽[78]。晋侯登有莘之墟以观师[79]，曰："少长有礼[80]，其可用也。"遂伐其木，以益其兵[81]。己巳[82]，晋师陈于莘北[83]，胥臣以下军之佐当陈、蔡[84]。子玉以若敖之六卒将中军[85]，曰："今日必无晋矣。"子西将左[86]，子上将右[87]。

胥臣蒙马以虎皮，先犯陈、蔡，陈、蔡奔，楚右师溃。狐毛设二旆而退之[88]。栾枝使舆曳柴而伪遁[89]，楚师驰之。原轸、郤溱以中军公族横击之[90]，狐毛、狐偃以上军夹攻子西，楚左师溃。楚师败绩[91]。子玉收其卒而止，故不败。

晋师三日馆谷[92]，及癸酉而还[93]。

【注释】(1)选自《左传·僖公二十八年》。城濮(pú)：卫国地名，在今山东鄄(juàn)城县西南。 (2)门尹般：宋国大夫。门尹：官职名。般：人名。如：往，去。 (3)公：晋文公。 (4)舍：舍弃不管。绝：断绝关系。 (5)先轸(zhěn)：又名原轸，晋国中军主帅。 (6)藉：同"借"，通过，凭借。(7)执：扣留。 (8)赐：赏赐。 (9)爱：爱护；舍不得失掉。 (10)喜赂怒

顽:齐、秦两国得到宋国的贿赂非常高兴,而对楚国不许退兵的顽固态度非常恼怒。 (11)说:同“悦”,高兴。 (12)曹伯:曹共公。 (13)畀(bì):送给。 (14)楚子:楚成王。入居:进驻。申:国名,姜姓,在今河南南阳市。 (15)申叔:楚大夫,为戍守齐国穀邑的楚军将领。去:离开。 (16)子玉:楚国令尹,曾于鲁僖公二十七年(前633),统兵围宋。 (17)从:追逐,进逼。 (18)晋侯在外:指晋文公重耳流亡之事。 (19)情伪:感情的真假虚实。情:诚实。伪:虚假。 (20)假:给予。 (21)《军志》:古代兵书,现已亡失。 (22)允当(dàng):适度,恰如其分。归:回头,终止。 (23)晋之谓矣:说的就是晋国这样的情况啊。 (24)伯棼(fén):楚大夫。 (25)间执:趁机堵塞。谗慝(tè):毁谤他人,拨弄是非的人。 (26)西广:楚军编制分为左、右广,西广即右广。东宫:太子宫,这里指由太子直接控制的军队。若敖:楚王祖先的名号,用作特种军队的名称。这里指子玉的亲兵。卒:一百人。 (27)实从之:实际上跟随着子玉。 (28)宛春:楚国大夫。(29)复卫侯:恢复卫侯的君位。封曹:重新建立曹国。(30)释:解除。(31)子犯:狐偃之字,重耳的舅父,晋国之卿。 (32)君取一:晋君文公只得到解除宋国之围这一项好处。臣取二:楚臣子玉却得到复卫封曹这两项好处。 (33)与:允许,答应。 (34)定人之谓礼:礼:能使别人、别国安定的就叫作有礼。 (35)定三国:指复卫、封曹、释宋之围。 (36)谓诸侯何:对诸侯怎样解释呢? (37)三施:对卫、曹、宋三国都有恩惠。 (38)携:离间,分化。 (39)怒楚:激怒楚国。 (40)图:图谋,考虑。 (41)告绝:宣告断绝关系。 (42)君:晋文公。臣:子玉。 (43)老:极度疲惫,士气衰落。 (44)师直为壮:出兵打仗,合乎正义,士气就旺盛。 (45)曲:不合正义。 (46)微:没有。 (47)三舍:九十里。古代行军,三十里为一舍。(48)背惠食言:背弃楚国的恩惠,取消自己的诺言。 (49)亢:通“抗”,捍御,蔽护。 (50)素:一向。饱:士气饱满。 (51)止:停止。 (52)戊辰:初三。 (53)宋公:宋成公。国归父、崔夭:都是齐国的大夫。次:驻扎。(54)背:背靠着。酅(xī):城濮附近地势险要的丘陵。舍:宿营。 (55)舆人:士卒。诵:不配合乐曲的歌词。 (56)原田:平原上的田地。每每:野草茂盛的样子。 (57)舍其旧而新是谋:去掉旧草根,考虑考虑,赶快播新种。 (58)必得诸侯:一定得到诸侯的拥护。 (59)表里山河:外有黄河,内有太行山。 (60)若楚惠何:对楚国的恩惠怎么办呢? (61)栾贞子:即栾枝,晋国下军主帅。 (62)诸姬:那些姬姓国家。 (63)小惠:指重耳流亡楚国时,受到楚成王的款待。大耻:指楚国消灭晋国同姓诸国。 (64)搏:空手对打。 (65)盬(gǔ):吮吸脑汁。 (66)是以:因此。 (67)柔:以柔克刚,柔服。 (68)斗勃:楚国大夫。 (69)戏:戏耍,实为作战。 (70)轼:车前横木。 (71)得臣:子玉之名。寓目:观看。 (72)当:抵挡,对抗。(73)二三子:指楚之将领子玉等人。 (74)戒:准备。 (75)敬:忠于,重视。 (76)诘朝(zhāo):明天早晨。 (77)乘(shèng):古代称四匹马拉的战车,每辆配备甲士三人,步卒七十二人的,为一乘。 (78)韅(xiǎn)、靷(yǐn)、鞅(yāng)、靽(bàn):指马身上的披甲、缰绳、络头之类的东西,在背叫韅,在胸叫靷,在腹叫鞅,在后叫靽。这里借以形容晋军军容整齐。 (79)有莘(shēn):古国名,在今山东曹县西北。 (80)礼:指进军在前,退军在后等礼让行为。 (81)兵:兵器,战具。 (82)己巳:初四。 (83)陈:同“阵”,列阵。 (84)当:抵挡。 (85)将:率领。 (86)左:左军。 (87)右:右军。(88)狐毛:狐偃之兄,晋上军主帅。旆(pèi):中军大旗。 (89)曳(yè):拖。伪遁:伪装逃遁。 (90)郤(xì)溱(zhēn):晋中军副帅。公族:晋文公所率领的同族部队,即文公的亲兵。 (91)败绩:大败。 (92)馆谷:住在楚军丢下的营垒里,吃着楚军丢下的粮食。 (93)癸酉:初八。

【今译】(此时,楚国纠集陈、蔡等国正在围攻宋国)宋国派大夫门尹般到晋军中告急。晋文公说:“宋国来告急,如果舍弃不管,他们就会和我们断绝关系;要是请求楚国退兵,楚国又不答应。我们要想跟楚国交战,齐国和秦国又不同意。这该怎么办呢?”先轸说:“让宋国舍弃我们而去贿赂齐国和秦国,借他们的帮助去请求楚国退兵。我们扣留曹国国君,将曹国、卫国的一部分土地赏赐给宋国。楚国舍不得失掉曹国和卫国,必然不会答应齐国和秦国的请求。齐国和秦国喜欢宋国的贿赂而恼怒楚国的顽固态度,能不出兵交战吗?”晋文公听后很高兴。于是,便扣留了曹共公,把曹国和卫国的土地分给了宋国。

楚成王进驻申地,下令叫申叔撤出穀城,让子玉离开宋国,说:“不要去追逐晋国军队。晋文公流亡在外十九年了,结果还是得到了晋国。艰难险

阻，他都尝过了。民情真伪，他都知道了。上天给予他年寿，又除掉了他的祸害。上天安排好的人，难道可以废除吗？《军志》上说：‘适可而止。’又说：‘知难而退。’又说：‘有德不可敌。’这三条记载，说的就是晋国这样的情况啊！”

子玉派伯棼去请战，说：“我不敢说一定能建立战功，愿意以此堵住诽谤者的嘴巴。”楚王听后大怒，少给他军队，只派西广、东宫和若敖的六百人，实际上归子玉指挥。

子玉派宛春告诉晋军说：“请恢复卫侯的君位，把土地退还曹国，我们也解除对宋国的包围。”子犯说：“子玉太无礼啦！给君王的好处只是（解除对宋国的包围）这一项，要求君王给他的好处却是（复卫封曹）两项。不要失掉这个战机啊！”先轸说：“您还是答应他们吧！能使别人安定就叫作有礼。楚国一句话能使三国安定，而我们一句话却使他们灭亡，我则无礼，还凭什么去作战呢？不答应楚国的请求，这是抛弃宋国。我们为救宋国作战，现在又抛弃了他，这对诸侯作何解释呢？楚国有三项恩惠，我们有三项怨仇，怨仇结多了，还凭什么去作战呢？不如私下答应恢复曹国和卫国，使他们离开楚国，再扣留宛春来激怒楚国，等打完仗再考虑这些事情。”晋文公听了很高兴。当即把宛春囚禁在卫国，同时私下答应恢复曹国和卫国。曹、卫两国果然和楚国绝交了。

子玉闻讯大怒，下令追击晋军，晋军向后撤退。军吏说：“以国君而躲避臣下，这是耻辱。况且楚国的军队已经疲惫不堪，我们为什么要后退呢？”子犯说：“师出有名，士气旺盛；师出无名，士气衰落，哪里取决于在外作战的时间长久呢？如果没有当年楚国的帮助，我们不会有今天。现在我们退避三舍，就是为了报答当年的恩惠。背弃恩惠而自食其言，用以蔽护他们的敌人，我们则理曲，楚国则理直，他们的士气一向饱满，不能说是疲惫不堪。如果我们后退，楚国也撤了兵，那我们还要求什么呢？如果他们不撤兵，国君退走而臣下进犯，理屈的就是他们了。”晋军后退九十里。楚国的士兵想停止追击，子玉不答应。

夏季的四月初三日，晋文公、宋成公、齐卿国归父、大夫崔夭、秦国的公子小子慭分别率军进驻城濮。楚军背靠着险要的丘陵安营扎寨，晋文公对这件事很担心。他听到士卒中传诵着这样的歌词：“原野上田里的青草生长茂盛，赶快扔掉旧的，考虑好播种新的种子。”晋文公疑虑不定。子犯说：“出战吧！战而获胜，一定能在诸侯中称霸。如若不胜，我国外有黄河，内有太行山，一定没有什么损害。”晋文公说：“那对楚国的恩惠怎么办呢？”栾枝说：“汉水北面的那些姬姓国，楚国都把它们吞并了。光想着小的恩惠而忘记大的耻辱，不如出战。”晋文公梦见和楚王搏斗，楚王趴在他的身上吸吮他的脑汁，因而很害怕。子犯说：“大吉大利！我们得到上天的帮助，楚国伏罪，而且我们已经柔服他们了。”

子玉派斗勃向晋军请战说：“请允许我们和国君的斗士做一次角力游戏，国君您扶轼观看，我自己也陪着您观看。”晋文公派栾枝回答说：“我们国君听到您的话了。楚王的恩惠，我们没敢忘记，所以才撤退到这里。对大夫尚且如此退让，怎敢抵抗楚君呢？既然没有获得退兵的命令，那就烦劳您对贵部将士说：‘准备好你们的战车，忠于你们的国君，明天早晨我们相见吧！’”

晋国战车七百辆，战马身上套着韅、靷、鞅、靽，装备齐全，军容整齐。晋文公登上有莘故城检阅军队，说：“年少的和年长的，排列得完全合乎礼让原则，可以出战了。”于是，命令砍伐山上的树木，以增加武器装备。初四日，晋军在城濮摆开阵势，晋军的下军副帅胥臣让下军分别抵挡陈国和蔡国的军队。子玉率领若敖亲兵六百人主持中军，说：“今天就一定没有晋国了。”子西率领左军，子上率领右军。胥臣给战马蒙上虎皮，首先攻击陈、蔡两军。陈、蔡两军败逃，楚国的右军被击溃。狐毛竖起两面大旗佯装中军向后撤退，栾枝让战车拖着树枝，扬起尘土，假装逃跑。楚军见状便追，原轸、郤溱率领中军及晋文公的亲兵拦腰截杀。狐毛、狐偃率领上军夹攻子西，楚国的左军也被击溃。楚军大败。只有子玉及时下令收兵，所以才没有全军覆没。

晋国占领楚营，在那里吃住、休整三日后，到初八才起程回国。

【点评】两千多年来，《晋楚城濮之战》一直被誉为《左传》善于记事，尤其是善于描写战争的一个范本。其实，这只说对了一半。记事诚佳，终非目的，目的在于以事为据，说明道理。所以，此文名为记叙，实为一篇特殊的兵论。譬如，第一段表面上在写两国交战的原因及练兵选帅等情况，实际上提出了如下观点：出定襄王，入务利民，以德选帅，以礼练兵者必胜；而进犯中

原，刚暴无礼者必败。第二段所写，可算作双方交战的前奏曲，实际上说明了这样的道理：在战争中，瓦解敌人，争取盟军，变被动为主动，是争取胜利的重要条件。第三段名义上是叙述双方交战经过，实际上是以《军志》之言和晋胜楚败之实为论据，证明了“有德不可敌”“师直为壮”“有礼可用”之军事思想的正确性。四、五段亦然。真可谓“春秋文见于此，起义在彼。左氏窥此秘，故其文虚实互藏，两在不测”。（清·刘熙载《艺概·文概》）

本文在写战争的时候，总是将政治因素，特别是人的因系放在诸因素的首位，并以大量的篇幅加以描写。它首先选取能表现战争的性质、战前的教化民众、练兵选帅、谋划方略、争取同盟以及战争中的君巨辑睦、统一指挥、相互配合的事例加以详细记叙。而在描写决战过程和结果的时候，则粗线条勾勒，一旦交代清楚，便会立刻收笔。这样做，不但描写了一场惊天动地的战争，而且突出了作者的政治思想和军事思想，还塑造了众多性格鲜明的人物形象。林纾说得好：“《左传》叙数大战，如鞍也、邲也、鄢陵也，车驰卒奔，颇极喧闹。而此篇叙计划独多，文字佳处，俱在战事之前，千澜万波，全为制胜张本。及归到战状，寥寥不过数行而结。凡巨篇文字，最忌相犯。城濮之战，君臣辑睦，上下成谋，故胜。”（《左传撷华》）

处处对比，褒贬分明是本文的又一特点。在写人物时，晋侯与子玉是冤家对头，作者把晋侯写成一个知德知义知礼知信的完人，一个善于集中将士智慧，制定正确的战略、策略以及战功卓著的英雄，最后受到周王的加爵封赏。而却把子玉写成一个刚暴无礼，傲慢狂恣，公报私仇的莽汉，最后让他身败名裂，自取灭亡。写战争的性质时，楚国是主动围困宋国，向中原进犯，是非正义的。而晋国则是“尊王攘夷”，“报施救患”，完全是正义的。在写练兵选帅时，晋国以德义礼信为最高准则，而楚国则以刚暴无礼沾沾自喜。在写作战时，晋国上下一心，指挥得当，而楚国军臣相违，指挥失误。在所有这些描写中，作者显然是站在周王朝和晋国一边，颂扬其言其行，而处处批评楚国的所作所为。《史记·十二诸侯年表序》云：“孔子所立之《春秋》，”本身即为“刺讥褒讳挹损之文辞”。左丘明恐“失其真”，才为其作传的。可见，作者的好恶确与“圣人”一脉相承。

【集说】篇中写子玉处，只是粗莽；写文公处，只是谨慎；写原轸、子犯处，只是机变。至写两国交战处，觉楚之三军，各自为部，可以惊而退，可以诱而进；而晋之三军如一身，指臂彼此互相接应，有常山首尾之形，成败之势自见。至晋文之谲，在致楚上断，和复曹、卫、执宛春二事而已，与蒙马等无涉，不可不辨。（林云铭《古文析义》）

是传也，成晋霸也，春秋大战第一也。分四大支。开局一支，以曹、卫为媒，以齐、宋助采；正局二支，一在未战前步骤生波，一在临战时出阵整变；收局一支，尊王以正名，锡命以张伐。通篇文德军机，奇正相辅。山岳动摇之事，部州居次之文。（浦起龙《古文眉诠》）

晋之伐曹卫者，收曹卫，而楚之庇曹卫者，反以失曹卫。用与国、用敌国，又用敌国之与国以困敌国，其绳索收放皆在我。谲则谲矣，然而不可谓不妙也。（孙琮《山晓阁评选古文十六种·左传选》引钟伯敬语）

城濮之战，左氏叙晋处，何等曲折，何等细密，何等谦退。君臣上下之间同心协谋而又用“少长有礼，其可用也”与前大蒐示礼相应，那得不一战而伯。其叙楚处，君臣之间先已龃牾不合，绝不闻子玉向人采一言，绝不闻人向子玉献一计，惟写其一路壮往用罔之气，那得不丧师辱国。（孙琮《山晓阁评选古文十六种·左传选》）

（李 雪）

烛之武退秦师[1]

九月甲午[2]，晋侯、秦伯围郑[3]，以其无礼于晋[4]，且贰于楚也[5]。晋军函陵，秦军氾南[6]。佚之狐言于郑伯曰[7]：“国危矣，若使烛之武见秦君[8]，师必退。”公从之。辞曰[9]：“臣之壮也，犹不如人，今老矣，无能为也已。”公曰：“吾不能早用子，今急而求子，是寡人之过也。然郑亡，子亦有不利焉。”许之。

夜缒而出[10]，见秦伯，曰：“秦、晋围郑，郑既知亡矣。若亡郑而有益于君，敢以烦执事[11]。越国以鄙远[12]，君知其难也。焉用亡郑以陪邻[13]？邻之厚，君之薄也[14]。若舍郑以为东道主[15]，行李之往来，共其乏困[16]，君亦无所害。且君尝为晋君赐矣，许君焦、瑕[17]，朝济而夕设版焉[18]，君之所知也。夫晋，何厌之有？既

东封郑，又欲肆其西封[19]，若不缺秦[20]，将焉取之[21]？缺秦以利晋，唯君图之。”秦伯说[22]，与郑人盟。使杞子、逢孙、扬孙戍之[23]，乃还。

子犯请击之。公曰：“不可。微夫人之力不及此[24]。因人之力而敝之，不仁[25]；失其所与，不知[26]；以乱易整，不武[27]。吾其还也。”亦去之。

【注释】(1)选自《左传·僖公三十年》。 (2)甲午：有考证认为是九月十三日。 (3)晋侯：晋文公。秦伯：秦穆公。 (4)“以其”句，指晋文公重耳逃亡经过郑国，郑文公不加礼遇的事。 (5)贰于楚：指对晋有二心，而亲近于楚国。 (6)函陵：地名，在今河南新郑市北。汜(sì)南：汜水之南，指东汜水，在今河南中牟县南，早已干涸。 (7)佚(yì)之狐：郑国大夫。之，语气助辞，和下文的烛之武，同样以之字介于姓和名之间。 (8)烛之武：郑国大夫，也称“烛武”。(《后汉书·张衡传》) (9)辞：推辞。 (10)缒(zhuì)：用绳子缚住身体，从上面吊下去。 (11)执事：执行事务的人，这里指秦穆公本人。 (12)越：超越。鄙：国家的边境。越国以鄙远，越过邻国而侵占远方的国家用以作为自己的边邑。 (13)陪：增厚。这句是说何苦用灭掉郑国以增加邻国的实力呢？ (14)邻之二句：说邻国实力的增强，就是你国势力的削弱。 (15)舍：舍弃。东道主：东方道上的主人(郑在秦的东方)。 (16)行李：外交使者。共：同“供”。行而无资为乏，居而无食为困，这里指使者往来时资粮的缺乏。 (17)焦、瑕：二地名，均在今河南陕县附近。 (18)设版：筑墙。 (19)封：疆界。东封郑之封为动词，肆其西封之封为名词。肆：放肆，这里指扩张。 (20)缺：削减。 (21)将焉取之：还能到哪里去取得土地呢？ (22)说：悦也。 (23)杞子、逢孙、扬孙：三人都是秦国大夫。 (24)微：无。夫：那个。夫人：指秦穆公。 (25)因：藉，靠。敝：这里指损害。 (26)与：盟国。知：同智。 (27)整：犹言步调一致。乱：犹言自相冲突。易：变成。秦、晋的步调本来是一致的，如果彼此相攻，则是起了内讧。武：以力服人之意。不武：言两国由合作变成彼此相攻，乃是很不体面的事，不足以服人之心。

【今译】九月甲午日，晋文公和秦穆公合兵攻打郑国，理由是郑国曾无礼于晋文公，并且对晋国产生贰心，和楚国相通。当时晋军驻扎在函陵，秦军驻扎在氾南。

郑国大夫佚之狐向郑文公面奏道："郑国危险！如果您能派烛之武去见秦国君主，秦军肯定会撤走。"郑文公听从了佚之狐的建议。烛之武推辞不受，说："臣青壮年时的才智就不如人，如今年迈力衰，就更加不中用了。"郑文公道："我不能及早重用您，如今危急关头却来请求您，这是我的错误。可郑国一旦覆亡，也将祸及于您啊！"烛之武答应了。

夜里，烛之武用绳子把自己吊到城外，见到了秦穆公，说："现在秦、晋两国围困郑国，郑国明白自己国家即将覆灭。然而郑国的灭亡若于秦君有益，那就麻烦您也无所谓。以遥远的别国作为秦国的边境，秦君一定会认为是很困难的。您又何苦为了邻国增加地盘而灭掉郑国呢？邻国势力的增大实际上就等于秦国势力的减弱啊！若是放弃攻打郑国，郑国作为东道主，将来有使臣往来，必供给粮草，这对您有百利而无一弊。况且秦君曾恩赐于晋君，（晋君）答应将焦、瑕二城给秦国，（谁料想到）晋君在早上刚渡过黄河，到了晚上就设版修墙（如临大敌）。这些都是您所清楚的事。晋国哪里会有满足？已经要把郑国作为其东方的疆界，势必向西开拓他们的领土，这时候若不损害秦国，又将向何处伸手呢？损秦以利晋，希望秦君能深思而熟虑之！"秦穆公很高兴，答应与郑国结盟，派大夫杞子、逢孙、扬孙帮郑国守城，自己率领秦军回国。

子犯请求追击秦军，晋文公说："不可！如果没有秦国君臣的相助，就不会有我的今天。依靠人家的力量反过来伤害人家，不仁义；失掉了自己的盟友，不明智；化玉帛为干戈，这难服人心。我们最好还是收兵吧！"于是晋军也随之撤退了。

【点评】这篇文章可分三段：第一段（"晋侯、秦伯围郑"——"许之"），点出事件背景，烘托气氛，暗示发展趋势，为全文做好铺垫。第二段（"夜缒而出"——"唯君图之"）为一篇主干，说辞婉曲，层次明晰。第三段（"秦伯说"——"亦去之"）为事件之结局，写秦背晋盟，与郑化敌为友，而晋人失其所与，反成孤军，与第一段相呼应。整篇文章顾后瞻前，巧施伏笔，简练而不

失谨严，自然而耐人寻味。尤其是烛之武一篇说辞，更是本文精华所在。全部说辞仅一百二十五字，大旨无非说明亡郑无益，文章却从不同角度，纵横捭阖，将利害得失分析得淋漓尽致。烛之武牢牢抓住秦晋之间的矛盾，从亡郑以陪邻，层层推进，一直说到阙秦以利晋，句句在理，字字动心，因此能够打动秦穆公，拆散秦、晋同盟，而挽救了郑国的危亡和人民将遭受到的灾难。

【集说】分明一段写舍郑之无害，一段写陪晋之有害，而其文皆作连锁不断之句，一似读之急不得断者。妙在其辞愈委婉，其说愈晓畅。（金圣叹《天下才子必读书》）

烛之武为国起见，说秦之词，句句悚动，有回天之力。其中无限层折，犹短兵接战，转斗无前。不虑秦伯不落其彀中也。计较利害处，实开战国游说门户。（林云铭《古文析义》）

郑近于晋，而远于秦。秦得郑而晋收之，势必至者。越国鄙远，亡郑陪邻，阙秦利晋，俱为至理。古今破同事之国，多用此说。篇中前段写亡郑乃以陪晋，后段写亡郑即以亡秦，中间引晋背秦一证，思之毛骨俱竦。宜乎秦伯之不但去郑，而且戍郑也。（吴楚材、吴调侯《古文观止》）

（凤录生）

蹇叔哭师[(1)]

冬，晋文公卒。庚辰[(2)]，将殡于曲沃[(3)]。出绛[(4)]，柩有声如牛[(5)]。卜偃使大夫拜[(6)]，曰："君命大事[(7)]，将有西师过轶我[(8)]。击之，必大捷焉。"

杞子自郑使告于秦曰："郑人使我掌其北门之管[(9)]，若潜师以来[(10)]，国可得也。"穆公访诸蹇叔。蹇叔曰："劳师以袭远，非所闻也[(11)]。师劳力竭，远主备之，无乃不可乎[(12)]？师之所为，郑必知之。勤而无所[(13)]，必有悖心[(14)]。且行千里，其谁不知？"公辞焉。召孟明、西乞、白乙[(15)]，使出师于东门之外。蹇叔哭之，曰："孟子，吾见师之出而不见其入也。"公使谓之曰："尔何知！中寿，尔墓之木拱矣[(16)]！"

蹇叔之子与师(17)，哭而送之曰："晋人御师必于殽(18)。殽有二陵焉(19)；其南陵，夏后皋之墓也(20)；其北陵，文王之所避风雨也(21)。必死是间(22)，余收尔骨焉！"秦师遂东(23)。

【注释】(1)选自《左传·僖公三十二年》。蹇叔：秦国元老。 (2)庚辰：鲁僖公三十二年十二月十日。 (3)殡(bìn)：埋葬。曲沃：晋地名，今山西闻喜县，为晋君祖坟所在之地。 (4)绛：晋国都，在今山西翼城县东南。 (5)柩(jiù)：棺材。 (6)卜偃：晋掌卜筮之官，名偃。 (7)君：指晋文公。命：命令，指示。大事：指军事。 (8)西师：指秦军，因秦在晋西，故名。过轶：后车超过前车。此处是指秦军越晋境而过。晋在秦、郑之间，秦侵郑，必定要路过晋。 (9)管：钥匙。 (10)潜师：指秘密行军。 (11)非所闻也：不是一向所听到的。 (12)无乃：大概，恐怕。 (13)勤：勤劳。无所：指无所得。 (14)悖(bèi)心：怨恨之心。 (15)孟明：秦元老百里奚之子，名视，孟明是字。西乞：名术。白乙：名丙。三人皆是秦大将。 (16)尔墓之木拱矣：拱：两手合抱。此与上二句都是秦穆公诅咒蹇叔的话，言"你如果活到中寿(六七十岁)就死去的话，现在你墓上种的树都快有两手合抱那么粗了"。 (17)与师：参加了这次出征的队伍。 (18)御师：指晋设伏兵拦阻秦军。殽：同崤，山名，在今河南洛宁县北，西北接陕县，东接渑池县。(19)陵：山头。殽有二山，相距三十五里，故称二陵。 (20)夏后皋：即夏天子皋，夏桀的祖父。后：君。 (21)文王：周文王。所避风雨：避风雨的地方。 (22)必死是间：必死于二陵之间，指晋军必于此设伏。 (23)东：东行。

【今译】三十二年冬天，晋文公去世。庚辰日这天，将要去曲沃殡葬。刚走出绛都时，棺材中发出牛一样的吼声。卜偃让大夫们跪拜，说："亡君发布了军事命令：西方的军队将过境袭击我们，迎头痛击，我军必大获全胜。"

秦将杞子派人报告秦穆公说："郑国人让我掌管北城门的钥匙，若能秘密派兵而来，郑国可得。"秦穆公询问蹇叔，蹇叔说："劳师动众袭击远方，闻所未闻。长途奔袭，我军势必精疲力竭，而远方的敌军则以逸待劳，这种劳师袭远的办法是不可取的。我军的行动，郑国一定会获悉。劳而无功，军心

定会涣散动摇。更何况千里行军，谁能不知道呢？”秦穆公没有接受蹇叔的忠告，仍旧派孟明、西乞、白乙领兵出东门远征。送行时蹇叔哭着说：“孟子，我亲眼见你率兵出征，却无法见你班师回朝了！”秦穆公派人对蹇叔说：“你懂得什么？如果你活到中寿时就死去，你坟墓上的树已经有两手合抱那么粗了！”

蹇叔的儿子也随军远征。蹇叔哭着为他送行，说：“晋军必在殽地伏兵狙击我军。殽地有南北两陵：南陵是夏朝天子皋的陵墓，北陵是当年周文王躲避风雨处。你必死于二陵之间，到时我去那儿收拾你的尸骨吧！”

秦军于是向东出发。

【点评】本文是著名的秦晋殽之战的一部曲，由卜偃传命、杞子送信和蹇叔哭师三个情节组成。这是整个战争的酝酿准备阶段。开篇以卜偃假托君命，告诫晋国大夫们“将有西师过轶我”，渲染出浓烈的战争气氛，揭示出殽之战的根本原因。杞子密报则是这场战争的直接原因。秦穆公一味想充当霸主，所以一接到杞子的密信后，早就按捺不住，准备兴师袭郑了。他之所以访询蹇叔，只不过是希望得到一个元老重臣的附和而已。因而对蹇叔的忠告充耳不闻，仍然一意孤行。在蹇叔借哭师以行谏时，穆公竟然恼羞成怒，诅咒蹇叔“尔何知？中寿，尔墓之木拱矣！”寥寥数语，将穆公的利令智昏和刚愎自用表现得活灵活现。蹇叔哭师是本篇的中心，文中刻画了一个老谋深算，颇具远见卓识的老臣形象。他反对秦穆公贸然出师伐郑，从敌我双方分析了劳师袭远的不可取：秦国袭郑势必会“师劳力竭”，结果是“勤而无所，必有悖心”；郑国会知道秦国潜师袭郑的意图而加以防备，使秦国难逞其愿；而且“且行千里，其谁不知”，晋军也会趁机“御师于殽”。蹇叔的分析是极为中肯且有预见性的。可秦穆公却拒不纳谏。蹇叔仍不肯善罢甘休，又作拦师之谏，哭送“与师”出征的儿子，大胆预言“吾见师之出而不见其入也”，希望借此使穆公醒悟，停止袭郑。蹇叔忠诚为国的生动鲜明形象，给人们留下了很深的印象。

【集说】一片沉痛，却出之以异样兴会。（金圣叹《天下才子必读书》）

秦穆，贤主也。前此氾南之军，以烛之武越国鄙远数言返旆而西，已知秦必不能有郑矣。此番徇杞子之请谓非利令智昏而然乎？蹇叔置对利害了如指掌，乃不见听，计无所出，其先哭师，次哭子，无非冀秦穆之一悟，以止三师之行耳。老臣谋国虑长而且情深如此。（林云铭《古文析义》）

秦晋交兵，自此篇始，皆以秦为主，至秦穆成霸，而后其局竟。蹇叙语与殽之役照，情景俱遥。（浦起龙《古文眉诠》）

谈覆军之所，如在目前，后果中之，蹇叔可谓老成先见。一哭再哭，出军时诚恶闻此，然蹇叔不得不哭，若穆公之既败而哭，晚矣！（吴楚材、吴调侯《古文观止》）

（凤录生）

楚子问鼎[1]

楚子伐陆浑之戎[2]，遂至于雒[3]，观兵于周疆。定王使王孙满劳楚子，楚子问鼎之大小轻重焉[4]。对曰："在德不在鼎。昔夏之方有德焉，远方图物，贡金九牧[5]，铸鼎象物[6]，百物而为之备，使民知神奸。故民入川泽山林，不逢不若[7]。魑魅魍魉[8]，莫能逢之。用能协于上下，以承天休[9]。桀有昏德，鼎迁于商，载祀六百[10]。商纣暴虐，鼎迁于周。德之休明，虽小，重也[11]。其奸回昏乱，虽大，轻也。天祚明德，有所底止[12]。成王定鼎于郏鄏[13]，卜世三十，卜年七百[14]，天所命也。周德虽衰，天命未改。鼎之轻重，未可问也。"

【注释】(1)选自《左传·宣公三年》。楚子，即楚庄王。 (2)陆浑之戎：古代西北少数民族，原居秦、晋西北，后迁伊川，在今河南嵩县一带。(3)雒：即洛。指洛水，发源于陕西洛南县，经河南流入黄河。 (4)鼎：古代视为王权的象征，楚子问鼎，有取代周王的意图。 (5)图物：描绘画各种事物。九牧：指各地方君长。金：实为铜。贡金九牧，即九牧贡金之倒文。(6)铸鼎象物：指用所贡的铜铸造成鼎，上刻绘有各地的奇物。 (7)不若：不顺。 (8)魑魅(chī mèi)：山林之精怪。魍魉：河川之精怪。 (9)休：福。 (10)载祀：纪年。 (11)休明：福光明。虽小重也：言鼎虽小，有德而

不可迁,故重也。 (12)底止:指时间最终的界限,即下文“卜世三十,卜年七百”。 (13)成王:指周成王。郏鄏(jiá rǔ):周地,今河南洛阳市。(14)卜世三十,卜年七百:指占卜所得的预言,周朝将传三十代,享国七百年。

【今译】楚庄王攻打陆浑之戎,随即抵达洛水,在周王朝境内检阅军队,以示军威。周定王派王孙满去慰劳楚庄王,楚王则向他问起九鼎的大小轻重。王孙满回答说:“鼎的大小轻重在德而不在鼎本身。从前当夏王朝推行德政的时候,把远方各国的地方风物画成图像,铸在经由九州长官进贡来的青铜所制成的九鼎上。天下万物无所不备,以便让百姓认识神物和怪物。所以百姓进入山川沼泽和森林,就不会遇上不利于自己的东西。甚至连魑魅魍魉这些鬼怪也不会碰见。因此能够使上下同心同德,以承受上天所赐与的福分。夏桀失德,九鼎就迁移给了商朝,历经六百年之久。到了后来,商纣暴虐,九鼎又迁移给周朝。如果君主德行美善光明,鼎就是小,也是重的;如果奸邪昏乱,鼎就是再大,也是轻的。上天降福于明德的人,是有一定界限的(绝对不可以强求)。从前周成王把九鼎安置在郏鄏时,曾经占卜出周朝能享国三十代,历时七百年,这些是天命中的定数。现在周王朝的国运虽然衰微,但天命并未改变。因此有关这九鼎的轻重大小,是不能随便询问的。”

【点评】经历代君主的东征西伐,到鲁宣公三年时,楚国已吞并江汉流域各诸侯小国,势力迅速发展壮大,屡次饮马黄河,窥伺周室。本篇即写楚庄王借攻打陆浑之戎之机,乘胜直驱周境,陈兵示威,并打探象征王权的九鼎的大小轻重,其篡逆之心是显而易见的,而周朝大夫王孙满则义正词严地予以驳斥。《楚子问鼎》一文的重心即在于王孙满的这一席话。而这一席话的中心又在“德”字上。王孙满指出,鼎的大小轻重并不在于鼎本身而在于享有它的人是否有德。有德,鼎虽小而难迁;失德,鼎虽大而易移。周王朝虽然德行衰弱,但并未到夏桀和商纣那般昏乱奸邪的地步;而且,鼎入谁手,为时多久,原是上天所安排注定的,是不可以强力劫持的。这番答词表面似乎绵软婉曲,却内藏金针,劲激刚正,令楚庄王不得不敛眉收心矣!

【集说】与《国语》不许请隧篇千载对峙，彼特婉曲，此特劲激。（金圣叹《天下才子必读书》）

"在德"二字万人抬不动。（浦起龙《古文眉诠》）

提出"德"字，已足以破痴人之梦；揭出"天"字，尤足以寒奸雄之胆。（吴楚材、吴调侯《古文观止》）

通篇以一德字作骨，惟德乃能惬民情，以膺天眷，故有德则下有以宜民，上有以承天。而无鼎者可以铸，无德则下无以宜民，上无以承天。而有鼎者势必迁，是时周德虽衰，楚亦不德，庄王乃欲窥伺周室，宜乎王孙满深折之也。正论侃侃，千古不磨之作。（余诚《重订古文释义新编》）

（凤录生）

齐晋鞍之战[(1)]

癸酉[(2)]，师陈于鞍[(3)]。邴夏御齐侯，逢丑父为右[(4)]。晋解张御郤克，郑丘缓为右[(5)]。齐侯曰："余姑翦灭此而朝食[(6)]！"不介马而驰之[(7)]。郤克伤于矢，流血及屦，未绝鼓音，曰："余病矣！"张侯曰："自始合[(8)]，而矢贯余手及肘，余折以御[(9)]，左轮朱殷[(10)]，岂敢言病。吾子忍之！"缓曰："自始合，苟有险，余必下推车，子岂识之[(11)]？然子病矣！"张侯曰："师之耳目，在吾旗鼓，进退从之。此车一人殿之[(12)]，可以集事[(13)]，若之何其以病败君之大事也？擐甲执兵，固即死也[(14)]。病未及死，吾子勉之！"左并辔，右援枹而鼓[(15)]。马逸不能止[(16)]，师从之。齐师败绩。逐之，三周华不注[(17)]。

【注释】(1)选自《左传·成公二年》，是《齐晋鞍之战》的节选。 (2)癸酉：有考证认为是六月十七日。 (3)陈：同阵。鞍：地名，在今山东济南市历城区。 (4)齐侯：为齐顷公。邴夏、逢丑父：都是齐大夫。 (5)解张：字张侯，晋大夫。郤克：晋中军统帅。郑丘缓：郑丘氏，名缓。右：车右武士。 (6)姑：姑且。翦灭：翦除消灭。朝食：早饭。 (7)介马：给马披甲。 (8)合：交战。 (9)余折以御：把射穿手和肘的两矢折断，继续驾车。 (10)朱殷：赤黑色。血凝后成为赤黑色。 (11)识之：知道。 (12)殿：坐

镇,掌握。 (13)集事:成事。 (14)擐(huàn)甲执兵:擐:穿。甲:铠甲。兵:武器。即死:抱着必死的信念。 (15)辔:马缰绳。援:执,持。枹(fú):鼓槌。 (16)逸:奔跑。解张左手受伤控马,右手击鼓,故马奔跑起来,不能制止。 (17)华不注:山名,在今山东济南市东北。

【今译】癸酉日,晋、齐两军在鞍地摆开阵势。邴夏为齐顷公驾驭兵车,逢丑父作为车右武士。晋国解张为中军统帅郤克驾车,郑丘缓当车右武士。齐顷公说:"我先消灭了晋军然后再吃早饭!"还没有给马披上铠甲就向晋军奔驰而去。郤克被齐军射伤,血一直流到鞋上,但鼓声还不断地响着。他说:"我受伤了。"解张说:"自从交战开始,我的手和肘就被箭射穿了,我把箭杆折断,继续驾车,左边的车轮都染成了赤黑色,怎敢说受伤呢?您还要忍耐呀!"郑丘缓说:"自从交战开始,一遇到险要的地势,我就下去推车,您难道不知道吗?可是您确实伤得很重!"张侯说:"军队的耳目,全靠我们车上的旗帜和鼓声,前进和后退都要听从它。这辆车(只要还有)一人镇守,就可以完成作战任务,怎能因为受伤而败坏国君的大事呢?穿着铠甲,手持武器,本来就抱有必死的信念,伤重还不至死,您还是要奋力呀!"郤克左手握住马缰绳,右手拿过鼓槌击鼓。马狂奔起来,无法制止,晋军跟着主帅战车冲向齐军。齐军溃败,晋军追击,围着华不注山绕了三圈。

【点评】《齐晋鞍之战》是《左传》记叙春秋时期著名五大战役的篇章之一(其余为《城濮之战》《殽之战》《邲之战》《鄢陵之战》)。《左传》写战争往往具有多副笔墨,侧重不同。或写战前运筹帷幄,精于谋谟而略于叙战;或写战场拼杀过程,从中揭示胜负原因。本文节选的部分,内容相对独立完整,反映了鞍之战的重要场景。

文章以直接的场景描写和人物对话展示出古代战争雄伟壮观的风俗画卷。晋齐两军在鞍地交锋,战鼓震天,飞矢如雨,兵交毂击,车驰卒奔。间不容发的紧张气氛,血流朱殷的残酷画面,如此鲜明地突现出来,造成了一幅惊心动魄的战争奇观。

在壮阔宏大的战场背景下,作者以动态的细节描写双方主帅及随从。齐侯"不介马而驰之",好勇斗狠,求胜心切;晋郤克曾使齐受辱,此役志在雪耻报仇,故而“血流及履,未绝鼓音”。解张两矢伤臂,带伤驾车、“并辔”“援袍而鼓”的描写,刻画出刚毅顽强的雄姿。

文章以对话揭示出人物的心理特征和精神风貌。齐侯的“姑翦灭此而朝食”,可见其骄傲轻敌,狂妄自信;郤克一句“余病矣”,则流露出因伤重而气馁的心态;而解张“擐甲执兵,固即死也”的豪壮语言,表现出为国参战不怕牺牲的英雄主义信念。鞍之战晋军虽属侥幸获胜,然而晋军三人在战斗中团结一致、互相勉励、协同作战所表现出的坚忍刚毅的精神,也是获胜的重要因素。

【集说】写晋胜,偏先写负痛,主军一层,御者一层,车右一层,精彩争奋。(浦起龙《古文眉诠》)

盖两国各有人物,彼此铢两均耳。然晋齐胜败之由,亦有关键。……若晋人者,郤克流血及屦,张侯左轮朱殷,郑丘缓遇险推车,节节都耐劳苦,安得不胜。(林纾《左传撷华》)

左氏叙大战皆精心结撰而为之,声势、采色无不曲尽其妙,古今之至文也。(吴闿生《左传微·成公二年》)

(李梦奎)

知罃对楚王问(1)

晋人归楚公子縠臣与连尹襄老之尸于楚,以求知罃(2)。于是荀首佐中军矣(3),故楚人许之。

王送知罃(4),曰:“子其怨我乎?”对曰:“二国治戎(5),臣不才,不胜其任,以为俘馘(6)。执事不以衅鼓(7),使归即戮(8),君之惠也。臣实不才,又谁敢怨(9)?”王曰:“然则德我乎(10)?”对曰:“二国图其社稷而求纾其民(11),各惩其忿以相宥也(12),两释累囚以成其好(13)。二国有好,臣不与及(14),其谁敢德(15)?”王曰:“子归,何以报我?”对曰:“臣不任受怨,君亦不任受德(16),无怨无德,不知所报。”王曰:“虽然,必告不穀。”对曰:“以君之灵(17),累臣得归骨于晋(18),寡君之以为戮(19),死且不朽。若从君之惠而免之(20),以赐

君之外臣首[21]，首其请于寡君而以戮于宗[22]，亦死且不朽。若不获命[23]，而使嗣宗职[24]，次及于事[25]，而帅偏师以修封疆[26]，虽遇执事[27]，其弗敢违[28]。其竭力致死[29]，无有二心，以尽臣礼，所以报也。"王曰："晋未可与争。"重为之礼而归之。

【**注释**】(1)选自《左传·成公三年》。　(2)宣公十二年六月，晋、楚战于邲(bì)，晋军大败，知罃被俘。知罃的父亲荀首为下军大夫，率兵回战，射死楚大夫连尹襄老，射伤楚公子穀臣，一并带回去，准备以后换取知罃。　(3)中军：晋国的军队分为三军：中军、上军、下军。每军设将、佐各一人。中军将是三军的统帅，中军佐是三军的副帅。　(4)王：楚共王。　(5)治戎：治兵，作战。　(6)俘馘(guó)：俘：俘虏。馘：截耳。古时作战，杀死敌人，把左耳朵割下来献功；也有把俘虏耳朵割去的。这里泛指俘虏，没有割耳朵之义。　(7)执事：执行事务的人。古人谈话，有时不直指对方，用执事作为代称。衅鼓：拿敌人的血来涂鼓面。不以衅鼓，意为不是不杀。　(8)即戮：受刑事处分。　(9)又谁敢怨：又敢怨谁？　(10)德我：感激我的恩德。　(11)图其社稷：为国家的利益打算。社：土神。稷：谷神。天子诸侯所祭，因此社稷代表国家。纾：缓。纾其民：使老百姓松一口气。这里是谈晋、楚两国形成友好关系。　(12)惩：悔恨，懊悔。忿：怨恨。宥：宽恕。这句话说指各自懊悔当初的怨恨，相互宽恕。　(13)这句话指双方释放被拘禁的囚犯，建立友好关系。　(14)臣不与及：与我没有关系。　(15)其谁敢德：又敢感激谁呢？　(16)臣不任受怨两句：我担负不了怨楚王，楚王也担负不了对我施恩。任：担负。　(17)灵：威信。　(18)累臣：累囚之臣，知罃自称。累：系。　(19)之以为戮：同"以之为戮"，即给予刑事处分。　(20)这句话说，假使听从你的好意而免我于死。　(21)外臣：对别国的国君称为外臣。首：荀首，知罃的父亲。　(22)以戮于宗：按照家法，在宗祠里给我定罪。　(23)若不获命：假使得不到晋君杀戮我的命令。　(24)使嗣宗职：使我继承祖宗的职位。　(25)次及于事：轮到我担任国家大事的时候。　(26)这句的意思是说，带领部分军队保卫边疆。　(27)执事：指楚国的将帅。　(28)违：避。　(29)致死：不惜牺牲。

【今译】晋国人将(受伤的)楚国公子榖臣和连尹襄老的尸体归还于楚国来换回知罃。因为此时知罃的父亲荀首为三军的副帅,所以楚国人答应了这件事。

楚共王在送知罃时说:“你埋怨我吗?”知罃回答说:“两国交战,我实在无才,不能承担起我的职责,当了俘虏。您没有用我的血来祭战鼓,让我回去受惩罚,这是君王的恩惠。我真是无才能,又敢怨谁呢?”楚共王说:“那么你是感激我的恩德了?”知罃回答说:“两国都在为各自国家的利益打算,想让老百姓能松一口气,各自懊悔当初的怨恨,互相宽恕,双方释放被囚禁的人,建立起友好关系。两国的友好与我没有关系,那我又能感激谁的恩德呢?”楚共王说:“你回去以后,拿什么来报答我?”知罃说:“我担负不了对楚王的怨恨,楚王也担负不了对我施恩。没有怨恨也没有恩德,不知道要报答您什么。”楚共王说:“即使这样,你也一定要告诉我。”知罃说:“以君王的威信,被囚的我能回归晋国,我国国君给以惩罚,我身虽死,但这个大恩是不会忘记的。假如听从国君的好意而免除我死罪,用来赐予国君的外臣、我的父亲荀首,我父请国君按照家法,在宗庙惩罚我,这同样是不会忘恩的。假如得不到国君惩罚我的命令,使我继承祖宗的职位,轮到我担任国家大事的时候,就带领部分军队保卫边疆,即使遇到楚国的将帅,也不敢逃避。竭尽全力以死报国,没有二心,以尽我为臣之忠,这就是我所要报答君王的。”楚共王说:“晋国是不可以与其相争的。”于是就加以厚礼送知罃回归晋国。

【点评】知罃战败被俘,由于两国交换战俘,被释放回国。楚王以“王”的身份问“怨”问“德”图“报”。“王”之骄气愈问愈消;知罃据理力争,不敢“怨”,不知“德”,不知“报”。“士”之豪气愈答愈盛。在知罃对楚王问中,楚王从自己出发,认为有恩于知罃,以求图报。知罃则从国事出发,认为并无私恩可言,并将尽力国事,不避险阻,做一个无愧于国家的人。知罃英锐果毅的性格在楚王的追问下,逐渐脱颖而出。在楚王的赞叹声中,既是败将也是志士的知罃披上了一道神威的光环。

【集说】四问,便有四段妙论,一段妙是一段,读之增添意气。逐段细看其起伏转折,直是四篇文字,四篇又是四样。(金圣叹《天下才子必读书》)

应变藩身，固非材智不能辨，然动人处全在一种朴诚。遇敌国与英略之主，尤贵此二字。观知罃四答，其材智之英悍敏给为何如者，而其竦动楚子处正以朴诚得之。（孙琮《山晓阁评选古文十六种·左传选》）

玩篇首"于是荀首佐中军矣，故楚人许之"二语，便见楚有不得不许之意。"德我""报我"，全是捉官路当私情也。楚王句句逼入，知罃句句撇开，末一段所对非所问，尤非夷所思。（吴楚材、吴调侯《古文观止》）

每一答，紧与问意相对，却又与问意相违，字字跳脱。笔下板滞者，当熟读之。（余诚《重订古文释义新编》）

"荀首佐中军"五字，是通篇眼目。楚子若不为此，未必肯归知罃；知罃若不为此，未必敢这般地。（余诚《重订古文释义新编》）

（鲍海波）

吕相绝秦[(1)]

晋侯使吕相绝秦[(2)]。曰：

"昔逮我献公及穆公相好，戮力同心，申之以盟誓，重之以昏姻[(3)]。天祸晋国[(4)]，文公如齐，惠公如秦。无禄[(5)]，献公即世，穆公不忘旧德，俾我惠公用能奉祀于晋[(6)]。又不能成大勋，而为韩之师[(7)]。亦悔于厥心，用集我文公，是穆之成也[(8)]。"

"文公躬擐甲胄[(9)]，跋履山川，逾越险阻，征东之诸侯，虞、夏、商、周之胤而朝诸秦，则亦既报旧德矣。郑人怒君之疆埸[(10)]，我文公帅诸侯及秦围郑。秦大夫不询于我寡君，擅及郑盟[(11)]。诸侯疾之，将致命于秦[(12)]。文公恐惧，绥靖诸侯，秦师克还无害，则是我有大造于西也[(13)]。"

"无禄，文公即世，穆为不吊，蔑死我君[(14)]，寡我襄公，迭我殽地，奸绝我好，伐我保城，殄灭我费滑，散离我兄弟，扰乱我同盟，倾覆我国家。我襄公未忘君之旧勋，而惧社稷之陨，是以有殽之师[(15)]。犹愿赦罪于穆公，穆公弗听，而即楚谋我[(16)]。天诱其衷[(17)]，成王殒命，穆公是以不克逞志于我。"

“穆、襄即世[18]，康、灵即位。康公，我之自出，又欲阙剪我公室，倾覆我社稷，帅我蝥贼，以来荡摇我边疆，我是以有令狐之役[19]。康犹不悛[20]，入我河曲，伐我涑川，俘我王官，剪我羁马，我是以有河曲之战。东道之不通，则是康公绝我好也。”

“及君之嗣也，我君景公引领西望，曰[21]：‘庶抚我乎！’君亦不惠称盟[22]，利吾有狄难，入我河县，焚我箕、郜，芟夷我农功，虔刘我边陲，我是以有辅氏之聚。君亦悔祸之延，而欲徼福于先君献、穆，使伯车来命我景公曰[23]：‘吾与女同好弃恶，复修旧德，以追念前勋。’言誓未就，景公即世，我寡君是以有令狐之会[24]。君又不祥[25]，背弃盟誓。白狄及君同州[26]，君之仇雠，而我之昏姻也。君来赐命曰：‘吾与女伐狄。’寡君不敢顾昏姻，畏君之威，而受命于吏[27]。君有二心于狄[28]，曰：‘晋将伐女。’狄应且憎[29]，是用告我。楚人恶君之二三其德也[30]，亦来告我曰：‘秦背令狐之盟，而来求盟于我，昭告昊天上帝、秦三公、楚三王[31]，曰：“余虽与晋出入，余唯利是视。”不穀恶其无成德[32]，是用宣之，以惩不一。’诸侯备闻此言，斯是用痛心疾首，昵就寡人[33]。寡人帅以听命，唯好是求[34]。君若惠顾诸侯，矜哀寡人[35]，而赐之盟，则寡人之愿也。其承宁诸侯以退[36]，岂敢徼乱？君若不施大惠，寡人不佞[37]，其不能以诸侯退矣。敢尽布之执事，俾执事实图利之[38]！”

【注释】（1）选自《左传·成公十三年》。吕相：即魏相，晋大夫魏锜的儿子，因食邑于吕，故也称吕相，一称吕宣子。绝秦：断绝与秦国的外交关系。鲁成公十一年（公元前 580 年），晋厉公和秦桓公约定在令狐会盟，可是晋君到了，而秦君却背约不到。后来秦君又挑唆北方的狄和南方的楚伐晋。于是晋君派吕相为使，历数秦、晋邦交的历史和秦背信弃义的罪行，与秦绝交。（2）晋侯：晋厉公，名州蒲，景公之子，公元前 580 年至前 573 年在位。（3）昏姻：同“婚姻”。（4）天祸晋国：指献公时骊姬之乱。晋文公重耳流亡各国，到了齐国，齐桓公把宗女嫁给他。晋惠公夷吾也到处流亡，后来到了秦国。（5）无禄：不幸。（6）用：因此。奉祀：主持祭祀，指立为国君。

晋惠公是因秦穆公送回国来做国君的。 (7)而为韩之师:指僖公十五年秦、晋战于韩,晋惠公被俘于秦。 (8)集我文公:指秦穆公护送重耳回国为国君。集:成就,成全。 (9)擐(huàn):套,穿。甲胄:也作"介胄"。战士作战时用的铠甲和头盔。 (10)怒:侵犯。说郑人侵犯秦的边境,只是一种外交辞令,未必合乎事实。疆埸(yì):国界,边境。 (11)擅(shàn):自作主张。 (12)致命于秦:同秦国拼命。 (13)造:造就,成就。引申为功劳。 (14)"蔑死我君"数句:蔑:轻视。寡:用作动词,以……为寡弱。迭:通"轶",突然侵袭。奸绝:断绝。保城:城堡。保,通"堡",土筑的小城。殄(tiǎn):灭绝。费(bì)滑:费为滑国的都城,在今河南偃师市。费滑即滑国。散离:分散不能团聚。郑、滑和晋国为姬姓,兄弟之国。挠乱:搅乱,扰乱。 (15)殽之师:指秦晋殽山之战。 (16)即:亲近,靠近,接近。 (17)天诱其衷:谓天心在我。 (18)"穆、襄即世"两句:鲁文公六年秦穆公和晋襄公都去世了。康:秦康公,名罃,穆公太子,鲁文公七年(公元前620年)即位。灵:晋灵公,名夷皋,晋襄公的儿子,晋文公的孙子,和秦康公同年即位。 (19)令狐:晋地,在今山西临猗县西。 (20)"康犹不悛"数句:悛(quān):悔改。河曲:晋地,在今山西永济市东南。涑川:水名,在山西省西南部,源出绛县太阴山,西经闻喜县,到永济市流入黄河。俘:掳掠,掠夺。王官:晋地名,在今山西闻喜县西。剪:斩断,削弱。羁马:地名,在今山西永济市南。河曲之战:发生在鲁文公十二年,秦、晋战于河曲一带,双方无胜负。 (21)引领:伸长脖子。形容殷切的盼望。 (22)"不惠称盟"数句:谓不可加惠晋国,同晋国结盟。狄难:指鲁宣公十五年,晋灭赤狄路氏。晋去灭狄,反说:"狄难",这是故意歪曲事实。箕(jì):地名,即春秋时晋之箕邑,在今山西蒲县东北箕城。郜(gào):地名,在今山西祁县。芟(shān)夷:本义是除草,引申为割除,铲除。农功:农作物。虔刘:骚扰,杀戮。辅氏之聚:谓聚集群众于辅氏以抗秦师,意即辅氏之战,发生在鲁宣公十五年(公元前594年)。辅氏,地名,在今陕西大荔县西北。聚:指聚集群众。战争要聚集群众,所以战争也叫聚。 (23)伯车:名鍼,又称后子,秦桓公的儿子。 (24)令狐之会:即指鲁成公十一年晋厉公和秦桓公盟于令狐。 (25)君又不祥:这是说秦桓公又生不善之心。祥:善。 (26)白狄及君同州:这是说白狄跟秦同处在雍州界内。雍州包括今陕西、甘肃二省及青海的一部分。

白狄：狄族中的一支。 (27)受命于吏：即授命于吏，给官吏下令攻打狄人。 (28)君有二心于狄：谓秦君一面要晋攻打狄，一面又对狄表示友好，施展两面派的手段。 (29)应：接受。 (30)二三其德：三心二意，反复无常。 (31)昭：明。昊(hào)天：天，皇天。秦：三公：指秦穆公、康公、共公。楚三王：指楚成王、穆王、庄王。 (32)不穀：不善。古代君主自称的谦辞。恶其无成德：憎恶他二三其德。 (33)昵就：亲近。 (34)唯好是求：只请求友好。 (35)矜哀：怜悯，同情。 (36)其承宁诸侯以退：承受秦君之命，安定诸侯而退。意思是说秦如果允许订盟，那么晋当承受秦君之命，把诸侯安定下来，然后退去。 (37)不佞：不才，不敏。 (38)图：反复考虑。

【今译】晋侯派吕相去断绝同秦国的外交关系，(断交书)说：

"自从我国献公同贵国穆公开始，相互友好，同心协力，用盟誓申明这种友好关系，又以婚姻加重它。上天降灾祸于晋国，文公到了齐国，惠公到了秦国。不幸，献公辞世。穆公没有忘记往日的恩德，使我惠公因此能够回到晋国主持祭祀。(但是)又不可能成就他的更大的功劳，而发生了韩地的战争。后来穆公也懊悔不已，因此就帮助了我文公回国，这是穆公成全我晋国的。"

"文公亲自穿戴着铠甲头盔，跋山涉水，逾越险阻，征服东方诸侯，虞、夏、商、周的后代都来朝见秦国，这也就已经报答了秦国往日的恩德了。郑国人侵犯君王的边境，我文公率领诸侯同秦一起围郑。但是秦大夫未能征询我国君意见，就擅自同郑国订立盟约。诸侯憎恨秦国的做法，准备与之拼命。文公惧怕(对秦不利)，就去安抚诸侯，这样秦国的军队才能够返回而未遭到伤害，这也算是我们对西方的大功呀。"

"不幸，文公辞世，穆公不来吊唁慰问，轻视我死去的国君，认为我襄公年幼软弱，侵犯我们的殽地，断绝我们之间的友好关系，攻打我们的城堡，灭亡我们的滑国，离散我们的兄弟国家，扰乱我们的同盟，颠覆我们的国家。我襄公没有忘记君王过去的功劳，但害怕自己国家的灭亡，因此才有殽地战役。虽然这样，襄公还是希望在穆公那里得到赦免晋国的罪，穆公不听，反而亲近楚国来谋算我们。幸好上天保佑我国，楚成王丧命，穆公因此不能够在我国实现他的野心。"

"穆公、襄公辞世，康公、灵公即位。康公，是我国穆姬生的，却要毁坏我们的公室，颠覆我们的国家，率领我国的奸贼，来动摇我们的边疆，我国因此才有令狐战役。康公还是不悔改，派兵进入我河曲，攻打我涑川，掳掠我王官，掳掠我羁马，我国因此才有河曲战役。从秦到晋的东方道路不通，那是康公断绝同我们友好的缘故。"

"等到您继承王位，我国君景公引领西望，说：'这回也许会安抚我们了吧！'但是，君王不肯惠及我国，同我国结盟，反而利用我国有狄人的祸乱，侵入我国靠近黄河的县邑，焚烧我国的箕、郜两个地方，抢割我们的庄稼，屠杀边境的人民。我国因此才有辅氏战役。后来君王也后悔灾祸的蔓延，而想求福于先君献公、穆公，派伯车来命令我景公说：'我跟你和好，抛弃怨恨，重新恢复往日的情谊，继承并发展过去献公、穆公的功勋。'盟誓还没有完成，景公去世了，我国君因此才有和君王在令狐的会见。可是君王又不怀善意，背弃了盟誓。白狄和你们同在雍州，他们是你们的仇人，我们的亲戚。君王命令说：'我同你去攻打狄人。'我国君不敢顾惜亲戚关系，慑于君王的威力，就给官吏下令攻打狄人。可是君王又生二心，对狄人说：'晋国准备攻打你们。'狄人口头上接受，而心里却憎恨你们这种做法，因此来告诉我们。楚国人厌恶君王三心二意，反复无常，也来告诉我们说：'秦国背弃令狐的盟约，而来请求和我们结盟。他们明告皇天上帝、秦国的三位先公、楚国的三位先王："我虽然同晋国来往，我只是唯利是图。"我们讨厌他没有诚意，因此把它公布于众，以惩戒言行不一的人。'诸侯都听到这话，由于这样才痛心疾首，更加亲近我们。我国君率领诸侯来听候命令，只是请求友好。君王如果惠顾诸侯，怜悯我国君，而允许订盟，那是我国君的愿望。就可以承命安抚诸侯，要求他们撤退，他们哪还能招致战乱呢？君王如果不肯给我们大恩大惠，我国君实在无能，就不能率诸侯军撤退。我大胆地把所有的意见禀报，请您好好地权衡一下利弊！"

【点评】此文名为绝交书，实为一篇讨秦的战斗檄文。文中历数自秦穆公以来秦国的罪恶：从晋文公死时秦国不派人参加葬礼，一直到秦、晋两国发生过的大小战争，一气呵成，把一切罪责都归于秦国名下。深文曲笔，又慷慨陈词；侃侃而谈，又极尽其矫饰夸张之能事，委过于人，把晋国形容为一个被侮辱的和被损害者，为绝秦找到冠冕堂皇的理由。

【集说】饰辞驾罪何足道？止道其文字，章法、句法、字法，真如“千岩竞秀，万壑争流”，而又其中细条细理，异样密致；读万遍不厌也。（金圣叹《天下才子必读书》）

通篇皆驾罪之辞。始言秦晋相好，一路都伏秦罪案。若晋之百役则事事皆为义举，绝非无名之师，恐罪秦者固然而为晋出脱，未免多饰词耳。至入秦背盟，放下晋国，只将狄楚两路来说，以定秦罪，而后以危言怵动之，秦人安得不为气慑？通篇炼气遒而布格整，章法句法字法，无不尽妙。弘文大篇，古今不可多得。（孙琮《山晓阁评选古文十六种·左传选》）

至行文之妙，一波未平，一波随起。前后相生，机神鼓荡。有顿挫处，有跌宕处，有关锁处，有收束处，有重复处，有变换处。长短错综，纵横排奡，无美不备，应是左氏得意之作。（余诚《重订古文释义新编》）

后面无处雠怨，起首却从相好叙入，“戮力同心”二句极言亲厚无比，正是后文反照。（余诚《重订古文释义新编》）

（鲍海波）

子产却楚逆女以兵[1]

楚公子围聘于郑[2]，且娶于公孙段氏[3]。伍举为介[4]。将入馆，郑人恶之。使行人子羽与之言[5]，乃馆于外[6]。

既聘，将以众逆。子产患之，使子羽辞曰：“以敝邑褊小，不足以容从者，请墠听命[7]！”令尹使大宰伯州犁对曰[8]：“君辱贶寡大夫围[9]，谓围将使丰氏抚有而室[10]。围布几筵[11]，告于庄、共之庙而来[12]。若野赐之[13]，是委君贶于草莽也，是寡大夫不得列于诸卿也。不宁唯是，又使围蒙其先君，将不得为寡君老，其蔑以复矣[14]。唯大夫图之。”

子羽曰：“小国无罪，恃实其罪[15]。将恃大国之安靖己[16]，而无乃包藏祸心以图之[17]。小国失恃，而惩诸侯，使莫不憾者，距违

君命，而有所壅塞不行是惧[18]。不然，敝邑馆人之属也，其敢爱丰氏之祧[19]？”

伍举知其有备也，请垂橐而入[20]。许之。

【注释】(1)选自《左传·昭公元年》。子产：即公孙侨，郑国大夫。却：退却。逆：迎。 (2)公子围：即王子围，楚康王弟。楚王郏敖时任令尹。后来他杀死郏敖，自立为王，是为楚灵王。公元前540年至前529年在位。聘：聘问，古代国与国之间遣使访问。 (3)公孙段氏：郑丰氏伯石的女儿。(4)伍举：即椒奉，伍参的儿子，伍子胥的祖父。介：副，次。 (5)行人：官名，主管朝觐聘问。子羽：公孙挥，字子羽。 (6)馆：用作动词，住。 (7)墠(shàn)：供祭祀用的经清除的整洁地面。古代婚礼在女家的祖庙举行。子产不让楚公子围带兵入城，怕他们借机会入侵郑国，就清除地面为墠，代替丰氏的祖庙，举行婚礼。 (8)令尹：官名，楚国的最高官职，掌军政大权。这里指公子围，当时他任楚令尹。大宰：官名，掌握王家内外事务，辅助国君治理国家。 (9)辱：谦词，犹言承蒙。贶(kuàng)：赐于。寡大夫：这是楚国臣子州犁对郑国自称其令尹公子围的谦词。 (10)丰氏：即公孙段。当时段氏已赐氏为丰。抚有：有。“抚”“有”同义。而：你。室：妻。 (11)布：陈设。几筵：神席，神位。 (12)庄：庄王，公子围的祖父。共：共王，公子围的父亲。 (13)野：野外。 (14)蔑：无。复：返。 (15)恃：依靠，凭借。 (16)安靖：安定。 (17)无乃：只怕。包藏祸心：心里怀藏着坏主意。 (18)壅塞：堵塞，阻塞。 (19)爱：爱惜。祧(tiāo)：祖庙。 (20)垂橐(gāo)：倒垂空橐，表示内无兵器、不用武力的意思。橐，古代装兵器的口袋。

【今译】楚国的公子围到郑国聘问，并且要娶公孙段氏为妻。伍举当副手。刚要进入宾馆，郑国人讨厌他，派行人子羽同他说，于是就住在城外。

聘问的仪式结束后，公子围打算带兵进城去迎接新娘。子产担忧此事，派子羽推辞，说：“因为我国都邑狭小，容纳不了您的随从人员，请让我们在城外设墠为你们举行婚礼，我们听候您的命令。”令尹叫太宰伯州犁回答说：“承蒙郑君赐给我大夫围恩惠，对围说将要让丰氏女儿做他的妻室。周围布设神位，在庄王、共王的神庙里祭告以后才来到贵国。如果在野外赐予成婚,这是把郑君的恩赐丢弃在杂草里了,这也使我大夫不能处在诸卿的行列里了。不只是这样,又让围欺骗了我的先君,将不能再做我国君的大臣,大概也没法回去了。希望大夫考虑一下。”

子羽说:“小国没有罪,只希望依靠大国(而没有防备)倒是它的罪过。小国想依靠大国来安定自己,而只怕大国包藏祸心来谋害它。怕是如果小国失去依靠,就会使诸侯警戒起来,使得没有一个诸侯不怨恨大国,因而抗拒楚君的命令,使楚君的命令无法实现。不然,敝国等于是贵国的管理宾馆的人,哪里敢爱惜丰氏的祖庙(而不让公子围进城成亲)呢?”

伍举知道郑国已经有了防备,就请求倒垂装兵器的口袋进城。郑国同意了。

【点评】春秋时代,列国尔虞我诈。本篇把这种矛盾和斗争通过两人的对话表现得淋漓尽致。伯州犁、伍举的一番话,可以说是“辞婉而理直”,委婉之中带有严峻,谦逊之中不乏强硬。面临危难,子羽直截了当地戳穿他们包藏的祸心,义正词严,使公子围、伯州犁、伍举知道郑国早有防备,不得不“垂橐而入”。两段辞令,一委婉,一直斥,令人想见当时的情景。

【集说】子产从直叫破,妙绝!乃州犁语,亦甚腴甚苍,甚委甚劲。(金圣叹《天下才子必读书》)

篇首著“恶之”“患之”四字,已伏后一段议论。州犁之对,词婉而理直,郑似无可措辞。子产索性喝出他本谋,使无从置辩,若稍婉转,则楚必不听。此小国所以待强敌不得不尔。(吴楚材、吴调侯《古文观止》)

篇中“将以众逆”四字,奸谋毕露。若论亲迎旧典,郑似无可措辞。乃子产全不理论是礼非礼,硬使行人以墠为请,候其说长道短,造出许多体面话头,然后单刀直入,揭破行诈隐衷,且以郑失国楚失信俱引作不设备者之罪,令垂涎者无处着手,只得将错就错而行,好不扫兴。左氏辞命,每以句句分释见奇,此却以不分释为分释,尤其奇也。(林云铭《古文析义》)

(王纪刚)

《国语》

《国语》相传是春秋时人左丘明撰写的。近代人认为是战国时人编写，一共有二十一卷。分成《周语》《鲁语》《齐语》《晋语》《郑语》《楚语》《吴语》《越语》等。因所记史实，大都通过人物的交谈对话来表现，因此称《国语》。从史学角度讲，它是一部国别史，史料价值极高；从文学角度讲，它的文笔比较朴素、简括，许多优秀篇章在记载人物对话上饶有风趣，具有独特的艺术魅力。

召公谏厉王弭谤[1]

厉王虐，国人谤王。召公告曰："民不堪命矣。"王怒，得卫巫，使监谤者，以告，则杀之。国人莫敢言，道路以目。王喜，告召公曰："吾能弭谤矣，乃不敢言。"召公曰："是障之也[2]。防民之口，甚于防川。川壅而溃，伤人必多，民亦如之。是故为川者决之使导，为民者宣之使言。故天子听政，使公卿至于列士献诗[3]，瞽献曲[4]，史献书[5]，师箴[6]，瞍赋[7]，矇诵[8]，百工谏[9]，庶人传语，近臣尽规，亲戚补察，瞽、史教诲，耆、艾修之[10]，而后王斟酌焉。是以事行而不悖。民之有口，犹土之有山川也，财用于是乎出；犹其原隰之有衍沃也[11]，衣食于是乎生。口之宣言也，善败于是乎兴。行善而备败，其所以阜财用衣食者也。夫民虑之于心而宣之于口，成而行之，故可壅也？若壅其口，其与能几何？"王不听，于是国人莫敢出言。三年，乃流王于彘[12]。

【注释】(1)选自《国语·周语上》。召(shào)公：召穆公，名虎，周的卿士。厉王：姬姓，名胡。为周天子。 (2)障：防水的堤。这里指阻挡。 (3)列士：周代有上士、中士、下士。天子的士称元士，以别于诸侯的士。诗：指讽喻朝政得失的诗篇。 (4)瞽：盲人。此指乐师。曲：乐曲。其中多民歌。 (5)史：史官。书：史书。 (6)师：少师，乐官。箴(zhēn)：有劝诫内答的文辞。此指进箴言劝诫。 (7)瞍(sǒu)：无眸的盲人。赋：吟咏。比指吟咏公卿列士所献的诗。 (8)矇：有眸子而看不见东西的盲人。诵：朗诵。 (9)百工：百官。 (10)耆、艾(qī ài)：年老而有德行的人。 (11)原：高而平坦的土地。隰(xí)：低而潮湿的土地。 (12)彘(zhì)：地名，今山西霍州市东北。

【今译】周厉王残暴，国都里的人都指责他。召公告诉厉王说："百姓不堪忍受你的政令啦！"厉王大怒，找来卫国的巫师，让他监视指责他的人，只要巫师报告谁指责厉王，就杀掉谁。国都里的人不敢再说话，路上相遇只能用眼色示意。厉王很高兴，告诉召公说："我能制止百姓的指责了，竟连话也不敢说了。"召公回答说："这只是堵住了他们的嘴。堵塞百姓的嘴，比堵塞江河还危险。江河堵塞会泛滥成灾，伤害的人必然很多，老百姓也是这样。所以治理江河的人疏通河道疏导水流，统治百姓的人开导他们讲真话。因此天子管理政事，让公卿直到列士都献诗，乐师献民歌乐曲，史官献史书，少师献箴言劝诫，无眸的盲人朗诵诗，有眸的盲人吟咏规谏的文章，百官劝谏，平民把意见传达上来，身边的臣子进谏规劝，宗室姻戚弥补监察过失，乐师和史官用乐曲、史籍负责教诲，有德行的老年人负责整理，然后天子亲自斟酌取舍。所以政事施行起来不会违背情理。百姓有嘴，就像大地有山川一

样，资财器用从这里产生；又像大地有高原低洼平川沃野一样，衣服粮食从这里产生。百姓嘴里说出的话，可以体现政事施行的好坏。施行善政而防备败亡，这才是增加财富、器用、衣服、粮食的办法。百姓心里的忧虑会从嘴里表现出来，考虑成熟自然会流露，怎能堵住呢？如果堵住他们的嘴，又能堵多长时间？”厉王不听，于是国都里的人没有谁敢再讲话。三年以后，人们就把厉王流放到彘地。

【点译】本文叙事简明，语言生动，比喻贴切，说理周详。以“厉王虐”点明事件的根源，以“国人谤王”揭出矛盾的双方，又以“道路以目”形象地反映人民敢怒不敢言的情景，从而为“流王于彘”的结局设下了伏笔。全文仅用二百五十多字即将整个事件的前因后果交代得极为清楚。召公进谏是全文的重点，层层推进，有理有节，极富逻辑力量。所提出的“防民之口，甚于防川”的论点，是先由比喻引出论题；再由论题加以发挥，把“宣之使言”与“财用衣食”等关系国计民生的大事紧密联系起来，道理清晰，主题鲜明。其中用“防川”比喻“壅民”，指出“川壅而溃，伤人必多”，从而形象地点明“防民之口”的危险性，言简意赅，发人深省。

【集说】前说民谤不可防，则比之以川，后说民谤必宜敬听，则比之以同川原隰。凡作两番比喻。后贤务须逐番细读之，真乃精奇无比之文，不得止作老生常诵习而已。（金圣叹《天下才子必读书》）

召公所谏，语语格言。细看当分四段。第一段言止谤有害；第二段言听政全赖民言，斟酌而行；第三段言民之有言，实人君之利；第四段言民之言，非孟浪而出，皆几经裁度，不但不可壅，实不能壅者。回抱防川之意，融成一片，警健绝伦。世人不察立言层节，辄把此等妙文，一气读却，良可惜也。（林云铭《古文析义》）

文只是中间一段正讲，前后俱是设喻。前喻防民口有大害，后喻宣民言有大利。妙在将正意、喻意夹和成文，笔意纵横，不可端倪。（吴楚材、吴调侯《古文观止》）

（佳　木）

叔向贺贫[1]

叔向见韩宣子[2]，宣子忧贫，叔向贺之。宣子曰："吾有卿之名，而无其实，无以从二三子，吾是以忧。子贺我，何故？"对曰："昔栾武子无一卒之田[3]，其宫不备其宗器[4]，宣其德行，顺其宪则，使越于诸侯[5]，诸侯亲之，戎、狄怀之，以正晋国，行刑不疚[6]，以免于难。及桓子，骄泰奢侈[7]，贪欲无艺[8]，略则行志[9]，假贷居贿[10]，宜及于难，而赖武之德，以没其身。及怀子[11]，改桓之行，而修武之德，可以免于难，而离桓之罪[12]，以亡于楚。夫郤昭子[13]，其富半公室，其家半三军，恃其富宠，以泰于国，其身尸于朝，其宗灭于绛[14]。不然，夫八郤，五大夫三卿[15]，其宠大矣，一朝而灭，莫之哀也，唯无德也。今吾子有栾武子之贫，吾以为能其德矣，是以贺。若不忧德之不建，而患货之不足，将吊不暇，何贺之有？"宣子拜、稽首焉[16]，曰："起也将亡，赖子存之，非起也敢专承之，其自桓叔以下嘉吾子之赐[17]。"

【注释】(1)选自《国语·晋语八》。叔向：羊舌肸(xī)，字叔向，晋国大夫。 (2)韩宣子：即韩起，晋国的卿。"宣子"是他的谥号。 (3)栾武子：即栾书，晋国的上卿，"武子"是他的谥号。一卒之田：一百顷田地。 (4)宗器：祭祀用的器具。 (5)越：传播声誉。 (6)行刑不疚：指栾书杀晋厉公之事。疚：忧虑。 (7)桓子：栾书的儿子。骄泰：骄慢放纵。 (8)无艺：没有限制。 (9)略：忽略，轻视。 (10)假贷：放高利货。居贿：积聚财物。 (11)怀子：桓子的儿子。 (12)离：同"罹"，遭到。 (13)郤昭子：即郤至，晋国的卿。 (14)绛：晋国旧都，在今山西翼城县东南。 (15)八郤，五大夫三卿：指郤氏家族八人中有五个大夫、三个卿。 (16)稽首：顿首。古时最恭敬的一种跪拜礼，叩头至地。 (17)桓叔：韩氏的始祖。

【今译】叔向去见韩宣子，韩宣子为贫穷发愁，叔向向他道贺。宣子说：

"我有卿的名声，却无卿的富实，无法交接卿大夫们，我为此发愁。您祝贺我，是什么缘故?"叔向回答说："从前栾武子没有百顷的田产，家中的祭器也不齐全，但他发扬美德，遵守法制，名声传遍诸侯，诸侯亲近他，戎、狄归顺他，因而使晋国得到安定，杀了晋厉公却不担忧，免了弑君的罪名。待到桓子时，骄纵奢侈，贪婪无厌，无视法律，胡作非为，放高利贷来盘剥财物，本应受处罚，但靠着栾武子的余德，得到善终。待到怀子时，一改桓子的行为，继承栾武子的美德，本来可以避免灾难，但因受桓子犯罪的牵连，逃到楚国。那个郤昭子，他的财富相当于公室的一半，他家族的人口相当于三军的一半，凭借富有和宠信，在国内骄纵奢侈，使自身陈尸于朝堂上，他的宗族在绛城全部被杀。不然的话，郤氏八个人中，五个是大夫，三个是卿，对其宠信可够大了，一天之间全被杀死，没有人可怜他们，只是没有德行的缘故。现在我和您都像栾武子一样贫困，我认为您已具有他的美德，所以才道贺的。如果您不是忧虑没有建立德行，而是担心财富不富足，我将连吊念都来不及，怎么会有道贺?"宣子跪拜、稽首，说："韩起差点就死了，全靠您的保全，不是韩起敢独自一个承受这份厚意，而是从桓叔以下的韩氏家族都感激您的恩赐。"

【点评】本文短小精悍，首尾完整，结构严密，层次分明，说理充足，结论有力，蕴含深刻，耐人寻味。开头交代起因，非同凡响。以贫困可贺这种违背生活的一般逻辑为题旨，骇世惊俗，使文章一起笔即引人入胜，不能释手。中间叙写主人公的议论，事理充分，振聋发聩。以栾、郤两家为例，相互对比，一正一反，阐明了生活的辩证法：贫而立德，就会转贫为富；富而失德，就会转富为贫。而在正反的对比中，写栾家用曲折之笔，写郤家用直截之笔，使文章波澜起伏，婉转多姿。结尾点明效果。韩宣子解惑去疑，口服心服，使文章前后照应，一气呵成。

【集说】叔向贺贫之说，旧评以为翻案文字，与柳子厚"贺失火"一样奇创。不知王参元以富名掩其才名，人不敢荐，一失火便可贺。此则借一"贺"字，逗出德来，以为劝勉。故引栾郤有德无德祸福之应，做个样子。其意以为宣子有栾武之贫，若无其德，亦未必可以免难而庇宗，况又以贫为忧乎!

此因事纳忠。词甚峻厉，不是言空空一味贫便当贺，作宽慰奉承话也。是故宣子忧贫，本是计利，而叔向却为之计害。觉卿大夫柄政，无一非祸机所伏。以栾武子之德，宣及中外，止讨得免难二字便宜，其余则逃亡刑戮，或灭全宗。所谓高明之家，鬼瞰其室。无害即是利也。不知其所当忧，将改贺为吊矣！宣子闻言以存亡为谢，且谓全宗受赐，岂溢词哉！是一篇极正当文字，如何认作翻案看。（林云铭《古文析义》）

首一段将题面提清，次一段将宣子之间作一波，以下着重在德上，发明贫之所以可贺。却先言贫而有德者，可以免难当身，兼可庇荫后人；无德者即或当身幸免，亦必移祸于后；复言富侈无德者，立即灭亡。总借晋事来说，以见贫而有德之可贺。"今吾子"一段，乃正言其贺之故，而戒其勿以贫为忧。末以宣子拜谢作结。结构精严，议论警切。（余诚《重订古文释义新编》）

不先说所以贺之意，直举栾郤作一榜样，以见贫之可贺与不贫之可忧。贫之可贺全在有德，有德自不忧贫；后竟说出忧贫之可吊来，可见徒贫原不足贺也。言下，宣子自应汗流浃背。（吴楚材、吴调侯《古文观止》）

（佳　木）

王孙圉论楚宝[1]

王孙圉聘于晋，定公飨之[2]。赵简子鸣玉以相[3]，问于王孙圉曰："楚之白珩犹在乎[4]？"对曰："然。"简子曰："其为宝也几何矣？"曰："未尝为宝。楚之所宝者，曰观射父[5]，能作训辞，以行事于诸侯，使无以寡君为口实[6]。又有左史倚相[7]，能道训典，以叙百物，以朝夕献善败于寡君，使寡君无忘先王之业；又能上下说乎鬼神[8]，顺道其欲恶，使神无有怨痛于楚国。又有薮曰云连徒洲[9]，金、木、竹、箭之所生也[10]，龟、珠、角、齿、皮、革、羽、毛[11]，所以备赋[12]，以戒不虞者也；所以共币帛[13]，以宾享于诸侯者也。若诸侯之好币具，而导之以训辞，有不虞之备，而皇神相之，寡君其可以免罪于诸侯，而国民保焉。此楚国之宝也。若夫白珩，先王之玩也，何宝之焉？圉闻国之宝六而已：明王圣人能制议百物[14]，以辅

相国家，则宝之；玉足以庇荫嘉谷，使无水旱之灾，则宝之；龟足以宪臧否(15)，则宝之；珠足以御火灾，则宝之；金足以御兵乱，则宝之；山林薮泽足以备财用，则宝之。若夫哗嚣之美(16)，楚虽蛮夷(17)，不能宝也！”

【注释】(1)选自《国语·楚语下》。王孙圉(yǔ)：楚国大夫。 (2)聘：古人诸侯之间或诸侯与天子之间派使节问候。定公：晋顷公的儿子。名午。公元前511年至前475年在位。飨(xiǎng)：用酒食招待人。 (3)赵简子：晋卿赵鞅，又名志父。相(xiàng)：赞礼者。这里指在礼仪中辅佐国君。 (4)白珩(héng)：楚国贵重的美玉。佩玉的一种，形似磬而小。 (5)观射父(guàn yì fǔ)：楚国大夫。这句的意思是说楚国以贤为宝。 (6)口实：话柄。 (7)左史：官名。周代史官分左史、右史。左史记功，右史记言。一说左史记言，右史记事。春秋时楚晋两国都设有左史。倚相：人名，当时任楚左史。 (8)说：通“悦”，欢喜。 (9)薮(sǒu)：生长着很多草的湖泊，也指有草无水的沼泽。云连徒洲：即云梦泽，在今湖北安陆市南。一说，云即是云梦泽；连是连接的意思；徒：洲名。这是说云梦泽与徒洲相连。 (10)金：指铜、铁等金属。箭：简竹。 (11)龟：占卜用的龟甲。珠：珍珠，古人认为珍珠可以用来防御火灾。角：兽角，用来做弓弩。齿：象牙，用来做珥。皮：虎豹等兽皮，用来做茵(车垫子和马上盛弓器)。革：犀牛皮，用来做胄。羽：鸟羽，用来装饰旌(一种五色羽毛装饰的旗子)。毛：牦牛尾，用来装饰旗杆顶端。 (12)赋：兵赋，军用物资。 (13)共：同“供”，供给。 (14)制议：制：创作。议：论辩。百物：百事。 (15)宪：显示，表明。臧否：吉凶。 (16)哗嚣(xiāo)：声音杂乱。这里指鸣玉之声，讽刺赵简子。 (17)蛮夷：我国古代对南方民族的泛称。这里是王孙圉的谦称。

【今译】王孙圉到晋国去聘问，晋定公设宴招待他。赵简子身佩叮当作响的宝玉担任赞礼，他问王孙圉说：“楚国的白珩还在吗？”王孙圉回答说：“在。”赵简子说：“它当作国宝，有多长时间了？”王孙圉说：“我们不曾把它当作国宝。楚国所宝贵的，叫观射父，能作训导之言，到诸侯各国去办事，使人家没法拿我国君做话柄。还有左史倚相，能讲述先王之书，论述各种事物，早晚对我国君提供前人兴旺和衰败的事例，使我国君不要忘记先王的功业。他又能使天上地下的鬼神欢喜，顺着他们的好恶，使神灵对楚国没有怨恨。还有一个湖名叫云连徒洲，是金、木、竹、箭等出产的地方，还有龟、珠、角、齿、皮、革、羽、毛等，可以用来供应军用，预防发生意外的事情；又可以做礼物，拿它招待和馈赠给诸侯。倘若各国诸侯喜爱这些礼物，再用训导之言来疏导，有预防意外事件的准备，及天神保佑，我国君也许可以避免得罪各国诸侯，而国家人民也能够保全了。这才是我们楚国的宝贝呢。至于那白珩，只是我国先王的一种玩耍的东西，有什么宝贵的呢？我王孙圉听人说国家的宝贝只有六种而已：那具有最高智慧和道德的人能够创造和评论各种事物，来帮助国家，就把他作当宝贝；玉足以保护庄稼长得特别茁壮，使国家没有水旱的灾害，就把它作为宝贝；卜龟甲能够显示吉凶得失，就把它作为宝贝；珠可以防御火灾，就把它作为宝贝；铜、铁等可以（制作兵器）防止战争，就把它作为宝贝；山林湖泽，足以供给财物用品，就把它作为宝贝。至于叮当乱响的美玉，我们楚国虽是落后的蛮夷，可也不能把它当作宝贝。”

【点评】宝与非宝，一言可尽。而王孙圉则机智沉着，避实就虚，不直接回答赵简子挑衅性问话，却细细道“楚之所宝”，审明楚之宝乃是于国于民皆有裨益的“人才”和“物产”。其后予以正面反击，楚之宝者，不是叮当鸣响、自鸣得意的白珩，含蓄而有力。而后又深入一步，概谈一国应以何为宝，及为何以之为宝的治国原则，再一次证明楚以“人才”“物产”为宝的正确、高明。末一句，鞭力极强，反话正说，又一次嘲讽了单以佩玉为宝的赵简子及晋国的庸俗、卑鄙。王孙圉以避为攻，以退为进，环环紧逼，终于褒扬了自己的人格和自己国家的尊严，使醉心于个人虚荣的赵简子无地自容。他企图侮辱别人，反而弄巧成拙，自讨没趣。

【集说】以二贤人为宾，固是正论，然已被后人盗袭至成烂；其又以云连徒洲为宝，即后人至今未见临摹也。可见后人只是口头依样乱说，古人则尽是真实见识，真实本事。看他三样宝串成一片，便可信。（金圣叹《天下才子必读书》）

此篇独把个“宝”字看得十分郑重，语语归本于有益国家之意，故其言人

则曰“能”;言物则曰“所以”、曰“足以”,其意以为若有益于国家,不特贤才当宝,即龟珠金玉,山林薮泽,皆可资之以为用。本不相妨,何待相胜? 亦不必去彼而取此,但不可以耳目之玩,谬称为宝,洵千古创辟之谈,亦千古平情之论也。王孙欲折倒简子,故周匝至此。若单言宝贤不言宝玉,便是一碗馊茶饭,如何劝客? 反招迂腐之嗤矣。妙在逐件数来,有原有委,分而又合,合而又分,既明疏自己,又暗射他人,所以为至文。(林云铭《古文析义》)

所宝唯贤,自是主论。却着眼于云连徒洲一段。盖薮泽钟美,皆堪有用,自当为宝,正与玩好无用之白珩紧照。后一段于圣能制议之下,复接龟珠金玉。山林薮泽,皆可资之为用者。跌倒不宝哗嚣之美,处处针锋相对。(吴楚材、吴调侯《古文观止》)

简子意见浅陋。白珩之问,原为炫耀,讵知王孙圉奉使邻国,出言谨慎斟酌,故得他“为宝几何”一语,开口便用“未尝为宝”四字,抹煞过了。然后借他一“宝”字,历数楚之所有。由人而物,无不有益家国,为楚所宝。国威之克壮,君命之不辱,胥于是乎得之矣。“若夫”以下,轻视白珩打转,“未尝为宝”束住,关锁紧严。“圉闻”一段,推开泛论,以明所宝在此不在彼之故。末复以此作结,光明正大之中,字字锋锷相迎,足使简子颜赤汗流。(余诚《重订古文释义新编》)

(赵润会)

勾践灭吴[(1)]

越王勾践栖于会稽之上[(2)],乃号令于三军曰:“凡我父兄、昆弟及国子姓[(3)],有能助寡人谋而退吴者,吾与之共知越国之政[(4)]。”大夫种进对曰[(5)]:“臣闻之:‘贾人夏则资皮[(6)],冬则资𫄨[(7)],旱则资舟,水则资车,以待乏也[(8)]。’夫虽无四方之忧,然谋臣与爪牙之士[(9)],不可不养而择也[(10)]。譬如蓑笠,时雨既至,必求之。今君王既栖于会稽之上,然后乃求谋臣,无乃后乎[(11)]?”勾践曰:“苟得闻子大夫之言[(12)],何后之有?”执其手而与之谋。

遂使之行成于吴,曰[(13)]:“寡君勾践乏无所使[(14)],使其下臣种,不敢彻声闻于天王[(15)],私于下执事曰[(16)]:‘寡君之师徒[(17)],不足以辱君矣[18]，愿以金玉子女，赂君之辱[19]。请勾践女女于王[20]，大夫女女于大夫，士女女于士；越国之宝器毕从[21]。寡君帅越国之众以从君之师徒，唯君左右之[22]，若以越国之罪为不可赦也，将焚宗庙，系妻孥[23]，沉金玉于江，有带甲五千人，将以致死[24]，乃必有偶[25]，是以带甲万人事君也。无乃即伤君王之所爱乎？与其杀是人也，宁其得此国也。其孰利乎？'"

夫差将欲听与之成，子胥谏曰[26]："不可！夫吴之与越，仇雠敌战之国也，三江环之[27]。民无所移。有吴则无越，有越则无吴，将不可改于是矣！员闻之：陆人居陆，水人居水。夫上党之国[28]，我攻而胜之，吾不能居其地，不能乘其车；夫越国，吾攻而胜之，吾能居其地，吾能乘其舟。此其利也，不可失也已。君必灭之！失此利也，虽悔之，必无及已。"

越人饰美女八人，纳之太宰嚭[29]，曰："子苟赦越国之罪[30]，又有美于此者将进之。"太宰嚭谏曰："嚭闻古之伐国者，服之而已；今已服矣，又何求焉？"夫差与之成而去之[31]。

勾践说于国人曰[32]："寡人不知其力之不足也，而又与大国执雠[33]，以暴露百姓之骨于中原，此则寡人之罪也。寡人请更[34]！"于是葬死者，问伤者，养生者；吊有忧，贺有喜；送往者，迎来者；去民之所恶，补民之不足。然后卑事夫差，宦士三百人于吴[35]，其身亲为夫差前马[36]。

勾践之地，南至于句无[37]，北至于御儿[38]，东至于鄞[39]，西至于姑蔑[40]，广运百里[41]。乃致其父兄昆弟而誓之，曰："寡人闻古之贤君，四方之民归之，若水之归下也。今寡人不能，将帅二三子夫妇以蕃[42]。"令壮者无取老妇，令老者无取壮妻；女子十七不嫁，其父母有罪；丈夫二十不娶，其父母有罪。将免者以告[43]，公令医守之[44]。生丈夫[45]，二壶酒，一犬；生女子，二壶酒，一豚；生三人，公与之母[46]；生二人，公与之饩[47]。当室者死[48]，三年释其政[49]；支子死[50]，三月释其政。必哭泣葬埋之，如其子[51]。令孤

子、寡妇、疾疹[52]、贫病者,纳宦其子[53]。其达士[54],洁其居,美其服,饱其食,而摩厉之于义[55]。四方之士来者,必庙礼之[56]。勾践载稻与脂于舟以行[57],国之孺子之游者[58],无不铺也[59],无不歠也[60],必问其名。非其身之所种则不食,非其夫人之所织则不衣。十年不收于国[61],民俱有三年之食。

国之父兄请曰:"昔者夫差耻吾君于诸侯之国,今越国亦节矣[62],请报之。"勾践辞曰:"昔者之战也,非二三子之罪也,寡人之罪也。如寡人者安与知耻[63]?请姑无庸战[64]!"父兄又请曰:"越四封之内[65],亲吾君也,犹父母也。子而思报父母之仇,臣而思报君之仇,其有敢不尽力者乎?请复战!"勾践既许之,乃致其众而誓之曰:"寡人闻古之贤君,不患其众之不足也,而患其志行之少耻也[66]。今夫差衣水犀之甲者[67],亿有三千[68],不患其志行之少耻也,而患其众之不足也。今寡人将助天灭之[69]。吾不欲匹夫之勇也,欲其旅进旅退也[70]。进则思赏,退则思刑;如此,则有常赏。进不用命,退则无耻;如此,则有常刑。"

果行,国人皆劝。父勉其子,兄勉其弟,妇勉其夫,曰:"孰是君也,而可无死乎?"是故败吴于囿[71],又败之于没[72],又郊败之[73]。

夫差行成,曰:"寡人之师徒,不足以辱君矣!请以金玉子女,赂君之辱。"勾践对曰:"昔天以越予吴,而吴不受命;今天以吴予越,越可以无听天之命而听君之令乎?吾请达王甬、句东[74],吾与君为二君乎!"夫差对曰:"寡人礼先壹饭矣[75]。君若不忘周室而为弊邑宸宇[76],亦寡人之愿也。君若曰:'吾将残汝社稷,灭汝宗庙。'寡人请死!余何面目以视于天下乎?越君其次也[77]!"遂灭吴。

【注释】(1)选自《国语·越语上》。　(2)会(kuài)稽:山名,在今浙江绍兴市东南。　(3)昆弟:即兄弟。国子姓:全国的百姓。　(4)知:主持。　(5)大夫种:指越国大夫文种。　(6)贾(gǔ)人:商人。资:准备。　(7)

絺(chī):细葛布,用作夏衣。 (8)待:等待。乏:匮乏。句意为:以备急需。 (9)爪牙之士:指勇猛的将士。 (10)养:培养。择:选择。 (11)无乃后乎:不是太迟吗? (12)子大夫:对大夫的尊称。子:您。 (13)行成:求和。 (14)乏:缺乏,指缺乏人才。无所使:没有可派遣的人。 (15)彻:达。天王:对夫差的敬称。 (16)执事:办事人员。 (17)师徒:指军队。 (18)不足以辱君矣:不值得您屈驾来讨伐了。 (19)赂君之辱:酬谢您的辱临。 (20)女(nǜ)于王:嫁给吴王为妾。 (21)毕从:全都带来。 (22)左右:指挥、调遣。 (23)系:缚。 (24)致死:拼命。 (25)偶:偶对,两个,此谓死者将加倍。 (26)子胥:吴国大臣伍员,字子胥。 (27)三江:指长江、吴淞江、钱塘江。 (28)上党之国:指中原各国。上:高。党:处所,地。 (29)纳:致送。太宰嚭 (pǐ):吴太宰名嚭。太宰:古六卿之一,佐理国事。 (30)苟:如果。 (31)去之:撤离越国。 (32)说:解说。 (33)执雠:结仇。 (34)更:更改,改正。 (35)宦士三百人于吴:派三百名士人到吴国去当差。 (36)前马:前驱,在马前开道者。 (37)句无:地名,在今浙江诸暨市南。 (38)御儿:地名,今浙江嘉兴市。 (39)鄞(yín):今浙江宁波市。 (40)姑蔑:地名,今浙江龙游县北。 (41)广运:东西为广,南北为运。 (42)二三子:诸位,你们。蕃:繁殖(人口)。 (43)免:通"娩",分娩。 (44)守:守护。 (45)丈夫:男子。 (46)母:乳母。 (47)饩(xì):口粮。 (48)当室者:负担家务的长子。 (49)政:指徭役。 (50)支子:庶子。 (51)其:代指勾践。 (52)疾疹:患疾病的人。 (53)纳宦其子:即由官府收纳教养其子。 (54)达士:知名之士。 (55)摩厉:同磨砺,切磋、激励。 (56)庙礼:庙见礼遇,在庙堂上以礼接待。 (57)脂:指肉类。 (58)孺子:小孩。游者:游浪者。 (59)餔(bǔ):给食物吃。 (60)歠(chuò):饮。 (61)收:指收税。 (62)节:有节度,上了轨道。 (63)安与知耻:哪里懂得什么叫作耻辱。与:及、达到。 (64)无庸:不用。 (65)四封:四境。 (66)志行:思想和行动。 (67)衣水犀之甲者:穿着用水犀做甲的武士。水犀:犀牛的一种。 (68)亿有三千:十万三千。亿:古指十万。 (69)威之:指讨伐吴国。 (70)旅:众人。旅进旅退:与众人共进退。 (71)囿:笠泽,水名,即今太湖一带。 (72)没:吴国地名,具体地址不详。 (73)郊:姑苏(今苏州)城郊。 (74)甬、句东:

指今舟山群岛一带。 (75)礼先壹饭:意思是说先有小恩惠于越。壹饭:小恩惠,指会稽许越议和事。 (76)宸(chén)宇:屋檐下。 (77)次:进驻。

【今译】越王勾践退守会稽山上,于是他号令三军说:“凡是我的父老兄弟和众百姓,有能帮助我出主意击退吴国军队的,我和他共同主持越国的政事。”大夫文种进见越王,说:“我听说,商人在夏天就准备皮货,在冬天就准备夏布,在旱季就准备船只,在雨季就准备好车辆,以待匮乏时用啊!一个国家即使没有四方的忧患,但足智多谋的臣子和勇敢善战的将士,却不能不培养和选拔。好比蓑衣笠帽,雨季到了,一定要寻出来用。现在君王已退守会稽山上,然后才访求谋臣,不是太迟吗?”勾践说:“如果能听到大夫您的高见,有什么迟呢?”于是握着文种的手,跟他商量国家大事。

勾践于是就派文种向吴国求和,说道:“我国君勾践没有合适的人可以派遣,只好派他的小臣文种前来,文种不敢直接对天王说话,私自同您手下的臣子说:鄙国国君的军队已不值得您屈驾来讨伐了,勾践愿把他的金玉、子女奉献给您,以酬谢您的辱临。请以勾践之女做吴王的婢妾,大夫的女儿做吴国大夫的婢妾,士的女儿做吴国之士的婢妾,越国的宝器也随同带来全部献给吴国。鄙国国君率领全国军队跟随吴军,一切听凭您的指挥。如果您认为越国的罪行不是可赦免的,那么我们将烧毁宗庙,把妻子儿女缚在一起,连同金银玉帛沉入大江,同时我们仅存的五千战士,将为国拼死而战,一个人到时候就可以顶两个人用,就等于有一万人的军队来对付大王您了。如果作战,难免损伤您所亲爱的将士吧?与其损伤两国众多的将士,何如获得越国呢?二者相比较,哪样有利呢?”

夫差将要听从文种的意见而跟越国讲和。伍子胥劝谏说:“不行!吴国和越国,是互相仇视、敌对、征伐的国家。三条江水把两国环抱在中间,人民无法迁移外出。有吴国就没有越国,有越国就没有吴国。这种形势将是不可改变的了。我听说,陆地的人住陆地,水乡的人住水乡。中原那些国家,我攻打而战胜它,却不习惯居住他们的地方,不习惯乘他们的车辆。而越国呢,我攻打而战胜它,我能住它的地方,我能乘它的船。这是取得越国的好处,不能失去机会啊。君王一定要消灭它。失去这个有利时机,以后即使懊悔,也来不及了。”

越国人打扮好八个美女，送给吴国太宰伯嚭，并且说："您假使能赦免越国的罪过，将有比这更美丽的送给您。"太宰嚭对吴王说："我听说古代讨伐别人的国家，只要使它归顺驯服罢了，现在越国已经降服，还有什么要求呢?"夫差就跟越国讲和，撤离了越国。

勾践向本国人民解释说："我不知道自己力量的不足，又跟大国结了仇，使许多百姓惨死而暴尸于原野，这是我的罪过，我请求改正!"于是，安葬死难的人，慰问受伤的人，养育活着的人；吊唁有丧事的人家，庆贺有喜事的人家；欢送迁往他国的人，欢迎来到越国的人。除去人民所厌恶的事情，弥补人民所需的不足。然后卑躬屈膝服侍夫差，派遣三百名士人到吴国做臣仆，勾践亲自充当夫差的马前开道者。

勾践的领土，南到句无，北到御儿，东到鄞，西到姑蔑，方圆百里。他召集国内的父老兄弟起誓说："我听说，古代的贤君，四方百姓归顺他，就像水往下流一样。现在我还做不到这样，我将领导你们夫妇繁殖人口。"他命令：小伙子不准娶老妇人，老年人不准娶年轻的妻子。女儿到十七岁还不嫁人，她的父母有罪；男子到二十岁还不娶妻，他的父母有罪。将分娩的妇女要报告，官府派医生去看护孕妇。生了男孩，国家送两壶酒，一只狗；生了女孩，送两壶酒，一只猪。生三胞胎的，官府供给乳母；生两胞胎的，官府供给口粮。负担家务的长子死了，三年之中免除其徭役；庶子死了，三月之中免除其徭役。一定前往哭泣埋葬他，如同自己儿子一样。又命令孤老、寡妇、患病和贫困的人，把他们的儿子送给官府抚养。那些有名望的人，使他们住的地方非常整洁，使他们衣服穿得漂漂亮亮，使他们的食物十分丰盛。与他们共同商议治国的道理。对于从四面八方来到越国的有才能的人，一定要在朝廷庙堂之上以礼接待。勾践在船上装着大米和肉类巡行各处，看到国中年轻人在外流浪的，没有不给他们吃的，没有不给他们喝的，并且一定询问姓名。不是勾践自己所种的粮食他就不吃，不是用他夫人所织的布做的衣服他就不穿。十年之内不向国民收赋税，老百姓每家都有三年的余粮。

越国的父兄请求说："当初，夫差在诸侯各国面前侮辱我们的国君，现在越国已步入正轨，请允许我们去报仇吧。"勾践辞谢说："从前的战争失利，不是你们的过错，而是我的罪过。像我这样的人，哪里懂得什么叫作受了耻辱呢？姑且不可打仗。"父兄又请求说："越国四境之内，亲近我们的国君，如同

亲近自己的父母。做儿子的想报父母亲的仇,做臣子的想报国君的仇,难道还有敢不尽力的吗?请求再与吴国决战!"勾践同意了父兄的要求,就召集民众并发誓说;"我听说古代的贤君,不担心他的士卒的不足,而担心的是士卒缺乏对志向和行为的耻辱心。如今夫差拥有穿着用水犀皮做甲的武士十万三千人,不担心他们对志向和行为缺少耻辱心,却在担心士卒人数的不足。现在我将帮助上天讨伐吴国。我不想要匹夫之勇,而想要他们一起共进退。前进的时候就想着立功受赏,退后时就考虑到军法,这样就会得到合乎常规的赏赐。进不听令,退不知耻,这样就会受到合乎常规的惩罚。"于是越国就果断地行动起来,全国人民都互相劝勉。父亲勉励儿子,哥哥勉励弟弟,妻子勉励丈夫,说:"哪有像我们的君主那样的,哪能不为他拼命呢?"所以首先在囿地打败了吴国军队,接着在没地又打败了它,最后又在吴国首都的城郊打败了吴军。

夫差向勾践求和,说:"我的军队已不值得越王亲自讨伐了!愿把金玉、子女献给越国以答谢越王的屈驾光临。"勾践回答说:"当初上天把越国授予吴国,但是吴王不接受天命;现在上天又把吴国授予越国,越国难道可以不听天命,而听吴王的命令么?请让我把你送到甬、句以东去,我同吴王像两个国君一样,如何?"夫差回答说:"我已经先有过小小的恩惠了。越王若不忘记吴国是周王的后裔,把吴国庇护于屋檐之下,这是我的愿望啊。越王如果说:'我将摧残你的社稷,毁灭你的宗庙。'我只好请求一死!我还有什么脸面去见天下人呢?就请越王率军进驻吧!"于是勾践就灭掉了吴国。

【点评】首句单刀直入,略去繁芜,一语直点出越军被困会稽山的危急之势,起笔有力!情势陡急,悬念顿生。"乃"字顺接,自然推出一番肺腑之言,"父兄、昆弟及国子姓"诸语,剥去浮辞,字字诚恳,情义相连,实亦由首句所言之情势推衍出来,而越王处危不乱、谦恭敬下之处亦见端倪。文种之语,一针见血,不留分毫情面;勾践之言,一语解嘲,无嗔反喜,堪称堪纳忠言,知人善任。君臣契合,上下同心,越国幸存已露一丝亮光。

文种行成诸语,揭出许和、不许和两者之利弊,权衡较比。处处落脚于为吴国算计,措辞卑顺,但又卑中有亢,态度坚决,使吴投鼠忌器,引吴就范,实为外交辞令之绝唱!子胥之谏,据理力争,高瞻远瞩,识见非凡。"失此利也，虽悔之，必无及已”，预言在先，吴之亡，于此已伏下一笔矣。吴按兵未动，而越女已行，直攻入吴军内部，抓住薄弱处，分化瓦解。太宰之言，空而迂阔，奈何夫差信之！文种、子胥、太宰三人，语言个性鲜明，切合各自身份立场。越有文种，吴有子胥，然勾践信之任之，而夫差疏而远之；越无伯嚭，而吴有太宰；越明暗齐施，双管齐下，不遗余力；吴骄傲轻敌，坐以自大，养痈遗患。越之兴，吴之亡，已不待言。

“勾践说于国人曰”诸语为罪己诏，抚慰国人，诚退责己，是言：“于是葬死者。”后诸句写勾践吊死扶伤，送往迎来，是行。言出即行，言行一致，过而能改，取信于民。卑事夫差，忍辱负重，意在麻痹敌人。内外策略各异，用心良苦！而又能禀遵古训，因地制宜，制订具体措施，率领国人耕种生育，休养生息，以民为本，爱民如子，并身体力行，卧薪尝胆，励精图治，“十年生聚，十年教训”，明耻教战，富国强兵，留下千古美名！国之父兄之所请，实为勾践梦寐之所求，而勾践之“辞”，以退为进，意在探测民心而已。民心向背，此为其以少胜多，灭吴兴越之根基所在，勾践盯住此点，慧眼独具！父兄再请之语，见出二十年生聚教训之功效，众志成城，灭吴时机已到。勾践之誓，落脚于志行耻辱、赏罚分明、用兵得法！连战皆捷，自然之理也。本文写三次大战，仅用三句，可谓惜墨如金，以灭吴之关键不在作战具体程序，而在其备战及策略，故前文于生聚教训诸关键处浓墨重彩，细致入微，可谓用墨如泼，剪裁之功，体现于斯，使文章详略精当，眉目分明，不蔓不枝。末段回应前文，前有越国行成于吴，后有夫差行成于越，行成语意几同，而人物态度迥异，勾践猛追穷寇，毫不手软，夫差所谓“礼先壹饭”、“余何面目以视于天下”诸语，迂阔自负，必死无疑，亦与勾践之能屈能伸，精明谦让形成鲜明对比。“遂灭吴”三字收尾，简洁干练，收束有力。全文按事态发展顺序，层层剥皮，文脉清晰。叙事简明扼要，文字朴实无华，人物个性栩栩如生。勾践处多难而兴邦、担忧劳以复国的精神及其以民为本的思想，于今人亦颇多启迪。内容形式，均富借鉴之处！

【集说】此文凡写数十段，段段异样神采，段段读之，使人跳舞。（金圣叹《天下才子必读书》）

《国语》一书，深厚浑朴。《周（语）》、《鲁（语）》尚矣。《周语》辞胜事，

《晋语》事胜辞。《齐语》单记桓公霸业，大略与《管子》同。如其妙理玮辞，骤读之而心惊，潜玩之而味永，还须以《越语》压卷。（朱彝尊《经义考》引陶望龄语）

吴之亡，以有齐之胜也；越之兴，以有会稽之栖也。篇中叙勾践困辱焦劳处，正宜着眼。（孙琮《山晓阁评选古文十六种·国语选》引茅鹿门语）

人处困顿中，一味卑而不得。大夫种若以越不可赦一转，正与齐国佐对晋人欲背城借一同一擒纵，此善于行成者也。内传子胥语十年生聚，十年教训，此篇自"寡人请更"以下，叙事曲折纤悉，然只完得生聚教训四字，恰似内传为之纲，外传为之目。（孙琮《山晓阁评选古文十六种·国语选》）

此为叙勾践之文，凡三截，投款能卑，结众能奋，受教能果，无骄亢气，无驰怠气，亦绝无悠长气，笔力锐坚。（浦起龙《古文眉诠》）

（胥　云）

《公羊传》

《公羊传》，亦称《春秋公羊传》或《公羊春秋》。儒家经典之一，专门阐释《春秋》，与《左传》《穀梁传》并称《春秋三传》。相传为战国齐人、孔子再传弟子公羊高所作，实际上到西汉景帝时期才整理成书。其体裁与《穀梁传》相近，解释"大义"，简略史事。是今文经学的重要典籍，是研究春秋、战国、秦、汉间政治思想与学术思想的重要资料。

宋人及楚人平(1)

外平不书(2)，此何以书？大其平乎己也(3)。何大乎其平乎己？庄王围宋(4)，军有七日之粮尔，尽此不胜，将去而归尔，于是使司马子反乘堙而闚宋城(5)，宋华元亦乘堙而出见之(6)。司马子反曰："子之国何如？"华元曰："惫矣。"曰："何如？"曰："易子而食之，析骸而炊之。"司马子反曰："嘻！甚矣惫(7)！虽然，吾闻之也：围者柑马而秣之(8)，使肥者应客。是何子之情也？"华元曰："吾闻之：君子见人之厄则矜之(9)，小人见人之厄则幸之(10)。吾见子之君子也，

是以告情于子也。”司马子反曰：“诺，勉之矣。吾军亦有七日之粮尔，尽此不胜，将去而归尔。”揖而去之。

反于庄王[11]。庄王曰：“何如？”司马子反曰：“惫矣。”曰：“何如？”曰：“易子而食之，析骸而炊之。”庄王曰：“嘻！甚矣惫！虽然，吾今取此，然后而归尔。”司马子反曰：“不可。臣已告之矣，军有七日之粮尔。”庄王怒曰：“吾使子往视之，子曷为告之[12]？”司马子反曰：“以区区之宋，犹有不欺人之臣，可以楚而无乎？是以告之也。”庄王曰：“诺，舍而止。虽然，吾犹取此，然后归尔。”司马子反曰：“然则君请处于此，臣请归尔。”庄王曰：“子去我而归，吾孰与处于此？吾亦从子而归尔。”引师而去之。故君子大其平乎己也。此皆大夫也，其称“人”何？贬。曷为贬？平者在下也。[13]

【注释】(1)选自《公羊传·宣公十五年》。平：媾和，讲和。 (2)外：外国。书：记载。外平不书：意谓《春秋》只记鲁国与别国的媾和，而不记载与鲁国无关的其他国家之间的媾和。 (3)大：尊敬，注重。平乎己：自己主动讲和。 (4)庄王围宋：指鲁宣公十四年秋九月，楚国大夫申舟到齐国聘问，路过宋国而不向宋国行礼借道，被宋国大夫华元杀死，楚庄王因此发兵围宋。 (5)司马子反：楚国大夫。堙(yīn)：环城堆筑的土山。闚：同“窥”。 (6)华元：宋国大夫。 (7)甚矣惫：即“惫甚矣”的倒句，强调困顿的程度已极深。 (8)柑(qián)马：使马口衔木而不得食。秣(mò)：喂养。 (9)厄(è)：厄运，灾难。矜(jīn)：怜悯。 (10)幸：庆幸，高兴。 (11)反：返回，反报。 (12)曷(hé)：何故，为什么。 (13)下：此指在下位的人。

【今译】(与鲁国无关的)其他国家间的媾和之事不记载，(宋楚两国媾和)却为何要记载？是敬重他们自己媾和。为什么要敬重他们自己媾和呢？楚庄王围攻宋国，楚军只剩七天的粮食，吃完以后如果还不能取胜，便要离开宋国回去了。于是派司马子反登上环城的土丘窥探宋城，宋国的华元也登上土丘出来与子反相见。司马子反说：“你们国家情况怎样？”华元回答：“困乏极了。”子反再问：“如何困乏？”华元回答：“交换孩子而吃，劈开骨骸而烧。”司马子反说：“哎呀！真是困乏至极了！虽然如此，我听说：被围困的人给马嘴中衔木以求得蓄积粮草，而把肥马拉出来让客人看以表示粮草丰足。你为什么要告诉我实情呢？”华元回答说：“我听说：君子见到人有灾难就怜悯他，小人见到人有灾难便幸灾乐祸。我看你是个君子，因此才把实情告诉你。”司马子反说：“那好，请勉力坚守。我军也只剩七天的粮食了，吃完以后还不能取胜，便要离开宋国回去了。”说罢拱手告别而去。

（司马子反）返回庄王那里。庄王问：“情况如何？”司马子反回答说：“困乏极了。”又问：“如何困乏？”回答说：“交换孩子而吃，劈开骨骸而烧。”庄王说：“哎呀！真是困乏至极了！虽然如此，我现在去攻取它，然后凯旋。”司马子反说：“不行。臣已经告诉了他们，我军只剩七天的粮食了。”庄王气愤地说：“我派你去探察他们，你为何（把我们的情况）告诉了他们？”司马子反回答说：“以他们小小的宋国，尚且有不骗人的臣子，楚国又怎么可以没有呢？因此我告诉了他们。”庄王说：“那好，安营扎寨不走了。虽然如此，我仍然要攻取宋国，然后再回去。”司马子反说：“如果这样，大王请留在这里，臣请求回去。”庄王说：“你离开我回去，我和谁留在这里呢？我也跟你回去吧。”于是带领军队离去。所以君子敬重他们自己讲和。他们都是一国的大夫，《春秋》为什么要称作“人”？是因为要贬低他们。为什么要贬低他们？是因为讲和的人是处在下位的臣子，（没有把美名归于国君）。

【点评】对“宋人及楚人平”之事，作者认为《春秋》大义应是包含着一褒一贬。破例记下诚信不欺之事，这是褒；依然不忘责其专擅之过，这是贬。这样，《春秋》的全篇意义遂得以鞭辟入里地阐发。若再比较一下《左传》和《穀梁传》只对此所做的解说，那么，《左传》只是传事，未涉义例，而《穀梁》则恰好相反，且难免因袭敷衍《公羊》之嫌。因此《公羊》此篇便以洗发义理与记叙史事相融合而高出一筹了。

本文通篇以“平”字为线，以“情”字为针，穿引连缀，周密严谨，一层深似一层地突出了诚信之情，想来当亦不乏表露反战恤民和宣扬大一统的王道之意吧。

另外，处处用复笔，乃是本文艺术表现手法上的最大特色。如华元与子反的对白和子反与庄王的对白，以及体现着文章大旨的语句，大多是更述一

番，且往往一字不变，想前人有灵奇古趣、纡徐有韵之叹，确有同感。

【集说】通篇纯用复笔，曰“惫矣”、曰“甚矣惫”、曰“诺”、曰“虽然”，愈复愈变，愈变愈韵。末段曰“吾犹取此而归”、曰“臣请归尔”、曰“吾亦从子而归尔”，尤妙绝解颐。（吴楚材、吴调侯《古文观止》）

两诉其情，华元不欺于敌，子反并不欺于君。然华元犹有权术之见，冀楚之以情谅也，若子反则以至诚动矣。故书法先叙“军有七日之粮，尽此不胜，将去而归”，写出时危势迫，若不可告人者，而不虞后之明输之也。可不谓动之以至诚哉！然则子反诚贤，元其犹有蓬之心也夫。（过商侯等《古文评注》）

通体都在“平”字上作文字，以“情”立定一篇之骨。“不欺人”三字，即从情字生出。章法一线穿成，末从两“情”字上结出贬义。有波澜，有结构，至纯用复取致，尤属《公羊》专门长技也。（余诚《重订古文释义新编》）

（王其祎）

《穀梁传》

《穀梁传》，亦称《春秋穀梁传》或《穀梁春秋》。儒家经典之一，专门解释《春秋》，与《左传》《公羊传》并称《春秋三传》。相传为战国鲁人、孔子再传弟子穀梁赤所作，实际上到西汉武帝以后才整理成书。其体裁与《公羊传》相近，是研究春秋、战国、秦、汉间政治思想、学术思想，尤其是儒家思想的重要资料。

虞师晋师灭夏阳[1]

非国而曰灭，重夏阳也。虞无师，其曰师何也？以其先晋，不可以不言师也。其先晋何也？为主乎灭夏阳也[2]。夏阳者，虞、虢之塞邑也[3]。灭夏阳而虞、虢举矣[4]。

虞之为主乎灭夏阳何也？晋献公欲伐虢，荀息曰[5]："君何不以屈产之乘、垂棘之璧[6]，而借道乎虞也？"公曰："此晋国之宝也，如受吾币而不借吾道[7]，则如之何？"荀息曰："此小国之所以事大国也。彼不借吾道，必不敢受吾币，如受吾币而借吾道，则是我取

之中府而藏之外府[8]，取之中厩而置之外厩也[9]。”公曰：“宫之奇存焉[10]，必不使受之也。”荀息曰：“宫之奇之为人也，达心而懦[11]，又少长于君[12]。达心则其言略，懦则不能强谏，少长于君则君轻之。且夫玩好在耳目之前，而患在一国之后，此中知以上乃能虑之[13]，臣料虞君中知以下也。”公遂借道而伐虢。宫之奇谏曰：“晋国之使者，其辞卑而币重，必不便于虞。”虞公弗听，遂受其币而借之道。宫之奇谏曰：“语曰：‘唇亡则齿寒。’其斯之谓与！”挈其妻子以奔曹[14]。

献公亡虢，五年而后举虞。荀息牵马操璧而前曰：“璧则犹是也，而马齿加长矣[15]。”

【注释】(1)选自《穀梁传·僖公二年》。虞：周文王时建立的诸侯国，姬姓。在今山西平陆县北。晋：周武王时分封的诸侯国，姬姓。在今山西西南，建都于唐(今山西翼城县西)，献公时迁于绛(今山西翼城县东南)，并消灭周围小国，为晋文公时的霸主地位奠定基石。夏阳：古邑名，在今山西平陆县北，为虞、虢两国间的要塞，属虢国。 (2)主：主体，主要的。此指元凶。 (3)虢(guó)：有东虢、西虢、北虢之分，均建国于西周时期，姬姓。本文所指为北虢，建都上阳(今河南陕县东南)，占有今河南三门峡市和山西平陆县一带，前655年为晋所灭。 (4)举：攻克。 (5)荀息：晋国大夫。 (6)屈产：春秋晋地。在今山西吉县北，出良马。乘(shèng)：古代以四马一车为乘，此借以代马。垂棘：春秋晋地，出美玉。 (7)币：即帛。古人通常用作相互赠送的礼物，亦为各种礼物的通称。 (8)中府：宫内的府库。外府：宫外的府库。 (9)中厩(jiù)：宫内的马房。外厩：宫外的马房。 (10)宫之奇：虞国大夫。 (11)达心：心中明白。 (12)少(shào)长(zhǎng)：自少及长；从小到大。 (13)中知(zhì)：有中等知识能力的人。知：通“智。” (14)挈(qiè)：携带。奔：逃亡。曹：周武王时分封的诸侯国。姬姓。在今山东西部。 (15)马齿加长：即马齿增长。此指马的年龄增加。

【今译】(夏阳)不是国都却说是灭亡，是看重夏阳的地理形势。虞国的军队不足一个师，《春秋》说是师，为什么呢？因为虞国在晋国前面，不能不说师了。为什么说虞国在晋国的前面？是因为它是灭亡夏阳的元凶。夏阳，是虞、虢两国边界的要塞。夏阳灭亡了，虞、虢就可以被攻克了。

为什么说虞国是灭亡夏阳的元凶？晋献公想要攻打虢国，荀息说："君王为什么不用屈产的马、垂棘的玉作为礼物，向虞国借条路呢？"献公说："这是晋国的宝物，如果虞国接受了我的礼物却不借给我道路，那该怎么办呢？"荀息说："这本是小国要服侍大国的做法。若不借给我们路，就必定不敢接受我们的礼物，如果接受了我们礼物而借给我们道路，不过是我们把美玉从宫内府库取出来而藏到宫外府库，把良马从宫内厩牵出来而放到宫外厩罢了。"献公说："宫之奇在，必定不让接受礼物。"荀息说："宫之奇的为人，是心中明白而性格懦弱，又与虞国君王一起长大。心中明白则言词省略，性格懦弱则不能极力规劝，与君王一起长大则被君王轻视。何况喜好的玩物摆在面前，而忧患却隐伏在一个国家的后世之中，这一点只有中等才智以上的人才能考虑到，臣料想虞君不过是中等才智以下的人而已。"献公于是借道攻打虢国。宫之奇进谏说："晋国的使者，他的言辞谦卑而礼物贵重，想必对虞国不利。"虞公不听，于是接受了晋国的礼物而借给它道路。宫之奇又进谏说："谚语说：'唇亡则齿寒。'说的正是这种情况吧！"便领着妻儿逃到了曹国。

献公灭亡虢国，五年之后便攻克了虞国。荀息牵着马拿着玉上前对献公说："美玉还是原来的样子，只不过是马的年龄增长了。"

【点评】在以解释《春秋》经文为主的《穀梁传》中，叙史事的篇章绝少，而本篇正是属于这绝少的一类。虽说比不上《左传》写同一内容的《宫之奇谏假道》的以叙史事为主，却也较多脱出了漫无边际讲"微言大义"的窠臼，以致令人有读史之叹！

文章除第一自然段是环扣经文阐发义理外，通篇都围绕着"虞之为主乎灭夏阳"的立论展开，以较长的篇幅、较为明白生动的语言记述了当时的史事，并借以阐明了"唇亡齿寒"的道理。这一立论，不禁使人想起"灭六国者六国也"的见解，难道不是同样的精辟吗？其叙说史事之本领，难道不是与《宫之奇谏假道》有着各领千秋的美妙吗？晋献公的意，荀息的谋，宫之奇的谏，尽管烘托出虞公贪求玩好，拒不纳谏，结果不仅成了玩物丧国的败君，而

且落个助纣为虐的恶主。有了这些史实的铺衬，似觉其阐发经文的语词并不那么奥涩穿凿，同时也免去了废话多、史事少之嫌。统而言之，本篇所阐发的正是《春秋》大义中的这样一个重要方面：明辨是非，分别善恶，提倡德义。

当然，说到本篇的“笔法”，虽然依旧体现着咬嚼推演的特点，却很少有不顾上下文的穿凿附会。层层设问，步步解答，因果照应，都一一落到实处。语言练达，推理严密，结尾一语尤其干净绝妙，且不乏幽默讽刺意味。

【集说】全篇总是写虞师主灭夏阳，笔端清婉，迅快无比。中间“玩好在耳目之前”一段，尤异样出色，祸患之成，往往堕此，古今所同慨也。（吴楚材、吴调侯《古文观止》）

晋之贪不劣于虞，息之知非优于奇。然异事同情，究之，一因以兴，一因以亡，无他，听与不听之间耳。卫灵公无道，康子曰：“夫如是，奚而不丧？”而夫子历举用人各当其才，曰：“夫如是，奚其丧？”然则贤臣亦何负于国哉！（过商侯等《古文评注》）

宫之奇深谋远虑，不稍逊于荀息。然荀息能为晋开辟土地，而宫之奇不能救虞灭亡者，以其君之听与不听有分也。吴越之申胥、范蠡，非其尤著者欤？假使虞公肯听宫之奇之谏，而不贪璧与马，荀息虽有诡谋，将安用之？夫何昏庸而又迷惑于货贿，遂致君臣皆不出荀息所料，而得以施其巧计。是助晋灭兄弟之国，而因以自灭其国矣。咎非虞公谁与归？《经》之首书虞师，旨深哉！穀梁体《经》旨作传，故通体以“为主乎灭夏阳”做主。其前半叙荀息献谋，及料虞君臣处，早已写透虞公贪利不纳谏。后半叙宫之奇谏不行，挈妻子奔曹，及荀息戏谑之词，是写虞公堕其术中不自知。篇中写献公、写荀息、写宫之奇，无非写虞公也。知此，然后许读此文。（余诚《重订古文释义新编》）

（王其祎）

《礼记》

《礼记》，十三经之一，西汉博士戴圣辑，四十九篇，大抵为孔子弟子及其后学所记。其内容包括教育原理、政治制度、音乐器物、生活仪节等，是研究中国礼乐制度和儒家思想的重要典籍。《礼记》除了保存有丰富的学术史料外，还记载了很多言约义丰的故事，其《檀弓》上、下篇即由众多故事组成。今存《礼记》的主要注本有东汉郑玄注、唐孔颖达正义的注疏本，还有元陈澔的集说、清孙希旦的集解等。

曾子易箦[1]

曾子寝疾，病。乐正子春坐于床下[2]，曾元、曾申坐于足[3]，童子隅坐而执烛。童子曰："华而睆[4]，大夫之箦与[5]？"子春曰："止！"曾子闻之，瞿然曰[6]："呼！"曰："华而睆，大夫之箦与？"曾子曰："然。斯季孙之赐也[7]。我未之能易也。元，起易箦。"曾元曰："夫子之病革矣[8]，不可以变。幸而至于旦，请敬易之。"曾子曰："尔之爱我也不如彼，君子之爱人也以德，细人之爱人也以姑息[9]。

吾何求哉？吾得正而毙焉[10]，斯已矣。”举扶而易之，反席未安而没[11]。

【注释】(1)选自《礼记·檀弓上》。曾子：名参，孔子的学生。箦(zé)：竹制床席。 (2)乐正子春：曾子的学生。“乐正”是复姓。 (3)曾元、曾申：都是曾子的儿子。 (4)睆(huǎn)：光泽。 (5)大夫：高级官名。 (6)瞿然：形容惊惧的样子。 (7)季孙：鲁国大夫。 (8)革(jí)：通“亟”，危急。 (9)细小：小人。姑息：苟且以取安。 (10)得正而毙：合于礼而死。 (11)反：同“返”。没：通“殁”，死亡。

【今译】曾子卧病在床，病势沉重。乐正子春坐在床前，曾元、曾申坐在脚边，童子坐在角落里拿着蜡烛照明。童子说：“席子华丽而有光泽，是大夫所用的吧？”子春说：“不要说！”曾子听到了，猛地惊叹一声：“呀！”童子又说：“席子华丽而有光泽，是大夫所用的吧！”曾子说：“是的！这是季孙赠送的。我没能把它换下来。元儿，扶我起来换掉席子！”曾元说：“您老人家的病很沉重了，不可以换席了。希望等到天明，再恭恭敬敬地换掉它。”曾子说：“你爱我不如童子，君子用德来爱护别人，小人用苟且偷安来爱护别人。我还有什么要求呢？能符合礼节而死，这就可以了。”于是大家抬起曾子而换掉席子，放回床上还没躺好就死了。

【点评】本文结构巧妙，脉络清晰，转折起伏，首尾相照。开头所写曾子卧病一节中，以弟子环床守护，童子执烛照明等具体场景，平添出几分哀伤紧张的氛围，既点明了曾子的病情很危急，又暗示出时间是夜晚，同时还给后文描写曾子恪守礼法、至死不渝而埋下伏笔。布局合理，颇具鬼斧神工之妙。中间一节写曾子的谨于礼法，其中“止”和“呼”二字的运用十分传神。曾子的学生子春仅说出一“止”，简单截捷，那种看护怜惜老师的情景被形象生动地传达出来。曾子听到童子发问后，嘴里仅吐出一“呼”，惟妙惟肖地道出了曾子的惊觉之状，也为后来换席开了先声。这种用人物语言来刻画人物心理的描写，给文章增添了艺术魅力。最后的换席一节，寥寥数语，摄人心魄，一位“得正而毙”、守礼而死、品行端正的主人公形象跃然纸上。

【集说】篇中摹写处，无不曲肖神情，自是千古奇笔。（林云铭《古文析义》）

易箦以得正，小中见大，一生德行，于此完全无憾。而行文之妙，则针线细密，神情宛肖，简老之中，姿态横生。（余诚《重订古文释义新编》）

（佳　木）

苛政猛于虎[1]

孔子过泰山侧，有妇人哭于墓者而哀。夫子式而听之[2]，使子路问之[3]，曰："子之哭也，壹似重有忧者[4]。"而曰[5]："然。昔者，吾舅死于虎[6]，吾夫又死焉，今吾子又死焉。"夫子曰："何为不去也？"曰："无苛政[7]。"夫子曰："小子识之[8]，苛政猛于虎也。"

【注释】(1)选自《礼记·檀弓下》。　(2)夫子：指孔子。式：与"轼"通，车上的横木，可以扶手。句中作动词。　(3)子路：仲氏，名由，字子路，孔子弟子。　(4)壹：语气助词。重：多。　(5)而：乃。　(6)舅：夫之父曰舅。　(7)苛政：苛刻的政令和繁重的赋役。　(8)小子：指弟子。识：通"志"，记住。

【今译】孔子经过泰山旁，有一个妇女在坟墓边哀号。孔子扶轼而听，派子路去问那妇人。子路说："你这样哭，就好像有很多的忧愁。"妇人就说："是的。过去，我的公公被老虎咬死，我的丈夫也被老虎咬死，而今我的儿子又被老虎咬死。"孔子说："为什么不搬到别的地方去？"妇女说："（这里）没有苛刻的政令和繁重的赋役。"孔子说："弟子们记住，苛政猛于虎也。"

【点评】这则寓言选取典型情节，通过孔子、妇人和子路三人的对话，深刻地揭露了残酷的阶级压迫和剥削，比猛虎还要凶恶。其中"哭于墓者而哀"、"夫子式而听之"、"壹似重有忧者"的发问，对舅、夫、子之死于虎的陈述，宛如一个个蝉联而下的电影画面，将孔子、子路的关切神态、妇人极悲戚

哀伤的心境丝毫无隐地展示出来，而篇末“无苛政”一语，画龙点睛，鞭辟入里，发人猛省。全篇言约义丰，生动形象，具有强烈的讽刺意味。

【集说】三世死于虎，虎之猛亦甚矣，岂不可哀？及询其所以不去之故，而知其因无苛政，则苛政之猛，岂复可以言语形容？而被之者其可哀又当何若也？故用“苛政猛于虎”五字结出本意。此等文字，意在笔先，神周象外，若徒于字句间求之，便不能得其微旨。文不满百字，其中有山有墓，有哭者，有听者，有虎之猛，有苛政之更猛，无数景物，无数情态，洵简练之至。（余诚《重订古文释义新编》）

结句写尽千古酷吏。（余诚《重订古文释义新编》）

虎之害人也，机罟陷阱所能制之，政则无可制之械矣。深宫固闭，所能逃之，政则无可逃之地矣。寥寥数语，写得凛凛可畏。（过商侯等《古文评注》）

（陆永品）

《战国策》

《战国策》，也简称《国策》。其初又有《国事》《短长》《事语》《长书》《修书》等异名。后经西汉刘向整理、校订，依国别编成体系，方定名为《战国策》。此书记载战国策士的言论和活动，赞扬备至，过分强调了他们个人在历史上的作用。其记事上继《春秋》，下迄楚汉之际，保存着当时许多重要史料，为司马迁《史记》所取材。但其中也有夸张与虚构之处，与史实不尽相同。其文气势纵横，论事周密，善于运用寓言比喻，语言生动形象，对后世的散文，有很大的影响。

苏秦始将连横[1]

说秦王书十上而说不行。黑貂之裘弊，黄金百斤尽，资用乏绝，去秦而归。羸縢履蹻，负书担橐，形容枯槁，面目黧黑，状有归色。归至家，妻不下纴，嫂不为炊，父母不与言。苏秦喟叹曰："妻不以我为夫，嫂不以我为叔，父母不以我为子，是皆秦之罪也。"乃夜发书，陈箧数十，得太公《阴符》之谋[2]，伏而诵之，简练以为揣

摩。读书欲睡，引锥自刺其股，血流至足，曰："安有说人主，不能出其金玉锦绣，取卿相之尊者乎？"期年，揣摩成，曰："此真可以说当世之君矣！"

于是乃摩燕乌集阙[(3)]，见说赵王于华屋之下[(4)]，抵掌而谈。赵王大悦，封为武安君，受相印，革车百乘，锦绣千纯，白璧百双，黄金万溢[(5)]，以随其后，约从散横，以抑强秦。

故苏秦相于赵而关不通。当此之时，天下之大，万民之众，王侯之威，谋臣之权，皆欲决苏秦之策。不费斗粮，未烦一兵，未战一士，未绝一弦，未折一矢，诸侯相亲，贤于兄弟。夫贤人在而天下服，一人用而天下从。故曰：式于政，不式于勇；式于廊庙之内，不式于四境之外。当秦之隆，黄金万溢为用，转毂连骑，炫熿于道，山东之国，从风而服，使赵大重。且夫苏秦特穷巷掘门、桑户棬枢之士耳，伏轼撙衔，横历天下，廷说诸侯之王，杜左右之口，天下莫之能抗。

将说楚王[(6)]，路过洛阳。父母闻之，清宫除道，张乐设饮，郊迎三十里。妻侧目而视，倾耳而听；嫂蛇行匍伏，四拜自跪而谢。苏秦曰："嫂何前倨而后卑也？"嫂曰："以季子之位尊而多金。"苏秦曰："嗟乎！贫穷则父母不子，富贵则亲戚畏惧。人生世上，势位富贵，盍可忽乎哉[(7)]！"

【注释】(1)选自《战国策·秦策一》。苏秦(？—前284)，字季子，战国时东周洛阳人，纵横家的头面人物之一。他奉燕昭王之命入齐从事反间活动，齐滑王末年被任为齐相，曾与赵李兑一起约五国(赵、齐、燕、魏、韩)合纵攻秦，被赵封为武安君。后因反间活动暴露，被齐车裂而死。本文所记苏秦事迹多与史实不合，大约是后来的纵横家据传说创作而成。 (2)太公：即吕尚，俗称姜太公，姜姓，吕氏，名望，一说字子牙，又称师尚父。他辅佐武王灭商有功，封于齐。《阴符》：传说是姜太公著的一部讲兵法的书。 (3)燕乌集阙：宫阙名。阙，宫门前两边供瞭望的楼。 (4)赵王：此指赵肃侯(前349—前326在位)。赵封苏秦为武安君，在赵惠文王12年(前287)。本文所记此事则在赵肃侯十六年(前334),提前了近50年。 (5)溢:通“镒”(yì),古代重量单位,合古代的二十两,一说二十四两。 (6)楚王:此指楚威王(前339—前329在位)。 (7)盍:意即“何”,怎么。

【今译】(苏秦)游说秦(惠)王的奏章先后十次呈上,而终究游说不成。他穿的黑貂皮衣破烂了,百斤黄金花光了,极其缺乏资金费用,只得离开秦国回家。他腿缠裹布,脚穿草鞋,背着书箧,挑着行李,形容枯槁,面目黧黑,神色惭愧。他回到家,妻子不下织机迎接,嫂子不去做饭,父母不与他讲话。苏秦喟叹道:“妻子不把我当作丈夫,嫂子不把我认作叔叔,父母不把我看作儿子,这都是苏秦的罪过啊!”于是夜里便拿出藏书,摆列书箧数十只,找到姜太公专讲谋略的《阴符》一书,伏身诵读、用心钻研、抓住要点、仔细推敲、领会精神。读到昏昏欲睡时,他就拿起锥子来刺自己的大腿,鲜血一直流到了脚上。他说:“哪里有游说君主而不能让他拿出金玉锦绣,取得卿相尊位的呢?”过了一年,苏秦揣摩成功,他说:“这下真能用来说服当代的君主了!”

于是苏秦经过燕乌集阙,在华丽的宫殿谒见并游说赵王,击掌侃侃而谈。赵王大喜,封苏秦为武安君,授予相印,赏赐兵车百辆,锦缎千匹,白璧百双,黄金万镒跟随其后,游说各国,约定“合纵”,瓦解“连横”,共同抑制强暴的秦国。

所以苏秦在赵国为相而函谷关交通断绝。在这个时候,那么大的天下,那么多的百姓,那么威风的王侯,那么有权有势的谋臣,都要取决于苏秦的策略。没有花费一斗粮食,没有烦劳一兵一卒,没有让一个战士去打仗,没有断过一根弓弦,没有折过一把弓箭,诸侯相亲,胜过兄弟。贤人在位,天下驯服;任用一人,天下顺从。所以说:要把力量用在政治上,不要用在战争上;要在朝廷内部解决问题,不要到国境外面去动用武力。当苏秦显赫之时,黄金万镒供他使用,随从车马接连不断,一路之上声威显赫,殽山以东各国像随风倒伏的草那样地顺从,这就使赵国的威望大大提高了。而那个苏秦只不过是一个住在穷巷里边,在墙壁上挖洞做门,用桑木做门扇,用弯木做门轴的寒士罢了。如今他伏身车轼,手拉马勒,横行天下,到朝廷游说君王,堵塞左右大臣的嘴巴,天下没有谁能和他抗衡。

苏秦将去游说楚王,路过洛阳。父母听到消息,清扫房屋,修治道路,演

奏音乐，设置酒席，到三十里郊外去迎接。妻子侧目而视，侧耳细听。嫂子趴在地上像蛇那样爬行，跪在苏秦面前拜了四拜而谢罪。苏秦问道："嫂子，你为什么前倨后恭呢？"他的嫂子回答道："因为现在季子地位又高，金子又多啊！"苏秦叹道："唉！贫穷的时候，父母不把我当作儿子；富贵时连亲戚也畏惧。人活在世上，对于权势、地位和富贵，怎么能够忽视呢？"

【点评】"人生世上，势位富贵，盍可忽乎哉！"纵横家苏秦公开宣扬追求"富贵利达"的人生观，恰与儒家之"重义轻利"背道而驰。文章细节刻画鲜明生动，颇见功力："黑貂之裘弊，黄金百斤尽，资用乏绝，去秦而归。羸縢履蹻，负书担橐，形容枯槁，面目黧黑，状有归色。"活现出苏秦失意落魄之态。他如描写苏秦发愤苦读时的引锥刺股、简练揣摩；衣锦还乡时的飞黄腾达、志得意满，及其父母、妻、嫂等人的"前倨而后卑"，皆寥寥数笔而神形毕现，将人物的性格特征、心理活动及人情世态描摹得淋漓尽致。行文的排比、夸张，尤显战国策士之风。"苏秦相于赵而关不通"一段论赞，考之历史，未必真实，而其气势之充沛，文辞之流丽，雄隽恢奇，令人叹赏，堪称"宇宙间一种好文字"（明姚三才语，见《战国策谭棷》附录）。

【集说】苏秦之富贵当有定论点，但在当日作者，欲为写照，少不得要把合纵功劳十分装点，说过一番又赞过一番，将一个暴得富贵的穷汉子做个天上有、地下无的人物，方可艳羡。读者但作一种传奇看，却越不认真，越有意思。（林云铭《古文析义》）

就苏秦自鸣得意语，收结全篇，异样出色。（吴楚材、吴调侯《古文观止》）

前幅写苏秦之困顿，后幅写苏秦之通显。正为后幅欲写其通显，故前幅先写其困顿。天道之倚伏如此，文章之抑扬亦如此。至其习俗人品，则世所共知，自不必多为之说。（吴楚材、吴调侯《古文观止》）

约纵散横以抑强秦，苏秦之简练以为揣摩者在此。盖简练揣摩是苏秦贫穷富贵转关处。其未简练揣摩之先，则书虽十上，说终不行；而贫穷之不堪如彼。其既简练揣摩之后，则抵掌一谈，立即卿相，而富贵之莫比。若此简练揣摩之所系岂浅鲜哉。……绳以圣贤之道，则季子之人品殊不足道，然其文不可没读者。但取其文可也。（余诚《重订古文释义新编》）

“去秦”六句是归途苦况，一“归至家”四句妙。此时合家之人似不曾见有苏秦到家。妙绝。(同上)

(熊宪光　王春冰)

甘茂自托于苏代[1]

甘茂亡秦[2]，且之齐，出关遇苏子曰[3]：“君闻夫江上之处女乎?”苏子曰：“不闻。”曰：“夫江上之处女，有家贫而无烛者，处女相与语，欲去之[4]。家贫无烛者将去矣，谓处女曰：‘妾以无烛，故常先至扫室布席[5]。何爱馀明之照四壁者[6]？幸以赐妾[7]，何妨于处女？妾自以有益于处女，何为去我?’处女相语以为然而留之。今臣不肖，弃逐于秦而出关，愿为足下扫室布席，幸无我逐也。”苏子曰：“善。请重公于齐[8]。”乃西说秦王曰：“甘茂，贤人，非恒士也[9]；甚居秦，累世重矣[10]。自殽塞、谿谷[11]，地形险易尽知之[12]。彼若以齐约韩、魏，反以谋秦，是非秦之利也。”秦王曰：“然则奈何?”苏代曰：“不如重其贽[13]、厚其禄以迎之。彼来，则置之槐谷[14]，终身勿出，天下何从图秦?”秦王曰：“善。”与之上卿，以相印迎之齐。甘茂辞不往。苏代伪谓齐湣王曰[15]：“甘茂，贤人也。今秦与之上卿，以相迎之；茂德王之赐[16]，故不往，愿为王臣。今王何以礼之？王若不留，必不德王。彼以甘茂之贤，得擅用强秦之众，则难图也。”齐王曰：“善。”赐之上卿，命而处之[17]。

【注释】(1)选自《战国策·秦策二》。　(2)甘茂亡秦：甘茂从秦国出逃。甘茂：秦国大臣。下蔡(今安徽凤台县)人。事秦有功。　(3)关：函谷关。苏子：即苏代，是纵横家苏秦的族弟。当时苏代正为齐出使于秦。一说其为苏秦的后人。　(4)欲去之：要把家贫无烛的女子赶走。　(5)扫室布席：扫屋子，铺席子。古人席地而坐，故须铺席。　(6)爱：吝啬。　(7)“幸以赐妾”句：你们如果赐一点余光给我，对你们有什么妨碍呢？　(8)请重公于齐：我将设法使齐国对你表示敬意。重：尊敬。　(9)非恒士：不是非常之

士。 (10)累世重矣:甘茂自秦惠王时即事秦,又历武王、昭王,故言"累世"。 (11)殽塞、谿谷:殽塞:即殽山。谿谷:一作鬼谷,在今陕西三原县西北。 (12)险易:险要平坦。 (13)贽:聘礼。重者用玉帛,轻者用禽鸟。 (14)槐谷:槐里之谷,在今陕西兴平市东南。 (15)伪谓齐湣王:伪做不知,而对齐湣王说。湣王:齐宣王之子,名地。 (16)德王之赐:感激齐王的恩赐。 (17)赐之上卿,命而处之:赐给他一道封他为上卿的命令,使他住在齐国。

【今译】甘茂从秦国出逃,将要到齐国去,出函谷关的时候遇到苏代就问:"您听说过江上的姑娘吗?"苏代说:"没有听说过。"甘茂说:"那江上的姑娘们中,有一个家境贫寒无烛照明的姑娘,那些姑娘们互相商量,想把她赶走。家境贫寒而无烛照明的姑娘就在要被赶走时,对其他姑娘说:'我因为无烛照明的缘故,所以经常先到,为你们扫屋子、铺席子。何必吝啬这照在四壁的余光呢?如果赐一点余光给我,对你们有什么妨碍呢?我自己认为对你们有好处,为什么要赶我走呢?'姑娘们互相商量,觉得她说得对,就把她留下来。如今是因我不好,被秦国逐出函谷关,我愿意给您扫屋子、铺席子,希望您不要将我赶走。"苏代说:"好,我将请齐国重用你。"于是西去秦国向秦王游说,说:"甘茂,是个贤明的人,不是平常之辈。在秦国的时间很长,自秦惠王、武王、昭王一直受到重用。对殽山、谿谷一带地形的险要与平坦,都一清二楚。他如果和齐与韩、魏相约,反过来谋算秦国,那就对秦国不利了。"秦王说:"如果这样将怎么办?"苏代说:"不如用厚重的聘礼和利禄把他迎回秦国。回来以后就安置在槐谷,终身不让他出来。普天之下又怎样谋取秦国呢?"秦王说:"好。"于是就给了他一个上卿的职位,用相印到齐国迎接他。甘茂推辞不回秦。苏代假装不知道,对齐王说:"甘茂,是个贤明的人。如今,秦国给他做上卿的职位并以相印迎接他回去,甘茂以大王的所赐而感恩戴德,故不去秦国,愿意做大王的臣子。大王将怎样对待他呢?大王如果不将他留住,他一定不对大王感恩戴德。秦国以甘茂的贤明,利用秦国强大的国势,是很难谋取的。"齐王说:"好!"于是赐甘茂一个上卿的职位,命他住在齐国。

【**点评**】甘茂累世重秦，不幸一日亡秦出关。遇到苏代后，便借“江上处女”的故事请求苏代帮助。苏代为了使甘茂在齐国受到重用，先以利害关系打动秦王，使甘茂在秦取得一席之位；而后又覆手为云，游说齐王，齐王同样陷入圈套，“赐之上卿，命而处之”。纵横家苏代的本领于此可见一斑。短短篇什连锁中，跌宕起伏，起伏中，又加连锁，真可谓美文巧构。甘茂托喻处女，便真如处女声，形象于言语中跃然而出，生动极致。后人用“余光分人”或“余明”比喻力所能及的照顾，即出典于此。

【**集说**】托喻处女，便真如处女声口。连琐中，甚明划；明划中，仍甚连琐。诵之，如闻香口也。（金圣叹《天下才子必读书》）

亦是辞命峭而率，却于率处见态。（孙琮《山晓阁评选古文十六种·战国策选》引孙月峰语）

随意吐出，而玄思绮论咄咄逼人。冯谖借梁以重田文，苏子借秦以重甘茂，两事机轴相类，而苏说尤胜，乃其文，则矫矫乎有鸷鸟乘风、巨鱼纵壑之状。（孙琮《山晓阁评选古文十六种·战国策选》引汪伯玉语）

欲重茂于齐，先重茂于秦，是空谷传声法，是常山蛇阵法。说术之妙，变为文心之法，扫室布席之言，虽陋，惟善中苏子之心谋秦难图二语。善揣二王心事，故皆得入其揣摩之法。同一窾会，然则秦自谓能重茂于齐，乃在茂术中而不觉，妙！妙！（孙琮《山晓阁评选古文十六种·战国策选》）

（鲍海波）

邹忌讽齐王纳谏[1]

邹忌修八尺有余[2]，而形貌昳丽[3]。朝服衣冠[4]，窥镜，谓其妻曰：“我孰与城北徐公美[5]？”其妻曰：“君美甚，徐公何能及君也[6]？”城北徐公，齐国之美丽者也。忌不自信，而复问其妾曰：“吾孰与徐公美？”妾曰：“徐公何能及君也？”旦日[7]，客从外来，与坐谈，问之，客曰：“吾与徐公孰美？”客曰：“徐公不若君之美也[8]。”明日，徐公来，孰视之[9]，自以为不如；窥镜而自视，又弗如远甚。暮寝而思之，曰：“吾妻之美我者[10]，私我也[11]；妾之美我者，畏我

也;客之美我者,欲有求于我也。"

于是入朝见威王,曰:"臣诚知不如徐公美[(12)]。臣之妻私臣,臣之妾畏臣,臣之客欲有求于臣,皆以美于徐公[(13)]。今齐地方千里[(14)],百二十城,宫妇左右莫不私王[(15)],朝廷之臣莫不畏王,四境之内莫不有求于王[(16)]。由此观之,王之蔽甚矣[(17)]"。

王曰:"善。"乃下令:"群臣吏民,能面刺寡人之过者[(18)],受上赏;上书谏寡人者,受中赏;能谤讥于市朝[(19)],闻寡人之耳者,受下赏。"令初下,群臣进谏,门庭若市;数月之后,时时而间进[(20)];期年之后[(21)],虽欲言,无可进者。

燕、赵、韩、魏闻之,皆朝于齐[(22)]。此所谓战胜于朝廷[(23)]。

【注释】(1)选自《战国策·齐策一》。邹忌:齐国人,战国时期的政治家,善鼓琴,有辩才,被任用为国相。齐王:指齐威王,姓田,名因齐,战国中期齐国的国王,公元前356年至公元前320年在位。 (2)脩:同"修",长,这里指身高。战国时代一尺相当于今天0.22米,八尺等于今天的一米八四,是当时男子的标准身高。 (3)昳(yì)丽:光艳漂亮、气度不凡的样子。 (4)朝(zhāo):早晨。 (5)孰与:和……比,谁……? (6)及:赶得上。 (7)旦日:明天。 (8)不若:不如。 (9)孰:同"熟",仔细,周详。 (10)美我:以我为美。 (11)私:偏爱、私爱。 (12)诚:真正、的确。 (13)以:认为,以为。 (14)方千里:方圆千里。 (15)宫妇左右:指王宫内的后妃、姬妾及左右侍臣等人。 (16)四境之内:指国内。 (17)蔽:蒙蔽。 (18)面刺:当面指责。 (19)谤讥于市朝:在公共场所里指责缺点、错误。谤:原意毁谤、说坏话,这里是指责、议论过错的意思。讥:原意是讽刺、讥笑的意思,这里也没有贬义。市:市场;朝:朝廷。市朝指人们聚集的公共场所。 (20)间进:间或有人进谏。 (21)期(jī)年:一年。 (22)朝于齐:向齐国来朝拜、祝贺。这是对齐威王表示尊重和敬畏。 (23)战胜于朝廷:在朝廷上战胜敌国。这句是说,只要修明政治,国家富强,不用兴兵动武,就可以战胜敌国。

【今译】邹忌身高八尺有余,身形相貌光艳美丽。一天早晨,他穿戴好衣帽，照着镜子对妻子说："我和城北徐公比，谁漂亮？"妻子回答说："您漂亮多了，徐公哪里能比得上您呢？"城北徐公，是齐国有名的美男子。邹忌不相信自己会比他漂亮，因此又问他的妾说："我和徐公比，谁漂亮？"妾说："徐公怎能比得上您呢？"第二天，有客人从外面来，邹忌坐着和他谈话，又问客人说："我和徐公比，谁漂亮？"客人说："徐公不如您漂亮啊！"次日，徐公来了，邹忌仔细地看他，自认为不如徐公漂亮；对着镜子又自己看了看自己，觉得远远赶不上徐公。晚上睡在床上考虑这件事，说："我的妻子以为我漂亮，是偏爱我；我的妾以为我漂亮，是害怕我；我的客人以为我漂亮，是因为对我有所求啊！"

于是，邹忌到朝廷去见齐威王，说："我确实知道不如徐公漂亮。可是我的妻子偏爱我，我的妾害怕我，我的客人想对我有所求，都认为我比徐公漂亮。现在齐国方圆千里之大，拥有城池一百二十多座，宫室里的嫔妃和左右侍臣，没有不偏爱大王的；朝廷上的臣子没有不害怕大王的；全国各地的人们没有不有求于大王的。由此看来，大王受到的蒙蔽应该是很厉害的！"

齐威王说："好啊！"于是下达命令说："全国的官吏百姓，有能当面指责我的过错的，受上等奖赏；能上书规劝我的，受中等奖赏；能在公共场所指责、议论我的过错而使我耳有所闻的，受下等奖赏。"命令刚一下达时，前来进谏的人，门庭若市；几个月之后，还时常有人断断续续来进谏；一年以后，虽然还有人想来进谏，可是却没有什么可说的了。

燕国、赵国、韩国、魏国听到这种情况后，都来向齐国朝拜祝贺。这就是所谓的战胜敌国于朝廷之上。

【点评】本文描述邹忌讽谏齐威王广泛听取和虚心接受臣民意见的情况，说明国君地位高贵，容易受谀蒙蔽，只有广泛地听取臣民的意见，积极虚心地加以采纳和改正，才能修明政治、富国强兵的道理。

文章从邹忌形貌上写起，可谓起笔突兀、构思奇妙。先写邹忌之美，为下文比美设伏。"窥镜"是邹忌生情之处，一篇故事也由此生发而来。由窥镜产生联想，引起发问。问妻、问妾、问客，妻答、妾答、客答，各有不同的语气，表示各自不同的身份和心情，文势变换，错落有致，耐人寻味。中间插入"城北徐公，齐国之美丽者也"一句，安顿最妙，为下文"忌不自信"、"徐公来，

……又弗如远甚”铺垫，暗示出妻、妾、客“美我”之不当。妻答，伏下文“私”字；妾答，伏下文“畏”字；客答，伏下文“求”字。“暮寝而思之”，承上启下，体察矛盾所在，引起深入思考，得出“受蔽”结论。“吾妻之美我者，……欲有求于我也”，就上文问妻与妻答、问妾与妾答、问客与客答三层简括连述，照应明晰。“朝服”“旦日”“明日”“暮寝”，时序井然。比美的过程，生动地表现了邹忌头脑冷静、思想敏锐，具有自知之明，善于观察分析事理的思想和性格。

“于是入朝见威王”，文势忽转，陡生一波，使故事情节由家庭推向朝廷，由生活论及政治，引人入胜。“臣诚知……皆以美于徐公”数句，照应前文，承接有序，简洁明快，层次井然。“诚知”、“皆以美”最简洁、最概括、最有力。“今”字以后，以“私王”“畏王”“有求于王”与前类比，层层推论，可谓文势如山、坚强有力。至此，说出“由此观之，王之蔽甚矣”一句，才是讽齐王纳谏的主脑，令人赏心开目，足见邹忌由小到大、巧比善喻、善析推理、能言善辩的政治才能。

王曰“善”一字，表现了齐威王深受感动，决心采纳劝谏的爽快态度，初步显示了邹忌讽谏的良好效果。所下“令”语，分等排列，赏赐有差，表现了齐威王纳谏的具体措施。“令”下之后，开始“群臣进谏，门庭若市”，应“蔽甚”一层；“数月之后，时时而间进”，言蔽少，二层；“期年之后，虽欲言，无可进者”，表蔽无，三层。“初下”“数月”“期年”，时序井然。“燕、赵、韩、魏闻之，皆朝于齐”，言纳效果。最后总述，强调一句：“此所谓战胜于朝廷”，突出了讽谏、纳谏的重大作用和意义。

全文采用层层推进、节节照应的表现方法，致使全篇的故事情节和文势，波澜起伏、曲折生动、参差有趣、别具风格。整个故事，以比美为缘起，以讽谏为核心，以纳谏为结局，或叙述，或描写，都能具备语意婉转、情理交融、语式多变、跌宕多姿、贴切自然和简洁生动的艺术效果，因而也就富有寓意深厚、意趣横生的感人力量。

【**集说**】通篇只就人情取譬，故其言易入，邹忌可谓善讽谏矣。策文描写尤工。（张鼐《战国策隽》）

邹忌衣冠窥镜问其妻曰：“我孰与城北徐公美？”不知其妻之私己也。问于妾,则疑之矣。其妾美之,不知其妾之畏己也。问于客,则疑之矣。其客又美之,不知其客之有求于己也。明日徐公来,熟视之,非惟疑之,且信之矣。暮寝而思之,大有悟头;入朝见王,言其蔽,大有作用。王曰:"善!"下令求言曰受上赏、曰受中赏、曰受下赏,与私我、畏我、求我三段暗暗反应,转境甚妙!千古臣谄、君骄,兴亡关头从闺房小语破之,快哉!令初下群臣进谏,数月之后,欲言无可进者,是受谏者绝妙结局。有此英杰之君,然后能用此尽忠之臣。(陈仁锡、钟惺评选《战国策》)

此篇专为好奉承者说法。人苦不自知,自知则人莫能蔽。篇中所云"臣诚知不如徐公美"一句,便是去蔽主脑。威王下令,亦止是欲闻过耳。结言战胜,即自克之意。其行文自首至尾,俱用三叠法,国策中最昌明正大者。(林云铭《古文析义》)

文甚谐丽动人,却是千古不易之正论。

唐文皇有言以铜为镜,可以正衣冠;以人为镜,可以知得失。邹忌览镜自知,而齐王下赏谏之令,则又能以邹忌为镜者也。(徐乾学《古文渊鉴》)

三问三对,俱三样章法。(于光华《古文分编集评》)

以朝、旦、明、暮四层作章法。写尽锁折。(同上)

闺门起、朝廷结,小中见大,思议不到,写来都成名理。文多三叠,间用单句提缀、转折、收煞,笔力斩然。(于光华《古文分编集评》引俞桐川语)

此文大有惜墨如金之意,前两段不过是引入讽齐王伏笔。王曰善以下,又皆写齐王之能受善。其讽王处惟在"臣诚知不如徐公美"数语,即此数语中亦并无讽王纳谏字句,只轻轻说个"王之蔽甚矣"便住,何等蕴藉,何等简峭!至其通体文法,每一层俱用三叠,变而不变,不变而变,更如武夷九曲,步步引人入胜。(余诚《古文释义新编》)

通篇俱用三叠,凡七层而文法变换,令人不觉。如水上波纹,回合荡漾,只一水耳,文章之妙极矣!(臧岳《古文选释》)

(霍旭东)

冯谖客孟尝君[1]

齐人有冯谖者[2],贫乏不能自存。使人属孟尝君[3],愿寄食门

下。孟尝君曰:“客何好?”曰:“客无好也。”曰:“客何能?”曰:“客无能也。”孟尝君笑而受之,曰:“诺。”

左右以君贱之也,食以草具[(4)]。居有顷,倚柱弹其剑,歌曰:“长铗[(5)],归来乎!食无鱼。”左右以告。孟尝君曰:“食之,比门下之鱼客[(6)]。”居有顷,复弹其铗,歌曰:“长铗,归来乎!出无车。”左右皆笑之,以告。孟尝君曰:“为之驾,比门下之车客。”于是乘其车,揭其剑[(7)],过其友,曰:“孟尝君客我。”后有顷,复弹其剑铗,歌曰:“长铗,归来乎!无以为家[(8)]。”左右皆恶之,以为贪而不知足。孟尝君问:“冯公有亲乎?”对曰:“有老母。”孟尝君使人给其食用,无使乏。于是冯谖不复歌。

后孟尝君出记[(9)],问门下诸客:“谁习计会,能为文收责于薛者乎[(10)]?”冯谖署曰[(11)]:“能。”

孟尝君怪之,曰:“此谁也。”左右曰:“乃歌夫‘长铗归来’者也!”孟尝君笑曰:“客果有能也,吾负之[(12)],未尝见也。”请而见之,谢曰[(13)]:“文倦于事[(14)],愦于忧[(15)],而性懧愚[(16)],沉于国家之事,开罪于先生[(17)]。先生不羞[(18)],乃有意欲为收债于薛乎?”冯谖曰:“愿之。”于是约车治装[(19)],载券契而行,辞曰:“责毕收,以何市而反?”孟尝君曰:“视吾家所寡有者。”

驱而之薛。使吏召诸民当偿者,悉来合券[(20)]。券遍合,起,矫命[(21)],以责赐诸民[(22)]。因烧其券,民称万岁。

长驱到齐,晨而求见。孟尝君怪其疾也,衣冠而见之,曰:“责毕收乎?来何疾也!”曰:“收毕矣!”“以何市而反?”冯谖曰:“君云‘视吾家所寡有者’,臣窃计,君宫中积珍宝,狗马实外厩,美人充下陈[(23)],君家所寡有者,以义耳。窃以为君市义。”孟尝君曰:“市义奈何?”曰:“今君有区区之薛,不拊爱子其民[(24)],因而贾利[(25)]之。臣窃矫君命,以责赐诸民,因烧其券,民称万岁。乃臣所以为君市义也。”孟尝君不说[(26)]:“诺。先生休矣!”

后期年,齐王谓孟尝君曰:“寡人不敢以先王之臣为臣!”孟尝君就国于薛[27]。未至百里,民扶老携幼,迎君道中。孟尝君顾谓冯谖[28]:"先生所为文市义者,乃今日见之!"

冯谖曰:"狡兔有三窟,仅得免其死耳。今君有一窟,未得高枕而卧也。请为君复凿二窟。"孟尝君予车五十乘,金五百斤,西游于梁。谓梁王曰:"齐放其大臣孟尝君于诸侯[29]。诸侯先迎之者,富而兵强。"于是梁王虚上位[30],以故相为上将军,遣使者,黄金千斤,车百乘,往聘孟尝君。冯谖先驱,诫孟尝君曰[31]:"千金,重币也;百乘,显使也。齐其闻之矣!"梁使三反[32],孟尝君固辞不往也。

齐王闻之,君臣恐惧,遣太傅赍黄金千斤,文车二驷[33],服剑一[34],封书谢孟尝君曰:"寡人不祥[35],被于宗庙之祟[36],沉于谄谀之臣,开罪于君。寡人不足为也,愿君顾先王之宗庙,姑反国统万人乎?"冯谖诫孟尝君曰:"愿请先王之祭器,立宗庙于薛。"庙成,还报孟尝君曰:"三窟已就,君姑高枕为乐矣!"

孟尝君为相数十年,无纤介之祸者[37],冯谖之计也。

【注释】(1)选自《战国策·齐策四》。 (2)谖(xuān):一作"煖"。(3)属:嘱咐。 (4)食(sì)以草具:给他吃粗糙的食物。草具:装盛粗劣饮食的食具。 (5)铗(jiá):剑把。这里指剑。 (6)此句意谓供其饮食如门下食鱼之客。 (7)揭:高举。 (8)无以为家:没有力量赡养家里。 (9)记:文告。 (10)责:同"债"。薛:孟尝君所封领地,今山东省枣庄市附近。(11)署:在文告上写。 (12)负:亏待。 (13)谢:致歉。 (14)倦于事:为了国事而劳禄。 (15)忧:虑。 (16)怍:懦,怯弱。 (17)开罪:得罪。 (18)羞:耻。 (19)约车治装:约期准备车子,并整理好行装。(20)合券:验对债券。 (21)矫:假托。 (22)责:同"债"。 (23)下陈:后列,旧时被迫供玩弄的妇女地位卑贱,故以后列称。 (24)拊爱:抚爱。(25)贾利:谋取利息。 (26)说:悦。 (27)就国:回到自己的领地。(28)顾:回。此处指回头。 (29)放:弃逐。 (30)虚上位:空出最高的职位。 (31)诫:告。 (32)三反:往返三次。 (33)驷:一车四马。

(34)服剑:王所自佩的剑。 (35)祥:善。 (36)祟:祸。 (37)纤介:细微,细小。介:同“芥”。

【今译】齐国有个叫冯谖的人,家境贫困而不能养活自己。叫人嘱托孟尝君,愿意寄食其门下。孟尝君问:“客人有什么爱好?”来人回答说:“没什么爱好。”孟尝君又问:“客人有什么本事呢?”来人回答说:“没什么本事。”孟尝君笑着答应说:“好吧。”

孟尝君左右的人因为孟尝君轻视冯谖,就给他吃粗劣的食品。过了一段时间,冯谖靠着柱子,弹着他的佩剑唱道:“长剑呵,我们回去吧!这里没有鱼吃。”左右的人把这事告诉了孟尝君,孟尝君说:“给他鱼吃,同中等门客一样。”过了一段时间,冯谖又弹着他的佩剑唱道:“长剑呵,我们回去吧!出门没有车坐。”左右之人皆耻笑他,并报告了孟尝君。孟尝君说:“给他驾车,同上等门客一样。”于是冯谖坐着车,举着剑,去拜访他的朋友并说:“孟尝君把我当作客人对待。”后来过了一段时间,他又弹着他的佩剑唱道:“长剑呵,我们回去吧!我没法赡养家里。”左右的人都厌恶他,认为他贪得无厌。孟尝君问道:“冯先生有亲人吗?”他答道:“有老母亲。”孟尝君派人供给她衣食之用,不使她贫困。于是冯谖不再唱歌了。

后来孟尝君出了个文告,征询诸位门客:“谁精通会计,能为我到薛地收债呢?”冯谖把自己的名字签在文告上说:“我可以。”

孟尝君奇怪地问道:“这个人是谁?”左右说道:“就是那个唱‘长剑呵,我们回去吧’的人。”孟尝君笑着说:“他真的有才能,我亏待他了,还没有见过面呢。”于是就请冯谖见他,并致谦说:“我因琐事困扰精疲力倦,忧心忡忡昏头涨脑,而且性情怯弱生来笨拙,整日沉湎于国事当中,得罪了先生。先生不以我的怠慢为辱,还愿意替我到薛地收债吗?”冯谖说:“我愿去。”于是准备车子,置办行装,带上债契而去,冯谖告辞道:“债全收齐后,买些什么回来?”孟尝君说:“看我家没有的东西买。”

冯谖驱车到薛邑,让官吏召集欠债的人,都来验对债券。全都验证后,冯谖起身,假托孟尝君的命令,将债券赏赐给所有的欠债人,让他们烧毁债契。众人齐呼万岁。

(冯谖收债完毕)驱车直回齐国,一大早就去求见孟尝君。孟尝君很惊讶他这么快回来,整衣戴帽接见他,问他:"债收完了吗? 怎么这么快!"冯谖回答说:"收完了!""那你买了什么回来?"冯谖说:"您说'看我家没有的东西来买',我私下想,您宫中珍宝成堆,狗马满圈,美人站满后院。您家所没有的东西,只是仁义罢了。我私下为您买仁义回来。"孟尝君说:"买仁义又怎么样?"冯谖说:"如今您只有小小的一块薛地,不爱民如子,而以商人的手段取利于民。我私下假托您的命令,把债券赏赐给他们,让他们烧掉债券,人民都称万岁。这就是我为您所买的仁义啊!"孟尝君不高兴地说道:"行啦,先生休息了!"

过了一年,齐王对孟尝君说:"我不敢把先王的臣子视为自己的臣子!"孟尝君只好回到自己的领地薛邑去了。距薛地还有一百里,人民扶老携幼,在路上迎接孟尝君。孟尝君回头对冯谖说道:"先生为我所买的仁义,今天终于见到了!"

冯谖说:"狡兔三窟,仅为免于一死。今天您已经有了一窟,还不能高枕无忧。我想为您再凿二窟。"孟尝君就给他五十辆车,五百斤金,向西到魏国都城梁去游说。冯谖对魏王说:"齐国放逐他的大臣孟尝君去诸侯国,诸侯谁先迎接他,谁就能国富兵强。"于是魏王空出最高的职位,任命原来的相国为上将军,并派使者携带黄金千斤,车百乘,去聘请孟尝君。冯谖先驱车赶回来,告诫孟尝君说:"千金是很贵重的礼物,百乘是很显赫的使节。齐国应该听到了吧!"魏国的使者三次往返,孟尝君都坚辞不去。

齐王听到以后,君臣恐惧,便派太傅送来千斤黄金,华丽的驷车两辆,一柄国王亲自佩带的剑,以及一封道歉的信说:"我太不慎重了,遭受了祖宗降下的祸祟,被奉承谄媚的臣子所迷惑,开罪于您。我不值得您帮助的。希望先生顾及先王的宗庙,姑且回到朝廷治理百姓吧。"冯谖告诫孟尝君说:"希望您向齐王求得先王的祭器,在薛地建起先王的宗庙。"宗庙建立起来后,就报告孟尝君说:"三窟已凿成,您可以高枕无忧,尽享欢乐了!"

孟尝君为相几十年,没有一点小的灾祸,全是因为冯谖的计谋。

【点评】叙事跌宕起伏,时见高妙。性格描绘颇为突出。冯谖家贫而才高,笑傲左右,种种计谋,层层推出。孟尝君虽为权贵,却善养门客,临窘境而几次化险为夷。刻画人物性格,对话简洁明了,叙事详略有致。文章气势

层涌,论事周密,善用寓言作喻,语言生动。颇具战国策士之风。

【集说】只从无能有能翻出如许波澜,而姿度横生。使冯先生一段磊落不羁之气浮动纸上。前半写落魄贪鄙,后半写其市义营窟与夫累金连骑游说书策大段,与苏季子说秦相赵篇相似,文字古劲隽拔过之,而摹情写态更有含蓄不露。(孙琮《山晓阁评选古文十六种·战国策选》)

三番弹铗,想见豪士一时沦落,胸中块垒勃不自禁。通篇写来波澜层出,姿态横生,能使冯公须眉浮动纸上。沦落之士遂尔顿增气色。(吴楚材、吴调侯《古文观止》)

此文之妙,全在立意之奇,令人读一段想一段,真有武夷九曲,步步引人入胜之致……谋篇之妙,殊属奇绝,若其句调之变换,摹写之精工,顿挫跌宕,关锁照应,亦无不色色入神。变体快笔,皆以为较《史记》更胜。学者取而参观,当信其非诬也。(余诚《重订古文释义新编》)

此冯谖传也……喜其叙置不平铺,且为史传开体也。(浦起龙《古文眉诠》)

(王纪刚)

赵威后问齐使[(1)]

齐王使使者问赵威后[(2)],书未发[(3)],威后问使者:“岁亦无恙耶[(4)]? 民亦无恙耶? 王亦无恙耶?”使者不说[(5)],曰:“臣奉使使威后,今不问王,而先问岁与民,岂先贱而后尊贵者乎?”威后曰:“不然。苟无岁,何以有民? 苟无民,何以有君? 故有舍本而问末者耶[(6)]?”

乃进而问之曰:“齐有处士曰钟离子无恙耶[(7)]? 是其为人也,有粮者亦食,无粮者亦食[(8)];有衣者亦衣,无衣者亦衣[(9)]。是助王养其民者也,何以至今不业也[(10)]? 叶阳子无恙耶[(11)]? 是其为人,哀鳏寡,恤孤独[(12)],振困穷[(13)],补不足。是助王息其民者也[(14)],何以至今不业也? 北宫之女婴儿子无恙耶[(15)]? 彻其环瑱[(16)],至老不嫁，以养父母。是皆率民而出于孝情者也，胡为至今不朝也[17]？此二士弗业，一女不朝，何以王齐国、子万民乎[18]？於陵子仲尚存乎[19]？是其为人也，上不臣于王，下不治其家，中不索交诸侯[20]，此率民而出于无用者，何为至今不杀乎？”

【注释】(1)选自《战国策·齐策四》。赵威后：赵惠文王妻。惠文王卒，太子孝成王立，因年尚幼，暂由威后执政。 (2)齐王：齐王建，襄王子。问：聘问，当时诸侯间一种礼节性交往。 (3)发：启封。 (4)岁：指年成。无恙：没有疾病或未受伤害。 (5)说：通“悦”。 (6)故：通“胡”，难道，哪有。 (7)处士：有德才而隐居不仕的人。钟离子：人名，钟离是复姓。 (8)食：同饲，给予食物。前句中“食”亦同此。 (9)衣：前一个为名词，后一个为动词，穿。前句同此。 (10)不业：不使他出仕以成就功业。 (11)叶(shè)阳子：齐国处士，叶阳为复姓。 (12)孤：年少无父。独：年老无子。 (13)振：同“赈”，救济。 (14)息：繁殖生息。 (15)北宫之女婴儿子：北宫氏的女儿名婴儿子。 (16)彻：除去。环：耳环、臂环之类。瑱(tiàn)：耳部的玉制装饰品。 (17)朝：使其朝见，此处指表彰孝女，重视孝女。 (18)王：统治。子万民：视万民如子女。 (19)於(wū)陵子仲：於陵，地名，在今山东邹平县西南。子仲：人名，齐国隐士。 (20)索：求，希望。

【今译】齐王派使者聘问赵威后，信还未启封，威后问使者说：“今年的收成好吗？百姓好吗？齐王好吗？”使者不高兴，说：“我奉命出使聘问威后，现在您不问齐王，而先问收成和百姓，难道不是把低贱者放在前面而把尊贵者放在后面了吗？”威后说：“不是这样。如果没有收成，怎么会有百姓？如果没有百姓，怎么会有国君？难道有舍本逐末的吗？”

于是赵威后进一步问齐国使者说：“齐国有个隐士叫钟离子的还好吗？这个人的为人，有粮者他给饭吃，无粮者他也给饭吃；有衣服的人他给衣穿，没衣服的人他也给衣穿。这是帮助齐王抚养他的百姓啊，为什么到现在还不让他出仕以成就功业呢？叶阳子还好吗？这个人的为人，怜悯鳏夫寡妇，抚恤无父的孩子和没有子女的老人，救济贫困之人，补助衣食不足的人。这是帮助齐王使他的百姓休养生息啊，为什么到现在还不让他出仕以成就功

业呢？北宫氏的女儿婴儿子还好吗？她除去身上的饰物，到老不嫁人，以供养父母。这都是为民做出尽孝道的表率啊，为什么至今不让她上朝见君王呢？像这样的两个隐士不让他们成就功业，这样的孝女不让上朝，怎么能统治齐国、视万民如子女呢？於陵地方有个叫子仲的人还在吗？这个人的为人，对上不向国君称臣，对下不管自己的家，而且不希望与诸侯来往。这是为民做出于国无用的表率，为什么到现在还不杀掉呢？"

【点评】通篇以民为主，处处围绕民来写，突出了赵威后的民本思想。开篇先陡问三语，极为奇特，点出民字，以引起使者之问。使者之语，提出贵贱之分，实乃视民为贱。威后则以反问破其贵贱，极为峭拔简练，并提出本末之别。接着，又连问二处士、一孝女，他们是"养民""息民""孝民"之榜样，仍落在民字上；再反面问道：不用这三人，何以做国君、子万民？稍微一顿，又提出子仲一人，他乃是"率民而出于无用者"，为何不杀？仍着眼于民。全文以问为主，一问到底，前后连用十六个问句，正问反问，从不同的侧面阐明自己的政治见解。排比句式的运用，使文章显得气势充畅。对话中人物的音容举止和所表现出来的机智策略，亦绘形绘色，增强了文章的韵味。

【集说】前一气连出三"无恙耶"，中又三次散出三"无恙耶"，后又特变作一"尚存乎"，又两结"何以至今不"，两结"何为至今不"。又逐段各结"是养其民者也"，"是息其民者也"，"是率其民出于孝情者也"，"是率其民出于无用者也"。章法越整齐，越参差；越参差，越整齐。真为奇绝之文。（金圣叹《天下才子必读书》）

篇中直问到底，意庄而词甚婉。读之惟见威后，灵心慧舌，满纸飞动而已。（林云铭《古文析义》）

通篇以民为主，直问到底，而文法各变，全于用虚字处著神。问固奇，而心亦热。末一问，胆识尤自过人。（吴楚材、吴调侯《古文观止》）

行文之妙，纯是一片灵机，缭绕飞舞，团结而成。故笔调之参差，局阵之严整，气韵之萧疏，丰神之超逸，迥异寻常，其殆入化境矣。（余诚《重订古文释义新编》）

（马雅琴）

庄辛论幸臣[1]

“臣闻鄙语曰[2]:‘见兔而顾犬[3],未为晚也;亡羊而补牢[4],未为迟也。’臣闻昔汤、武以百里昌[5],桀、纣以天下亡[6]。今楚国虽小,绝长续短[7],犹以数千里,岂特百里哉[8]?

“王独不见夫蜻蛉乎[9]?六足四翼,飞翔乎天地之间,俛啄蚊虻而食之[10],仰承甘露而饮之[11],自以为无患,与人无争也。不知夫五尺童子,方将调饴胶丝[12],加己乎四仞之上[13],而下为蝼蚁食也[14]。

“夫蜻蛉其小者也,黄雀因是以[15]。俯噣白粒[16],仰栖茂树,鼓翅奋翼[17],自以为无患,与人无争也。不知夫公子王孙[18],左挟弹[19],右摄丸[20],将加己乎十仞之上,以其类为招[21]。昼游乎茂树,夕调乎酸咸[22],倏忽之间[23],坠于公子之手。

“夫黄雀其小者也,黄鹄因是以[24]。游于江海,淹乎大沼,俯噣鳝鲤,仰啮蔆衡[25],奋其六翮[26],而凌清风[27],飘摇乎高翔,自以为无患,与人无争也。不知夫射者,方将修其碆卢[28]治其矰缴[29],将加己乎百仞之上,被礛磻[30]引微缴[31],折清风而抎矣[32]。故昼游乎江河,夕调乎鼎鼐[33]。

“夫黄鹄其小者也,蔡灵侯之事因是以[34]。南游乎高陂[35],北陵乎巫山[36],饮茹溪之流[37],食湘波之鱼[38],左抱幼妾,右拥嬖女[39],与之驰骋乎高蔡之中[40],而不以国家为事。不知夫子发方受命乎灵王[41],系己以朱丝而见之也[42]。

“蔡灵侯之事其小者也,君王之事因是以。左州侯[43],右夏侯[44],辇从鄢陵君与寿陵君[45],饭封禄之粟[46],而载方府之金[47],与之驰骋乎云梦之中[48],而不以天下国家为事。不知夫穰侯方受命乎秦王[49],填黾塞之内[50],而投己乎黾塞之外[51]。”

【注释】(1)选自《战国策·楚策四》。庄辛:楚国人,楚庄王之后,因而以庄为姓。因进谏有功,被楚襄王授予执珪爵位,封为阳陵君。 (2)鄙语:俗话。 (3)顾:回头看。 (4)亡:丢掉。牢:本指畜栏,这里是羊圈。(5)汤:商代开国之君。武:武王,周代开国之君。以:凭借。昌:兴盛。(6)桀:夏代最后的国君。纣:商代最后的国君。两人都是历史上有名的暴君。 (7)绝长续短:截长补短。 (8)岂特:岂,但。 (9)蜻蛉:蜻蜓。(10)俛:同"俯"。蚊虻 (méng):蚊、虻一类的小飞虫。 (11)甘露:甜美的露水。 (12)调饴:调和糖浆。胶丝:粘在丝上。 (13)仞:古代长度单位,以八尺或七尺为一仞。 (14)蝼蚁:蝼蛄和蚂蚁。 (15)因是以:如同这样呢。 (16)啣:同"啄"。白粒:米粒。 (17)奋:振动。 (18)公子王孙:泛指公侯贵族的子弟。 (19)左挟弹:左手握着弹弓。 (20)右摄丸:右手按着弹丸。 (21)类:黄雀之类。招:靶子。 (22)酸咸:借指调料。(23)倏忽:顷刻,一眨眼。 (24)黄鹄(hú):天鹅。 (25)啮(niè):咬。葰:同"菱"。衡:荇草。 (26)翮(hé):羽毛的茎。 (27)凌:驾,乘。(28)修:整治。碆(bō):石制的箭头。卢:黑色的弓。 (29)矰(zēng):古代射鸟用的拴着丝绳的箭。缴(zhuó):系在箭上的丝绳。 (30)被:受到。䃌(jiān):锐利。磻:同"碆"。 (31)引:拖着。 (32)折:逆。抎:同"陨",坠落。 (33)鼎鼐(nài):都是古代烹煮、盛装食物的器具。鼎之大者为鼐。(34)蔡灵侯:春秋时蔡国的国君之一,名般,弑父蔡景侯而自立。鲁昭公十一年(前531),被楚灵王诱杀于申。 (35)高陂(bēi):高丘。 (36)陵:升,登。 (37)茹溪:水名,在今重庆市巫山县北。 (38)湘波:湘水。(39)嬖(bì):宠爱。 (40)高蔡:地名,在今河南上蔡县。 (41)子发:楚大夫。据《左传》昭公十一年载,受楚灵王之命伐蔡者乃公子弃疾,并非子发。(42)朱丝:红绳。 (43)州侯:楚襄王的宠臣。 (44)夏侯:楚襄王的宠臣。 (45)辇从:君王的车子后面跟着。鄢陵君与寿陵君:都是楚襄王的宠臣。 (46)饭:吃。封禄之粟:从封地的赋税中所取得的作为俸禄的谷物。(47)方府之金:四方所贡,纳入国库的金银。 (48)云梦:云梦泽,在今湖北安陆市南。 (49)穰(ráng)侯:秦昭王母宣太后之弟,姓魏,名冉,封于穰,在今河南邓州市东南,故称。秦王:秦昭王。 (50)填:充满,布满。黾(méng)塞:古关隘名,在今河南信阳市西南的平靖关。 (51)投:抛掷。

【今译】“我听俗话说：‘见兔顾犬，不算晚；亡羊补牢，不算迟。’我还听说，从前商汤王和周武王，凭借着方圆百里的土地而昌盛起来；夏桀和商纣，虽然拥有天下，却终究国灭身亡。如今楚国的土地虽然减少了，但是，截长补短，还有几千里，岂止百里吗？

“大王难道没有看见过蜻蜓吗？有六条腿，两对翅膀，飞翔在天地之间，俯身向下捕啄蚊虻而食，仰身向上承接甘露而饮，自己认为没有忧患，与人无争。不知那些五尺高的孩子，正要调和糖浆，涂在竿头的丝上，把自己从两三丈高的地方粘将下来，而成为地上蝼蛄和蚂蚁的食品。

“蜻蜓的遭遇还是其中的小事，黄雀的事更是如此啊。俯身向下啄食雪白的米粒，仰身向上飞往茂密的树林中栖息，张开翅膀，奋力飞翔，自己认为没有忧患，与人无争。不知那些公子王孙，左手握着弹弓，右手按上弹丸，要以黄雀之类为靶子，把自己从七八丈高的空中射下来。白天还在茂密的树林中游乐，晚上就被加上调料当菜吃了，顷刻之间，坠落在公子王孙的手中了。

“黄雀的遭遇还是其中的小事，天鹅的事更是如此啊。在江海上游嬉，在湖泊中停息，俯身向下啄食黄鳝和鲤鱼，仰身向上咬嚼菱角和荇草，振动翅膀，乘风而上，逍遥自在地翱翔于天空，自己认为没有忧患，与人无争。不知那些射猎者，正在整治石箭、黑弓，往箭杆上系丝绳，把自己从七八十丈的高空射下来，让天鹅遭受锋利的箭头的重创，拖着细细的丝绳，逆着清风坠落下来。所以，白天还在江河上游乐，晚上就被人们煮进大鼎里了。

“天鹅的遭遇还是其中的小事，蔡灵侯的事更是如此啊。他南游高陂，北登巫山，喝着茹溪的流水，吃着湘江的鲜鱼，左手抱着年轻的嫔妃，右手搂着宠爱的美女，和她们一起驱车驰骋，在高蔡一带尽情游乐，而不把国家大事放在心上。不知那位子发大夫正受命于楚灵王，要用红绳捆上他去见楚灵王呢。

“蔡灵侯的事情还是其中的小事，大王的事更是如此啊。大王的左边是州侯，右边是夏侯，车后跟随着鄢陵君和寿陵君，吃着从封地取得的谷物，车上载着国库的金银，和他们一起驱车驰骋，在云梦泽尽情游乐，而不把天下国家大事放在心上。不知穰侯魏冉正受命于秦昭王，准备进攻楚国的黾塞，而要把大王赶出黾塞之外。”

【点评】此文所选,乃庄辛第二次劝谏楚襄王时所陈之辞。他首先从正面入手,运用“鄙语”和对比,阐明了“见兔而顾犬”、“亡羊而补牢”的重要意义和有利条件,以慰其情。然后从反面着墨,申之以害,振聋发聩,以励其志。“顾犬”,“补牢”之法亦由此而生。以上所谏,为何不说在第一次?因为其时襄王积重难返,不撞南墙无以还。即使说了,非但不被采纳,反会招来大祸。只有在兵败地削之日,襄王急于向他认错求救之时,他才得以趁热打铁,倾吐衷肠。由此看来,庄辛可算是一个通晓接受心理学,善于抓住劝谏火候之人。

庄辛吸取第一次劝谏时单刀直入、一语破的之教训,此次所用,则为步步登高、顶峰显示法。譬如,由小到大、由物及人地连讲三个寓言故事和一个历史故事,表面上娓娓动听,似乎是无的放矢,实际上是深入浅出。层层逼近目标。直到结尾,话锋一转,才回到现实,向襄王敲起警钟。如此步步登高,以事寓理,借古讽今之法,无不符合接受规律。

此次劝谏,庄辛并未侈谈道理,而是摆出一系列的事实,从这些事实中自然可以概括出淫逸亡国之理。这些事实恰好与襄王的行为属于同类,连类而比,后果自明,无须多讲道理,便可给他一个震动,启发他自我醒悟。这就是归纳、类比推理的强大力量之所致。

此文除首段外,其余五段在叙述的顺序、层次的划分、语气的变化,甚至句式的运用上,都是大同小异:先描述物和人的形貌,再叙述物和人的行为,最后交代由此而造成的恶果。这样写,段与段之间,头尾相接,谨严而有跌宕;段段对称,和谐而有情趣;按序排列,整齐而有气势。仅此形式之美,亦有感化作用。

【集说】只起手一二行,极言“未迟”“未晚”,是正文,已下一路层层递接而来,俱写迟者晚者,事有如此。妙在闲说蜻蛉起,后来却劈面直取君王,使人读之骇然。(金圣叹《天下才子必读书》)

以弋说襄王及庄辛篇,此与《渔父》《宋玉对楚王》、东方《客难》同类,并是设辞。乃太史公、褚先生、刘子政悉载叙之。以为事实,失其旨矣。(姚鼐《古文辞类纂》)

宋玉、唐勒、景差,祖屈原从容辞令,莫敢直谏。太史公云:尔是其楚风

乎？庄辛殆其流也。纤约婉秀，下开建安。（浦起龙《古文眉诠》）

只起结点缀正意，中间纯用引喻，自小至大，从物及人，宽宽说来，渐渐逼入，及一点破题面，令人毛骨俱竦。《国策》多以比喻动君，而此篇辞旨更危，格韵尤隽。（吴楚材、吴调侯《古文观止》）

“未晚”、“未迟”是一篇点睛处。（余诚《重订古文释义新编》）

林西仲曰：楚襄王以不用庄辛之谏，致失郢都，悔而征辛至楚。细思此时，除劝慰数语外，无可措辞。若为谋善后之策，尚无着手处，是篇只追论楚襄既往之失，在“不以天下国家为事”一句，又嫌其涉于突，故缓缓从他物他人引起，见得世界中不论是物是人，无大无小，俱在危机中过日，好不惊悚！绎四个“因是”及五个“不知”字面，分明是“生于忧患，死于安乐”注脚。其意直欲楚襄自怨自艾，从今日始，以前车为鉴，庶几失之东隅，收之桑榆。所谓知有病即为药也。善后之策，莫过于此。旧评谓得游说之法，尚隔一层。（胡怀琛《古文笔法百篇》）

（李　雪）

触龙说赵太后[1]

赵太后新用事[2]，秦急攻之。赵氏求救于齐，齐曰：“必以长安君为质[3]，兵乃出。”太后不肯，大臣强谏[4]，太后明谓左右曰：“有复言令长安君为质者，老妇必唾其面[5]！”

左师触龙言愿见太后[6]，太后盛气而胥之[7]。入而徐趋[8]，至而自谢[9]，曰：“老臣病足[10]，曾不能疾走[11]，不得见久矣。窃自恕[12]，而恐太后玉体之有所郄也[13]，故愿望见太后。”太后曰：“老妇恃辇而行[14]。”曰：“日食饮得无衰乎[15]？”曰：“恃鬻耳[16]！”曰：“老臣今者殊不欲食[17]，乃自强步[18]，日三四里，少益嗜食[19]，和于身也[20]。”太后曰：“老妇不能。”太后之色少解[21]。

左师公曰：“老臣贱息舒祺最少[22]，不肖[23]，而臣衰[24]，窃爱怜之[25]。愿令得补黑衣之数[26]，以卫王宫，没死以闻[27]。”太后曰：“敬诺[28]。年几何矣？”对曰：“十五岁矣。虽少，愿及未填沟壑

而托之[29]。”太后曰:“丈夫亦爱怜其少子乎[30]?”对曰:“甚于妇人。”太后笑曰:“妇人异甚[31]!”对曰:“老臣窃以为媪之爱燕后贤于长安君[32]。”曰:“君过矣[33],不若长安君之甚。”左师公曰:“父母之爱子,则为之计深远[34]。媪之送燕后也,持其踵[35],为之泣,念悲其远也,亦哀之矣。已行,非弗思也,祭祀必祝之,祝曰:‘必勿使反[36]。’岂非计久长,有子孙相继为王也哉?”太后曰:“然。”

左师公曰:“今三世以前[37],至于赵之为赵[38],赵主之子孙侯者[39],其继有在者乎[40]?”曰:“无有。”曰:“微独赵[41],诸侯有在者乎[42]?”曰:“老妇不闻也。”“此其近者祸及身,远者及其子孙。岂人主之子孙则必不善哉?位尊而无功,奉厚而无劳,而挟重器多也[43]。今媪尊长安君之位,而封之以膏腴之地[44],多予之重器,而不及今令有功于国,一旦山陵崩[45],长安君何以自托于赵?老臣以媪为长安君计短也,故以为其爱不若燕后。”大后曰:“诺,恣君之所使之[46]。”

于是为长安君约车百乘[47],质于齐。齐兵乃出。

【注释】(1)选自《战国策·赵策四》。赵太后:战国时赵国惠文王的妻子赵威后。公元前266年,赵惠文王死,其子赵孝成王即位,因年少,其母赵威后暂时执掌国政,第二年,秦国大举进攻赵国,于是发生了本文所记述的一段历史事件。 (2)新用事:刚刚执政。 (3)长安君:赵威后幼子的封号。质:抵押,人质。古时两国之间交好或结盟,为了使对方信任,往往派自己的子孙到对方做抵押,故称“为质”。 (4)强(qiǎng)谏:极力劝告。 (5)唾其面:吐他一脸,即给他个不客气。 (6)左师:官名。战国时有左师、右师之职,多为优待老臣的闲散之官。 (7)盛气:怒气。胥:同“须”,等待。 (8)入:进入王庭。徐趋:慢慢地跑。古代卑贱者见到尊贵者时,应跑步向前拜见。 (9)谢:告罪,道歉。 (10)病足:.脚有毛病。 (11)疾走:快跑。 (12)窃:私自,私下。 (13)玉体:犹言“贵体”。对人身体的敬称。郄(xì):不舒适,小毛病。 (14)恃:依仗,凭借。辇:国君乘坐的车。(15)得无:犹言“该不会……”衰:减少,减退。 (16)鬻:同“粥”,稀饭。

(17)今者:近来。殊:特别,很。 (18)强步:勉强走走。 (19)益:增加。嗜食:喜欢吃的食物。 (20)和:调和,舒适。 (21)解:松解,缓和。(22)息:儿子。 (23)不肖:犹言“不成才”“没出息”。 (24)衰:衰老。(25)怜:爱。 (26)黑衣:古代保卫王宫的卫士穿黑色的衣服,这里用来指代卫士。 (27)没死:犹言“昧死”,冒着死罪。 (28)敬诺:好吧,遵命。(29)填沟壑:指死。 (30)丈夫:男子。 (31)异甚:特别厉害。 (32)媪(ǎo):对老年妇女的尊称。燕后:赵威后的女儿嫁给燕国国君,故称燕后。 (33)过:过错。 (34)计深远:长远打算。 (35)持:把、握。踵(zhǒng):脚跟。 (36)反:同“返”。古代诸侯的女儿嫁到别国,除国灭和被废,一般不能返回母家,所以赵太后这样祈祷。 (37)三世以前:三代以前,即指赵肃侯。 (38)赵之为赵:周威王二十三年(前403)命韩、赵、魏为诸侯,时赵国为赵烈侯。之前,三家皆为晋国大夫。 (39)侯者:封为侯的人。 (40)继:继承人,后代。赵烈侯之后,赵国内部数次发生争夺君位的内乱,有的失败身死,有的逃亡外国,所以触龙提出这一问题。 (41)微独:不仅仅只是…… (42)诸侯有在者乎:“诸侯之子孙侯者,其继有在者乎”的省略句。诸侯:指其他诸侯国。 (43)挟:拥有。重器:指金玉珍宝。(44)膏腴之地:肥沃的土地。 (45)山陵崩:对君王死亡的讳称,犹今言“百年后”。 (46)恣:任凭。 (47)约车:准备车辆。乘(shèng):四匹马拉的车为一乘。

【今译】赵太后刚刚执政,秦国就紧急地攻打赵国。赵国向齐国求救,齐国说:“必须以长安君为人质,才能出兵。”赵太后不肯,大臣极力劝谏。太后明确告诉左右:“有再讲让长安君做人质的,我老太婆一定唾他一脸。”

左师触龙说希望谒见太后,太后气冲冲地等着他。他走入王庭后慢慢地跑步向前,到太后跟前自我告罪说:“老臣脚有毛病,竟然不能快走,已有很久不能见面了。私下自我宽恕,却又担心太后的贵体有什么不舒服呢?所以希望能够见到太后。”太后说:“我老太婆靠车子来行动。”触龙说:“每天的饮食该不会减少吧!”太后说:“靠吃些粥罢了。”触龙说:“老臣近来特别不想吃东西,于是勉强走走路,每天三四里,稍微增加一些喜欢吃的东西,身上也舒服了。”太后说:“我老太婆办不到。”太后的脸色稍微缓和了一些。

左师公说："老臣的贱子舒祺，年纪最小，不成才，但老臣年纪衰老了，私下里爱怜他。希望能让他补充到卫队里，以便保卫王宫，所以冒着死罪向您禀告。"太后说："一定同意。年龄多大了？"回答说："十五岁了。虽然还小，希望还是在我没死的时候把此事托付给您。"太后说："男人也爱怜自己的小儿子吗？"回答说："超过妇人。"太后笑着说："妇人更疼爱！"回答说："老臣私下里认为您老人家疼爱燕后要胜过长安君。"太后说："您错了，远不如疼爱长安君。"左师公说："父母疼爱子女，就应该为他们长远打算。您老人家送燕后的时候，（临别登车）握着她的脚跟，为她流泪，想到可怜的她要远去，也是很悲伤的呀！送走以后，不是不想念她，祭祀时必定要为她祈祷，祈祷说：'一定不要让她回来。'难道不是长远打算，让她有子孙相继为王吗？"太后说："是这样。"

左师公说："从现在上推到三代以前，至赵氏建国时，赵国君主的子孙中封侯的，他们的后代还有存在的吗？"太后说："没有。"触龙说："不只是赵国，其他诸侯国的子孙封侯的，他们的后代现在还有存在的吗？"太后说："我老太婆没听说。"触龙说："这就是他们近的祸患殃及自身，远的祸患殃及子孙。难道国君的子孙就一定不好吗？地位尊贵而没有功绩，俸禄丰厚而没有劳苦，并拥有很多的珍贵宝物。现在您老人家使长安君的地位尊贵，封给他肥沃的土地，赐以他很多珍贵的宝物，而不趁着现在让他给国家建立功劳，您老人家一旦百年之后，长安君凭什么在赵国能够托身呢？所以我认为，对他的爱不如爱燕后。"太后说："好，任凭您的意见安排他吧！"

于是，给长安君准备了百辆车子，送到齐国做人质。齐国就出兵了。

【点评】全文的中心，在于极力描述"说"字。"说"（shuì），就是用生动、巧妙而富有思辨力的语言"说"服别人听从自己的意见。文章先简洁、明快地说明"说"的因由，再具体、详尽地记述"说"的过程；最后概括、明确地交代了"说"的结果。脉络清晰，结构完整，前后照应，重心突出。

写"说"的因由时，极写形势的紧张和矛盾的严重，为触龙出场表述背景、制造气氛，即所谓造情蓄势。"赵太后新用事，秦急攻之"，一"新"一"急"，点明赵国国君新丧、寡母幼子执政、政权危机甚多，而秦国乘人之危，恃强入侵，从而形成了两国之间的尖锐矛盾。"赵氏求救于齐，齐曰：'必以长安君为质，兵乃出。’”“必以”句，是全文的生根处。它点明了齐国的强硬态度，使赵国又增加了与齐国之间的矛盾。“太后不肯，大臣强谏，……”赵国内部君臣之间的矛盾也随之激化起来。在这种种复杂而尖锐的矛盾僵局中，触龙出“说”，特别令人注目和深思。文章烘托、反衬之手法，甚妙！

写“说”的过程，文章一反前段开门见山、简洁明快的气势，而变得轻淡迂缓、曲折起伏，令人顿时又别生情致和意趣，更见作者构思之巧、用笔之妙在“必唾其面”的气氛中，“左师触龙言愿见太后”，可谓突如其来，使人想到他可能“另有高招”。“太后盛气而胥之”，应上文“明谓”“必唾”而来，似乎气氛仍有更加紧张之势。但触龙“入而徐趋，至而自谢”，接着以关心对方的态度和口吻入手，问候起太后的身体、饮食和起居来，并大谈自己的“养生”之道，根本不提“长安君质齐”之事，使赵太后在不甚礼遇的随问而答的过程中，逐步出现了“色少解”的表情，从而打破了僵局，缩短了两人之间的距离，扫除了赵太后心理上的障碍和防范。这时的赵太后，随问随答，虽不愉快，但却言之无心，而触龙的一言一行，却是步步用心，句句有意，因而解除了赵太后的警戒。

触龙在取得初步成效后，进一步利用赵太后溺爱少子的心理特点，以托付自己“贱息舒祺”为借口，继续进行攻心战术，使赵太后“笑”着说出自己溺爱少子的心理活动。“太后之色少解”一句，既是承上，又是启下，不然触龙绝不请托少子。“最少”“不肖”“窃爱怜之”，字字有意，已搔到太后痒处。虽然只字不提长安君，即处处影射到长安君，影射到了太后自己，不过她还没有发觉罢了。“敬诺。年几何矣？”是她爱子心切，忽遇同好的喜悦心情的自然流露。因而，“丈夫亦爱怜其少子乎？”就可以说是她心直口快地在自找“知音”了。触龙回答：“甚于妇人。”是有意倒跌、故意激将，以引出赵太后更深的心理活动。太后笑曰：“妇人异甚！”真是不打自招，说得极为坦率、真诚。这时的赵太后，依然还没有意识到，她已经上了触龙的圈套。触龙本可以乘机正面进说，让赵太后同意长安君为质于齐，但他忽然“节外生枝”，提出“窃以为媪之爱燕后贤于长安君”的质疑，虽轻轻地带出了长安君，却仍使赵太后不知不觉，致使兴致颇浓的赵太后脱口而出地说：“君过矣，不若长安君之甚！”继续钻进触龙的圈套里。于是，触龙就燕后生发，提出了“父母之爱子，则为之计深远”的问题，文章才贴近了“说”的本旨。

在双方“爱子”的共同基点上，触龙本可以就如何“计深远”上乘机正面进说，使赵太后同意长安君为质于齐，但他又生一波，从赵、从诸侯的某些现状上说起。“今三世以前”以后，仍采取质问的手法，继续使赵太后“进圈入套”。说赵、说诸侯，目的是为了说长安君。“今媪”以下，因势尽言，不为赵、不为诸侯，而句句为长安君“计长久”，说之以大义，动之以利害，难怪赵太后听后爽快地说：“诺，恣君之所使之！”

触龙的“说”，闲话入手，巧为设伏，步步暗逼，层层推进，以致使种种矛盾得以美满地解决，真可谓跌宕起伏，丰采多姿，曲折有致，顿挫成趣啊！

至于“说”的结果，作者只用三言两语，就戛然而止，真是简明至极。前言“必以长安君为质，兵乃出”，此言“质于齐，齐兵乃出”，前后照应。前言“秦急攻之”，此不言“秦解去”，而读者也就自喻了。作者通过对“说”的描述，使人物的身份、思想、情态、性格以至形象，都能逼真逼肖、栩栩如生地表现了出来。语言的简洁、明快和生动，对话的灵巧、精当和传神，更增强了本文的艺术感染力。这些，如不是文章高手，是做不到的。

【集说】说战国之君，在以气折之，使之畏从我；说妇人女子，在以情诱之，使之悦而从我。此说之术也。（宋存标《战国策全编》）

左师以从容陈说而取成功，与夫强谏于廷、怒骂于坐、发上冲冠、自待必死者，力少而功倍矣。”策文摹写亦甚工致。（张鼐《战国策隽》）

左师司主后，不当在语言上看，全在举止进退有关目、有节奏。字字闲话，步步闲情，又妙在妇人情性中体贴出来老臣一片苦心。（林云铭《古文析义》引明钟惺语）

从一爱字迎机而入，语语说向太后心坎里来，故并不露出必要长安君出质，而太后早已死心塌地。进言之妙，无过于此。（林云铭《古文析义》引唐德宜语）

此篇要看节奏。一步进一步，可为讽谏之法。（陆陇其《战国策去毒》）

摹神微密之文，必细论节次，愈见关目步骤之工。意越冷，越投机；语越宽，越醒听。由其冷意无非苦心，宽语悉是苦心也。（浦起龙《古文眉诠》）

字字玑警，笔笔针锋，目送手挥，旁敲远击，绝不使直笔，绝不犯正面，自能令人首肯，真是异样出色。左师公意中是欲使长安君质齐，口中未曾道及只字，而太后欣然许之者，由其作用之妙，而不恃强谏也。须知前路宽宽引入，纯是左师有意，太后无心，故闲散之笔，皆关紧要。读此文者，一字一句尤当细心领取，不可忽略过也。（余诚《重订古文释义新编》）

通篇全反强谏二字。凡十一波折，用句用字俱宜详玩。（臧岳《古文选释》）

（霍旭东）

唐且不辱使命[(1)]

秦王使人谓安陵君曰[(2)]："寡人欲以五百里之地易安陵[(3)]，安陵君其许寡人[(4)]？"安陵君曰："大王加惠[(5)]，以大易小，甚善。虽然[(6)]，受地于先王，愿终守之，弗敢易。"秦王不说[(7)]。安陵君因使唐且使于秦[(8)]。

秦王谓唐且曰："寡人以五百里之地易安陵，安陵君不听寡人[(9)]，何也？且秦灭韩亡魏[(10)]，而君以五十里之地存者[(11)]，以君为长者[(12)]，故不错意也[(13)]。今吾以十倍之地，请广于君[(14)]，而君逆寡人者[(15)]，轻寡人与[(16)]？"唐且对曰："否，非若是也。安陵君受地于先王而守之，虽千里不敢易也，岂直五百里哉[(17)]？"

秦王怫然怒[(18)]，谓唐且曰："公亦尝闻天子之怒乎？"唐且对曰："臣未尝闻也。"秦王曰："天子之怒，伏尸百万[(19)]，流血千里。"唐且曰："大王尝闻布衣之怒乎[(20)]？"秦王曰："布衣之怒，亦免冠徒跣[(21)]、以头抢地尔[(22)]。"唐且曰："此庸夫之怒也[(23)]，非士之怒也。夫专诸之刺王僚也[(24)]，彗星袭月[(25)]；聂政之刺韩傀也[(26)]，白虹贯日[(27)]；要离之刺庆忌也[(28)]，仓鹰击于殿上[(29)]。此三子者，皆布衣之士也，怀怒未发[(30)]，休祲降于天[(31)]，与臣而将四矣[(32)]。若士必怒，伏尸二人，流血五步，天下缟素[(33)]，今日是也。"挺剑而起[(34)]。

秦王色挠[(35)]，长跪而谢之[(36)]，曰"先生坐，何至于此，寡人谕矣[(37)]。夫韩、魏灭亡，而安陵以五十里之地存者，徒以有先生也[(38)]。"

【注释】(1)选自《战国策·魏策四》。唐且(jū):一作“唐雎”,安陵君之臣。战国时名唐且者颇多,生平事迹均不详。 (2)秦王:指秦王嬴政。嬴政系秦襄王之子,公元前246年即秦王位,公元前221年统一六国后才改称始皇帝。据本文下述史实来看,此事当发生在秦王政灭韩亡魏之后,统一六国之前。安陵君:魏襄王(前318至前296在位)封其弟为安陵君。安陵一作“鄢陵”,在今河南鄢陵县。此安陵君,当是原安陵君的后裔。此时魏国已亡,安陵或许已由魏国的一个封邑而变为一个小国。 (3)易:交换。 (4)其:犹言“大概”,表示猜测、估量、希望的语气词。 (5)加惠:施加给恩惠。 (6)虽然:犹言“虽是如此,然而……” (7)说(yuè):同“悦”,高兴。(8)因:于是,就。 (9)听:从,同意。 (10)灭韩:秦王政十七年(前230)灭韩。亡魏:秦王政二十二年(前225)灭魏。 (11)君:指安陵君。 (12)长者:忠厚而德高的人。 (13)错意:置意,介意,放在心上。错同“措”。(14)广:扩大。 (15)逆:违犯。 (16)轻:轻视,看不起。与:同“欤”,疑问语气词。 (17)岂直:岂特,岂止。 (18)怫(fú)然:盛怒变色的样子。 (19)伏尸:仆倒的尸体。 (20)布衣:平民百姓。古代官吏穿丝绸之类的官服,一般平民穿粗布衣服。这里指一般士人。 (21)免冠:脱掉帽子。徒跣(xiǎn):光着脚。 (22)抢(qiāng):撞,碰。尔:同“耳”。 (23)庸夫:平庸无能的人。 (24)专诸刺王僚:春秋时吴国国王寿梦有子四人:樊诸、馀祭、夷昧、季札。寿梦卒,传位于樊诸,并依次传于馀祭、夷昧,夷昧卒,传季札,季札逃而不肯即位,吴人乃立夷昧之子僚为吴王。樊诸之子公子光不平,阴养谋士以求位,后由伍子胥推荐的勇士专诸在宴请王僚时,以匕首藏于鱼炙之腹中而刺杀了王僚,公子光自立为王,是为吴王阖庐。 (25)彗星:俗名扫帚星,流动时,后面像拖有长尾。袭月:彗星的尾巴遮盖了月亮。袭:掩藏,遮盖。 (26)聂政之刺韩傀(kuǐ):战国时濮阳严遂(严仲子)事韩哀侯,与国相韩傀(又名侠累,韩哀侯叔父)有仇,私事侠客聂政,使其持剑直入傀府,刺杀了韩傀,聂政亦刮面、剜眼而自杀。 (27)白虹贯日:一道白气直冲太阳。 (28)要离之刺庆忌:庆忌是吴王僚的儿子。吴王阖庐即位后,他逃亡卫国。阖庐让勇士要离诈称有罪,焚烧了妻子,逃亡卫国,去见庆忌,于是乘机将庆忌刺死。 (29)仓鹰:即苍鹰。击:飞扑。 (30)怀怒:内心里的怒气。 (31)休祲(jìn):吉祥的征兆。休:吉祥。祲:精气的感应。古人迷信,认为天降异象,人间要发生重大变故,“彗星袭月”“白虹贯日”“苍鹰击于殿上”都是这种征兆。 (32)与臣而将四矣:他们三人和我合起来,我将是第四个了。 (33)缟素:白色的丧服。 (34)挺剑:拔剑。 (35)挠:屈。色挠:指秦王政的气焰受挫,面色沮丧,含有畏惧的表情。 (36)长跪:古人席地而坐,臀部靠在双脚跟上,表示惊讶或敬畏时,臀部离开脚跟而直立,叫“长跪”。 (37)谕:明白。 (38)徒:只。以:因为。

【今译】秦王派人对安陵君说:“我想用方圆五百里的地方交换安陵,安陵君能答应我吧?”安陵君说:“大王施加恩惠,用大换小,很好。虽然这样,但安陵是从先王那里承受下来的,愿终身守住它,不敢交换。”秦王不高兴。安陵君因此派唐且出使到秦国。

秦王对唐且说:“我用方圆五百里的地方交换安陵,安陵君不听从我的要求,是什么原因呢?况且秦国已经消灭了韩国和魏国,而安陵君能凭借方圆五十里的地方幸存下来,是因为我认为安陵君是位年长德高的人,所以才没有在意。现在我用十倍的土地,请求为安陵君扩大地盘,而安陵君竟然违背我的意愿,是看不起我吧?”唐且回答说:“不,不是这样。安陵君从先王那里承受下来封地而守护它,即使是方圆一千里的地方也不敢交换啊,岂止是方圆五百里的地方呢?”

秦王勃然大怒,对唐且说:“您也曾听说过天子发怒吗?”唐且回答说:“臣下未曾听过。”秦王说:“天子发起怒来,就会使百万尸体倒地,鲜血流淌千里。”唐且说:“大王曾听过布衣发怒吗?”秦王说:“布衣的发怒,也不过是摘下帽子、光着脚片、用头碰地罢了。”唐且说:“这是平庸之辈的发怒,不是侠士的发怒。专诸刺杀王僚的时候,彗星的尾巴遮盖了月亮;聂政刺杀韩傀的时候,一道白光冲过了太阳;要离刺杀庆忌的时候,苍鹰搏击在殿堂上。这三个人,都是布衣。心中怒气未发,祥瑞的征兆就从天上降下来了。他们和我结合在一起,我就将成为第四个。若让侠士一定要发怒的话,将使两具尸体倒地,鲜血流淌五步,让天下人都穿上丧服,今天就是这种时候了。”说完拔剑而起。

秦王神色沮丧,从座位上挺直身子,向唐且道歉说:“先生请坐,哪里会

弄到这种地步！我已经明白了。韩国、魏国灭亡了，而安陵凭借着方圆五十里的地方就能幸存，只是因为有先生您在啊！”

【**点评**】本文极力描述唐且的“不辱使命”。第一段先写出使的原因，第二、第三段详写“不辱使命”的情景，最后第四段写出使的结果。全文结构完整，剪裁精当，详略得体，重点突出，是一篇短小精悍、意趣隽永的优秀记叙文。

秦国恃强凌弱，在灭韩亡魏之后，企图进一步吞并安陵小国。秦王使人谓安陵君云云，用“欲”“易”“其许”诸词，貌似商量，实为行诈。“以五百里之地易安陵”，五百里岂无地名？让人一听便知是虚设之词，与当年张仪以商於之地六百里诳楚为同一手段。安陵君回答，貌似委婉，实为强硬。“大王加惠”三句，先虚应他一番。“虽然”以后，急转出“不易”的道理来，极有分寸，说明安陵君已识破秦王的狡诈阴谋，因此与之针锋相对。“秦王不悦”，便为唐且不辱使命设伏。

唐且使秦，面临敌强我弱的严重形势。秦王谓唐且语，仍先虚设一层，明知安陵君“不易”的原因，却仍问“何也?”可见其狡诈。“且”字以后又细说一番，已显露出秦王欺诈、威胁、横暴的狰狞面目。所谓“以君为长者”“请广于君”云云，纯是撒谎、利诱。唐且对答，不亢不卑，据理力辩，驳斥了秦王的所谓“逆寡人者，轻寡人与”，表现了他的沉着镇静，不畏强暴。“不辱使命”者，已见其端矣。

“秦王怫然怒”，由前文“秦王不悦”而来，更见其恼羞成怒，真相毕露。所说“公亦尝闻天子之怒乎?”已使出杀气凌人的架势。唐且所对“未尝闻也”，一句予以撇开，并不予以重视，饱含着一股刚劲正气，回答得妙。秦王自问自答，意在威吓对方。唐且机智果敢，有力地反诘：“大王亦尝闻布衣之怒乎?”以秦王问语反跌问之，适时有力，针锋相对，问得更妙。秦王所言“布衣之怒”，一是轻视唐且之问，一是曲解唐且之意，骄慢强横之态毕现。唐且所言“士之怒”，以子之矛，攻子之盾，英雄气概，跃然于纸上。连举三例，“刺”字三见，已向秦王提出了严重警告；“与臣而将四矣”，已点出“怀怒未发”之人就在眼前，形势更加严峻。“伏尸二人，流血五步”，妙在说得小；“天下缟素”，妙在说得大。义正词严，一反“天子之怒”，更感威力无穷。至“拔剑而起”，可谓说得出、做得到，一场血的拼搏，势将难免。唐且不畏强暴、镇定多智、敢于斗争、不怕牺牲的精神得到了充分的揭示。“不辱使命”者，得矣。

“秦王色挠，长跪而谢”，与前“天子之怒”云云鲜明对照，令人可笑，秦王欺软怕硬、色厉内荏的形象，使人历历在目。下文“先生坐”，应“拔剑而起”；“寡人谕矣”，说明唐且的凛然正气，迫使秦王认输、折服。“夫韩魏灭亡”三句，照应前文而作结，章法妙绝。其语意相近，而语气大变，特别令人回味。

一则简明扼要的小故事，写得细致入微、生动具体、活灵活现，可谓妙事、妙人、妙文！全文几乎都用对话托出，每句对话，都表现出各自的心态、语气和思想，文章也呈现各自不同的笔势。今日读之，仍令分别闻其声、如见其状。摹绘入神，气势磅礴，亦令人心开目爽，精神为之振奋。

【集说】刺劫之士，自曹沫以至荆轲，皆未闻道，惟若唐且者可也。为其激而发，不专志于刺也。慑服秦政，卒全安陵，贤于荆卿辈远矣。（张鼐《战国策隽》引陈眉公语）

摹绘入神，大为孱弱吐气。（唐德宜《古文翼》引林云铭语）

气撼五岳，妙于有体。称先生不涉迂阔；言士怒，非徒刚狠。慷而谈，令人心开目爽。（唐德宜《古文翼》）。

逶迤引局，半然换境，如行坦途者，怪忽起于前也。六国破灭，得此差强人意。（浦起龙《古文眉诠》）

以吕政之暴横，而使唐且仗剑数语，致使竦惧谢罪，妙人、妙事、妙文。（余诚《重订古文释义新编》）

（霍旭东）

燕昭王求士[1]

燕昭王收破燕后即位[2]，卑身厚币以招贤士，欲将以报仇。故往见郭隗先生曰[3]：“齐因孤国之乱而袭破燕。孤极知燕小力少[4]，不足以报。然得贤士与共国，以雪先王之耻，孤之愿也。敢问以国报仇者奈何？”郭隗先生对曰：“帝者与师处，王者与友处，霸

者与臣处，亡国与役处。诎指而事之[5]，北面而受学[6]，则百己者至；先趋而后息，先问而后嘿[7]，则什己者至；人趋己趋，则若己者至；冯几据杖[8]，眄视指使[9]，则厮役之人至；若恣睢奋击[10]，呴籍叱咄[11]，则徒隶之人至矣。此古服道致士之法也。王诚博选国中之贤士，而朝其门下，天下闻王朝其贤臣，天下之士必趋于燕矣。”昭王曰：“寡人将谁朝而可[12]？”郭隗先生曰：“臣闻古之人君，有以千金求千里马者，三年不能得。涓人言于君曰[13]：‘请求之。’君遣之。三月得千里马，马已死，买其首五百金，反以报君。君大怒曰：‘所求者生马，安事死马？而捐五百金！’涓人对曰：‘死马且买之五百金，况生马乎？天下必以王为能市马，马今至矣。’于是不能期年，千里之马至者三。今王诚欲致士，先从隗始。隗且见事，况贤于隗者乎？岂远千里哉！”于是昭王为隗筑宫而师之。乐毅自魏往[14]，邹衍自齐往[15]，剧辛自赵往[16]，士争凑燕。

【注释】(1)选自《战国策·燕策一》。燕昭王：战国时燕国的君主。(2)收破燕：昭王之父哙让位于相国之子引起内乱，齐军乘机攻入，后燕昭王收拾残破的局面，恢复燕国。(3)郭隗(wěi)：燕国贤士。(4)孤：国君自称的谦辞。(5)诎(qū)指：曲意顺从。(6)北面而受学：古人尊重师道，老师坐北面南，弟子面向北以受教。(7)嘿：同“默”。(8)冯：同“凭”。(9)眄(miǎn)视：斜视。(10)睢(suī)：仰目看的样子。(11)呴：通“跔”(jū)，跳动。籍：通“藉”，践踏。叱咄(chìduò)：大声呵斥。(12)寡人：国君自称的谦辞。(13)涓人：国君的近侍。(14)乐毅：战国时名将，曾率领燕国军队几乎攻灭齐国。(15)邹衍：战国时阴阳家，著名学者。(16)剧辛：战国时著名谋士。

【今译】燕昭王在收拾残破的燕国后即位，他谦恭有礼，用丰厚的礼物来招致贤士，想依靠他们报仇。为此去见郭隗先生说：“齐国乘着我国内乱袭击攻破燕国。我深知燕国势单力薄，无力报仇。然而如得到贤士与我共同治理国家，以洗清先王的耻辱，这是我的愿望。请问要为国家报仇该怎样做?”郭隗先生回答说:“成就帝业的人与贤士相处如同对待老师,成就王业的人与贤士相处如同对待朋友,成就霸业的人与贤士相处如同对待臣子,亡国的人与贤士相处如同对待仆役。曲意而侍奉,坐南面北来学习,才能百倍于己的人就会来到;先于人行动而后于人休息,先于人请教而后于人沉默,才能十倍于己的人就会到来;别人行动自己也行动,才能与自己一样的人就会来到;依着几案拄着手杖,斜视指使,仆役之类的人就会到来;如果狂妄骄傲、蛮横动武、跋扈践踏、大声呵斥,奴隶之类的人就会到来。这是古代施行王道,招致贤士的方法。大王如果诚心广泛地挑选国中的贤士,就应登门拜访,天下人听说大王拜访他的贤臣,天下的贤士一定会跑到燕国来。”昭王说:“我应拜访谁就可以?”郭隗先生说:“我听说古代的国君,有一位用千金求购千里马,三年没得到。一个近侍对国君说:‘请派我去寻求千里马。’国君派他去了。三个月后得到千里马,马已经死了,就用五百金买了马头,返回向国君报告。国君大怒说:‘我所寻求的是活马,怎么买死马?还白费了五百金!’近侍回答说:‘死马尚用五百金来买,何况活马呢?天下人一定认为大王是真心买马,现在千里马就要到了。’于是不到一年,千里马买到的有三匹。现在大王诚心想要招致贤士,先从郭隗开始。郭隗尚且被重用,何况比郭隗更有才能的人呢?难道还嫌燕国太远吗?”于是燕昭王为郭隗修了房舍并拜他为国师。乐毅从魏国来了,邹衍从齐国来了,剧辛从赵国来了,贤士争先恐后地聚集到燕国。

【点评】本文主要由燕昭王招贤报仇,郭隗出谋献策而展开的一番对话组成。虽是对话,却非常讲究语言艺术,不仅从绘声绘形、惟妙惟肖的对话描写中展示了人物的思想,而且把事情的前因后果交代得极其清楚。前半部分写招贤的起因和目的,多用排比对偶的句式来表现,使文章绚丽夺目,气势充沛,议论风生,沉挚动人。后半部分写招贤的方法和结果,采用设喻和说理并陈的手法,曲折淋漓,字字劲遒,寓言故事生动,题旨喻义鲜明,形式上收到感人的艺术效果,内容上得到圆满的实际成果。

【集说】排调都成峰峦,设色俱化烟云。(王符曾《古文小品咀华》)

先叙仇,次致谦,次伸愿,次请教,辞令最曲折。突起奇峰,下照映处,亦

参差历乱。先说“处”，后说“至”，有次第。三个“自”“往”，写得兴致。（孙琮《山晓阁评选古文十六种·战国策选》）

为“招”字写意，前以臣役陪说，则贤者之价高；后以马骨为影，则自诩之迹泯。互救使乖。（浦起龙《古文眉诠》）

（佳　木）

乐毅报燕王书

昌国君乐毅[1]，为燕昭王[2]合五国之兵而攻齐[3]，下七十余城，尽郡县之以属燕[4]。三城未下[5]，而燕昭王死。惠王即位，用齐人反间[6]，疑乐毅，而使骑劫代之将。乐毅奔赵，赵封以为望诸君[7]。齐田单欺诈骑劫[8]，卒败燕军，复收七十余城以复齐。

燕王悔，惧赵用乐毅，乘燕之敝以伐燕[9]。燕王乃使人让乐毅[10]，且谢之曰：“先王举国而委将军[11]，将军为燕破齐，报先王之仇，天下莫不振动，寡人岂敢一日而忘将军之功哉！会先王弃群臣[12]，寡人新即位，左右误寡人[13]。寡人之使骑劫代将军，为将军久暴露于外[14]，故召将军，且休计事[15]。将军过听[16]，以与寡人有隙[17]，遂捐燕而归赵，将军自为计则可矣，而亦何以报先王之所以遇将军之意乎？”

望诸君乃使人献书报燕王曰：“臣不佞[18]，不能奉承先王之教，以顺左右之心，恐抵斧质之罪[19]，以伤先王之明[20]，而又害于足下之义[21]，故遁逃奔赵。自负以不肖之罪[22]，故不敢为辞说。今王使使者数之罪[23]，臣恐侍御者之不察先王之所以畜幸臣之理[24]，而又不白于臣之所以事先王之心[25]，故敢以书对。

“臣闻贤圣之君，不以禄私其亲[26]，功多者授之。不以官随其爱[27]，能当者处之。故察能而授官者[28]，成功之君也；论行而结交者[29]，立名之士也。臣以所学者观之，先王之举错[30]，有高世之心[31]，故假节于魏王[32]，而以身得察于燕。先王过举[33]，擢之乎宾客之中[34]，而立之乎群臣之上[35]，不谋于父兄，而使臣为亚卿[36]。臣自以为奉令承教，可以幸无罪矣[37]，故受命而不辞。

“先王命之曰：‘我有积怨深怒于齐，不量轻弱[38]，而欲以齐为事[39]。’臣对曰：‘夫齐，霸国之余教，而骤胜之遗事也[40]，闲于兵甲[41]，习于战攻[42]。王若欲攻之，则必举天下而图之[43]。举天下而图之，莫径于结赵矣[44]。且又淮北、宋地[45]，楚、魏之所同愿也[46]，赵若许，约楚、魏、宋尽力，四国攻之，齐可大破也。’先王曰：‘善！’臣乃口受令[47]，具符节[48]，南使臣于赵，顾返命[49]，起兵随而攻齐[50]。以天之道、先王之灵[51]，河北之地，随先王举而有之于济上[52]。济上之军，奉令击齐，大胜之。轻卒锐兵[53]，长驱至国[54]，齐王逃遁走莒，仅以身免[55]。珠玉财宝，车甲珍器尽收入燕，大吕陈于元英[56]，故鼎返于历室[57]，齐器设于宁台[58]，蓟丘之植，植于汶篁[59]。自五伯以来[60]，功未有及先王者也。先王以为惬其志，以臣为不顿命[61]，故裂地而封之[62]，使之得比乎小国诸侯。臣不佞，自以为奉令承教，可以幸无罪矣，故受命而弗辞。

“臣闻贤明之君，功立而不废，故著于《春秋》[63]；蚤知之士[64]，名成而不毁，故称于后世。若先王之报怨雪耻，夷万乘之强国[65]，收八百岁之蓄积[66]，及至弃群臣之日，余令诏后嗣之遗义[67]，执政任事之臣，所以能循法令[68]，顺庶孽者[69]，施及萌隶[70]，皆可以教于后世。

“臣闻善作者不必善成[71]，善始者不必善终。昔者伍子胥说听乎阖闾[72]，故吴王远迹至于郢[73]；夫差弗是也，赐之鸱夷而浮之江[74]。故吴王夫差不悟先论之可以立功[75]，故沉子胥而弗悔。子胥不蚤见主之不同量[76]，故入于江而不改。

“夫免身全功以明先王之迹者，臣之上计也[77]；离毁辱之非，堕先王之名者，臣之所大恐也[78]。临不测之罪，以幸为利者，义之所不敢出也[79]。

“臣闻古之君子，交绝不出恶声[80]；忠臣之去也，不洁其名[81]。臣虽不佞，数奉教于君子矣。恐侍御者之亲左右之说，而不察疏远

之行也[82]，故敢以书报，惟君留意焉[83]！"

【注释】(1)选自《战国策·燕策二》。乐毅：原魏国大臣，奉魏王命出使燕国，受到燕昭王的礼遇，遂留在燕国，被封为亚卿。后因破齐有功，封为昌国君。昌国，齐地，在今山东淄博市淄川区东北。 (2)燕昭王：名职，燕王哙的庶子。公元前311—前279年在位。 (3)五国：指楚、韩、赵、魏、燕。一说指秦、韩、赵、魏、燕。 (4)下：攻下。尽郡县之：把攻下的齐城都改为燕国的郡县。 (5)三城：聊城、莒、即墨。聊城和莒，均今山东省市、县名。即墨故城在今山东平度市东南。 (6)用齐人反间：相信齐人的离间。齐田单使人放出谣言，说乐毅想叛燕自立。燕惠王信以为真，迫使乐毅外逃。(7)望诸君：封号。望诸，地名，在今河南商丘市虞城县界，战国时属齐地。当时赵国把观津(在今山东莘县，地属赵)封给乐毅。但因为乐毅的封地昌国本在齐，所以还是用齐的地名来封他。 (8)田单：齐国大将，坚守即墨，后来为齐收复失地七十余城，封安平君。诈骑劫：田单用千余头牛，披上五彩龙文，牛角上缚着刀，牛尾缚着油浸的柴，点着火，赶牛群冲入燕军。燕军溃败，骑劫战死。骑劫：燕将。 (9)敝：败，指被田单打败。 (10)让：责备。 (11)先王：死去的王，指昭王。举国而委将军：把全国托付给将军。(12)会先王弃群臣：适逢燕昭王死。弃：抛下。 (13)左右误寡人：指左右亲近的人传说乐毅有背燕之心。 (14)暴露：曝露，指乐毅长期行军，风餐露宿，很辛苦。 (15)且休计事：暂且休息一下，再共商国是。 (16)将军过听：您误听了别人的话。 (17)隙：嫌隙。 (18)不佞：不才。 (19)斧：指刀。质：指承刀的铁座。斧质，犹铡刀。抵罪：触罪，犯罪。 (20)以伤先王之明：因而损害先王知人善任的明察。 (21)又害于足下之义：乐毅倘被诛，舆论必指责惠王不义。为了不使惠王受不义之名，所以没有听召返国。足下：称惠王。 (22)自负以不肖之罪：乐毅奔赵，不了解实情的人是会指责他的，他为了不使惠王陷于不义，宁愿旁人责备自己。 (23)数之罪：数说他的罪过。 (24)臣恐侍御者句：这里说，我怕您不了解先王为什么要厚待他亲信的臣子的道理。侍御者：侍候国君的人。乐毅不敢直称惠王，所以用"侍御者"来代称。此处借指惠王。 (25)而又不白于句：也不明白我为什么要事奉先王的用意。 (26)不以禄私其亲：不拿俸禄赐给亲近的人。私其亲：对亲近的人有私心。 (27)不以官随其爱：不拿官职赐所爱的人。（28）察能而授官：考察后认为对方确有才能，才授予官职。（29）论行而结交：考究后认为对方的德行很好，才和他交朋友。（30）举错：措施，安排。错：通“措”。（31）有高世之心：有高出于当时一般人的见解。（32）故假节于魏王：乐毅持魏节出使至燕，为燕昭王所重用。假：凭借。节：符节，使者所拿符节。（33）过举：过分抬举。（34）擢（zhuó）：提拔，指被重用。（35）立：安顿，任职。（36）亚卿：官名。亚卿是仅次于上卿的官职。上卿为当时最高官位。（37）臣自以为句：我以为接受先王的命令指示是不会有什么罪过的。“奉”和“承”皆有虚心接受之意。（38）轻弱：力量轻微薄弱。（39）以齐为事：以报复齐国作为主要任务。（40）夫齐三句：这是说齐国有争夺霸业的经验和战争屡胜的形势，影响至今，不可轻视。（41）闲：通“娴”，熟习。（42）习：习惯。（43）举天下而图之：合天下的力量来算计它。（44）莫径于结赵矣：没有比直接联络赵国更好的了。径：直。（45）淮北、宋地：皆齐国属地。宋地在今河南商丘市，为齐所吞并。（46）楚、魏之所同愿也：楚欲得淮北，魏欲得宋地。（47）口受令：受燕昭王亲口命令。（48）具：持。（49）顾返命：于是回来交代任务。（50）起兵句：指燕国发兵随诸侯之军攻齐。（51）以天二句：由于天意的赞助和先王的威灵。（52）随先王句：跟着昭王全部占有齐国黄河以北的地方，进军到济水上。（53）轻卒锐兵：轻装的精兵。（54）长驱至国：指燕军攻到齐国国都。（55）仅以身免：仅仅保全了自己的生命。（56）大吕：钟名。元英：燕宫殿名。（57）故鼎：齐进犯时从燕取去的鼎又复归燕，所以称故鼎。历室：燕的宫殿名。（58）齐器：齐国的贵重器物。宁台：燕宫殿名。（59）蓟（jì）丘：燕都。植：同“帜”。植于：插在。汶篁：汶水上的竹田。（60）五伯：春秋时期的齐桓、晋文、宋襄、秦穆、楚庄都曾经称霸，所以名为春秋五霸。伯：同“霸”。（61）不顿命：不辜负使命。（62）裂地：割地，指封乐毅为昌国君。（63）著于《春秋》：记载在历史上。（64）蚤知：有先见。蚤：同“早”。（65）夷万乘之强国：打败了能出万辆兵车的强大国家。（66）八百岁：从姜太公建国起到齐湣王止的约数。（67）余令诏后嗣之遗义：先王遗嘱告诫子孙的用意很深远。（68）循：遵照。（69）顺遮孽：古代社会，国君死后，每每发生嫡庶争夺王位之祸。昭王预先安置了继位之事，所以没有争位的祸乱。庶孽：庶出之子。（70）施（yì）：沿及。萌：同“氓”。萌隶：犹人民。（71）善作者不必善成：善于开创事业的不一

定有好的收成。 (72)伍子胥:春秋时楚国人。其父伍奢、兄伍尚为楚平王所杀。子胥逃到吴国,劝吴王阖闾伐楚,吴兵打进楚国郢都。 (73)远迹:长征,在远处留下脚迹。 (74)夫差二句:吴王夫差打败越国,越王勾践请和;伍子胥劝他乘胜灭掉越国,夫差不听。后夫差疑子胥不忠,赐剑,逼他自杀。子胥死时向左右说:"抉吾眼,悬吴东门之上,以观越寇之入灭吴也。"夫差知之,大怒,取子胥尸首,盛于革囊中,抛入江内。九年后,越果灭吴。鸱夷:革囊。 (75)先论:预见。这是指子胥预见到吴国不灭掉越国,越国便会灭掉吴国。 (76)不同量:胸怀度量不同。 (77)夫免身二句:使自己免于一死,保全过去的功劳,以表明先王知人善用的贤名,这是我的上策。(78)离:同"罹",遭受。堕:毁损。 (79)临不测三句:到了将要陷入大罪的时候,又想侥幸助赵伐燕以自利,这种不义的行为,是自己的正义感所决不容许的。 (80)交绝不出恶声:断绝友谊时不说伤感情的话。 (81)忠臣二句:忠臣因冤屈而离开本国,仍不毁谤国君而求表白自己。 (82)恐侍御者二句:恐怕您听信亲近之人的话,而不能了解我的心迹。疏远:指自己是被惠王疏远了的人。 (83)惟君留意焉:希望您详细地考虑考虑吧。

【今译】昌国君乐毅,为燕昭王联合了五国的军队进攻齐国,攻占了七十多座城池,把这些郡县都归燕国所辖,只有三座城没被攻下,而燕昭王去世了。惠王即位,中了齐人的反间计,怀疑乐毅,派骑劫代替他担任将军。乐毅投奔赵国,赵国封他为望诸君。齐国田单欺诈骑劫,终于打败燕军,又收回七十多座城池,收复了齐国。

燕王后悔,害怕赵国起用乐毅,乘燕国战败来征讨燕国。燕王就派人责备乐毅,并表示歉意,说:"先王把全国委托给将军,将军为燕国打败了齐国,报了先王的仇,天下没有不为之震动的,我岂敢有一天忘记将军的功劳呢!适逢先王抛弃群臣辞世,我刚即位,左右侍臣误导了我。我派骑劫代替将军,是因为将军长期风餐露宿在野外,所以召回将军休息,并共商国是。将军错听,以至于同我有了嫌隙,于是舍弃燕国而归附赵国。将军为自己打算是可以的,然而将军拿什么报答先王对将军的知遇之恩呢?"

望诸君(乐毅)派人献上书信,回复燕王说:"臣不才,没能秉承先王的教导,以顺您的心愿,担心犯杀身之罪,以致损伤了先王的知人之明,又有害于足下处世立身的道义,因此逃亡投奔赵国。自己担了不肖的罪名,也就不敢进行辩白。如今大王派使者来责备我的罪过，臣惟恐大王身边的人不了解先王容留宠爱臣的理由，又不明白臣之所以侍奉先王的心情，所以才敢以书信奉告。

“臣听说贤明的君主，不会把俸禄私自赏给他亲近的人，而要赏给功劳多的人；不会把官爵随便赏给他所喜爱的人，而要让能称职的人居其位。所以考察才能而授官职的，是成功的君主；论德行而交友的，是能树立名节的士人。臣用所学成的来观察先王的举措，有高出世俗的心智，所以从魏王那里假借使臣的身份，得以亲身来到燕国考察。先王过分抬举，把我从宾客中选拔出来，让我位居群臣之上，先王没有与父兄商议，又任命臣为亚卿。臣自以为遵奉命令秉承教诲，可以幸免于罪，所以接受任命而没有推辞。

“先王命令臣说：‘我跟齐国有积怨很久的深仇大恨，不顾及力量的弱小，而要以灭齐为己任。’臣回答说：‘齐国尚遗有霸国的训诲，屡次战胜敌国的遗事，熟悉军事，通晓攻战。大王如果要攻打齐国，就必须举天下而谋划此事。举天下而谋划此事，没有比同赵国结盟更直接的了。再说，淮北、宋地，是楚、魏都想要的地方。赵国若答应，约楚、魏大力协作，四国联合攻打齐国，就可以把它打得大败。’先王说：‘好。’臣于是接受先王的亲口命令，准备好符节，派臣南行出使赵国。不久回国复命，发兵跟着去攻打齐国。因为着上天的引导、先王的英明，齐国在黄河以北的土地，随着先王进兵到济水，被全部占领。占领了济水的军队又奉命追击齐军，并大胜齐军。轻装精锐部队长驱直入，一直打到齐国的都城。齐王逃奔到莒邑，仅仅只身免难。珠玉财宝，车辆盔甲和珍贵器皿，全部收归燕国所有。大吕陈列在元英殿，燕国的旧鼎又回到了历室殿，齐国的珍器都阵列在宁台殿，蓟丘的植物种植在汶水的竹田里。从五霸以来，没有谁的功绩可以比得上先王的。先王认为满足了他的志愿，认为臣没有贻误他的命令，因而分地以封臣，使臣得以跟小国的诸侯相比。臣不才，自以为遵奉命令、承受教诲，可以幸免于罪，所以接受了分封而没有推辞。

“臣听说贤明的君主，功业建了不会废弃，所以载入《春秋》；先知的士人，成就了功名就不会毁坏，所以能称誉后世。像先王那样报仇雪恨，荡平了万乘强国，没收了齐国八百年蓄积的财富，直到离开群臣逝世之日，先王所留下的诏示后嗣的遗训，仍是执政任事大臣顺利而妥善地安排王室庶孽子孙的依据，并推行至老百姓，这些都可以教诲于后世。

“我听说善于开创者未必善于完成，善始者未必善终。从前，伍子胥的话得到阖闾的听从，因此吴王的足迹远至楚国的郢都；吴王夫差不赞成伍子胥的主张，赐给他革囊，让他的尸体飘浮江中。因为吴王夫差没有感悟到伍子胥先前的论断，可以使他建立功业，所以把伍子胥的尸体沉入江中而毫不悔悟。伍子胥未能及早地察觉君王的胆识不同，所以被投入江中仍不能改变他的怨愤。

“对我来说，能脱身免祸，保全功名，以显示先王的事迹，这是臣的上策；而遭受诽谤耻辱的责难，败坏先王的名声，这是臣最担心的。身临不测之罪，以侥幸心理去谋私利，从道义上说，这是我绝不敢做的。

“臣听说古代的君子，绝交不出恶声；忠臣的离开，不会洁身以诋毁于君。臣虽不才，也曾多次在君子那里受过指教。恐怕大王听信了左右亲信的话，而不明察被疏远之臣的所作所为，所以才敢于以书信回报，只希望大王留意披览。”

【点评】这是乐毅答复燕惠王对他指责的信，也是历史上的著名书信。乐毅在信中针对惠王的责难，表白他所做的一切都是为了忠于昭王。他奔赵免害，既可保全先王知人之明，又可不陷惠王于不义之地。可是，即使这样仍不被惠王所谅解。乐毅详细地论述了他与昭王的关系。通过先王对乐毅的厚遇和乐毅在燕的行动，说明君臣的不凡的际遇：一个能知人善任，一个肯为主尽忠，终于取得了为主雪耻、为臣建功的胜利。而后来的背燕奔赵，完全是在于惠王未能继承乃父的遗志和缺乏昭王的度量，以至于好疑多忌，刻薄寡恩，素无大志，少有作为，在关键时刻，逼走自己，转胜为败。乐毅以伍子胥为例，说明了昏君不任用贤臣的可鄙，表明了自己既不悔背燕奔赵，也不再弃赵返燕。最后明确告诉惠王：奔赵可以“免身全功以明先王之迹”，以示对先王永不忘怀；返燕就会“离毁辱之非，堕先王之名”，以示对惠王不再尽忠；他要做到“忠臣去国，不洁其名”以示自己要恪守信义，决不会助赵攻燕。作者有力地反驳了燕惠王的责难，同时在信中饱含了忧愤之情，对先王一片赤诚，对惠王满腔愤怒，充分抒发了人才受到压抑和不能实现自己理想的苦闷。

本文在写作上，立论同辨冤相互结合。除开头和结尾具有书信的格式外，主要是以“察能而授官者，成功之君也；论行而结交者，立名之士也”为立论中心。在论述时,却以他同昭王、惠王的关系为例,这样就同自己的辩白冤愤结合起来。论述过程中以圣王、先贤和君子的言论为格言,或者在说这种思想支配下的行动,或者是自己的言行体现上述精神。这样,论点是毋庸置疑的,而辩白也就会立于不败之地了。全文充满幽愤之情,是极为动人的,以至有人说读了此书,使人"未尝不废书而泣也"。可见它是深深打动过不少读者的。但作者在抒发感情时确实能做到有理有节,如对先王的恩遇意笃情深,无阿谀奉承之态;对惠王批驳深刻有力,无剑拔弩张之势;对自己心情的表白实事求是,无夸大其词之病。因此,全信不亢不卑,有是有非,胸怀磊落,品格高洁。至于用排比铺写战争胜利的场面,用对比加深艺术效果表达等也是很成功的。总之,全篇气势雄奇瑰丽,语言委婉恳挚,是出色的好文章。

【集说】始齐之蒯通及主父偃,读乐毅之报燕王书,未尝不废书而泣也。(司马迁《史记·乐毅列传赞》)

善读此文者,必能知其为诸葛《出师》之蓝本也。其起首,结尾,比《出师》更自胜无数倍。(金圣叹《天下才子必读书》)

察能论行,则始进必严。善成善终,则末路必审。乐毅可谓明哲之士矣。至其书辞,情致委曲,犹存忠厚之遗。其品望固在战国以上。(吴楚材、吴调侯《古文观止》)

"先王"二字,一篇眼目。(余诚《重订古文释义新编》)

(池万兴)

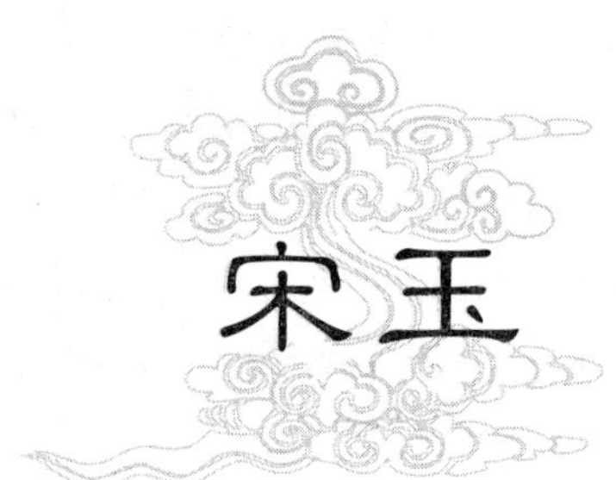

宋玉

宋玉,生卒年月不详。据《史记》《韩诗外传》《新序·杂事》等书的记载和他自己的作品所反映的情况看,他是稍后于屈原时的楚人,曾经入仕顷襄王,但官位不高,一生抑郁不得志。他具有很高的文学才华,长于辞令,以辞赋闻名,其文学成就仅次于屈原,后人常以屈宋并称。《九辩》是其代表作。现在我们能见到的属于宋玉名下的作品共有十四篇,其中大半为后人伪托。《对楚王问》也不一定是他所作,但风格与其作品近似。

宋玉对楚王问(1)

楚襄王问于宋玉曰:“先生其有遗行与(2)?何士民众庶不誉之甚也(3)?”宋玉对曰:“唯然,有之。愿大王宽其罪,使得毕其辞(4)。客有歌于郢中者,其始曰《下里》《巴人》(5),国中属而和者数千人(6);其为《阳阿》《薤露》(7),国中属而和者数百人;其为《阳春》《白雪》(8),国中属而和者不过数十人;引商刻羽(9),杂以流徵(10),国中属而和者不过数人而已。是其曲弥高,其和弥寡。故鸟有凤而鱼有鲲。凤凰上击九千里，绝云霓，负苍天，翱翔乎杳冥之上[11]；夫藩篱之鷃[12]，岂能与之料天地之高哉[13]？鲲鱼朝发昆仑之墟[14]，暴鬐于碣石[15]，暮宿于孟诸[16]。夫尺泽之鲵[17]，岂能与之量江海之大哉？故非独鸟有凤而鱼有鲲也，士亦有之。夫圣人瑰意琦行[18]，超然独处[19]。夫世俗之民，又安知臣之所为哉？"

【注释】(1)楚王：即楚顷襄王，楚怀王的儿子，前298—前262年在位。本文最早见于萧统编的《文选》。 (2)遗行：有失检点的行为作风。 (3)众庶：百姓。不誉：不称赞，非议。 (4)毕其辞：把话讲完。 (5)《下里》《巴人》：当时楚国民间最通俗的乐曲。 (6)属(zhǔ)：聚集。和：跟着唱。 (7)《阳阿》：亦作《扬荷》，古代民间歌曲。《薤露》：古代挽歌。 (8)《阳春》《白雪》：古代高雅的曲调。 (9)引商刻羽：使音调高低宛转。"引"是提高，"刻"是降低，一作"刻画"。"商""羽"则分别是"宫、商、角、徵、羽"等五音之一。 (10)徵：也是五音之一，较之其他四音，最为流利，故称"流徵"。 (11)杳(yǎo)冥：高渺的远空。 (12)藩篱：篱笆。鷃(yàn)：一种小鸟。 (13)料：计算，估量。 (14)墟：大土山。一说背山下之基，一说为山坡。 (15)暴鬐：晒鱼背。暴同"曝"。鬐：鱼背上的骨翅。 (16)孟诸：古大泽名，在今河南省商丘市东北。 (17)鲵(ní)：小鱼。 (18)瑰(guī)：次于玉的美石。琦(小)：美玉。瑰意琦行：指优美高尚的情操和品行。 (19)超然独处：横绝流俗，独立于众人之上。

【今译】楚襄王问宋玉说："先生难道有失检之行为？为什么士人和广大百姓甚为不赞呢？"宋玉回答说："是的，有这么回事。希望大王宽恕我的过失，可以把话说完。有一个在郢都里唱歌的客人，他开始唱的《下里》《巴人》，国都里聚集来同声应和的有几千人；他唱《阳阿》《薤露》，国都里聚集来同声应和的有几百人；他唱《阳春》《白雪》，国都里聚集来同声应和的不过几十人；引吭高歌，低回婉转，并以流动式的徵音相和，国都里聚集来同声应和的不过数人而已。这是其曲高和寡。所以鸟中有凤凰而鱼中有大鲲。凤凰腾空搏击九千里，穿越云虹，背负青天，翱翔于杳渺的苍穹；那篱笆上的小鷃雀，哪能和凤凰去估量天地的高大呢？鲲鱼早晨从昆仑大山出发，曝晒背鳍

碣石，晚上宿于孟诸大湖。那小池里的小鲵鱼，哪能与鲲鱼去衡量江海的浩瀚呢？所以并非只是鸟中有凤而鱼中有鲲啊，在“士”中也有凤与鲲。圣人不凡的思想和行为，超然独处。世俗之人又怎能理解臣的行为呢?”

【点评】本篇既是一场有色有声的对话，又是一篇圆熟而绝妙的驳论文。作为千古奇人的旷世杰作，那意出天外的想象，那绵延不绝的思潮，那横空绝俗的情理机趣，还有那优美流畅的辞令，无不让人拍案叫绝，浮想联翩。要而言之，此文之妙，主要在以下几个方面：

一是妙在通篇暗喻和对比的运用。以歌者、凤凰和鲲，暗喻自身的超尘脱俗、高洁伟岸，又以和者、鷃和鲵，刻画世俗的平庸渺小、卑下低贱；同时又让这二者自然形成对比，且又贯穿始终，这就造成了全文的形象而又贴切、委婉而又含蓄、鲜明而又强烈的艺术效果，其中的高下曲直，让人不言而喻。

二是妙在蓄势而发。从全文看，作者运用淋漓酣畅之笔，全力描摹歌者、凤凰和鲲，意在为下文转入“故非独鸟有凤而鱼有鲲也，士亦有之”一语蓄势。唯其前面将歌者、凤、鲲的形象写透，所以下文对士的论述虽极简洁，但却十分有力。

三是妙在妙趣横生的问答。一问一答，构成全篇，看似简单而拘谨，实则缜密而空阔，杯水之中，依旧能见出跌宕起伏和五色斑斓。问，问得委婉而有风趣，飘忽绵绵之中，含着责难。不是之是，不信之信，模棱两可，足见楚王的虚伪和狡黠；答，答得言近而旨远，言之谆谆之中暗含机锋。是之不是，信之不信，但旨归一端，五彩缤纷的辞令之中，足见出宋玉的机智和聪慧，还有那推山倒河，一往无前的辩才。尤其末尾答问中的反问，更像空中闷雷，既包含着作者无限的感慨，流露着一种自命不凡、孤高自赏的高情，同时，在文章结构上，又得首届遥应、相映成趣之妙，更显得棋高一着。

【集说】此文腴之甚，人亦知；练之甚，人亦知；却是不知其意思之傲睨，神态之闲畅。凡古人文字，最重随事变笔。如此文，固必当以傲睨闲畅出之也。（金圣叹《天下才子必读书》）

惟贤知贤，士民口中如何定得人品。楚王之问自然失当。宋玉所对，意以为不见誉之故，由于不合于俗；而所以不合之故，又由于俗不能知。三喻

中不但高自位置，且把一班俗人伎俩见识，尽情骂杀，岂不快心！（林云铭《古文析义》）

意想凭空而来，绝不下一实笔，而骚情雅思，络绎奔赴，固轶群之才也。“夫圣人”一段，单笔短掉，不说尽，不说明，尤妙。（吴楚材、吴调侯《古文观止》）

（潘世东　喻　斌）

《论语》

《论语》是由孔子弟子或再传弟子记录有关孔子言行的著作，属语录体散文集。全书二十篇，四百九十五章。内容涉及政治、哲学、教育、伦理、文化等方面。文字简朴，寓意深刻，有些篇章还写出了人物的音容笑貌，富有文学意味。

孔子（前551—前479）名丘，字仲尼，春秋时鲁国陬邑（今山东曲阜市）人，儒家学派的创始者。他曾在鲁做过司空、司寇，摄行过相事，以后周游列国，不被重用。晚年编订《诗》《书》等古代文献，撰写《春秋》。《论语》一书是研究孔子的最可靠的第一手资料，该书对中国后代思想、文化、学术等方面都产生了深远影响。

子路、曾皙、冉有、公西华侍坐章[(1)]

子路、曾皙、冉有、公西华侍坐[(2)]。

子曰："以吾一日长乎尔[(3)]，毋吾以也[(4)]。居则曰[(5)]：'不吾知也。'如或知尔，则何以哉[(6)]？"

子路率尔而对曰[(7)]："千乘之国[(8)]，摄乎大国之间[(9)]，加之以师旅[10]，因之以饥馑[11]；由也为之[12]，比及三年[13]，可使有勇，且知方也[14]。”

夫子哂之[15]。

“求！尔何如？”

对曰：“方六七十[16]，如五六十[17]，求也为之，比及三年，可使足民[18]。如其礼乐[19]，以俟君子[20]。”

“赤！尔何如？”

对曰：“非曰能之，愿学焉。宗庙之事[21]，如会同[22]，端章甫[23]，愿为小相焉[24]。”

“点！尔何如？”

鼓瑟希[25]，铿尔[26]，舍瑟而作[27]。对曰：“异乎三子者之撰[28]。”

子曰：“何伤乎[29]，亦各言其志也！”

曰：“暮春者[30]，春服既成[31]。冠者五六人[32]，童子六七人，浴乎沂[33]，风乎舞雩[34]，咏而归。”

夫子喟然叹曰：“吾与点也[35]。”

三子者出，曾皙后。曾皙曰：“夫三子者之言何如？”

子曰：“亦各言其志也已矣！”

曰：“夫子何哂由也？”

曰：“为国以礼，其言不让[36]，是故哂之。”“唯求则非邦也？”“安见方六七十、如五六十而非邦也者！”“唯赤则非邦也与？”“宗庙、会同，非诸侯而何？赤也为之小[37]，孰能为之大！”

【注释】(1)选自《论语·先进》第十一。 (2)子路、曾皙、冉有、公西华：皆孔子弟子。子路姓仲，名由。曾皙名点，为曾参之父。冉有姓冉，名求，字子有。公西华复姓公西，名赤。侍坐：陪坐。 (3)长乎尔：比你们年龄大。 (4)毋吾以：不要以为我年长就止而不言。以：同“已”，止也。(5)居：平时。 (6)何以：怎样为人所用。以：解作“用”。 (7)率尔：匆

忙。 (8)千乘之国:指拥有一百平方里、能出一千辆兵车的诸侯之国。 (9)摄:夹。 (10)师旅:古代军队编制,五百人为一旅,二千五百人为一师。此指战争。 (11)因:继续。饥馑:灾荒。五谷不收为饥;蔬菜不收为馑。 (12)为:治理。 (13)比及:当到。 (14)方:礼法。 (15)哂(shěn):微笑。 (16)方六七十:指六七十平方里的小国。 (17)如:或。 (18)足民:使民丰衣足食。 (19)礼乐:关于礼乐教化。 (20)俟:等待。 (21)宗庙之事:指祭祀仪式。 (22)如:与。会同:诸侯会盟之事。 (23)端:玄端,黑色礼服。章甫:礼帽。 (24)小相:最低等级的司仪官。 (25)希:声音低微。 (26)铿(kēng)尔:象声词,是终止弹奏的最后一拨声。 (27)作:站起来。 (28)撰:讲述。 (29)何伤:有什么妨碍。 (30)暮春:农历三月。 (31)春服:夹衣。 (32)冠者:成年人。古代男子年二十则行冠礼,谓之成人。 (33)沂(yí):水名,在今山东曲阜市东南。 (34)风:乘凉。舞雩(yú):坛名,为祈雨的场所。 (35)与:赞许。 (36)让:谦逊。 (37)小:小相。

【今译】子路、曾皙、冉有、公西华陪孔子坐着。

孔子说:“因为我比你们年长一点,就在我面前不敢畅所欲言。平时常说:‘不了解我呀!’如果有人了解你,则怎样为人所用呢?”

子路轻率地回答道:“一个有一千辆兵车的小国,夹在大国中间,遭受到战争的侵凌,相继又蒙受到饥荒。我去治理,等到三年,可使人民有勇气,并且懂得大道理。”

孔子对他微微一笑。

(孔子问道:)“求啊!你怎么样呢?”

(冉有)回答道:“一个方圆六七十里,或者方圆五六十里的小国,我去治理,等到三年,可使人民丰衣足食。至于礼乐,只有等待君子了。”

(孔子问道:)“赤啊!你怎么样呢?”

(公西华)回答道:“不是说能干好什么,我愿意学习。宗庙祭祀工作,或者朝见天子,或者拜见诸侯,我愿穿上礼服,戴上礼帽,做一个小赞礼。”

(孔子问道:)“点啊!你怎么样呢?”

他正在弹瑟,瑟声稀疏,铿的一声,放下瑟站起来,回答道:“我不同于他们三个人讲的。”

孔子说：“那有什么妨碍呢？只不过各说各的志愿罢了。”

曾皙说：“暮春三月，春装已经穿上。我同五六个成年人，六七个少年，到沂水去洗澡，在舞雩坛上吹风，然后唱着歌回来。”

孔子喟然长叹，说：“我赞成曾点的主张！”

子路、冉有、公西华三个人都出去了，曾皙留在后面。曾皙说：“那三位的话怎么样？”

孔子道：“只不过各说各的志愿罢了！”

曾皙问：“老师为什么对仲由微笑呢？”

孔子说：“治国要讲礼让，他的话不谦让，所以笑他。”曾皙说：“冉求讲的就不是国家吗？”孔子说：“怎见得方圆六七十里，或者五六十里，而不算国家呢？”曾皙说：“公西赤讲的就不是国家吗？”孔子说：“有宗庙祭祀，有朝见天子、拜见诸侯，不是诸侯之国是什么呢？公西赤只能做个小赞礼，谁能做大赞礼呢？”

【点评】本文是我国古代伟大的教育家孔子的教学实践活动的现场实录。在三百多字的篇幅里，就写出性格有别、可感可触、栩栩如生的五个不同人物，有很高的文学价值。孔子为了听取四个弟子的从政打算，叫他们能够消除顾虑，畅所欲言，开口就说：“以吾一日长乎尔，毋吾以也。”其实，孔子比弟子最少的也大九岁，这时已是六十以上的老人了，还说得这么谦虚，一个循循善诱的长者形象跃然纸上。子路抢先表态，所说诸事将其心直口快、刚强果决、知难而进、勇挑重担的性格特征，表现得淋漓尽致。

冉有只愿在较小的范围内从政，当他刚刚说出“方六七十”似乎还嫌大，马上又改为“如五六十”，好像地盘越小越好。他那谨慎小心、谦虚退让的情态，也充分展现出来。

公西华长于应对，只想当个小相。小相的等级很低，可是，公西华只说“非曰能之，愿学焉”，益发看出他谦逊的美德，与子路那种锋芒毕露的自信态度，形成了鲜明对比。

鼓瑟不是一般的娱乐，而是一种严肃的学习课题。曾皙在鼓瑟，说明他的学业已趋成熟。当孔子问他时，他“舍瑟而作”。一个“作”字，把孔门弟子

的礼仪活画了出来。《礼记·曲礼上》规定:“侍坐于君子,君子问更端(其他事情),则起而对。”“起而对”是礼仪的普遍要求。文义上下互见,由曾皙之起而回答老师的提问,可以推知其他弟子也必如此。子路等三人不论表现得是否谦逊,无不汲汲于仕途,而曾皙“异乎三子者之撰”,却要另辟蹊径。他那“暮春者……”的理想,是要在礼乐教化上发挥作用,与其他弟子大异其趣。孔子之所以赞成曾皙的想法,和他在政治上到处碰壁之后专心致志于文化教育事业的感情是相通的。

【集说】程子曰:三子皆欲得国而治之,故夫子不取。曾点,狂者也,未必能为圣人之事,而能知夫子之志。故曰“浴乎沂,风乎舞雩,咏而归”,言乐而得其所也。孔子之志,在于老者安之,朋友信之,少者怀之,使万物莫不遂其性。曾点知之,故孔子喟然曰:“吾与点也。”(朱熹《论语集注》引)

四子侍坐,英才济济,孔子勃然动当世之想。子路言之凿凿,夫子色喜,所以连问三子,其急于用世可知矣。点乃狂者。竟以目前对。夫子又动一念,曰:“富强礼乐,反属空言,睹此春光,令人增感!”其用世之心,于此滋戚。所以“喟然”,非关“与点”。点后三子而问,亦疑之也。及夫子说到“为国”上,其不忘当世之心如何?乃犹以求、赤之为邦请也。夫子虽不直言所以,玩其答语,自是了然。何从来说此书者之瞆瞆也。特为拈出,想夫子亦含笑于杏坛之上矣。(李贽《四书评》)

曾点是其中有疑,见得三子尽好,何故不见许于夫子,故独留再问。此不是自喜见许,真以夫子为必薄三子而复问也。盖狂者平日心胸洒落,或不暇于细务,一闻三子之言,未尝不以为实事切务,必不可少。“异撰”之言,仍寓谦退在其间也,正狂者进取,不肯倒却一边处。(何焯《义门读书记》)

孔子曰:“盍各言尔志”,而终于赞成曾点者,就因为其志合于孔子之道的缘故也。(鲁迅《南腔北调集·听说梦》)

(赵光勇)

季氏将伐颛臾章[1]

季氏将伐颛臾[2]。

冉有、季路见于孔子曰[3]："季氏将有事于颛臾[4]。"

孔子曰："求！无乃尔是过与[5]？夫颛臾，昔者先王以为东蒙主[6]，且在邦域之中矣[7]！是社稷之臣也[8]，何以伐为[9]？"

冉有曰："夫子欲之[10]；吾二臣者，皆不欲也。"

孔子曰："求！周任有言曰[11]：'陈力就列[12]，不能者止。'危而不持[13]，颠而不扶[14]，则将焉用彼相矣[15]？且尔言过矣！虎兕出于柙[16]，龟玉毁于椟中[17]，是谁之过与？"

冉有曰："今夫颛臾，固而近于费[18]；今不取，后世必为子孙忧。"

孔子曰："求！君子疾夫舍曰'欲之'而必为之辞[19]。丘也闻：有国有家者[20]，不患贫而患不均[21]，不患寡而患不安[22]。盖均无贫[23]，和无寡，安无倾[24]。夫如是，故远人不服，则修文德以来之[25]。既来之，则安之。今由与求也，相夫子[26]，远人不服而不能来也，邦分崩离析而不能守也[27]，而谋动干戈于邦内。吾恐季孙之忧，不在颛臾，而在萧墙之内也[28]。"

【注释】(1)选自《论语·季氏第十六》。 (2)季氏：指季孙氏，名肥，鲁哀公时正卿，当时最有权势。颛(zhuān)臾：鲁国的附庸小国，故城在今山东费县西北。 (3)冉有：孔子弟子，姓冉名求，字子有。季路：即仲由，字子路，亦孔子弟子。 (4)有事：指军事。 (5)无乃：莫非，表委婉语助词。(6)先王：指周的先王。东蒙：即蒙山，在山东蒙阴县南，接费县界。主：主持祭祀蒙山之事。 (7)邦域之中：指在鲁国境内。 (8)社稷之臣：身系国家安危的重臣。 (9)为：表疑问的语助词。 (10)夫子：指季氏。 (11)周任：古代的优秀史官。 (12)陈：施展。力：才能。就：居。列：位。 (13)持：扶持。 (14)颠：跌倒。 (15)相：助手。 (16)兕(sì)：雌犀牛。柙(xiá)：捕兽之器。 (17)龟玉：龟为龟甲，占卜用；玉为圭璋之属，祭祀天地四方之用。二者皆贵重器物。椟(dú)：柜。 (18)固：城郭完固。费(bì)：季氏私邑，在今山东费县。 (19)疾夫：憎恨那种。舍曰：不说。 (20)家：卿大夫的采邑。 (21)贫：财用匮乏。 (22)寡：人口稀少。 (23)盖：句

首语助词。（24）倾：覆亡。（25）文德：指仁义礼乐一类的政治教育工作。来：归附。（26）相夫子：辅佐季氏。（27）邦分崩离析：鲁国四分五裂。时鲁已被三桓分割。（28）萧墙：屏风，略似后世大门外的照壁。即指宫廷之内。

【今译】季氏将征讨颛臾。

冉有、季路谒见孔子说："季氏准备对颛臾采取军事行动。"

孔子说："求啊！难道不应该责备你吗？颛臾，以前的君王让它主管东蒙山的祭祀，而且还在鲁国的封疆之内，又是社稷重臣，为什么要去征讨呢？"

冉有说："季氏想这么干，我们两个人都不愿意。"

孔子说："求啊！周任有句话说：'能够施展才能方去就位，不行的人便辞去。'遇到危险不去扶持，摔倒了不去搀扶，那么何必要用那个辅助的人呢？你的话是错误的。老虎犀牛从木笼中逃走，龟甲玉圭在木柜里毁坏，这是谁的过错呢？"

冉有说："现在颛臾，城郭坚固，离季氏的费邑很近，现在不来夺占，必为子孙后代的忧患。"

孔子说："求啊！君子痛恨嘴里不说'想要它'，实际却一定另找托词。我也听说过：有国有家的人，不患贫而患不均，不患寡而患不安。这是因为财富平均便没有了贫穷，和睦相处便不觉得人口稀少，社会安定便不会有危亡。如果这样，远方的人不归服，便修治礼乐教化来吸引他们。既来之，则安之。现在由和求辅佐季氏，远方的人不归服不能加以吸引，鲁国分崩离析而不能加以守护，却想谋划在国境之内动用武力。我恐怕季氏的忧虑不是颛臾，而是祸起萧墙！"

【点评】公元前562年，即鲁襄公十一年，季氏与叔孙氏、孟孙氏三分鲁国。公元前537年，即鲁昭公五年，领地重新调整，季氏独占二分之一，成了鲁国最有权势的贵族。可是，他的野心很大，还想把不足五十里的附庸小国——颛臾攫为己有。当时孔子弟子冉有、季路是季氏的管家，直接与谋其事。他们告诉了孔子之后，遭受到孔子的严厉指责。

孔子反对兼并战争，对颛臾尤其不应该，他列举了三条理由：（一）昔者先王以为东蒙主；（二）且在邦域之中；（三）是社稷之臣。所以提出质问说："何以伐为？"但是，孔子并不反对运用和平手段来统一天下。他主张："远人不服，则修文德以来之。既来之，则安之。"就是他的理想蓝图。

文章语言凝练，颇富个性色彩。"不患贫而患不均，不患寡而患不安。盖均无贫，和无寡，安无倾"，"分崩离析"，"吾恐季孙之忧，不在颛臾，而在萧墙之内也"等等，不但词约义丰，饱含哲理，有的还成为千古名言，至今仍具有强大的生命力。在孔子与冉有的相互辩论中，冉有则闪烁其词，对孔子显得又敬又怕，尚带有学生的本色；而孔子则侃侃而谈，条分缕析，引古喻今，说理却带点训斥的味道，与严师的身份很相契合。这些都使各自的个性，跃然纸上。孔子引周任的话，有力地揭露了冉有的遁词，使之在季氏征伐颛臾的军事行动上不得辞其咎；又连用"虎兕出于柙，龟玉毁于椟中"两个比喻，把问题的本质更明晰地表露出来，这不仅增加了文采，给人以形象、生动的感觉，而且深入浅出，增加了说服力，是很值得借鉴的修辞手法。

【集说】孔子曰："不患贫而患不均。"故有所积重则有所空虚矣。大富则骄，大贫则忧。忧则为盗，骄则为暴，此众人之情也。圣人则于众之情，见乱之所从生，故其制人道情，差上下也。使富者足以示贵，而不至于骄；贫者足以养生，而不至于忧。以此为度，而调均之。是以财不匮而上下相安，故易治也。今世弃其度制，而各从其欲，欲无所穷，而欲得自恣，其势无极。大人病不足于上，而小民羸瘠于下，则富者愈贪利而不肯为义，贫者日犯禁而不可得止，是世之所以难治也。（董仲舒《春秋繁露·度制第二十七》）

洪氏曰：二子仕于季氏，凡季氏所欲为，必以告于夫子，则因夫子之言而救止者，宜亦多矣。伐颛臾之事，不见于经传，其以夫子之言而止也与？（朱熹《论语集注》）

两人同来，而夫子只责冉求。知子路之来，亦冉有使之也。盖子路是个直人，不知其中关戾子。夫子则知之。及冉有曰"吾二臣"，有分罪于子路意。夫子到底只是说求，求躲闪不得，无可奈何，只是直陈供状曰："今不取后世必为子孙忧。"此求与季孙之密谋可知矣。夫子于是略及子路，而遂言"季孙之忧，不在颛臾而在萧墙之内。"呜呼！使季孙闻之，不惊魂丧魄也哉！

且将怨冉有不谋萧墙之内而谋颛臾，以为非忠于我矣。夫子真神于变恶者哉！（李贽《四书评》）

通章尤重在责由、求。（何焯《义门读书记》）

（赵光勇）

长沮、桀溺耦而耕章[(1)]

长沮、桀溺耦而耕[(2)]。孔子过之，使子路问津焉[(3)]。

长沮曰："夫执舆者为谁[(4)]？"

子路曰："为孔丘。"

曰："是鲁孔丘与[(5)]？"

曰："是也。"

曰："是知津矣[(6)]。"

问于桀溺。

桀溺曰："子为谁？"

曰："为仲由。"

曰："是鲁孔丘之徒与？"

对曰："然。"

曰："滔滔者[(7)]，天下皆是也，而谁以易之[(8)]？且而与其从辟人之士也[(9)]，岂若从辟世之士哉[(10)]？"耰而不辍[(11)]。

子路行以告，夫子怃然曰[(12)]："鸟兽不可与同群[(13)]，吾非斯人之徒与而谁与[(14)]！天下有道，丘不与易也。"

【注释】(1)选自《论语·微子第十八》。故事在孔子周游列国，离开楚地叶邑（今河南叶县），回到蔡国（今河南新蔡县、上蔡县一带）的途中发生的，时为鲁哀公六年（公元前489），孔子六十四岁。　(2)长沮、桀溺：指代两个隐士，不是真实姓名。耦（ǒu）：两人在一起耕地。　(3)子路：孔子弟子，姓仲，名由，子路是其字。津：渡口。　(4)执舆：在车上手拉马的缰绳。　(5)与：同"欤"，表疑问的助词。　(6)是知津矣：他是知道渡口的。语带讽刺，因孔子周游列国，应该熟知道路。 (7)滔滔：洪水横流，喻世道混乱。 (8)而：汝，你，你们。以：与。谁以：二字倒用，意即与谁。易：变革。 (9)而：你。辟(bì)：同“避”。辟人之士：躲避不重用自己的人，指孔子周游列国，劳而无功。 (10)辟世之士：躲避乱世的人，指长沮、桀溺之类的隐士。 (11)耰(yōu)：农具名，此为动词，即用耰击土覆种。辍(chuò)：停止。 (12)怃然：失望。 (13)与：交往。 (14)斯人：世人。与：参与。

【今译】长沮、桀溺二人在一起耕种，孔子经过那里，让子路去问渡口在哪里。

长沮说：“那个驾车的人是谁？”

子路说：“是孔丘。”

(长沮)说：“是鲁国的孔丘吗？”

(子路)说：“是的。”

(长沮)说：“这个人知道渡口在哪里。”

(子路)去问桀溺。

(桀溺)说：“您是谁？”

(子路)说：“是仲由。”

(桀溺)说：“是鲁国孔丘的门徒吗？”

(子路)回答说：“是。”

(桀溺)说：“大水滔滔，天下都像这样动荡不安，你同谁去变革这种现状呢？你与其跟随不被人重用的人，何如跟随逃避乱世的人呢？”说罢，不停地用土覆盖播下去的种子。

子路离开后告诉了孔子。孔子失望地说：“既然不能同飞禽走兽合群共处，我不跟世人打交道，又跟谁去打交道呢？如果天下太平，我就不会跟你们一道来从事变革了。”

【点评】作者借子路问津所引出的故事，刻画了两种类型的人物：一类以孔子为代表，一类以长沮、桀溺为代表。面对着“滔滔者，天下皆是也”的无处不混乱的社会现实，长沮、桀溺有意加以逃避，躬耕田野，当了隐士，任凭事态发展而不闻不问，还反对他人从事变革现实的斗争。孔子则与之相反，

"笃志好学,守死善道"(《论语·泰伯》),一心"修己以安百姓"'"情施于民而济众"(《论语·宪问》),不怕危险、困难和挫折,带着学生周游列国,到处宣传自己的主张,以求达到"天下有道"的境地。他这种不与鸟兽同群的积极入世态度,为理想而忘我的奉献精神,成为"天下兴亡,匹夫有责"的优良传统的具体组成部分,能够感动一切时代的志士仁人,到今天仍然闪耀光辉。

【集说】程子曰:"圣人不敢有忘天下之心,故其言如此也。"又引张子曰:"圣人之仁,不以无道必天下而弃之也。"(朱熹《四书集注》引)。

真圣人之言。(李贽《四书评》)

夫子于他隐士,未尝自辩,正为桀溺之言有过甚者,故明人之不可避,因见天下之无可易也。子路尝闻浮海之叹而喜,恐其惑于桀溺之言,亦因以喻之。(何焯《义门读书记》)

《论衡·知实》篇谓孔子使子路问津,欲观隐者之操,此或古论家说,然求意太深,反失事实。(刘宝楠《论语正义》)

孔子是极力欲维持理想中的道德的。所以齐陈恒杀其君,孔子三日斋而请伐齐。季氏舞八佾于庭,孔子说道:"是可忍也,孰不可忍也!"当时的人常讥嘲孔子之仆仆道路,而无所成。但孔子则不悲观。"楚狂接舆歌而过孔子曰:'凤兮,凤兮!何德之衰!往者不可谏,来者犹可追。已而已而,今之从政者殆而。'孔子下,欲与之言,趋而避之,不得与之言。长沮、桀溺耦而耕……天下有道,丘不与易也!"(《论语·微子》)这种精神,真足以感动一切时代的人!(郑振铎《插图本中国文学史》)

(赵光勇)

《墨子》

墨子(约公元前478—前392),名翟,鲁国(一说宋国)人,作过宋国大夫。死于楚国。他是先秦重要的思想家,是墨家学派的创始人。《墨子》一书,现存五十五篇,是墨子及其弟子、后学所作。

非攻(上)[1]

今有一人,入人园圃[2],窃其桃李,众闻则非之[3],上为政者得则罚之[4]。此何也?以亏人自利也[5]。至攘人犬豕鸡豚者[6],其不义又甚入人园圃窃桃李。是何故也?以亏人愈多。苟亏人愈多[7],其不仁兹甚[8],罪益厚[9]。至入人栏厩[10],取人马牛者,其不义又甚攘人犬豕鸡豚。此何故也?以其亏人愈多。苟亏人愈多,其不仁兹甚,罪益厚。至杀不辜人也[11],曳其衣裘[12],取戈剑者,其不义又甚入人栏厩取人马牛。此何故也?以其亏人愈多。苟亏人愈多,其不仁兹甚矣,罪益厚。当此,天下之君子皆知而非之,谓之不义。今至大为不义[13],攻国,则弗知非,从而誉之[14],谓

之义。此可谓知义与不义之别乎(15)？

杀一人，谓之不义，必有一死罪矣(16)。若以此说往(17)，杀十人，十重不义(18)，必有十死罪矣；杀百人，百重不义，必有百死罪矣。当此，天下之君子皆知而非之，谓之不义。今至大为不义，攻国，则弗知非，从而誉之，谓之义。情不知其不义也(19)，故书其言以遗后世(20)。若知其不义也，夫奚说书其不义以遗后世哉(21)？

今有人于此，少见黑曰黑，多见黑曰白，则必以此人为不知白黑之辩矣(22)；少尝苦曰苦，多尝苦曰甘，则必以此人为不知甘苦之辩矣。今小为非，则知而非之；大为非攻国，则不知非，从而誉之，谓之义。此可谓知义与不义之辩乎？是以知天下之君子也，辩义与不义之乱也(23)。

【注释】(1)选自《墨子·非攻上》。 (2)园圃：栽种果树的地方叫园，种植蔬菜的地方叫圃。 (3)非：责难。 (4)上：在上位的官员。为政者：执政的人。得：逮住。 (5)亏人：损人。 (6)攘(rǎng)：偷盗。豕：猪。豚(tún)：小猪。 (7)苟：如果。 (8)兹：同“滋”，更加。 (9)益：更。厚：重。 (10)栏：牛圈。厩(jiù)：马棚。 (11)辜：罪。 (12)曳：同“拖”，夺取。裘：皮衣。 (13)为：行。 (14)之：指代攻国不义之事。(15)别：区别。 (16)一：一项。 (17)说往：类推。 (18)重(chóng)：倍。 (19)情：实在。 (20)书：记载。言：指赞美攻国的言论。 (21)奚说：有什么道理。 (22)辩：同“辨”，区别。下句“辩”同此。 (23)乱：混乱，颠倒是非。

【今译】现在一个人，进入别人的园圃，盗取人家的桃李，众人听到就会责难他，上边的执政者逮住他就会惩处。这是为什么呢？是因他损人利己。至于偷盗别人鸡、犬、猪等家畜的人，他的不义行为又超过了进入人家园圃盗取桃李的。这是什么缘故呢？是因他损人更多。如果损人更多，他的不善就更加厉害，罪行就更严重。至于进入人家牛圈马棚夺取人家马牛的人，他的不义行为又超过了偷盗别人的鸡、犬、猪等家畜的。这是什么缘故呢？

是因他损人更多。如果损人更多,他的不善就更厉害,罪行就更严重。至于杀害无辜,抢走人家衣服,夺取人家戈剑的人,他的不义行为,又超过了进入人家牛圈马棚夺取人家马牛的。这是什么缘故呢?是因他损人更多。如果损人更多,他的不善就更厉害,罪行就更严重。面对这些情况,天下的君子都知道责难他们,说是不义行为。今天有人大行不义,攻打别的国家,却不知道是罪恶,反而跟着赞美他,说是仁义行为。这难道可以说是明白义与不义的区别吗?

杀一人,称作不义,必有一项死罪。如果以此说法往下类推,杀十人,就有十倍不义,必有十项死罪;杀百人,就有百倍不义,必有百项死罪。面对这些情况,天下的君子都知道责难他们,说是不义行为。今天有人大行不义,攻打别的国家,却不知道是罪恶,反而跟着赞美他,说是仁义行为。实在是他们不知道那是不义行为,所以把他们称赞攻国的言论记载下来,留给后世。如果他们知道那是不义行为,那还有什么理由把不义行为记载下来留给后世的呢?

现在有人在这里,看到很少一点黑色说是黑的,看到很多黑色说是白的,那就一定以为这个人不知道白和黑的区别;尝到很少一点苦味说是苦的,尝到很多苦味说是甜的,那就一定以为这个人不知道甜和苦的区别了。现在干点小坏事都知道去责难他;干着大坏事去攻取别人的国家,却不知去责难,反而跟着赞美他,说是正义行为。这可以说是知道正义行为和不正义行为的区别吗?因此知道天下的君子,对正义行为和不正义行为的辨白是混乱的。

【点评】在语录体盛行的时代,墨子能在标题上反映出主题,无疑是个进步。

墨子主张非攻,即反对用武力侵略别的国家,以维护社会的安定与和平生活。本文层层剖析,揭露侵略战争是比偷人桃李、霸占人家狗猪鸡鸭、抢夺人家马牛、杀人越货的不义行为更为严重、危害性更大的罪行,理所当然地应该受到反对。这已是理智健全的人的常识问题。可是,有些所谓"君子",却对"至大为不义攻国",不但不加谴责,反而著书立说进行歌颂,颠倒了正义与非正义的界线,给社会舆论制造了极大的混乱,所以墨子写了《非

攻》给予严厉的批判，以期达到扶正祛邪，以正视听的目的。文章语言质朴，爱憎分明，感情强烈。作者运用类推的方法，由此及彼，由小到大，逐步把人引导到认识“至大为不义攻国”的原则高度上来，以达到制止歌颂战争，进而达到反对战争的目的。有比较强的逻辑性和说服力。

【集说】今世之谈也，皆道辩说文辞之言，入主览其文而忘有用。墨子之说，传先王之道，论圣人之言，以宣告人；若辩其辞，则恐人怀其文，忘其用直，以文害用也。……故其言多不辩。（《韩非子·外储说左上》）

从文中可以看出，墨子使用了逻辑的同类相比法，由小偷和盗贼推论到诸侯，认为：小偷、盗贼、诸侯所干的勾当是同类的罪行，都是为了“亏人以自利”。同时如根据墨子再三宣称的“亏人愈多，不仁兹甚，罪益厚”的原则，则任何人都会“类推”出：诸侯是最大的强盗，是最不仁的人，其罪行比强盗大千万倍。显然，这种对封建诸侯和兼并战争的认识不仅是正确的、进步的，而且所使用的类推方法对我国逻辑学的发展有着巨大的贡献。（杨公骥《中国文学》）

《墨子》一书也是弟子所记，故多称“子墨子”。文章质朴，较少文采，但逻辑性很强，善于运用具体的事例进行说理，从具体问题的争论进而为概括性的辩难，这是说理文的一大进展。《兼爱》《非攻》等篇层层推演，由小及大，以此例彼，例如说：“今有一人，入人园圃，窃其桃李。众闻则非之，上为政者得则罚之。此何也？以亏人自利也。”（《非攻》上）以下再从攘人犬豕鸡豚说到攻国，都是亏人自利的事。既是说理，又是譬喻，虽语言质而不华，却极为明白易懂。（游国恩等《中国文学史》）

（赵光勇）

《孙子》

孙武，生卒年月无可考，约与孔子同时代。春秋时兵家。字长卿，齐人，也称孙武子。以兵法求见吴王阖庐，被任为将，西破强楚，北威齐、晋。与吴起都以善用兵知名，并称“孙吴”。《史记》有传。所撰《孙子》，亦称《孙子兵法》、《吴孙子兵法》，总结了春秋末期及其以前的作战经验，揭示了战争的重要规律，为我国古代最早的军事名著，历来被称为“兵经”。并有英、日、俄、德、法、捷等文译本。1972 年山东临沂县（今临沂市）银雀山西汉墓出土《孙子兵法》残简二百余枚，二千三百余字，仅及今本十三篇的三分之一。然其中尚有十三篇以外的《吴问》《四变》等残简。注本以《十一家注孙子》（附郭化若译文）最为详备，有 1962 年中华书局本。

谋　攻[(1)]

孙子曰：凡用兵之法，全国为上[(2)]，破国次之；全军为上，破军次之；全旅为上，破旅次之；全卒为上，破卒次之；全伍为上，破伍次之[(3)]。是故百战百胜，非善之善者也[(4)]；不战而屈人之兵[(5)]，善之善者也。

故上兵伐谋[(6)]，其次伐交，其次伐兵，其下攻城。攻城之法，为不得已。修橹轒辒，具器械[(7)]，三月而后成；距闉[(8)]，又三月而后已。将不胜其忿，而蚁附之[(9)]，杀士三分之一，而城不拔者[(10)]，此攻之灾也。故善用兵者，屈人之兵，而非战也；拔人之城，而非攻也；毁人之国，而非久也，必以全争于天下[(11)]。故兵不顿而利可全[(12)]。此谋攻之法也。

故用兵之法，十则围之[(13)]，五则攻之，倍则分之[(14)]，敌则能战之[(15)]，少则能逃之[(16)]，不若则能避之。故小敌之坚，大敌之擒也[(17)]。

夫将者，国之辅也，辅周则国必强，辅隙则国必弱[(18)]。

故君之所以患于军者三[(19)]：不知军之不可以进，而谓之进[(20)]；不知军之不可以退，而谓之退；是谓縻军[(21)]。不知三军之事，而同三军之政者[(22)]，则军士惑矣；不知三军之权，而同三军之任[(23)]，则军士疑矣。三军既惑且疑，则诸侯之难至矣[(24)]，是谓乱军引胜[(25)]。

故知胜有五：知可以战与不可以战者胜；识众寡之用者胜[(26)]；上下同欲者胜[(27)]；以虞待不虞者胜[(28)]；将能而君不御者胜[(29)]。此五者，知胜之道也。

故曰：知彼知己者，百战不殆[(30)]；不知彼而知己，一胜一负；不知彼不知己，每战必殆。

【注释】(1)选自《宋本十一家注孙子》(中华书局上海编辑所1961年影印本)。《孙子》共十三篇，《谋攻》为第三篇，主要论述以谋胜敌的问题，并强调了“知彼知己，百战不殆”的著名作战规律。　(2)全国：迫使敌国举国完整地降服。　(3)军、旅、卒、伍：古时军队编制。一万二千五百人为军，五百人为旅，一百人为卒，五人为伍。　(4)善之善者：高明中更高明的人。(5)屈：使……屈服。　(6)上兵：最好的战略。伐谋：在谋略上战胜敌人。(7)橹：侦察、攻城用的望楼。轒辒(fén wēn)：掩护士卒攻城的战车，也可用来运土填壕。具：准备。　(8)距闉(yīn)：在城外筑起高于敌城的土山，称为距闉，攻城时用。　(9)将：将帅。蚁附：指士兵攀登城墙，像蚂蚁附壁一样。 (10)杀:伤亡。拔:攻下。 (11)全:指最完善的策略。 (12)顿:通“钝”,这里指军队受挫伤。利可全:获得全胜。 (13)十:有十倍于敌人的兵力。下文“五”、“倍”用法同。 (14)分:设法分散敌人的兵力。(15)敌:匹敌,力量相当。能:智谋,这里指想方设法。下文“能”字用法同。(16)逃:退却。与下文“避”有别,“避”为藏匿以避锋芒。 (17)小敌之坚,大敌之擒:弱军不量力而坚持同强军作战,就会成为强军的俘虏。(18)周:周密。隙:有缺陷。 (19)患:祸害。 (20)谓:命令。 (21)縻(mí):牵制,束缚。 (22)同:参与,干预。政:军内事务。 (23)权:权谋,权变,机宜。任:任用,指挥。 (24)难:灾难,这里指诸侯各国的进攻。(25)乱军引胜:自己扰乱自己的军队,自己去夺自己的胜利。 (26)识众寡之用:懂得根据兵力多少来部署战争。 (27)上下同欲:国内军内上下同心同德。 (28)虞:预料,这里是指有准备。 (29)能:有才能。御:驾驭,这里是牵制的意思。 (30)殆(dài):危险。

【今译】孙子说:所有用兵的法则是,使敌人举国完整地降服是上策,击败敌国是次要的;使敌人全军完整地降服是上策,击败敌人的这个军是次要的;使敌人全旅完整地降服是上策,击败敌人的这个旅是次要的;使敌人全卒完整地降服是上策,击败敌人的这个卒是次要的;使敌人全伍完整地降服是上策,击败敌人的这个伍是次要的。因此,百战百胜不是高明中最高明的;不战而屈人之兵,才是高明中最高明的。

所以,用兵的上策是破坏敌人的战争计划,其次是破坏敌人与其盟国的邦交,再次是攻击敌人的军队,下策是征伐攻城。攻城的办法是不得已才采取的。修造攻城用的大盾牌和攻城用的战车,准备攻城用的器械,三个月才能够完成;修筑攻城用的土垒,又要三个月才能完工。将帅们已经抑制不住自己的愤激,驱使他的军士像蚂蚁般的去爬上敌人的城墙。士兵伤亡三分之一,可城还是攻不下,这就是攻城的灾难。所以善于用兵的人,要使敌人的军队屈服而不用硬打,要夺取敌人的城堡而不用硬攻,要使敌人的国家毁灭而不必花很长时间,一定要用最完善的策略争胜于天下。这样,自己的军队不挫败而获得全胜。这就是以计谋战胜敌人的法则。

所以用兵的法则,有十倍于敌人的优势兵力就包围敌人,有五倍于敌人

的优势兵力就进攻敌人，只有一倍于敌人的兵力就要设法分散敌人，和敌人兵力相当就要设计战胜敌人，兵力比敌人少就要设法退却，实力比敌人弱就要设法避其锋芒。所以，弱小的军队不量力而坚持同强敌作战，就会成为强敌的俘虏。

将帅是国君的助手。将帅辅助得周密，国家一定强盛；辅助有漏洞，国家就会衰败。

所以国君可能危害军队作战的，有三种情况：不了解军队不能够前进，但是强令它前进；不了解军队不能够退却，但是强令它退却；这叫作束缚军队。不懂得军队的内部事务，但是硬要干预军事行政，那么就会引起士兵思想混乱；不懂得军队的各种应变措施，但是硬要干预军队的指挥，那么士兵就会无所适从。全军思想混乱，而又无所适从，各国诸侯就会乘机制造灾祸了。这就叫作扰乱军心，使自己丧失取得胜利的机会。

所以知道如何取胜有五种情况：懂得什么情况下可以打，什么情况下不能打的，一定能胜利；懂得兵多该怎么打，兵少该怎么打的，一定能胜利；全国全军，上下一心的，一定能胜利；自己准备充足，去对付没有充分准备的敌人，一定能胜利；将帅有指挥作战的才能，而国君不去干扰他的，一定能胜利。这五条，是知道如何取胜的方法。

所以说：知己知彼，百战不殆；不知彼而知己，一胜一负；不知己不知彼，每战必殆。

【点评】“不战而屈人之兵”，是孙子最理想的用兵原则，是他战争思想的最高境界，是“善之善者”。唯其如此，便突出强调“谋攻”，认为“上兵伐谋”，把以谋取胜放在优先地位，要采取最完善的策略和作战方针“争于天下”，达到“兵不顿而利可全”的目的。他认为“伐兵”“攻城”为下策，“攻城之法，为不得已”。这些战略、策略思想，固然和当时生产力低下的具体条件有关，但更说明孙子的战争观是积极的和先进的。

“谋攻”不仅是孙子追求的战争的理想境界，而且是指导战争全过程的总方针。战术的选择要用“谋”，战争的指挥者要有“谋”，预见胜负需要“谋”，“知彼知己”更是“谋”。为此，孙子又提出了有关战争的许多具体原则和方法。如根据兵力多少采取具体的作战方法，强国必须有智谋高强、思虑周密的将帅，君主不应随意干预军政事务和军事指挥，国君与将帅之间、军队中上级与下级之间要"同欲"等，这些都是孙子"谋攻"这一战略思想的具体体现。尤其是"知彼知己，百战不殆"这一规律的明确揭示，集中反映了孙子思想的难能可贵，它闪耀着科学真理的光辉，成为指导包括战争在内的多项事业的经典理论和原则之一。

《谋攻》是一篇论述军事理论的文章，行文简练扼要、明快严谨。多用判断句，立论斩钉截铁，毋庸置辩。论述中大量使用排比手法，正反对比，是非分明；又偶用比喻，精当贴切，说理透彻，不仅增强了文章逻辑力量，也使文章的气势充沛，有一定的感染力。

【集说】吾观兵书战策多矣，孙武所著深矣。（曹操《孙子兵法序》）

庙堂之上计算已定，战争之具，粮食之费，悉已用备，可以谋攻，故曰："谋攻"也。（《孙子十家注》引杜牧语）

以我之政料敌之政，以我之将料敌之将，以我之众料敌之众，以我之食料敌之食，以我之地料敌之地，校量已定，优劣短长皆先见之，然后兵起，故有百战百胜也。（同上）

知彼知己者，攻守之谓也。知彼则可以攻，知己则可以守。攻是守之机，守是攻之策，苟能知之，虽百战不殆也。或曰：士会察楚师之不可敌，陈平料刘项之长短。是知彼知己也。（同上引张预语）

（韩唯一）

《老子》

老子(约前570一?),即老聃,姓李名耳,字伯阳,楚国苦县(今河南鹿邑县)人。做过周朝管理藏书的史官,相传孔子曾向他问礼,后退隐。他的学说集中在《老子》中,对中国哲学的发展有重大影响。书分《道经》《德经》共八十一章,五千余字,有汉河上公、魏王弼注本传世。后来该书成为道教经典,称《道德真经》。《史记》有传。

三十六章[(1)]

将欲翕之[(2)],必固张之[(3)];将欲弱之,必固强之;将欲废之,必固兴之;将欲夺之,必固与之[(4)]。是谓微明[(5)]。柔弱胜刚强。鱼不可脱于渊[(6)],国之利器不可以示人[(7)]。

【注释】(1)选自《道德经·道经第三十六章》。亦称"道经·微明第三十六"(四部丛刊宋刊影印本),阐明作战、治国、处事的某些策略,提出"柔弱胜刚强"的观点。 (2)翕(xī):收敛,收缩。 (3)固:暂且。张:使……扩张。 (4)与:给予。 (5)微:微妙。明:聪明。睿智。 (6)脱:离。渊:

深水潭。 (7)利器:锐利的兵器,这里用比喻国家的权力或治国的手段。示:给……看。

【今译】将要收缩它,必须暂且让它扩张;将要削弱它,必须暂且加强它;将要废除它,必须暂且让它兴旺;将要夺取它,必须暂且给予它。这叫作微妙中暗藏的智慧。柔弱能够战胜刚强。鱼不能让它离开水潭,国家的权力(治国的手段)不能够让人知道。

【点评】"柔弱胜刚强"为本章主旨,它揭示了老子一种重要的策略思想,包含着丰富的方法哲理。"张之""强之""兴之""与之",均为暂时,表面上示人以"柔弱";而对方也似乎暂时、表面上表现为"刚强"。但是,万事万物在一定条件下,无不向着自己的对立面转化,我们完全没有必要勉强作为,而应该顺应自然,以求"张"者自"翕"、"强"者自"弱"、"兴"者自"废"、"与"者自"夺",这才是真正的聪明,微妙的智慧,"是谓微明。"这种聪明智慧,建立在对客观事物辩证本质认识的基础之上。

鱼脱渊而入江河湖海,将不可制;"利器"示人而失其权柄,将不可治;于治国、作战、处事均不利,这种聪明智慧也是应该有的。

本章多用排偶短句,用语精练简朴,而意蕴深厚;正反对举,取舍分明;结语"柔弱胜刚强"斩钉截铁,意趣隽永,读此章如读哲理诗。

【集说】张之、强之、兴之、与之之时,已有翕之、弱之、废之、取之之几,伏在其中矣。几虽幽微,而事已显明也。故曰:"是谓微明"。或者以此数句为权谋之术,非也。圣人见造化消息盈虚之运如此,乃知常胜之道,是柔弱也。盖物至于壮则老矣。(范应元《老子道德经古本集注》)

夫张极必歙,与甚必夺,理之必然。所谓"必固"云者,犹言物之将歙,必是本来已张,然后歙者随之。此消息盈虚相因之理也。其机虽甚微隐而理实明者。(董思靖《道德真经集解》)

老子言反者道之动,又谓玄德深矣远矣,与我反矣。其道大抵与世俗之见相反,故借此数者相反之事为譬,而归于柔胜刚、弱胜强之旨。(吴澄《道德真经注》)

此言物势之自然，而人不能察；天下之物，势极则反。譬夫日之将昃，必盛赫；月之将缺，必极盈；灯之将灭，必炽明。斯皆物势之自然也。故固张者，翕之象也；固强者，弱之萌也；固兴者，废之机也；固与者，夺之兆也。天时人事，物理自然，第人所遇而不测识，故曰微明。（释德清《老子道德经解》）

"国之利器，不可以示人。"这是说权势禁令都是凶利之器，不可用来耀示威吓人民。王弼说："示人者，任刑也。"如果统治者只知用严刑峻法来制裁人民，就是利器示人了。这就是"刚强"的表现。而逞强恃暴是不会持久的。（陈鼓应《老子注译及评介》）

（韩唯一）

五十八章[(1)]

其政闷闷[(2)]，其民淳淳[(3)]；其政察察[(4)]，其民缺缺[(5)]。祸兮福之所倚[(6)]，福兮祸之所伏[(7)]。熟知其极[(8)]？其无正也[(9)]？正复为奇[(10)]，善复为妖[(11)]。人之迷，其日固久[(12)]。是以圣人方而不割[(13)]，廉而不刿[(14)]，直而不肆[(15)]，光而不耀。

【注释】(1)选自《道德经·德经第五十八章》。亦称"德经·顺化第五十八"(四部丛刊宋刊影印本)，阐明某些为政的道理，提出"祸福倚伏"、"奇正互变"等重要观点。 (2)闷闷：昧若不明。老子认为政治教化宽大包容，就应该像看东西隐约不明的样子，与下文"察察"相对而言。 (3)淳淳：富厚和睦的样子。 (4)察察：精明认真的样子。 (5)缺缺(jué)：狡诈浇薄的样子。 (6)倚：依靠，这里指福祉产生的原因和依据。 (7)伏：潜伏。 (8)极：究竟。 (9)正：通"准"，准则。(10)奇：古怪，狡诈。 (11)妖：妖异。 (12)固：本来。 (13)方：正直。割：损害。 (14)廉：有棱角，有原则。刿(guì)：伤害。 (15)肆：放纵。

【今译】国家的政治是宽容含混的，它的人民就是淳朴和睦的；国家的政治是严峻分明的，它的人民就是狡诈浇薄的。祸兮福所倚，福兮祸所伏。谁能懂得它的究竟？难道没有准则？正常事会变得古怪，好事情又会变成邪道。人们的迷惑，本来就已经很长久了。因此，圣人正直而不损害别人；有棱角又锋利而不伤害人；直率而不放纵；光亮而不耀眼。

【点评】“其政闷闷”，是老子的政治理想。老子认为“天道无为”，所以在政治上也要求统治者要“简政爱民”。政治上宽容放任、听其自然，老百姓才会有“淳淳”之风，才会过上和睦、安乐的日子。假如“其政察察”，任何事情都认得真，法严刑苛，统治者一味追求有所作为，有政绩，那么，老百姓也会变得“缺缺”，狡诈浇薄，反倒于统治者有害。

“祸福相倚伏”，“正复为奇，善复为妖”是在讲为政的哲学根据，同时也揭示了“祸”与“福”、“正”与“奇”之间发展变化的辩证规律，而成为千古警句。

最后，一般“人”与“圣人”对举，说一般“人”迷惑已久，不懂得这些道理；而“圣人”却与人无争、与世无争，端方正直、有棱有角，既不伤害人，也不炫耀自己，进入了清静无为的理想境界。

本章主旨明确，用语简练警策。除通篇用排偶句外，又用反问和重叠词语，不仅对比鲜明，而且表意畅达、发人深思。

【集说】“方”，如物之方，四隅有棱，其棱皆如刀刃之能伤害人，故曰：“割”。人之方者，无旋转，其遇事触物，必有所伤害。圣人则不割。（吴澄《道德真经注》）

“其无正”，“正”读为“定”，言其无定也。《玉篇》：“正，长也，定也。”此作“定”解。言祸福倚伏，孰知其极？其无定，即莫知其所归也。（朱谦之《老子校释》）

老子认为对立面既然互相转化，因此就很难确定哪一方是正，哪一方是负。这样的“其无正”的思想，就为相对主义开了一个大门。后来庄子即由此落入相对主义。（冯友兰《中国哲学史新编》）

老子至少已经知道矛盾统一的规律，相反的东西是可以相成的，……同时他又知道相反的东西可以互相转化，例如：“美”可以转成“恶”，“善”可以转成“不善”。因为每件事物中，都包含有否定本身的因素，例如：“祸”是“福

之所倚”,“福”是“祸之所伏”;相反相成,变化发展,所以说“熟知其极”。“正”可以变成“奇”,“善”可以变成“妖”。这种观察事物的辩证方法,是老子哲学上的最大成就。(童书业《先秦七子思想研究》)

祸福之相因,很容易使我们联想起塞翁失马、焉知非福的故事。老子提示我们观察事物……使我们能超拔于现实环境的局限,使我们不致为眼前的困境所陷住,也使我们不致为当下的心境所执迷。(陈鼓应《老子注译及评介》)

(韩唯一)

《孟子》

孟子(约前372—前289)。战国时著名的思想家、政治家、教育家。名轲,字子舆。邹(今山东邹城市东南)人。受业于子思的门人。历游齐、宋、魏、滕等国,一度曾任齐宣王客卿。因他的主张不被纳采,辞职回家和弟子万章等人一起著书立说。提出“君轻民贵”“行仁政”等主张。同时他还提出了“劳心者治人,劳力者治于人”等一系列唯心主义观点,在儒家哲学中形成一个唯心主义的理论体系,对后来宋儒产生了很大的影响。被认为是孔子学说的继承人,具有“亚圣”之称。有《孟子》一书传世。

齐桓、晋文之事章[1]

齐宣王问曰[2]:“齐桓、晋文之事[3],可得闻乎?”

孟子对曰:“仲尼之徒,无道桓、文之事者,是以后世无传焉,臣未之闻也。无以[4],则王乎!”

曰:“德何如则可以王矣?”

曰:“保民而王,[5],莫之能御也。”

曰："若寡人者，可以保民乎哉？"

曰："可"。

曰："何由知吾可也？"

曰："臣闻之胡龁曰[6]：王坐于堂上，有牵牛而过堂下者，王见之，曰：'牛何之[7]？'对曰：'将以衅钟[8]。'王曰：'舍之[9]！吾不忍其觳觫[10]，若无罪而就死地。'对曰：'然则废衅钟欤？'曰：'何可废也，以羊易之。'不识有诸[11]？"

曰："有之。"

曰："是心足以王矣！百姓皆以王为爱也[12]，臣固知王之不忍也。"

王曰："然。诚有百姓者。齐国虽褊小[13]，吾何爱一牛！即不忍其觳觫，若无罪而就死地，故以羊易之也。"

曰："王无异于百姓之以王为爱也[14]。以小易大，彼恶知之！王若隐其无罪而就死地[15]，则牛羊何择焉？"

王笑曰："是诚何心哉？我非爱其财，而易之以羊也，宜乎百姓之谓我爱也。"

曰："无伤也。是乃仁术也，见牛未见羊也。君子之于禽兽也，见其生不忍见其死；闻其声不忍食其肉。是以君子远庖厨也[16]。"

王说，[17]曰："诗云[18]：'他人有心，予忖度之[19]。'夫子之谓也。夫我乃行之，反而求之，不得吾心；夫子言之，于我心有戚戚焉。此心之所以合于王者，何也？"

曰："有复于王者曰：吾力足以举百钧[20]，而不足以举一羽；明足以察秋毫之末[21]，而不见舆薪。则王许之乎[22]？"

曰："否！"

"今恩足以及禽兽[23]，而功不至于百姓者，独何与？然则一羽之不举，为不用力焉；舆薪之不见，为不用明焉；百姓之不见保，为不用恩焉。故王之不王，不为也，非不能也。"

曰："不为者与不能者之形，何以异？"

曰:“挟太山以超北海[24],语人曰:‘我不能。’是诚不能也。为长者折枝[25],语人曰:‘我不能。’是不为也,非不能也。故王之不王,非挟太山以超北海之类也;王之不王,是折枝之类也。

“老吾老以及人之老,幼吾幼以及人之幼。天下可运于掌[26]。诗云:‘刑于寡妻[27],至于兄弟,以御于家邦。’言举斯心加诸彼而已。故推恩足以保四海,不推恩无以保妻子。古之人所以大过人者,无他焉,善推其所为而已矣!今恩足以及禽兽,而功不至于百姓者,独何与?权,然后知轻重;度[28],然后知长短。物皆然,心为甚。王请度之。抑[29]王兴甲兵,危士臣,构怨于诸侯,然后快于心欤?”

王曰:“否,吾何快于是?将以求吾所大欲也。”

曰:“王之所大欲,可得闻与?”

王笑而不言。

曰:“为肥甘不足于口与?轻暖不足于体与?抑为采色不足视于目与[30]?声音不足听于耳与?便嬖不足使令于前欤[31]?王之诸臣,皆足以供之,而王岂为是哉?”

曰:“否。吾不为是也。”

曰:“然则王之所大欲可知已:欲辟土地[32],朝秦楚[33],莅中国而抚四夷也[34]。以若所为,求若所欲[35],犹缘木而求鱼也。”

王曰:“若是其甚与?”

曰:“殆有甚焉[36]。缘木求鱼,虽不得鱼,无后灾。以若所为,求若所欲,尽心力而为之,后必有灾。”

曰:“可得闻与?”

曰:“邹人与楚人战[37],则王以为孰胜?”

曰:“楚人胜。”

曰:“然则小固不可以敌大,寡固不可以敌众,弱固不可以敌强。海内之地,方千里者九,齐集有其一。以一服八,何以异于邹敌楚哉?盖亦反其本矣[38]。今王发政施仁,使天下仕者皆欲立于

王之朝，耕者皆欲耕于王之野，商贾皆欲藏于王之市，行旅皆欲出于王之途，天下之欲疾其君者，皆欲赴愬于王(39)。其若是，孰能御之？”

王曰：“吾惛(40)，不能进于是矣，愿夫子辅吾志，明以教我。我虽不敏，请尝试之！”

曰：“无恒产而有恒心者，惟士为能。若民(41)，则无恒产(42)，因无恒心。苟无恒心，放辟邪侈，无不为已。及陷于罪，然后从而刑之，是罔民也(43)。焉有仁人在位，罔民而可为也？是故明君制民之产，必使仰足以事父母，俯足以畜妻子，乐岁终身饱，凶年免于死亡。然后驱而之善，故民之从之也轻(44)。今也制民之产(45)，仰不足以事父母，俯不足以畜妻子，乐岁终身苦，凶年不免于死亡。此惟救死而恐不赡(46)，奚暇治礼义哉(47)？王欲行之，则盍反其本矣(48)。五亩之宅，树之以桑，五十者可以衣帛矣；鸡豚狗彘之畜，无失其时，七十者可以食肉矣；百亩之田，勿夺其时，八口之家可以无饥矣；谨庠序之教(49)，申之以孝悌之义，颁白者不负戴于道路矣。老者衣帛食肉，黎民不饥不寒，然而不王者，未之有也。”

【注释】(1)选自《孟子·梁惠王上》。 (2)齐宣王：威王之子，名辟疆。 (3)齐桓、晋文：齐桓公名小白，晋文公名重耳，在春秋时期先后称霸诸侯，为“五霸”之首。 (4)以：同“已”。“无以”犹言“不得已”。 (5)保：安也。 (6)胡龁(hé)：人名。 (7)之：动词，往，去。 (8)衅(xìn)钟：是古代一种礼节仪式，当国家的一件新的重要器物以至宗庙开始使用的时候，都要宰杀一种家畜来祭它。 (9)舍：丢开、放掉。 (10)觳觫(hú sù)：因恐惧而颤抖。 (11)诸：“之乎”的合音。 (12)爱：吝啬之意。 (13)褊小：土地狭小。 (14)异：动词，奇怪，疑怪。 (15)隐：哀痛，可怜。 (16)君子远庖厨：君子，古代有时指有德行的人，有时指有地位官职的人，此处二解均可。远：作动词用，使他离远的意思。 (17)说：同“悦”，高兴，喜欢。 (18)诗云：诗句见于《诗经·小雅·巧言》篇。 (19)忖度(cǔn duò)：推测，揣想。 (20)钧：30斤为一钧。 (21)秋毫之末：指极细微的东西。

(22)许:听信。 (23)“今”字前省去“曰”字,便是表示孟子的话是紧接宣王的话来说的。 (24)太山:即泰山。北海:即渤海。 (25)折枝:有三种解释:折取树枝,按摩或指弯腰行礼。 (26)天下可运于掌:把天下运转在手掌上,表示治理天下很容易。 (27)刑于寡妻:“刑”同“型”,犹言示范。寡妻,嫡妻。 (28)权:秤锤。度:丈尺。此处均作动词用,指称和量。(29)抑:选择连词,相当于“还是”。 (30)采色:就是“彩色”。 (31)便嬖:(pián pì),在王左右受到宠幸者。 (32)辟:开辟。 (33)朝:使动用法,使其朝觐。 (34)莅(lì):临。 (35)若:强此。 (36)殆:副词,表示不肯定。同于“大概”,“可能”等。有:同“又”。 (37)邹:国名,即邾国。今山东邹城市东南。楚:春秋战国时的大国。 (38)盖:同“盍”。“何不’’的合音。 (39)愬:同“诉”。 (40)惛:同“昏”。 (41)若:转折连词,“至于”之意。 (42)则:假设连词,假若。 (43)罔:同“网”,此处用作动词,即张网捕捉,陷害之意。 (44)轻:轻易,容易。 (45)制:订立制度。(46)赡(shàn):此处意为足够。 (47)奚:何。 (48)盍:“何不”的合音。(49)谨:重视。庠(xiáng)序:古代学校名称,周代叫庠,殷代叫序。

【今译】齐宣王问孟子道:“齐桓公、晋文公称霸的事迹,您可以讲给我听吗?”

孟子回答说:“仲尼的学生,没有谈过齐桓公、晋文公的事迹,所以没有流传后世,臣不曾听到过。大王如果一定要臣说,就讲讲用道德的力量统一天下的‘王’道吧!”

(宣王)问道:“道德如何就可以‘王’天下呢?”

(孟子)说:“使百姓生活安定,可以‘王’ 天下,这是不能阻挡的。”

(宣王)说:“像寡人,可以使百姓生活安定吗?”

(孟子)说:“可以。”

(宣王)说:“根据什么知道我可以呢?”

(孟子)说:“我听胡龁说:大王坐在大殿上,有个人牵着牛从殿下走过,大王看见了,问道:‘牵着牛往哪里去?’那人回答说:‘要杀它祭钟。’大王说:‘放了它!我不忍心看见它恐惧的样子,它无罪过而要被杀死。’那人回答说:‘那是不是就废除祭钟的仪式呢?’大王答道:‘怎么可以废除呢?用羊来

代替吧!'不知是否有此事?"

(宣王)说:"有的。"

(孟子)说:"凭这样的心足以'王'天下了。老百姓都以为大王吝啬,我知道大王这是不忍心。"

宣王说:"对呀。确实有这样的百姓。齐国虽然土地褊狭,但我为什么要吝啬一头牛呀!的确是不忍心看见它恐惧的样子,它无罪过而要被杀死,所以用羊来代替呵!"

(孟子)说:"大王不必奇怪百姓说大王吝啬。(羊小牛大,)以小易大,他们哪能知道大王的心意呢!大王如果可怜牛无罪过而要被杀死,那么牛和羊有什么区别呢?"

宣王笑着说:"这确实是何心理?我不是吝惜钱财而用羊换牛的。(经您这一说)百姓说我吝啬是理所当然的了。"

(孟子)说:"这没有什么妨害。这就是实现仁者之政的方法,大王亲眼看见了那只牛,没有亲眼看见那只羊。君子对于飞禽走兽,看见它们活着,便不忍心再看到它们死去;听到它们悲鸣哀号,便不忍心再吃它们的肉。君子把厨房设在远离自己的地方,正是这个道理。"

宣王很高兴,说:"有诗云:'别人存啥心,我能揣测到。'您就像说的这样。我只是这样做了,反过来问自己(为什么要这样做),却说不出所以然来。您这么一说,我的心便豁然明亮了。这种心情之所以合于王道,为什么呢?"

(孟子)说:"假定有一个人向大王报告:'我的臂力足以举起三千斤,而不足以举起一根羽毛;眼睛足以明察秋毫,却瞧不见一车木柴。'大王相信这种话吗?"

(宣王)说:"不信。"

(孟子马上说):"如今大王的恩典足以惠及禽兽,却不能使百姓得到好处,难道有什么原因吗?这样看来,举不起一根羽毛,只是不肯用力;瞧不见一车木柴,只是不肯用眼睛;老百姓得不到安定的生活,只是不肯施恩。所以大王没有称王天下,只是不肯干,而不是不能干。"

(宣王)说:"不肯干和不能干的表现,有什么不同呢?"

(孟子)说:"挟泰山以超北海,告诉别人说:'我办不到。'这是真的不能。

为长者折取树枝，告诉别人说：‘我办不到。’这是不肯干，不是不能干。所以大王没有称王天下，不是属于挟泰山以超北海那一类；大王没有称王天下，是属于折取树枝一类的。

“老吾老以及人之老，幼吾幼以及人之幼。如此可运筹天下于手掌之中。《诗经》上说：‘先给妻子做出榜样，再推广到兄弟，进而再治理封邑和国家。’这就是说，把这样的好心好意扩大到其他方面去就行了。所以把恩惠推广开去，便足以安定天下；不推恩则连妻子儿女都保护不了。古代的圣贤之所以大大地超越于一般的人，没有别的诀窍，只是善于推行他们的好行为罢了。如今大王的恩典足以惠及禽兽，却不能使百姓得到好处，难道有什么原因吗？权衡，然后知轻重；度量，然后知长短。万物皆如此，人心更需要如此。大王请考虑一下。难道说，动员全国军队，使将士们冒着生命的危险，去和别的国家构怨结仇，才能使您的心里痛快吗？”

宣王说：“不，我为什么要这样做才痛快呢？不过是为了满足我的最大欲望啊！”

（孟子）说：“大王的最大欲望，能说给我听吗？”

宣王笑而不言。

（孟子）说：“是为了肥美的食物不够吃吗？轻暖的衣服不够穿吗？或者，是为了艳丽的色彩不够看吗？美妙的音乐不够听吗？亲近之臣不够使唤吗？这些，大王的诸位近臣都会供给，大王难道是为了这些吗？”

（宣王）说：“不，我不是为了这些。”

（孟子）说：“那么，大王的最大欲望可以知道了：想要开辟疆土，使秦、楚等国都来朝贡，君临天下而安抚四方外族。不过，以这样的做法想满足这样的欲望，好像缘木求鱼。”

宣王说：“果然是这么严重吗？”

（孟子）说：“大概比这更严重呢！缘木求鱼，虽然得不到鱼，却无后患。以这样的做法想满足这样的欲望，费尽心力去干，必然后患无穷。”

（宣王）说：“能说给我听吗？”

（孟子）说：“邹国和楚国作战，那么大王认为谁能获胜？”

（宣王）说：“楚国胜。”

（孟子）说：“既然这样，那么小不可敌大，寡不可敌众，弱不可敌强。中

国的土地方圆九千里，齐国全部土地不过占其一。以一去征服八，这和邹国跟楚国为敌有什么分别呢？为什么不从根本上着手呢？大王从现在起改革政治，施行仁德，便会使天下士大夫都想到齐国来做官，庄稼人都想到齐国来种田，商人都想到齐国来做买卖，来往的旅客都想取道齐国，各国痛恨本国君主的人们都想到您这里来控诉。果然如此，谁能抵挡得住呢？"

宣王说："我头脑昏乱了，不能再进一步地理解您的理论，希望您辅佐我实现志愿，明明白白地教导我。我虽然不聪慧，也请尝试一下。"

（孟子）说："没有恒产而有恒心，只有士人才能够做到。若是普通民众，没有恒产，因此就没有恒心。如果没有恒心，就会行为放荡，胡作非为，违法乱纪，什么都能干得出来。等到犯了罪，然后处以刑罚，这是陷害人民。哪有仁爱的人坐了王位却做陷害百姓的事情呢？所以英明的君主规定人们的产业，一定要使他上足以赡养父母，下足以养育妻儿，丰年时全年吃饱，荒年时不会饿死。然后驱使善行，因此百姓也就容易听从了。现在也规定人们的产业，上不足以赡养父母，下不足以养育妻儿，丰年时全年贫苦，荒年时就会饿死。这样，救死都唯恐来不及，哪有闲暇学习礼仪呢？大王如果要施仁政，为什么不从根本上着手呢？五亩地的宅院，种植着桑树，五十岁的人可以穿丝绸了；鸡狗猪类的家畜，不失时机地养殖，七十岁的人可以吃肉了；百亩之田，不要夺占农时，八口之家可以免除饥饿；重视学校教育，反复地用孝顺父母、敬爱兄长的道理来开导他们，那么，须发花白的人就不用头顶背负着物件在路上行走了。老者穿丝吃肉，黎民不饥不寒，这样还不能称王天下，那是从来没有的。"

【点评】孟子与齐宣王这段对话的核心在于阐发他的"仁政"主张。孟子告诫为政者，只有广施仁义，才能征服天下，只有对百姓既教且养，才能广得民心，立于不败之地。整段对话气势充沛，感情强烈，笔带锋芒，富于鼓动性。且欲擒故纵，步步为营，层层深入，将论敌逼迫就范。尤其是孟子问齐宣王之所大欲的那段话，铺张扬厉，几乎和纵横策士抵掌而谈的风趣相仿。对话中常用譬喻来陈事说理，辩论是非，既能吸引人们的注意，又加强了说服力。例如"挟太山以超北海"和"为长者折枝"等比喻，生动深刻，既富形象性，又有极强的感染力。

【**集说**】此章言人君当黜霸功，行王道。而王道之要，不过推其不忍之心，以行不忍之政而已。齐王非无此心，而夺于功利之私，不能扩充以行仁政。虽以孟子反复晓告，精切如此，而蔽固已深，终不能悟，是可叹也。（朱熹《孟子集注》）

孟子经济，只是教养二大端。在当时可以行之者，独有齐、魏二大国。然魏王根气大是骄浮，故老孟每每拦截之。独于齐王反复接引，亦只为齐王老实耳。看他此处问答，何等老实。圣主，圣主！（李贽《四书评》）

庠序皆乡学。教之树、畜以养其老，便是孝悌根本。庠序之教又所以申之也。"申"字合如此解，则并下"不负戴"句皆一串矣。盖此章虽与《齐宣是心足王章》皆令举王政，而此章对上移民移粟，自谓尽心言之，尤重在养一边。（何焯《义门读书记》）

"王"字一章主脑。（赵大浣《增补苏批孟子》）

"保民"二字一章纲领。（同上）

"不忍"二字一章骨子，孟子只拿定齐王"吾不忍其觳觫"一句，以下反反复复开出无数诘问。（同上）

（李立炜）

王顾左右而言他章[1]

孟子谓齐宣王曰："王之臣，有托其妻子于其友而之楚游者[2]，比其反也[3]，则冻馁其妻子，则如之何？"

王曰："弃之[4]。"

曰："士师不能治士[5]，则如之何？"

王曰："已之[6]。"

曰："四境之内不治[7]，则如之何？"王顾左右而言他。

【**注释**】(1)选自《孟子·梁惠王下》。顾：回头看。 (2)托：托付。之：往。 (3)比：及。反：同"返"。 (4)弃：抛弃，弃绝。 (5)士师：法官。治士：指办案。一说为管理部属。 (6)已：停止，罢免。 (7)四境之内：指国内。

【今译】孟子问齐宣王说;"大王有个臣子,把妻子儿女托付给他的朋友,然后去楚国游历。等他回来的时候,其妻子儿女都在受冻挨饿,该怎么办?"

齐宣王说:"抛弃他!",

(孟子)说:"法官不能办案,该怎么办?"

齐宣王说:"罢免他!"

(孟子)说:"国内没有治理好,该怎么办?"齐宣王顾盼左右,谈起别的事来。

【点评】这是一段简短而精彩的论辩文字。孟子为启发齐宣王反省图治,巧设圈套。先问朋友不尽其责当如何对待,继问官吏不称其职该怎样处理,对方不明其意图,自然以弃绝、罢免作答,这便于不知不觉中引人入彀了,然后再顺水推舟,直奔主题,诘问国家没治理好,意即人君不称其位该怎么办,像一把利刃直刺统治者心窝,搞得齐宣王无言以答,现出"顾左右而言他"的尴尬狼狈相。在这里,孟子采用反问和譬喻的方法,由远而近,层层深入,步步进逼,依靠雄辩的逻辑力量,稳操胜券,不仅征服对方,而且使之陷入自我否定的矛盾推论中,完全丧失还击之力,这就足以体现孟子之善辩和论辩艺术之高超。行文语气由缓趋急,口吻逼真,语言干脆利落,简洁生动。尤其"王顾左右而言他"一句,既活画出齐宣王之窘态,又见出其欲推卸责任、转嫁危机之微妙心理,十分耐人寻味。

【集说】此孟子讽齐王尽为治之道,而见其不足以有为也。先设两问以引起末节,友道不尽则弃,是原情,臣道不尽则已,是议治,即此是四境不治断案,要摹写出有心之问、无心之答一段情景出来。乃"弃之""已之",明于责人,四境不治,昧于责己,特记顾左右言他一句,以见其不足以有为,冷语便住,多少惋惜神情。(史可亭《孟子讲义》)

"四境之内不治",其意全在攻击王身却不直截说破方合。(汪份《孟子集注大全》)

(刘生良)

天时不如地利，地利不如人和章[1]

孟子曰："天时不如地利，地利不如人和。三里之城[2]，七里之郭[3]，环而攻之而不胜[4]。夫环而攻之，必有得天时者矣；然而不胜者，是天时不如地利也。城非不高也，池非不深也[5]，兵革非不坚利也[6]，米粟非不多也，委而去之[7]，是地利不如人和也。故曰：域民不以封疆之界[8]，固国不以山溪之险[9]，威天下不以兵革之利[10]。得道者多助，失道者寡助。寡助之至[11]，亲戚畔之[12]；多助之至，天下顺之[13]。以天下之所顺[14]，攻亲戚之所畔[15]，故君子有不战，战必胜矣。"

【注释】(1)选自《孟子·公孙丑下》。天时：指适宜于作战的时日、时机等。地利：指有利于作战的地形、城池等。人和：指深得人心，团结一致。(2)三里之城：周围三里的城，指小城。 (3)郭：外城。七里喻郭小。(4)环：围。 (5)池：护城河。 (6)兵：武器。革：甲衣。 (7)委：丢弃。 (8)域：居住。封疆之界：划定的边界。 (9)固：巩固。 (10)威：威服。 (11)之至：达到极点。 (12)亲戚：古代指父母兄弟等亲属，东汉以后才用于婚姻关系的人们。畔：同叛。 (13)顺：服从。 (14)天下之所顺：指得道而多助者。 (15)亲戚之所畔：指失道而寡助者。

【今译】孟子说："天时不如地利，地利不如人和。周长三里的内城、周长七里的外郭，四面围攻而不能取胜。四面围攻，一定有合乎天时的战机，然而不能取胜，这就是天时不如地利。城墙不是不高，护城河不是不深，兵器和甲胄不是不坚固锋利，粮食不是不多，然而弃城离开，这就是地利不如人和。所以说，人民的居住地不必用划定的疆界，巩固国防不必靠山川的险要，威服天下不必凭兵器和甲胄的坚固锋利。得道者多助，失道者寡助。帮助的人少到极点时，连亲戚都背叛他；帮助的人多到极点时，天下人都顺从他。以天下都顺从的人去攻打亲戚都背叛的人，所以君子不战则已，战则必胜。"

【点评】这是孟子关于战略思想的一篇短论,阐述了“人和”即人心向背是决定战争胜负的关键。作者开篇即用三进级的阶进法和否定式的连环句提出其精辟论点:“天时不如地利,地利不如人和”。接着从攻者、守者的不同角度逐层设例加以论证,用垫高法论述了人和的至关重要和无与伦比。然后推论到如何实现人和,进而引申出“得道者多助,失道者寡助”这一著名论断。所谓“得道”云云,固然有宣扬其仁政思想的一面,但它和“天时——地利——人和”的论断一样,仍不失为卓绝千古的至理名言。文章观点精辟,逻辑严密,论证精深,行文大起大落,气势非凡,加上排散结合的句式,铿锵顿挫的音节,自然明畅的语言,读来琅琅上口,有很强的节奏感和音乐美,从而深得历代读者喜爱,成为脍炙人口的名篇。

【集说】曰“不如”,特较其缓急耳。若谓“天时”“地利”可尽捐而不用,又为儒者之言矣。(李贽《四书评》)

此章言用兵在得人心,得人心在得道,得道以得人心,则地利之险,人为之守,天时之善,人为之乘。先王之守国家,用天下,本末具举如此,固以得道得人心为本,而亦不废天时地利之末。孟子见当时用兵者惟以天时地利为务,而不知以得道得人心为本,故发此论。(汪份《孟子集注大全》引陈氏语)

起处总提,下面分应,孟文多用此法。然此篇提处以天时陪地利,以地利陪人和,用联递法,注重人和,故二节三节申应之后,末二节又畅言人和之无敌,与他处总提分应之法又变。次节言天时处用虚宕之笔,三节言地利处用实排之笔。“得道多助”二句从正面说到反面,“寡助之至”二句从反面转还正面,此四句犹反正对举,“以天下”二句则以正面串反面,作一层看,其转接灵紧处,妙用顶针句法。(赵大浣《增补苏批孟子》)

(刘生良)

鱼我所欲也章[1]

孟子曰:“鱼,我所欲也。熊掌[2],亦我所欲也。二者不可得兼，舍鱼而取熊掌者也。生，亦我所欲也。义，亦我所欲也。二者不可得兼，舍生而取义者也。生亦我所欲，所欲有甚于生者，故不为苟得也[(3)]；死亦我所恶，所恶有甚于死者，故患有所不辟也[(4)]。如使人之所欲莫甚于生，则凡可以得生者，何不用也[(5)]？使人之所恶莫甚于死者，则凡可以辟患者，何不为也？由是则生，而有不用也；由是则可以辟患，而有不为也[(6)]。是故所欲有甚于生者，所恶有甚于死者。非独贤者有是心也，人皆有之，贤者能勿丧耳。一箪食[(7)]，一豆羹[(8)]，得之则生，弗得则死；呼尔而与之[(9)]，行道之人勿受[(10)]；蹴尔而与之[(11)]，乞人不屑也[(12)]。

"万钟则不辨礼义而受之[(13)]，万钟与我何加焉[(14)]？为宫室之美、妻妾之奉，所识穷乏者得我与[(15)]？乡为身死而不受[(16)]，今为宫室之美为之；乡为身死而不受，今为妻妾之奉为之；乡为身死而不受，今为所识穷乏者得我而为之。是亦不可以已乎[(17)]！此之谓失其本心[(18)]。"

【注释】(1)选自《孟子·告子上》。 (2)熊掌：熊的脚掌，是一种珍贵的食品。 (3)苟得：苟且获得，此处指生存。 (4)患：指祸患；辟：同"避"。 (5)何不用也：哪种手段不能用呢？指不择手段。 (6)"由是"四句：意思说，事实上有这样的情况：有时通过某种方法可以保全生命，然而人们却不愿采用这种方法；通过某种行动可以逃避患难，人们却不愿采取这种行为。 (7)箪(dān)：盛食物的竹器。 (8)豆：古代盛肉或羹的木器。 (9)呼尔：轻蔑或粗暴地呼喝。 (10)行道之人：过路的人。 (11)蹴(cù)：践踏。 (12)屑：洁。不屑，不以为洁，即不愿接受。 (13)万钟：指优厚的俸禄。 (14)何加：有什么益处？ (15)得：同"德"，感激。 (16)乡：同"向"，向来；身死，指"一箪食"以下八句所言。 (17)已：止，罢休。 (18)本心：指羞恶之心。

【今译】孟子说："鱼，是我想要的。熊掌，也是我想要的。两者不能兼得，舍弃鱼而要熊掌。生命，是我想要的。义，也是我想要的。两者不能兼

得，舍生取义。生命当然是我所想要的，但是还有比生命更为我所想要的，所以我不会苟且偷生。死亡当然是我所厌恶的，但是还有比死亡更为我所厌恶的，所以有的祸害我并不逃避。如果人们所想要的没有超过生命的，那么，一切可以求得生存的方法，为什么不去使用呢？如果人们所厌恶的没有超过死亡的，那么，一切可以避免祸害的事情，为什么不去做呢？由此可以生存，却不去做；由此可以避免祸害，却不去干。这是因为，还有比生命更令人珍爱的东西，还有比死亡更让人厌恶的东西。此心并非贤人独有，人人皆有之，贤人能够保持罢了。一筐饭，一盘汤，得到则生，得不到则死。但吆喝着给他，就是过路的饥汉都不会接受；脚踏过再给他，乞丐也不屑一顾。

“优厚的俸禄，不问合不合于礼义，就接受了。优厚的俸禄对我有什么好处呢？是为了住宅的华丽、妻妾的侍奉，所认识的穷苦人对我的感激吗？过去宁肯死亡而不接受的，今天却为住宅的华丽而去做了；过去宁肯死亡而不接受的，今天却为妻妾的侍奉而去做了；过去宁肯死亡而不接受的，今天却为得到所认识的穷苦人对我的感激而去做了，这些不也可以停止了么？这便叫作丧失了人的本性。”

【点评】本文对古代圣贤所追求的人格美做了具体透辟的论述。在孟子看来，人之所以异于禽兽的地方，在于人有社会的责任感、道德感和羞耻心，并且把它看得比个体生存的欲望更高，具有欲望满足所不能比拟的价值。如果人失去了社会的责任感，只知道追求欲望的满足，那就如同禽兽一样了。这个比一切欲望甚至生命更有价值的东西，在孟子看来就是仁义，其实这也就是古代的人道主义精神。在阐发这一精神时，孟子把一个极其抽象而深奥的问题，用浅近、形象的比喻引发出来，并借此加以论述，归结为“舍生取义”这振聋发聩的主题，起到了化难为易、打动人心的作用。这是孟子最高的人生理想。全文感情充沛，慷慨激昂，语气斩截，说理透辟，所谓“浩然之气”，于此可见。

【集说】此章言羞恶之心，人所固有。或能决死生于危迫之际，而不免计丰约于宴安之时，是以君子不可顷刻而不省察于斯焉。（朱熹《孟子集注》）

世间竟有此等文字，大奇，大奇！全是元气磅礴。此等文字，都从浩然

气中流出，文人哪得有此！读此样文字，而犹失其本心者，非夫也，乞人不若矣！吾当为之痛哭百千万场。（李贽《四书评》）

义非外至，乃所欲有之，所恶有之，盖本心也。是故从其甚者耳。此处是精义事。（何焯《义门读书记》）

此章以“本心”二字为主。上六节言人有本心，末二节伤人失本心。舍生取义乃人之本心，本心不昧，则此身且非我有，何况身外物乎？勘得生死富贵关破，便为匆丧之资。（汪份《孟子集注大全》引《四书脉》语）

（李立炜）

舜发于畎亩之中章[1]

孟子曰：“舜发于畎亩之中，傅说举于版筑之间[2]，胶鬲举于鱼盐之中[3]，管夷吾举于士[4]，孙叔敖举于海[5]，百里奚举于市[6]。故天将降大任于斯人也[7]，必先苦其心志，劳其筋骨，饿其体肤，空乏其身[8]，行拂乱其所为[9]，所以动心忍性[10]，曾益其所不能[11]。人恒过[12]，然后能改。困于心，衡于虑[13]，而后作[14]；徵于色[15]，发于声，而后喻[16]。入则无法家拂士[17]，出则无敌国外患者[18]，国恒亡。然后知生于忧患，而死于安乐也。”

【注释】(1)选自《孟子·告子下》。舜：传说中的古帝王，相传他原耕于历山，三十岁被尧起用为相，后来尧又把帝位传给他。发：起。畎(quǎn)亩：田地，田间。 (2)傅说(yuè)：殷武丁时贤人，原在傅岩为人筑墙，被武丁访求到，举以为相。版筑：指筑墙，其法是填土于两夹板中，以杵捣实。 (3)胶鬲(gē)：殷周时贤人，起先贩卖鱼盐，西伯周昌(即周文王)把他荐给纣王，后又辅佐周武王。 (4)管夷吾：即管仲，原为齐公子纠之臣，纠与小白(即齐桓公)争位失败后被鲁囚禁送归齐国，齐桓公任以为卿。士：狱官。 (5)孙叔敖：春秋时楚国贤人，芳氏，名敖，字孙叔，隐居海滨，楚庄王用为令尹。 (6)百里奚：春秋时秦国贤人。原为虞国大夫，虞亡后逃至楚，为人放牧，秦穆公用五张羊皮将他赎出，举为大夫。市：买卖，这里指赎买。 (7)大任：重大任务。是人：某人。 (8)空乏：贫困。 (9)拂：背戾，反逆。所为：

心所欲为。 (10)所以:以此。动心:震动、锻炼其心。忍性:坚韧其性。(11)曾益:增加。曾,同“增”。 (12)恒:常。过:错,这里指犯过错。(13)衡:同“横”,阻塞不通的意思。 (14)作:奋起。 (15)征:证验,即表现。 (16)喻:晓,指被了解。 (17)入:指国内。法家:坚持法度的臣僚。拂(bì):假借为弼。 (18)出:指国外。

【今译】孟子说:“舜从田野之中被起用,傅说从筑墙劳动中被举荐,胶鬲从贩卖鱼盐中被举荐,管仲从狱官那里获释后被举荐,孙叔敖隐居海滨被举荐,百里奚被赎买后而被举荐。所以天将降大任于斯人也,必先苦其心志,劳其筋骨,饿其体肤,空乏其身。行事皆事与愿违,以此来磨炼他的心志,坚韧他的性格,增长他的才能。人常有过错,然后能改。尽心竭虑,经过痛苦的思考,而后奋发有为。征候表现在神态上,抒发在言辞上,然后才能被人了解。内无坚守法度之臣和辅弼之士,外无敌国侵扰之忧患,这样的国家往往会走向灭亡。由此可知,生于忧患,死于安乐。”

【点评】这段议论运用归纳推理的形式,阐明“生于忧患,死于安乐”,即忧患能够使人生存,安乐可以使人毁亡的道理。说理透辟,见解精深,历来脍炙人口。作者首先列举了古代六位圣贤都曾经历忧患的事例,接着在此基础上展开议论,说明伟大人物都是在痛苦和磨难中成长起来的,人只有经受种种折磨和考验,才能锻炼出担当“大任”的力量和本领。同时只有经历许多错误挫折,积累经验教训,才能使人成熟完善;只有身处逆境,穷困抑塞,才能激人奋发有力;也只有痛苦忧患形诸声色,才能为人所知。可见客观环境的对立和冲突,正是磨炼意志、增长才干、促人奋进的有利条件。这是从人生角度论其正面。然后作者又从治国角度论其反面,说明太平安乐的顺境,往往容易使人精神怠惰死亡,因而导致国家灭亡。这一正一反,互映互补,水到渠成地归纳出“生于忧患,死于安乐”这一著名论断。论述中虽有作者天命论思想的反映,但其结论却是具有普遍意义的客观真理。别的不说,翻开中国文学史,哪个杰出作家的艺术生命不是来自忧患?!文章逻辑严密,气盛言宜,语多排比,音节铿锵,在雄辩精警的哲理论证中,渗透着作者的激奋之情,凝聚着作者的人生体验。联系孟子生平,不难看出它颇有

“发愤抒情”的特点。它曾给了古往今来无数处于逆境的志士仁人以极大的鼓舞和力量,在今天,仍能使我们受到感染,受到启迪,受到激励,成为人生的座右铭。

【集说】是恁么眼,大贤!大贤!(李贽《四书评》)

忧患未必便生,然忧患则警戒而其虑深,有生全之理。安乐未必便死。然安乐则多怠肆而其志荒,有死亡之理。(王步青《孟子集注本义汇参》引陈氏语)

盖忧患逆其情欲而存其戒惧之心,此所以生也;安乐顺其情欲而滋其怠肆之意,此所以死也。“然后知生于忧患,而死于安乐也”,人当日诵斯言。(王步青《孟子集注本义汇参》引绍闻语)

通体盘旋,为末二句蓄势,章法极奇,贾生《过秦》所自出。千盘百折,厚集其阵,纯用劲折,无波磔痕。(吴闿生《重订孟子文法读本》)

(刘生良)

《庄子》

庄子(约前369—前286),名周,战国时宋国蒙(今河南商丘市东北)人。曾为漆园吏。“其学无所不窥,然其要本归于老子之言,故其著书十余万言,大抵率寓言也。……其言洸洋自恣以适己,故自王公大人,不能器之。”(《史记·老子韩非列传》)作为中国早期的大哲学家和文学家,庄子思想及文风对后世产生了广泛深远的影响,《庄子》一书,向为历代文人所重视。《汉书·艺文志》著录《庄子》五十二篇,今本《庄子》存三十三篇。其中内篇七,外篇十五,杂篇十一。一般认为内篇为庄子所著,外、杂篇多出于庄子后学之手。

逍遥游[(1)]

北冥有鱼[(2)],其名为鲲[(3)]。鲲之大,不知其几千里也。化而为鸟,其名为鹏[(4)]。鹏之背,不知其几千里也。怒而飞[(5)],其翼若垂天之云[(6)]。是鸟也,海运则将徙于南冥[(7)]。南冥者,天池也。《齐谐》者,志怪者也[(8)]。《谐》之言曰:“鹏之徙于南冥也,水击三千里，抟扶摇而上者九万里[9]，去以六月息者也[10]。”野马也[11]，尘埃也，生物之以息相吹也[12]。天之苍苍，其正色邪？其远而无所至极邪？其视下也，亦若是则已矣。且夫水之积也不厚，则其负大舟也无力。覆杯水于坳堂之上[13]，则芥为之舟[14]，置杯焉则胶[15]，水浅而舟大也。风之积也不厚，则其负大翼也无力，故九万里则风斯在下矣[16]。而后乃今培风[17]，背负青天，而莫之夭阏者[18]，而后乃今将图南。

蜩与学鸠笑之曰[19]："我决起而飞[20]，枪榆枋而止[21]，时则不至，而控于地而已矣[22]，奚以之九万里而南为[23]？"适莽苍者[24]，三飡而反[25]，腹犹果然[26]；适百里者，宿舂粮[27]；适千里者，三月聚粮。之二虫又何知[28]！小知不及大知，小年不及大年。奚以知其然也？朝菌不知晦朔[29]，蟪蛄不知春秋[30]。此小年也。楚之南有冥灵者[31]，以五百岁为春，五百岁为秋；上古有大椿者，以八千岁为春，八千岁为秋，此大年也。而彭祖乃今以久特闻[32]，众人匹之，不亦悲乎！

汤之问棘也是已[33]：汤问棘曰："上下四方有极乎？"棘曰："无极之外，复无极也[34]。穷发之北[35]，有冥海者，天池也。有鱼焉，其广数千里，未有知其修者[36]，其名为鲲。有鸟焉，其名为鹏，背若泰山，翼若垂天之云，抟扶摇羊角而上者九万里[37]，绝云气，负青天，然后图南，且适南冥也。斥鴳笑之曰[38]：'彼且奚适也？我腾跃而上，不过数仞而下[39]，翱翔蓬蒿之间，此亦飞之至也。而彼且奚适也？'"此小大之辩也[40]。

故夫知效一官，行比一乡[41]，德合一君，而徵一国者[42]，其自视也亦若此矣。而宋荣子犹然笑之[43]。且举世誉之而不加劝，举世非之而不加沮[44]，定乎内外之分，辨乎荣辱之境，斯已矣。彼其于世，未数数然也[45]。虽然，犹有未树也。夫列子御风而行[46]，泠然善也[47]，旬有五日而后反[48]。彼于致福者，未数数然也。此虽免乎行，犹有所待者也。若夫乘天地之正，而御六气之辩[49]，以游

无穷者，彼且恶乎待哉[50]！故曰：至人无己[51]，神人无功，圣人无名。

【注释】(1)选自《庄子·内篇》。逍遥：也作“逍摇”，不受任何拘束、优游自得的意思。 (2)北冥：冥，一作“溟”，即海。北冥就是北海。 (3)鲲：本指鱼卵，这里借作大鱼名。 (4)鹏：古“凤”字，此处用作大鸟名。 (5)怒：同“努”，振奋的意思。 (6)垂天：即天边。垂通“陲” (边)。 (7)海运：指海风引起的海波动荡。 (8)志：记载。 (9)抟(tuán)：拍击。扶摇：暴风名。 (10)六月息：即六月风。息指风。 (11)野马：空中的雾气。春天阳气上升，远望原野中浮动的雾气，状如奔马，故名。 (12)生物：指空中活动之物。以息相吹：谓空中所有物体都因风的吹拂而运动。 (13)覆：倒。坳(ào)：凹处。 (14)芥：小草。 (15)胶：粘住。 (16)斯：就。 (17)而后乃今：从今以后。培风：凭风，乘风。 (18)夭阏(yù)：阻碍。 (19)蜩(tiáo)：蝉。学鸠：小鸟。 (20)决起：迅急飞起。 (21)枪：撞，碰到。榆枋：两种树名。 (22)控：投，落下。 (23)奚以：何用，为什么要。之：到，往。为：语助词，相当于“呢”。 (24)适：往，到。莽苍：茫茫的郊野。 (25)三飡(cān)：三餐。飡同“餐”。 (26)果然：饱的样子。 (27)宿：一夜。舂(chōng)：用杵捣去谷物的皮壳。 (28)之：这。二虫：指蜩与学鸠。 (29)朝菌：生命极为短促的生物，早晨出生，日落即死。 (30)蟪蛄：虫名，生于夏初，死于夏末。 (31)冥灵：传说中的树名。一说为海中大龟名。 (32)彭祖：传说中的长寿人物。特：独。闻：名声，这里是著称的意思。 (33)棘(jí)：汤时贤大夫。 (34)汤问棘曰……复无极也：此二十一字原缺，据唐人神清《北山录》引增补。 (35)穷发：不毛之地。发：借指草木。 (36)修：长。 (37)羊角：旋风。 (38)斥鴳(yàn)：小麻雀。 (39)仞(rèn)：周人以七尺为一仞。 (40)辩：通“辨”，分别。 (41)比：合。 (42)徵：取信，被信任。 (43)宋荣子：古代人名，一说即与庄子同时的著名学者宋钘。犹然：笑的样子。 (44)沮(jǔ)：灰心丧气。 (45)数数然：着急的样子。 (46)列子：列御寇，春秋时郑国的思想家。御：驾驭，乘借。 (47)泠(líng)然：轻妙貌。 (48)旬：十天。有：通“又”。反：通“返”。 (49)六气：指阴、阳、风、雨、晦、明。辩：指变化。 (50)恶

(wū):什么。待:依靠,凭借。　(51)无己:忘掉自己,让精神从形骸中超越出来。

【今译】北海有一条鱼,它的名字叫鲲。鲲的巨大,不知道有几千里。鲲变成鸟,鸟的名字叫鹏。鹏的脊背,不知道有几千里大。奋起而飞,它的翅膀就像天边的云彩。这只鸟,在海浪翻腾的时候就将飞向南海。南海,就是天池。《齐谐》这本书,是记载怪异事情的。《谐》记载说:"当鹏飞向南海的时候,举翼击水三千里,盘旋直上九万里,它是凭借着六月的大风飞去的。"原野上蒸腾着像野马奔驰般的雾气,飞扬着无数的尘埃,各种生物都是被风吹拂而飘动的。天空一片苍茫,那是它的真正颜色吗?它的高远是没有尽头的吗?大鹏在(九万里的高空)向下看,天空也是如此呵!水如果积蓄的不够深度,就没有力量负载起大船。把一杯水倒在堂前的低洼处,一根小草可以当船,放上杯子就会粘住,这是水浅船大的缘故。风如果积蓄的不够强力,就没有力量负载起巨大的翅膀,所以高飞九万里,因为大风在它的下面。从今以后凭借风的强力,背负青天而没有任何阻碍,从今以后将图谋南海。

蝉和小鸟讥笑大鹏说:"我迅速地从地上飞起,撞到榆枋就停下来,有时飞不到,就落在地上罢了,为什么要飞到九万里的高空往南海去呢?"到郊野去,只需三餐的食物,便可以回来,肚子依然是饱的;到百里远的地方去,要准备隔夜之粮;到千里远的地方去,要积蓄三个月的粮食。这蝉和小鸟知道什么!才智小的比不上才智大的,寿命短的比不上寿命长的。怎么知道是这样的呢?因为朝生暮死的菌类,自然不知道黑夜与黎明;生命只存在一个夏季的虫子,不知道春天和秋天。这就是短寿的"小年"。楚国的南面有一种叫"冥灵"的树,把五百年作为一个春季,五百年作为一个秋季;上古时有一种叫"大椿"的树,把八千年作为一个春季,八千年作为一个秋季,这就是长寿的"大年"。而彭祖到现在却因长寿而著称于世,众人都想与他比较,这不是可悲的事吗?

商汤问棘的话是这样的:汤问棘说:"上下四方有尽头吗?"棘答道:"在无尽之外,还是无尽。在不毛之地的北面,有一片大海,即天池。海中有一条鱼,体宽几千里,没人能知道它的体长,它的名字叫鲲。有一只鸟,它的名字叫鹏,脊背像泰山一样,翅膀像天边的云彩,乘着像羊角一样的旋风盘旋

直上九万里，穿过云层，背负青天，然后图谋向南，飞往南海。斥鴳讥笑大鹏说：'它将要到哪里去呢？我腾跃而上，不过几丈高就落下来，翱翔在蓬蒿丛中，这也不是飞到顶了吗。而它将要到哪里去呢？'"这就是小和大的区别。

所以才智能够胜任一官之职、行为能够和顺一乡习俗、品德能够符合一国之君、能力能够得到一国证验的人，他们对自己的看法也就像斥鴳一样。而宋荣子不以为然地讥笑这种人。此人即使举世都在赞誉他，他也不会更加努力；举世都在责难他，他也不会更加沮丧。他认清了自我与外物的分别，辨明了荣耀和耻辱的界线，这就行了。他对于人世不再有什么急切的追求，虽然如此，他还是有未曾树立的境界。列子可以乘风而行，轻巧美妙得很，十五天返回来，他对于能获得幸福的事，不再有什么急切的追求。这样做，虽然免去了步行，还是有所凭借的。如果能顺应天地之本性，驾驭自然之变化，遨游无穷之宇宙，他还有什么要依赖的呢！所以说：道德修养达到最高境界的人能够忘掉自己，修养达到神化不测境界的人不去建功立业，有道德学问的圣人鄙弃外在的名望。

【点评】开篇由鲲及鹏，鲲、鹏双写，借其变化引出由北冥至南冥之行，突出鹏之所待：海运及九万里长风。旨趣甚明，气象极大，"在虚无缥缈之间，漾出绝妙文情。"（刘凤苞语）而"天之苍苍"诸句，更以超绝之想象，勾勒出大鹏于九万里高空所见情景，上而无极，下则迷濛，天地之间，一无挂碍。斯境似已逍遥，然大鹏仍不出苍苍正色之中，仍须风力托举，惟其所待者大而已。故下文巧设水、舟妙喻，逼出"故九万里则风斯在下矣"一语，回证前文。

"蜩与学鸠"诸语承上启下，宕开一笔，发为议论，由适近者不能知远，自然引出"小知不及大知，小年不及大年"，以见小、大之别。然大虽胜小，犹有不足，彭祖与冥灵、大椿相较，仍为小年，则人生在世自矜其知者，不亦悲乎！此段夹叙夹议，忽开忽合，文情跌宕，析理入微，预为后文"故夫知效一官"遥设伏笔。"汤之问棘"与"斥鴳笑之"照应前两段文字，看似重复，实则寓变化于其中，且使文意由此而更趋深化。末句"此小大之辩也"总括上文，再作蓄积，直使下文有水到渠成之妙。"故夫……亦若此矣"诸句，以排比句法蝉联而下，打通人、物界限，唤出所喻本体，还他一个"小知"面目。以下文句，先扬后抑，层深递进，虽宋荣子、列子之"未数数然"者，亦难免乎"有待"，从而秉烛探幽，直入本源，开出新境：顺应自然本性，消除物我界限，游于无小无大之无穷中，无己、无功、无名，方能“无待”，方为真“逍遥”之游。

【集说】庄子《逍遥》篇，旧是难处，诸名贤所可钻味，而不能拔理于郭、向之外。支道林在白马寺中，将冯太常共语，因及《逍遥》。支卓然标新理于二家之表，立异义于众贤之外，皆是诸名贤寻味之所不得。后遂用支理。（刘义庆《世说新语·文学》）

向子期、郭子玄《逍遥义》曰：“夫大鹏之上九万，斥鴳之起榆枋，大小虽差，各任其性。苟当其分，逍遥一也。然物之芸芸，同资有待，得其所待，然后逍遥耳。唯圣人与物冥而循大变，为能无待而常通，岂独自通而已。又从有待者不失其所待；不失，则同于大通矣。”支氏《逍遥论》曰：“夫逍遥者，明至人之心也。庄生建言大道，而寄指鹏、鴳。鹏以营生之路旷，故失适于体外；鴳以在近而笑远，有矜伐于心内。至人乘天正而高兴，游无穷于放浪；物物而不物于物，则遥然不我得，玄感不为，不疾而速，则逍然靡不适。此所以为逍遥也。若夫有欲当其所足，足于所足，快然有似天真，犹饥者一饱，渴者一盈，岂忘烝尝于糗粮，绝觞爵于醪醴哉？苟非至足，岂所以逍遥乎？”此向、郭之《注》所未尽。（刘孝标注《世说新语·文学》引）

内篇以《逍遥游》标首，乃庄子心注手措，急欲与天下拨雾觌青，断不肯又落第二见者也。……“逍遥游”三字，一念不留，无入而不自得，是第一境界也；一尘不染，无时而不自全，是第一工夫也。盖至逍遥游而累去矣，至于累空而道见矣。……故《逍遥游》一篇文字，只是“至人无己”一句文字。“至人无己”一句，是有道人第一境界也。

前半篇只是寄喻大鹏所到、蜩与学鸠不知而已。看他先说鲲化，次说鹏飞，次说南徙，次形容九万里，次借水喻风，次叙蜩鸠，然后落出二虫何知。文复生文，喻中夹喻，如春云生起，层委叠属，遂为垂天大观。真古今横绝之文也。

中间一段是通篇正结构处，亦止得“至人无己，神人无功，圣人无名”三句耳。却先于前面隐隐列三项人次第，然后顺手点出三句，究竟又只为“至人无己”一句耳。“神人无功，圣人无名”，都是陪客。何以知之？看他上面，宋荣子誉不劝、非不沮是无名，列子于致福未数数然是无功，乘天地御六气

四句是无己。一节进似一节，故知“至人”句是主也。（宣颖《庄子南华经解·逍遥游》篇首总论）

篇中忽而叙事，忽而引证，忽而譬喻，忽而议论。以为断而非断，以为续而非续，以为复而非复。只见云气空濛，往返纸上，顷刻之间，顿成异观。（林云铭《庄子因·逍遥游》篇末评述）

其文有空写，有实写；有顺写，有反写；有淡写，有浓写；有近写，有远写；有半写，有全写；有加倍写，有分帮写。使笔如使利斧，当之者摧，遇之者碎，涌墨如涌海潮，直者山立，横者冈连。寻行逐字，既无从测其言外之指；高视阔步，又未免失其句中之义耳。空写而远写者，《逍遥游》是也。不言道，不言心，借一鲲鹏指点出活泼泼地，使人瞥地便见得个道之全体，此庄子第一吃紧为人处也。（吴世尚《庄子解·内篇大意》）

开手撰出“逍遥游”三字，是南华集中第一篇寓意文章。全幅精神，只在乘正御辨以游无穷，乃通篇结穴处，却借鲲鹏变化破空而来，为“逍遥游”三字立竿见影。摆脱一切理障语，烟波万状，几莫测其端倪，所谓‘洸洋自恣以适己’也……，其中逐段逐层，皆有逍遥境界，如游武夷九曲，万壑千岩，应接不暇。起手特揭出一‘大’字，乃是通篇眼目。大则能化，鲲化为鹏，引起至人、神人、圣人，皆具大知本领，变化无穷……一路笔势蜿蜒，如神龙夭矫空中，灵气往来，不可方物。（刘凤苞《南华雪心编·逍遥游》篇总论）

文之神妙，莫过于能飞。庄子之言鹏曰：“怒而飞。”今观其文，无端而来，无端而去，殆得飞之机者。（刘熙载《艺概·文概》）

（尚永亮）

养生主(1)

庖丁为文惠君解牛(2)，手之所触，肩之所倚，足之所履(3)，膝之所踦(4)，砉然向然(5)，奏刀騞然(6)，莫不中音(7)，合于《桑林》之舞(8)，乃中《经首》之会(9)。

文惠君曰：“嘻，善哉！技盖至此乎(10)？”

庖丁释刀对曰：“臣之所好者，道也，进乎技矣(11)。始臣之解牛之时，所见无非全牛者。三年之后，未尝见全牛也。方今之时，臣以神遇而不以目视，官知止而神欲行[12]。依乎天理[13]，批大郤[14]，导大窾[15]，因其固然[16]。枝经肯綮之未尝[17]，而况大軱乎[18]！良庖岁更刀，割也[19]；族庖月更刀，折也[20]。今臣之刀十九年矣，所解数千牛矣，而刀刃若新发于硎[21]。彼节者有间[22]，而刀刃者无厚。以无厚入有间，恢恢乎其于游刃必有余地矣[23]，是以十九年而刀刃若新发于硎。虽然，每至于族[24]，吾见其难为，怵然为戒[25]，视为止[26]，行为迟，动刀甚微，謋然已解[27]，如土委地[28]。提刀而立，为之四顾，为之踌躇满志[29]，善刀而藏之[30]。"

文惠君曰："善哉！吾闻庖丁之言，得养生焉[31]。"

【注释】(1)选自《庄子·内篇》。养生主：意即养生的要领。主旨在于说明：养生的关键是顺任自然。人们习惯上名之为"庖丁解牛"。 (2)庖丁：厨师。一说名叫丁的厨师。文惠君：不详，一说为梁惠王。解：解剖，剖开。 (3)履：踩踏。 (4)踦(yì)：用膝盖顶住。 (5)砉(xū)：骨肉相离的声音。向：通"响"。 (6)騞(huō)：与"砉"相通，刀裂物的声音。 (7)中(zhòng)：符合。 (8)桑林：传说为商汤时的乐曲名。 (9)经首：传说为尧时的乐曲名。会：韵律，节奏。 (10)盖：通"盍"，何以，怎么能。 (11)进乎：超过。 (12)官知：身体器官的感觉，这里专指视觉。神欲行：指精神活动的运行。 (13)天理：牛体的自然纹理。 (14)批：击，劈。大郤(xì)：筋骨间大的空隙。 (15)导：引导，导入。窾(kuǎn)：空，指骨节空处。 (16)因其固然：顺着牛体的本来结构。 (17)枝：支脉。原误作"技"。经：经脉。肯：附着在骨上的肉。綮(qìng)：筋肉盘结处。 (18)軱(gū)：大骨。 (19)割：用刀割肉。 (20)折：用刀砍骨。 (21)硎(xíng)：磨刀石。 (22)节：骨节相连处。间(jiàn)：间隙。 (23)恢恢：宽广的意思。游刃：灵活运转的刀刃。 (24)族：筋骨交错聚接之处。 (25)怵(chù)：戒惧。戒：谨慎。 (26)视为止：目光止于此，极为专注。 (27)謋(huò)然：解散状。 (28)委：堆积。 (29)踌躇满志：悠然自得，心满意足。 (30)善刀：好好收拾起刀。 (31)养生：指养生的道理。

【今译】庖丁给文惠君宰牛，手触的地方，肩靠的地方，脚踩的地方，膝顶

的地方，都发出皮骨相离的响声，运刀时发出破裂之声，无不与音乐同声应和，合于《桑林》舞曲的旋律，应和《经首》乐曲的节奏。

文惠君说："啊，好极了！技术怎么会高超到这种地步呢？"

庖丁放下刀回答说："臣爱好的是事物的规律，已经超越了技术。起初臣宰牛的时候，所见的无非是完整的牛；三年以后，未曾看见完整的牛了。到了现在，臣只用意识去对付牛，而不用眼睛去看，对牛了解透彻，得心应手。依照天然的肌理结构，劈开筋骨间大的空隙，导入骨节的空间，顺着自然的结构运刀。不曾碰到经络相连和筋肉聚结的地方，何况那些大骨呢！好的厨师一年换一把刀，割筋肉；普通的厨师一月换一把刀，砍骨头。现在臣的刀用了十九年，宰的牛有几千头，可刀刃还像刚在磨刀石上磨过。牛的骨节是有间隙的，而刀刃好像没有厚度。用没有厚度的刀刃切进有间隙的骨节中，恢恢然而游刃有余，所以用了十九年，可刀刃还像刚在磨刀石上磨过。虽然这样，每当遇到筋骨盘结的地方，我感到难以处理，就特别小心翼翼，眼神很专注，行动很缓慢，动刀很轻微，迅速分解，（整只牛）就像泥土堆积到地上一样。我提刀站着，环视四周，踌躇满志，把刀擦净收藏起来。"

文惠君说："好啊！我听了庖丁的话，懂得养生的道理了。"

【点评】借寓言以明道，乃庄文一大特色，而此篇盖其尤者。全文先写庖丁解牛时手、肩、足、膝之动作，构成完美的视觉形象；次写"砉然响然，奏刀騞然"的解牛之声，形成美妙的听觉感受；由视觉而听觉，纯为一艺术化的创造过程。故开篇寥寥数语，已令人心往神驰。

庖丁对答一段为全文中心。"所好者道也，进乎技矣"，提纲挈领，直探本源，点明道与技之关系——道胜乎技，又不离开技，为下文解牛过程张本。"以神遇而不以目视，官知止而神欲行"，将技与道打成一片，既是道之落实，又是技之升华，而二者的共同归趋则是"依乎天理""因其固然"。这是解牛的艺术，更是生活的艺术，达到此一艺术化的境地，方能"以无厚入有间，恢恢乎其于游刃必有余地矣，是以十九年而刀刃若新发于硎"。行文至此，理足，气足，如风行水上，自然成纹，无限妙趣，淋漓尽现。"虽然"以下，再述其谨慎之态及志得意满之状，既补足文意，又使人物神情举止，心理变化跃然纸上。所谓"庄文无问长短，皆必有至情、至理、奇气、奇句。骤读之，无间可入；久读之，应接不暇”（吴世尚《庄子解》），洵非虚语。

庖丁之自述既已寓养生之理于解牛过程，尤其是“善刀”过程之中。篇末更借文惠君之言画龙点睛，将养生之旨随口道出，兜住上文，言虽尽而意未穷，读者之各种联想亦由是而生。

【集说】彼牛骨节，素有间郤，而刀刃锋锐，薄而无厚。用无厚之刃，入有间之牛，故游刃恢恢，必宽大有余矣。况养生之士，体道之人，运至忘之妙智，游虚空之物境，是以安排造适，闲暇有余，境智相冥，不一不异。（郭庆藩《庄子集解》引陆德明《经典释文》）

孙鑛曰：“精工之至，殆无一字不妙。”

杨慎曰：“叙粗浅事能奇诡，惟韩愈有之，然安得精微如此？”（《百大家评注庄子南华经》引）

借解牛喻义，写得形声俱活。（宣颖《庄子南华经解》）

《养生主》一篇，则淡写者矣。通篇只“缘督以为经”一句，是养生之法。其余如游刃有余地……皆略略数语，绝不矜张，而不可不养之意，自悠然于言外。所谓妙道无多，要语不烦者也。（吴世尚《庄子解》）

然则庖丁解牛，究竟与庄子所追求的道，在什么地方有相合之处呢？第一，由于他“未尝见全牛”，而他与牛的对立解消了。即是心与物的对立解消了。第二，由于他的“以神遇而不以目视，官知止而神欲行”，而他的手与心的距离解消了，技术对心的制约性解消了。于是他的解牛，成了他的无所系缚的精神游戏。他的精神由此而得到了由技术的解放而来的自由感与充实感；这正是庄子把道落实于精神之上的逍遥游的一个实例。因此，庖丁的技而进乎道，不是比拟性的说法，而是具有真实内容的说法。（徐复观《中国艺术精神·道家的所谓道与艺术精神》）

（尚永亮）

马　蹄(1)

马，蹄可以践霜雪(2)，毛可以御风寒，龁草饮水(3)，翘足而陆(4)，此马之真性也。虽有义台路寝(5)，无所用之。及至伯乐(6)，

曰："我善治马。"烧之剔之，刻之雒之[7]，连之以羁𫅆[8]，编之以皂栈[9]，马之死者十二三矣！饥之渴之，驰之骤之，整之齐之[10]，前有橛饰之患[11]，而后有鞭策之威[12]，而马之死者已过半矣！陶者曰："我善治埴[13]，圆者中规[14]，方者中矩[15]。"匠人曰："我善治木，曲者中钩[16]，直者应绳[17]。"夫埴木之性，岂欲中规矩钩绳哉？然且世世称之曰："伯乐善治马而陶匠善治埴木。"此亦治天下者之过也。

吾意善治天下者不然。彼民有常性[18]，织而衣，耕而食。是谓同德[19]，一而不党[20]，命曰天放[21]。故至德之世，其行填填[22]，其视颠颠[23]。当是时也，山无蹊隧[24]，泽无舟梁[25]；万物群生，连属其乡；禽兽成群，草木遂长[26]。是故禽兽可系羁而游[27]，乌鹊之巢可攀援以窥。

夫至德之世，同与禽兽居，族与万物并[28]，恶乎知君子小人哉[29]！同乎无知，其德不离[30]；同乎无欲，是谓素朴[31]。素朴而民性得矣。及至圣人，蹩躠为仁[32]，踶跂为义[33]，而天下始疑矣；澶漫为乐[34]，摘僻为礼[35]，而天下始分矣。故纯朴不残，孰为牺樽[36]！白玉不毁，孰为珪璋[37]！道德不废，安取仁义！性情不离，安用礼乐！五色不乱，孰为文采！五声不乱，孰应六律[38]！夫残朴以为器，工匠之罪也；毁道德以为仁义，圣人之过也！

夫马，陆居则食草饮水，喜则交颈相靡[39]，怒则分背相踶[40]，马知已此矣[41]。夫加之以衡扼[42]，齐之以月题[43]，而马知介倪[44]，闉扼鸷曼[45]，诡衔窃辔[46]，故马之知而态至盗者[47]，伯乐之罪也。

夫赫胥氏之时[48]，民居不知所为，行不知所之[49]，含哺而熙[50]，鼓腹而游，民能以此矣[51]。及至圣人，屈折礼乐以匡天下之形[52]，县跂仁义以慰天下之心[53]，而民乃始踶跂好知，争归于利，不可止也。此亦圣人之过也。

【注释】(1)选自《庄子·外篇》。(2)践:踩,踏。(3)龁(hé):咬。(4)陆:跳。(5)义台路寝:行礼仪的土台,王侯居住的正殿。义:通"仪"。(6)伯乐:姓孙,名阳,字伯乐,秦穆公时善相马者。(7)烧:用烙铁炙毛。剔:剪毛。刻:削马蹄。雒:通"络"。马笼头。(8)羁:马笼头。馽(zhì)门:通"縶"。马缰绳。(9)皂:马厩。栈:养牲畜的木棚或栅栏。(10)饥、渴、驰、骤、整、齐:皆作使动词用法。(11)橛:衔。饰:马勒上的装饰品。(12)鞭策:马鞭,带皮为鞭,不带皮为策。(13)埴:黏土。(14)中:符合。(15)矩:曲尺。(16)钩:圆规。(17)应:适合。(18)常性:经常不变的天性。(19)德:人类本性。(20)党:偏狭。(21)命:名。天放:自然放任。(22)填填:厚重貌。(23)颠颠:专一貌。(24)蹊(xī):小径。隧:山口通道。(25)梁:桥。(26)遂:顺利。(27)系羁:用绳牵系。(28)并:同"齐"。(29)恶乎:怎么。(30)德:本性。(31)素朴:谓无知无欲。(32)蹩(bié)躠(xiè):勉强,尽力。(33)踶跂(dì qí):尽力,尽心。(34)澶(dàn)漫:纵逸。(35)摘擗:烦琐复杂。(36)牺樽:皆为酒器。(37)珪璋:均为玉器名。上尖下方者为硅,半硅者为璋。(38)五声:指宫、商、角、徵、羽。六律:指黄钟、大吕、太簇、夹钟、姑洗、仲吕。(39)靡:通"摩",亲近貌。(40)踶(dì):踢。(41)已:止,至于。(42)衡:辕前横木。扼:叉马颈的木条。(43)月题:马络头。亦称马笼头。(44)介倪:侧目怒视。介:独。倪:侧视。(45)闉(yīn):屈。鸷曼:挣突不已。(46)诡衔:想偷偷吐出马勒。窃辔:私自挣脱马笼头。(47)知:通"智"。态:能。(48)赫胥氏:上古传说中的帝王。(49)之:去,往。(50)熙:通"嬉"。(51)以:止于。(52)匡:匡正,改变。(53)县:通"悬"。跂:抬起脚后跟站着。悬跂,指标榜。

【今译】马,四蹄可以踏霜雪,毛发可以御风寒,吃草,饮水,翘起马蹄跳跃不止,这是马的真性。虽有礼仪之台、王侯正殿,对马有什么用。等到伯乐出现,说道:"我善于治马。"烧烙铁烫火印,用剪刀剔马毛,削蹄甲钉马掌,套笼头圈栅栏,将拴马蹄的绳与马笼头相连,把马整齐地编排在马厩里,死去的马有十之二三;使马饥渴,使马疾奔,使马整齐,前面有带装饰的马嚼子束缚之患,后面有鞭策之威,而死去的马已超过半数!陶匠说:"我善于整治

黏土,做出来圆的符合规,方的符合矩。"木匠说:"我善于整治木料,弯的能够符合圆规,直的能够适合墨绳。"黏土、木料的本性,难道一定要符合规矩钩绳的要求吗? 然而人们却世代相称说:"伯乐善于治马而陶匠善于治黏土,木匠善于治木料。"这也是治理天下的人所容易犯的过错呵。

我认为善于治理天下的人不会这样。民众有常性,自己织布而穿衣,自己耕种而吃粮,这就叫作共同本性;视为一己不偏私,叫作自然放任。所以在最合乎道德的上古时代,人们的行为稳重,人们的目光专注。在那个时候,山上没有蹊径隧道,水上没有船只桥梁;天下万物,共同生存,居处相连,不分彼此;禽兽成群,草木生长。因此禽兽可以用绳牵着漫游,乌鸦喜鹊的巢可以攀援上去窥探。

在最合乎道德的上古时代,人们与禽兽相处同居,与万物聚结并存,又怎么知道君子小人呢! 一同没有知识,他的本性就不会离失;一同没有贪欲,这叫作简朴无华。而人之本性可得。等到圣人出现,勉力施仁,矜持行义,天下开始互生疑窦;放纵行乐,烦琐制礼,天下开始分封征战。所以不雕刻完整的树木,怎么能制作祭祀的酒器! 不毁破白玉,怎么能制作硅璋之类的玉器! 不废弃道德,怎么能取用仁义! 不背离性情,怎么能使用礼乐! 五色不乱,谁去讲究文采! 五声不乱,谁去对应六律! 破坏树木而去制作器具,是工匠的罪过;毁掉道德而去讲究仁义,这是圣人的罪过呀!

马,生活在陆地上的时候吃草饮水,高兴了便用脖子相互厮磨,生气了便相背着用腿互踢,马的智慧到此为止。把它套进车辕前的衡木,脖子夹上木扼,整治好马络头,而马也懂得侧目怒视,弯脖甩掉木夹子,狂突扔掉马笼头,暗暗吐掉马嚼子,私自扯掉马缰绳。所以将马的智慧及形象竟变成盗贼一般,实在是伯乐的罪过呵。

在赫胥氏的时候,人民安居而无所为,出行而无所往,嘴吃着东西相互嬉闹,腆着饱肚四处游乐,他们的能力也尽于这些了。等到圣人出现,布施修正礼乐来匡正天下的形象,标榜仁义之道来平服天下人心,而民众也就开始追求智慧,争相求利,不能中止。这也是圣人的罪过呀。

【**点评**】篇首直接以马为喻,言伯乐出而"马之真性"遂失。尤以"烧之,剔之,刻之,雒之,连之以羁馽,编之以皁栈"与"饥之,渴之,驰之,骤之,整之,齐之，前有橛饰之患，而后有鞭策之威”作排比、对偶，文章气势顿增。后又举陶者、匠者故事，详略有致，结构得体。中篇论“至德之世”及其“素朴”之丧，寥寥数语，即勾画出上古之时“天地与我并生，万物与我为一”的大同场景，及圣人出而制仁义礼乐，乃使“天下始分”。作者慨然叹道：“故纯朴不残，孰为牺樽！白玉不毁，孰为珪璋！道德不废，安取仁义！性情不离，安用礼乐！五色不乱，孰为文采！五声不乱，孰应六律！”可谓声声逼人、字字铿锵。结尾以“残朴以为器，工匠之罪也；毁道德以为仁义，圣人之过也”收束，题旨顺势迸出。文章后二段又以“马知（智）”异化比照“民能”异于当初，反复比况，层次发议。全篇回环往复、连迭议论，于反复的比喻、对照中含有对“圣人之过”不满的强烈气势。

【集说】此篇自首至末，只是一意。其大旨从上篇“天下有常然”句生来，庄文之最易读者。然其中之体物类情，笔笔生动，或以为意不多而词费，疑为拟庄者所作，恐他手未易到此也。（林云铭《庄子因》）

老子云无为自化，清静自正，通篇皆申此旨。而终始以马作喻，亦《庄子》内篇所未有也。（王先谦《庄子集解》引苏舆语）

苏舆谓此三篇（编者按：指《骈拇》、《马蹄》、《胠箧》）皆出于申、老外，别无精义。盖学庄者录老为之，且文气直衍，不类内篇是也。此皆误解老义，至以至德世为与禽兽同，《马蹄》，尤似《告子》放极矣。（郎擎霄《庄子学案》）

主旨在于抨击政治权力所造的灾害，并描绘自然放任生活之适性……首段指出“治天下之过”刑法杀伐，规范束缚，如同马儿遭到烧剔刻烙，治权施于民，如马的遭受“橛饰之患”“鞭策之威”。种种政教措施，都有违“真性”。人当自然放任（“天放”），依“常性”而生活。进而描绘“至德之世”，这是对于反礼教的自由人生活情境的一种憧憬。（陈鼓应《庄子今注今译》）

（王纪刚）

秋　水[1]

秋水时至，百川灌河，泾流之大[2]，两涘渚崖之间[3]，不辩牛

马[4]。于是焉，河伯欣然自喜[5]，以天下之美为尽在己。顺流而东行，至于北海[6]，东面而视，不见水端。于是焉，河伯始旋其面目[7]，望洋向若而叹曰[8]："野语有之曰[9]：'闻道百以为莫己若'者[10]，我之谓也。且夫我尝闻少仲尼之闻而轻伯夷之义者[11]，始吾弗信，今我睹子之难穷也，吾非至于子之门则殆矣[12]，吾长见笑于大方之家[13]。"

北海若曰："井蛙不可以语于海者，拘于虚也[14]；夏虫不可以语于冰者，笃于时也[15]；曲士不可以语于道者[16]，束于教也。今尔出于崖涘，观于大海，乃知尔丑，尔将可与语大理矣。天下之水，莫大于海，万川归之，不知何时止而不盈[17]；尾闾泄之[18]，不知何时已而不虚[19]；春秋不变，水旱不知。此其过江河之流，不可为量数[20]。而吾未尝以此自多者[21]，自以比形于天地而受气于阴阳[22]，吾在于天地之间，犹小石小木之在大山也，方存乎见少，又奚以自多？计四海之在天地之间也，不似礨空之在大泽乎[23]？计中国之在海内，不似稊米之在大仓乎[24]？号物之数谓之万[25]，人处一焉；人卒九州[26]，谷食之所生，舟车之所通，人处一焉[27]；此其比万物也，不似豪末之在于马体乎[28]？五帝之所连，三王之所争，仁人之所忧，任士之所劳[29]，尽此矣！伯夷辞之以为名，仲尼语之以为博，此其自多也，不似尔向之自多于水乎[30]？"

【注释】(1)选自《庄子·外篇》。 (2)泾流：水流。 (3)涘(sì)：岸。渚(zhǔ)崖：即渚涯，水洲岸边。 (4)辩：同"辨"。 (5)焉：语末助词，同"乎"。河伯：河神。 (6)北海：指今渤海与黄海水域。 (7)旋：改变。面目：指态度。 (8)望洋：旧注解作仰视貌或远视貌，其实作常义解释亦可，洋即海洋。若：北海神。 (9)野语：俗话。 (10)百：泛指多些。 (11)少：嫌少。轻：轻视。 (12)殆：危。 (13)大方：大道。 (14)拘：局限。虚：同"墟"，所居之地。 (15)笃：固，引申为局限。 (16)曲士：一曲之士，指浅见偏执之人。 (17)盈：满。 (18)尾闾：相传为海水排出之处。 (19)虚：空，指减少。 (20)不可为量数：不可计量。 (21)自多：满，自负。 (22)比：通“庇”，寄。一说比即具。 (23)礨(lěi)空(kǒng)：礨同“磊”，空即孔。土石间的小孔。 (24)稊(tí)米：细小的米粒。 (25)号：称。 (26)卒：尽。一说通“萃”，作聚集解。 (27)人：此指个体之人。与上文人类之人异。 (28)豪末：秋毫之末。豪同“毫”。 (29)任士：贤能之士。 (30)向：刚才。

【今译】秋汛时节到了，百川流入黄河，水流之大，两岸及河中小洲之间，连牛马都分辨不清。于是乎河神欣然自喜，以为天下之美景都在自己这里。他顺流东行，到了北海，向东一望，不见水的尽头。于是乎河神开始改变态度，望着海洋对海神若感叹说：“俗话说：‘听了稍多一些道理，以为谁都不如自己’，说的就是我。而且我曾经听说有人小看仲尼的知识，轻视伯夷的大义，起初我不相信，现在我看到您这样难以穷尽，我要是不到您门前来就坏了，我将永远被贻笑大方。”

北海神若说：“井中之蛙不可以和它谈大海，是因为它受居住地的局限；夏天的虫不可以和它谈冰雪，是因为它受生存时间的局限；孤陋寡闻的人不可以和他谈经论道，是因为他所受教育的局限。现在你从河岸之间出来，看见大海，于是你感到了羞耻，这就可以和你谈大道理了。天下之河流湖泊莫大于海，万川归海，永无休止而从来没有满溢；海水从尾闾流泄出去，永不止息而从来不见减少；无论春秋都不会变化，无论旱涝都没有感觉。这是因为它的容量超过江河的流量，无法用数量计算。但是我从未因此而自满，自以为形体同于天地，气魄受于阴阳，我在天地之间，就像小石块小树苗在大山上，正自我感到渺小，又怎么能够自满呢？想想四海在天地之间，不就像小孔在大湖中吗？想想中国在四海之内，不就像小米粒在大粮仓中吗？物类名称的数目有万种之多，人类只是其中的一种；人全部居于九州，凡粮食生长的地方，舟车通行的地方，个人只占其中一小块。这与万物相比，不就像一根毫毛在马身上吗？五帝的禅让，三王的争夺，仁人的忧虑，贤士的操劳，全都如此而已！伯夷以辞让天下取得名声，仲尼以谈论天下显示渊博，他们因此而自满，不正像你方才因河水暴涨而自满吗？”

【点评】作者起笔就给我们描绘出一幅壮阔的黄河秋水图：秋汛时节，百

川灌河，河水暴涨，汹涌浩荡，涯岸之间牛马难辨，好不壮观！但作者并未在此流连忘返，而是通过河伯顺流东行，把读者又引向更为壮阔的场景，这就是水天相连、浩渺无际的大海，使人眼界顿开。作者仍未就此满足，由河伯自喜而惭，望洋兴叹，又引出北海若的滔滔议论，向我们描述了更为广大的境界："过江河之流不可为量数"的大海，比之于无穷之天地，竟不过"犹小石小木之在大山"而已！河伯兴叹之"大"，一下子又变得如此之"小"！接着类推到中国之在海内，如同"稊米之在大仓"，人之比于万物，亦似"豪末之在马体"；就人的所作所为来说，都没有什么值得自大的。——就这样一路推展，层层否定，层层铺垫，层层相生，从而实现其论旨：破除自我中心，开阔人的认识视野，揭示价值判断的无穷相对性。其文势，恰如滔滔百川注入浩浩大河，浩浩大河又入于茫茫大海，与《逍遥游》前半部分的写法为同一机杼。作者在这里用寓言形式表达其思想，构思奇妙，想象宏富，描摹生动，行文从大处落笔，抑扬开合，变化莫测，文笔洒脱而义脉清晰，从容自如。尤其是它具有浓郁的抒情性，富有诗的特质、诗的意境、诗的情韵、诗的旋律，加上诗的语言，完全可以看作一篇优美的散文诗，不仅给人以哲理的启迪，而且给人以艺术的享受。难怪千百年来的读者都对它称赏不已！

【集说】论大不大，论小不小，说在人又不在人，文字阖辟变化，如生龙活虎。（陆方壶《南华经副墨》）

假河伯、海若问答，一层进似一层，如剥蕉心，不尽不止……其寓言俱在隐跃之间，是最活泼文字。（宣颖《南华经解》）

是篇大意，自内篇《齐物论》脱化出来，立解创辟，既踞绝顶山巅，运词变化，复擅天然神斧，此千古有数文字，开后人无限法门。（林云铭《庄子因》）

开手描写见小自多之象，海若先以自身开示之，并将海抹却，所言乃高。借海例到中国，因而例到人身，由宾入主，最得机轴。……人言秋水奇，吾谓秋水平，徒喜其快语络绎，操觚家取之不尽。（浦起龙《古文眉诠》）

《秋水》一篇，体大思精，文情恣肆。开端即借河伯、海若一问一答，层层披剥，节节玲珑。……看他从大处落墨，接连七段文字，洋洋洒洒，如海波接天，浪花无际。（刘凤苞《南华雪心编》）

读至此处，（按：正指本文末），则油然而赞：庄周之手笔竟是如此之随意！一手上推，一手下抑，翻手为云，覆手为雨，随心所欲，妙趣横生！然而其比喻，其联想，又是如此之顺合情理，此足见庄周之思想既无限广阔，而又不失事理。（谢祥皓《庄子导读》）

（刘生良）

山　木[1]

庄子行于山中，见大木，枝叶盛茂，伐木者止其旁而不取也。问其故，曰："无所可用。"庄子曰："此木以不材得终其天年[2]！"

夫子出于山，舍于故人之家[3]。故人喜，命竖子杀雁而烹之[4]。竖子请曰："其一能鸣，其一不能鸣，请奚杀[5]？"主人曰："杀不能鸣者。"

明日，弟子问于庄子曰："昨日山中之木，以不材得终其天年；今主人之雁，以不材死；先生将何处？"

庄子笑曰："周将处乎材与不材之间。材与不材之间，似之而非也，故未免乎累。若夫乘道德而浮游则不然。无誉无訾[6]，一龙一蛇，与时俱化，而无肯专为；一上一下，以和为量[7]，浮游乎万物之祖。物物而不物于物[8]，则胡可得而累邪！此神农、黄帝之法则也。若夫万物之情，人伦之传[9]，则不然。合则离，成则毁，廉则挫[10]，尊则议，有为则亏，贤则谋，不肖则欺，胡可得而必乎哉[11]！悲夫！弟子志之，其唯道德之乡乎！"

【注释】(1)选自《庄子·外篇》。　(2)不材：不成材，不中用。天年：自然寿命。　(3)舍：住，息。　(4)竖子：童仆。雁：即鹅。烹：一说为"享"字。本文采用"享"字。　(5)奚杀：杀哪个。奚：何。　(6)訾(zǐ)：毁谤，非议。　(7)和：中和，和顺。量：量度，法则。　(8)物物：主宰外物，役使外物。第一个物作动词用。　(9)人伦之传：人类的传习、习惯。　(10)廉：品行方正。一说为"利"的假借字。　(11)胡：何。必：固执，偏执。

【今译】庄子在山中行走,看见一棵大树,枝叶茂盛,伐木者站在一边却不去砍伐。问他原因,答道:"没有什么用处。"庄子说:"这棵树因为不成材而得以尽其天年。"

庄子从山中出来,住宿于故人家中。故人很高兴,派童仆杀只鹅来款待他。童仆问道:"一只会叫,一只不会叫,请问杀哪一只?"主人说:"杀不会叫的。"

第二天,弟子问庄子说:"昨天山中的树,因不成材而得以尽其天年;现在主人的鹅,却因不成材而死。先生将怎样对待此事?"

庄子笑着说:"我将处于材和不材之间。材和不材之间,似是而非,所以仍难免于忧患。若是利用道德而漫游于世,就不是这样了。既没有赞誉,又没有毁辱,出则如龙现,处则如蛇伏,与时俱进,而不偏执于某一事物;或进或退,以和谐为准则,在万物的起源处遨游。役使外物而不被外物役使,这样哪还会有忧患呢?这便是神农和黄帝的处世法则。若是万物的情理,人类的习惯,就不是这样了。有聚合就有分离,有成功就有毁弃,廉正会受到挫折,位尊会遭到非议,有作为会亏损,贤能要受到谋算,不贤要受到欺辱,怎么可以偏执于一面呢?可悲呵!弟子们要记住,只有道德才是你们的立身之所在!"

【点评】大木以不材而得终天年,家雁却因不材而被杀,同一"不材",竟有如此相反的结局!这结局既形象地展现了庄子生活时代的重重忧患,又逼迫庄子必须对如何避祸远灾的问题进行深思。"周将处乎材与不材之间",这选择是聪明的,回答也极巧妙,然而庄子突转笔锋,否定前说:"材与不材之间,似之而非也,故未免乎累。"——因其处于中间地带,既可被误为"材"亦可被误为"不材",故仍难免祸患。怎么办呢?只有顺应自然,超然于险恶的人世之外。所以庄子说:"其唯道德之乡乎!"这是一个远离现实的抽象世界,其不足取亦难以实现显而易见。但就文章而论,能借浅显的寓言逐层引发出深刻的处世哲理,却着实说明了庄子是文章高手。

【集说】合则离之,成者必毁,清廉则被判伤,尊贵者又遭议疑。世情险陂,何可必固!(郭庆藩《庄子集释》引陆德明《经典释文》)

孙月峰曰："不材得终，自是常论，此却添出杀不能鸣一段议论，甚新奇有味也。"

杨升庵曰："是篇以'山木'命题，即'大樗''栎社'之义。不材终，不鸣杀，以其似之而非，故未免乎累；必超物相，去文皮，则建德莫大，不求自至。"（《百大家评注庄子南华经》）

此篇教人以处世免患之道，其意在任道德，而说道德处，纯是一片清虚。材则以有用致伤，不材则以无用致伤，若材若不材，犹以两界而不免于伤，唯道德则材不材之迹俱化，超然万物之上，累何自至耶？呜呼！斯乡也，农黄以后，其不再见矣乎！（宣颖《庄子南华经解》）

（尚永亮）

《荀子》

荀子(约前313—前238),名况,战国时思想家、教育家。又称荀卿,汉时避宣帝讳,改称孙卿。赵国人,三次为齐国列大夫祭酒,被谗适楚,春申君任为兰陵(今山东兰陵县西南)令,居于兰陵,讲学著书终老。其学以孔子为宗,文章崇尚实用,反对华辞巧说。所著《荀子》一书组织绵密,文辞繁茂,多用排笔,气势浑厚,标志着说理文的新发展。今本有唐杨倞编注《荀卿子》二十卷,收文三十二篇。

劝学(1)

君子曰:学不可以已(2)。青,取之于蓝,而青于蓝(3);冰,水为之,而寒于水。木直中绳(4),輮以为轮(5),其曲中规(6),虽有槁暴(7),不复挺者,輮使之然也。故木受绳则直,金就砺则利(8),君子博学而日参省乎己(9),则知明而行无过矣(10)。

故不登高山,不知天之高也;不临深谿(11),不知地之厚也;不闻先王之遗言(12),不知学问之大也。干越、夷貉之子(13),生而同声，长而异俗，教使之然也。《诗》曰[14]："嗟尔君子，无恒安息[15]。靖共尔位[16]，好是正直。神之听之，介尔景福[17]。"神莫大于化道[18]，福莫长于无祸[19]。

吾尝终日而思矣，不如须臾之所学也[20]；吾尝跂而望矣[21]，不如登高之博见也。登高而招，臂非加长也，而见者远；顺风而呼，声非加疾也[22]，而闻者彰[23]。假舆马者[24]，非利足也[25]，而致千里；假舟楫者[26]，非能水也，而绝江河[27]。君子生非异也，善假于物也。

南方有鸟焉，名曰蒙鸠[28]，以羽为巢，而编之以发，系之苇苕[29]。风至苕折，卵破子死。巢非不完也，所系者然也[30]。西方有木焉，名曰射干[31]，茎长四寸，生于高山之上，而临百仞之渊。木茎非能长也，所立者然也。蓬生麻中[32]，不扶而直；白沙在涅[33]，与之俱黑。兰槐之根是为芷[34]，其渐之滫[35]，君子不近，庶人不服[36]。其质非不美也，所渐者然也。故君子居必择乡，游必就士，所以防邪僻而近中正也。

物类之起，必有所始；荣辱之来，必象其德[37]。肉腐出虫，鱼枯生蠹[38]。怠慢忘身，祸灾乃作。强自取柱[39]，柔自取束[40]。邪秽在身，怨之所构[41]。施薪若一[42]，火就燥也；平地若一，水就湿也[43]。草木畴生[44]，禽兽群焉，物各从其类也。是故质的张而弓矢至焉[45]，林木茂而斧斤至焉，树成荫而众鸟息焉，醯酸而蚋聚焉[46]。故言有招祸也，行有招辱也，君子慎其所立乎！

积土成山，风雨兴焉[47]；积水成渊，蛟龙生焉；积善成德，而神明自得[48]，圣心备焉[49]。故不积跬步[50]，无以至千里；不积小流，无以成江海。骐骥一跃，不能十步；驽马十驾[51]，功在不舍。锲而舍之[52]，朽木不折；锲而不舍，金石可镂。螾无爪牙之利[53]，筋骨之强，上食埃土，下饮黄泉，用心一也。蟹六跪而二螯[54]，非蛇鳝之穴无可寄托者，用心躁也。是故无冥冥之志者[55]，无昭昭之明[56]；无惛惛之事者[57]，无赫赫之功[58]。行衢道者不至[59]，事两

君者不容。目不能两视而明，耳不能两听而聪。螣蛇无足而飞(60)，鼫鼠五技而穷(61)。《诗》曰(62)："尸鸠在桑，其子七兮(63)；淑人君子，其仪一兮(64)；其仪一兮，心如结兮(65)。"故君子结于一也。

【注释】(1)选自《荀子·劝学篇》。《劝学》为《荀子》首篇，旨在强调人后天学习的重要性。(2)已：放弃，停止。(3)青：靛青，青色的颜料。蓝，蓼蓝，草本植物，叶可提取靛青。(4)中(zhòng)：符合，适合。绳：木匠用的墨线。(5)輮(róu)：使木弯曲。(6)规：圆规。(7)槁：干枯。暴：晒干。(8)砺：磨刀石。(9)参：察验。省：反省。(10)知：同"智"。行：行动、行为。(11)谿：两山之间的大沟。(12)先王：指古代贤明的君主。(13)干：小国名，后为吴国所灭，此处即指吴国。越：指越国。夷：古代东方的部族。貉(mò)：古代北方的部族。(14)《诗》曰：见《诗经·小雅·小明》篇。(15)无：同"毋"，不要。(16)靖：同"静"。共：同"恭"。靖共尔位：敬慎地守着你的职位。(17)介：给予。景：大。(18)神：指通过学习修养达到的一种明察一切的精神境界。化道：融贯大道。(19)长(cháng)：此是大的意思。(20)须臾：一会儿。(21)跂(qǐ)：踮起脚跟。(22)疾：猛。加疾，此指声音加大。(23)彰：清楚。(24)假：借助，凭借。(25)利足：指善于走路。(26)楫(jí)：船桨。(27)绝：横渡。(28)蒙鸠：即鹪鹩，一种体小尾短而善于筑巢的小鸟。(29)苕：芦苇所秀的穗。(30)所系者然也：意思是说是所系的处所使它如此。(31)射(yè)干：一种多年生的草本植物，根可入药。(32)蓬：草名，菊科植物。(33)涅(niè)：黑泥。(34)兰槐：一种香草，其根名芷。(35)渐(jiān)：浸。滫(xiǔ)：臭水。(36)服：佩带。(37)象：似，依照。(38)蠹(dù)：蛀虫。(39)柱：通"祝"，作"断"解(据王引之说)。强自取柱：意为刚强的东西自己导致折断。(40)束：约束，制约。柔自取束：意为柔弱的东西自己导致受束。(41)构：造成。(42)施：铺陈，摆放。(43)湿：同"隰(xí)"，低湿之地。(44)畴：同"俦"，即同类。(45)质：箭靶。的：靶心。(46)醯(xī)：醋。蜹(ruì)：蚊类昆虫。(47)兴：起。(48)神明：指人的智慧。(49)圣心：指圣人的思想。(50)跬(kuǐ)：半步。(51)驽马：劣马。十驾，指十日之程。马拉车一天，叫一驾。(52)

锲(qiè):雕刻,与下文"镂(lòu)"同解。 (53)螾:同"蚓",蚯蚓。 (54)跪:足。六跪,卢文绍《群书拾补》以为应是"八跪"。螯(áo):节肢动物的第一对足,状如钳。 (55)冥冥:高远,深远。 (56)昭昭:明亮,引申为明察一切的样子。 (57)惛惛:略同"冥冥",埋头苦干的样子。 (58)赫赫:显著,这里是显赫辉煌的样子。 (59)衢道:歧路。 (60)螣(téng)蛇:亦用"腾蛇",传说中一种能飞的神蛇。 (61)鼫(shí)鼠:其形似兔,专食农作物。相传它有五种技能:"能飞不能上屋,能缘(爬树)不能穷木(爬到树顶),能游不能渡谷,能穴(掘洞)不能掩身,能走不能先人。"(《说文·鼠部》) (62)见《诗经·曹风·尸鸠》篇。 (63)尸鸠:布谷鸟。传说尸鸠喂养其子,早上从上而下,晚上从下而上,平均对待,始终如一。 (64)淑人:善良的人。仪:仪态,这里指仪表举止。 (65)结:团结,凝结,指坚固专一。

【今译】君子说:学习不能够停止。青出于蓝而胜于蓝;冰出于水而寒于水。木材很直合乎墨线,使其弯曲成轮,弯曲程度合乎圆形,即使再干枯再暴晒也不会又挺直,这是由于"輮"使它变成这样。所以木料有了墨线便可取直,刀剑经过磨治就会锋利,君子广泛地学习而每天检查反省自己,就能智慧明达,行为没有过错了。

所以,不登上高山,就不知道天有多高;不亲临深谷,就不知道地有多厚;不听先王的遗训,就不知道学问的广博深奥。南方吴、越等国,东方、北方夷、貉等部族,他们的后代出生时都是同一的声调,长大后却各有不同的习俗,教养使他们变成这样。《诗经》里说:"君子们呀!不要老贪图安逸。恭谨地守着你的职位,爱好正直的德行。假如你们通过学习和修养,能够明察一切,把握一切,那么你们就会得到最大的幸福。"所以,智慧的极点莫过于洞察规律,幸福的极点莫过于避免灾祸。

我曾整天思考,结果不如片刻学习所得到的收获大;我曾踮起脚跟远望,结果不如登上高处能够见得广。登上高处招手,手臂并没有加长,但是看见的人却在很远;顺着风呼喊,声音并没有加强,但是听的人却听得特别清楚。借助车马的人,并不是善于行走,但是能达到千里之外;借助船只的人,并不是擅长游泳,但是能横渡江河。君子的本性同一般人没有什么差别,只是善于借助客观事物。

南方有一种鸟，名叫蒙鸠，用羽毛筑巢穴，再用细发编织起来，悬挂在芦苇的秀穗上。大风吹来，苇穗折断，蛋也破了，小鸟也死了。巢穴不是不坚固，而是因为所悬挂的地方不对。西方有一种树，名叫射干，茎长四寸，生长在高山之上，临近万丈深渊。不是它的茎能长高，是因为生长的地方高。蓬草生长在麻田之间，不扶也会长直；白沙放在黑泥之中，都成了黑色。兰槐这种香草，它的根叫芷，把它浸在臭水中，君子不会接近它，庶人也不会佩带它。它的本质不是不美，只是浸渍的臭水使它这样。所以，君子的居所一定要选择好的地方，交游一定要接近品学兼优的人，为的是防止乖戾不正而做到正派刚直。

各类事物的发生，一定有它初始的原因；荣誉和耻辱的获得，一定符合他的品德行为。肉腐烂一定要生蛆，鱼枯死一定要生蛀虫。懒散放荡到忘掉自身，灾祸随之而起。过分刚强容易折断，过分柔弱容易约束。邪恶秽行存在自身，所以造成怨恨。同样摆放的柴草，火先会烧着干燥的；同样平坦的土地，水先会流湿低洼的地方。草木同类生长，禽兽同群而居，万物都依从它的同类。因此，箭靶摆好就会有弓箭射来，林木繁茂就会有刀斧砍伐，绿树成荫就会有群鸟栖息，酸醋也会引来蚊蚋聚集。所以不慎的话语会招来祸患，不慎的行为会招来羞辱，君子应该谨慎地立身行事啊！

积土成为大山，风雨就会从山里兴起；积水成为深潭，蛟龙就会在潭里生长；积累善行，养成良好的品德，精神和智慧就能达到很高的境界，圣人的思想也就具备了。所以不积累小步，就没办法远达千里；不汇聚细流，就没办法成为江海。骏马跳跃一次，未必能超过十步远；劣马拉车走十天，也能走得很远，它的成功在于不放弃。雕刻一下就放弃，朽木也刻不断；锲而不舍，金石也能雕刻成功。蚯蚓没有锋利的爪牙，强劲的筋骨，却能上吃地表泥土，下饮地下黄泉，这是用心专一的缘故。螃蟹有六只脚，两只蟹钳，可是没有蛇和鳝鱼的洞就没有地方可以寄托身体，这是用心浮躁不专的缘故。因此，没有高远志向的人，不可能具有明察一切的智慧；没有专一精神的人，不可能有显赫之功。走岔路的人达不到目的地，同时侍奉两国君主的人不会被双方所宽容。眼睛不能同时看清楚两样东西，耳朵不能同时听清楚两种声音。螣蛇没有脚却能飞行，鼫鼠虽有飞、爬、游、刨、跑等五种技能，却什么事情也做不成功。《诗经》里说："布谷鸟在桑树上栖息，它平等地养育着七个儿女；善人君子，他们的行为仪态始终如一，思想也会像打结一样牢固专一。”所以君子在学习时精神非常专注。

【**点评**】“学不可以已”，紧扣文章题目，开宗明义揭示全文主旨。荀子认为人性本恶，要由恶向善，需通过后天的坚持学习，只有通过学习，才能改变人的本性，使人变为具有全面学问、精粹的知识和崇高道德的完人。所以，《荀子》三十二篇，《劝学》居首。“不可以已”，强调学无止境，不可须臾停止。以下议论，着眼于一个“劝”字，纵横开阖，设喻取譬，循循善诱，说理精辟。

“知明而行无过”，既是博学、省己的结果，也是学习的终极目标，即人性的臻于完美。青之于蓝、冰之于水、绳之于木、砺之于金，均喻人性是可以改变的，是能够由恶向善的。于此可见“学”之重要，如布帛菽粟之不可缺。

“干越、夷貉之子，生而同声，长而异俗，教使之然也。”在强调后天教育的重要，认为教育可以起“化性起伪（人为）”的作用。“登高山”“临深豁”之喻，意在强调前辈应按“先王之遗言”对后生施行教育，以达到“化道”“无祸”的目标。

“善假于物”，强调要善于学习，要利用前人通过实践所积累的知识和客观的有利条件充实自己，使自己知识更丰富，道德更崇高，能力更高强。“登高”“顺风”“假舆马”“假舟楫”之喻，均阐明了“假物”之利。

“居必择乡，游必就士”，在阐明选择学习环境和学习对象的重要。鸠巢所系，射干所立；“蓬生麻中”，“白沙在涅”，正反对比，是非分明，告诫学者在选择学习环境和学习对象时不可不慎，同时说明“立身处世”也是学习的重要方面。学习者应该注意“防邪僻而近中正”，谨言慎行，“慎其所立”。火就燥薪，水就湿地，的张矢至，木茂斧至，都在强调学习者不可“怠慢忘身”，加强道德修养。

“君子结于一”，集中说明荀子对学习态度方面的主张。既然认为人的本性要通过学习进行改造，那么学习本身就是一个“积”的过程，“积土成山”“积水成渊”“积跬步至千里”“积小流成江海”，积学、积善；要“积”，就要坚持不懈，“锲而不舍”；要“积”，就要“用心一”，专心致志。只有“结于一”，才可有“昭昭之明”，才可建“赫赫之功”。在原文的末节选部分，荀子还阐述了

学习的内容和途径，提出了隆礼、笃行、崇师、择贤的原则。最后还谈到学习的终极目标，是为了培养“全之尽之”的完人。总之，《劝学》集中反映了荀子的教育思想，是我国教育史上和学术史上影响深远的名篇。

荀子生当战国纵横之世，长于论辩，故其文多长篇大论，必发挥尽致、畅所欲言而后已。其说理文论点明确，层次清楚，结构严谨，句法整练，词汇丰富，标志着说理文走向成熟。这篇《劝学》即具以上特色。此外，文中比喻层出不穷，绝少抽象说教，辞采缤纷，说理透彻；通篇用排偶句法，气势雄浑，也增强了文章的说服力和感染力。

【集说】真积力久则入，学至乎没而后止也。诚积力久，则能入于学也。（杨倞《荀子注》）

当战国时，诸子纷纷著书，惑乱天下。荀卿独能明仲尼之道，与孟子并驰。顾其为书者之体，务富于文辞，引物连类，蔓衍夸多。故其间不能无疵；至其精造，则孟子不能过也。（归有光《震川先生集·荀子序录》）

荀卿之学，出于孔氏，而尤有功于诸经。……盖自七十子之徒既殁，汉诸儒未兴，中更战国暴秦之乱，六艺之传，赖以不绝者，荀卿也。（汪中《述学补遗·荀卿子通论》）

荀子论学论治，皆以礼为宗。反复推详，务明其旨趣，为千古修道立教所莫能外。（王先谦《荀子集解》序）

《内经》:“心者君主之官，神明出焉。”《内经》所说的“神明”是指心的精神，《荀子》所谓“神明”是指心的睿智。（梁启雄《荀子简释》）

（韩唯一）

《韩非子》

韩非（前280—前233），出身韩国贵族，与李斯同为荀况的学生。韩非见韩国日益削弱，便屡次上书韩王，韩王不用，于是著书十余万言阐明治国之道。秦始皇见后非常高兴，发兵攻韩，欲取得韩非。韩非奉使入秦。李斯、姚贾妒忌他的才能，进谗秦王，并以药杀之。韩非是先秦法家思想的集大成者，有《韩非子》一书，文章锋芒锐利，议论透辟，并善于用寓言进行说理，影响颇大。

说　难[1]

凡说之难，非吾知之有以说之之难也[2]，又非吾辩之能明吾意之难也[3]，又非吾敢横失而能尽之难也[4]。凡说之难，在知所说之心[5]，可以吾说当之[6]。所说出于为名高者也，而说之以厚利，则见下节而遇卑贱[7]，必弃而远矣。所说出于厚利者，而说之以名高，则见无心而远事情[8]，必不收矣。所说阴为厚利而显为名高者也[9]，而说之以名高，则阳收其身[10]而实疏之；说之以厚利，则阴

用其言，显弃其身矣。此不可不察也。

夫事以密成[11]，语以泄败。未必其身泄之也[12]，而语及所匿之事[13]，如此者身危。彼显有所出事[14]，而乃以成他故，说者不徒知所出而已矣，又知其所以为[15]，如此者身危。规异事而当[16]，知者揣之外而得之[17]，事泄于外，必以为己也，如此者身危。周泽未渥也[18]，而语极知[19]，说行而有功则德忘[20]，说不行而有败则见疑，如此者身危。贵人有过端[21]，而说者明言礼义以挑其恶[22]，如此者身危。贵人或得计[23]，而欲自以为功，说者与知焉[24]，如此者身危。强以其所不能为[25]，止以其所不能已，如此者身危。故与之论大人[26]，则以为间己矣[27]；与之论细人[28]，则以为卖重[29]。论其所爱，则以为藉资[30]；论其所憎，则以为尝己也[31]。径省其说[32]，则以为不智而拙之[33]；米盐博辩[34]，则以为多而交之。略事陈意[35]，则曰怯懦而不尽；虑事广肆[36]，则曰草野而倨侮[37]。此说之难，不可不知也。

凡说之务[38]，在知饰所说之所矜而灭其所耻[39]。彼有私急也，必以公义示而强之[40]。其意有下也[41]，然而不能已[42]，说者因为之饰其美而少其不为也[43]。其心有高也[44]，而实不能及，说者为之举其过而见其恶，而多其不行也[45]。有欲矜以智能[46]，则为之举异事之同类者，多为之地[47]，使之资说于我[48]，而佯不知也，以资其智。欲内相存之言[49]，则必以美名明之，而微见其合于私利也[50]。欲陈危害之事，则显其毁诽[51]，而微见其合于私患也。誉异人与同行者[52]，规异事与同计者。有与同污者，则必以大饰其无伤也[53]；有与同败者，则必以明饰其无失也[54]。彼自多其力[55]，则毋以其难概之也[56]；自勇其断，则无以其谪怒之[57]；自智其计，则毋以其败穷之[58]。大意无所拂悟[59]，辞言无所击摩[60]，然后极骋智辩焉。此道所得亲近不疑而得尽辞也[61]。

伊尹为宰[62]，百里奚为虏[63]，皆所以干其上也[64]。此二人者，皆圣人也，然犹不能无役身以进[65]，如此其污也[66]。今以吾言为宰虏[67]，而可以听用而振世[68]，此非能士之所耻也[69]。夫旷日弥久[70]，而周泽既渥，深计而不疑，引争而不罪[71]，则明割利害以致其功[72]，直指是非以饰其身[73]，以此相持[74]，此说之成也。

昔者郑武公欲伐胡，故先以其女妻胡君以娱其意[75]，因问于群臣："吾欲用兵，谁可伐者？"大夫关其思对曰："胡可伐。"武公怒而戮之，曰："胡，兄弟之国也[76]，子言伐之，何也？"胡君闻之，以郑为亲己，遂不备郑。郑人袭胡，取之。宋有富人，天雨墙坏，其子曰："不筑，必将有盗。"其邻人之父亦云[77]。暮而果大亡其财，其家甚智其子，而疑邻人之父。此二人说者皆当矣[78]，厚者为戮[79]，薄者见疑[80]，则非知之难也，处之则难也。故绕朝之言当矣[81]，其为圣人于晋而为戮于秦也。此不可不察。

昔者弥子瑕有宠于卫君[82]。卫国之法，窃驾君车者罪刖[83]。弥子瑕母病，人闻，有夜告弥子，弥子矫驾君车以出[84]。君闻而贤之，曰："孝哉！为母之故，忘其犯刖罪。"异日，与君游于果园，食桃而甘，不尽，以其半啖君[85]。君曰："爱我哉！忘其口味，以啖寡人。"及弥子色衰爱弛[86]，得罪于君，君曰："是固尝矫驾吾车，又尝啖我以余桃。"故弥子之行，未变于初也，而以前之所以见贤而后获罪者[87]，爱憎之变也。故有爱于主，则智当而加亲[88]；有憎于主，则智不当见罪而加疏。故谏说谈论之士，不可不察爱憎之主而后说焉。

夫龙之为虫也，柔可狎而骑也[89]。然其喉下有逆鳞径尺[90]，若人有婴之者[91]，则必杀人。人主亦有逆鳞，说者能无婴人主之逆鳞，则几矣[92]。

【注释】(1)选自《韩非之·说难》。本文是韩非入秦以前在韩国写的。韩非为了达到"听用而振世"即推行法家路线、巩固和发展封建制度的目的，针对当时韩国内部尖锐复杂的政治斗争情况，分析了法家陈述意见的困难，提出要根据不同的情况，采用不同的陈述方式，在艰险的环境下，法家必须

研究斗争的方式和谏说的策略。说(shuì):游说,进谏。 (2)知:才智,知识。 (3)辩:答辩,口才。 (4)横失:辩说驰骋无所顾忌。 (5)所说:指被游说的君主。 (6)当:适应。 (7)下节:品德低下。遇:近于,同"迩"。 (8)无心:没有头脑。事情:指实际。 (9)阴:暗地里。 (10)阳:表面上。 (11)以:因为。 (12)身:指说者。 (13)匿:隐藏。 (14)出事:摆出要做的事情。 (15)所以为:所以这样做的原因。 (16)规:策划。异事:异常的事,指合乎君主心意的事。当:对,适当。 (17)揣:猜测。(18)周泽未渥:交情不深。周:亲密。泽:恩惠。 (19)语极知:说知心话。 (20)德忘:功德被遗忘。 (21)过端:缺点。 (22)挑:揭露,挑动。(23)得计:计事恰当。 (24)与知:参与,知道。 (25)强:勉强。 (26)大人:大官,贵族。 (27)间己:指离间君臣关系。 (28)细人:地位卑微的人。 (29)卖重:卖弄权势。 (30)资:助。 (31)尝:试探。 (32)径省:直接简单。 (33)拙:笨拙。 (34)米盐:指琐事。 (35)略事陈意:省略事实,只述大意。 (36)广肆:广泛而放肆。 (37)草野:粗野。倨侮:傲慢。 (38)务:要务。 (39)饰:夸张,粉饰。矜:得意。灭:掩盖。(40)强:鼓励。 (41)下:卑下。 (42)不能已:不能抑制自己。 (43)少:不满。 (44)有高:有所企图、希望。 (45)多:称赞。 (46)矜:夸耀。 (47)地:根据。 (48)资:取得,帮助。 (49)内:通"纳",贡献。相存:相安,共存。 (50)微见:暗示。 (51)显:明说。毁诽:毁谤。 (52)誉:赞美。异人:别人。 (53)大饰:大力粉饰。 (54)明饰:公开粉饰。(55)多:夸大。 (56)概:阻止。 (57)谪:通"敌",劲敌,敌手。 (58)穷:通"窘",为难。 (59)拂悟:违背。悟:通"忤",违犯。 (60)击摩:抵触,摩擦。 (61)此道所:即"此所道"。道:由。 (62)伊尹:汤时人,名伊,尹是官名。传说奴隶出身,原为有莘氏女的陪嫁奴仆,后来被汤任以国政。宰:厨师。 (63)百里奚:春秋时秦国大夫,虞亡时被晋国俘去,作为陪嫁奴送入秦国。后逃到楚国宛地,秦穆公用五张黑羊皮把他赎回,命为大夫。虏:奴仆。 (64)干:求。 (65)役身:干下贱活。 (66)污:卑下。 (67)宰虏:卑贱的意思。 (68)振世:振兴社会。 (69)能士:有才能的人。 (70)旷日弥久:时间长久。 (71)引争:引证事理冒死规劝君主。争:通"诤"。 (72)明割:剖析。 (73)直指:说话无顾虑。饰:整洁。

(74)相持:互相对待。 (75)妻胡君:嫁给胡国国君为妻。 (76)兄弟之国:有姻亲关系的国家。 (77)邻人之父:邻家的老人。 (78)此二人:指关其思和邻人之父。 (79)厚:重。 (80)薄:轻。 (81)绕朝:秦国大夫。 (82)弥子瑕:春秋时卫灵公的宠臣。 (83)罪刖(yuè):砍掉两脚的刑罚。 (84)矫:假称君命。 (85)啖:给别人吃。 (86)色衰:容貌衰老。爱弛:宠爱减弱。 (87)见贤:受到赞美。 (88)当:这里指合于君主的心意。 (89)柔:驯服。狎:亲近。 (90)径尺:长达一尺。 (91)婴:通"撄",触犯。 (92)几:近。

【今译】凡是游说的困难,不是用我的知识说服他有困难,也不是我的口才表达我的意见有困难,更不是我忍不住敢于放任地说出所有的意见有困难。凡是游说的困难,在于了解游说对象的心理,可以使我的游说能适应他。如果游说的对象出于追求高尚的名声,而对他说如何获得厚利,就会被他认为品德低下而近于卑贱,必然要被抛弃疏远。如果游说的对象出于追求获得厚利,而对他说如何获得高尚的名声,就会被他认为没有头脑而脱离实际,必然会不被收用了。所以说暗地里想获得厚利而貌似喜好高尚的名声,我如果以博取高尚的名声的道理去对他讲,那就会表面上被收用,而实际上被疏远;我如果用获得厚利的道理去对他讲,他就会暗地里采用我的话,而表面上抛弃我。像这样的事情是不能不考察的。

事情要保守机密才能办成,言语间由于泄露了就要失败。这不一定是说者本身泄露出去的,而只是言语中触及到了所隐藏的秘密,这样,说者就会遭到危险。对方表面上显示有所事情发生,而实际想办成另一件事,说者不仅知道其所为,而且知道其所以为,这样,说者就会遭到危险。说者替君主策划异常的事要适当,被外界的聪明人猜测到了,事情泄露出来,一定怀疑是说者泄露的,这样,说者就会遭到危险。如果恩宠不优渥,而把自己的全部才智说了出来,所说的主张被采用并获得成功,而功德却被遗忘了;所说的主张若是行不通而失败,就会引起对方的怀疑,这样,说者就会遭到危险。贵人有过错,而说者用明白的语言和完善的议论去挑明对方的恶行,这样,说者就会遭到危险。贵人有时计划如愿以偿,想自己表功,说者参与并知道这件事,这样,说者就会遭到危险。如果勉强地让贵人去做他所做不到

的事情，或者制止他去做他所不肯罢休的事，这样，说者就会遭到危险。和君主议论大臣，君主就会以为说者在离间君臣的关系；和君主议论地位卑微的人，君主就会怀疑说者推荐他们，是为了卖弄他的权势。谈论君主所宠爱的人，就以为说者是想借此得到什么帮助；谈论君主所厌恶的人，就以为说者是在试探君主。说话直接明白，就以为说者不聪明而笨拙；说话细致丰富善辩，就以为说者过于啰唆而浪费时间。说话略去事实，只讲大意，又说说者胆怯而不敢进言；要是考虑事情漫不经心而言谈放肆，又说说者粗野而傲慢。这都是谏说的难处啊！不能不知道。

大凡说者的要务，在于懂得去美化游说对象自负的方面，掩盖他认为可耻的方面。他有私人的急事，就必须用大道理鼓动他去做。他有卑下的意图，而又不能克制自己，说者就应替他夸耀做这种事的好处，对他不做这件事表示不满。他心里有更高的欲望，但实际做不到，说者就应给他指出这件事的缺点并看见它的坏处，赞成他不去做。他想夸耀自己的智能，就应替他例举同类的另一件事，多提供根据，让他乐于从我这里取得帮助，而我假装不知道，以此来帮助他自夸其智。要是想进献为谁谋生存的忠言，就必须以美好的名义来说明这个道理，并暗示这是合乎他私人利益的。要是陈述对谁有危害的事情，就要公开向他说明这样做会招人诽谤，并暗示这是对自己不利的。赞扬和君主有同样德行的人；策划和君主有同样想法的事。和君主有同样污浊行为的人，就必须大力粉饰，说这没有什么伤害；和君主有同样败绩的人，就必须公开粉饰，说这算不了什么过失。他要是自以为能力强，就不要用他认为困难的事去阻碍他；他要是自以为勇敢果断，就不要拿他的劲敌去激怒他；他要是自以为善于计谋，就不要讲可能失败的事使他难堪。内容没有忤逆，言辞没有抵触，然后就可以尽量施展自己的智谋和辩说的才能。这样，就可以得到君主亲近，不被怀疑，而能够尽言。

伊尹做过厨子，百里奚做过奴仆，都是为了求得他的君主采用他的主张。这两个人，都是圣人，然而还不得不以仆役的身份获得官位，如此这样卑下。今天把我的游说看作厨子奴仆一样下贱，只要被听取任用而能拯救当世社会，这也不是智能之士的耻辱。旷日持久，恩宠已经优渥，计谋再深远也不受怀疑，引证争论也不加罪，那么遇事就可以明白地剖析利害，使他获得成功；直截了当地指出君主的是非，掩饰他的错误。彼此能这样相待，游说就可以成功。

从前郑武公想征讨胡国,故意先把女儿嫁给胡国的君主做妻子,取得他的欢心。于是问群臣:“我想对外用兵,哪一国可以征讨呢?”大夫关其思回答说:“胡国可以征讨。”武公大发脾气,就把关其思杀了,说:“胡国兄弟国家,你说可以征讨,为什么?”胡国的国君听到了这件事,以为郑国和自己亲密,于是就不再防备郑国。郑国乘机偷袭了胡国,把它吞并了。宋国有个富人,天下大雨,把墙冲塌了,他的儿子说:“不修好墙,必定会有盗贼来。”邻家的老人也这样说。到了晚上,他家果然丢失了大量财物,家里的人都夸奖他的儿子聪明,而怀疑邻家的老人。关其思和邻家老人都说对了,但重者遭到杀害,轻者被怀疑,可见并不是知道事理有困难,如何运用知道的事理却是困难的。所以秦国绕朝的话说对了,他在晋国是圣人,在秦国却被杀戮。这些问题不能不考察。

从前弥子瑕被卫君宠爱。卫国的法律,私用国君车子的人要处以断足的刑罚。弥子瑕的母亲病了,有人听说,就连夜告诉弥子瑕,弥子瑕假称国君的命令,私驾卫君的车子出去。卫君听说反而称赞说:“孝子啊!为了母亲的病,忘记自己犯了断足的罪。”有一天,弥子瑕和卫君在果园游玩,吃一个桃子,很甜,没有吃完,把另一半给了卫君吃。卫君说:“真爱我啊!忘记了是他咬过的桃子,却给我吃。”等到弥子瑕容貌衰老宠爱减少,得罪了卫君,卫君说:“先前弥子瑕曾经假称命令,私驾我的车子,又曾经把吃剩的桃子给我吃。”本来弥子瑕的行为,与当初并没有改变,而以前之所以受到称赞,后来却成了罪人,喜爱和憎恶起了变化。所以被君主宠爱的时候,才智都合于君主的心意,而倍加亲密;被君主憎恶的时候,才智都不合于君主的心意,获罪而倍加疏远。因此,谏说谈论的人,不能不考察君主的爱憎而后再进言。

龙这种动物,温顺时可以骑着它玩耍。然而它的喉下倒生着一尺长的鳞片,如果有人触犯了它,此人就必定要丧命。君主也有倒生的鳞片,游说的人能够不触犯君主倒生的鳞片,就接近于成功了。

【点评】本文为《韩非子》中的名篇,饱含着韩非子的悲愤之情,亦显示了韩非子对险恶现实的认识和批判。文章在结构上采取了总—分—总的说理

方式。起始一段，先总说“凡说之难，在知所说之心，可以吾说当之”；第二、三自然段，分别阐述谏说之难的各种情形和应采取的策略；第四、五、六自然段则用具体的历史故事加以说明；最后一个自然段对全文进行收束。这样，文章不仅条理清晰，而且层层关联，说理精密，无懈可击。

就行文而言，文章笔锋犀利，气势贯通，章句之间层层起伏，对仗齐整。第一自然段中三个“所说……而……则”排比句的运用；第二自然段中八句“如此者身危”的罗列；第三自然段中八个“……则……”句式的连用，不仅把所说者的心理以及如何趋避投合的方式描绘得淋漓尽致，无以复加，而且使文章上下一气，有如长江巨浪，顺流而下，畅通无阻，给人一种气势磅礴之感。前人谓此文“奇古精销，章法字句无间”，当是中的之论。

在说理的方式上，运用大量的寓言故事和丰富的历史知识作为论证资料，以便说明抽象的道理，是此文亦是韩非所有散文的突出特征。如此文中用伊尹、百里奚的故事说明谏说之士为了达到“听用而振世”的目的，必须不以干卑下的工作为耻的道理；用郑公攻打胡国而来杀关其思的故事说明谏说者要避免危险而达到目的，关键在于知所说对象之心的道理；用卫君对弥子瑕始宠终杀的故事说明谏说者不能不随时考察君主爱憎变化的道理等。不仅使“凡说之难，在知所说之心，可以吾说当之”这一全文的中心论点具体化，浅显化，而且增强了文章的说服力。它如“滥竽充数”（内储说上）、“郑人买履”（外储说左上）等广为流传的寓言故事都是韩非子散文这一特征的例证。

值得提及的是，《说难》是韩非针对春秋战国时期百家争鸣的局面和韩国内部尖锐复杂的政治斗争情况，为使法家的观点能被采纳，给法家提供斗争的策略而写成的，因而不免带有明显的时代局限性，文章中的观点不仅和今天所说的逢迎取巧有着本质的区别，更不能以冒死直谏的标准来要求，对此，我们当有清醒的认识。

【集说】术至韩非《说难》，精密至矣，苏、张亦尚疏。（朱熹《朱子语类》）

尽事尽情之文，然而公子竟死于此。故学者只宜宝其文，不宜宝其术也。（金圣叹《天下才子必读书》）

世情极透，文笔亦古，说士不传之秘，尽行发泄。其结构之紧，变换之

妙，顿挫关锁之神，可为操觚家宝篆。（余诚《重订古文释义新编》）

盖非最得意之文，最失意之遇。（日本·蒲板圆《定本韩非纂闻》引司马光语）

奇古精峭，章法字句无间。（同上书引孙骸语）

天地间乃有此等奇文字，凤洲谓其人巧极，天工错，非虚也。（同上书引张榜语）

（王成林）

难　一[1]

历山之农者侵畔[2]，舜往耕焉，期年[3]，甽亩正[4]。河滨之渔者争坻[5]，舜往渔焉，期年，而让长[6]。东夷之陶者器苦窳[7]，舜往陶焉，期年，而器牢。仲尼叹曰："耕、渔与陶，非舜官也[8]，而舜往为之者，所以救败也[9]。舜其信仁乎[10]！乃躬藉处苦而民从之[11]。故曰：圣人之德化乎！"

或问儒者曰："方此时也，尧安在？"其人曰[12]："尧为天子。""然则仲尼之圣尧奈何[13]？圣人明察在上位，将使天下无奸也[14]。令耕渔不争[15]，陶器不窳，舜又何德而化？舜之救败也，则是尧有失也。贤舜，则去尧之明察；圣尧，则去舜之德化。不可两得也。楚人有鬻盾与矛者[16]，誉之曰：'吾盾之坚，物莫能陷也[17]。'又誉其矛曰：'吾矛之利，于物无不陷也。'或曰：'以子之矛陷子之盾，何如？'其人弗能应也。夫不可陷之盾与无不陷之矛，不可同世而立。今尧、舜之不可两誉，矛盾之说也。且舜救败，期年已一过[18]，三年已三过。舜有尽，寿有尽，天下过无已者[19]；以有尽逐无已，所止者寡矣。赏罚，使天下必行之。令曰：'中程者赏[20]，弗中程者诛。'令朝至暮变，暮至朝变，十日而海内毕矣，奚待期年？舜犹不以此说尧令从己，乃躬亲，不亦无术乎？且夫以身为苦而后化民者，尧、舜之所难也；处势而矫下者[21]，庸主之所易也。将治天下，释庸主之所易，道尧、舜之所难[22]，未可与为政也[23]。"

【注释】(1)选自《韩非子·难一》。《韩非子》集历史故事及一些思想家言论凡二十八则,用对照辩驳的方式逐一评析,以阐释其法家治国为政的思想。有《难一》至《难四》四篇。难(nàn):辩驳。 (2)历山:地名,又名舜耕山。说法甚多。一说在今山东济南市。畔:田界。侵畔:侵占田界。 (3)期(jī)年:一周年。 (4)甽(quǎn):同“畎”,田沟。甽亩正:指彼此的田界都恢复了正常。 (5)河:黄河。坻(chí):水中高地,打鱼人立足处。 (6)长(zhǎng):年纪大的人。 (7)东夷:古时对东方各部族的蔑称。陶者:制造陶器的人。器:制造出来的陶器。苦窳(yǔ):滥恶,不坚固。 (8)官:职责。 (9)救败:矫正坏作风。 (10)信仁:实在是个仁者。 (11)躬:亲自。藉:践,做。躬藉:亲自操劳。处苦:指亲自参加辛苦的劳动。 (12)其人:指儒者。 (13)圣尧:以尧为圣人。 (14)奸:邪之人。 (15)令:假令,如:果。 (16)鬻(yù):卖。盾:防避兵器的盾牌。 (17)陷:刺穿, (18)已:止住,纠正。一过:一个过错。 (19)已:休止。 (20)中(zhòng):符合。程:准则,法规。 (21)矫下:纠正臣民的过失。 (22)道:行。 (23)与:以。

【今译】历山的农民相互侵占田界,舜就前往去耕种。一年后,田界正常了。黄河边上的渔人争夺水中高地,舜就前往捕鱼。一年后,渔人谦让给年长者。东方制陶器的人生产的器物不坚固,舜就前往去制作陶器。一年后,制作的器物就坚固了。仲尼赞叹说:“耕田、打鱼和制作陶器,不是舜的职责,但舜却前往去干这些活,这是为了挽救败坏的风气啊。舜实在是仁厚呵!能亲身处于艰苦的地方操劳而使民众顺从他。所以说:圣人的德行能感化人啊!”

有人问儒家学者说:“正当这个时候,尧在哪里呢?”儒家学者回答说:“尧在做天子。”“既然这样,仲尼以尧为圣人如何理解?圣人在君位上明察一切,将使天下没有奸邪。如果耕者、渔者没有争执,陶器也不粗劣,舜又有什么德行而去感化谁呢?舜去挽救败坏的风气,就是尧有过失。赞扬舜,就是否定尧的明察;称颂尧,就是否定舜的德化。不可能两者都对啊。楚国有个卖盾和矛的人,称赞他的盾说:‘我的盾很坚实,没有什么东西能刺穿它。’

又夸赞他的矛说：‘我的矛很锋利，任何东西都能刺穿。’有人说：‘用你的矛去刺你的盾，如何？’楚国人不能回答。不能被刺穿的盾和没有不能刺穿的矛是不可能同时存在的。现在尧和舜不能同时称颂，就像所说的矛和盾一样。况且舜去挽救败坏的风气，一年纠正一个错误，三年纠正三个错误。舜是有限的，寿命是有限的，天下的过错是无休止的；用有限去追求无限，所能纠正的过错太少了。订出赏罚的条例，让天下的人民必须遵循它。法令规定道：‘合于法令规定的奖，不合法令规定的罚。’那么法令早晨下达到，过错到傍晚就能被纠正；法令傍晚下达到，过错到第二天早晨就能得以纠正，十天全国纠正完毕，何必等待一年呢？舜不用这个道理说服尧，让尧顺从自己，却去亲自操劳，不也是没有统治的办法吗？况且那种通过自身的操劳而后才能感化人民的做法，是尧舜也感到困难的。据有势位用法令来纠正臣民的错误，是平庸的君主也容易办到的。想要治理天下，放弃平庸的君主都容易做到的办法，而去遵行尧舜都不容易做到的办法，是不能治理好国家的。”

【点评】起段放笔写舜，继以仲尼之叹，似皆在情在理，殊不知乃在为后诘难设词竖靶。下段忽“或曰”发端，于舜后推出一尧，尧明舜暗，尧暗舜明，尧舜贤愚，势难并举，至此，已令“儒者”哑然，却又再拈出一对“矛盾”来，寓言推理，顺势猛诘，层层深递，不留余豁，使人退无可退，窘态毕露，于幽默讽刺中见出作者思致之深峭，而孔儒对舜凡事“躬藉处苦”的赞叹于此也再无半分立脚地。此破彼立，韩非子自然推出其“处势矫下”、赏罚天下的法家主张，文理精密，笔锋犀利，一诘一难，纵横捭阖，文辞瑰玮，烨如悬镜，诚天下之奇作也！

【集说】张榜曰：诸难皆托有理之事，设为辨驳，以恣其纵横颠倒，以见才耳。利口覆邦，非邪。然可长人慧巧，益人笔力。（日本·蒲坂圆《定本韩非子纂闻》）

行文有色有声，亦古文妙处。（日本·藤泽南岳《评释韩非子全书》）

（胥　云）

曾子烹彘[(1)]

曾子之妻之市[(2)]，其子随之而泣。其母曰："女还[(3)]，顾反为女杀彘[(4)]。"妻适市来[(5)]，曾子欲捕彘杀之。妻止之曰："特与婴儿戏耳[(6)]。"曾子曰："婴儿非与戏也。婴儿非有知也，待父母而学者也，听父母之教。今子欺之，是教子欺也。母欺子，子而不信其母，非以成教也。"遂烹彘也。

【注释】(1)选自《韩非子·外储说左上》。曾子：指曾参，春秋时鲁国人，孔丘的门徒。 (2)之市：到集市去。 (3)女：同"汝"，你。 (4)顾：还，返。反：同"返"。彘：猪。 (5)适：由。 (6)特：只不过。

【今译】曾子的妻子要到集市去，她的孩子跟着她哭闹。孩子的母亲说："你回去吧，我回家后给你杀猪。"妻子从集市回来后，曾子就要抓猪来杀。妻子阻止他说："只不过是跟小孩开玩笑罢了。"曾子说："小孩子不能与他开玩笑。小孩子不懂得这些道理，有待父母教他学习，听取父母的教诲。现在您欺骗他，是教孩子欺骗。母亲欺骗孩子，孩子就不会相信母亲了，这不是成就教育的方法。"于是把猪杀后烹煮了。

【点评】行文简洁，于平实中见功夫。"顾反为女杀彘"，为一时诳语，亦为本文线眼，曾子捕彘杀彘与妻之止曾，皆本此。曾子之语，诲妻教子，皆落脚于一"信"字，小信成则大信立，无信则无以成教，何言家法国法！韩子本意在此。

【集说】韩非疾治国不务修明其法制，执势以御其臣下，富国强兵而以求人任贤，反举浮淫之蠹而加之于功实之上。以为儒者用文乱法，而侠者以武犯禁。宽则宠名誉之人，急则用介胄之士。今者所养非所用，所用非所养。悲廉直不容于邪枉之臣，观往者得失之变，故作《孤愤》《五蠹》《内、外储》《说林》《说难》十余万言。（司马迁《史记·韩非列传》）

（此书）十余万言，纤者，巨者，谲者，奇者，谐者，俳者，欷歔者，愤懑者，号呼而泣诉者，皆自其心所欲为而笔之于书，未尝有所宗祖其何氏何门也。一开帙，而爽然，砉然，燃然，渤然，英精晃荡，声中黄宫，耳有闻，目有见，学者诚以严威度数为表，慈悲不伤人为实，而以观其权略之言，则可借以整世而齐民，如执左契而无难矣。（茅坤《韩子迂评后语》）

（胥　云）

《晏子春秋》

《晏子春秋》是一部记叙春秋时齐国晏婴言行的著作，共八卷，分内外篇，凡二百一十五章，旧题春秋齐晏婴撰，实系战国时人之作品。《汉书·艺文志》将《晏子》(无春秋二字)列入儒家，唐代柳宗元著《辨晏子春秋》，则将其列入墨家。该书语言含蓄而且富有哲理，人物形象生动，故事简短有趣，颇具文学价值。

晏子使楚(1)

晏子使楚，楚人以晏子短(2)，为小门于大门之侧而延晏子(3)。晏子不入，曰："使狗国者，从狗门入；今臣使楚，不当从此门入。"傧者更道从大门入(4)。见楚王。王曰："齐无人耶？使子为使？"晏子对曰："齐之临淄三百闾(5)，张袂成阴(6)，挥汗成雨，比肩继踵而在(7)，何为无人？"王曰："然则何为使子？"晏子对曰："齐命使，各有所主(8)，其贤者使使贤主，不肖者使使不肖主。婴最不肖，故直使楚矣(9)。"

晏子将使楚，楚王闻之，谓左右曰："晏婴，齐之习辞者也[10]。今方来[11]，吾欲辱之，何以也[12]？"左右对曰："为其来也[13]，臣请缚一人，过王而行，王曰：'何为者也？'对曰：'齐人也。'王曰：'何坐[14]？'曰：'坐盗。'"晏子至，楚王赐晏子酒，酒酣，吏二缚一人诣王[15]。王曰："缚者曷为者也[16]？"对曰："齐人也，坐盗。"王视晏子曰："齐人固善盗乎[17]？"晏子避席对曰[18]："婴闻之，橘生淮南则为橘，生于淮北则为枳[19]，叶徒相似[20]，其实味不同[21]。所以然者何？水土异也。今民生长于齐不盗，入楚则盗，得无楚之水土使民善盗耶？"王笑曰："圣人非所与熙也[22]，寡人反取病焉[23]。"

【注释】（1）选自《晏子春秋·内篇杂下第六》。使：出使。 （2）短：身材矮小。 （3）延：请，引进。 （4）傧者：接引宾客的人。 （5）临淄：齐国都，故址在今山东淄博市临淄区。闾，古时五家为比，五比为闾。三百闾：泛指，形容临淄的繁华。 （6）袂（mèi）：衣袖。 （7）比肩继踵：肩靠着肩，脚挨着脚。比：并。踵：脚后跟。 （8）主：专责。 （9）直：只。 （10）习辞者：善于言辞的人。 （11）方：将要。 （12）何以也：用什么办法呢？（13）为：于。 （14）何坐：犯了什么罪。坐：犯罪。 （15）诣：至，到。（16）曷：何。 （17）固：本来。 （18）避席：离开座位。古人席地而坐，回答时避席起立表示尊敬。 （19）枳（zhǐ）：常绿灌木，似橘而小，果实酸苦，可入药。 （20）徒：仅仅。 （21）实：果实。 （22）熙：戏，开玩笑。（23）病：辱。

【今译】晏子出使楚国，楚国人因为晏子身材矮小，在大门旁边开了一扇小门来迎接晏子。晏子不进，说道："出使狗国的人，从狗门进去；现在我出使的是楚国，不应从这扇门进去。"迎接的人改道请晏子从大门进去。晏子谒见楚王。楚王说："齐国没有人吗？派你当使者？"晏子回答说："齐国的临淄有数千户人家，人们展开衣袖可以遮住太阳，挥一把汗可以变成大雨，人多得比肩继踵，为什么说没人呢？"楚王说："既然如此，为什么要你出使呢？"晏子回答说："齐国派的使臣，各有其专责，贤德的人，作为使者出使贤德的君王；没有贤德的人，出使没有贤德的君王。晏婴是最无贤德的人，所以只

能出使楚国了。”

晏子将要出使楚国,楚王听到了这个消息,告诉左右的近臣说:“晏婴,是齐国极善言辞的人,现在将要到来,我想羞辱他,用什么办法呢?”近臣回答说:“在他来的时候,臣请绑一个人,在大王面前走过,大王问:‘是干什么的?’回答说:‘是齐国人。’大王问:‘犯了什么罪?’回答说:‘犯了偷窃罪。’”晏子到了,楚王赐予晏子酒喝。酒酣耳热的时候,两个差吏绑着一个人走到楚王面前。楚王问道:“绑着的人是干什么的?”回答说:“是齐国人,犯了偷窃罪。”楚王看着晏子,问道:“齐国人本来就善于偷盗吗?”晏子离开座席回答道:“晏婴听说,橘生长在淮河以南就成为橘,生长于淮河以北就成为枳,仅仅是叶子相似,果实的味道却不相同。之所以这样的原因在什么地方呢?是水土不同。现在人们生长在齐国不会偷盗,到了楚国便偷盗,莫不是楚国的水土使人们善于偷盗啊?”楚王笑道:“圣人是不能同他开玩笑的,我反而自讨没趣了。”

【点评】齐弱楚强,婴身矮貌平,楚仗势骄横,使楚之难毕具矣!狗门之喻,正气凛然,骂楚入木三分。“今臣使楚”句妙转,一顿一折,一放一收,打破僵局。“临淄”下数句,明答楚王之问,暗张齐国之势,齐之民富国强,不容他族欺侮之势凛凛然!“婴最不肖,故直使楚矣”句,顺理推出,针锋相对,灭楚之威,长齐之气,谈判前已赢得心理优势。下则,楚君臣密谋,煞费心机,与婴之随口挥洒、应付裕如形成鲜明对照。橘枳之喻,入楚则盗之比,顺水推舟,以子之矛,攻子之盾,类比推理,丝丝入扣,不容半点脱榫。“得无”等或然语气词及问句的使用,化刚硬为轻柔,亦庄亦谐,有理有节,不为已甚,不触其盛怒而害己出使要务,致有楚王之讪笑,自我解嘲,窘态毕露矣!

所谓“侮人者,人恒侮之”,此可为戒。全文情节生动,故事性强,人物形象栩栩如生,的堪传诵千古!

【集说】其书六篇,皆忠谏其君,文章可观,义理可法,皆合六经之义。(刘向《叙录》)

《淮南》浮伪而多恢,《太玄》多虚而可效,《法言》错杂而无主,《新书》繁文而鲜用,独《晏子春秋》一时新声,而功同补衮,名曰《春秋》,不虚也。(杨

慎《晏子春秋总评》)

盖言之一术,往往正言恒迕而谈言恒中,庄言寡合而巽言多收,靡听者能受而投之者之巧也。以故平仲一生,事君惟是,交邻接物惟是,虽圣门游、赐亦弗过已。(王骥《晏子删评题辞》)

《晏子》一书,由后人摭其轶事为主,虽无传记之名,实传记之祖也。(《四库全书总目提要·史部·传记类》)

(胥　云)

《吕氏春秋》

《吕氏春秋》是由吕不韦及其门人共同编纂的著作。吕不韦(？前290—前235),卫国濮阳(今河南濮阳县)人。秦庄襄王时代的相国,到秦始皇继位时,又被封为“仲父”。是当时较为杰出的政治家、思想家。门下有食客三千人,吕不韦组织他们编写了《八览》《六论》《十二纪》,约二十万言,号曰《吕氏春秋》,又称《吕览》。《汉书·艺文志》列为杂家。文章自成体系,组织严密,思想深刻,说理生动,是一部政治性的思想著作。

察　今[1]

八曰:上胡不法先王之法[2]？非不贤也,为其不可得而法。先王之法,经乎上世而来之也,人或益之,人或损之,胡可得而法[3]？虽人弗损益,犹若不可得而法[4]。东夏之命[5],古今之法,言异而典殊[6]。故古之命多不通乎今之言者,今之法多不合乎古之法者。殊俗之民,有似于此。其所为欲同[7],其所为欲异。口惛之命不愉[8],若舟车衣冠滋味声色之不同。人以自是[9],反以相诽。天下之学者多辩，言利辞倒[(10)]，不求其实，务以相毁，以胜为故[(11)]。先王之法，胡可得而法？虽可得，犹若不可法。

凡先王之法，有要于时也[(12)]。时不与法俱至，法虽今而至，犹若不可法。故择先王之成法[(13)]，而法其所以为法。先王之所以为法者，何也？先王之所以为法者，人也，而己亦人也。故察己则可以知人，察今则可以知古。古今一也，人与我同耳。有道之士，贵以近知远，以今知古，以所见知所不见。故审堂下之阴[(14)]，而知日月之行、阴阳之变；见瓶水之冰，而知天下之寒、鱼龟之藏也；尝一脟肉[(15)]，而知一镬之味[(16)]、一鼎之调[(17)]。

荆人欲袭宋[(18)]，使人先表澭水[(19)]。澭水暴益[(20)]，荆人弗知，循表而夜涉[(21)]，溺死者千有余人，军惊而坏都舍[(22)]。向其先表之时可导也[(23)]，今水已变而益多矣，荆人尚犹循表而导之，此其所以败也。今世之主法先王之法也，有似于此。其时已与先王之法亏矣[(24)]，而曰"此先王之法也"而法之，以此为治，岂不悲哉！

故治国无法则乱，守法而弗变则悖[(25)]，悖乱不可以持国。世易时移，变法宜矣。譬之若良医，病万变，药亦万变。病变而药不变，向之寿民，今为殇子矣[(26)]。故凡举事必循法以动，变法者因时而化[(27)]。若此论，则无过务矣[(28)]。夫不敢议法者，众庶也[(29)]；以死守法者，有司也[(30)]；因时变法者，贤主也。是故有天下七十一圣[(31)]，其法皆不同，非务相反也，时势异也。故曰：良剑期乎断，不期乎镆铘[(32)]；良马期乎千里，不期乎骥、骜[(33)]。夫成功名者，此先王之千里也。

楚人有涉江者，其剑自舟中坠于水，遽契其舟[(34)]，曰："是吾剑之所从坠[(35)]。"舟止，从其所契者入水求之。舟已行矣，而剑不行。求剑若此，不亦惑乎？以此故法为其国[(36)]，与此同。时已徙矣，而法不徙，以此为治，岂不难哉！

有过于江上者，见人方引婴儿而欲投之江中，婴儿啼。人问其故，曰："此其父善游。"其父虽善游，其子岂遽善游哉[(37)]！以此任

物[38],亦必悖矣。荆国之为政,有似于此。

【注释】(1)选自《吕氏春秋·慎大览第三》。 (2)上:君上。胡:何。先王:先代圣王。 (3)胡可得而法:怎么能够得到而效法。 (4)犹若:好像,大概。 (5)东夏:犹夷、夏。 (6)典:法。 (7)欲:愿望。 (8)口惛之命不愉:指言语不通而使人不愉快。口惛:犹口吻。 (9)自是:自以为是。 (10)言利辞倒:言语锋利却颠倒是非。 (11)故:事。 (12)有要于是:适合于一定的时代。 (13)择:同"释",舍弃。 (14)审:观察。阴:阴影。 (15)脟(luán):同"脔",切成块状的肉。 (16)镬:大锅。 (17)调:调味。 (18)荆人:楚人。 (19)表:作标志。澭水:在今山东省。(20)暴:猛然,突然。益:同"溢"。 (21)循表:依照着标志。 (22)而:如何。都舍:城舍。 (23)向:从前。 (24)亏:同"诡",异也。 (25)悖:乱。 (26)殇:未成年即死去。 (27)化:变化。 (28)过务:过失之事。 (29)众庶:一般民众。 (30)有司:官吏。 (31)有天下七十一圣:相传孔子尝登泰山,观易姓而王者,可得而数者七十余人,不得而数者万数也。 (32)镆铘:同"莫邪",古代宝剑名。 (33)骥、骜:皆千里马名。 (34)遽:迅速。契:同"锲",刻也。 (35)是吾剑之所从坠:这是我的剑所掉下去的地方。 (36)为:治理。 (37)遽:遂,就。 (38)任物:处理事物。

【今译】第八:君上为什么不效法先王之法?不是其法不好,而是因为先王之法不可能效法。先王之法,经历了前代而流传下来,有人增补过它,有人删减过它,怎么可能效法?虽然人们没有增补、删减,仍不可能效法。夷、夏之命名,古、今之法规,因语言的差异准则而有所不同。所以古代的命名大多与现代的表达不相通,现代之法大多不合乎古代之法。不同风俗的人民,也与此相似。其所谓欲望相同,其所为实现欲望的方法不同。由于言语不通而不愉快,犹如舟车衣冠饮食声色具有差异一样。人们总是自以为是,与此不符则相互诽谤。天下的学者多好辩,言辞激烈,却颠倒是非,不顾事实,互相诋毁,以取胜为能事。先王之法,又怎能效法?虽然可以得到它,然而不可效法它。

凡先王之法,总是适应其时代的需要,法不能与时俱进,即使法流传至今,仍然不能效法。所以舍弃先王的旧法,取其所以立法的道理。先王之所以制定法令,为什么呢?先王之所以制定法令,是为人,而自己也是人。所以察己则可以知人,察今则可以知古。古今是一样的,别人与我也是一样的。有的人,贵在以近知远,以今知古,以所见知所不见。所以观察庭院中的阴影,可以知道日月运行、阴阳变化;看到瓶里的水结冰,可以知道天气寒冷、鱼龟躲藏;尝一小块肉,可以知道一大锅肉的滋味和一鼎肉的调味好坏。

楚人欲偷袭宋国,派人先在澭水做了标记。后来澭水猛涨,楚人不知道,仍按照原来的标记晚上徒步偷渡,溺死了一千多人,军队惊恐的声音如同都市中房屋倒塌。当初他们做标记时是可以引导渡河的,现在水情已有变化,涨了许多,楚人却仍按原来的标记渡河,这是其所以失败的原因。今天的君上效法先王之法,与此相似。当今时代与先王之法大为相异,却仍要说"这是先王之法"而效法之,以此治国,岂不悲哉!

所以治理国家无法则乱,死守旧法而不知变革就会出现谬误,谬误和混乱均不能守住国家。时代变了,时光相移,变法是应该的。譬如良医,病有万种变化,药也随之万变。病变而药不变,当初长寿的人,现在也会未成年而夭折。所以大凡行事必须依法而动,变法者因时代的不同而有变化。如果依据这样的论点,就不会有过失了。不敢议论法令者,是普通百姓;死守法令者,是官吏;因时而变革法令者,是贤明君主。所以天下有七十一位圣人,他们的法令都不同,不是事务不同,是时势不同。所以说,良剑期望能割断东西,并不期望如镆铘之类的好名声;良马期望日行千里,并不期望有骥、骜这类的称呼。能够建功立业者,才是先王所期望的"千里马"呵。

楚国有个过江的人,他的剑从船上掉入水中,便急忙在船上刻下记号,说:"这是我的剑所掉下去的地方。"船停后,从他所刻的地方下水捞剑。船已行驶,可是剑不行。以这种办法求剑,不是令人困惑吗?以过去的法令治理国家,与此相同。时代已经向前走,而法令不能走,以此治国,不也是很难的吗?

有个路过江边的人,看到一个人正把幼儿带来,想要投入江中,幼儿啼哭。他问其缘由,那人说:"幼儿的父亲善于游泳。"其父善于游泳,他的孩子难道也善于游泳吗!以这种观点处理事物,也一定是荒谬的。楚国为政之法,与此也是相似的。

【点评】线索清晰，层次分明，议论逐渐递进。首句先设问曰："上胡不法先王之法？非不贤也，为其不可得而法。"然后言先王之法缘何不可法。第二段由先王之法有其时说起，得出结论："故察己则可以知人，察今则可以知古。"说明应因时而制法，斯为第二层。第四段起句言："故治国无法则乱，守法而弗变则悖，悖、乱不可以持国。世易时移，变法宜矣。"言不要因循成法，应因时而变法，这亦是第三层主旨。这样先言不法先王之法，次言因时而制法，再言应随时而变法，一层递进一层，主题也逐渐深刻。在具体的议论中，亦颇有特色。概而言之，一是议论深刻，珠合璧连；一是运用比喻、故事等进行说理。如第一层论先王之法不可法，先言人有损益，已非原貌，"胡可得而法"？又以言语不一、古今异制言"人弗损益"时情状，并从做事目的、言语滋味声色、好辩相诽等不同角度进行申说，论述透彻。此外还运用荆人袭宋、刻舟求剑、引婴投江等故事以及"审堂下之阴，而知日月之行、阴阳之变；见瓶水之冰，而知天下之寒、鱼鳖之藏"等比喻进行说理，使文章更具感染力。引用故事、比喻，亦不单纯罗列，而是夹叙夹议、即时破题，文章显得脉络一贯、主题集中，而又不失可读性。

【集说】(《吕氏春秋》)采庄列之言，非庄列之理；用韩非之说，殊韩非之诣。(《吕氏春秋汇校》引谭献《复堂日记》)

《察今》是《慎大览》最末一篇，主张因时变法，力非法先王之说，指出，时代变了如果还要去法"先王之法"，那就无异于刻舟求剑，是十分荒谬的。这种法家思想，代表了当时新兴地主阶级的利益，具有一定进步意义。(王范之《〈吕氏春秋〉选注》)

本篇言察今之时势而变法，故以"察今"名篇。此篇重在论变法之要，谓古之命多不通乎今之言，今之法多不合乎古之法，故法当因时而变，正是《韩非子·五蠹》"事因于世而备适于事。世异则事异，事异则备变"之旨，则此篇乃法家之言也。(陈奇猷《吕氏春秋校释》)

(王纪刚)

李斯

李斯(？—前208),战国时楚国上蔡(今河南上蔡县)人。秦代著名政治家。曾随荀卿学“帝王之术”,与韩非同学。战国末入秦国,为相国吕不韦舍人,后得秦王政的赏识,拜为客卿,在帮助秦王统一中国的事业中起过重大作用。秦统一六国后,官至丞相,为巩固新兴的中央集权制作出了许多贡献,而他收诗书愚百姓、严刑苛法等主张,也对秦朝产生不利的影响。秦始皇死后,李斯为了谋身保位,被胁参与赵高矫诏谋杀太子的阴谋,后又为赵高诬陷,被腰斩于咸阳,夷灭三族。

李斯是秦代唯一的作家。除代表作《谏逐客书》外,还有一些奏书。他的《泰山刻石文》《琅玡台刻石文》等碑文对后代的碑志铭文颇有影响。他的文章,散见于《史记》及《古文苑》中。

谏逐客书[1]

臣闻吏议逐客,窃以为过矣。

昔缪公求士[2],西取由余于戎[3],东得百里奚于宛[4],迎蹇叔于宋[5],求丕豹、公孙支于晋[6]。此五子者,不产于秦,而缪公用

之，并国二十，遂霸西戎。孝公用商鞅之法[7]，移风易俗，民以殷盛，国以富强，百姓乐用，诸侯亲服，获楚、魏之师[8]，举地千里，至今治强。惠王用张仪之计[9]，拔三川之地[10]，西并巴、蜀[11]，北收上郡[12]，南取汉中[13]，包九夷，制鄢、郢[14]，东据成皋之险[15]，割膏腴之壤，遂散六国之从[16]，使之西面事秦，功施到今[17]。昭王得范雎[18]，废穰侯，逐华阳[19]，强公室，杜私门，蚕食诸侯，使秦成帝业。此四君者，皆以客之功。由此观之，客何负于秦哉？向使四君却客而不内[20]，疏士而不用，是使国无富利之实，而秦无强大之名也。

今陛下致昆山之玉[21]，有随、和之宝[22]，垂明月之珠[23]，服太阿之剑[24]，乘纤离之马[25]，建翠凤之旗[26]，树灵鼍之鼓[27]。此数宝者，秦不生一焉，而陛下说之，何也？必秦国之所生然后可，则是夜光之璧不饰朝廷；犀、象之器不为玩好；郑卫之女不充后宫[28]；而骏良駃騠不实外厩[29]；江南金锡不为用，西蜀丹青不为采。所以饰后宫、充下陈、娱心意、说耳目者，必出于秦然后可，则是宛珠之簪、傅玑之珥、阿缟之衣、锦绣之饰不进于前[30]；而随俗雅化、佳冶窈窕赵女不立于侧也[31]。夫击瓮叩缶[32]，弹筝搏髀[33]，而歌呼呜呜快耳者，真秦之声也。《郑》《卫》《桑间》《韶虞》《武象》者[34]，异国之乐也。今弃击瓮叩缶而就《郑》《卫》，退弹筝而取《韶虞》，若是者何也？快意当前，适观而已矣。今取人则不然，不问可否，不论曲直，非秦者去，为客者逐。然则是所重者，在乎色、乐、珠、玉，而所轻者，在乎人民也。此非所以跨海内、制诸侯之术也。

臣闻地广者粟多，国大者人众，兵强则士勇。是以泰山不让土壤，故能成其大；河海不择细流，故能就其深；王者不却众庶，故能明其德。是以地无四方，民无异国，四时充美，鬼神降福，此五帝三王之所以无敌也[35]。今乃弃黔首以资敌国[36]，却宾客以业诸侯，使天下之士退而不敢西向，裹足不入秦，此所谓“藉寇兵而赍盗粮”者也[37]。

夫物不产于秦，可宝者多；士不产于秦，而愿忠者众。今逐客以资敌国，损民以益仇，内自虚而外树怨于诸侯，求国无危，不可得也。

【注释】(1)此文写于秦王政十年(前237)，当时秦国势力强大，外来客卿增多，影响了秦国宗室大臣的权势，他们就借韩人郑国为秦修筑渠道、消耗财力、使秦无暇东征的事例，提出了“诸侯人来事秦者，大抵为其主游间于秦耳，请一切逐客”的建议，秦王采纳建议，下令逐客。李斯也在被逐之列，就上了这封书劝谏，后秦王撤销了逐客令。 (2)缪公：即秦穆公，春秋五霸之一。 (3)由余：春秋时晋人，流亡于戎。曾奉戎王命出使秦国，秦穆公设计收他为谋臣，遂灭十二戎国。 (4)百里奚：楚国宛 (今河南南阳市)人，曾为虞国大夫。晋灭虞后成为晋国俘虏，又作晋献公女儿的陪嫁奴仆入秦，后逃回宛地。穆公听说他贤能，用五张黑羊皮赎回，任用为相。 (5)蹇(jiǎn)叔：岐(今陕西岐山县)人，客居于宋，为百里奚好友。经百里奚推荐，穆公聘他为上大夫。 (6)丕豹：晋大夫丕郑之子，其父被杀后他逃到秦国，穆公任为大将。公孙支：岐人，居于晋，穆公收为谋臣。 (7)孝公：即秦孝公，任用商鞅为相，实行变法，使秦强大。商鞅：战国时卫人，任秦相十年，先后两次变法，后被车裂。 (8)获楚、魏之师：秦孝公二十二年(前340)，商鞅大破魏军，魏割河西之地予秦。同年又南下战胜楚国。 (9)惠王：即秦惠王，孝公之子。张仪：魏国人，惠王时为秦相，实行连横的外交策略破坏六国合纵。 (10)三川之地：本属韩国，在今河南黄河以南、灵宝市以东一带。三川指黄河、伊水、洛水。 (11)巴、蜀：当时的两个小国。巴在今重庆市巴南区一带。蜀在今四川西部成都市一带。 (12)上郡：魏地，包括今陕西北部和宁夏、内蒙古的部分地方。 (13)汉中：楚地，在今陕西西南部。 (14)鄢：楚地名，在今湖北宜城市东南。郢(yǐng)：楚国都城，旧址在今湖北江陵县北。 (15)成皋：又名虎牢，在今河南荥阳市汜水镇一带。 (16)从：即“纵”，合纵，指六国联合抗秦。 (17)施(shī)：延续。 (18)昭王：秦昭王，惠王之子。范雎(jū)：魏人，后入秦为相，封应侯。 (19)穰侯：即魏冉，秦昭王母宣太后的异父弟。华阳：宣太后的同父弟芈(mǐ)戎。 (20)内：通“纳”。 (21)昆山：昆仑山。 (22)随和之宝：指随侯珠、和氏璧，皆

为传说中的宝物。 (23)明月之珠:夜间光如明月的宝珠。 (24)太阿(é):古代宝剑名。 (25)纤离:古代骏马名。 (26)翠凤之旗:用翠羽编成凤鸟形状所装饰的旗帜。 (27)灵鼍(tuó):鳄鱼类,皮可制鼓,声音宏大。 (28)郑、卫之女:郑、卫均为东周时国名,此地女子善于歌舞。 (29)駃騠(jué tí):驴、骡。 (30)傅玑之珥:附有玑珠的耳饰。阿:齐国东阿(今山东阳谷县东北阿城镇)。 (31)赵女:赵国女子,传说古代此地多美女。 (32)瓮、缶(fǒu):都是瓦器,古时秦地作为打击乐器。 (33)搏:拍击。髀(bì):大腿。 (34)《郑》《卫》:指郑卫两国乐曲。《桑间》:卫国濮水之滨的音乐。《韶虞》:舜时的乐曲。《武象》:周武王时乐曲。 (35)五帝:黄帝、颛顼(zhuān xū)、帝喾(kù)、尧、舜。三王:夏商周三代开国之王,即禹、汤、文、武。 (36)黔首:秦时对百姓的称呼。 (37)藉:借。赍(jī):赠送。

【今译】臣听说官吏们议论驱逐列国入秦的游说之士,私下认为这是错误的。

从前穆公访求贤士,西面从西戎得到了由余,东面从宛地得到了百里奚,从宋国迎来了蹇叔,从晋国得来了丕豹、公孙支。这五位人物,不出生在秦国,但穆公重用他们,兼并了二十个诸侯国,于是称霸西戎。孝公采用商鞅的法令,移风易俗,人民因此富裕丰盛,国家因此富足强盛,百姓乐于效力,诸侯亲近顺服,俘获楚魏军队,攻占土地千里,国家至今治理强盛。惠王采用张仪计谋,攻克三川之地,西面兼并巴蜀,北面收受上郡,南面轻取汉中,统揽九夷之地,控制楚之鄢郢,东面占有成皋之险,割取肥美土地,六国联盟罢休,迫使西来侍奉秦国,功绩延续到今天。昭王得到范雎,废掉穰侯,放逐华阳君,加强国家权力,杜绝权豪之门,蚕食诸侯国家,使秦国成就帝王之业。这四位国君,都是依靠客卿的功劳。由此看来,客卿有什么对不起秦国的呢?假使四位国君拒绝客卿而不接纳,疏远贤士而不重用,这会使秦国没有富庶之实和强大之名了。

如今陛下得到了昆仑山的美玉,拥有随侯珠、和氏璧这样的宝物,悬挂着夜间光如明月的宝珠,佩戴着太阿宝剑,骑着纤离骏马,立起用翠羽编成凤鸟形状所装饰的旗帜,架起用灵鼍皮蒙成的鼓。这些宝物,秦国不出产一样,而陛下却喜欢它,为什么呢?一定要秦国出产的东西才可以用,那么夜光璧不能装饰朝廷；犀角、象牙做的器物不能成为赏玩嗜好之物；郑国、卫国的女子不能充斥后宫；骏马驴骡不会充满外马房；江南的金器锡器不会被使用，西蜀的丹青不会作为绘画的颜料。所以装饰后宫、充塞堂下、娱乐心情、好听好看的东西，一定要秦国出产的才可以，那么宛地珍珠装饰的头簪、附着珠玑的耳饰、东阿丝绸做成的衣服、织锦刺绣的饰品不会进献到您的面前；而化俗为雅、宁静美丽的赵国女子不会站在您的身边。那敲打着瓦器、弹着秦筝、拍着大腿呜呜唱歌呼叫而悦耳的，才是真正的秦国音乐。《郑》、《卫》、《桑间》、《韶虞》、《武象》这类乐曲，都是别国的音乐。现在抛弃了敲击瓦器而接受《郑》、《卫》之音，屏退弹筝而求取《韶虞》，这样做是为什么呢？（为了）舒适称心于眼前，适合观赏罢了。如今选取人才则不然，不问可用不可用，不论是非曲直，不是秦国人都得离去，是客卿的一律驱逐。这样看来，所重视的是美色、音乐、珍珠、玉器，而所轻视的是人民。这不是用来据有天下、控制诸侯的策略。

臣听说地域辽阔粮食就多，国家广大人口就多，军队强大士兵就勇敢。因此泰山不拒绝泥土，所以形成了它的高大；河海不挑拣细流，所以成就了它的深广；帝王不拒绝众多的百姓，所以能使他的功德昭著。因此，地域不论东西南北，百姓不论异国他乡，一年四季充实美好，鬼神降恩赐福，这就是五帝三王之所以无敌的原因。现在却抛弃百姓以帮助敌国，拒绝宾客去为诸侯成就功业，让天下的贤士退却而不敢向西而来，裹足不前进入秦国，这就是所谓“借给敌人武器，送给盗贼粮食”。

东西不是秦国出产的，可珍贵之物很多；贤士不是秦国出生的，而愿效忠的很多。如今驱逐客卿去帮助敌国，减少人民而对仇敌有益，使自己内部空虚而外部又跟诸侯结怨，要想国家没有危险，那是不可能的。

【点评】秦王下令逐客，李斯亦在被驱之列，若开口便直斥逐客之非，无疑只会加重人主之怒。此文妙在通篇不为客谋，而专为秦谋，把逐客放到能否使秦国强盛的高度来考察、立论，以这种利害关系打动秦王，最有说服力。

起首只用一笔揭开题面，“臣闻吏议”四字极有分寸，给人主收令铺一台阶。接着以一“昔”字引出秦国历史，穆公、孝公、惠王、昭王四君，因用客而国强。曰“求”、曰“取”、曰“得”、曰“迎”、曰“来”，皆与“逐”字对针；而商鞅

张仪则曰“用”，于范雎独曰“得”，或变或不变，用意亦在即离间。“客何负”一句略作收束，便见逐客之非。“向使”四句再从反面说起，愈见用客之效。又以“今陛下”三字总起秦国现实，人主所好者，皆异国美物：珍宝、音乐、美色、狗马、玩好；所重者，物也，所轻者，人也。物与人对比，历史与现实对比，由对比中显出逐客“非所以跨海内制诸侯之术也”一语，劲健有力。以上两段均为摆事实，从“臣闻地广”以下才进入道理的阐发，正面指出“王者不却众庶”，反面指出如果却客以业诸侯，其结果秦无宁日，尚何言“跨海内、制诸侯”呢？切中要害，结得有力，秦王不能不为之动心。文章对比鲜明，论证周密，综合运用铺陈、排比、对偶等手法，颇有战国游说之士纵横驰骋、慷慨陈词之遗风，亦为汉赋铺陈藻饰文风之先导。

【集说】自首至尾，落落只写大意。初并无意为文。看他起便一直径起，住便一直径住，转便径转，接便径接。后来文人无数笔法，对此一毫俱用不着，然正是后来无数笔法之祖也。（金圣叹《天下才子必读书》）

此先秦古书也。中间两三节，一反一覆，一起一伏，略加转换数个字，而精神愈出，意思愈明，无限曲折变态。谁谓文章之妙，不在虚字助辞乎？（吴楚材、吴调侯《古文观止》）

旁罗处，层叠敲击。到正写，又妙在不粘。风雨发作，光怪变现。笔势如生蛇不受捕捉。（浦起龙《古文眉诠》）

意最真实，笔最曲折，语最委婉，而段落承接，词调字句，更无不各具其妙。昔人谓不以人废言，洵哉！千古有数之文，不可以人而废之也。（余诚《重订古文释义新编》）

（张新科）

两汉散文

刘恒

刘恒(前202—前157),即汉文帝,高祖之子。公元前180—前157年在位。初封代王,吕后死,周勃等平定诸吕之乱,迎立他为皇帝。即位后,执行“与民休息”的政策,减轻地税、赋役和刑狱,提倡农耕,恢复和发展农业生产。他又削弱割据势力以巩固中央集权。他是汉代有名的节俭皇帝。旧史家把他同景帝统治时期并举,称为“文景之治”。

议佐百姓诏[1]

间者[2],数年比不登[3],又有水旱疾疫之灾,朕甚忧之。愚而不明,未达其咎[4]。意者,朕之政有所失,而行有过与?乃天道有不顺,地利或不得,人事多失和,鬼神废不享与[5]?何以致此?将百官之奉养或费,无用之事或多与?何其民食之寡乏也?夫度田非益寡,而计民未加益,以口量地,其于古犹有余,而食之甚不足者,其咎安在?无乃百姓之从事于末[6],以害农者蕃,为酒醪以靡谷者多[7],六畜之食焉者众与?细大之义,吾未能得其中。其与丞

相、列侯、吏二千石、博士议之[8]。有可以佐百姓者,率意远思[9],无有所隐。

【注释】(1)选自《汉书·文帝纪》。佐:帮助。 (2)间者:近来。 (3)比:常常,接连地。 (4)咎:过失,弊病。 (5)享:祭祀时用食物供奉鬼神。 (6)末:指工商业。 (7)靡谷:消耗粮食。 (8)二千石:指官俸。 (9)率:直率。

【今译】近来,几年连续收成不好,又有水旱疫病等灾害,朕很忧虑。(我)愚昧不聪明,不清楚其中的失误。我猜想,是否朕的为政有所失误、行为有所过失呢?还是天时不顺,地利不得,人事失和,废弃了鬼神的祭祀呢?为什么达到这种地步?抑或百官的奉养费用太高,无用的事情做得太多呢?为什么老百姓的粮食这样缺乏?计算土地不比以前更少,计算人口不比以前增加,按人口计算土地,也许比以前还有多余,但粮食却很不足,这个过失在哪里?莫非是百姓从事工商业,妨害农业的事情太多,做酒消耗粮食太多,饲养牲畜用的粮食太多呢?大大小小的原因,我没能找到最确切的。希望同丞相、列侯、官俸在二千石的官吏、博士议论一下。有可以帮助百姓的,坦率地提出长远的计划,不要有什么隐讳。

【点评】诏令围绕民食不足这一中心问题而展开,开笔先点出严峻形势,然后以"意者"二字引出各种原因。先从自己和政府方面设想,提出一连串问题,颇见其忧民之心;再从百姓方面设想,又提出一连串问题,益见其爱民之诚。诏令用反复设问、诘问之语气,步步进逼,以寻求问题的症结所在。足见文帝解决百姓衣食问题的迫切心情。与命令式的诏令不同,全诏颇有温和之气,且先从自身寻找原因,令人敬慕,一个爱民忧民之皇帝于此可见。

【集说】此诏最活泼有波澜,与他徒朴古者又不同。(孙琮《山晓阁评选古文十六种·汉文选》引孙月峰语)

因忧思咎先省诸身,随接以天地人神作一小顿,奉养之费、无用之多,则渐近实矣,又宕开一步,乃入民间琐细诸务,委曲恺至,尽理尽情,妙在前路极其波折,收煞极其简老,文法尤为得体,即在汉诏中,亦称懂事。(孙琮《山

晓阁评选古文十六种·汉文选》)

帝在位日久,佐民未尝不至。至是复议佐之之策,可见其爱民之心,愈久而不忘也。(吴楚材、吴调侯《古文观止》)

“未达其咎”句是此篇之纲,以下俱推问之词。(汪基《古文喈凤新编》)

(马雅琴)

贾谊(前200—前168),西汉政论家、文学家。洛阳(今河南洛阳市)人。时称贾生。他十八岁时就以能诵读诗书、善文章,为郡人赞誉。二十岁时被汉文帝召为博士,不久迁太中大夫,为周勃等人排挤,贬为长沙王太傅。后又为梁怀王太傅。他曾多次上疏批评时政,主张削弱诸侯王的势力,主张重农抑商,并力主抗击匈奴贵族的攻掠。所著著名的政论有《陈政事疏》《过秦论》等,赋有《吊屈原赋》《鹏鸟赋》等。

过秦论(上)[(1)]

秦孝公据崤函之固[(2)],拥雍州之地[(3)],君臣固守,以窥周室。有席卷天下、包举宇内、囊括四海之意,并吞八荒之心。当是时也,商君佐之[(4)],内立法度,务耕织,修守战之具;外连衡而斗诸侯。于是秦人拱手而取西河之外[(5)]。

孝公既没,惠文、武、昭蒙故业[(6)],因遗策,南取汉中[(7)],西举巴蜀[(8)],东割膏腴之地,收要害之郡。诸侯恐惧,会盟而谋弱秦。不爱珍器、重宝、肥美之地，以致天下之士，合从缔交[9]，相与为一。当此之时，齐有孟尝，赵有平原，楚有春申，魏有信陵[10]。此四君者，皆明智而忠信，宽厚而爱人，尊贤而重士。约从离横，兼韩、魏、燕、楚、齐、赵、宋、卫、中山之众。于是六国之士，有甯越、徐尚、苏秦、杜赫之属为之谋[11]，齐明、周最、陈轸、召滑、楼缓、翟景、苏厉、乐毅之徒通其意[12]，吴起、孙膑、带佗、兒良、王廖、田忌、廉颇、赵奢之伦制其兵[13]。尝以十倍之地、百万之众，叩关而攻秦[14]，秦人开关而延敌，九国之师逡巡遁逃而不敢进。秦无亡矢遗镞之费[15]，而天下诸侯已困矣。于是从散约解，争割地而赂秦。秦有余力而制其弊，追亡逐北，伏尸百万，流血漂橹[16]。因利乘便，宰割天下，分裂山河。强国请伏，弱国入朝。施及孝文王、庄襄王[17]，享国之日浅，国家无事。

及至始皇，奋六世之余烈[18]，振长策而御宇内[19]，吞二周而亡诸侯[20]，履至尊而制六合[21]，执敲扑以鞭笞天下[22]，威震四海。南取百越之地[23]，以为桂林、象郡[24]。百越之君，俯首系颈[25]，委命下吏。乃使蒙恬北筑长城而守藩篱[26]，却匈奴七百余里，胡人不敢南下而牧马，士不敢弯弓而报怨。于是废先王之道，燔百家之言，以愚黔首。隳名城[27]，杀豪俊，收天下之兵，聚之咸阳[28]，销锋鍉[29]，铸以为金人十二，以弱天下之民。然后践华为城，因河为池，据亿丈之城，临不测之溪以为固。良将劲弩，守要害之处；信臣精卒，陈利兵而谁何。天下已定，始皇之心，自以为关中之固，金城千里[30]，子孙帝王万世之业也。

始皇既没，余威振于殊俗。然而陈涉，瓮牖绳枢之子[31]，氓隶之人，而迁徙之徒也，才能不及中人，非有仲尼、墨翟之贤[32]，陶朱、猗顿之富[33]；蹑足行伍之间，俯起阡陌之中，率罢散之卒[34]，将数百之众，转而攻秦。斩木为兵，揭竿为旗，天下云集而响应，赢粮而景从[35]，山东豪俊，遂并起而亡秦族矣[36]。

且夫天下非小弱也，雍州之地，崤函之固，自若也。陈涉之位，

非尊于齐、楚、燕、赵、韩、魏、宋、卫、中山之君也；锄耰棘矜[37]，非铦于钩戟长铩也[38]；谪戍之众，非抗于九国之师也；深谋远虑，行军用兵之道，非及曩时之士也[39]。然而成败异变，功业相反。试使山东之国，与陈涉度长絜大[40]，比权量力，则不可同年而语矣。然秦以区区之地，致千乘之权，招八州而朝同列[41]，百有余年矣。然后以六合为家，崤函为宫。一夫作难而七庙隳[42]，身死人手，为天下笑者，何也？仁义不施，而攻守之势异也。

【注释】(1)选自《文选》卷51。过秦：指责秦的过失。　(2)秦孝公：战国时秦国国君。他任用商鞅变法，使秦国日益强盛。崤函：崤山和函谷关。前者在今河南省洛宁县西北，后者在河南省灵宝市东北。　(3)雍州：今陕西、甘肃一带。　(4)商君：即商鞅。　(5)西河：黄河以西相当于现在的陕西省大荔县一带，当时属魏国。　(6)惠文：即秦惠文王，秦孝公之子。武：即秦武王，惠文王之子。昭：即秦昭襄王，武王异母弟。　(7)汉中：今陕西省南部及湖北省西北部。　(8)巴蜀：今四川全境。　(9)合从：即合纵。　(10)孟尝：孟尝君田文。平原：平原君赵胜。春申：春申君黄歇。信陵：信陵君魏无忌。　(11)甯越：赵人。徐尚：宋人。苏秦：周人。杜赫：周人。　(12)齐明：东周臣。周最：东周君的儿子。陈轸(zhěng)：楚人。召(shào)滑(gǔ)：楚臣。楼缓：魏相。翟景：魏人。苏厉：苏秦的弟弟。乐毅：燕将。　(13)吴起：魏将，后入楚。孙膑：齐将。带佗：楚将。兒(ní)良：越将。王廖、田忌：齐将。廉颇、赵奢：赵将。　(14)关：指函谷关。　(15)镞：箭头。　(16)橹：大的盾牌。　(17)孝文王：昭襄王的儿子。庄襄王：孝文王的儿子。　(18)六世：指孝公、惠文王、武王、昭襄王、孝文王、庄襄王六代。　(19)策：马鞭。　(20)二周：西周和东周。　(21)六合：上、下、东、南、西、北称"六合"，即指天下。　(22)敲朴：木杖之类的刑具，短的称敲，长的称朴。　(23)百越：又称百粤，当时对南方各地越族的总称。　(24)桂林：今广西北部一带。象：今广西南部一带。　(25)系颈：用绳子拴在脖子上。　(26)蒙恬：秦始皇的大将。　(27)隳(huī)：毁坏。　(28)咸阳：秦都城，今陕西省西安市长安区西。　(29)锋镝(dí)：泛指刀器弓箭之类。　(30)金城：喻城池坚固。　(31)陈涉：秦末农民起义领袖。瓮牖(yǒu)绳枢：以破瓮作窗户,用草系门枢。 (32)仲尼:即孔子,字仲尼。墨翟(dí):先秦墨家学派创始人。 (33)陶朱:越国的范蠡帮越王勾践灭吴后弃官从商,成为巨富,自称陶朱公。猗顿:鲁国人,曾在猗氏地方畜养牛羊致富。 (34)罢(pí):疲困。 (35)赢:担负。景:同"影"。 (36)山东:崤山以东地区。(37)櫌(yōu):用于平整土地的农具。棘矜(jīn):用棘木做的仗。 (38)銛(xiān)锋利。 (39)曩(nǎng):从前。 (40)絜(xié):比量。 (41)八州:古时把天下分九州,秦据有雍州,六国据有其他八州。朝同列:使原来同等地位的六国都来朝拜。 (42)七庙:天子的宗庙。

【今译】秦孝公依托崤山、函谷关的险固,拥有雍州的土地,君臣固守,偷窥周王朝,有席卷天下、统括四方、囊括四海的意图,并吞八方荒远之地的野心。当此之时,商君辅佐,在国内设立法令制度,致力于农耕纺织,修造防守攻战的器具;对外连横而使诸侯彼此争斗。于是秦国轻而易举地夺取了黄河以西的大片土地。

孝公死后,惠文王、武王、昭王继承先祖事业,因袭先王遗留的计划,向南轻取汉中,向西拔取巴蜀,向东夺取肥沃的土地,收取要害的郡县。诸侯害怕,结盟谋划削弱秦国的势力。不吝惜珍贵的器物、贵重的宝物、肥沃的土地,用来招引天下的有才之士,采取合纵的策略缔结盟约,相互结成一体。当此之时,齐国有孟尝君,赵国有平原君,楚国有春申君,魏国有信陵君。这四位君子,都聪明智慧而又忠义守信,宽仁厚道而又爱惜人才,尊敬贤良重用士人。他们相约合纵拆散连横,集合韩、魏、燕、楚、齐、赵、宋、卫、中山各国的兵力。于是六国的谋士,有甯越、徐尚、苏秦、杜赫等辈为他们谋划,齐明、周最、陈轸、召滑、楼缓、翟景、苏厉、乐毅等众人为他们沟通意见,吴起、孙膑、带佗、兒良、王廖、田忌、廉颇、赵奢等同辈节制他们的军队。曾经用十倍于秦的土地、百万军队,攻打函谷关而进攻秦国。秦国打开关门引诱敌军入境,九国的军队却徘徊犹豫,逃跑而不敢进攻了。秦国不费一箭一镞,诸侯就已经困窘不行了。于是合纵离散盟约解除,争着割让土地去讨好秦国。秦国有余力乘他们疲困而制服他们,追逐败逃的军队,倒在地上的尸体有一百万,流淌的血可以漂起大盾牌。秦国乘着胜利的时机,宰割天下的土地,分裂各国的山河,使强国请求臣服,弱国入朝进贡。到了孝文王、庄襄王,在

位的时间短,国家没什么大事。

等到秦始皇时,发扬六世先祖遗留的功业,挥动长鞭来统治天下,吞并了周王朝,又灭亡了六国诸侯,登上皇帝宝座而统治天下,拿着敲朴鞭打天下大众,威震四海。向南攻取百越居住的地区,设置了桂林郡、象郡。百越的君主,低头屈服,把性命托给秦国的官吏。又派蒙恬在北方修筑长城而屯戍守卫,把匈奴驱逐到七百里外,胡人不敢南下放牧牛马,六国的士人不敢弯弓报怨仇。于是废除先王的法度,焚烧诸子百家的著作,用来愚弄百姓。拆毁名城,杀戮豪杰,收缴天下的兵器,集中到咸阳,熔化刀箭,浇铸成十二个铜人,用来削弱天下百姓的力量。然后占据华山为咸阳的城墙,依托黄河为咸阳的护城河,据守一亿丈高的城池,对着不知深浅的溪谷,作为坚固的防御。优秀的将领和强劲的弓箭手,把守要害的地方;忠实的臣子率精锐的士兵,列阵手执锋利的兵器而稽查盘问。天下已定,在始皇的心里,自认为关中的坚固,就像千里的铜墙铁壁,是子孙做帝王万世的基业。

始皇死后,他的余威还波及着边远地区。然而陈涉,这位出生在用破甕做窗、用绳子拴着门板的贫苦人家的子弟,卑贱的种田人,而且是被征发守边的戍卒,才能不及一般人,没有仲尼、墨翟的贤能和陶朱公、猗顿的财富,(却)奔走于军队之中,起身于田野之间,带领疲劳涣散的士卒,统领数百人的队伍,辗转推进,攻打秦国,砍下木头做兵器,举起竹竿当旗帜。天下的人像云一样聚集响应,携带粮食身影相随,殽山以东的豪杰同时起来消灭秦王朝。

秦朝的天下并没有减小削弱,雍州的土地、崤山函谷关的险固,依然如故。陈涉的地位,不比齐、楚、燕、赵、韩、魏、宋、卫、中山等国的君主尊贵;锄头耰器木杖,不比带钩的戟和长矛锋利;流放戍边的人,不可与九国的军队相比;深谋远虑、行军用兵的策略,赶不上过去诸侯国的谋士。然而成败异变,功业完全相反。

假如让山东的诸侯国与陈涉比较一下强弱,比较一下权势和实力,就不能相提并论了。然而秦国用狭小的土地和千辆战车的国力,取得帝王的权力,控制六国诸侯并且使他们前来朝见,有一百多年了。然后把天下作为自己的家,崤山函谷关作为宫室。陈涉一人发难就使天子的宗庙毁灭,秦王子婴死在他人手中,让天下人笑话,为什么呢?因为是不施行仁义,攻取和守卫的形势就变了。

【点评】本文气势豪迈,词锋峭利,观点鲜明,逻辑严密,运用多种表现手法,从而熔政论性与文学性为一炉,拥有相当高的艺术价值。文章前半部分着力渲染秦孝公以来六代君主的开拓功业。行文具有迫促的节奏,磅礴的气势,从而一气呵成,充分显示了秦国势如破竹的强盛势态,与六国兵多、将良、地广却"从散约解,争割地赂秦"形成鲜明的对比。文章后半部分写陈涉起义,虽比写秦之兴盛所费笔墨要少得多,但笔力千钧。通过对秦的国力与陈涉力量的对比描写,突出了"不施行仁义"是秦王朝由积盛而一统天下到迅速土崩瓦解的根本原因。文章的论说气势强盛,言辞犀利劲拔,滔滔如江河奔流,用词造句多见排比对偶,铺张扬厉,节奏感极强,使语势与秦的兴盛灭亡正趋和协,读来淋漓酣畅,欲收不止。

【集说】过秦论者,论秦之过也。秦过只是末句"仁义不施"一语便断尽。此通篇文字,只看得中间"然而"二字一转。未转以前,重叠只是论秦如此之强;既转以后,重叠只是论陈涉如此之微。通篇只得二句文字:一句只是以秦如此之强,一句只是以陈涉如此之微。至于前半有说六国时,此只是反衬秦;后半有说秦时,此只是反衬陈涉,最是疏奇之笔。(金圣叹《天下才子必读书》)

《过秦论》者,论秦之过也。秦过只是末"仁义不施"一句便断尽。从前竟不说出。层次敲击,笔笔放松,正笔笔鞭紧,波澜层折,姿态横生,使读者有一唱三叹之致。(吴楚材等《古文观止》)

通篇俱是写仁义不施,而攻守势异。……其文平铺直叙中,自具纵横驰骤,向背往来。"且夫"以上是叙事;"且夫"以下是议论。其实叙事内原带有议论;议论内亦兼有叙事。变化错综,不可端倪。至段落之长短相同,承接之虚实相生,句调之整齐参差相杂,更觉笔墨到处皆妙。难尽述,读者当一一细心领取。(余诚《重订古文释义新编》)

此篇文势,一步紧一步,如回风激水,蹙蹙生漪,末乃其归墟处也。(李扶九《古文笔法百篇》引《渊鉴》)

(佳　木)

晁错

晁错(前200—前154),颍川(今河南禹州市)人,少学申不害、商鞅刑名之学,汉文帝时为太常掌故、博士和太子家令,因有辩才,被称之为“智囊”。景帝即位后,晁错为内史,对朝廷的法令制度作过许多修改,升为御史大夫,后上书景帝,陈述诸王侯实力过大,对朝廷不利,建议削弱他们的封地和权力,以加强中央集权,提高朝廷的地位,遭到诸王侯的反对和仇恨。前154年,吴、赵、楚等七国以“诛晁错、清君侧”为名发动叛乱,袁盎、窦婴等平日与晁错有隙的大臣乘机报复,进言景帝杀晁错以平七国之乱。景帝无奈,遂杀晁错于东市。

论贵粟疏(1)

圣王在上,而民不冻饥者,非能耕而食之(2),织而衣之也(3),为开其资财之道也。故尧、禹有九年之水,汤有七年之旱,而国亡捐瘠者(4),以畜积多而备先具也(5)。

今海内为一(6),土地人民之众,不避汤、禹(7)。加以亡天灾数年之水旱，而畜积未及者[8]，何也？地有遗利，民有余力，生谷之地未尽垦，山泽之利未尽出也，游食之民未尽归农也。民贫则奸邪生，贫生于不足，不足生于不农，不农则不地著[9]，不地著则离乡轻家。民如鸟兽，虽有高城深池，严法重刑，犹不能禁也。夫寒之于衣，不待轻暖；饥之于食，不待甘旨[10]；饥寒至身，不顾廉耻。人情[11]，一日不再食则饥[12]，终岁不制衣则寒。夫腹饥不得食，肤寒不得衣，虽慈母不能保其子[13]，君安能以有其民哉！明主知其然也，故务民于农桑[14]，薄赋敛，广畜积，以实仓廪，备水旱，故民可得而有也。民者，在上所以牧之[15]，趋利如水走下[16]，四方亡择也[17]。

夫珠玉金银，饥不可食，寒不可衣，然而众贵之者，以上用之故也。其为物，轻微易藏，在于把握[18]，可以周海内，而亡饥寒之患，此令臣轻背其主[19]，而民易去其乡[20]，盗贼有所劝[21]，亡逃者得轻资也[22]。粟米布帛，生于地，长于时[23]，聚于力[24]，非可一日成也。数石之重[25]，中人弗胜[26]，不为奸邪所利；一日弗得而饥寒至。是故明君贵五谷而贱金玉。

今农夫五口之家，其服役者不下二人，其能耕者，不过百亩，百亩之收，不过百石。春耕夏耘[27]，秋获冬藏。伐薪樵，治官府[28]，给徭役。春不得避风尘，夏不得避暑热，秋不得避阴雨，冬不得避寒冻，四时之间，亡日休息。又私自送往迎来[29]，吊死问疾，养孤长幼在其中[30]。勤苦如此，尚复被水旱之灾。急政暴虐[31]，赋敛不时[32]，朝令而暮改[33]。当具[34]，有者，半贾而卖[35]；亡者，取倍称之息[36]。于是有卖田宅，鬻子孙，以偿责者矣[37]。而商贾，大者积贮倍息，小者坐列贩卖，操其奇赢[38]，日游都市，乘上之急，所卖必倍。故其男不耕耘，女不蚕织，衣必文采，食必粱肉。亡农夫之苦，有仟佰之得[39]。因其富厚，交通王侯[40]，力过吏势[41]，以利相倾[42]，千里游敖[43]，冠盖相望[44]，乘坚策肥[45]，履丝曳缟[46]。此商人所以兼并农人，农人所以流亡者也。

今法律贱商人[47]，商人已富贵矣；尊农夫，农夫已贫贱矣。故俗之所贵，主之所贱也；吏之所卑，法之所尊也。上下相反，好恶乖迕[48]，而欲国富法立，不可得也。方今之务，莫若使民务农而已矣。欲民务农，在于贵粟；贵粟之道，在于使民以粟为赏罚。今募天下入粟县官[49]，得以拜爵，得以除罪。如此，富人有爵，农民有钱，粟有所渫[50]。夫能入粟以受爵，皆有余者也。取于有余，以供上用，则贫民之赋可损，所谓“损有余，补不足”[51]，令出而民利者也。

顺于民心，所补者三：一曰主用足[52]；二曰民赋少；三曰劝农功[53]。今令民有车骑马一匹者，复卒三人[54]。车骑者，天下武备也，故为复卒。神农之教曰：“有石城十仞，汤池百步，带甲百万，而亡粟，弗能守也。”以是观之，粟者，王者大用[55]，政之本务。令民入粟受爵，至五大夫以上[56]，乃复一人耳。此其与骑马之功，相去远矣。爵者，上之所擅[57]，出于口而无穷；粟者，民之所种，生于地而不乏。夫得高爵与免罪，人之所甚欲也[58]。使天下人入粟于边，以受爵免罪，不过三岁，塞下之粟必多矣。

【注释】(1)选自《汉书·食货志》。疏，是封建官吏向皇帝陈述自己对某种事物的意见的一种文体，也称“奏疏”或“奏议”。这篇奏疏大约写于汉文帝十一年(前169)。 (2)食(sì)：拿食物给人吃。动词。 (3)衣(yì)：拿衣服给人穿。动词。 (4)亡：通“无”。捐：捐弃，指饿死的人。瘠：瘦弱。 (5)备先具：备荒的物资事先都准备好了。 (6)海内为一：指天下统一。 (7)不避：不亚于。避：让。 (8)未及：赶不上，比不上。 (9)地著(zhuó)：著同“着”，附着。附着于地，定居一方，不再迁徙。 (10)甘旨：美味佳肴。 (11)人情：人的本性。 (12)再食：两餐饭。 (13)保其子：保，安，使……安。使其子女安定。 (14)务民于农桑：使百姓从事农桑生产。 (15)上：皇上。牧：牧养，引申为统治、引导。过去统治者把管理人民比作牧人饲养牲畜。 (16)趋利如水走下：追逐财利如水往低处流。 (17)四方亡择：东南西北没有选择。 (18)在于把握：可以放在手里拿着。

(19)轻背:轻易背离。 (20)易去:容易离开。 (21)劝:鼓励,这里引申为"引诱"。 (22)亡逃者得轻资:逃亡的人可以得到轻便易于携带的财物。 (23)长于时:按季节生长。 (24)聚于力:收获时要费很多人力。聚:聚集,指收获。 (25)石:古代一种容量单位,十斗为一石。 (26)中人弗胜:中等体力的人不能胜任。 (27)夏耘:夏天锄草。 (28)治:修理。官府:公家的房舍。 (29)私自:个人,私人。 (30)养孤长幼:扶养孤儿,养育儿童。长:动词,养育的意思。 (31)急政暴虐:政:同"征"。虐:王念孙以为当作"赋"。 (32)不时:即随时摊派,不按时。 (33)朝令而暮改:早晨下了命令到了傍晚又更改,意指赋税随时可提前或加重。 (34)当具:应当交纳赋税的时候。 (35)半贾:即半价。 (36)倍称:取一偿二为倍称。 (37)责:同"债"。 (38)操:掌握,操纵;奇:稀有,奇缺。赢:多余。 (39)仟佰之得:有相当于农夫千百倍的收获。 (40)交通王侯:勾结串通王侯。 (41)力过吏势:势力超过政府官员。 (42)以利相倾:依靠钱财争权夺利,互相排挤。 (43)游敖:游玩。敖同"遨"。 (44)冠盖相望:路上可以看到商人的冠服和篷车。意指商人既多,往来不绝。冠:帽子。盖:伞形车篷。 (45)乘坚策肥:坐着好车,赶着肥马。 (46)履丝曳缟:穿着丝制的鞋子,拖着绢制的长衣。缟:白绢。 (47)今法律贱商人:汉初对商人曾有种种禁令。如"贾不得衣丝乘车,重租税以困辱之"、"市井子孙亦不得为官吏"。 (48)乖迕:违背。 (49)县官:代指皇帝、朝廷。 (50)渫:分散。 (51)损有余,补不足:语出《老子》七十七章,原文是"损有余而奉不足"。 (52)主用足:官府的需用充足。 (53)劝农功:鼓励农业生产。(54)复卒:免除兵役。 (55)大用:重要的资财。 (56)五大夫:官名。汉代的第九等爵位。 (57)擅:专有。 (58)甚欲:非常希望。

【今译】在圣明的君主统治下,人民不挨饿受冻,不是君主能够亲自耕作给人民饭吃,亲自织布给人民衣穿,而是能为人民开辟取得物质财富的道路。因此,尧、禹的时代有过九年的水灾,商汤的时代有过七年的旱灾,然而国内却无饥饿而死之人,这是因为积蓄多而早有准备。

今天,全国统一,土地人民的数量之多,不亚于商汤、夏禹时代,加上又无连年的水旱天灾,然而积蓄却不及汤、禹时代,为什么呢?土地还有潜力,

人民还有余力,能长庄稼的土地还没有全部开垦,山林湖泊的功用还没有全部发挥出来,不务农而吃粮的百姓还没有完全归附农业。百姓贫困,就会滋生奸邪,贫困是因为物资缺乏,物资缺乏又是因为不从事农业生产,不生产就不能定居于一地,不定居于一地就背井离乡轻淡家园,人民就像鸟兽,虽然国家有高大的城墙、深险的护城河、严厉的法令、残酷的刑法,还是不能禁止他们。在寒冷时对于衣服,不会等待有轻而暖的才穿;在饥饿时,不会等待有美味佳肴才吃。饥寒交迫,不顾廉耻。人之常情是,一天不吃两餐就会饥饿,一年不做衣服就会受冻。腹中饥饿得不到食物,皮肤寒冷得不到衣服,虽然是慈母也不能使她的子女安定,君主怎么能够拥有他的人民呢!贤明的君主知道这个道理,所以务必使百姓从事农桑生产,减轻赋税,广积物资,充实仓库,防备水旱,所以能够得到拥有百姓。百姓,在于君主如何去统治他们,这些人追逐财利就像水往低处流,东南西北没有选择。

珠玉金银,饥不能食,寒不能衣,然而众人看重它,这是因为君主需要的缘故。它作为宝物,体积小分量轻易储藏,拿在手里,可以周游天下,而无冻饿之忧。这就使为臣的轻易背离其主,百姓轻易去往他乡,盗贼有所鼓励,逃亡的人得到轻便的财物。粟米布帛,在土地上耕种,按时节生长,费许多人力收获,不是一天就可长成。几石重的东西,平常人不能拿动,也不被奸邪的人所贪图;但一天没有这些东西,就要受冻挨饿,所以贤明的君主重视粮食而轻视珠宝。

现今农夫中的五口之家,服劳役的不少于两人,能耕种的土地,不过百亩,百亩收获不过百石。春天耕种,夏天锄草,秋天收获,冬天储藏。伐木砍柴,修理官舍,从事徭役。春天不能避风尘,夏天不能避暑热,秋天不能避阴雨,冬天不能避寒冷,一年四季,没有休息的时间。加上私人送往迎来、吊丧探病、扶养孤老、生儿育女等所需费用都在其中支出。这样勤劳辛苦,有时还要遭受水旱之灾。催逼赋税残暴凶狠,征收没有固定时间,朝令夕改。当要交纳赋税的时候,有东西的人,半价出售以完税;无东西的人,用加倍的利息去借债。于是就有卖田舍,卖子孙来还债的人。而那些商人,大则屯积居奇牟取成倍的利润;小则坐堂买卖以获利,操纵市场货物的盈缺,整日在都市游荡,趁朝廷急需,卖价一定加倍。所以那些商贩,虽然男的不耕种除草、女的不养蚕织布,穿着必是华丽的衣服,吃着必是美味佳肴。没有农夫那样的辛苦，却得到千百倍于农夫的收益。凭借自己的富有，交往勾结王侯，势力超过官吏，依仗财利互相倾轧；在各地游玩，到处可以看到商人的冠服和篷车，乘着坚固的车，赶着肥壮的马，穿着丝鞋，披着绸衣。这就是商人所以兼并农民、农民所以流亡的缘故。

如今法律轻视商人，商人已经富贵；重视农夫，农夫已经贫贱。所以，世俗所看重的，正是君主所轻视的；官吏所鄙视的，正是法律所尊重的。上下相反，好恶抵触，想使国家富强法制建立，是不可能的。当前的任务，没有比使百姓务农更重要的了。想使百姓务农，在于提高粮价重视生产，而提高粮价重视生产的关键，在于让百姓拿粮食作为赏罚的手段。现在应号召天下百姓把粮食交给国家，可以授予爵位，可以免除罪责。这样做，富人就会得到爵位，农民就会有钱，而粮食就会得到合理疏散。能够交粮受爵的，都是富裕的人。向富裕的人征收粮食，用来供给君主需要，那么贫民的赋税就可以减少，所谓的拿富有补不足，这个政策一实施百姓就会得到好处。

顺应人民心愿，好处有三点：一是君主所用充足；二是百姓赋税减少；三是鼓励农业生产。现行法令规定，民户能够出战马一匹的，就免除三个人的兵役。战马是国家的军需装备，所以免除兵役。神农氏教导说："即使有七八丈高的石砌城墙，百步之宽充满沸水的护城河，百万披甲的将士，没有粮食，也是守不住的。"由此看来，粮食是帝王最重要的物资，施政的根本。让百姓缴纳粮食得爵位，即使到五大夫以上，才免除一个人的兵役罢了。这样看来，缴纳粮食的报酬比出战马的报酬差得远了。授爵位，是君主专有的权利，只要开口，就可以无穷无尽地封下去；粮食，是百姓所种，生长于土地之中而不会匮乏。得到高的爵位与免除罪责，是人们非常向往的。让天下百姓缴纳粮食，用于边塞，以此得到爵位或免去罪责，不到三年，边塞的粮食必然多起来。

【点评】西汉初期，由于实行清静无为、与民休息的政策，使生产有了较快的发展。但广大农民实际上没有得到多少利益，而大地主、大商人却聚敛了大量财富。文帝时土地兼并严重，农民破产流亡，朝廷缺乏粮食储备，内不能与诸侯抗衡，外难以抵御匈奴。晁错对此深感忧虑，为此上书汉文帝"复言守边备塞、劝农力本，当世急务二事"。本文即是讲"劝农力本"部分。

在这里，晁错剀切地陈述了重农贵粟、抑制商人剥削、安定农民生活和生产情绪以缓和阶级矛盾的主张，提出了入粟受爵的办法。这些主张和办法，在当时特定的历史条件下，对发展农业生产，充实中央政府财力，巩固边防有一定的积极作用，在一定程度上有利于改善农民的贫困状况。然而，这些政策的实施，归根到底有利于地主阶级，所谓的"入粟受爵"，实际上是为统治者提供一种新的剥削方式，从长远看，这还必然刺激豪强兼并土地的趋势。

文章通过对当时国用匮乏、土地兼并、农民破产流亡、农业生产凋敝等危机的深入分析提出自己的主张，表现了作者勇于改革的政治势情。文章中对当时农民的勤苦、重负、破产和流亡给予了一定的同情，情理俱至，描写形象，对我们认识当时的社会提供了活生生的历史材料。说明问题时，采用古今、农商、布帛珠玉爵粟等相互对比的手法，节省笔墨，效果突出。分析事理时，能够抓住其内在联系，层层深入，剖析透彻，条贯理顺，层次井然。语言质朴精当，辞意明畅，气势矫健，笔锋锐利，表现出一个政治家文章的特点。

【集说】农事为国本，而使民务农，自是确论。且叙五谷金玉贵贱及农商苦乐处，无不曲尽。（林云铭《古文析义》）

此篇大意只在入粟于边以富强其国，故必使民务农，务农在贵粟、贵粟在以粟为赏罚。一意相承，似开后世卖鬻之渐。然错为足边储计，因发此论，固非泛谈。（吴楚材、吴调侯《古文观止》）

与贾疏同时上，意亦略同，而此更画出滋粟之方，在于自上贵之。上以权予粟，则粟贵；上以权予金钱，则粟轻。入粟一议，本计在于抑末。中间将珠玉对勘，正欲去其积重之势，以归权于粟也。……字字透肌刻骨，而布局却字字摆开。苏家的乳在此。（浦起龙《古文眉诠》）

（梁瑜霞）

邹阳

邹阳(约前206—前129),西汉文学家。齐(今山东东部)人。他为人正直,有智谋才略。最初在吴王濞门下任职,曾有《上吴王书》劝吴王濞勿起兵反汉,不听,于是改投梁孝王门下。当时大臣袁盎等反对景帝立梁孝王为嗣,梁孝王和羊胜、公孙诡等商量刺杀袁盎,邹阳加以劝阻。因羊胜进谗下狱。邹阳从狱中写《狱中上梁王书》申斥冤屈,进行辩解。孝王省悟,释放了他,把他尊为上客。邹阳所作散文,尚有战国游士纵横善辩之风。

狱中上梁王书[1]

邹阳从梁孝王游。阳为人有智,慷慨不苟合,介于羊胜、公孙诡之间[2]。胜等疾阳,恶之孝王[3]。孝王怒,下阳吏[4],将杀之。阳乃从狱中上书曰:

"臣闻'忠无不报,信不见疑',臣常以为然,徒虚语耳。昔荆轲慕燕丹之义[5],白虹贯日,太子畏之。卫先生为秦画长平之事[6],太白食昴,昭王疑之。夫精变天地[7],而信不谕两主,岂不哀哉!

今臣尽忠竭诚，毕议愿知，左右不明，卒从吏讯[8]，为世所疑。是使荆轲、卫先生复起，而燕、秦不寤也，愿大王孰察之。昔玉人献宝[9]，楚王诛之；李斯竭忠[10]，胡亥极刑。是以箕子阳狂[11]，接舆避世[12]，恐遭此患也。愿大王察玉人、李斯之意，而后楚王、胡亥之听，毋使臣为箕子、接舆所笑。臣闻比干剖心[13]，子胥鸱夷[14]，臣始不信，乃今知之。愿大王孰察，少加怜焉。

"语曰：'有白头如新，倾盖如故[15]。'何则？知与不知也。故樊於期逃秦之燕[16]，藉荆轲首以奉丹事；王奢去齐之魏[17]，临城自刭，以却齐而存魏。夫王奢、樊於期，非新于齐、秦，而故于燕、魏也，所以去二国死两君者[18]，行合于志，慕义无穷也。是以苏秦不信于天下[19]，为燕尾生；白圭战亡六城[20]，为魏取中山。何则？诚有以相知也。苏秦相燕，人恶之燕王，燕王按剑而怒，食以駃騠[21]。白圭显于中山，人恶之于魏文侯，文侯赐以夜光之璧。何则？两主二臣，剖心析肝相信[22]，岂移于浮辞哉！

"故女无美恶，入宫见妒；士无贤不肖[23]，入朝见嫉。昔司马喜膑脚于宋[24]，卒相中山；范雎拉胁折齿于魏[25]，卒为应侯。此二人者，皆信必然之画，捐朋党之私[26]，挟孤独之交，故不能自免于嫉妒之人也。是以申徒狄蹈雍之河[27]，徐衍负石入海[28]，不容于世，义不苟取比周于朝，以移主上之心。故百里奚乞食于道路[29]，缪公委之以政；甯戚饭牛车下[30]，桓公任之以国。此二人者，岂素宦于朝[31]，借誉于左右，然后二主用之哉？感于心，合于行，坚如胶漆，昆弟不能离，岂惑于众口哉！故偏听生奸，独任成乱。昔鲁听季孙之说逐孔子[32]，宋任子冉之计囚墨翟[33]。夫以孔、墨之辩，不能免于谗谀，而二国以危。何则？众口铄金[34]，积毁销骨也[35]。秦用戎人由余而伯中国[36]，齐用越人子臧而强威、宣[37]。此二国岂系于俗，牵于世，系奇偏之浮辞哉[38]？公听并观[39]，垂明当世。故意合则吴、越为兄弟，由余、子臧是矣；不合则骨肉为仇敌，朱、象、管、蔡是矣[40]。今人主诚能用齐、秦之明，后宋、鲁之听，则五伯不足侔[41]，而三王易为也[42]。

“是以圣王觉寤，捐子之之心[43]，而不说田常之贤[44]，封比干之后，修孕妇之墓[45]，故功业覆于天下。何则？俗善无厌也。夫晋文亲其仇[46]，强伯诸侯；齐桓用其仇[47]，而一匡天下。何则？慈仁殷勤，诚加于心，不可以虚辞借也。至夫秦用商鞅之法[48]，东弱韩、魏，立强天下，卒车裂之；越用大夫种之谋[49]，禽劲吴而伯中国，遂诛其身。是以孙叔敖三去相而不悔[50]，於陵子仲辞三公为人灌园[51]。今人主诚能去骄傲之心，怀可报之意，披心腹，见情素，堕肝胆，施德厚，终与之穷达，无爱于士，则桀之犬可使吠尧[52]，跖之客可使刺由[53]。何况因万乘之权，假圣王之资乎[54]？然则荆轲湛七族[55]，要离燔妻子[56]，岂足为大王道哉！

“臣闻明月之珠[57]，夜光之璧，以暗投人于道，众莫不按剑相眄者[58]。何则？无因而至前也。蟠木根柢[59]，轮囷离奇[60]，而为万乘器者，以左右先为之容也。故无因而至前，虽出随珠、和璧[61]，只怨结而不见德；有人先游[62]，则枯木朽株，树功而不忘。今夫天下布衣穷居之士，身在贫羸，虽蒙尧、舜之术，挟伊、管之辩[63]，怀龙逢、比干之意[64]，而素无根柢之容，虽竭精神，欲开忠于当世之君，则人主必袭按剑相眄之迹矣。是使布衣之士，不得为枯木朽株之资也[65]。是以圣王制世御俗，独化于陶钧之上[66]，而不牵乎卑乱之语，不夺乎众多之口。故秦皇帝任中庶子蒙嘉之言以信荆轲[67]，而匕首窃发；周文王猎泾渭[68]，载吕尚归，以王天下。秦信左右而亡，周用乌集而王[69]。何则，以其能越挛拘之语[70]，驰域外之议，独观乎昭旷之道也。今人主沉谄谀之辞，牵帷廧之制[71]，使不羁之士，与牛骥同皂[72]，此鲍焦所以愤于世也[73]。

“臣闻盛饰入朝者[74]，不以私污义；底厉名号者[75]，不以利伤行。故里名‘胜母’，曾子不入[76]；邑号‘朝歌’[77]，墨子回车。今欲使天下寥廓之士，笼于威重之权，胁于位势之贵，回面污行，以事谄谀之人，而求亲近于左右，则士有伏死堀穴岩薮之中耳[78]，安有

尽忠信而趋阙下者哉(79)?”

【注释】(1)选自《汉书·邹阳传》。梁王即梁孝王刘武,汉文帝次子,景帝同母弟。文帝十二年封为梁王。 (2)羊胜、公孙诡:梁孝王门客。两人因与孝王谋划刺杀大臣袁盎等,被景帝发觉后,受孝王命自杀。 (3)恶之孝王:向孝王谗谤邹阳。 (4)吏:指狱吏。 (5)荆轲:战国末卫人。燕丹:燕太子丹。当时秦蚕食六国,燕太子丹派荆轲入秦刺秦王,未成,荆轲被杀。传说当时荆轲出发去秦,出现了白虹贯日的现象。古人把日当作君的象征,白虹当作战争的预兆。 (6)卫先生:秦人。画:谋划。长平之事:秦将白起攻打赵国,在长平地方击破赵军,想乘机消灭赵国,派卫先生去请秦昭王增兵,被秦相范雎破坏。传说当时出现太白食昴(mǎo)现象,秦昭王因而怀疑白起和卫先生来,不肯增兵和运粮,致灭赵未成。 (7)精:精诚,专诚。(8)讯:审讯。 (9)玉人献宝:传说春秋楚武王时,楚人卞和得到一块没有雕琢过的玉石,献给武王。玉工鉴定后说是石头,武王砍断他的右脚。武王死后,又献给文王,玉工说是石头,文王就砍断他的左脚。到成王时,卞和在野外抱着玉石哭了三日三夜,眼中流出了血泪。成王使玉工治理后,果然得到一块宝玉。因此称此玉为和氏璧。 (10)李斯:战国末期楚人,秦始皇时任丞相,辅佐始皇统一天下。秦始皇死,二世胡亥即位,听信了赵高的谗言,把李斯逮捕杀害。 (11)箕子:名胥余,殷纣(zhòu)王的叔父。纣王荒淫无道,箕子加以劝谏被囚,为避祸计,假装疯癫。 (12)接舆:春秋时楚国的隐士。避世:隐居不出仕。 (13)比干:殷纣王的叔父,官少师。传说因纣王荒淫无道,比干屡加劝谏,被剖心而死。 (14)子胥:姓伍,名员,春秋时楚人。因父兄被楚平王杀害,逃奔吴国,帮助吴王阖闾刺杀吴王僚,夺得王位。吴王夫差时,因劝吴王消灭越国,拒绝越国求和,触怒夫差,后夫差命他自杀,并把他的尸体装入皮口袋,投入江中。鸱(chī)夷:皮口袋。 (15)白头如新:相识已久,还同才认识的一样。形容交情不深。白头,老年,这里形容时间长。倾盖如故:谓相知的人,即使在短时间相处,也和老朋友一样。倾盖,两辆车子在路上遇到,停车交谈,车身靠拢,把车盖挤得向下倒了。盖:车伞。 (16)樊於(wū)期:秦将,被人陷害逃到燕国。始皇杀了他的一家,并悬赏通缉他。燕太子丹使荆轲刺秦王,樊於期自杀,让荆轲用他的头进献，以便接近秦王。　(17)王奢：战国时齐国大臣，因得罪齐王逃到魏国。后来齐国攻打魏国，王奢登城对齐将表示不愿苟且偷生，连累魏国，于是就在城上自杀。　(18)二国：指秦齐。两君：指燕太子丹和魏国国君。　(19)苏秦：战国时辩士，他主张合纵攻秦，曾任六国纵约长。后来遭到秦国的破坏，纵约解散，他也失去诸侯的信任。当时只有燕昭王仍然信任他，命他到齐国进行反间活动。尾生：人名。传说他同一个女子约定在桥下会面，女子没有到，大水已涨起来了，他信守约定不离开，抱住桥柱，终于淹死。这里说他极守信用。　(20)白圭(guī)：战国时中山国的将领，他在战争中失掉六城，畏罪逃到魏国。魏文侯厚待他，后来他替魏国征服了中山。　(21)駃騠(jué tí)：一种骏马。　(22)剖心析肝：犹肝胆相照，谓竭诚相见。　(23)不肖：不贤。　(24)司马喜：战国时宋人。传说他在宋国受过膑脚的刑罚，后来逃到中山国，做了宰相。膑(bìn)：古代的一种刑罚，割掉膝盖骨。(25)范雎：战国时魏人。曾随魏大夫须贾出使齐国。回国后，魏相魏齐疑范雎通齐，对他进行拷问，把他肋骨打断，牙齿打落。后范雎逃到秦国，被任用为相，封为应侯。　(26)朋党：指为争权夺利、排斥异己而结合起来的集团。(27)申徒狄：姓申徒，名狄，传说为殷末人。因谏君不听，自投雍水而死。(28)徐衍：周末人。因对乱世不满，负石自沉于海。　(29)百里奚：春秋时虞人。虞亡被俘为奴，逃跑，被楚人捕获。秦缪公用五张羊皮赎了他。后辅佐缪公，成就霸业。　(30)甯戚：春秋时期卫国人，曾替人家喂牛，住在齐国郭门之外。齐桓公夜间出来，看到甯戚一面唱着《饭牛歌》，一面喂牛，知道他有才能，便任用他担任大夫。　(31)宦：做官。　(32)季孙：即季桓子，春秋末年担任鲁国上卿。齐国人送给鲁君和季孙美女及女乐，鲁君为此三天不上朝听政。于是时任国相的孔子离开鲁国。　(33)墨翟(dí)：战国时鲁人，墨家学派的创始人。　(34)众口铄金：众人交口毁谤，虽是金石可以熔化。比喻谗言过多足以伤人。铄：熔化。　(35)积毁销骨：一次又一次的毁谤，积累下来足以销熔坚硬的骨头。比喻足以致人于毁灭之地。　(36)由余：春秋时晋人，因事逃至西戎。后被秦国任用，为缪公划策，征服西戎，成就霸业。伯：通"霸"，称霸。　(37)子臧：春秋时越人。齐威王、宣王任用子臧，国势强盛。　(38)奇偏：片面，一面。　(39)公听并观：公正地听取，全面地观察。　(40)朱：即丹朱。传说是尧的儿子。名朱，居于丹水，因名

为丹朱。他傲慢荒淫，因此尧不把帝位传给他，让位于舜。象：舜的后母所生，传说象曾多次同他的父母谋害过舜。管、蔡：管叔，蔡叔，都是周武王的弟弟。他们同纣王的儿子武庚图谋叛乱。周公东征，杀了武庚和管叔，流放了蔡叔。（41）五伯：即五霸，指齐桓公、晋文公、秦穆公、宋襄公、楚庄王。（42）三王：指夏禹王、商汤王、周文王和武王。（43）子之：战国时燕王哙的相。他骗取燕王让位给他，造成燕国动乱的局面。（44）田常：即陈桓。春秋时齐简公的相。后篡夺了齐国的王位。（45）修孕妇之墓：传说殷纣王为了与妲己戏笑，剖开孕妇之腹，观看胎儿。武王灭殷后，修建了被害者的坟墓。（46）晋文亲其仇：晋文，晋文公重耳。仇，这里指寺人披。晋献公听骊姬的谗言，逼死太子申生，公子重耳逃到蒲城。献公派遣寺人披攻打蒲城，文公跳墙而走，寺人披追上去砍下了他的衣袖。后来文公回国即位，吕甥、郤芮想发动叛乱，寺人披去见文公，文公宽赦了他，于是他揭发了吕甥等的阴谋，文公得以平定叛乱。（47）齐桓用其仇：仇，指管仲。齐公子纠和公子小白争当齐国君主，管仲辅佐公子纠。鲁庄公九年，管仲奉公子纠之命，同公子小白在乾地激战，管仲射中公子小白衣上的带钩。后来小白立为桓公，管仲为桓公所得，桓公不念旧恶，任用管仲为相，九合诸侯，一匡天下，成为诸侯的霸主。（48）商鞅：战国时卫人，曾辅佐秦孝公进行变法。由于变法伤害了宗室贵族的利益，孝公死后，商鞅被用车裂之刑处死。（49）种：文种，春秋时越国的大臣，曾辅佐越王勾践完成霸业。后越王听了坏人的话，文种被迫自杀。（50）孙叔敖：春秋时楚人，楚庄王的相。三次被任令尹，并不高兴，因为他知道这是凭自己的才能得来的；三次被免职，也不悔恨，因为他知道这不是自己的罪过造成的。（51）於（wū）陵：齐地，在今山东邹平县南。子仲：即陈仲子。据说楚王曾派使者用重金礼聘他担任楚相，他带着全家逃走，为人灌园。三公：秦汉时指丞相、太尉、御史大夫。（52）桀：传说中夏朝最末一代的暴君。尧：传说中古代的圣君。桀犬吠尧，比喻忠于主人，不管他是好是坏。（53）跖（zhí）：古代人民起义领袖。由：许由，传说唐尧要把天下让给他，他逃避不受。（54）假：凭借。（55）七族：从本人曾祖起到曾孙止。（56）要（yāo）离：春秋时吴国人。吴国阖闾派他刺杀庆忌，他就假装犯罪，让阖闾砍断他的右手，烧死他的妻子，而后单身逃走，去接近庆忌，将庆忌杀死。而后自杀。（57）明月之珠：明月珠，即夜光珠。因珠光晶莹似月，故名。 （58）眄（miǎn）：斜着眼看。 （59）蟠木：屈曲的树。柢（dǐ）：树根。 （60）轮囷离奇：盘绕曲屈的样子。囷，音"qūn"。 （61）随珠：传说春秋时随侯在途中遇到一条受伤的蛇，把它救活。以后，蛇衔来一颗明珠作为报答。后因名为随侯珠。 （62）游：谓游扬，称誉。 （63）伊：伊尹。传说奴隶出身，后来帮助汤攻灭夏桀，建立商朝。 （64）龙逄（páng）：关龙逄，夏朝的贤臣。夏桀无道，龙逄强谏，被桀所杀。 （65）资：资质，才能。 （66）陶钧：制造陶器时使用的转轮。这里比喻国家政权。 （67）中庶子：太子的属官。蒙嘉：人名。荆轲到秦国，由蒙嘉引见于秦王。 （68）泾渭：二水名，都在今陕西省。吕尚钓于渭水。文王出猎，遇见他，知道他有才能，把他请回去。后来吕尚辅佐武王伐纣灭商，建立周朝。 （69）乌集：像乌鸦那样猝然聚合，这里比喻在偶然的机会里认识的人，指吕尚。 （70）挛（luán）拘：拳曲。固执之意。 （71）帷廧（qiáng）：指妻妾所居的内室，因用以指妻妾宠臣。 （72）皂（zào）：同"皁"。喂马牛的木曹。 （73）鲍焦：周朝时隐士。传说他不满当时社会，不愿出仕，宁愿一生穷困，最后抱着树木而死。 （74）盛饰入朝：衣冠整齐，到朝中办事。这里指严肃对待国事。 （75）底厉：通"砥砺"。 （76）曾子：即曾参，春秋时鲁人，孔子弟子。他事亲尽孝。有个里巷，名叫"胜母"，他认为这个名字违反孝道，他就不走进去。 （77）朝歌：纣时都邑，在今河南淇县。墨子提倡"非乐"，认为"朝歌"，与自己的主张不合，到了那里，他就把车子掉转头来，不进去。 （78）堀穴岩薮（sòu）：指山野隐居之处。堀：同"窟"。 （79）阙下：宫阙之下。指帝王所居之处。借指朝廷。

【今译】邹阳跟随梁孝王进行游说。邹阳为人有智谋，意气风发情绪激昂，不肯逢迎附和，地位居于羊胜、公孙诡之间。羊胜等人忌妒邹阳，向孝王诽谤邹阳。孝王发怒，把邹阳交给执法官吏议定罪名，准备杀他。邹阳就从狱中上书说：

"臣子听说：'忠诚没有不得到报答，诚实不会被怀疑。'臣子常常认为是对的，却只是句空话罢了。从前荆轲仰慕燕太子丹的义气，他的忠心像一道白光贯穿太阳，太子丹反而不放心；卫先生替秦国策划长平战事，天上出现了太白星进入昴星座的天象，昭王却怀疑他。忠诚使天象发生了变化，忠信

仍然不能使两位主子了解，难道不可悲吗？现在臣子竭尽忠诚，把意见说完，希望大王了解，可是大王左右的人不明真相，结果使我遭到狱吏的审讯，为世人所怀疑。即使让荆轲、卫先生再生，燕太子和秦王还是不觉悟的。希望大王精审。从前卞和献宝，被楚王惩罚；李斯竭尽忠心，被胡亥处以极刑。因此箕子假装疯狂，接舆隐居避世，就是害怕遭到这种不幸。希望大王精审卞和、李斯的诚意，先不要像楚王和胡亥那样轻信谗言，不要使臣子被箕子、接舆所讥笑。臣子听说比干遭到剖心，伍子胥被装进皮口袋投入江中。臣子当初不相信，现在知道了。希望大王精审，稍加怜惜。

“俗话说：‘有的人相交到头发白了，一见如新；有的人停车交谈，一见如故。’为什么呢？这是相知和不相知的区别。所以樊於期逃离秦国到燕国，把头给荆轲以便去完成太子丹交付的事情；王奢离开齐国到魏国，在城上自杀，以死退齐兵，保存魏国。王奢、樊於期同齐、秦不是新交，而同燕、魏不是旧交，所以离开两国，为两国君去死，是行动符合志愿，无限仰慕道义。苏秦被天下各国不信任，但对燕国尽忠；白圭在战争中失去了中山国的六城，却替魏国攻取中山国。为什么？确实是因为君臣的相知。苏秦当燕国的宰相，有人向燕王诽谤他，燕王按剑发怒，杀好马给苏秦吃；白圭因攻取中山而显贵，有人向魏文侯诽谤他，文侯赐给白圭夜光之璧。为什么？因为两个君主和两个大臣，竭诚相见，相互信任，岂能被诈伪不实的语言所改变！

“所以女人无论美和丑，进了王宫就被妒忌；士人无论贤与不贤，到了朝中就被嫉恨。从前司马喜在宋国受到膑刑，终于当了中山国的相；范雎在魏国被打断了肋骨敲掉了牙齿，终于被封为应侯。这两个人都相信必定能够成功的计划，放弃朋党的私情，依仗单枪匹马往来交际，所以自己不能避免遭到别人嫉妒。因此申徒狄投身雍水，徐衍背着石头跳进海里，为世俗所不容，在朝廷坚持大义，不苟且迎合结伙营私，以动摇主上的思想。所以百里奚在路上乞食，缪公把朝政委托给他；甯戚在车下喂牛，桓公把国家交付给他。这两个人难道向来在朝做官，借着国君身边的人赞誉他，然后取得两位国君的任用吗？心心相印，行为相合，坚固得如同胶漆，兄弟也不能离间，难道会被众人说的坏话所迷惑吗？所以偏听会产生奸邪，独断专行会造成祸乱。从前鲁君听了季孙的话驱逐孔子，宋君用了子冉的计策囚禁墨翟。凭着孔子、墨翟的口才，还不能幸免于谗言谀辞，而使两个国家陷于危险之地。

为什么呢？因为众人之口的毁谤可以熔化金石，积年累月的毁谤足以销骨蚀骸。秦国任用西戎人由余，就在中原称霸；齐国任用越国人子臧，就使威王、宣王两代君主强盛起来。这两个国家难道束缚于世俗的偏见，拘泥于世人的偏执，被奇邪偏颇的诈伪不实之词所左右吗？公正地听取，全面地观察，贤明的名声流传于世。所以意见相合，吴、越也可以成为兄弟，由余、子臧就是这样；意见不合，骨肉之亲也会变成仇敌，朱、象、管叔、蔡叔就是这样。当今君主真能做到齐、秦国君的明察，放弃宋、鲁国君的偏听，那么五霸也不足以比拟，三王也容易做到了。

“因此圣明的君主能够觉悟，抛弃子之的心术，也不喜欢田常的贤能，封赏比干的后代，修整孕妇的坟墓，所以功名事业可以覆盖天下。为什么？因为在世间行善的心是不会满足的。晋文公亲近昔日仇人，就强大起来成为诸侯的霸主；齐桓公任用昔日仇人，就能匡正天下。为什么？因为慈爱仁义情意恳切，确实存在于心，不是用虚辞可以代替的。至于秦国用商鞅之法，往东削弱韩、魏，很快强大于天下，结果车裂商鞅；越国采用大夫文种的计谋，打败强大的吴国，称霸中原，随后把他杀了。因此，孙叔敖三次免去相位，却并不悔恨；於陵子仲辞去三公的高官，替人家灌园。现在君主果真能除去骄傲的心，怀着有功必报的意愿，坦露衷情，现出本性，披肝沥胆，厚施恩德，待士有始有终，和他穷达相共，对士人毫不吝惜，那么夏桀的狗可以让它对唐尧狂吠，跖的门客可以使他去行刺许由。何况凭着帝王的权势，借着圣王的资财呢？这样，荆轲被灭了七族，要离烧死了妻子，哪里值得对大王说呢？

“臣子听说明月之珠，夜光之璧，在路上暗中向人投掷，没有人不按着剑斜着眼注视的。为什么？这是由于它无故落到了面前。弯曲的木头和树根，屈曲奇幻，却成为帝王的器具，因为左右近臣已先将它雕饰过。所以它无故落到了面前，即使投出的是随珠、和璧，只能结怨而不会显示恩德；如果有人先游说，那么朽木枯株，都能建立功勋，使人不会忘掉。现今天下的平民和家境穷困的人，身在贫困之中，虽然包藏尧、舜的治世方略，拥有伊尹、管仲的口才，抱着龙逄、比干的忠心，可是平素没有像树根那样被雕饰，即使竭尽精力，想对当今君主展示忠诚，而君主必定沿袭按着剑斜着眼注视的行径。这使得平民出身的士人连朽木枯株的地位都比不上。因此，英明君主

治理天下,像制陶人转动转轮那样,君主要独自掌握运用政权,不被胡言乱语所牵制,也不受许多人的意见的影响。秦始皇听了中庶子蒙嘉的话,相信荆轲,匕首就从暗中刺过来了;周文王在渭水边打猎遇到吕尚把他接回去,就成为天下的帝王。秦王轻信了左右的人就亡国,周朝任用偶然相识的人却成就王业。为什么?因为周文王能超出左右偏见,听取外界的议论,独自看到光明宽广的道路。假如今天君主沉溺在一片阿谀奉承声中,受到宠臣的牵制,使不受世俗约束的士人和牛马同槽,这就是鲍焦痛恨当时世俗的缘故啊。

"臣子听说穿戴整齐在朝的人,不因私情而玷污道义;重视修养、爱惜名声的人,不因私利而损害自己的品行。所以里巷名叫'胜母',曾子就不进去;城邑号称'朝歌',墨子就回转车子。现在要使天下器度宽宏之士,被威重的权力所囚禁,被高贵的权势所挟制,转过脸去污辱自己的品行,来侍奉谗佞之人,求得与君主左右近臣亲近,那么士人只有藏匿老死在岩洞山泽之中罢了,哪里还有竭尽忠信奔走在宫阙之下的人呢?"

【点评】心中积愤,于君前不便发作,随悉化为古今成败大事之论,滔滔喷出,酣畅淋漓,尽抒心中之"块垒"。读之好不快哉!一人之论,诚大丈夫之灼见。置死生于家国之下,足显见识之远,境界之高。由忧己而尽为忧国忧君,如此,君王非草木,能不动情?"知与不知"四字,乃一篇上书之大眼目。自己忠而获罪,信而见疑,原因在于君王"不知"。以此说往,谈古论今,步步深入,用笔出神入化,气势冲荡翻腾,直逼到君王如何知人、如何避免偏听的问题上来。一路说来,情真意深,时而引喻,时而说理,时而正面,时而反面,断而不断,一笔呵成,颇能动人心魄。最后表明自己绝不屈节的态度。无怪乎前人说此文"只反复谗蔽之旨,不落一乞怜语,高绝"。(清·浦起龙《古文眉诠》)正因此,逼醒了孝王,自己终于获释。

【集说】迫切之情,出以委婉;呜咽之响,流为激亮。此言情之善者也。(李兆洛《骈体文钞》)

此书词多偶俪,意多重复,盖情至窘迫,呜咽涕洟,故反复引喻,不能自已耳。其间段落虽多,其实不过五大段文字。每一援引、一结束,即以"是

以”字、“故”字接下，断而不断，一气呵成。（吴楚材、吴调侯《古文观止》）

邹阳狱中上书，气盛语壮。（刘熙载《艺概》）

思如泉涌，若肆笔出之，而神采飞动，辞章炳蔚悲叹愤激，语兼讽刺，使人读之，千百遍不厌，卓为千古奇作。只一意而重复说，味态远穷，古无此体，是创体，比物连类颇似骚赋。（于光华《重订文选集评》引孙月峰语）

激昂感慨，反复辩白，皆杂引古事为证，气激而词腴，别成一种文法。（同上书引邵子湘语）

己之节不可变，主之听不可偏，只二意反复言之。（同上书引何义门语）

（赵润会）

枚乘

枚乘(？—前140),字叔,淮阴(今属江苏)人。初为吴王刘濞的郎中,以文辞著称。吴王谋反,他上书谏阻而不听,乃离吴至梁孝王门下。吴王起兵后,他再次上书劝阻。景帝时曾任弘农都尉,不久辞去。武帝时征他入京,死于途中。枚乘善辞赋,代表作是《七发》,其劝谏吴王的两篇上书,亦为散文名作。

上书谏吴王[1]

臣闻得全者昌,失全者亡[2]。舜无立锥之地[3],以有天下;禹无十户之聚[4],以王诸侯;汤、武之土不过百里[5]。上不绝三光之明[6],下不伤百姓之心者,有王术也[7]。故父子之道,天性也。忠臣不避重诛以直谏,则事无遗策[8],功流万世。臣乘愿披腹心而效愚忠[9],惟大王少加意[10],念恻怛之心于臣乘言[11]。

夫以一缕之任[12],系千钧之重[13],上悬之无极之高,下垂之不测之渊[14],虽甚愚之人,犹知哀其将绝也。马方骇[15],鼓而惊之;

系方绝,又重镇之[16]。系绝于天,不可复结;坠入深渊,难以复出。其出不出[17],间不容发[18]。能听忠臣之言,百举必脱[19]。必若所欲为,危于累卵[20],难于上天;变所欲为,易于反掌,安于泰山。今欲极天命之上寿[21],敝无穷之极乐[22],究万乘之势[23],不出反掌之易,居泰山之安,而欲乘累卵之危,走上天之难,此愚臣之所大惑也。

人性有畏其影而恶其迹者[24]。却背而走[25],迹逾多,影逾疾[26],不如就阴而止[27],影灭迹绝。欲人勿闻,莫若勿言;欲人勿知,莫若勿为;欲汤之凔[28],一人炊之,百人扬之[29],无益也,不如绝薪止火而已。不绝之于彼,而救之于此,譬由抱薪而救火也[30]。养由基[31],楚之善射者也,去杨叶百步,百发百中。杨叶之大,加百中焉[32],可谓善射矣。然其所止,百步之内耳,比于臣乘,未知操弓持矢也[33]。福生有基,祸生有胎,纳其基[34],绝其胎,祸何自来?

泰山之霤穿石[35],单极之绠断干[36]。水非石之钻,索非木之锯,渐靡使之然也[37]。夫铢铢而称之[38],至石必差[39];寸寸而度之[40],至丈必过。石称丈量,径而寡失[41]夫十围之木,始生如蘖[42],足可搔而绝[43],手可擢而拔[44],据其未生,先其未形也。磨砻砥砺[45],不见其损,有时而尽;种树畜养[46],不见其益,有时而大;积德累行,不知其善,有时而用;弃义背理,不知其恶,有时而亡。臣愿大王熟计而身行之,此百世不易之道也。

【注释】(1)这是枚乘给吴王的第一次上书。本文参照《史记》《汉书》《文选》。 (2)全:完美,指思想行为的完美无瑕。 (3)舜:古代贤君。立锥:安放锥子,形容极小。 (4)禹:古代贤君。聚:指村落。 (5)汤:商汤。武:周武王。 (6)上不绝三光之明:指天上没有日食、月食,星辰亦能正常运行。三光:即日、月、星辰。古人相信天人感应,认为日月星辰的正常运行是天下有道的结果,如有异常,则为上天对统治者的不满和示警。 (7)王(wàng)术:统治天下的方法。 (8)遗策:遗漏的谋略。 (9)腹心:心里

话。 (10)惟:希望。少:通“稍”。 (11)恻怛(dá):怜悯,同情。 (12)一缕之任:一根丝线的负担。 (13)千钧:极言其重。钧:古代重量单位,三十斤为一钧。 (14)不测:不可测,极言其深。 (15)方骇:将要惊骇。 (16)重镇:增加重量去压。 (17)出不出:指从祸患中出得来还是出不来。 (18)间不容发:相差的间隙很小,容不下一根头发。 (19)百举:所做的一切事。脱;脱离灾祸。 (20)累卵:把蛋堆叠起来。 (21)极:极尽。天命之上寿:上天所赋予的高寿。上寿:王充《论衡·亚说》:“上寿九十,中寿八十,下寿七十。” (22)敝:尽,享尽。 (23)究:这里指享尽。 (24)恶其迹:厌恶他的脚印。 (25)却背:转背。 (26)疾:急速。 (27)就阴:靠近阳光照不到之处。 (28)汤:热水。沧(chuàng):冷却。 (29)扬:指舀起沸水再倾下,使其散热。 (30)由:通“犹”。 (31)养由基:春秋时的楚国大夫,以善射著称。 (32)加百:加上距离一百步。 (33)比于臣乘,未知操弓持矢也:意指养由基只能见百步之内,与我的远见相比,养由基简直就如同不会操弓射箭。 (34)纳其基:接纳生福的基础。 (35)霤(liù):本指顺屋檐流下的水,这里指山上流下的水。 (36)单极之统(gěng)断干:单一的井梁上汲水的绳子可以磨断井梁。极,本指屋梁,这里指井梁。统:通“绠”,汲水的绳子。干:本指井上的栏杆,这里亦指井梁。 (37)靡:磨。 (38)铢:古代重量单位,大约是一两的二十四分之一。 (39)石:一百二十斤。 (40)度:量。 (41)径:直接。寡失:少误差。 (42)蘖(niè):树木砍去后又长出的枝条。 (43)搔:指用脚趾挠。 (44)擢:拔。 (45)磨砻砥砺:都是磨的意思。 (46)树:栽种。

【今译】臣听说能保全完美者昌,丧失完美者亡。舜无立锥之地,却拥有了天下;禹没有十户人家的村落,却称王于诸侯;商汤、周武王最初的土地不过方圆百里。对上天不使其断绝日、月、星辰的光明,对天下不使其百姓伤心失望,那是有成就王业的方法。所以父亲与儿子的道理,是人的天性。忠臣不避严惩而直言劝谏,那就能处事而没有失算,功业流传万代。臣愿意乘此披露衷诚而献出愚忠,大王稍加留意,考虑一下臣乘机说出的心存忧虑之言。

凭一根丝线的负担,系结千钧的重量,上悬挂于无限的高处,下垂于不可测的深渊，即使是最愚蠢的人，也会哀伤它将断掉。马刚被惊吓，又鸣鼓惊扰它；绳子刚断，又增加负担。绳子在天上断掉，不能重新系上；坠入深渊，难以再出来。出得来出不来，相差的间隙容不下一根头发。能够听从忠臣的话，所做的一切事必脱祸患。如果一定要为所欲为，则危如累卵，比登天还要困难；改变为所欲为，则易如反掌，比泰山还要安稳。现在既然想要极尽上天所赋予的高寿，享尽无穷无尽的至乐，竭尽王者万乘的威势，不选择易如反掌那样容易地脱出祸患，处于巍巍泰山那样安稳的地位，却想去冒危如累卵之险，去走登天一样险难的道路，这正是愚蠢的臣感到十分困惑的原因。

人的本性有害怕他的影子、厌恶他的脚印的现象。（然而）转身而走，则脚印更多、影子出现得更快，不如就近庇荫之处停下来，影子与脚印也就消失了。想要别人听不到，不如不说；想要别人不知道，不如不做；想要热水冷却，一个人烧它，一百个人舀水散热，也没有用处，不如抽掉柴草停止烧火。不在彼处根绝它，却在此处挽救它，譬如抱薪救火。养由基是楚国擅长射箭的人，百步穿杨，百发百中。杨叶只有这么大，加上距离一百步，还能射中目标，可以说是擅长射箭了。然而他所射的限度，在百步之内罢了，要与臣的远见相比，就像不会持弓射箭一样。福的产生有基础，祸的产生有根源，接纳福产生的基础，根绝祸产生的根源，祸从哪里来呢？

泰山流下的水可以穿透石头，一根井梁上汲水的井绳可以磨断井梁。水不是钻石头的钻子，绳索不是锯木梁的锯子，是逐渐磨损使它这样。一铢一铢地称，称到一石时必定会有差错；一寸一寸地量，量到一丈时必定会有过失。一石一石地称，一丈一丈地量，直接而少有错误。十人合抱的大树，出生时如一根枝条，用脚可以挠断，用手可以拔掉，是凭着它还未生长，先于它还未成形。不断地磨砺，看不见它的减损，终有耗尽的时候；栽种树木，畜养牲口，看不见它的增长，终有长大的时候；积累美好的品德与行为，不知道它的美善，终有起作用的时候；抛弃道义，违背天理，不知道它的丑恶，终有灭亡的时候。臣愿大王仔细地考虑并亲身履行，这是百代不可更改的常理啊！

【**点评**】这篇书信体散文写在吴王刘濞谋反之前。作者推心置腹而又语

气诚恳地劝告吴王不要妄意孤行、铤而走险,避免招致败亡的祸患。全文共分四个部分。第一部分为开头语,交代自己披腹心以直谏的原因。第二部分指出吴王目前的所作所为,就像"以一缕之任,系千钧之重",随时可能断绝,情况十分危险。第三部分说明欲人勿知,莫若勿为;要想免除祸患,就必须根绝祸患产生的基础。第四部分告诫凡事都是日积月累地逐渐发展的,只有防微杜渐,警惕于未然,才能不致出现灭亡的恶果。

此文写作之时,吴王虽已蓄意谋反,但还没有完全公开暴露。因此,信中不能明白直露地指出他谋反的事情;但既以劝其易辙为目的,又不能不以激烈的措辞促使对方的警醒。这的确是个难题,然而作者却处理得很好。一方面,全文未出现任何有关谋反的字眼,而多以对方能够明白的隐语出之,只在开头和结尾处略见劝告之意。另一方面,为了造成强烈的效果以震动对方,作者在文中使用了大量的比喻和对比,文章的主体几乎由各种比喻、对比连缀而成。如"以一缕之任,系千钧之重"比喻危险的情状,"泰山之霤穿石,单极之航绝干"比喻事物由微到著的发展过程;"积德累行,不知其善,有时而用"与"弃义背理,不知其恶,有时而亡"的对比;还有"危于累卵"与"安于泰山","难于上天"与"易如反掌",则既是比喻,又是对比。这些比喻、对比,无不妥帖自然、生动形象,因而形成一种危言耸听、触目惊心的艺术效果,并具有令人信服的逻辑力量。此外,这篇文章多排句和韵语,明显受辞赋的影响。

【集说】起伏变化,百态横生。(广益书局标点评注本《古文辞类纂》卷三引归有光语)

文气磊落,有战国之风,中多隐语,要于言外见意。(孙𬭚批《文选》)

以引喻作收,言汉家之威力,不可以侥幸行险。微言一击,全旨俱动。(同上)

只起语略见正意,中间全用比喻成文,文法奇甚,亦以不得明言,故多作隐语耳。(于光华《重订文选集评》)

(郭建勋)

司马相如

司马相如(前179—前117):西汉辞赋家。字长卿,蜀郡成都(今属四川)人。景帝时为武骑常侍,因病免。去梁,从枚乘等游。工辞赋。所作《子虚赋》为武帝所赏识,因得召见,又作《上林赋》,武帝用为郎。曾奉使西南,后为孝文园令。其赋大都描写帝王苑囿之盛,田猎之乐,极尽铺张之能事,于篇末则寄寓讽谏;富于文采,但有堆砌辞藻之病。明人辑有《司马文园集》。

谕巴蜀檄[1]

告巴蜀太守:蛮夷自擅[2],不讨之日久矣!时侵犯边境,劳士大夫[3]。陛下即位[4],存抚天下,安集中国[5]。然后兴师出兵,北征匈奴,单于怖骇[6],交臂受事[7],屈膝请和。康居西域[8],重译纳贡[9],稽颡来享[10]。移师东指,闽越相诛。右吊番禺[11],太子入朝。南夷之君,西僰之长[12],常效贡职,不敢堕怠,延颈举踵[13],喁喁然皆向风慕义[14],欲为臣妾[15]。道里辽远,山川阻深,不能自

致[16]。夫不顺者已诛，而为善者未赏，故遣中郎将往宾之[17]，发巴蜀之士各五百人，以奉币帛，卫使者不然[18]，靡有兵革之事，战斗之患。今闻其乃发军兴制[19]，惊惧子弟，忧患长老，郡又擅为转粟运输，皆非陛下之意也。当行者或亡逃自贼杀，亦非人臣之节也。

夫边郡之士，闻烽举燧燔[20]，皆摄弓而驰[21]，荷兵而走，流汗相属，唯恐居后，触白刃，冒流矢，议不反顾，计不旋踵，人怀怒心，如报私仇。彼岂乐死恶生，非编列之民[22]，而与巴蜀异主哉？计深虑远，急国家之难而乐尽人臣之道也。故有剖符之封[23]，析珪而爵[24]，位为通侯[25]，处列东第[26]，终则遗显号于后世，传土地于子孙。行事甚忠敬，居位甚安逸，名声施于无穷，功烈著而不灭[27]。是以贤人君子，肝脑涂中原，膏液润野草而不辞也。今奉币役至南夷，即自贼杀，或亡逃抵诛[28]，身死无名，谥为至愚[29]，耻及父母，为天下笑。人之度量相越，岂不远哉！然此非独行者之罪也，父兄之教不先，子弟之率不谨[30]，寡廉鲜耻，而俗不长厚也[31]。其被刑戮，不亦宜乎！

陛下患使者有司之若彼，悼不肖愚民之如此，故遣信使晓喻百姓以发卒之事，因数之以不忠死亡之罪[32]，让三老孝悌以不教诲之过[33]。方今田时，重烦百姓[34]，已亲见近县[35]，恐远所溪谷山泽之民不遍闻。檄到，亟下县道[36]，使咸喻陛下之意，无忽！

【注释】(1)檄：古代用作征召、晓谕、申讨之用的官方文书。据《汉书》载：相如为郎数岁，会唐蒙使略通夜郎僰(bó)中，征发巴蜀吏卒千人，郡又多为发转漕万余人，用军兴法，诛其渠率(首领)，巴蜀人大为惊恐。武帝闻之，乃遣相如责唐蒙等，因喻告巴人以非上之意也。 (2)蛮夷：古代泛指华夏中原民族以外的少数民族。擅：独断专行。 (3)士大夫：将帅的佐属。 (4)陛下：指汉武帝。 (5)安集：同“安辑”，安定。 (6)单于：汉时匈奴称其君主为单于。 (7)交臂：叉手，拱手，表示恭敬。事；侍奉。 (8)康居：古西域国名。 (9)重译：辗转翻译。 (10)稽颡：行跪拜礼时，以额触地，表示极度恭敬。享：贡献，把珍品献给天子。 (11)番禺：秦汉时属南海郡。

(12)僰(bó):我国古代西南地区少数民族名。 (13)延颈举踵:伸长脖子踮起脚跟,形容殷切盼望。 (14)喁喁:形容众人羡慕之状。 (15)臣妾:奴隶。 (16)致:到达。 (17)中郎将:指唐蒙。宾:伏。 (18)不然:指不虞之变。 (19)发军:发三军之众。兴制:指用军兴法制。 (20)烽举燧燔:古代边防报警的两种信号。白天放烟叫"烽",夜间举火叫燧。燔:烧。 (21)摄弓:张弓注矢而持在手里。 (22)编列:列入编户。 (23)剖符:古代帝王授与诸侯和功臣的凭证,竹制,剖分为二,帝与诸侯各执其一,故称剖符。 (24)析珪:古代封诸侯,按爵位高低,分颁珪玉,称为析珪。珪:瑞玉,也作"圭"。 (25)通侯:爵位名,即彻侯,《史记·高祖纪》避汉武帝刘彻讳,作"列侯"。 (26)东第:王侯贵族的住宅。 (27)功烈:功劳,业绩。 (28)抵诛:因犯罪而被处死刑。 (29)谥(shì):称作,叫作。 (30)率:遵循,服从。 (31)长厚:崇尚忠厚。 (32)数(shù):责备。不忠:指逃避徭役,不忠于汉王朝。 (33)三老孝悌:《汉书》,景帝诏曰:"置三老孝悌以道民焉。"可见三老孝悌是汉时设置的以忠孝劝导人民,协助推行政令的人员。 (34)重(chóng):一再。 (35)亲见近县:张揖说,檄已示巴蜀城旁近县。 (36)亟(jī):急。县道:汉制,邑无少数民族者称县,少数民族杂居者称道。

【今译】告示巴、蜀太守:蛮夷独断专行,独揽兵权,已久未征讨。所以时常侵犯边境,有劳士大夫辅佐将帅。自当今圣上即位,志在抚顺天下,安定中国。然后兴兵出师,北方征讨匈奴,使单于恐怖惊骇,拱手称臣,屈膝请和。康居及西域各国也辗转翻译,沟通言语,请求纳贡,稽首来朝,敬献珍品。(陛下)接着调动军旅,指向东方,闽越各国相继被灭。再右转自番禺,番禺派太子入朝请和。南夷的君主,西僰的酋长,更是经常纳贡,不敢怠慢,都伸着脖子,垫着脚跟,张着嘴巴,盼望能追随大汉的风范,而愿为臣妾。(陛下)只因道路遥远,山川阻隔,不能亲自到此。如今,不顺服的已被诛灭,而为善的却尚未犒赏,所以特派遣中郎将前来礼敬赏赐。至于征发巴、蜀的士卒各五百人,只是为供给财物,预防使者发生意外之用,原来就没有动武的战事和战斗的祸患。如今听说竟然有引用"军兴制",惊扰地方子弟,忧患父老长者之事,而且郡中还擅自转输粮粟,这都不是陛下的意思。至于被动

员的人,有的逃亡,有的相互残害,这更不是为人臣的态度。

何况边郡的士卒,只要看到白天放烟、夜晚举火,一遇战事,均应持弓箭而奔,荷兵戈而跑,虽汗流浃背,也唯恐落后,纵使冒着被刀枪、飞箭所伤的危险,也义无反顾,决不退缩,人怀同仇敌忾之心,就像替自己报仇一般。他们难道是喜欢死亡而厌恶生存?他们难道就不是编户之民而与巴、蜀异主吗!他们只是计谋深沉,顾虑长远,心急国家的危难,而乐于尽人臣的责任罢了。所以他们或有剖符的封赐,析圭的爵位,地位高达通侯,而居宅列于东第,死后能把显要的谥号流传后世,将赐封的土地留给子孙。他们的行事非常忠敬,他们的居处也甚为安逸。名声传播于无穷,功绩显著而不灭。所以贤人君子都愿肝脑涂地,血流遍野而在所不辞。而今,只是去服供给物资的劳役到南夷,就自相残杀,或逃亡,或诛死,身后不留善名,其应称为"至愚",使父母蒙羞,为天下人耻笑。人的气量与胸怀相差得实在太远了,但是这也不全是固执己意行事者的罪过;先是父兄的教导不严,所以子弟的行为也就不慎。百姓的鲜廉寡耻,是由于世俗风气的不够淳厚,他们遭致刑戮,也是理所当然的。

当今陛下既忧虑使者和官员的种种行为,又痛心不肖愚民的如此做法,所以才派遣了亲信的使者来告诉百姓,为什么要征发士卒这件事,并且以不能忠于国家,为国牺牲之罪来责备他们,同时也责备乡中的"三老"、"孝悌"不教诲百姓的过错。如今正值农忙季节,一再烦扰百姓。现虽已亲见邻近各县的情形,并告示于各县,但犹恐远处溪谷、山泽间的百姓不能周知,所以檄文应紧急下达于各县、道中的蛮夷之地,使他们都明白陛下的意思,千万不可怠慢忽略。

【点评】其文先铺叙汉武北征匈奴、西通西域、东指闽越、南服西南夷的武功,然后指责唐蒙乱发兵卒致使巴蜀之民大为惊恐,并以"皆非陛下之意"断之,起到安慰的作用。文势略为一顿,又以"当行者或亡逃自贼杀,亦非人臣之节"一语转到对逃避徭役者的指责,以边郡将士效忠汉室、不辞劳苦、不畏牺牲的精神为对比,说明逃避者被杀亦理所当然,并指出逃避者的行为亦是父兄不教之过。最后总绾前意,一是晓喻百姓以发卒之事,二是指责不忠死亡之罪,三是责备父老不教之过。文虽不类声讨檄文,但威胁、斥责之意却溢于言表。条理清晰，刚健苍劲，起到安定人心的重要作用。

【**集说**】妙在自出大意，使蜀民与使者两分其罪，最得宣慰远人之体。(金圣叹《天下才子必读书》)

看他问罪之辞，只作闲闲评断卸过，总是安慰之，便更不生意外事。后世为朝廷宣示反侧，宜精学此。(同上)

长卿自是赋手，此虽散文，然用赋之钲铙大约以造语妙，色浓味远，愈读愈不厌。(于光华《重订文选集评》引孙月峰语)

责唐蒙只于首尾轻带，余俱责百姓不宜以逃亡抵诛，且并责其长老素不教训，……文气磅礴绵亘，随手卷舒，迤逦而下，自非后贤可及。(同上书引方伯海语)

责唐蒙意少，责蜀人意多。(同上书)

(赵润会)

东方朔

东方朔(前154—前93),字曼倩,汉朝平原(今山东惠民县)人。汉武初年,征天下方正贤良文学之士,朔上书自荐,被召入朝。后用为常侍郎,又为太中大夫、给事中。朔读书广博,滑稽多智,常以诙谐的言辞,直言切谏。其作品以《答客难》和《非有先生论》最有名,前者尤为后人所模仿。

答客难[1]

客难东方朔曰:"苏秦、张仪[2],壹当万乘之主[3],而都卿相之位[4],泽及后世。今子大夫修先王之术[5],慕圣人之义,讽诵《诗》《书》百家之言,不可胜记[6];著于竹帛[7],唇腐齿落[8],服膺而不可释[9]。好学乐道之效[10],明白甚矣。自以智能海内无双,则可谓博闻辩智矣。然悉力尽忠,以事圣帝,旷日持久,积数十年,官不过侍郎[11],位不过执戟[12]。意者尚有遗行邪[13]?同胞之徒,无所容居[14],其何故也?"

东方先生喟然长息[15],仰而应之,曰:

“是故非子之所能备也[16]。彼一时也，此一时也，岂可同哉？夫苏秦、张仪之时，周室大坏，诸侯不朝，力政争权[17]，相擒以兵[18]，并为十二国[19]，未有雌雄[20]，得士者强，失士者亡，故说得行焉[21]。身处尊位，珍宝充内，外有仓廪[22]，泽及后世，子孙长享。今则不然。圣帝德流[23]，天下震慑[24]，诸侯宾服[25]，连四海之外以为带，安于覆盂[26]。天下平均，合为一家。动发举事[27]，犹运之掌。贤与不肖，何以异哉？遵天之道，顺地之理，物无不得其所。故绥之则安，动之则苦；尊之则为将，卑之则为虏；抗之则在青云之上[28]，抑之则在深渊之下；用之则为虎，不用则为鼠。虽欲尽节效情，安知前后[29]？夫天地之大，士民之众，竭精驰说、并进辐辏者不可胜数[30]。悉力慕之，困于衣食，或失门户[31]。使苏秦、张仪与仆并生于今之世，曾不得掌故[32]，安敢望侍郎乎？传曰[33]：“天下无害，虽有圣人，无所施才；上下和同，虽有贤者，无所立功。”故曰时异事异[34]。

“虽然，安可以不务修身乎哉[35]？《诗》曰：‘鼓钟于宫，声闻于外[36]’‘鹤鸣九皋，声闻于天[37]’。苟能修身，何患不荣？太公体行仁义[38]，七十有二，乃设用于文武，得信厥说[39]，封于齐，七百岁而不绝[40]。此士所以日夜孳孳[41]，修学敏行而不敢怠也[42]。譬若鹡鸰[43]，飞且鸣矣。传曰[44]：‘天不为人之恶寒而辍其冬[45]，地不为人之恶险而辍其广，君子不为小人之匈匈而易其行[46]。天有常度[47]，地有常形，君子有常行。君子有常行[48]，小人计其功。’《诗》云：‘礼义之不愆，何恤人之言[49]？’水至清则无鱼，人至察则无徒[50]。冕而前旒[51]，所以蔽明；黈纩充耳[52]，所以塞聪。明有所不见，聪有所不闻。举大德[53]，赦小过，无求备于一人之义也[54]。枉而直之[55]，使自得之；优而柔之[56]，使自求之；揆而度之[57]，使自索之。盖圣人之教化如此，欲其自得之。自得之，则敏且广矣。

“今世之处士[58]，块然无徒[59]，廓然独居[60]。上观许由[61]，

下察接舆[62]，计同范蠡[63]，忠合子胥[64]，天下和平，与义相扶[65]。寡偶少徒[66]，固其宜也。子何疑于我哉？若夫燕之用乐毅[67]，秦之任李斯[68]，郦食其之下齐[69]，说行如流[70]，曲从如环[71]；所欲必得，功若丘山；海内定，国家安，是遇其时也。子又何怪之邪？

"语曰[72]：以管窥天，以蠡测海[73]，以莛撞钟[74]。岂能通其条贯，考其文理，发其音声哉[75]？由是观之，譬犹鼱鼩之袭狗[76]，孤豚之咋虎[77]，至则靡耳[78]，何功之有？今以下愚而非处士[79]，虽欲勿困，固不得已[80]。此适足以明其不知权变而终惑于大道也。

【注释】(1)难(nàn)：非难，责难。 (2)苏秦、张仪：皆为战国时纵横家。苏主"合纵"，说燕、赵、韩、魏、齐、楚，六合抗秦。张是秦宰相，以"连横"说六国使背约而事秦，破坏"合纵"。 (3)当：遇。万乘：极言兵车之多，比喻国家强盛。 (4)都：居。 (5)子：古对男子的敬称。大夫：东方朔官职。术：治国之道。 (6)不可胜记：无法计算，极言读书之多。 (7)竹帛：竹简和绢帛，古以之书写。 (8)腐：烂。 (9)服膺：牢记在心，存于胸中。释：放。 (10)效：功效。 (11)侍郎：秦汉时郎中令的属官。 (12)执戟：指执戟的侍从官。戟：古兵器。 (13)意者：推测，猜想。遗行：过失。 (14)同胞：亲兄弟。容居：容身居住。句意：东方因官微禄少，无力照顾自己的亲兄弟。 (15)喟(kuì)然：叹气的样子。长息：长叹。 (16)是：这。备：尽知。 (17)力政：靠武力征战。政，通"征"。 (18)相擒以兵：用武力相互吞并。 (19)十二国：齐、楚、燕、赵、韩、魏、秦、鲁、卫、宋、郑、中山。 (20)未有雌雄：强弱、胜负未定。 (21)说(shuì)：以计策劝说人。 (22)廪(lǐn)：粮仓。 (23)德流：恩泽流布。 (24)震慑(shè)：震惊恐惧。(25)宾服：服从。 (26)覆盂：把底小口大的瓦盆倒置，则平稳。喻国家稳定。 (27)举事：做事。 (28)抗：高举。 (29)安知前后：怎知是向前或向后？ (30)竭精驰说：竭尽精力去游说。辐辏：形容人或物聚集趋向如车辐集中于车毂一样。 (31)门户：借指门道，门路。句意：有的人全力追求官职利禄，终为衣食所忧困，找不到门路。 (32)掌故：掌礼乐制度的小官。(33)传：人统称古书为传。 (34)异：不同，两样。 (35)虽然：尽管这样。务：致力。 (36)引诗见《诗·小雅·白华》。 (37)引诗见《诗·小雅·鹤鸣》。 (38)太公:吕尚,姜姓,名望,字子牙,辅武王灭商有功封齐。体行:身体力行。 (39)信:通"伸"。 (40)七百岁:自太公封于齐至田和代齐,约七百年。 (41)孳孳(zī):同"孜孜",勤勉。 (42)敏行:致力品行修养。怠:懈怠,惰,松懈。 (43)鹡鸰:鸟名,一飞则鸣。此勤不懈惰。(44)传:指古书。 (45)辍:停止。 (46)匈匈:吵闹的样子。 (47)常度:恒久不变的规律。 (48)常行:正常的准则。 (49)恤:忧虑。 (50)无徒:没有同伴, (51)冕:古帝王卿大夫所戴礼帽,后专指帝王的礼帽。旒(liú):礼帽前后的玉串。 (52)黈纩(tǒu kuàng):黄色丝棉。 (53)举:用。 (54)求备:求全责备。 (55)枉:曲。直:改正。 (56)优而柔之:对人宽恕柔和。 (57)揆而度之:揣情度理地诱导他。揆:揣度。 (58)处士:没有为官的人,这里还指不得重用的人。 (59)块然:孤独的样子。(60)廓然:寂寞空虚的样子。 (61)许由:尧时隐士,相传尧让天下于许由,他逃走不受。 (62)接舆:春秋末楚国隐士,又称楚狂,他曾讥笑孔子的热衷于政治。 (63)范蠡(lí):越王勾践的谋臣,他帮助勾践建立霸业之后,急流隐退。 (64)子胥:即伍子胥,吴王夫差的臣子,他忠心耿耿为吴王尽力,最终被杀。 (65)相扶:相扶持。 (66)偶:相合之人。 (67)乐毅:战国时燕昭王的臣子。曾大破齐国,下七十余城。 (68)李斯:秦朝丞相,辅佐始皇统一天下。 (69)郦(lì)食(yì)其(jī):汉高祖刘邦的谋士,曾游说齐王田广,使罢守战之备。 (70)说(shuì)行如流:他们的进言,就像流水那样顺利通行。 (71)曲从如环:君主对于他们的意见,就像环那样曲意顺从。 (72)语曰:常言道。 (73)蠡:用瓠做的瓢。 (74)筳:小竹枝。 (75)通其条贯:通晓众星的分布。是相对"以管窥天"而言的。考其文理:考察海水流动的情况。是相对"以蠡测海"而言。发其音声,是相对"以筳撞钟"而言的。 (76)犹:通"由"。鼱(jīng)鼩(qú):穴居田园中的地鼠。 (77)豚:小猪。咋:咬。 (78)靡:粉碎。 (79)下愚:指诘难的客。处士:作者自指: (80)已:通"矣"。

【今译】有客诘难东方朔说:"苏秦、张仪一旦遇到大国的君主,就能身居卿相的地位,恩泽延及后代。现在您学习、遵循先王治国之道,仰慕圣人的道义,诵读《诗经》、《尚书》和诸子百家的言论,不可一一尽数;并将文章写在

竹简和丝帛上，嘴唇读烂了，牙齿读掉了，还存在心中，不能放下。爱好学习，乐守圣贤之道的功效，是十分明白的了。自己以为智慧才能天下无双，那么可以说是见识广博、聪明善辩了。但是竭力尽忠地侍奉圣主，旷日持久，达几十年，官职未超过侍郎，职位不过是执戟侍卫官而已。推想您大概还有过失的行为吧？就连自己同胞的亲兄弟，也没有容身居住的地方。这是什么缘故呢？”

东方先生长叹一声，仰面而回答他说：

“这个缘故不是你所能详知的。彼一时，此一时，怎能同样呢？苏秦、张仪所处的时代，周朝十分衰败，诸侯国不去朝拜，全力征战，争权夺利，以武力相互侵吞，天下兼并为十二个诸侯国，强弱胜负未定，得到士人的国家就强大，失去士人的国家就灭亡，因此游说得以施行。身居尊贵的地位，内有珍宝，外有仓库，恩泽惠及后代，子孙长久享受。现在不是这样。圣明的帝王恩德布施于天下，天下震恐，诸侯臣服，与四夷外国连成一片，比倒置的盂盆还要安稳。天下齐一，融为一家。行动起事，犹如在手掌中转动一样。贤与不贤，有什么不同呢？遵循天道，顺从地理，万物无不得到它的位置。所以，安抚则安逸；劳作则劳苦；推崇则为将军；轻视则为奴仆；抬举就高达青云之上；压抑就沦于深渊之下；起用就是虎；不用就是鼠。即使想要尽臣节献真情，哪里知道是向前还是后退？天地如此广大，士民如此众多，竭尽精力进行游说，同时进献计谋，像车辐条凑集于车毂一样的人，数不胜数。虽然极力羡慕禄位，却被衣食所困，甚或连进身的门路也找不到。假使苏秦、张仪与我同生在今天的时代，还得不到一个掌管礼乐的小吏职位，哪里还敢奢望当侍郎呢？古书上说：‘天下没有灾害，即使有圣明的人，也没有地方施展才能；上下和睦同心，即使有贤明的人，也没有地方建立功勋。’所以说，时代不同，事情也不同。

“虽然这样，怎能可以不致力于修养身心呢？《诗经》说：‘在宫内撞钟，声音能传到外面’，‘鹤鸟在水泽中鸣叫，声音能传到天上’。假如能修养身心，何患得不到荣华？姜太公亲身实行仁义之道，七十二岁时，终于被周文王、周武王安排重用，得以施展他的主张，封在齐地，传国七百年而不亡。这就是士人之所以日夜勤勉不懈，研习学业勉于修身而不敢懈怠的原因。譬如鹡鸰鸟，总是边飞边鸣。古书上说：‘天不会因为人们讨厌寒冷而停止它的冬季，地不会因为人们讨厌艰险而消除它的广大，君子不会因为小人的大吵大闹而改变他的行为。天有恒久不变的规律，地有恒久不变的形状，君子有恒久不变的行为准则。君子有恒久不变的行为准则，小人却计较一己的功利。'《诗经》说：'只要不违背礼义，何必要顾虑别人的议论呢？'水清无鱼，人明察到极点就没有同伴。礼帽前面穿挂的玉珠，是用来遮蔽视力；两边的黄色丝棉垂在耳畔，是用来阻塞听力。视力有看不见的地方，听力有听不到的东西。要取用大德，宽恕小错，即对人不要求全责备的意思。纠正别人的错误，要让他自己认识；宽大和缓地对待别人，是为了让他自己求上进；揣情度理地诱导别人，是为了让他自己探寻正道。圣人的教育感化就是这样，要让他自己去求得正理。自己求得正理，就会勤勉学习，而具有广博的学识。

"当今的不仕之士，喜悦舒畅无同伴，孤独寂寞而独居。但远观许由，近察接舆，智谋如同范蠡，忠诚合于伍子胥，在天下太平的时代，坚持的是义，孤独少有同伴，本来就是应该的。你怎么要对我疑虑呢？燕昭王起用乐毅，秦始皇任用李斯，郦食其说服齐王，进言就像流水一样顺利通行，就像环一样曲意顺从；想做的一定能做到，功绩之大如同山丘；天下稳固，国家安定，这是遇上了适宜的时代。你又何必感到奇怪呢？

"常言道：管窥蠡测，用小竹枝敲击大钟，又怎能通晓众星的分布，考察海水流动的情形，使钟发出响亮的声音呢？由此看来，譬如地鼠袭击猛犬，一只小猪咬虎，结果只会粉身碎骨，能有什么功效呢？现在你凭最愚蠢的才力来诘难不仕之士，虽然想不陷入困窘，一定不可能，这正好足以表明你不懂变通而最终对于大道理的迷惑糊涂。"

【点评】此文以设客诘难、主人回答的主客问答形式，委婉地抒发了作者怀才不遇的不平，客观上也对随意抑扬人才的统治者进行了揭露与抨击。文章可分客之诘难与主之回答两部分。首先是诘难：为什么你这样好学乐道，博闻辩智，却不能得到重用呢？接下来是作者围绕这一问题的回答，共包括四层意思。第一层用战国时期"得士者强，失士者亡"与当代"天下平均，合为一家"的形势进行对比，说明苏秦、张仪之说得以大行、自己却无法建功立业的根本原因，不在才力的高下，而在于"时异事异"，乃时代使然。第二层主要通过对前人言论的阐释，提出虽无所施才，仍然要努力培养道

德，钻研学问，遵循正道。第三层又将块然无徒，与义相扶的“今之处士”与“说行如流，曲从如环”的乐毅等人加以对比，再一次强调遇时或不遇时对能否建立功业的重要作用。第四层指出客不知权变，不明大道，其诘难的结果只能是使自己陷入困窘。这是整个答词的结束。

《答客难》一直被后人认为是一篇滑稽风趣的文章，之所以如此，主要是因为它独特的构思形式。刘勰的《文心雕龙·杂文》说：“自对问以来，东方朔效而广之，名为《客难》，托古慰志，疏而有辨。”“对问”即指宋玉的《对楚王问》，这种体裁，或认为属于赋体。东方朔借用这种非难答难的对问形式，作为全文的基本框架，在针对“诘难”的回答之中，一一辩驳，层层深入，从而使作者的说明与议论显得精炼利落、不枝不蔓、条理分明而又波澜起伏。同时，作者抒发自己怀才不遇的不平，使用了委婉的曲笔。“悉力尽忠，以事圣帝，旷日持久，积数十年，官不过侍郎，位不过执戟……其何故也?”客的诘难，正是作者不满心曲的表露：“虽有圣人，无所施才……虽有贤者，无所立功。”主人的答难，既是自宽之辞，亦为愤懑之语。醉翁之意不在酒，文中的诘难答难、遇时不遇时等，皆为手段，发其愤懑不平之气才是真正的意旨。正语反言，声东击西，虚褒实贬，寓庄于谐，故作的放达中透出沉郁，有意的严肃反而更显谐趣。再加上那流畅多变的语言，淋漓酣畅的议论，使整个作品形成一种滑稽风趣、诙谐奇诡的独特风格。

另外，此文虽为散文，却多用偶句，骈散相间，更显活泼跌宕；适当运用对比手法，立意鲜明；且时出韵语，辞藻丰富，讲究声调、色彩。《答客难》对后世散文的发展产生了一定影响。

【集说】朔上书陈农战强国之计，因自讼独不得大官，欲求试用。其言专商鞅、韩非之语也。指意放荡，颇复诙谐，辞数万言，终不见用。朔因著论，设客难己，用位卑以自慰谕。（《汉书·东方朔传》）

《客难》《解嘲》，屈原之《渔父》《卜居》，庄周之“惠施问难”也。（章学诚《文史通义·诗教上》）

朝退之惟陈言之务去，若《进学解》，则《客难》之变也。（赵秉文《答李天英书》）

（郭建勋）

《淮南子》

《淮南子》亦称《淮南鸿烈》，是西汉淮南王刘安及其门客集体撰写的一部著作。《汉书·艺文志》著录内二十一篇，外三十三篇，内篇论道，外篇杂说。今只流传内二十一篇。其思想接近道家，又糅合儒法阴阳等家，颇似杂家著作。该书在阐明哲理时，涉及奇物异类、鬼神灵怪，保存了不少神话故事。注本有东汉高诱《淮南鸿烈解》。

女娲补天[1]

往古之时，四极废[2]，九州裂[3]，天不兼覆，地不周载[4]。火爁炎而不灭[5]，水浩洋而不息。猛兽食颛民[6]，鸷鸟攫老弱[7]。天是女娲炼五色石以补苍天，断鳌足以立四极[8]，杀黑龙以济冀州[9]，积芦灰以止淫水[10]。苍天补，四极正，淫水涸[11]，冀州平，狡虫死[12]，颛民生。

【**注释**】(1)选自《淮南子·览冥训》。女娲：据《说文》，为"古之神圣女，

化育万物者也”。 (2)四极废:四极,天的四边。废,坏。 (3)九州裂:九州,古代认为天下分为九州,即冀州,兖州,青州、徐州、扬州、荆州、豫州、梁州、雍州。裂:崩裂,土地分裂,犹地震。 (4)载:载育万物。 (5)烂炎,大火燃烧貌。 (6)颛民:善良老实的人民。颛:愚驽。 (7)鸷鸟:凶猛的鸟。攫:抓。 (8)鳌:传说中海里的大龟或大鳖。 (9)冀州:古九州之一,此指古时黄河流域的中原地带。 (10)淫水:泛滥的洪水。 (11)涸:干涸,干枯。 (12)狡虫:凶猛顽诈的大虫。

【今译】很早的时候,天的四极崩坏,九州坍裂,天不能全部覆盖大地,地也不能遍载万物。大火蔓延而不熄灭,洪水浩洋而不停止。猛兽吞食着善良的人民,凶狠的鸷鸟抓噬老人弱者。于是女娲便炼五色之石,补合苍天。斩断大龟之脚,用来支撑天的四极,杀死黑龙用来安定冀州,蓄积炉灰用来掩止洪水。苍天最终得以补全,四极得以矫正,洪水得以流干,冀州也得以平复,凶猛的害虫被杀死,善良的人民得以继续生存。

【点评】层次清晰,结构缜密,一气呵成,首尾贯通。先言天地崩塌、水火恣肆、猛兽猖獗等险恶景况,次言女娲氏补苍天、立四极、济冀州、止淫水之举,终言天地承平、民生虫死之结果。顺承自然、紧凑,无支离破碎之感。尤其对偶句与排比句的大量运用,更显气势恢宏、文意明朗,全篇几乎全由此而构成,大大增强了感染力。

【集说】黑龙,水精也,力牧太稽杀之以止雨。(吴承仕《淮南旧注校理》)

女娲补天神话,看似情景纷繁,实际上只是一个洪水为灾、女娲用种种方法、诛妖除怪、堙塞洪水的故事。女娲可说是神话中最早的一个治理洪水的英雄。(袁珂《古神话选释》)

(王纪刚)

刘彻

刘彻(前156—前87),即汉武帝,前140—前87在位,景帝之子。在位期间继承文景之业,颁布“推恩令”,削弱割据势力,对外积极用兵,开拓疆域,派张骞出使西域,用卫青、霍去病为将征服匈奴。思想上采纳董仲舒建议,罢黜百家,独尊儒术。武帝在位的五十多年,西汉政治、军事、经济、文化的发展达到了极盛时期。他本人也能歌善赋,今存《悼李夫人赋》一篇,《瓠子歌》二首,《秋风辞》和《李夫人歌》各一首,并有许多诏令。

求茂材异等诏[(1)]

盖有非常之功,必待非常之人。故马或奔踶而致千里[(2)],士或有负俗之累而立功名[(3)]。夫泛驾之马[(4)],跅弛之士[(5)],亦在御之而已。其令州郡察吏民有茂材异等可为将相及使绝国者[(6)]。

【注释】(1)这是汉武帝在元封五年(公元前106年)发的诏令。茂材:秀才。后汉时为避光武帝刘秀讳,改秀才为茂才。异等:特异出众,不同凡俗。　(2)奔踶(tí):奔驰。踶:踢。　(3)负俗:被世人讥讽嘲笑。累:毛

病。 (4)泛驾:覆驾,指不受驾驭。 (5)跅弛(tuò chí):放纵不羁。(6)绝国:极远的邦国。

【今译】大凡要建立不同寻常的事业,一定要依靠不同寻常的人才。所以马有的会狂奔踢人却能日行千里,有的士人有受世俗讽刺嘲笑的毛病但能建立功名。难以驾驭的马、放荡不羁的士人,也在于人们善于驾驭他们罢了。命令州郡长官,要细心考察并向上推荐当地官民中的秀才和出类拔萃的、能担任将相和出使远方国家的人才。

【点评】此令一反世俗之见,要求各地不拘一格选拔人才、重用人才。开笔连用两个"非常",气魄宏大,领起全篇。然后一"故"字转入比喻,以马之非常比士之非常,马、士并举,颇有奇气。一"夫"字又紧承马、士,而以"御"字断之。非常之马、非常之士全凭人去"御"之,断得有力,显出自己的一派本领,气概不凡。此后点明:非常之人乃是"茂材异等"之人,非常之功乃是"将相及使绝国",与起笔呼应。短短篇什,气势昂扬,而起承转合又极为自然,比喻亦颇为贴切。

【集说】求材不拘资格,务期适用,汉世得人之盛,当自此诏开之。至以可使绝国者,与将相并举,盖其穷兵好大。一片雄心,言下不觉毕露。与高帝《大风歌》,同一气概。(吴楚材、吴调侯《古文观止》卷六)

起笔严重,能括全诏;"马、士"二句,纵横排奡,亦整齐,亦参差,亦紧炼,亦疏散。"泛驾跅弛"二句,双承双转,对偶之中,饶有机神流利,"御"字一结,不分宾主,而正喻究自分明。末以"茂材异等"点出非常人,"将相使绝国",点出非常功。不应而应,不顾而顾,章法高绝。(余诚《重订古文释义新编》)

武帝雄才大略,见于诸诏,虽不若高(帝)之简易,文(帝)之醇厚,而其奇气之郁勃,精彩之焕发,正使人读之而兴起。(汪基《古文喈凤新编》)

(张新科)

司马迁

司马迁(? 前145—?)字子长,夏阳(今陕西韩城市)人。少而好学,二十岁以后,游踪几遍全国,考察各地民风,收集佚闻传说。初任郎中,元封三年(前108)继父职,任太史令,得读大量藏书。太初元年(前104)着手编写《史记》,后因替投降匈奴的李陵辩解,被处以腐刑。出狱后任中书令,发愤著述,完成了这部巨著。后人称迁"有良史之材",称《史记》"其文直,其事核,不虚美,不隐恶,故谓之实录"。

钜鹿之战[1]

项羽已杀卿子冠军[2],威震楚国,名闻诸侯。乃遣当阳君、蒲将军将卒二万渡河[3],救钜鹿。战少利[4],陈馀复请兵[5]。项羽乃悉引兵渡河,皆沉船,破釜甑[6],烧庐舍,持三日粮,以示士卒必死,无一还心。于是,至则围王离[7],与秦军遇,九战,绝其甬道[8],大破之。杀苏角,虏王离。涉间不降楚,自烧杀。

当是时,楚兵冠诸侯。诸侯军救钜鹿下者十余壁[9],莫敢纵

兵。及楚击秦，诸侯皆从壁上观。楚战士无不一以当十，楚兵呼声动天，诸侯军无不人人惴恐。于是已破秦军，项羽召见诸侯将，入辕门[10]，无不膝行而前，莫敢仰视。项羽由是始为诸侯上将军，诸侯皆属焉。

【注释】(1)选自《史记·项羽本纪》。钜鹿：秦县名，即今河北平乡县。 (2)卿子冠军：指上将军宋义。卿子是当时对男子的尊称。冠军谓最高将领。 (3)当阳君：黥布(亦名英布)的封号。布为项羽的猛将，后归刘邦。蒲将军：名不详。河：指漳河。漳河发源于山西，流经河北南部，故楚军渡漳河始至钜鹿。 (4)少利：稍有胜利。 (5)陈馀：魏之大梁人，此时为赵王手下将领，率数万人屯扎钜鹿之北。 (6)釜(fǔ)：锅。甑(zēng)：蒸饭用的瓦罐等。 (7)王离：王翦之孙，与下文之苏角、涉间同为秦将。 (8)甬道：两侧筑有墙壁以防敌人劫击的通道。 (9)下：钜鹿城下。壁：营垒。 (10)辕门：即营门。古代军队以车为阵，把车辕竖起，相对如门，故称。

【今译】项羽杀掉卿子冠军后，威震楚国，闻名诸侯。便派遣当阳君、蒲将军率兵二万渡过漳河，救援钜鹿。战事稍有胜利，陈馀又请求增派援兵。项羽便率领全军渡过漳河，沉掉全部船只，砸毁锅和瓦罐，烧掉营房，只带三天的口粮，借此向士兵表示决一死战，无一点退还之心。于是，一到钜鹿就包围王离，与秦军相遇，多次交战，截断他们的甬道，大败秦军。杀了苏角，俘虏了王离。涉间不肯投降，自焚而死。

当此之时，楚军雄冠诸侯。诸侯军前往救援而驻扎在钜鹿城下的有十多座营寨，不敢出兵。等到楚军攻击秦军时，诸侯军的将领都在营垒上观望。楚军战士无不以一当十，楚兵杀声震天，诸侯军无不人人惊恐。于是打败秦军之后，项羽召见诸侯将领，(这些将领)进入营门时，无不跪地前行，没有人敢向上看。项羽由此开始成为诸侯军的上将军，诸侯们都成为他的属下。

【点评】叙事谨严，选词精当，描写形象、生动，尤以气势胜。起笔先声夺人，“已杀”二字，承上启下，为后文张本。“项羽乃……渡河”诸句，气势峻急，气象峥嵘，将项羽胆略展露无遗，所谓“陷之死地而后生，置之亡地而后存”，诚然。为突出项羽及楚军威势，“当是时”以下更借诸侯军作比，三个“无不”排除一切，斩钉截铁，高潮迭起，层深递进，令人如闻其声，如见其状，千载之下，读来犹凛凛然有生气。

【集说】项羽最得意之战。太史公最得意之文。（《史记评林》引茅坤语）

叠用三“无不”字，有精神。《汉书》去其二，遂乏气魄。（同上引陈仁锡语）

羽救钜鹿，诸侯“莫敢纵兵”；已破秦军，诸侯膝行而前，“莫敢仰视”。势愈张而人愈惧。（同上引凌约言语）

羽之神勇，千古无二；太史公以神勇之笔写神勇之人，亦千古无二。迄今正襟读之，犹觉喑哑叱咤之雄，纵横驰骋于数页之间，驱数百万甲兵，如大风卷箨，奇观也。（李晚芳《读史管见》）

王若虚《滹南遗老集》卷一五苛诋《史记》文法最疏，虚字不妥，举“诸侯军无不人人惴恐”为“字语冗复”之一例。王氏谭艺，识力甚锐而见界不广，……即以《史记》此句论之，局于本句，诚如王氏所讥。倘病其冗复而削去“无不”，则三叠减一，声势遂杀；苟删“人人”而存“无不”，以保三叠，则它两句皆六字，此句仅余四字，失其平衡，如鼎折足而将覆悚，别须拆补之词，仍著涂附之迹。宁留小眚，以全大体……《汉书·项籍传》作“诸侯军人人惴恐”“膝行而前”；盖知删一“无不”，即坏却累叠之势，何若径删两“无不”，勿复示此形之为愈矣。（钱钟书《管锥编》第一册）

（尚永亮）

垓下之战[1]

项王军壁垓下[2]，兵少食尽，汉军及诸侯兵围之数重。夜闻汉军四面皆楚歌[3]，项王乃大惊曰：“汉皆已得楚乎？是何楚人之多也！”项王则夜起，饮帐中。有美人名虞，常幸从；骏马名骓[4]，常骑之。于是项王乃悲歌忼慨[5]，自为诗曰：“力拔山兮气盖世，时不利

兮骓不逝[6]。骓不逝兮可奈何！虞兮虞兮奈若何[7]！"歌数阕[8]，美人和之。项王泣数行下。左右皆泣，莫能仰视。

于是项王乃上马骑[9]，麾下壮士骑从者八百余人[10]，直夜溃围南出[11]，驰走。平明，汉军乃觉之，令骑将灌婴以五千骑追之。项王渡淮，骑能属者百余人耳[12]。项王至阴陵[13]，迷失道，问一田父，田父绐曰[14]："左。"左，乃陷大泽中。以故汉追及之。项王乃复引兵而东，至东城[15]，乃有二十八骑。汉骑追者数千人。项王自度不得脱，谓其骑曰："吾起兵至今八岁矣，身七十余战，所当者破，所击者服，未尝败北，遂霸有天下。然今卒困于此，此天之亡我，非战之罪也。今日固决死，愿为诸君快战[16]，必三胜之，为诸君溃围、斩将、刈旗[17]，令诸君知天亡我，非战之罪也。"乃分其骑以为四队，四向。汉军围之数重。项王谓其骑曰："吾为公取彼一将。"令四面骑驰下，期山东为三处[18]。于是项王大呼驰下，汉军皆披靡[19]，遂斩汉一将。是时，赤泉侯为骑将[20]，追项王，项王瞋目而叱之。赤泉侯人马俱惊，辟易数里[21]。与其骑会为三处。汉军不知项王所在，乃分军为三，复围之。项王乃驰，复斩汉一都尉，杀数十百人，复聚其骑，亡其两骑耳。乃谓其骑曰："何如？"骑皆伏曰[22]："如大王言。"

于是项王乃欲东渡乌江[23]。乌江亭长檥船待[24]，谓项王曰："江东虽小，地方千里，众数十万人，亦足王也。愿大王急渡。今独臣有船，汉军至，无以渡。"项王笑曰："天之亡我，我何渡为！且籍与江东子弟八千人渡江而西，今无一人还，纵江东父兄怜而王我，我何面目见之？纵彼不言，籍独不愧于心乎？"乃谓亭长曰："吾知公长者。吾骑此马五岁，所当无敌，尝一日行千里，不忍杀之，以赐公！"乃命骑皆下马步行，持短兵接战[25]。独籍所杀汉军数百人，项王身亦被十余创。顾见汉骑司马吕马童[26]，曰："若非吾故人乎？"马童面之，指王翳曰[27]："此项王也！"项王乃曰："吾闻汉购我头千金，邑万户。吾为若德[28]！"乃自刎而死。

【注释】(1)选自《史记·项羽本纪》。垓(gāi)下:地名,在今安徽省灵璧县东南。 (2)壁:营垒,此作动词用,指扎营。 (3)楚歌:楚地歌曲。楚歌惟项羽的楚军能唱,如今围项的汉军皆唱楚歌,说明楚兵降汉者多。(4)骓(zhuī):青白杂色的马,这里是马名。 (5)忼慨:同"慷慨",悲叹感慨貌。 (6)逝:奔跑,跑走。 (7)奈若何:若奈何,你怎么办。 (8)阕(què):遍、段。歌数阕:唱了数遍。 (9)骑(jì):一人一马叫骑。 (10)麾(huī)下:即部下。麾:帅旗。 (11)直夜:趁着夜色。直:当。 (12)属:跟随。 (13)阴陵:在今安徽定远县东南。 (14)绐(dài):欺骗。 (15)东城:在今安徽定远县东南。 (16)快战:痛快地打一仗。 (17)刈(yì)旗:砍旗。 (18)期山东为三处:约定在山的东面分三处会合。 (19)披靡:溃散,倒伏。 (20)赤泉侯:汉将杨喜,因破项羽有功,后封赤泉侯。 (21)辟易:因惊吓而倒退。 (22)伏:通"服"。 (23)乌江:即今安徽和县的乌江浦。 (24)亭长:秦汉时每十里设亭长一人。檥(yǐ):同"舣",把船靠拢岸。 (25)短兵:短小的兵器,如刀、剑之类。 (26)顾见:回头看见。骑司马:骑兵官名。吕马童:当为项羽旧时友人,或前此曾为项羽部下,后背楚投汉,故下文以"故人"相称。 (27)指王翳:把项王指给王翳看。 (28)吾为若德:我为你做件好事吧。

【今译】项王的军队在垓下安营,兵少粮尽,汉军和诸侯兵把他们包围的重重叠叠。夜里听到汉军四面楚歌,项王大惊,说:"汉军把楚地都得到了吗?为什么有这么多楚人呢!"项王就半夜起床,在帐中饮酒。有一美人叫虞姬,常跟随他;有一匹骏马叫骓,常骑着它。于是项王就慷慨悲歌,自作一诗道:"力能拔山呵勇气可以盖世,时势不利呵骓马不再奔驰。骓马不奔驰呵将怎么办?虞姬呵虞姬呵你怎么办!"唱了数遍,美人和着他唱。项王流下数行眼泪。左右的侍从都在哭泣,不敢仰视。

于是项王便骑上战马,部下勇士骑马随从者八百余人,当夜从南边突围出走,奔驰而去。天明时,汉军才发觉,命骑兵将领灌婴率五千骑兵追击。项王渡过淮水,骑着马能跟随他的只有百余人了。项王来到阴陵,迷了路,问一老农,老农骗他说:"向左。"向左,结果陷入一大片沼泽中。因此被汉军

追上。项王便再率兵向东，来到东城，只有二十八个骑兵了。汉军骑兵追来的有数千人。项王自料难以脱身，对骑兵们说："我从起兵到现在八年了，亲身经历七十余次战斗，阻挡我的都被攻破，我打击的无不降服，从未打过败仗，于是称霸天下。然而现在最终被困在这里，这是天要亡我，不能归罪于我不会打仗。今天本要决一死战，愿为诸君痛快地打一仗，一定打胜三次，为诸君击溃围敌、斩杀敌将、砍倒敌旗，让诸君知道天要亡我，不能归罪于我不会打仗。"便把手下骑兵分成四队，面对四个方向。汉军包围得重重叠叠。项王对他的骑兵说："我为诸公杀敌一将。"命骑兵朝四面冲击，约好在山的东面三个地方会合。于是项王大喊着奔驰而下，汉军望风披靡，项王便斩杀一员汉将。这时，赤泉侯为汉军骑兵将领，追赶项王。项王瞋目而叱呵，赤泉侯人马俱惊，吓退数里。项王与他的骑兵在约定的三处会合。汉军不知项王在哪一处，便把军队分为三股，再次将楚军包围。项王奔驰而去，又斩杀一个汉军都尉，杀死近百人，再次把手下骑兵聚集，只损失了两个骑兵。项王问这些骑兵说："怎么样?"骑兵都叹服道："正如大王所说的。"

于是项王便想东渡乌江。乌江亭长把船靠拢岸边等待，对项王说："江东虽小，土地方圆千里，民众有几十万，也完全可以称王。希望大王赶快渡河。现在只有臣有船，汉军赶到，没办法渡河。"项王笑了笑说："天要亡我，我为什么要渡河！况且项籍与八千江东子弟渡江西进，今天无一人生还，纵使江东父老兄弟同情我，让我当王，我有什么脸面去见他们？纵使他们不说，项籍心中难道不羞愧吗?"于是对亭长说："我知道您是忠厚长者。我骑这匹马已五年了，所向无敌，曾一日行千里，不忍心杀掉它，就送给您吧！"便命令骑兵全都下马步行，手持短兵器与敌交战，仅项籍所杀的汉军就有几百人。项王身上也受了十几处创伤。他回头看见汉军的骑兵司马吕马童，说："你不是我的熟人吗?"吕马童面向项羽，指给王翳说："这就是项王！"项王说："我听说汉王为买我的头悬赏千金，封侯万户。我为你做件好事吧！"于是自刎而死。

【点评】清人李渔论词曲作法云："诗词之内好句原难，如不能字字皆工，语语尽善，须择其菁华所萃处，留备后半幅之用。宁为处女于前，勿作强弩之末。"(《笠翁余集·窥词管见》)此深得个中三昧之语。词曲如此，文何能外？试观史公置于《项羽本纪》末幅这段文字，直令人惊心动魄，拍手叫绝，似有过前引“钜鹿之战”而无不及。

文分三段。首段写垓下被围，四面楚歌，形势何等严重？史公却抽出笔业，专写项羽帐中之饮，又以美人虞、骏马骓为陪衬，合理想象，写出项羽悲歌慷慨的末路情怀，染浓了悲剧气氛。次段写垓下突围和激战场面，以二十八骑对汉军数千骑，力量何其悬殊！而项羽之神勇借其自白、人物对话及溃围、斩将、刈旗之行动，和盘托出；乃至瞋目一叱，赤泉侯“人马俱惊，辟易数里”，霸王雄风，何等了得！末段写拒渡乌江及自刎身亡，更是胜境迭出：明明可渡，却硬是不渡；虽已败北，却无丝毫惊惶失措状，而独存丈夫气魄和廉耻心肠；身已难保，却同命相怜，宁下马步行与敌短兵相接，也要为骓马觅一生路；心知已难生还，仍能谈笑风生，将一己头颅慷慨赠予故人；这是英雄的末路，更是末路中的英雄！史公挥动如椽巨笔，能将这份英雄本色写得出，且活灵活现，呼之欲出。真令人于叹服之余而欲为项羽唱一曲“生当作人杰，死亦为鬼雄”的豪歌。

【集说】力拔山气盖世，何等英雄，何等力量，太史公亦以全神付之：成此英雄力量之文。如破秦军处，斩宋义处，谢鸿门处，分王侯处，会垓下处，精神笔力，直透纸背。静而听之，殷殷阗阗，如有百万之军藏于隃麋汗青之中，令人神动。（吴见思《史记论文》）

“垓下歌”正不必以虞兮为嫌，悲壮呜咽与“大风”各自描画帝王兴衰气象，千载而下，惟孟德“山不厌高”“老骥伏枥”，仲达“天地开辟日月重光”语差可嗣响。（程余庆《史记集说》引王世贞语）

始羽以拔山盖世之气，以后日至衰飒。史家摹写逼真如画，千古英雄至此，殊令人一恻。（程余庆《史记集说》）

“项王乃悲歌慷慨。……美人和之。”按周亮工《尺牍新钞》三集卷二释道盛《与某》：“余独谓垓下是何等时，虞姬死而子弟散，匹马逃亡，身迷大泽，亦何暇更作歌诗！即有作，亦谁闻之而谁记之欤？吾谓此数语者，应是太史公‘笔补造化’，代为传神。”语虽过当，而引李贺“笔补造化”句，则颇窥“伟其事”“详其迹”（《文心雕龙·史传》）之理。（钱钟书《管锥编》第一册）

本篇末写项羽“自度不能脱”，一则曰：“此天之亡我，非战之罪也”，再则

曰:“令诸君知天亡我,非战之罪也”,三则曰:“天之亡我,我何渡为!”心已死而意犹未平,认输而不服气,故言之不足,再三言之也。(同上)。

(尚永亮)

赵氏孤儿[1]

晋景公之三年[2],大夫屠岸贾欲诛赵氏。初,赵盾在时,梦见叔带持要而哭[3],甚悲;已而笑,拊手且歌。盾卜之,兆绝而后好[4]。赵史援占之,曰:“此梦甚恶,非君之身,乃君之子,然亦君之咎。至孙,赵将世益衰。”屠岸贾者,始有宠于灵公,及至于景公而贾为司寇,将作难,乃治灵公之贼以致赵盾[5],遍告诸将曰:“盾虽不知,犹为贼首。以臣弑君,子孙在朝,何以惩罪?请诛之。”韩厥曰:“灵公遇贼,赵盾在外,吾先君以为无罪,故不诛。今诸君将诛其后,是非先君之意而今妄诛。妄诛谓之乱。臣有大事而君不闻,是无君也。”屠岸贾不听。韩厥告赵朔趣亡。朔不肯,曰:“子必不绝赵祀,朔死不恨。”韩厥许诺,称疾不出。贾不请而擅与诸将攻赵氏于下宫,杀赵朔、赵同、赵括、赵婴齐[6],皆灭其族。

赵朔妻成公姊,有遗腹,走公宫匿。赵朔客曰公孙杵臼,杵臼谓朔友人程婴曰:“胡不死?”程婴曰:“朔之妇有遗腹,若幸而男,吾奉之;即女也,吾徐死耳。”居无何,而朔妇免身,生男。屠岸贾闻之,索于宫中。夫人置儿绔中,祝曰:“赵宗灭乎,若号;即不灭,若无声。”及索,儿竟无声。已脱,程婴谓公孙杵臼曰:“今一索不得,后必且复索之,奈何?”公孙杵臼曰:“立孤与死孰难?”程婴曰:“死易,立孤难耳。”公孙杵臼曰:“赵氏先君遇子厚,子强为其难者,吾为其易者,请先死。”乃二人谋取他人婴儿负之,衣以文葆,匿山中。程婴出,谬谓诸将军曰:“婴不肖,不能立赵孤。请能与我千金,吾告赵氏孤处。”诸将皆喜,许之,发师随程婴攻公孙杵臼。杵臼谬曰:“小人哉程婴!昔下宫之难不能死,与我谋匿赵氏孤儿,今又卖我。纵不能立，而忍卖之乎！”抱儿呼曰：“天乎天乎！赵氏孤儿何罪！请活之，独杀杵臼可也。”诸将不许，遂杀杵臼与孤儿。诸将以为赵氏孤儿良已死，皆喜。然赵氏真孤乃反在，程婴卒与俱匿山中。

居十五年，晋景公疾，卜之，大业之后不遂者为祟[7]。景公问韩厥，厥知赵孤在，乃曰：“大业之后在晋绝祀者，其赵氏乎？夫自中衍者皆嬴姓也。中衍人面鸟噣，降佐殷帝大戊，乃周天子，皆有明德。下及幽厉无道，而叔带去周适晋，事先君文侯，至于成公，世有立功，未尝绝祀。今吾君独灭赵宗，国人哀之，故见龟策。唯君图之。”景公问：“赵尚有后子孙乎？”韩厥具以实告。于是景公乃与韩厥谋立赵孤儿，召而匿之宫中。诸将入问疾，景公因韩厥之众以胁诸将而见赵孤。赵孤名曰武。诸将不得已，乃曰：“昔下宫之难，屠岸贾为之，矫以君命，并命群臣。非然，孰敢作难！微君之疾，群臣固且请立赵后。今君有命，群臣之愿也。”于是召赵武、程婴遍拜诸将，遂反与程婴、赵武攻屠岸贾，灭其族，复与赵武田邑如故。

乃赵武冠[8]，为成人，程婴乃辞诸大夫，谓赵武曰：“昔下宫之难，皆能死。我非不能死，我思立赵氏之后。今赵武既立，为成人，复故位，我将下报赵宣孟与公孙杵臼[9]。”赵武啼泣顿首固请，曰：“武愿苦筋骨以报子至死，而子忍去我死乎！”程婴曰：“不可。彼以我为能成事，故先我死；今我不报，是以我事为不成。”遂自杀。赵武服齐衰三年[10]，为之祭邑，春秋祠之，世世勿绝。

【注释】(1)选自《史记·赵世家》。赵氏：指春秋时期晋国大夫赵盾的家族。赵盾，赵衰之子，赵朔之父，为晋灵公辅政，因常进谏，遭忌恨，几被害，被迫逃亡。在赵盾出逃的过程中，其弟将灵公杀死，但赵盾返回朝廷后对弑君之弟未加追究，于是被认为是弑君的主谋。　(2)晋景公：晋成公之子，晋灵公之侄。　(3)叔带：赵氏的祖先。要：同“腰”。　(4)兆：古代占验吉凶时灼甲所成的裂纹。　(5)灵公之贼：指弑杀晋灵公的逆贼。致：牵涉。　(6)下宫：赵氏的住宅。赵同、赵括、赵婴齐：赵盾的同父异母兄。

(7)大业:秦、赵的共同祖先,后分为两支。一支是秦,嬴姓;另一支即赵氏。 (8)冠:行加冠礼,表示成人。古男子二十行冠礼。 (9)赵宣孟:即赵盾。盾死,谥号宣孟。 (10)齐(zī)衰(cuī):丧服。

【今译】晋景公即位的第三年,大夫屠岸贾想要诛灭赵氏。当初,赵盾在世的时候,梦见叔带抱着他的腰哭,很悲伤;哭完又笑,边拍手边唱歌。赵盾卜了一卦,龟甲裂纹呈断裂状,后又恢复完好。赵盾请史援视兆以知吉凶,史援说:"这个梦很不好,不是应验在您本身,而是在您的儿子,但也是因您犯错误的缘故。到孙子一代,赵氏就更不景气了。"屠岸贾此人,原来是晋灵公的宠臣,以至于到景公时做了司寇,他想作难,于是从惩治弑灵公的逆贼着手,牵涉到赵盾,对将领们多次说道:"赵盾虽然不知情,但仍然是罪魁祸首。弑君的臣子,子孙在朝做官,怎么惩罚罪犯呢!请杀掉他。"韩厥说:"灵公遇害时,赵盾不在京城,我的先王认为没有罪,所以不杀他。现在诸君要杀他的后代,是违背先王的意愿,这是滥杀无辜。滥杀无辜就是作乱。臣子处理重大的事情而不请示国君,就是目无君主。"屠岸贾不听。韩厥告诉赵朔赶快逃走。赵朔不肯,说:"你如果不使赵氏绝后,赵朔死无遗恨。"韩厥许诺,称病不外出。屠岸贾不请示就擅自与诸将领攻打赵氏祖庙,杀死赵朔、赵同、赵括、赵婴齐等,将他们全都灭族。

赵朔的妻子是晋成公的姐姐,有遗腹,逃到王宫藏匿。赵朔有位门客叫公孙杵臼,杵臼对赵朔的好友程婴说:"为什么不死?"程婴说:"赵朔的妻子有遗腹子,如若有幸生男孩,我伺候他;如果是女婴,我不过死迟一点。"不久,赵朔的妻子分娩,生男孩。屠岸贾听到后,到宫里寻找。赵朔的妻子把孩子放在裤裆里,祈福道:"假如赵氏要被灭绝,你就哭吧;如果不该绝后,你不要作声啊!"待到寻找的人来时,孩子居然没有出声。逃脱后,程婴对公孙杵臼说:"这一回没搜到,过后一定会再来寻找,怎么办?"公孙杵臼说:"抚养孤儿成长和为朋友殉节去死,那一件困难呢?"程婴说:"殉节容易养孤难!"公孙杵臼说:"赵氏的先辈待你不薄,你就勉为其难,让我来做容易的吧,请先死一步。"于是二人商量,找别人的孩子,给人家赔些钱,给孩子裹上华丽的衣饰,藏到山里去。程婴出来,假意对将领们说:"程婴不贤,扶助不了赵氏的孤儿。谁能给我一千金,我就告诉他赵氏孤儿藏在什么地方。"将领们都很高兴，答应他，发兵跟随程婴去围攻公孙杵臼。公孙杵臼假意地骂道："小人呀程婴！当初赵朔遇难时你不去死，和我商量藏匿赵氏孤儿，如今你又出卖我。纵使就算你不肯抚养他，又怎么能忍心出卖他！"公孙杵臼抱着婴儿呼喊道；"天啊，天啊！赵氏孤儿有什么罪过啊！让他活下来，只杀杵臼即可。"将领们不答应，于是杀了公孙杵臼和孤儿。将领们以为赵氏孤儿的确已经死了，都很高兴。然而真的赵氏孤儿却还在，程婴终于和他一起藏匿到深山里去了。

十五年之后，晋景公病了，灼甲取兆预测吉凶，认为是大业的后代中不如意者在作祟。景公问韩厥，韩厥知道赵氏孤儿在，就说："大业的后代在晋国断绝祭祀的莫非是赵氏吗？自中衍后全部是姓嬴的。中衍是人面鸟嘴，降生后辅佐殷帝大戊直到周天子，都有完美的德性。后来到了周幽王、周厉王时，因暴虐无德，叔带才离开周朝来到晋国，事奉先君文侯，直到成公，世代建功立业，不曾断绝过祭祀。如今我的君王唯独把赵氏的宗族灭了，国人哀怜他，所以就显现在龟策上了。希望君王考虑。"景公问："赵氏还有后代子孙吧?"韩厥把全部真情都告诉了。于是景公就和韩厥商量重立赵氏孤儿，将孤儿召回藏在宫里。将领们前来探病问安，景公凭借韩厥人多势众逼迫这些将领见赵氏孤儿。赵氏孤儿名叫赵武。将领们不得已，便说："当初诛杀赵氏，是屠岸贾所为，假借国君的命令逼着我们去干。不然，谁敢作难！要不是您正在生病，我们本来就想请求重立赵氏后代了。现在您既然有命令，那正是我们的愿望！"于是召见赵武和程婴拜见将领们，将领们便又反过来带着程婴和赵武前去攻打屠岸贾，并把他灭了族。赵武重立之后，赵氏的土地和城池也得到了恢复。

赵武到了二十岁，长大成人，程婴便辞别诸位大夫，对赵武说："当初赵氏遇难，都能殉节而死，我不是不能死，我想重立赵氏的后代。如今你已被重立，长大成人，爵位得到了恢复，我将把事情向赵宣孟和公孙杵臼去报告。"赵武哭着向程婴磕头，坚决请求他说："我愿意粉身碎骨地来报答您，您怎能忍心丢下我而去死呢！"程婴说："不可以。他们认为我能办成此事，所以先于我而死去；现在我不去报告，是以为我没把事情办成。"于是自杀了。赵武服丧守孝三年，为他设置了专供祭祀用的土地和城池，春秋两季按时祭祀，世世代代不曾中断。

【点评】赵氏孤儿的故事不见于《左传》,学者们都认为是出于司马迁的好奇,是采杂说敷演成篇,说法近是。司马迁所以采录这个故事,其一是表彰复仇,如同司马迁热情歌颂伍子胥、白公胜等人的复仇一样。其二是歌颂士为知己者死,这是司马迁在《史记》中反复称扬的道德品质之一。赵氏孤儿的故事被元代纪君祥编成了杂剧,是最早传入欧洲的中国剧本。千百年来,人们对公孙杵臼、程婴等所表现的"义"颇为尊崇,而其悲剧形象亦为人们所称道。就文章而言,惊险生动,颇为传神,尤其是"搜孤""救孤"两段,令人战栗,亦令人同情。最终,正义战胜邪恶,又令人痛快,令人叫好。奇人奇事,亦奇文也。

【集说】事奇,语奇,复得奇笔写出,妙。(吴见思《史记论文》)

繁繁杂杂,在他人则不知以何笔写之,而史公之用笔如八音之合奏,脉络分明,一丝不乱,至赵武服齐衰,袅袅尚有余音,欧公《五代史》,更似得此法。(日本有井范平《史记评林补标》)

(韩兆琦)

陈涉起义(1)

陈胜者,阳城人也(2),字涉。吴广者,阳夏人也(3),字叔。陈涉少时,尝与人佣耕(4),辍耕之垄上(5),怅恨久之(6),曰:"苟富贵,无相忘。"庸者笑而应曰(7):"若为佣耕,何富贵也?"陈涉太息曰:"嗟呼!燕雀安知鸿鹄之志哉(8)!"

二世元年七月(9),发闾左適戍渔阳(10),九百人屯大泽乡(11)。陈胜、吴广皆次当行(12),为屯长(13)。会天大雨,道不通,度已失期(14)。失期,法皆斩。陈胜、吴广乃谋曰:"今亡亦死(15),举大计亦死(16),等死(17),死国可乎(18)?"陈胜曰:"天下苦秦久矣。吾闻二世少子,不当立,当立者乃公子扶苏(19)。扶苏以数谏故,上使外将兵。今或闻无罪,二世杀之。百姓多闻其贤,未知其死也。项燕为楚将(20),数有功,爱士卒,楚人怜之。或以为死,或以为亡。今诚以吾众诈自称公子扶苏、项燕[21]，为天下唱[22]，宜多应者。”吴广以为然。乃行卜[23]，卜者知其指意[24]，曰：“足下事皆成，有功。然足下卜之鬼乎[25]！”陈胜、吴广喜，念鬼[26]，曰：“此教我先威众耳。”乃丹书帛曰[27]“陈胜王”，置人所罾鱼腹中[28]。卒买鱼烹食，得鱼腹中书，固以怪之矣。又间令吴广之次所旁丛祠中[29]，夜篝火[30]，狐鸣呼曰[31]“大楚兴，陈胜王”。卒皆夜惊恐。旦日，卒中往往语[32]，皆指目陈胜[33]。

吴广素爱人，士卒多为用者。将尉醉[34]，广故数言欲亡，忿恚尉[35]，令辱之[36]，以激怒其众。尉果笞广[37]。尉剑挺[38]，广起，夺而杀尉。陈胜佐之，并杀两尉。召令徒属曰[39]：“公等遇雨，皆已失期，失期当斩。藉弟令毋斩[40]，而戍死者固十六七[41]。且壮士不死即已，死即举大名耳[42]，王侯将相宁有种乎[43]！”徒属皆曰：“敬受命。”乃诈称公子扶苏、项燕，从民欲也。袒右[44]，称大楚。为坛而盟[45]，祭以尉首。陈胜自立为将军，吴广为都尉[46]。攻大泽乡，收而攻蕲[47]。蕲下，乃令符离人葛婴将兵徇蕲以东[48]。攻铚、酂、苦、柘、谯皆下之[49]。行收兵[50]。比至陈[51]，车六七百乘，骑千余，卒数万人。攻陈，陈守令皆不在，独守丞与战谯门中[52]，弗胜，守丞死，乃入据陈。数日，号令召三老、豪杰与皆来会计事[53]。三老、豪杰皆曰：“将军身被坚执锐[54]，伐无道，诛暴秦，复立楚国之社稷[55]，功宜为王。”陈涉乃立为王，号为张楚[56]。

【注释】(1)选自《史记·陈涉世家》。 (2)阳城：古县名，治所在河南登封市东南三十五里告成镇。 (3)阳夏(jiǎ)：古县名，在今河南省太康县。 (4)佣耕：被人雇佣耕种田地。 (5)辍(chuò)耕：停止耕作。之：到。垄：田埂。 (6)怅恨：失意，不称心。 (7)庸者：受雇耕田的人。庸，通“佣”。 (8)燕雀：喻凡人。鸿鹄(hú)：喻英雄，有远大抱负之人。 (9)二世元年：即公元前 209 年。二世：秦朝第二代皇帝。名胡亥。 (10)发闾左：征发平民百姓。古时，居于闾里左侧的是平民。戍：被罚守边。適同“谪”，贬斥。渔阳：在今北京市密云县西南。 (11)屯：驻扎。大泽乡：在今

安徽宿州市西南。 (12)次当行:编在征发的队伍里。次:编次。 (13)屯长:戍卒中的小头目。 (14)度(duó):估计,推测。 (15)亡:逃跑。 (16)举大计:发动戍卒起义。 (17)等死:同样是死。等:同。 (18)死国:为国事而死。 (19)扶苏:秦始皇长子。 (20)项燕:战国末期楚国大将,项羽的祖父。秦灭楚时,为秦将王翦所败,自杀。 (21)诚:果真,假如,诈:冒称。 (22)唱:同"倡",倡导。 (23)行卜:去占卜吉凶。 (24)指意:旨意,意图。 (25)卜之鬼:向鬼神问卦。卜者启发他们假托鬼神以取得威信。 (26)念鬼:考虑卜鬼神之事。 (27)丹书帛:用朱砂在帛上写字。 (28)罾:渔网。这里用作动词,指人所捕的鱼。 (29)间令:暗使。次所:屯驻的地方。丛祠:树林中的祠庙。 (30)篝火:野外燃烧的火堆。 (31)狐鸣:装作狐狸的叫声呼喊。 (32)往往:到处。 (33)指目:指点注视。 (34)将尉:率领戍卒的军官。 (35)忿恚尉:使军官忿怒。恚:怒。 (36)令辱之:让将尉凌辱自己。 (37)笞:用竹板或荆条抽打。 (38)剑挺:拔剑出鞘。 (39)徒属:部下,指戍卒们。 (40)藉弟令毋斩:假使不被斩首。藉:假使。弟:仅。 (41)固十六七:本来也要占十分之六七。 (42)举大名:即"举大计"。 (43)宁:难道。 (44)袒右:露出右臂,以示标记。 (45)为坛而盟:筑坛而宣誓结盟。 (46)都尉:军官名称,位次于将军。 (47)蕲(qí):在今安徽宿州市南。 (48)符离:在今安徽宿州市。徇蕲以东:攻取蕲以东地区。 (49)铚(zhì):在今安徽宿州市西南。酂(cuó):在今河南永城市西。苦:在今河南鹿邑县东。柘(zhè):在今河南柘城县北。谯(qiáo):今安徽亳州市。 (50)行收兵:沿途收集人马扩大军队。 (51)比:等到。陈:今河南淮阳县。 (52)丞:县的次官。守:代理。守丞:代理县丞。谯门:城楼下面的门。 (53)三老:秦乡官名,掌管教化。豪杰:指有声望的人。 (54)被坚执锐:身披坚固的甲衣,手持锐利的兵器。被:"披"。 (55)社稷:社是土地神。稷是谷神。古代帝王都祭祀社稷。后来,社稷就成为国家的代称。 (56)张楚:陈胜定的国号,取张大楚国之意。

【今译】陈胜是阳城人,字涉。吴广是阳夏人,字叔。陈涉年轻时,曾和别人受雇为人耕种,(一次)他停下耕作走到田埂上,惆怅恼恨好久,说:"如果谁富贵了,彼此不要忘了。"被雇佣的伙伴笑着应声问道:"你是被雇佣耕田的，怎么富贵呢？”陈涉长叹说：“唉！燕雀怎能知道鸿鹄的志向啊！”

（秦）二世元年七月，征调闾左以罪被罚戍边去渔阳，九百人驻屯大泽乡。陈胜、吴广都编在这一行列中，当屯长。适逢天下大雨，道路不通，估计已误期限。误了期限，依法都要斩首。陈胜、吴广于是商量说：“现在逃跑也是死，举行起义也是死，同样是死，死于国事可以吗？”陈胜说：“天下苦于暴秦统治好久了。我听说二世是最小的儿子，不应当继位，应当继位的是公子扶苏。扶苏因为多次劝谏的缘故，被皇上派到外边领兵。今天有人听说他无罪，二世杀了他。老百姓都听说扶苏贤能，不知道他已死了。项燕是楚国将军，多次立功，爱护士兵，楚国人都爱戴他。有的人以为他死了，有的人以为他逃了。现在如果凭我们假装自称公子扶苏、项燕，为天下唱义，应该有很多人响应。”吴广认为陈胜说得对。于是便去灼甲取兆预测吉凶，卦人明白他的意图，说：“您的事都能成，会有大功。然而您要向鬼神问吉凶啊！”陈胜、吴广很高兴，考虑如何问鬼，说：“这是教我们先在众人中树立威望。”于是用朱砂在帛上写道“陈胜王”，放入别人捕捞的鱼肚中。戍卒买鱼烹食，得到鱼肚中的帛书，本来已感到奇怪了。陈胜又私下让吴广到驻地旁边树丛中的神祠里，夜间点起火堆，装作狐狸声鸣叫道“大楚兴，陈胜王”。戍卒都整夜惊恐不安。次日早晨，戍卒中间到处谈论，都指点注视着陈胜。

吴广平素关爱人，很多戍卒为他所用。率领戍卒的军官喝醉了酒，吴广故意多次说要逃跑，使军官怨恨，让他辱骂自己，以激怒众人。军官果然鞭打吴广。当军官拔剑时，吴广奋起，夺剑杀死军官。陈胜帮助他，合力杀死另外两个军官。召集并号召众部属说：“你们遇雨，都已误了期限，误期应当杀头。假使不杀头，戍边而死的人本来就有十分之六七。况且壮士不死则已，死就要树立崇高美好的名声，王侯将相难道是天生的种吗！”众部属都说：“恭敬地接受命令。”便假称公子扶苏、项燕，顺从民心。戍卒们都裸露右臂，以示标记，号称大楚。修筑高坛盟誓，用军官头当祭品，陈胜自立为将军，吴广为都尉。义军攻下大泽乡，招兵扩军进攻蕲县。蕲县攻下后，便派遣符离人葛婴带兵攻打蕲县以东地区。他们进攻铚、酂、苦、柘、谯等县，全都攻下。行军途中不断招兵买马。等到陈县时，已有战车六七百辆，骑兵千余人，步兵数万人。攻打陈县县城时，郡守、县令都不在，只有守丞在城门中抵抗，战败，守丞战死，（义军）便进城占领了陈县。过了几天，陈胜下令召见

乡三老、地方上有声望之人都来集会议事。乡三老、乡绅们都说:“将军身披铠甲,手执利器,讨伐无道,铲除暴秦,重建楚国,论功绩应该称王。”于是陈胜便自立为王,国号为张楚。

【点评】这是《陈涉世家》开篇部分,主要叙述中国历史上第一次农民起义从发动到胜利发展这一过程,热情地歌颂了他们在灭秦中的作用。文章叙事生动,讲求章法,人物形象栩栩如生,用词造句精当洗练。

开篇先叙陈涉少时与人佣耕一事,突现出一位受压抑而有雄心、有抱负的英雄形象。继而转入正题,详细地叙述陈涉、吴广谋划、发动起义的具体做法:他们冒称扶苏、项燕这些在人民中有一定威信的人来号召起义,又将丹书置于鱼腹,借篝火狐鸣,解除戍卒顾虑,增加他们的斗争信心;再用“王侯将相宁有种乎”这一充满豪情的口号鼓励大家。这段描叙环环相扣,有理有据,极其精彩,足以表现出陈涉、吴广的谋略胆识。接着,以吴广故意激怒将尉,拉开了起义的帷幕。他们杀了将尉,筑坛结盟,起义的烈火燃烧起来,并且蓬勃发展。作者用了好几个带有“皆”字的句子,以描绘起义军壮大之势,说明起义是民心所向之举。如“徒属皆曰:‘敬受命。’……攻铚、酂、苦、柘、谯,皆下之”等等,这正如明人王慎中说:“连下‘皆’字,见人心归附之同。”因此,起义的大旗“张楚”很快便树了起来。

总之,这段文字生动而真实地展现出一幅轰轰烈烈的农民起义的画面,塑造了两位有胆有识的起义军领袖形象。虽数千载之后读之,仍令人钦叹太史公卓绝的史识和奇妙的神笔。

【集说】怀王入秦不返,天下之公愤,屈原之私愤,而太史公亦自引为己愤也。“楚虽三户,亡秦必楚”,子长时时不忘此二语,故于陈涉之张楚,项羽之楚,皆所向慕。(曾国藩《求阙斋读书录》)

陈涉无德,力亦不能为天下之功,而能为天下之有力者发端,故功即在发端也。(刘光蕡《史记太史公自序注》)

陈涉首起义师,亡秦以兴汉,汉兴而儒术复盛,是有大功于尧、舜、汤、武与周、孔之道者也。(陈玉树《后乐堂文钞》)

升项羽于本纪,列陈涉于世家,俱属太史公破格文字。项羽垂成,而终为汉困死，是古今极不平事，升之本纪，盖所以惜之而不以成败论也。陈涉未成，能为汉驱除，是当时极关系事，列之世家，盖所以重之，而不与寻常等也。（李景星《史记评议》）

（高益荣）

周亚夫军细柳[(1)]

文帝之后六年[(2)]，匈奴大入边。乃以宗正刘礼为将军[(3)]，军霸上[(4)]；祝兹侯徐厉为将军，军棘门[(5)]；以河内守亚夫为将军，军细柳：以备胡。上自劳军[(6)]。至霸上及棘门军，直驰入，将以下骑送迎[(7)]已而之细柳军，军士吏披甲，锐兵刃，彀弓弩[(8)]，持满[(9)]。天子先驱至[(10)]，不得入。先驱曰："天子且至！"

军门都尉曰[(11)]："将军令曰：'军中闻将军令，不闻天子之诏。'"

居无何，上至，又不得入。于是上乃使使持节诏将军："吾欲入劳军。"

亚夫乃传言开壁门[(12)]。壁门士吏谓从属车骑曰："将军约，军中不得驱驰。"

于是天子乃按辔徐行[(13)]。至营，将军亚夫持兵揖曰："介胄之士不拜[(14)]，请以军礼见。"天子为动，改容式车[(15)]。使人称谢："皇帝敬劳将军。"成礼而去。既出军门，群臣皆惊。文帝曰："嗟乎，此真将军矣！曩者霸上、棘门军[(16)]，若儿戏耳，其将固可袭而虏也。至于亚夫，可得而犯邪！"称善者久之。月余，三军皆罢，乃拜亚夫为中尉[(17)]。

【注释】(1)选自《史记·绛侯周勃世家》。周亚夫(？—前143)，周勃之子，汉文帝时封为条侯。景帝时任太尉，以平定吴楚七国之乱有功迁为丞相。后因其子私买御物，被诬谋反，于军中绝食而死。细柳：在今陕西咸阳市西南，渭河北岸。 (2)后六年：即汉文帝后元六年(前158)。 (3)宗

正:官名,当时为九卿之一,主管皇族事务。 (4)霸上:在今陕西西安市东南。 (5)棘门:在今陕西咸阳市东北。 (6)劳:慰劳。 (7)将以下骑迎送:将军及下属军官都骑着马迎送汉文帝。 (8)彀(gòu):张开,拉开。(9)持满:把弓拉圆。 (10)先驱:即引驾者。 (11)军门都尉:把守军营门的都尉官。 (12)壁门:营门。 (13)按辔(pèi):压着缰绳,使车马慢行。 (14)介:铠甲。胄:头盔。依《礼》而言,穿军服的人不行跪拜礼。(15)式:同"轼",车前横木。式车:俯身手扶车前横木以示敬意。 (16)曩(nǎng):从前。 (17)中尉:维持京城治安的武官,后来改称执金吾。

【今译】文帝后元六年,匈奴大规模入侵边境。文帝于是任命宗正刘礼为将军,驻军霸上;祝兹侯徐厉为将军,驻军棘门;任命河内守亚夫为将军,驻军细柳:以防备匈奴。皇上亲自去慰劳军队。到霸上和棘门军营时,直接驰入,将军及其属下官兵都骑着马迎送。随即来到细柳军营,军中的将士披戴铠甲,兵器锋利,开弓搭箭,弓拉满月。皇上的前导来到不能进军营。前导说:"皇上就要到了!"

守卫营门的都尉说:"将军命令:'军中只听将军的命令,不听天子诏令。'"

没有多久,皇上到了,也不能进营门。于是文帝派使者拿着符节向将军诏告:"我要到军中慰劳军队。"

亚夫于是传令打开营门。守门将士向随从将军说:"将军规定:军营中不准车马奔跑。"

于是,文帝便压住缰绳,让车马慢慢前进。到了军营,将军亚夫手持兵器拱手说:"披甲戴盔的武士不行跪拜礼,请以军礼参见。"皇上深为感动,面容变得严肃,俯身手扶车上横木。派人称谢说:"皇帝郑重地慰劳将军。"仪礼结束后离开军营。出了营门以后,群臣都十分惊讶。文帝说:"啊!这是真正的将军!以前霸上和棘门的军营,如同儿戏,他们本来就可以遭袭击而成为俘虏。至于亚夫,能够冒犯他吗!"称赞了好久。一个多月之后,三支部队都撤防了。于是授予亚夫为中尉。

【点评】此段文字乃是以对比、衬托手法写亚夫治军之严。开笔先以"匈奴大入边”点明形势，次以兵分三处防守写出文帝对策，然后转到天子劳军一事。霸上、棘门劳军写得极为简略，只用“直驰入，将以下骑送迎”轻轻跳过，直给细柳营让笔墨，且给细柳营作陪衬。此等文字是借客形主，不能过多，但不能无有。作者的着眼点在细柳，故一一写来：军营内的将士严阵以待；天子亦不能随便驰入军中；进军营后又不能驱驰奔跑；介胄之士不行跪拜礼；天子劳军；天子出营门；天子称赞周亚夫。读者似乎亦跟着汉文帝巡视了一番军营。此等将军，真不愧为“真将军”矣。“群臣皆惊”之惊，既惊亚夫之治军，亦惊文帝之举止，而“称善者久之”一语，读之似有余音袅袅之韵，令人神往。亚夫是真将军，因此作者是认真写，是详细写；另外两将军视治军如儿戏，因此作者亦似儿戏般写、简略写，亦愈显出真将军之形象。见微知著，无怪乎在平定吴楚七国之乱中周亚夫名显天下了。前人评说此文云：“亚夫兵法，太史公撰事，并古今绝景。”（《山晓阁史记选》）信哉！

【集说】细柳营，亚夫为真将军；不侯王信，亚夫为真宰相。（《史记评林》引董份语）

条侯细柳军容。写得浩瀚沉雄，真有云垂海立意象。（汤谐《史记半解》）

文帝承秦尊君卑臣之余，而能伸将士气若此，真善将将哉。（程余庆《史记集说》引张邦奇语）

文帝非但知人，亦自知兵。至于屈体亚夫，万目所睹，众心益肃，全是一片剿灭匈奴雄心所出。（同上书引钟惺语）

亚夫虽续绛侯后，从未典兵，此番以河内守初管虎符，士不相习。况大敌在前，尤难轻视。实欲借天子劳军一节，以示将权之重，使战士用命，即司马穰苴请庄贾监军，斩而为徇遗意。其后击吴楚军，坚壁不奉诏，皆此一副本领。龙门步步写生，千载如见，此文字中化工也。（胡怀琛《古文笔法百篇》）

（马雅琴）

伯夷列传[1]

夫学者载籍极博，犹考信于六艺[2]。《诗》《书》虽缺，然虞、夏

之文可知也[3]。尧将逊位，让于虞舜，舜、禹之间，岳牧咸荐[4]，乃试之于位，典职数十年[5]，功用即兴，然后授政。示天下重器，王者大统[6]，传天下若斯之难也。而说者曰："尧让天下于许由[7]，许由不受，耻之逃隐。及夏之时，有卞随、务光者[8]。"此何以称焉？太史公曰：余登箕山[9]，其上盖有许由冢云。孔子序列古之仁圣贤人，如吴太伯、伯夷之伦详矣[10]。余以所闻，由、光义至高，其文辞不少概见[11]，何哉？

孔子曰："伯夷、叔齐，不念旧恶，怨是用希[12]。""求仁得仁，又何怨乎[13]？"余悲伯夷之意，睹轶诗可异焉[14]。其传曰：伯夷、叔齐，孤竹君之二子也[15]。父欲立叔齐，及父卒，叔齐让伯夷。伯夷曰："父命也。"遂逃去。叔齐亦不肯立而逃之。国人立其中子。于是伯夷、叔齐闻西伯昌善养老[16]，"盍往归焉[17]"。及至，西伯卒，武王载木主[18]，号为文王，东伐纣。伯夷、叔齐叩马而谏曰[19]："父死不葬，爰及干戈，可谓孝乎？以臣弑君，可谓仁乎？"左右欲兵之。太公曰[20]："此义人也。"扶而去之。武王已平殷乱，天下宗周，而伯夷、叔齐耻之，义不食周粟，隐于首阳山[21]，采薇而食之。及饿且死，作歌，其辞曰："登彼西山兮，采其薇矣。以暴易暴兮，不知其非矣。神农、虞、夏忽焉没兮[22]，我安适归矣？于嗟徂兮[23]，命之衰矣！"遂饿死于首阳山。由此观之，怨邪非邪[24]？

或曰："天道无亲，常与善人[25]。"若伯夷、叔齐，可谓善人者非邪？积仁洁行如此而饿死！且七十子之徒[26]，仲尼独荐颜渊为好学。然回也屡空[27]，糟糠不厌，而卒蚤夭[28]。天之报施善人，其何如哉？盗跖日杀不辜，肝人之肉[29]，暴戾恣睢[30]，聚党数千人，横行天下，竟以寿终，是遵何德哉？此其尤大彰明较著者也。若至近世，操行不轨，事犯忌讳，而终身逸乐，富厚累世不绝。或择地而蹈之，时然后出言，行不由径，非公正不发愤，而遇祸灾者，不可胜数也。余甚惑焉，傥所谓天道，是邪非邪？

子曰："道不同，不相为谋。"亦各从其志也。故曰："富贵如可求，虽执鞭之士，吾亦为之。如不可求，从吾所好[31]。”“岁寒，然后知松柏之后凋”。举世混浊，清士乃见。岂以其重若彼，其轻若此哉？“君子疾没世而名不称焉[32]”。贾子曰[33]：“贪夫徇财，烈士徇名，夸者死权，众庶冯生[34]”。“同明相照，同类相求[35]。”“云从龙，风从虎，圣人作而万物睹”。伯夷、叔齐虽贤，得夫子而名益彰；颜渊虽笃学，附骥尾而行益显[36]。岩穴之士[37]，趋舍有时，若此类名湮灭而不称，悲夫！闾巷之人[38]，欲砥行立名者[39]，非附青云之士[40]，恶能施于后世哉[41]！

【注释】(1)选自《史记·伯夷列传》。　(2)六艺：即六经，《诗》《书》《易》《礼》《乐》《春秋》。　(3)虞、夏之文：指《尚书》中的《尧典》《舜典》《大禹谟》，记载了尧、舜禅让的传说。　(4)岳：四岳，传说为尧、舜时的四方部落首领。牧：九牧，九州的行政长官。　(5)典：主持。　(6)大统：最大的统治者。　(7)许由：相传为尧时隐士。尧欲将天下让给许由，许由不受，逃至颍水之阳、箕山之下隐居不出。　(8)卞随：相传为夏朝隐士。商汤放逐了夏桀，把天下让给卞随，卞随不受，以为耻辱，投水而死。务光：传说中是夏朝隐士。商汤放逐夏桀，把天下让给务光，务光不受而逃隐。　(9)箕山：在今河南登封市南。　(10)吴太伯：周太王的长子，让位于弟季历(周文王的父亲)，逃至吴地。　(11)其文辞：指许由、务光等的有关记载。不少概见：谓没有一点看到。　(12)“伯夷、叔齐”三句：见《论语·公冶长》。　(13)“求仁得仁”二句：见《论语·述而》。　(14)轶诗：散失的诗篇，指下文夷、齐所作的采薇歌。此诗不入三百篇，所以说“轶”。　(15)孤竹：商时国名，传为商汤所封，约在今河北卢龙县至辽宁朝阳市一带地区。国君姓墨胎氏。　(16)西伯昌：西伯，官名，即西方诸侯之长。昌：姬昌，即周文王。　(17)盍(hé)：何不。归：归向，投奔。　(18)武王：姓姬，名发，周文王之子。木主：木制的牌位，代表死者。　(19)叩马：扣住马缰。叩，通“扣”。　(20)太公：姓姜，名尚，字子牙。又名吕尚，称太公望。辅助周武王伐纣灭商，建立周朝，以功封于齐。　(21)首阳山：今山西永济市南，即下文“西山”。　(22)神农：传说中的远古帝王，以教民稼穑，提倡农事著称。　(23)吁嗟(xū jiē)：感叹词。徂(cú)：通“殂”，死去。　(24)邪：同“耶”。　(25)

与:助。 (26)七十子:孔子学生三千,精通"六艺"者七十二人。七十,举其成数而言。 (27)屡空:经常陷于穷乏的境地。 (28)蚤夭:早死。"蚤"通"早"。 (29)肝人之肉:即"肉人之肝",把人的肝当肉吃。 (30)恣睢:放纵,任意。 (31)"富贵如可求"句:见《论语·述而》。 (32)"君子疾没世而名不称焉"句:见《论语·卫灵公》 (33)贾子:即贾谊,西汉初年杰出的政治家。 (34)冯(píng):同"凭",依仗,这里是贪求之意。 (35)同明相照,同类相求:这两句从《易·乾》中的"同声相应,同气相求"化出,意思是说同类相感,物以类聚。 (36)附骥尾:比喻追随贤者之后而名行显著。(37)岩穴之士:隐士。 (38)闾巷:乡里。 (39)砥:磨刀石,喻磨炼。(40)青云之士:德高望重之人。 (41)施(yì):延续,流传。

【今译】学者的书籍极为丰富,但仍然想从六经中求得考证。《诗》《书》即使有所缺失,但是虞、夏的记载可以知晓。尧将退位,让给虞舜,舜和禹即位之前,四岳和九牧都推荐过,并在职位上试用,掌管政务几十年,功劳显著,然后继承帝位。这表示天下社稷,君王帝位,传天下是这样的难。而有人说:"尧把天下让给许由,许由不接受,认为是耻辱而逃走隐居。到夏的时候,有卞随、务光也是这样。"为什么这样说呢?太史公说:"我登上箕山,山上大概有许由的墓,据说如此。"孔子序列古代的仁贤圣人,像吴太伯、伯夷之类很详细。我所听到的,许由、务光的道义是非常高尚的,但记载的文字很难见到,为什么呢?

孔子说:"伯夷、叔齐不记旧仇,因此怨恨就少。""求仁而得到仁,还有什么怨恨呢?"我对伯夷的愿意感到悲伤,看到他散失的诗作感到诧异。他们的传记说:伯夷、叔齐是孤竹君的两个儿子。父亲想立叔齐为王,等到父亲去世,叔齐让位给伯夷。伯夷说:"这是父亲的命令。"于是逃走了。叔齐也不愿为王而逃走了。孤竹国的人立孤竹君的第二个儿子为国君。于是,伯夷、叔齐听到西伯侯姬昌善待奉养老人,问:"为何不去投奔他呢?"等到了以后,西伯昌去世了,武王载着牌位,称为文王,东进伐纣。伯夷、叔齐勒住马直言规劝说:"父亲去世不安葬,竟然去大动干戈,能说是孝吗?作为臣子去杀君王,能说是仁吗?"左右的人用刀枪杀他们。姜太公说:"这是仁义的人。"扶起来让他们离去。武王已经平定殷商的暴乱,天下归于周,然而伯夷、叔齐却以此为耻，坚持节义而不吃周朝的粮食，隐居在首阳山，采集野菜来吃。等到饿得将要死时，作了一首歌，歌词说道："登上西山啊，采摘山上的薇菜。以暴易暴啊，不知道他的不是。神农、虞、夏时代很快就要消逝啊，我们归处在哪里？哎呀只有死去啊，命中注定要衰亡了！"于是饿死在首阳山。从此来看，他们是怨恨呢？还是不怨恨呢？

有人说："上天没有偏爱，常常帮助善良的人。"像伯夷、叔齐，可称之为善人或者非也？积累仁义品行高洁，也这样饿死！还有在七十位弟子中，孔子只是一再认为颜回好学。然而颜回也经常陷于穷乏的境地，糟糠都不能满足，最终早早地死去。上天对善人的报答施恩，其实如何呢？盗跖成天杀害无辜的人，以人的肝为肉，暴戾恣睢，结党几千人，横行天下，竟然寿终正寝，这是遵守的哪种道德？这是很突出极显明的事例。如果到了现在，操行不守正规，做事犯忌讳，可是终身逸乐，财产丰厚，世代相继。或者选好地方才落脚，到时候然后说话，不走歪门邪道，不是公正的事不发愤，遇到的灾祸数不胜数。我深感不解，如果这就是天道，这究竟是正确的呢，还是不正确？

孔子说："处世之道不同，不必相互商量。"应各自依照自己的志趣行事。所以说："富贵如果可以求得，即使做个执鞭的马夫，我也肯干。如果不能求得，还是遵从我的爱好。""天寒地冻，才能知道松柏是最后凋落的。"举世混浊，清廉的人才会出现。难道因为他们重视富贵的人，轻视仁义的人吗？"君子憎恨死后的名声不能颂扬。"贾谊说："贪婪的人舍身为财，烈士舍身为名，炫耀人为权利而死，普通的民众为追求生命而存。""同类相感，物以类聚。""云从龙，风从虎，圣人的作为万物都会看到。"伯夷、叔齐虽有贤仁德行，而得到孔子的赞扬，更加显赫扬名。颜渊虽然好学，因追随于孔子之后，德行才如此显著。山林隐士，取得与舍弃都靠时运，像这样名声埋没，而得不到颂扬，可悲呀！闾巷之人，要磨炼德行，树立名声，不依附官高爵显的人，怎么能留名于后世呢？

【点评】本文为司马迁所著《史记》七十列传中的第一篇，叙事简洁，议论纵横。文章开篇一反常规，以"夫学者载籍极博，犹考信于六艺"开头，为全文的以议代叙埋下伏笔，紧接着简单地记叙了伯夷、叔齐的事迹并加以赞颂。其间杂引经传，纵横驰骋，看似抛开为伯夷、叔齐作传，却又离经而不叛

"道"，只不过是借伯夷、叔齐的一生，发泄自己对社会现状的强烈不满，表现对天道的大胆怀疑。感情奔放，笔法奇特，难怪前人认为是列传之变体，文章之绝唱。

【集说】太史公疑许由非夫子所称，不述，而首述伯夷，且悲其饿死，为举颜子盗跖反复嗟叹。卒归之各从其志，幸伯夷得夫子而名益彰。其旨远，其文逸，意在言外，咏味无穷。……太史公载伯夷采薇之歌，为之反复嗟伤，遗音余韵，把挹莫尽，君子谓此太史公托以自伤其不遇，故其情到而词切。（黄震《黄氏日抄》）

《伯夷列传》，此七十列传之凡例也。本纪、世家，事迹显著，若列传则无所不录。然大旨有二：一曰征信，不经圣人表章，虽遗冢可疑，而无征不信，如由、光是已；一曰阐幽，积仁洁行，虽穷饿岩穴，困顿生前，而名施后世者，如伯夷、颜渊是已。（何焯《义门读书记·史记》）

此篇为列传之首，故举许由、卞随、务光、颜渊与伯夷、叔齐并言，以明列传之体。盖列之云者，列其人而论之也。又自明其所传必以六艺为考信，以著其采择之慎，其文抑扬往复，亦为古今第一文字。（李慈铭《史记札记》）

世家首太伯，列传首伯夷，美让国高节以风世也。而此篇格局、笔意尤为奇创，后人不能读，故妄生议论，任意批评，以为文义错乱，不可为法。其实篇中脉络分明，节节可寻。前路从舜、禹引出许由、随光，借许由、随光陪出太伯、伯夷，然后单落到伯夷。纡徐委蛇，闪侧脱卸，中间有许多曲折层次。自"其传曰"至"怨邪非邪"，凡二百二十七字，是本传正文。简古质直，异常洁净。证之堪舆家言，此为明堂正位。"或曰"以下，另起议论，波澜无际，随时起伏，总是为伯夷反正作衬，无有一语泛设。"子曰道不同"以下，言天道虽曰无凭，而人事必须自尽，教人以伯夷为法，而又深叹能识伯夷者之少也。合前后观之，杂引经传，往复咏叹，似断似续，如赞如论，而总以表彰伯夷为主，以孔子之论伯夷为定评。虽用笔千变万化，适成其为一篇《伯夷列传》而已。似此奇文，哪能不推为千古绝调！（李景星《史记评议》）

此篇记夷齐行事甚少，感慨议论居其大半，反论赞之宾，为传记之主。司马迁牢骚孤愤，如喉鲠之快于一吐，有欲罢而不能者。陶潜《饮酒》诗之二："积善云有报，夷叔在西山，善恶苟不应，何事立空言！"正此传命意。马迁惟不信"天道",故好言"天命",盖信有天命,即疑无天道,曰天命不可知者,乃谓天道无知尔。《游侠列传》再以夷、跖相较:"伯夷丑周,饿死首阳山,而文武不以其故贬王;跖跻暴戾,其徒诵义无穷","鄙人之言所谓,何知仁义,已飨其利为有德"。是匪仅天道莫凭,人间物论亦复无准矣。(钱钟书《管锥编》)

(鲍海波)

毛遂自荐[1]

秦之围邯郸[2],赵使平原君求救[3],合从于楚,约与食客门下有勇力、文武备具者二十人偕[4]。平原君曰:"使文能取胜,则善矣。文不能取胜,则歃血于华屋之下[5],必得定从而还。士不外索[6],取于食客门下足矣。"得十九人,余无可取者,无以满二十人。门下有毛遂者,前,自赞于平原君曰:"遂闻君将合从于楚,约与食客门下二十人偕,不外索。今少一人,愿君即以遂备员而行矣[7]。"平原君曰:"先生处胜之门下几年于此矣?"毛遂曰:"三年于此矣。"平原君曰:"夫贤士之处世也,譬若锥之处囊中,其末立见。今先生处胜之门下三年于此矣,左右未有所称诵[8],胜未有所闻,是先生无所有也。先生不能。先生留。"毛遂曰:"臣乃今日请处囊中耳。使遂蚤得处囊中[9],乃颖脱而出,非特其末见而已。"平原君竟与毛遂偕,十九人相与目笑之,而未发也。

毛遂比至楚,与十九人议论,十九人皆服。平原君与楚合从,言其利害,日出而言之[10],日中不决。十九人谓毛遂曰:"先生上!"毛遂按剑历阶而上,谓平原君曰:"从之利害,两言而决耳。今日出而言从,日中不决,何也?"楚王谓平原君曰[11]:"客何为者也!"平原君曰:"是胜之舍人也。"楚王叱曰:"胡不下!吾乃与而君言[12],汝何为者也!"毛遂按剑而前曰:"王之所以叱遂者,以楚国之众也。今十步之内,王不得恃楚国之众也,王之命悬于遂手[13]。吾君在前[14],叱者何也?且遂闻汤以七十里之地王天

下[15]，文王以百里之壤而臣诸侯[16]，岂其士卒众多哉，诚能据其势而奋其威！今楚地方五千里，持戟百万[17]，此霸王之资也[18]。以楚之强，天下弗能当。白起[19]，小竖子耳，率数万之众，兴师以与楚战，一战而举鄢、郢[20]，再战而烧夷陵[21]，三战而辱王之先人。此百世之怨，而赵之所羞，而王弗知恶焉。合从者，为楚，非为赵也，吾君在前，叱者何也？"楚王曰："唯！唯！诚若先生之言。谨奉社稷而以从。"毛遂曰："从定乎？"楚王曰："定矣。"毛遂谓楚王之左右曰："取鸡、狗、马之血来！"毛遂奉铜盘而跪进之楚王，曰："王当歃血而定从，次者吾君，次者遂。"遂定从于殿上。毛遂左手持盘血，而右手招十九人曰："公相与歃此血于堂下！公等录录[22]，所谓因人成事者也。"

平原君已定从而归，归至于赵，曰："胜不敢复相士[23]！胜相士多者千人，寡者百数，自以为不失天下之士，今乃于毛先生而失之也。毛先生一至楚，而使赵重于九鼎大吕[24]。毛先生以三寸之舌，强于百万之师。胜不敢复相士！"遂以为上客。

【注释】(1)选自《史记·平原君虞卿列传》。平原君，赵胜的封号，胜初封于平原，故以其地为号，平原，地名，本为齐邑，后属赵，汉置平原县，故治在今山东平原县南。毛遂：平原君赵胜的食客。 (2)秦之围邯郸：赵孝成王八年，秦昭王四十九年（前258），秦兵围赵国都城邯郸。 (3)赵：指赵孝成王，名丹，惠文王之子，在位二十一年（前265—前245）。 (4)文：指晓礼仪、善辞令。武：指勇武有力。偕：一同前往。 (5)歃（shà）血：古代订盟誓时的一种仪式。指杀牲取血于盘中，用口微吸之，或涂于嘴唇。华屋：漂亮的堂宇，指朝会或议事的地方。 (6)不外索：不到门客之外求取。 (7)备员：凑足人员的数额。 (8)称：称赞。诵：口中经常谈到。 (9)蚤：同"早"。 (10)日出：指早晨。 (11)楚王：即楚考烈王，名熊完，在位二十五年 （前262—前238） (12)而君：汝君。而：汝。 (13)悬：系。 (14)吾君：我的主人。 (15)汤：商王朝的建立者，也称天乙。 (16)文王：周文王姬昌，也称西伯，周王朝的开创者。 (17)持戟（jǐ）：手拿武器的士兵。戟:古代武器的一种。 (18)资:凭借,依靠。 (19)白起:秦著名将领,善用兵。 (20)一战而举鄢、郢:指楚顷襄王二十年(前279),秦将白起攻下楚国的鄢、郢二都事。 (21)夷陵:楚国先主之墓所在地。在今湖北宜昌市东。 (22)录录:同"碌碌"。平庸无能。 (23)相士:观察人才。(24)九鼎:相传为夏禹所铸,商、周两代皆作为传国之宝。大吕:周庙的大钟。

【今译】秦国围攻邯郸,赵王派平原君去求救,联合楚国,平原君决定约请门下食客中,二十个果敢有力、善辞令识礼仪、勇猛刚健的人,一起前往。平原君说:"能用文的手段取胜,是最好的。文的手段不能取胜,就在宫廷内歃血盟誓,一定要订立合纵盟约回报国君。随行壮士不需要到外边寻找,选取于门下食客就足够了。"挑选到十九个人,其余选取不出合适的,不满二十人。门下有个叫毛遂的食客,前来,在平原君面前自荐道:"毛遂听说先生将要去联合楚国,约请门下宾客二十人陪先生随行,不到外边寻找。现在缺一人,希望先生就将毛遂作为补缺成员以成行。"平原君询问道:"先生在赵胜门下有多长时间了?"毛遂回答说:"在这里三年了。"平原君说:"贤士处世,就像铁锥放在袋子里,锥头立刻就会露出来。现今先生在赵胜门下已经三年了,左右的人没有称赞过您、谈论过您,赵胜也闻所未闻,这是先生没有什么突出才能吧。先生不能去。先生留下。"毛遂说:"臣今日就请放入袋中。假使毛遂早被放在袋子里面,就会脱颖而出,不只是锥头露出来。"平原君竟答应与毛遂同行,十九个人相视而笑,不露声色。

毛遂随行到楚国,跟十九个人大发议论,十九人全都叹服。平原君与楚王商议联合抗秦,说明利害得失,从清早谈到中午,没有结果。十九人对毛遂说:"先生该上了。"毛遂手按剑柄、表情严肃、拾阶而上,对平原君说:"合纵的利害关系,两言三语就可以做出决定。现今从清早谈论合纵,直到中午还没有决定,为什么?"楚王问平原君道:"客人是来做什么的?"平原君说:"这位是赵胜的门客。"楚王大声呵斥道:"还不下去!我在跟你主人说话,你来干什么!"毛遂手按剑柄,上前说道:"大王之所以大声呵斥毛遂,是依仗楚国兵员众多的威势。可现在您我相距十步之内,大王不能依仗楚国兵员众多的威势了,大王的性命就操在毛遂手中。我的主人就在面前,大声呵斥干

什么？而且毛遂听说：商汤只以方圆七十里的地方便君临天下，周文王只以方圆百里的地方便臣服诸侯，难道是他们士卒众多吗？实在是能够依据当时的情势，奋发他们的威武！现今楚国有方圆五千里的土地，手持戈戟的百万大军，这是称霸天下的资本。以楚国的强大，普天之下谁能抵挡。白起只是个小孩子，率领数万大军，发兵与楚国开战，一战攻占楚国的鄢、郢二都，再战烧毁了楚国的祖坟夷陵，三战辱污了大王的祖先。这是百世的怨仇，连赵国都感到羞耻，大王反而不知道羞辱难受！商议合纵，为了楚国，不是为赵国。我的主人在面前，大王大声呵斥干什么？"楚王说："是！是！的确像先生所说。我恭敬地遵从先生的意见，让楚国与赵国合纵抗秦。"毛遂问道："合纵决定了吗？"楚王说："决定了。"毛遂对楚王的左右侍从说："拿鸡、狗、马的血来！"毛遂捧着铜盘，跪着进献给楚王说："大王应当先歃血再决定合纵之事，其次是我的主人，再次是毛遂。"于是在楚国大殿上完成了合纵盟誓。毛遂左手拿了一盘血，右手招呼十九人说："你们也相互在这殿堂下歃血吧！你们平平庸庸，只能是所谓'因人成事'的人呀！"

平原君使合纵已成定局便回国了，回到赵国，说："赵胜再不敢说会观察人才了。赵胜观察过的人才，多者千人，少者百人，自认为不曾错失天下之士人，而今却将毛先生错失了。毛先生一到楚国，就使赵国的地位重于九鼎大吕。毛先生以三寸不烂之舌，胜过百万雄师。赵胜再也不敢说会观察人才了！"于是把毛遂拜为上宾。

【点评】以奇笔传奇人，以奇文绘奇事，此为司马迁爱奇的表现之一。文章委迤曲折，跌宕起伏。平原君急用二十个文武兼备的人才，横挑竖挑，仅得十九人，自以为奇人尽在其中。然而平中见奇，毛遂自荐，一道闪电，出奇制胜。平原君与毛遂的一番考问，虽不及冯谖弹铗而歌那般出色有趣，亦不失为奇人之一格。锥处囊中，其末立见，信矣。毛遂请处囊中，至楚则定纵重赵，言语得体，处事刚勇。楚王由大声叱呵而低声应诺，毛遂由舍人而主宰大殿，彼消此长，波澜层叠，起伏变化，扣人心弦。描摹人物声口肖似，句句显示内心态势。越是风口浪尖、紧张激烈的场面，越能显出司马迁叙事刻画的高明。

【集说】太史公曰:“赵胜翩翩,浊世之佳公子也。”见自振泽,才为乱世之士,治世则罪人矣。(宋祁《宋景文笔记》)

言在浊世为佳公子,清世则否矣,褒贬在言外,所以称为雄深。平原之人未睹,大体可断。(杨慎《史记题评》)

写得生气勃然,使千载下,赫赫若当时情事,乃其传声像形,则在重沓用字,复句回顾间。(徐与乔《经史辨体》史部《平原君虞卿列传》)

(李培坤　陈彩琴)

信陵君窃符救赵[1]

魏公子无忌者,魏昭王少子[2]而魏安釐王异母弟也[3]。昭王薨[4],安釐王即位,封公子为信陵君。

公子为人,仁而下士[5],士无贤不肖[6],皆谦而礼交之,不敢以其富贵骄士[7]。士以此方数千里争往归之[8],致食客三千人。当是时,诸侯以公子贤,多客,不敢加兵谋魏十余年。

魏有隐士曰侯嬴,年七十,家贫,为大梁夷门监者[9]。公子闻之,往请[10],欲厚遗之[11]。不肯受,曰:“臣修身洁行数十年,终不以监门困故而受公子财。”公子于是乃置酒大会宾客。坐定,公子从车骑[12],虚左[13],自迎夷门侯生。侯生摄敝衣冠[14],直上载公子上坐[15],不让,欲以观公子。公子执辔愈恭[16]。侯生又谓公子曰:“臣有客在市屠中[17],愿枉车骑过之[18]。”公子引车入市。侯生下,见其客朱亥,俾倪故久立[19],与其客语,微察公子,公子颜色愈和。当是时,魏将相宗室宾客满堂[20],待公子举酒。市人皆观公子执辔,从骑皆窃骂侯生。侯生视公子色终不变,乃谢客就车。至家,公子引侯生坐上坐,遍赞宾客[21],宾客皆惊。酒酣[22],公子起,为寿侯生前[23],侯生因谓公子曰:“今日嬴之为公子亦足矣[24]。嬴乃夷门抱关者也[25],而公子亲枉车骑,自迎嬴于众人广坐之中,不宜有所过[26],今公子故过之[27]。然嬴欲就公子之名[28],故久立公子车骑市中,过客以观公子,公子愈恭。市人皆以嬴为小人,而

以公子为长者,能下士也。"于是罢酒,侯生遂为上客。

侯生谓公子曰:"臣所过屠者朱亥,此子贤者,世莫能知,故隐屠间耳。"公子往数请之[29],朱亥故不复谢[30]。公子怪之。

魏安釐王二十年[31],秦昭王已破赵长平军[32],又进兵围邯郸。公子姊为赵惠文王弟平原君夫人,数遗魏王及公子书[33],请救于魏。魏王使将军晋鄙将十万众救赵。秦王使使者告魏王曰:"吾攻赵旦暮且下,而诸侯敢救者,已拔赵,必移兵先击之。"魏王恐,使人止晋鄙,留军壁邺[34],名为救赵,实持两端以观望[35]。

平原君使者冠盖相属于魏[36],让魏公子曰:"胜所以自附为婚姻者,以公子之高义,为能急人之困。今邯郸旦暮降秦,而魏救不至,安在公子能急人之困也!且公子纵轻胜[37],弃之降秦,独不怜公子姊邪[38]?"公子患之,数请魏王,及宾客辩士说王万端[39]。魏王畏秦,终不听公子。

公子自度终不能得之于王,计不独生而令赵亡,乃请宾客,约车骑百余乘[40],欲以客往赴秦军,与赵俱死[41]。行过夷门,见侯生,具告所以欲死秦军状。辞决而行[42],侯生曰:"公子勉之矣,老臣不能从。"公子行数里,心不快,曰:"吾所以待侯生者备矣[43],天下莫不闻,今吾且死,而侯生曾无一言半辞送我,我岂有所失哉[44]?"复引车还,问侯生。侯生笑曰:"臣固知公子之还也!"曰:"公子喜士,名闻天下。今有难,无他端而欲赴秦军[45],譬若以肉投馁虎[46],何功之有哉?尚安事客[47]?然公子遇臣厚,公子往而臣不送,以是知公子恨之复返也。"公子再拜,因问。侯生乃屏人间语曰[48]:"嬴闻晋鄙之兵符常在王卧内[49],而如姬最幸[50],出入王卧内,力能窃之。嬴闻如姬父为人所杀,如姬资之三年,自王以下,欲求报其父仇,莫能得。如姬为公子泣[51],公子使客斩其仇头,敬进如姬。如姬之欲为公子死,无所辞[52],顾未有路耳[53]。公子诚一开口请如姬,如姬必许诺,则得虎符[54],夺晋鄙军,北救赵而西却秦,此五霸之伐也[55]。"公子从其计,请如姬。如姬果盗晋鄙兵符与公子。

公子行,侯生曰:"将在外,主令有所不受,以便国家[56]。公子即合符,而晋鄙不授公子兵,而复请之,事必危矣,臣客屠者朱亥可与俱,此人力士。晋鄙听,大善;不听,可使击之。"于是公子泣。侯生曰:"公子畏死邪?何泣也?"公子曰:"晋鄙嚄唶宿将[57],往恐不听,必当杀之,是以泣耳,岂畏死哉?"于是公子请朱亥。朱亥笑曰:"臣乃市井鼓刀屠者[58],而公子亲数存之[59],所以不报谢者,以为小礼无所用。今公子有急,此乃臣效命之秋也[60]。"遂与公子俱。公子过谢侯生[61]。侯生曰:"臣宜从,老不能。请数公子行日[62],以至晋鄙军之日,北乡自刭[63],以送公子[64]。"公子遂行。

至邺,矫魏王令代晋鄙[65]。晋鄙合符,疑之,举手视公子,曰:"今吾拥十万之众,屯于境上,国之重任。今单车来代之[66],何如哉?"欲无听[67]。朱亥袖四十斤铁锥[68],锥杀晋鄙[69]。公子遂将晋鄙军。勒兵下令军中曰[70]:"父子俱在军中,父归;兄弟俱在军中,兄归;独子无兄弟,归养[71]。"得选兵八万人,进兵击秦军,秦军解去,遂救邯郸,存赵。赵王及平原君自迎公子于界,平原君负韊矢为公子先引[72]。赵王再拜曰:"自古贤人,未有及公子者也。"当此之时,平原君不敢自比于人[73]。公子与侯生决,至军,侯生果北向自刭。

魏王怒公子之盗其兵符,矫杀晋鄙,公子亦自知也[74]。已却秦救赵,使将将其军归魏[75],而公子独与客留赵。

【注释】(1)选自《史记·魏公子列传》。 (2)魏昭王:名遬(sù),在位十九年(前295—前277)。 (3)魏安釐(xī)王:名圉(yǔ),即安僖王,在位三十四年(前276—243)。异母弟:同父不同母的弟弟。 (4)薨(hōng):古称诸侯死曰"薨"。 (5)仁而下士:心地仁慈,待人谦让。下士,放下架子以接待士人。 (6)不肖:不贤。 (7)骄士:对士人骄傲。 (8)方数千里:数千里见方的范围内。 (9)夷门监者:夷门的守门人。夷门,魏都大梁城的东门。 (10)往请:去访问。 (11)欲厚遗(wèi)之:想送厚礼给他。

遗:赠送。 (12)从车骑:带领车马。 (13)虚左:空着左边的座位。当时以左为尊位。 (14)摄敝衣冠:整理一下破旧的衣服帽子。 (15)直上载公子上坐:径直登上车子,坐在公子的上首。 (16)执辔(pèi)愈恭:拿着驾马的缰绳,表现得更加恭敬。 (17)市屠:市场里的肉铺。 (18)愿枉车骑过之:想劳驾您的车马到那肉铺去一下。 (19)俾睨故久立:一面斜着眼睛看公子,一面故意老站在肉铺里不走。俾倪:同"睥睨",斜视。 (20)将相宗室宾客:文武大臣和皇家亲戚贵宾们。宗室:皇族。 (21)遍赞宾客:把客人逐一向侯生做了介绍。 (22)酒酣:酒喝到高兴时。 (23)为寿侯生前:到侯生前面敬酒祝福。 (24)为公子亦足矣:难为公子也够了。 (25)抱关者:看门的。关:门闩。 (26)不宜有所过:不应该访问别的地方。过,顺便访问。 (27)令公子故过之:故意使公子一同去访问。 (28)就:成全。 (29)往数请之:好几次前去拜访他。 (30)故不复谢:故意不回拜。 (31)安釐王二十年:公元前257年。 (32)秦昭王已破赵长平军:事在秦昭王四十七年(前260年),秦将白起破赵长平军四十余万,皆坑杀之。秦昭王,即秦昭襄王,公元前306—前251年在位。长平,赵邑名,在今山西高平市西。 (33)数遗魏王及公子书:屡次写信给魏王和信陵君。 (34)留军壁邺:在邺驻扎下来,按兵不动。壁:驻扎。邺,魏邑,靠近赵国边境,在今河北省临漳县西南。 (35)实持两端以观望:实际上是在左右观望秦赵两国的形势变化。 (36)冠盖相属:使者接连不断。冠:礼帽。盖:车上张的大伞。相属:相连接。 (37)纵轻胜:纵然看不起我赵胜。 (38)怜:爱。 (39)说王万端:用了各种各样的说法来打动魏王,促使他出兵。 (40)约车百余乘:纠结百余辆兵车。乘:四匹马拉的车。 (41)欲以客往赴秦军,与赵俱死:想带着门客与秦军拼命,和赵国共存亡。 (42)辞决而行:告辞诀别而去。决:同"诀"。 (43)备:周到。 (44)有所失:有不对的地方。 (45)无他端:没有别的办法。端:头绪,办法。 (46)馁虎:饿虎。 (47)尚安事客:还要宾客干吗? (48)屏人间语:屏退旁人,私下里说。屏:同"摒",令左右退下。间语:私语。 (49)兵符:调兵所用的凭据。上面刻字,剖成两半,一半为统帅所持,一半存于国君处。 (50)最幸:最被宠幸。 (51)如姬为公子泣:如姬在公子面前哭泣。 (52)如姬之欲为公子死,无所辞:如姬愿意为公子出死力,决不会推辞。 (53)顾未有路耳:只是没有机会罢了。 (54)虎符:带有(刻有)虎形的兵符。 (55)五霸:即秦秋五霸,一般指齐桓公,宋襄公,晋文公,秦穆公,楚庄王。 (56)将在外,主令有所不受,以便国家:将帅在前线作战,国君的命令有时可以不接受,以有利于国家的利益为准则。 (57)嚄(huò)唶(zè)宿将:叱咤风云的老将。嚄:大笑;唶:大呼。指气概雄壮。 (58)鼓刀屠者:操刀子的屠夫。鼓刀:动刀作声,谓宰杀牲畜。 (59)亲数存之:亲自多次来慰问我。存:探视。 (60)效命之秋:尽力报效的时候。 (61)过:拜望。谢:告辞。 (62)数公子行日:计算公子的行程。 (63)北乡自刭:向北自刎。乡:通"向"。刭:以刀割颈。 (64)以送公子:侯嬴自杀以激励信陵君下决心杀晋鄙办成大事。 (65)矫:伪造,假托。 (66)单车:轻车,指没有随带援兵。 (67)欲无听:想不服从。 (68)袖:动词,指藏于袖中。 (69)锥杀:用铁锥打死。 (70)勒兵:检阅部队。勒:统率,约束。 (71)归养:回家服侍父母。 (72)负韊(lán)矢:背负箭筒。韊:革制,用以藏弩矢。先引:在前面带路,表示恭敬的意思。 (73)平原君不敢自比于人:平原君不敢与人家比高下了。人:指信陵君。 (74)公子亦自知也:公子心中也是明白的。 (75)使将将其军:让手下的将领带领着军队。后一个"将"字作动词用。即"带领"的意思。

【今译】魏公子无忌,是魏昭王的小儿子,魏安釐王同父异母的弟弟。昭王死后,安釐王即位,封公子为信陵君。

公子为人,仁爱而能礼贤下士,士无论贤与不贤,都谦恭地以礼相交,不敢因为自己富贵而对士人傲慢;因此,周围几千里以内的士人争着来归附他,以致门下食客有三千人。在这时,诸侯因为公子贤能,门客又多,十多年不敢出兵谋取魏国。

魏国有一位隐士名侯嬴,七十岁了,家境贫寒,做大梁城东门的守门人。公子听说后,派人去问候,想送厚礼。侯嬴不肯接受,说:"臣几十年来修养身心自正操行,决不会因为看守城门穷困的缘故,接受公子的财物。"于是,公子办了酒宴大会宾客。坐定以后,公子跟随车马,空出自己车上左边的座位,亲自去迎接东门的侯生。侯生整理一下破旧衣帽,径直上车坐在公子空出的上座,毫不谦让,想借此来观察公子。公子拉着缰绳更加恭敬。侯生又

对公子说："臣有客人在市场的肉铺里，想委屈车马过去。"公子拉着车去了市场的肉铺。侯生下车，见他的客人朱亥，他斜视着公子故意久站着，跟他的客人谈话，暗中观察公子，公子脸色更加温和。在这时，魏国的将相宗室宾客满堂，等着公子开宴。街市上的人都看见公子拉着缰绳，随从都私下骂侯生。侯生看公子脸色始终没有变，才辞别客人登上车。到了家中，公子领侯生坐到上座，一一向宾客做了介绍，宾客都很惊讶。酒兴正浓时，公子站起，到侯生面前祝其长寿，侯生因此对公子说："今天侯嬴难为公子也够了。我不过是个东门看守，却委屈公子亲自赶着车马，亲自迎接侯嬴在大庭广众之中，本来不应当经过他处，侯嬴因要成就公子的爱士之名，故意让公子的车马久停在市场中，又去拜访朋友，借以观察公子，而公子愈加恭敬，街市上的人都把侯嬴看作小人，而认为公子是谨厚者，能礼贤下士。"酒宴结束了，侯生从此成为座上客。

侯生对公子说："拜访的屠夫朱亥，是个贤人，一般人不了解他，因此埋没在屠市中。"公子多次去问候他，朱亥故意不拜谢。公子觉得奇怪。

魏安釐王二十年，秦昭王已经打败了赵国长平军，又进兵围攻邯郸。公子的姐姐是(赵)惠文王的弟弟平原君的夫人，几次送信给魏王和公子，向魏国求救。魏王派将军晋鄙率领十万大军救赵。秦王派使者告诉魏王说："我攻打赵国，早晚就要攻下，诸侯有敢救赵国的，攻克赵国后，一定调兵先攻击它。"魏王害怕，派人阻止晋鄙，军队停留驻扎邺城，名为救赵，实际是采取两面手法，观望两国形势的发展。

平原君的使者络绎不绝来到魏国，责备魏公子说："赵胜所以自愿结为婚姻，是因为您行为高尚合于正义，能够解救别人的困难。现在邯郸早晚投降秦国，而魏国救兵不到，哪里能表现出公子能解救别人的困难！公子即使瞧不起赵胜，抛弃赵胜去投降秦国，难道就不可怜公子的姐姐吗？"公子为这事很忧虑，屡次请求魏王，让宾客辩士用各种理由、方法劝说魏王。魏王害怕秦国，始终不听公子的请求。

公子自己估计终究不能得到魏王的允许，决计不独自苟存而使赵国灭亡，于是请托门客，准备一百多辆兵车，想要率领门客去往秦军，与赵国共存亡。经过东门，见到侯生，把所以要和秦军死战的情况都告诉侯生。告辞诀别行动出发，侯生说："公子努力吧，老臣不能跟从了。"公子走了几里，心里不痛快，说：“我之所以对待侯生，很周到了，天下无人不知，现在我要去拼死，而侯生却没有一言半语送我，难道我有什么错误吗？”又驾车回来问侯生。侯生笑着说：“臣本来就知道公子要回来。”又说：“公子喜好士人，名闻天下。现在有危难，没有其他办法，想要去秦军拼命，就好像拿肉投给饿虎，有什么作用呢？（真要这样做）还要门客做什么呢？可是公子待臣恩厚，公子去而臣不送，因此知道公子怨恨，会再回来。”公子拜了两拜，因而请教。侯生于是避开身旁的人私下对公子说：“侯嬴听说晋鄙的兵符常放在魏王卧室内，而如姬最受宠幸，经常出入魏王的卧室，尽力能偷得兵符。听说如姬的父亲被人杀害，如姬悬赏求人报仇已经三年，从魏王以下，都想要替她报杀父之仇，都没能实现。如姬对公子哭诉，公子派门客斩了她仇人的头，恭敬地进献给如姬。如姬愿意为公子付出生命，不会推辞，只是没有机会罢了。公子如果开口请求如姬，如姬一定答应，就可以得到虎符，夺取晋鄙军，北边救了赵国，西边击退秦国，这是如五霸一样的功业啊。”公子遵从了他的计划，向如姬请求，如姬果然盗出晋鄙的兵符，交给公子。

公子要走了，侯生说：“大将在外，君命可以不接受，以求有利于国家。公子即使符合兵符，而晋鄙不授予公子兵权，再向魏王请示，事情必定危险。臣的客人屠夫朱亥可以一块去，这个人是个大力士。晋鄙听从，太好了；不听，可以让朱亥击毙他。”于是公子哭了。侯生说：“公子怕死吗？为什么哭呢？”公子说：“晋鄙是一位叱咤风云的老将，去了恐怕不会听从，必然杀死，因此哭泣，哪里是怕死呢？”于是公子请托朱亥。朱亥笑着说：“臣不过是市井中的握刀屠夫，公子却屡次亲自来慰问我，所以没有回报感谢，是认为小礼没有什么用。现在公子有危难，这正是臣舍命报效的时机。”于是与公子同行。公子去拜望辞别侯生。侯生说：“臣本应跟随去，年老不能了。请计算公子的行程，在到达晋鄙军的那一天，面向北方自刭，以报答公子。”公子就出发了。

到了邺城，（公子）假托魏王的命令代替晋鄙。晋鄙合了符，心里怀疑，举手看着公子说：“现在我拥有十万大军，驻扎在边境上，这是国家重任。现在（公子）轻车简从前来代替我，为什么如此？”想不听从命令。朱亥袖中藏了四十斤重的铁锥，用它打死了晋鄙。公子于是率领晋鄙军。整治军队，传令军中，说：“父子都在军中的，父亲回去；兄弟都在军中的，兄长回去；独子

没有兄弟的,回家奉养父母。”经过挑选得精兵八万人,进兵攻打秦军,秦军撤围退兵,于是救了邯郸,保存了赵国。赵王和平原君亲自在国境上迎接公子;平原君背着箭筒和弓箭在前面给公子引路。赵王拜了两拜说:“自古以来的贤人,没有谁比得上公子的啊!”这个时候,平原君不敢拿自己与信陵君相比。公子与侯生诀别,到军中时,侯生果然面向北方自刭。

魏王对公子盗他兵符、假托命令杀死晋鄙大为恼怒。公子自己也知道。击退秦军救了赵国以后,派部将率领大军回到魏国,公子仅与宾客留在赵国。

【点评】写窃符,写救赵,却又将窃符、与秦交战救赵的经过都一一从略,笔锋宕开,大写公子侯生之交往。见出作者构思之巧妙。

先按传记体例,交代信陵君的身份及封号来由,次概写公子礼贤下士的品格及养士的成效。再写与侯生的交往。以侯生的沉稳傲岸衬写信陵君求贤若渴的品格。侯嬴年老、家贫、位卑,公子却“往请”“大会宾客”“亲自执辔”,恭迎。侯生愈倨傲,就愈显信陵君谦逊下士。随后写侯生引荐朱亥。其中信陵君对侯生和朱亥的厚遇,为下文设计夺晋鄙军张本。再次写赵国面临危局,为下面写信陵君窃符救赵打下伏笔。魏王畏秦、短视,不发救兵。信陵君深知唇亡齿寒之理,心急救赵,铤而走险,后得侯生密计,成功窃符,得荐朱亥相助夺取大军,击秦救赵,而后,呼应前文,补叙侯生为知己者慷慨而死。最后简要交代了故事的结局。公子将兵权交还给魏王,使信陵君的形象更为丰满、高大。全文构思巧妙,细节出神入化,人物衬托鲜明突出,实为“绝唱”。

【集说】太史公作四君与刺客诸传,独信陵君、荆轲二传更觉精彩,盖以信陵事有侯嬴、朱亥;荆轲事有田光、樊於期、高渐离辈故也。今以天下大,一日之中死人何下数万,皆烟销澌灭,然此数子者,常在天地间,虽千载下犹有生气,则期于生死轻重何哉!(何良俊《四友斋丛说》)

信陵君是太史公胸中得意人,故本传亦太史公得意文。(茅坤《史记钞》)

孟尝、平原、春申皆以封邑系,此独曰:“公子”者,盖尊之以国系也。(凌

稚隆《史记评林》引顾磷语）

三公之好士也，以自张也；信陵之好士也，以存魏也，乌乎同！（凌稚隆《史记评林》引王世贞语）

篇中摹写其下交贫贱，一种虚衷折节，自在心性中流出。太史公以秀逸之笔，曲曲传之，不特传其事，而并传其神。迄今读之，犹觉数贤人倾心相得之神，尽心尽策之致，活现纸上，真化工笔也。（李晚芳《读史管见》）

太史公出力写魏公子，善于旁处衬托，虚处描摹，复处萦绕，情致有余而光景如生，真佳传也。（牛运震《史记评注》）

（赵润会）

完璧归赵[1]

赵惠文王时[2]，得楚和氏璧[3]。秦昭王闻之[4]，使人遗赵王书，愿以十五城请易璧。赵王与大将军廉颇诸大臣谋：欲予秦，秦城恐不可得，徒见欺；欲勿予，即患秦兵之来。计未定，求人可使报秦者，未得。宦者令缪贤曰[5]："臣舍人蔺相如可使[6]。"王问："何以知之？"对曰："臣尝有罪，窃计欲亡走燕，臣舍人相如止臣，曰：'君何以知燕王？'臣语曰：'臣尝从大王与燕王会境上，燕王私握臣手，曰"愿结友"。以此知之，故欲往。'相如谓臣曰：'夫赵强而燕弱，而君幸于赵王，故燕王欲结于君。今君乃亡赵走燕，燕畏赵，其势必不敢留君，而束君归赵矣。君不如肉袒伏斧质请罪，则幸得脱矣。'臣从其计，大王亦幸赦臣。臣窃以为其人勇士，有智谋，宜可使。"于是王召见，问蔺相如曰："秦王以十五城请易寡人之璧，可予不？"相如曰："秦强而赵弱，不可不许。"王曰："取吾璧，不予我城，奈何？"相如曰："秦以城求璧而赵不许，曲在赵；赵予璧而秦不予赵城，曲在秦。均之二策，宁许以负秦曲。"王曰："谁可使者？"相如曰："王必无人，臣愿奉璧往使。城入赵而璧留秦；城不入，臣请完璧归赵。"赵王于是遂遣相如奉璧西入秦。

秦王坐章台见相如[7]，相如奉璧奏秦王。秦王大喜，传以示美

人及左右，左右皆呼万岁。相如视秦王无意偿赵城，乃前曰："璧有瑕，请指示王！"王授璧，相如因持璧却立，倚柱，怒发上冲冠，谓秦王曰："大王欲得璧，使人发书至赵王，赵王悉召群臣议，皆曰'秦贪，负其强，以空言求璧，偿城恐不可得'。议不欲予秦璧。臣以为布衣之交尚不相欺，况大国乎！且以一璧之故逆强秦之欢，不可。于是赵王乃斋戒五日，使臣奉璧，拜送书于庭。何者？严大国之威以修敬也。今臣至，大王见臣列观(8)。礼节甚倨，得璧，传之美人，以戏弄臣。臣观大王无意偿赵王城邑，故臣复取璧。大王必欲急臣，臣头今与璧俱碎于柱矣！"相如持其璧睨柱，欲以击柱。秦王恐其破璧，乃辞谢固请，召有司案图(9)，指从此以往十五都予赵。相如度秦王特以诈详为予赵城，实不可得，乃谓秦王曰："和氏璧，天下所共传宝也，赵王恐，不敢不献。赵王送璧时，斋戒五日，今大王亦宜斋戒五日，设九宾于廷(10)，臣乃敢上璧。"秦王度之，终不可强夺，遂许斋五日，舍相如广成传舍。相如度秦王虽斋，决负约不偿城，乃使其从者衣褐，怀其璧，从径道亡，归璧于赵。

秦王斋五日后，乃设九宾礼于廷，引赵使者蔺相如。相如至，谓秦王曰："秦自缪公以来二十余君，未尝有坚明约束者也。臣诚恐见欺于王而负赵，故令人持璧归，间至赵矣。且秦强而赵弱，大王遣一介之使至赵，赵立奉璧来。今以秦之强而先割十五都予赵，赵岂敢留璧而得罪于大王乎？臣知欺大王之罪当诛，臣请就汤镬，惟大王与群臣孰计议之。"秦王与群臣相视而嘻。左右或欲引相如去，秦王因曰："今杀相如，终不能得璧也，而绝秦赵之欢，不如因而厚遇之，使归赵，赵王岂以一璧之故欺秦邪！"卒廷见相如，毕礼而归之。

相如既归，赵王以为贤大夫，使不辱于诸侯，拜相如为上大夫(11)。秦亦不以城予赵，赵亦终不予秦璧。

【注释】(1)选自《史记·廉颇蔺相如列传》。　(2)赵惠文王：名何，赵武灵王之子。 (3)和氏璧:由楚人和氏所得的玉璞中理出的玉璧。 (4)秦昭王:名侧,秦始皇的曾祖。 (5)宦者令:宦官的头领。 (6)舍人:在贵族门下任事的食客。 (7)章台:秦离宫中的台观名,旧址在今陕西西安市长安区。不在朝廷而在离宫中接见别国的使臣,有对该国轻视的意思。 (8)列观:一般的台观,与朝廷对比而言。 (9)有司:负责该项事务的官吏。 (10)设九宾于廷:在朝廷上设九个傧相,依次地传呼使者上殿,表示礼节的隆重。 (11)上大夫:爵位名,是大夫中的最高一级,仅次于卿。

【今译】赵惠文王在位的时候,得到楚国的和氏璧。秦昭王闻讯后,派人给赵王送信,希望用十五座城交换这块璧。赵王和大将军廉颇等诸位大臣商量:想给秦国吧,恐怕得不到秦国的城,白白受骗;想不给秦国吧,则担忧秦国派兵来打。主意定不下来,想找一个人可以出使秦国,没找到。太监总管缪贤说:"臣的门客蔺相如可以出使。"赵王问道:"怎么知道呢?"缪贤说:"臣曾经犯了罪,私下计划想逃亡燕国,臣的门客蔺相如劝阻臣说:'您怎么知道燕王会收留您呢?'我告诉他说:'我曾经跟随大王和燕王在边境上会晤时,燕王私下握着我的手说"我希望和你成为朋友"。由此我知道燕王会收留我,所以我打算去投他。'相如对我说:'当是赵国强大燕国弱小,而您又是赵王的亲信,所以燕王才想和您结交。现在您是从赵国逃到燕国,燕国害怕赵国,在这种情况下他肯定不敢收留您,而是捆起您把您送回赵国来了。您不如脱掉上衣,趴在铁锧上,让斧子砍,以便向大王请罪,那还说不定可以得到幸免。'于是我就依了他的主意,而幸好大王也开恩免了我的罪。我私下认为此人是勇士,而且有智谋,应当可以出使。"于是赵王召见蔺相如,问他说:"秦王用十五座城请求换我的和氏璧,可不可以给他?"蔺相如说:"秦国强大,赵国弱小,不可以不给。"赵王说:"(如果秦王)要走了我的和氏璧,而不给我城,怎么办?"蔺相如说:"秦王用城来换和氏璧,赵国不答应,理亏的是赵国;赵国给了璧而秦国不给赵国城,理亏的是秦国。权衡两种对策,宁可答应秦国而让秦国把理亏的包袱背起来。"赵王说:"谁可以去出使呢?"蔺相如说:"大王如果找不到合适的人选,臣愿意捧璧前去出使。到那时赵国得城,秦国留璧;不给赵国城,我保证把和氏璧完好无损地带回赵国来。"于是赵王随即派蔺相如带着和氏璧向西去了秦国。

秦王在章台接见蔺相如，简相如双手捧着和氏璧呈进给了秦王。秦王非常高兴，传给他的美人以及左右亲信观看，大家都高呼万岁。蔺相如看秦王无意给赵国城，于是上前说："璧上有瑕疵，让我指给大王看。"秦王把璧递给了蔺相如。蔺相如接过璧来后退了几步，靠着一根柱子，怒发冲冠，对着秦王说："大王想得到和氏璧，写信给赵王。赵王召集大臣们商量给不给，大家都说'秦国贪婪得很，仗恃着自己强大，想用空话来求得和氏璧，酬报的十五座城恐怕是得不到的'。大家都商量着不给您。但是我却觉得连平民百姓之间打交道都不能互相欺骗，更何况是一个大国呢？再说因为一块小小的和氏璧闹得让一个大国不高兴，这是不好的。于是赵王先亲自沐浴斋戒了五天，然后派我捧璧前来，赵王以礼拜别送行，并在宫廷上用文字作了记载。为什么这样呢？不就是尊重大国的尊严，以表示敬意吗？现在我到了秦国，大王只在一个偏殿上接见我，表现得很傲慢；接到和氏璧，传给美人看，故意地耍弄臣。臣看无意给赵国城，所以臣把璧又骗了回来。现在大王要再逼臣，臣就连头带璧一块都撞碎在这个柱子上！"蔺相如举起璧来眼睛斜视着柱子，想往柱子上撞。秦王怕他真把璧摔坏，于是就一迭连声地向他表示歉意，让他千万不要摔，并赶紧让有关的官员按照地图，指出从这里到那里划十五座城给赵国。蔺相如揣测秦王只是假装详细说明给予赵国城，实际上是得不到的。于是就对秦王说："和氏璧是天下公认的宝贝，由于赵王害怕秦国，所以才不敢不送给您。赵王送我带和氏璧来的时候，曾经斋戒了五天，现在大王也应当斋戒五天，然后在朝廷上设立九个傧相，依次传呼，那时我才敢正式把璧献给您。"秦王揣测，要想硬夺是绝对不行的，于是就答应了也斋戒五天，安排蔺相如在广成宾馆住了下来。蔺相如揣测秦王现在尽管答应斋戒了，但最后他肯定要违背盟约，不会给赵国城的，于是就派他的随从穿着破衣服，揣着和氏璧，抄小路，把璧送回了赵国。

秦王斋戒了五天以后，在大殿上设立了九个傧相，引领着蔺相如进入了大殿。蔺相如进殿后，对秦王说："秦国自缪公以来的二十多个国君，都没有坚定明确地遵守过盟约。我实在是怕被您所骗而辜负了赵国，所以我已经派人带着和氏璧回赵国了，估计现在已经回到了赵国。秦国强大，赵国弱小，大王只要派一个小小的使臣到赵国，赵国立刻就会把璧奉送回来。现在凭着秦国这样的强大，先把十五座城割让给赵国，赵国敢不给璧而故意得罪大王吗？臣知道欺骗大王是罪该万死的，臣现在甘愿下汤锅，请大王和大臣们仔细考虑。”秦王和大臣们互相看着，唉声叹气。武士们想拉蔺相如去行刑，秦王于是说道：“现在即使杀了蔺相如，也得不到璧了，反倒弄坏了秦国和赵国的关系，不如还是好好地对待他，让他回去，难道赵王还会因为一块和氏璧而欺骗秦国吗？”最终就在大殿上接见了蔺相如，典礼结束后就让蔺相如回国了。

蔺相如回来后，赵王认为他是一位德才兼备的大夫，在出使秦国的过程中维护了国家的尊严，因而封蔺相如为上大夫。事后，秦国也没有给赵国城，赵国最终也没有给秦国和氏璧。

【点评】《完璧归赵》是《史记》中小说性、戏剧性最强的章节之一。相如出场前，先以宦者令缪贤的一段介绍作铺垫，可谓先声夺人。至相如曰：“王必无人，臣愿奉璧往使，城入赵而璧留秦；城不入，臣请完璧归赵。”不卑不亢，极合身份，极有力量。入秦后，相如见秦王无意偿赵城，遂假言璧有瑕，将其诓回。“王授璧，相如因持璧却立，倚柱，怒发上冲冠”云云，次序一个不能乱，司马迁描摹相如的每一步骤，都深合武士的攻防之理。至相如庭责秦王后，乃“持其璧睨柱，欲以击柱”；而秦王则“恐其破璧，乃辞谢固请，召有司按图”云云，双方都在演戏，都想欺骗对方，而相如的气愈张，则秦王的气愈夺，真如王摩诘画，无毫发疏漏。

【集说】非相如，不能为此光景；非太史公，不能描写此神色。（茅坤《史记钞》）

赵王知相如之必能完璧乎？曰：不知。相如能知秦之必归璧乎？曰：不知也。然则何以使之？曰：相如以死殉，赵王以意气任相如，完璧而相如归赵重矣；璧不返相如死之，赵亦重矣。国势之重轻，于是系焉。（《史记评林》引邵宝语）

因‘完璧’二字，遂一路写‘奉璧’‘授璧’‘持璧’‘得璧’‘求璧’‘取璧’‘送璧’‘上璧’，归至‘怀璧’‘归璧’而止，多少错落。（吴见思《史记论文》）

（韩兆琦）

田单列传[1]

田单者，齐诸田疏属也[2]。湣王时[3]，单为临菑市掾[4]，不见知。及燕使乐毅伐破齐[5]，齐湣王出奔，已而保莒城[6]。燕师长驱平齐，而田单走安平[7]，令其宗人尽断其车轴末而傅铁笼[8]。已而燕军攻安平，城坏，齐人走，争涂[9]，以轊折车败[10]，为燕所虏。唯田单宗人以铁笼故得脱，东保即墨[11]。燕既尽降齐城，唯独莒、即墨不下。

燕军闻齐王在莒，并兵攻之。淖齿既杀湣王于莒[12]，因坚守距燕军[13]，数年不下。燕引兵东围即墨。即墨大夫出与战[14]，败死。城中相与推田单曰："安平之战，田单宗人以铁笼得全，习兵。"立以为将军，以即墨距燕。

顷之，燕昭王卒[15]，惠王立[16]，与乐毅有隙[17]。田单闻之，乃纵反间于燕，宣言曰："齐王已死，城之不拔者二耳。乐毅畏诛而不敢归，以伐齐为名，实欲连兵南面而王齐[18]。齐人未附，故且缓攻即墨以待其事。齐人所惧，唯恐他将之来，即墨残矣。"燕王以为然，使骑劫代乐毅[19]。

乐毅因归赵[20]，燕人士卒忿。而田单乃令城中人食必祭其先祖于庭，飞鸟悉翔舞城中下食。燕人怪之。田单因宣言曰："神来下教我。"乃令城中人曰："当有神人为我师。"有一卒曰："臣可以为师乎[21]？"因反走[22]。田单乃起，引还，东乡坐[23]，师事之。卒曰："臣欺君，诚无能也。"田单曰："子勿言也[24]！"因师之。每出约束，必称神师。乃宣言曰："吾唯惧燕军之劓所得齐卒置之前行与我战[25]，即墨败矣。"燕人闻之，如其言。城中人见齐诸降者尽劓，皆怒，坚守唯恐见得。单又纵反间曰："吾惧燕人掘吾城外冢墓[26]，僇先人[27]，可为寒心。"燕军尽掘垄墓，烧死人。即墨人从城上望见，皆涕泣，俱欲出战，怒自十倍。

田单知士卒之可用，乃身操版插[28]，与士卒分功[29]，妻妾编于行伍之间，尽散饮食飨士[30]。令甲卒皆伏，使老弱女子乘城，遣使约降于燕，燕军皆呼万岁。田单又收民金得千溢[31]，令即墨富豪遗燕将[32]，曰："即墨即降，愿无掳掠吾族家妻妾，令安堵。"燕将大喜，许之。燕军由此益懈。

田单乃收城中得千余牛，为绛缯衣[33]，画以五彩龙文，束兵刃于其角，而灌脂束苇于尾，烧其端。凿城数十穴，夜纵牛，壮士五千人随其后。牛尾热，怒而奔燕军，燕军夜大惊。牛尾炬火光明炫耀，燕军视之，皆龙文，所触尽死伤。五千人因衔枚击之[34]，而城中鼓噪从之，老弱皆击铜器为声，声动天地。燕军大骇，败走。齐人遂夷杀其将骑劫。燕军扰乱奔走，齐人追亡逐北，所过城邑，皆畔燕而归[35]。

田单兵日益多，乘胜，燕日败亡，卒至河上，而齐七十余城皆复为齐。乃迎襄王于莒[36]，入临菑而听政。襄王封田单，号曰安平君。

太史公曰：兵以正合，以奇胜。善之者出奇无穷，奇正还相生[37]，如环之无端。夫始如处女，適人开户[38]；后如脱兔，適不及距，其田单之谓邪！

初，淖齿之杀湣王也，莒人求湣王子法章[39]，得之太史嬓之家[40]，为人灌园。嬓女怜而善遇之。后法章私以情告女，女遂与通。及莒人共立法章为齐王，以莒距燕，而太史氏遂为后，所谓"君王后"也。

燕之初入齐，闻画邑人王蠋贤[41]，令军中曰："环画邑三十里无入！"以王蠋之故。已而使人谓蠋曰："齐人多高子之义，吾以子为将，封子万家。"蠋固谢。燕人曰："子不听，吾引三军而屠画邑！"王蠋曰："忠臣不事二君，贞女不更二夫。齐王不听吾谏，故退而耕于野。国既破亡，吾不能存，今又劫之以兵为君将，是助桀为暴也[42]。与其生而无义，固不如烹！"遂经其颈于树枝，自奋绝脰而

死[43]。齐亡大夫闻之[44]，曰："王蠋，布衣也，义不北面于燕[45]，况在位食禄者乎！"乃相聚如莒，求诸子，立为襄王。

【注释】(1)选自《史记·田单列传》。 (2)诸田疏属：指齐国王室宗族中的远房子弟。 (3)湣王：战国时齐国君主。 (4)临菑(zī)：即临淄，齐国都城，在今山东淄博市临淄区。市掾(yuàn)：管理市场的小官吏。 (5)燕：即战国时燕国。乐毅：战国时中山国灵寿(今河北灵寿县)人，后为燕国大将。 (6)莒(jǔ)：邑名，战国时齐地，在今山东莒县。 (7)安平：邑名，齐地，在今山东临淄东北。 (8)傅铁笼：用铁箍箍住。 (9)涂：通"途"，道路。 (10)轊(wèi)：车轴末端的轴头。 (11)即墨：邑名，齐地，在今山东平度市东南。 (12)淖(zhuó)齿：战国时楚国将领。 (13)距：通"拒"。 (14)即墨大夫：即墨邑的行政长官。 (15)燕昭王：战国时燕国君主。 (16)惠王：战国时燕国君主。 (17)隙(xì)：感情上的裂痕。 (18)南面：古时以面向南为尊位，故常用来指称居帝王之位。 (19)骑劫：战国时燕国将军。 (20)赵：即战国时赵国。 (21)臣：古人自称的谦辞。 (22)反：通"返"。 (23)乡：通"向"。 (24)子：古时对人的尊称。 (25)劓(yì)：割鼻子的刑罚。 (26)冢(zhǒng)：隆起的坟墓。 (27)僇(lù)：侮辱。 (28)版：筑墙夹板。插：同"锸"，挖土工具。 (29)功：同"工"。 (30)飨(xiǎng)：用酒食款待人。 (31)溢：通"镒"，古代重量单位，二十四两为一镒。 (32)遗(wèi)：赠送。 (33)绛缯衣：红色绢帛制成的被服。 (34)衔枚：枚的形状如同筷子，行军或突袭时衔在口中，防止喧哗。 (35)畔：通"叛"。 (36)襄王：战国时齐国君主。 (37)还(xuán)：通"旋"，旋转；循环。 (38)適(dí)：通"敌"。 (39)法章：即齐襄王。 (40)太史嬓(jiào)：姓太史，名嬓。 (41)画(huō)邑：齐地，在今山东淄博市东北。王蠋(zhú)：战国时齐国高士。 (42)桀(jié)：夏代最后一位国王，因暴虐荒淫而亡国。 (43)脰(dòu)：脖项。 (44)大夫：先秦时的高级官员。 (45)北面：古代帝王都是南向坐，群臣北向叩拜，故常用来表示臣服、归顺的意思。

【今译】田单这个人，是齐国王室田氏的远房宗族。湣王的时候，田单任职临菑市场管理的小官吏,不被赏识。等到燕国派遣乐毅攻破齐国,齐湣王出逃,随即据守莒城。燕军长驱直入平定齐地,田单逃到安平,让他的同族人把他们的车轴的轴头全截断而箍上铁箍。不久燕军攻安平,城破,齐国人逃跑,争抢道路,因车子轴头撞折而车坏,被燕军俘虏。只有田单的同族人因铁箍的缘故可以逃脱,向东据守即墨。燕军已全部降服了齐国的城邑,只有莒、即墨未攻下。

燕军听说齐王在莒,合并兵力攻打它。淖齿在莒已杀了湣王,于是坚守抵抗燕军,几年未被攻下。燕国调兵向东围攻即墨。即墨大夫出城与燕军交战,失败而死。城里百姓共同推举田单,说:“安平一战,田单的同族人因为铁箍而能保全,他熟习用兵。”立他为将军,据守即墨抵抗燕军。

不久,燕昭王逝世,惠王即位,他和乐毅有矛盾。田单听到这件事,就派人到燕国行反间计,扬言说:“齐王已经死了,城邑未攻克的仅剩两座罢了。乐毅害怕被杀而不敢返回,以征讨齐国为名,其实是要联合齐兵在齐国称王。齐国人心还没归附,所以暂时缓攻即墨而等待这件事。齐国人所害怕的,唯恐燕国其他将领的到来,来了即墨就难保了。”燕王认为很对,派遣骑劫代替乐毅。

乐毅于是归附赵国,燕国人士兵卒忿怒。而田单便命令城里的人吃饭时必须在庭院祭祀自己的祖先,飞鸟都翱翔飞舞到城中,而后飞下去吃祭祀的食物。燕国人觉得奇怪。田单于是扬言说:“神来到下界教我。”于是命令城里的人说:“应当有神人做我的军师。”有一士卒说:“我可以做军师吗?”说完转身走开。田单便起立,招回他,让他面向东坐,用老师的礼节侍奉他。士卒说:“我欺骗您,确实没有才能。”田单说:“您不要言语呀!”于是尊他为神师。每发布号令,必定号称神师的主意。于是扬言说:“我只怕燕军把割掉鼻子的齐兵俘虏放在前列与我们作战,这样即墨就败了。”燕人听到,便依照这话去做。城里的人看见齐国众多投降的人没了鼻子,都很愤怒,坚守城池只怕被俘虏。田单又派人去行反间计,说:“我们害怕燕国人挖掘我们城外的坟墓,侮辱祖先,可以说是寒心的事。”燕军听后,挖开全部坟墓,焚烧死人。即墨城里的人从城上望见,都哭泣了,全都要求出战,怒气由此增加十倍。

田单知道士兵可用,就亲自手持版插,与士卒分工劳作,把妻妾编排在

队伍里,把食物全散发给士兵。让披甲的士兵都埋伏在工事里,使老弱妇女登上城,派遣使者到燕军约定投降,燕军都欢呼万岁。田单又收集民间金子得到一千镒,让即墨城里的富豪们送给燕将,说:“即墨将要投降,希望不要掳掠我们同族人家的妻妾,能使安居。”燕将大喜,答应了他们。燕军由此更加松懈。

于是田单收集城中的牛得到一千余头,为它们披上绛缯衣,画上五彩龙纹,在牛角上捆着刀子,在牛尾上绑着浇灌了油脂的芦苇,并点燃它。凿开城墙几十个洞,夜里放出牛群,壮士五千人跟随在牛的后面。牛的尾巴一烧热,便发狂而奔向燕军,燕军在夜里大惊。牛尾巴上火炬光明炫耀,燕军看到的,都是龙纹,所撞触的人不死即伤,五千壮士于是衔枚冲击,而城里人擂鼓呐喊跟从其后,老弱都敲击铜器助声势,响声震动天地。燕军很是诧异,溃败逃跑。齐国人于是斩杀燕国将领骑劫。燕军慌乱奔逃,齐国人追击败军,所经过的城邑,都背叛燕军而回归齐国。

田单的兵士一天比一天多,乘胜追击,燕军每天败退逃跑,终于到黄河边上,而齐国被占领的七十余城都又是齐国的了。于是(田单)到莒迎接襄王,进入临菑而处理政务。襄王封田单,爵号叫安平君。

太史公说:作战时如正面交锋,应以出奇制胜。善于用兵的人出奇无穷。奇正循环相互变化,好像圆环没有接头点。开始像处女的柔静,使敌方敞开门户不加戒备;然后像脱逃的兔子,使敌方措手不及无法抵御,大概田单的用兵可称得上这样吧!

当初,淖齿杀了湣王,莒城里的人访求湣王的儿子法章,在太史嬓家里找到,给人浇灌园地。太史嬓的女儿怜惜他,对他非常友好。后来法章私下把实情告诉她,她就与法章往来交好。待到莒城里的人共同拥立法章为齐王,依据莒城抵御燕军,而太史嬓的女儿就立为王后,就是所说的“君王后”。

燕军刚进入齐国时,听说画邑人王蠋贤明,命令军中说:“环绕画邑三十里的地方不要进入!”因王蠋的缘故,不久派人对王蠋说:“齐国人大都称赞您的德义,我任用您做将军,封给您一万户的领地。”王蠋坚决推辞。燕国人说:“你不听从,我率领三军来消灭整个画邑!”王蠋说;“忠臣不能事奉两个君主,贞女不可更换两个丈夫。齐王不听从我的直言劝谏,所以退隐而在乡野耕种。国家既已破亡,我不能使它存在,如今又用武力劫持我做您的将领，这是助桀为暴。与其不义地活着，倒不如被煮死！”于是把脖子吊在树枝上，自己奋力扭断脖子而死。齐国逃亡的大夫听到这事，说：“王蠋这人，是一个平民，守忠义不臣服于燕国，何况在官位拿俸禄的人呢！”于是相互聚集到莒，寻求湣王的儿子，拥立为襄王。

【点评】本文记叙了田单巧用智谋、出奇制胜，在即墨城下大败燕军，并乘胜收复齐国失地的全过程。传文巧于取材，精于剪裁，主次分明，繁简得当，叙写清晰，紧凑生动，“奇”字作骨，贯穿始终，奇智奇谋，奇计奇法，奇男奇女，奇人奇事，正如清人吴见思所评：“田单是战国一奇人，火牛是战国一奇事，遂成太史公一篇奇文。”堪称奇绝千古之事，千古奇特之文。全篇处处表现一个“奇”，结构和层次的布置围绕着“奇”，人物和场景的描写显着“奇”。材料和事迹的取舍紧扣着“奇”。田单所出奇计奇谋，所为奇事奇行，无论大小，一概叙写，淋漓尽致，而田单一生的事迹，并不限此，却因平淡无奇，不管轻重，一律舍弃，毫不可惜，这是在材料处理上从奇处安排，从而使传记重点突出，人物事迹鲜明。先叙写小的奇智奇事，引人入胜，为下文做铺垫，后叙写大的奇谋奇计，动人心魄，与上文相呼应，献巧智，纵反间，施诈降，抬鬼神，坚人心，放火牛，遣壮士，如千里水流，始则细浪轻跳，继而前推后拥，翻滚巨波，终为惊涛骇浪，如此计计出奇，环环相扣，层层推进，迭起高潮，这是在结构布局上从奇处展开，从而使传文层次清晰，情节具体生动。虽淋漓酣畅地描写奇计百出、智谋超绝的田单，犹嫌不足，再附设奇士奇女两位人物，奇人荟萃，奇事层出，映衬烘托，精神互见，相辅相成，同心复国。全文从奇处着力，使传主形象鲜明完美，附写人物亦活现纸上。

【集说】此传如事书之，不复添设，而简淡之中笔端曲尽，自首讫尾，融结宛然，更不可分划。赞后附出二事，承前淖齿既杀湣王于莒及燕长驱平齐，与世家相为跌宕，而著齐之所以转亡而为存也。史公此等见作传精神洋溢处，昔人云峰断云连是也。（归有光《归震川评点本史记》）

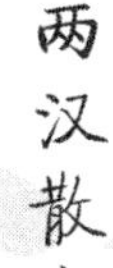

此传言宣言三，纵反间二，见田单将略全是以奇胜人。（凌稚隆《史记评林》）

《田单传》以“奇”字作骨，至赞语中始点明之。盖单之为人奇，破燕一节

其事奇,太史公又好奇,遇此等奇人奇事,哪能不出奇摹写?前路以傅铁笼事小作渲染,已是奇想,随即接入破燕,而以十分传奇之笔尽回答叙之。写田单出奇制胜,妙在全从作用处着手,如"乃纵反间于燕,宣言曰","田单因宣言曰","单又纵反间曰","令即墨富豪遗燕将,曰",节次写来,见单之奇功,纯是以奇谋济之,赞语曰:"兵以正合,以奇胜。善之者出奇无穷,奇正还相生,如环之无端。"连用三"奇"字将通篇之意醒出。"始如处女"四句,亦复奇惊人。君王后,奇女;王蠋,奇士,不入传中,而附于传后,若相应若不相应,细绎之,却有神无迹。合观通篇,出奇无穷,确为《史记》奇作。(李景星《史记评议》

(佳　木)

萧何追韩信[(1)]

信数与萧何语,何奇之。至南郑[(2)],诸将行道亡者数十人。信度何等已数言上[(3)],上不我用,即亡。何闻信亡,不及以闻[(4)],自追之。人有言上曰:"丞相何亡。"上大怒,如失左右手。居一二日,何来谒上[(5)],上且怒且喜,骂何曰:"若亡[(6)],何也?"何曰:"臣不敢亡也,臣追亡者。"上曰:"若所追者谁"?何曰:"韩信也。"上复骂曰:"诸将亡者以十数,公无所追,追信,诈也。"何曰:"诸将易得耳,至如信者,国士无双。王必欲长王汉中,无所事信;必欲争天下,非信无所与计事者。顾王策安所决耳[(7)]。"王曰:"吾亦欲东耳,安能郁郁久居此乎?"何曰:"王计必欲东,能用信,信即留;不能用,信终亡耳。"王曰:"吾为公以为将[(8)]。"何曰:"虽为将,信必不留。"王曰:"以为大将。"何曰:"幸甚。"于是王欲召信拜之。何曰:"王素慢无礼[(9)],今拜大将如呼小儿耳,此乃信所以去也。王必欲拜信,择良日,斋戒[(10)],设坛场[(11)],具礼[(12)],乃可耳。"王许之。诸将皆喜,人人各自以为得大将。至拜大将,乃韩信也,一军皆惊。

【**注释**】(1)选自《史记·淮阴侯列传》。萧何:汉初大臣,对刘邦建立汉朝起过重要作用，曾任丞相。韩信当时刚刚离开项羽归向刘邦，但未被重用，因此就发生了萧何追韩信的事情。 (2)南郑：今属陕西汉中市，当时为汉王之都。 (3)上：指刘邦。 (4)不及以闻：来不及向刘邦报告。 (5)谒(yè)：进见。 (6)若：你。 (7)顾：但，只是。 (8)吾为公以为将：我看你的面子用他为将。 (9)素慢：一向对人轻慢。 (10)斋戒：古人在祭祀或举行庆典之前，先沐浴、更衣、戒酒、素食、独宿，表示虔诚庄重，叫"斋戒"。 (11)坛场：举行典礼的场所，筑土台叫坛，除地为场。 (12)具礼：举行拜将仪式。具：准备。

【今译】韩信多次和萧何交谈，萧何十分惊奇韩信的才能。到了南郑，那些将领在路上逃掉的有几十人。韩信考虑：萧何等人已为我多次向刘邦说过了，刘邦不用我。于是他也逃走了。萧何听说韩信跑了，来不及向刘邦报告，自己去追韩信。有人向刘邦报告说："丞相萧何逃跑了。"刘邦大怒，如同失去了左右手。过了一两天，萧何来进见刘邦，刘邦既生气又高兴，骂萧何道："你为什么逃跑？"萧何说："臣不敢逃跑，臣是去追逃跑的人。"刘邦说："你所追的人是谁？"萧何说："是韩信。"刘邦又骂道："那些逃跑的将领有几十人了，您从来没去追，追韩信，是骗人。"萧何说："那些平常的将领容易得到，至于韩信这样的人，一国之中再没有第二个。大王如果想长期在汉中称王的话，那韩信确是一无所用；如果想夺天下，除了韩信再没有一个可以与您商量军国大事的了。但是，就看大王的主意是怎样决定的了。"汉王说："我也想向东发展啊，怎么能忧闷地长久守在这里呢？"萧何说："大王计划一定要向东发展，如果能用韩信，韩信就能留下；不能用韩信，韩信终归还会逃的。"汉王说："我看您的面子用他为将。"萧何说："虽然让他为将，但韩信一定不留。"汉王说："那就做大将吧！"萧何说："太好了。"于是汉王想召见韩信拜为大将。萧何说："大王一向待人轻慢无礼，今天拜大将好像叫小孩似的，这就是韩信之所以离去的原因。大王真想拜他为大将，就选个良辰吉日，淋浴斋戒，在广场上筑个土台，准备好拜大将的仪式，这样才可以。"汉王答应了。那些将领们都很高兴，人人都以为自己将要被拜为大将了。等到拜大将时，原来是韩信，全军都很吃惊。

【点评】此段乃是以虚笔写韩信。韩信投靠项羽，项羽不能用；又投靠刘邦，刘邦不重用。英雄无用武之地，故以逃亡为上计，另谋出路。萧何慧眼识英雄，月夜追韩信。而刘邦误为萧何逃亡，如失左右手，其神态如画，亦见萧何对刘邦之重要，为后文张本。萧何回见，刘邦“且喜且怒”，又破口大骂，更是神采飞动，亦见刘邦心理之踏实。萧何一席话，推出韩信，“国士无双”，乃全传标眼。而刘邦仍不识英雄，且以“吾为公以为将”来应付，漫不经心。萧何又一席话，逐渐消去刘邦疑虑，使其做出拜将之事来，而“诸将皆喜，人人各自以为得大将”又作一陪衬，显出韩信形象。看来处处写萧何、写刘邦，实乃处处写韩信，为韩信以后的出奇计、建奇功做了有力铺垫。

【集说】何屡言信而未用，虽何不能为力，故予尝疑信亡，何之谋也。信亡而身追之，要为奇以耸动上耳。（凌稚隆《史记评林》引董份语）

铺叙萧何奇信、追信、拜信始末，不遗余力，所谓功第一者，亦为此。（凌稚隆《史记评林》引凌约言语）

写追信斗凑活泼，帝与萧与韩三人意思识量皆见。（浦起龙《古文眉诠》）

拉开大架子对英主说英雄，须如此铺张，如此牢笼。（同上）

“为公”二字妙，是情面语，正写汉王尚未深信。（程余庆《史记集说》）

（张新科）

背水一战[(1)]

信与张耳以兵数万，欲东下井陉击赵[(2)]。赵王、成安君陈馀闻汉且袭之也[(3)]，聚兵井陉口，号称二十万。广武君李左车说成安君曰[(4)]：“闻汉将韩信涉西河[(5)]，虏魏王，禽夏说[(6)]，新喋血阏与[(7)]；今乃辅以张耳，议欲下赵，此乘胜而去国远斗，其锋不可当。臣闻千里馈粮，士有饥色；樵苏后爨[(8)]，师不宿饱。今井陉之道，车不得方轨[(9)]，骑不得成列，行数百里，其势粮食必在其后。愿足下假臣奇兵三万人[(10)]，从间道绝其辎重[(11)]。足下深沟高垒，坚营勿与战。彼前不得斗，退不得还，吾奇兵绝其后，使野无所掠，不至十日而两将之头可致于戏下[12]。愿君留意臣之计！否，必为二子所禽矣。”成安君，儒者也，常称“义兵不用诈谋奇计”，曰：“吾闻兵法：‘十则围之，倍则战[13]’。今韩信兵号数万，其实不过数千，能千里而袭我，亦已罢极[14]，今如此避而不击，后有大者，何以加之？则诸侯谓吾怯，而轻来伐我。”不听广武君策，广武君策不用。韩信使人间视，知其不用，还报，则大喜，乃敢引兵遂下。未至井陉口三十里，止舍[15]。夜半传发，选轻骑二千人，人持一赤帜，从间道萆山而望赵军[16]，诫曰：“赵见我走，必空壁逐我；若疾入赵壁，拔赵帜立汉赤帜。”令其裨将传飧曰[17]：“今日破赵会食。”诸将皆莫信，详应曰：“诺。”谓军吏曰：“赵已先据便地为壁；且彼未见吾大将旗鼓，未肯击前行；恐吾至阻险而还。”信乃使万人先行，出，背水陈[18]，赵军望见大笑。平旦，信建大将之旗鼓，鼓行出井陉口。赵开壁击之，大战良久。于是信、张耳佯弃旗鼓，走水上军；水上军开入之，复疾战。赵果空壁争汉鼓旗，逐韩信、张耳。韩信、张耳已入水上军，军皆殊死战，不可败；信所出奇兵二千骑，共候赵空壁逐利，则驰入赵壁，皆拔赵旗，立汉赤帜二千。赵军已不胜，不能得信等，欲还归壁；壁皆汉赤帜，而大惊，以为汉皆已得赵王将矣。兵遂乱，遁走。赵将虽斩之不能禁也。于是汉兵夹击，大破，虏赵军，斩成安君泜水上[19]，禽赵王歇，信乃令军中毋杀广武君，有能生得者购千金。于是有缚广武君而致戏下者，信乃解其缚，东乡坐[20]，西乡对，师事之。诸将效首虏，休[21]，毕贺，因问信曰：“兵法：‘右倍山陵，前左水泽[22]。’今者将军令臣等反背水陈，曰：‘破赵会食。’臣等不服。然竟以胜，此何术也？”信曰：“此在兵法，顾诸君不察耳。兵法不曰‘陷之死地而后生，置之亡地而后存[23]’？且信非得素拊循士大夫也[24]，此所谓驱市人而战之，其势非置之死地，使人人自为战；今予之生地，皆走，宁尚可得而用之乎？”诸将皆服，曰：“善。非臣所及也！”

【注释】(1)节选自《史记·淮阴侯列传》。 (2)井陉:即下文的陉井口,为太行八隘之一,在今河北井陉县东北井陉山上有井陉关,即为其地。 (3)成安君:陈馀的封号。 (4)广武君:李左车的封号。 (5)西河:指夏阳北边的龙门河,在今陕西大荔县。 (6)禽:同"擒"。 (7)喋:假借为"蹀",践踏。 (8)樵:打柴。苏:割草。爨(cuàn):烧火做饭。 (9)方轨:两车并行。 (10)假:借。 (11)间道:小路,近路。绝:截。辎重:指军需品,如武器、粮草、器材等。 (12)戏:通"麾"。戏下:指麾下,部下。 (13)兵法'十则围之,倍则战':见《孙子·谋攻篇》:"故用兵之法,十则围之,五则攻之,倍则分之,敌则能战之,少则能逃之,不若则能避之。"引文与原文略有不同。 (14)罢:同"疲"。罢极:精疲力竭。 (15)止舍:停下来扎营。 (16)萆:同"蔽",隐蔽,遮掩。萆山:以山为掩蔽。 (17)裨将传飧:副官通知士兵稍微吃一点便食。 (18)破赵会食:打败赵军后共同饱餐。陈;通"阵"。背水陈:背水而阵。《史记正义》:"绵蔓水……自并州流入井陉界,即信背水阵;陷之死地,即此水也。"绵蔓水发源于山西寿阳县东,东流入河北井陉县南,然后流入滹沱河。 (19)泜(chí)水:古水名,即今槐河,源出河北赞皇县西南,然后流入滏阳河。 (20)东乡坐:面向东坐。汉代以东乡坐为尊。 (21)休:完毕。 (22)兵法"右倍山陵,前左水泽":见《孙子·行军篇》:"丘陵隄防,必处其阳而右背之。此兵之利,地之助也。"意谓背靠山而面临水,是为得地利。 (23)陷之死地:见《孙子·九地篇》:"投之亡地然后存,陷之死地然后生。夫众陷于害,然后能为胜败。" (24)拊;同"抚",抚爱。循:顺从。拊循:经受训练而服从指挥的意思。

【今译】韩信与张耳带领几万士兵,想向东通过井陉关去攻击赵国。赵王歇与成安君陈馀听说汉军将要来进攻,就把兵力聚集在井陉关口,号称为二十万大军。广武君李左车劝说成安君道:"听说汉王的将领韩信渡过西河,俘虏了魏王,擒获了夏说,新近又在阏与浴血大战;现今又有张耳作为辅佐,商议想一举攻取赵国,这是乘胜前进离开本国攻击远方的战斗,它的锋芒锐气不可阻挡。臣听说从千里之外运送粮食,士兵难免因供应不足面带饥色;就地打柴割草来烧火煮饭,军队是不可能经常吃上饭的。现在井陉关的道路,兵车不可能并列前进,骑兵不可能排成队列,队伍走过几百里路,势必会把运送粮草的车辆留在后面。我希望足下借给臣进行突袭的部队三万人,从小路上去拦截他们运送辎重的车辆。足下只需要深挖壕沟,高筑营垒,坚守军营,不与交战。这样他们向前无法战斗,后退又不得回还,我又带着突袭部队拦截他们的后路,使他们在野地里没有一点东西可以掠夺,用不到十日时间,这两个将领的头颅就会滚到您的麾下。希望您仔细考虑臣的计策。否则的话,我们一定被这两个人擒为俘虏。”成安君是个迂腐不知变通变的书生,常常挂在嘴上说:“正义之师是不用诈谋奇计的。”所以他回答道:“我听说兵法上写道:‘有十倍于敌人的兵力就可以包围敌人,有一倍于敌人的兵力就可以较量一番。’现在韩信领兵号称几万,其实不过是几千人,竟然要远走千里来进攻我,也已经精疲力竭,而今面对韩信如此微弱的兵力而不敢去迎头痛击,以后如果有比韩信更强大的敌人攻来,我们将怎样承担重任?(要是我们回避害怕)那么诸侯们就会认为我们太怯弱了,就会轻易地来攻打我们的。”他既不听从广武君的计策,也不予采用。韩信派人暗中探听,知道成安君不用广武君的计策,韩信十分高兴,才敢大胆地驱兵前进。在距井陉关口三十里处,大军停止前进,安营扎寨。半夜里传下命令,挑选轻骑兵二千人,每人手持一面红色的汉军旗帜,从小路向前进发,利用山势草木遮蔽而到达能看清赵军行动的山坡埋伏起来。又命令说:“赵军看见我军败退逃走,必定会倾巢出动追逐我军;这时你们就要迅速冲入赵军营垒,拔掉赵军旗帜,插上汉军旗帜。”又命令副官给士兵们送一点干粮吃,并告诉大家说:“今天攻破赵军后,举行大会餐。”诸位将领都不敢相信,只得假意虚应道:“好,服从命令。”对执事军官说:“赵军已先占据了有利地形扎下营垒,他们如果没有看到我军主将的旗号和仪仗,是不肯攻击我们的先遣部队的。他们怕我们到了山路险狭之处就退缩回来。”韩信于是就派出一万人的先头部队,出现在井陉关口,面向赵军,背水而列阵,赵军看到后放声大笑。天刚亮,韩信就竖起主将的大旗和仪仗,敲起鼓点,向井陉口进军。赵军打开寨门,迎击汉军,大战良久。于是韩信、张耳佯装打败,丢弃主将的旗帜和仪仗,败退回背水阵。背水列阵的部队开阵迎接,又共同掉转头迎击追逐来的赵军。赵军果真倾巢而出,个个争夺汉军旗帜和仪仗,一窝蜂地追逐韩信、张耳。韩信、张耳进入了背水阵,军士个个都殊死战斗,赵军不能击败他们。韩信派出的二千轻骑兵,一起等候着赵军倾巢而出追逐抢夺战利品,就疾驰

冲入赵军空营里,全部拔掉赵军旗帜,插上汉军二千面旗帜。赵军苦战良久也不能取胜,又不能俘获韩信等人,想收兵回营,可是看见军营里插满了汉军旗帜,不禁大吃一惊,以为汉军都已经俘获了赵王和诸位将领了。于是赵军顿时大乱,纷纷躲避逃走。赵军将领虽然用斩杀办法,也不能禁止士兵的溃逃。于是汉军两面夹击,大败赵军,俘虏了一大批降卒,在泜水边斩首成安君陈馀,擒赵王歇。韩信于是号令军中,不许杀害广武君李左车,有谁能抓到活的送来,奖赏千金。于是部下中有人捆绑了广武君押送来到韩信麾下。韩信亲自为广武君解掉绳索,请他向东坐,自己向西坐来对答,以尊师之礼优待他。诸将前来呈献所获的敌人首级,清点完后,纷纷向韩信祝贺胜利。因此有人问韩信道:"兵法上说'行军列阵应在山陵东南面,川泽西北面',今天大将军却命令臣等背水列阵,又说'攻破赵军后大会餐',臣等都不敢相信。然而竟因此而获大胜,这是什么战术啊?"韩信说:"这也是兵法上有的,只是诸君没有注意罢了。兵法上不是写道'把军队置于死地而后才能拼死战斗绝处逢生,置于绝境而后才能拼死战斗得保存'吗?况且我韩信并非有一支平素受到训练而绝对服从指挥的队伍,这里我是指挥一群未受训练的乌合之众去打仗,照此情况,非把大军置于死地,使人人都自动拼死战斗(才能取胜);现今我如果把大军放在可以逃生之地,都逃跑了,怎么还可能使他们拼死作战呢?"诸将听后,个个佩服,说:"好极了。这都不是我们所能想到的。"

【点评】井陉口背水一战,乃是展现一代名将韩信军事奇才的重头戏,为全传中详写实写最为美妙的一段文字。战争起始,运筹方略,行军布阵,双方计谋,酣斗经过,前后曲折,隐藏奇略,胜败之机,凡此种种,全汇此场战斗之中。赵国广武君之谋高,想其致胜无疑,然成安君陈馀拘守兵法条规,不用李左车之策,出现一个大转折。韩信知己知彼,善出奇兵,示己以弱,诱敌入"瓮",弱而变强,出奇制胜,活用兵法,显现将才。致胜之后,将领和韩信共论胜败之由,对军队素质的了解和奇用,对战争心理的熟谙和运思,托出战争胜败的深层高妙之论,可谓画龙点睛之笔。战争双方,奇才与奇才比斗,如见胜者为高。李左车与韩信关系的演进,是为韩信的一个大铺垫。能画出古今军事奇才之韩信,才能见出古今运笔奇才司马迁的身手不凡。

【集说】古今来，太史公，文仙也；李白，诗仙也；屈原，辞赋仙也；刘阮，酒仙也；而韩信，兵仙也。然哉！（茅坤《史记钞》）

信所以背水阵者，虽欲陷死地以坚士心，其实料成安君守兵法不知变也，故以后水诱之，使之争战趋利耳，此致人之术也。（《史记评林》引余有丁语）

非为水上阵，不可以致赵人之空壁而逐利；非拔赵帜而立汉帜，则成安君失利而还壁，信与赵相持之势成，而其事未可知也。故信之此举，谋定而后动，诚入虎口一举而毙之矣。（茅坤《史记钞》）

太史公于汉兴诸将，皆列数其成功而不及其方略，以区区者不足言也；惟于信详载其言，盖信之战，刘项之兴亡系焉，且其兵谋足为后世法也。然自井陉而外，阳夏、潍水之迹盖略矣。其击楚、破代，亦约举其成功。（方苞《望溪先生文集》）

（李培坤　陈彩琴）

狂生郦食其[1]

郦生食其者，陈留高阳人也[2]。好读书，家贫落魄，无以为衣食业，为里监门吏[3]。然县中贤豪不敢役，县中皆谓之狂生。

及陈胜、项梁等起，诸将徇地过高阳者数十人，郦生闻其将皆握齱，好苛礼自用[4]，不能听大度之言，郦生乃深自藏匿。后闻沛公将兵略地陈留郊[5]，沛公麾下骑士适郦生里中子也[6]，沛公时时问邑中贤士豪俊。骑士归，郦生见谓之曰："吾闻沛公慢而易人[7]，多大略，此真吾所愿从游，莫为我先[8]。若见沛公[9]，谓曰'臣里中有郦生，年六十余，长八尺，人皆谓之狂生，生自谓我非狂生'。"骑士曰："沛公不好儒，诸客冠儒冠来者，沛公辄解其冠，溲溺其中[10]。与人言，常大骂。未可以儒生说也。"郦生曰："弟言之[11]。"骑士从容言如郦生所诫者。

沛公至高阳传舍[12]，使人召郦生。郦生至，入谒，沛公方倨床使两女子洗足[13]，而见郦生。郦生入，则长揖不拜[14]，曰："足下欲

助秦攻诸侯乎？且欲率诸侯破秦也？”沛公骂曰：“竖儒[15]！夫天下同苦秦久矣，故诸侯相率而攻秦，何谓助秦攻诸侯乎？”郦生曰：“必聚徒合义兵诛无道秦，不宜倨见长者。”于是沛公辍洗[16]，起摄衣[17]，延郦生上坐，谢之。郦生因言六国从横时[18]。沛公喜，赐郦生食，问曰：“计将安出？”郦生曰：“足下起纠合之众[19]，收散乱之兵，不满万人，欲以径入强秦，此所谓探虎口者也。夫陈留，天下之冲[20]，四通五达之郊也[21]，今其城又多积粟。臣善其令[22]，请得使之，令下足下[23]。即不听，足下举兵攻之，臣为内应。”于是遣郦生行，沛公引兵随之，遂下陈留。号郦食其为广野君。

【注释】(1)选自《史记·郦生陆贾列传》。郦食其(lì yì jī)：秦末农民战争时归刘邦。楚汉战争中说齐王田广归汉，韩信乘机袭齐，齐王以为被郦食其出卖，就把他烹死。 (2)陈留：旧县名，在今河南开封市东南。高阳：古乡名，在今河南杞县西。 (3)里监门吏：协助里正管理治安的小吏。 (4)握齱(chuò)：器量狭窄。苛礼：琐细的礼节。自用：自以为是。 (5)沛公：指刘邦。 (6)里中子：同乡人。 (7)慢而易人：对人傲慢，又看不起人。 (8)莫为我先：没有人替我介绍引见。 (9)若：你。 (10)溲溺其中：小便在帽中。 (11)弟：但，只管。 (12)传舍：古时供来往行人居住的旅舍、客舍。 (13)倨床：坐在床边。倨通“踞”，叉开脚坐着。见宾客时倨床，是不礼貌的态度。 (14)长揖不拜：行拱手礼而不跪拜。 (15)竖儒：俗儒小子，骂人的话。 (16)辍(chuò)：停止。 (17)起摄衣：起身整理衣服。 (18)从横：即纵横。 (19)纠合之众：临时纠合起来的大众，即乌合之众，未经训练。 (20)冲：交通要道。 (21)郊：所处。 (22)善其令：与陈留县令友好。 (23)下：投降。

【今译】郦食其是陈留高阳人。喜欢读书，家境贫穷，潦倒失意，没有一点可依靠生活的产业。他做士人中最贱的事：里监门吏。但是同县中的贤侠豪杰也不能差遣他，县里的人都称他为狂生。

等到陈胜、项梁等人起义后，将领们攻城略地，经过高阳的有几十人。郦食其听说这些将领们都器量狭窄，喜欢细小的礼节，又都自以为是，不能听有见识的话，于是他就隐居不出来。后来听说沛公刘邦率军攻打陈留郊外，而沛公部下的骑兵(中有一位)恰恰又是郦食其的同乡人，沛公时常向骑兵询问他家乡有哪些贤士豪杰。骑兵回乡时，郦食其便去见他说："我听说沛公对人傲慢，又看不起人，但胸有大略，这才是我真正愿意追随的人。一直没有人替我介绍引见，你见了沛公，就对他说：'我家乡有一位郦先生，年已过六十，身高八尺，人们都称他狂生，狂生却自认我不是狂生。'"骑兵说："沛公不喜欢儒生，许多客人戴儒生帽子来见他，沛公就把人家的帽子拿下来，在里面小便。与人说话时常破口大骂。你不要以儒生的身份去游说他。"郦食其说："你只管说就是了。"骑士从容地把郦食其的话如实地告诉了沛公。

沛公到高阳住下，便派人召郦食其。郦食其去进见时，沛公正坐在床上，让两位女仆替他洗脚，就召见郦食其。郦食其进来，只行拱手礼，不肯跪拜，说："您是想帮助秦国攻打诸侯呢，还是想率领诸侯攻打秦国呢?"沛公大骂道："你这俗儒小子！天下人受秦国残害已很久了，所以诸侯们相继起来攻打秦国，你怎么说要帮助秦国攻打诸侯呢?"郦食其说："您如果真想聚集民众招来义兵以诛灭无道的泰国，就不应以这样倨傲的态度接见长者。"于是沛公停止洗脚，起身整理衣服，请郦食其居上坐，向他道歉。郦食其便与他谈六国合纵连横的事情。沛公大喜，赐郦食其饭食，并问道："计划将怎样制定呢?"郦食其说："您聚集的那些乌合之众，散乱之兵，不满一万人，想直攻强秦，这就是人们常说的去摸老虎口啊！陈留是天下的交通要道，是四通八达的地方，城内又囤积着许多粮食。我与陈留县令友好，请您派我出使陈留，劝他向您投降。如果他不听从，您派兵攻打他，我做内应。"于是派郦食其前往，沛公带兵跟随，终于降服了陈留。封郦食其为广野君。

【点评】此段为"奇人见奇人"之文。郦生乃是一奇人。他出身低，职位贱，但却傲视一切。对于器量狭小之人，他避而不见；对于刘邦，他却主动自我推荐。即见刘邦，却又长揖不拜，显得落落大方，不卑不亢。既而又以"狂言"使刘邦变傲为恭。最后出奇计，下陈留，建奇功。刘邦亦是一奇人。"时时问邑中贤士豪俊"一语，已显出其非凡。而骑士所云"解冠溲溺"之事及"与人言，常大骂"之势，虚写一笔，未见其人，先闻其声，亦显出其奇。再通

过“倨床使两女子洗足，而见郦生”之实事，愈显其奇。既而大骂郦生，已而又辍洗整衣，尊敬郦生；进而言听计从，封赏郦生。傲慢时极傲慢，无赖时极无赖，恭敬时极恭敬，豁达时极豁达。奇人见奇人，既针锋相对，又倾心交谈。真乃人奇，事奇，文亦奇也。

【集说】郦生为高帝下陈留，高帝赖其兵食，遂以入关，所系大矣。（黄震《黄氏日抄》）

史谓高祖嫚骂溺冠，吾意当世所谓儒者不过窃儒之虚名、冒儒之衣冠以自诡异于当世而求宠庸者也。不然，智术如萧张，文学如隋陆，亦儒之近似者耳，而帝犹用之，况进于此而肯辱待之乎？（凌稚隆《史记评林》引薛应旂语）

郦生……是当代一流人物，……故史公极力摹写，凡情事、声色、衣冠、言动，俱从字句中现出。古人云，文如生龙活虎，捉搦不得，吾以为此文足以当之。写郦生处，处处写其狂态，另有一种超然迈远、高视一切之度。（吴见思《史记论文》）

自荐语拉杂得妙，宛然画个小影，有轩昂磊落疏卤之态。（程余庆《史记集说》）

（张新科）

叔孙通定朝仪[1]

汉五年[2]，已并天下，诸侯共尊汉王为皇帝于定陶[3]，叔孙通就其仪号[4]。高帝悉去秦苛仪法，为简易。群臣饮酒争功，醉或妄呼，拔剑击柱，高帝患之。叔孙通知上益厌之也，说上曰：“夫儒者难与进取，可与守成[5]。臣愿征鲁诸生[6]，与臣弟子共起朝仪。”高帝曰：“得无难乎？”叔孙通曰：“五帝异乐，三王不同礼。礼者，因时世人情为之节文者也[7]。故夏、殷、周之礼所因损益可知者[8]，谓不相复也。臣愿颇采古礼与秦仪杂就之[9]。”上曰：“可试为之，令易知，度吾所能行为之。”

于是叔孙通使征鲁诸生三十馀人。鲁有两生不肯行，曰：“公所事者且十主，皆面谀以得亲贵。今天下初定，死者未葬，伤者未起，又欲起礼乐。礼乐所由起，积德百年而后可兴也。吾不忍为公所为。公所为不合古，吾不行。公往矣，无污我！”叔孙通笑曰：“若真鄙儒也[10]，不知时变。”

遂与所征三十人西，及上左右为学者与其弟子百馀人为绵蕞野外[11]。习之月馀，叔孙通曰：“上可试观。”上既观，使行礼，曰：“吾能为此。”乃令群臣习肄[12]。会十月。

汉七年，长乐宫成，诸侯群臣皆朝十月。仪：先平明，谒者治礼，引以次入殿门，廷中陈车骑步卒卫宫，设兵张旗志。传言“趋”[13]。殿下郎中夹陛[14]，陛数百人。功臣列侯诸将军军吏以次陈西方，东向；文官丞相以下陈东方，西向。大行设九宾[15]，胪传[16]。于是皇帝辇出房，百官执职传警[17]，引诸侯王以下至吏六百石以次奉贺。自诸侯王以下莫不振恐肃敬。至礼毕，复置法酒[18]。诸侍坐殿上皆伏抑首[19]，以尊卑次起上寿。觞九行[20]，谒者言“罢酒”。御史执法举不知仪者辄引去[21]。竟朝置酒，无敢讙哗失礼者[22]。于是高帝曰：“吾乃今日知为皇帝之贵也。”乃拜叔孙通为太常[23]，赐金五百斤。

【注释】(1)选自《史记·刘敬叔孙通列传》。叔孙通，秦二世时的儒生，曾被拜为待诏博士。项梁起义，叔孙通跟随项梁、项羽，后又投降刘邦，亦被拜为博士，专事起草庙堂礼仪和君臣职称工作。 (2)汉五年：刘邦被封为汉王的第五年(公元前202) (3)定陶：县名，今山东定陶县。 (4)就其仪号：就，完成，制定；仪，礼仪；号，称号。 (5)进取：攻城略地；守成：巩固政权。 (6)征：征召，召集。 (7)节文：礼节，文饰(表示等级的某些标志)。 (8)因：沿袭，继承。损：删改。益，增加。 (9)杂就之：参酌制定。 (10)鄙儒：鄙陋无知、迂腐、不谙世务的儒生。 (11)西：西入长安。绵：长绳。蕞：茅束，稻草人。 (12)习肄：练习，排练。 (13)趋：传呼群臣上殿曰“趋”，要急行而入。 (14)陛：台阶。 (15)大行：官爵名，九卿之一。宾：傧相。 (16)胪：陈列。传：传呼。设九个傧相列队传呼，以显示尊严，

增加威势。 (17)职:小旗。 (18)法酒:按礼法设酒宴。 (19)伏抑首:伏案低首。 (20)觞:酒杯。 (21)举:检举,纠察。引:带领。 (22)讙(xuān):喧。 (23)太常:官爵名,掌祭祀礼仪。

【今译】汉高祖五年,(刘邦)已经统一了天下,诸侯们在定陶尊立汉王为皇帝,责成叔孙通制定一套相应的仪式和名号。(开始时)高祖废除了秦朝那套烦琐的礼法,希望简便易行。(但是在庆功宴上)大臣们经常酗酒争功,醉后狂呼乱叫,以至于拔剑击柱,高祖对此很讨厌。叔孙通知道皇上对此开始厌恶,就对高祖说:"儒生们虽然不能帮着您攻城占地,但他们却可以帮着您来守天下。臣愿意去找一些鲁地的儒生,和臣的弟子共同制订朝廷上使用的礼仪。"高祖说:"会不会太复杂呢?"叔孙通说,"五帝用的音乐各不相同,三王用的礼仪也不一致。礼,是根据不同时代的人性世态所制订的一套规矩准绳。所以夏朝、商朝、周朝沿袭的礼仪各有什么增加删改,我是知道的,这也就是指的各朝的礼仪不一样。臣愿意悉数搜集古代的礼法和秦朝的标准,给您制订符合今天使用的制度。"皇上说:"可以试着办,要注意简便易学,要考虑我能够做到。"

于是叔孙通就到鲁地找了三十多个儒生。其中有两位拒绝参加,他们对叔孙通说:"您所侍奉过的主子差不多有十个了,都是靠着阿谀奉承,才获得尊位受到主子的亲近。现在天下才刚刚安定,死的还没有埋葬,伤的还没有恢复,又想制订礼乐。礼乐制度的建立,是积德百年以后才能开始的事情。我们无法容忍去干您要干的那些事儿。您的行为不合于古人,我们不去。您自己去吧,别玷污了我们!"叔孙通笑道:"你们可真是见识褊浅的儒生,不懂得时代的变化。"

于是叔孙通就带着他所找的三十个人向西回了长安,把他们和皇上身旁的书生以及自己的弟子,共一百多人,在野外,拉起绳子,立起草人。演习了一个多月,叔孙通去对(刘邦)说:"皇上可以去看了。"刘邦随即去看他们的演习,放心地说:"这个我能做到。"于是下令叫群臣们排练、演习,准备十月朝会正式使用。

汉高祖七年,长乐宫建成。诸侯和大臣们都来参加十月的朝会。仪式是这样的:天亮之前,首先是接待宾客的近侍执行礼仪,他领着诸侯大臣按次序进入殿门，院子里排列着保卫宫廷的战车、骑兵和步兵，摆设着兵器，展开了旗帜。这时有人传言“趋”。于是殿下的郎中们都站到了台阶的两旁，台阶上站着几百人。功臣、列侯、将军以及军官们都依次站在西边，面朝东；丞相以下的各级文官都依次站在东边，面朝西。大行人设立了九个傧相，专门负责上下传呼。于是皇帝的车子从后宫出来了，众多的近侍拿着旗子，传话叫大家注意；然后引领诸侯王以下直到六百石的官吏们依次向皇帝朝贺。从诸侯王以下，所有的人都诚惶诚恐，肃然起敬。群臣行礼过后，又按严格的礼法摆出酒宴。（那些有资格陪刘邦坐在大殿上面的人们）也都叩伏在席上，按着爵位的高低依次起身给皇上祝酒。等到酒过九巡，谒者说：“停止。”御史依法纠察不合礼仪的人，并立即把他们拉出去。整个朝会酒宴从始至终，没有一个人敢喧哗失礼。于是高祖说：“今天我才真正体会到了做皇帝的尊贵。”于是拜叔孙通为太常，赐他黄金五百斤。

【点评】定朝仪是时局的需要，本身无可厚非。鲁二生顽固僵化，言不足取。本文的绝妙之处，一是写叔孙通的“希世度务，随时变化”，抓住刘邦的心理，及时果断地采取措施，既为国家干一件“大事”，也使自己致身通显。是一个“摩登圣人”，变色龙。另一方面是写刘邦。刘邦的修养、素质原先并不比群臣强，一身流氓习气；但当他一旦做了皇上，就决不会再容许别人在他面前放肆，他要有绝对的权威。可是他本人又受不了太严的约束，所以他要求叔孙通要订得“令易知，度吾所能行为之”。等至一切演习停当，临朝正式使用后，他忙心花怒放地说；“吾乃今日知皇帝之贵也。”毫不掩饰地道出了历代帝王的卑鄙内心，什么真龙天子，什么“伐罪吊民”，完全是为了个人的权势欲，为个人的作威作福。

【集说】陈次历历，虽未尝至阙廷者，亦可以想汉仪矣。（《史记评林》引董份语）

借两生以形容叔孙，一边迂拙，一边通脱；一边持正，一边希世，两两对照，逼出神情。（吴见思《史记论文》）

一篇汉仪注，百余字耳，而事体详尽，句法峭劲。（吴见思《史记论文》）

（韩兆琦）

东朝廷辩论[1]

魏其锐身为救灌夫[2]，夫人谏魏其曰："灌将军得罪丞相，与太后家忤[3]，宁可救邪？"魏其侯曰："侯自我得之，自我捐之，无所恨。且终不令灌仲孺独死，婴独生。"乃匿其家[4]，窃出上书。立召入，具言灌夫醉饱事，不足诛。上然之[5]，赐魏其食，曰："东朝廷辩之[6]。"

魏其之东朝，盛推灌夫之善[7]，言其醉饱得过，乃丞相以他事诬罪之。武安又盛毁灌夫所为横恣[8]，罪逆不道。魏其度不可奈何，因言丞相短。武安曰："天下幸而安乐无事，蚡得为肺腑，所好音乐狗马田宅。蚡所爱倡优巧匠之属[9]，不如魏其、灌夫日夜招聚天下豪杰壮士与论议，腹诽而心谤[10]，不仰视天而俯画地"[11]，辟倪两宫间[12]，幸天下有变，而欲有大功。臣乃不知魏其等所为。"于是上问朝臣："两人孰是？"御史大夫韩安国曰："魏其言灌夫父死事，身荷戟驰入不测之吴军，身被数十创，名冠三军，此天下壮士，非有大恶，争杯酒，不足引他过以诛也。魏其言是也。丞相亦言灌夫通奸猾[13]，侵细民[14]，家累巨万，横恣颍川[15]，凌轹宗室[16]，侵犯骨肉，此所谓'枝大于本[17]，胫大于股[18]，不折必披[19]'，丞相言亦是。唯明主裁之。"主爵都尉汲黯是魏其[20]。内史郑当时是魏其[21]，后不敢坚对。余皆莫敢对。上怒内史曰："公平生数言魏其、武安长短，今日廷论，局趣效辕下驹[22]，吾并斩若属矣[23]。"即罢起入，上食太后。太后亦已使人候伺[24]，具以告太后。太后怒，不食，曰："今我在也，而人皆藉吾弟[25]，令我百岁后[26]，皆鱼肉之矣[27]。且帝宁能为石人邪！此特帝在，即录录，设百岁后，是属宁有可信者乎？"上谢曰："俱宗室外家，故廷辩之。不然，此一狱吏所决耳。"

是时郎中令石建为上分别言两人事[28]。武安已罢朝，出止车门[29]，召韩御史大夫载，怒曰："与长孺共一老秃翁[30]，何为首鼠两端？"韩御史良久谓丞相曰："君何不自喜[31]？夫魏其毁君，君当免冠解印绶归[32]，曰：'臣以肺腑幸得待罪[33]，固非其任，魏其言皆是。'如此，上必多君有让，不废君；魏其必内愧，杜门齰舌自杀[34]。今人毁君，君亦毁人，譬如贾竖女子争言[35]，何其无大体也！"武安谢罪曰："争时急，不知出此。"

【注释】(1)选自《史记·魏其武安侯列传》。丞相田蚡娶燕王女为夫人，奉王太后命令举行宴会，灌夫在宴会上"骂座"，得罪丞相，加之其他事情，被拘捕，并准备行刑示众。魏其侯千方百计救灌夫，即引出了这场辩论。(2)魏其(jī)：魏其侯窦婴。锐身：奋不顾身。灌夫：当时为将军，与魏其侯关系密切。 (3)太后：王太后与武安侯田蚡为异父同母姐弟。忤：逆，作对。 (4)匿其家：瞒着家里人。 (5)上：指汉武帝。 (6)东朝：指王太后所居之长乐宫。 (7)盛推：极力赞誉。 (8)武安：武安侯田蚡，当时为丞相。 (9)倡优：女乐和优伶。 (10)腹诽而心谤：口里不言而在心里诽谤谩骂朝廷。 (11)不仰视天而俯画地：不是抬头看天，就是低头在地上画，希望朝廷有祸。这是说他们阴谋造反。 (12)辟倪：同"睥睨"，斜视窥探。 (13)奸猾：豪强恶霸。 (14)细民：小民。 (15)颍川：郡治阳翟，即今河南禹州市。 (16)凌轹(lì)：欺压、践踏。 (17)本：树干。 (18)胫：小腿。股：大腿。 (19)披：撕裂。 (20)汲黯：当时一位敢于直谏的大臣，《史记》有传。 (21)郑当时：当时的内史官，《史记》有传。 (22)局趣：同"局促"，拘束。 (23)若属：你们这些人。 (24)候伺：暗中探测。(25)藉：践踏。 (26)百岁后：指死后。 (27)鱼肉：像鱼肉一样被宰割。 (28)石建：一个善于谄媚的官僚，事详《万石君列传》。 (29)止车门：皇宫的外门。群臣入宫，从此下车步行。 (30)老秃翁：指窦婴。(31)自喜：自爱。 (32)免冠解印绶归：向皇帝谢罪辞职，摘下官帽、解下印绶，归还天子。绶：系印的丝带。 (33)待罪：做官的谦称。 (34)齰(zé)舌：咬舌。 (35)贾竖：商贾小人。

【今译】魏其侯奋不顾身想营救灌夫。他的夫人劝他说："灌将军得罪了

丞相,和太后家的人作对,难道能救得了吗?”魏其侯说:“侯爵是我自己得来的,现在由我把它放弃,也没有什么可遗憾的。况且我到底不能让灌仲孺(即灌夫)一人去死,而我独自活着。”于是瞒着家里人,私自出来上书给皇帝。皇帝立即把他召进宫去,魏其侯就把灌夫因在席上喝醉了酒而失言的情况细说了一遍,(认为这只是饮食间的小事)不值得判处死刑。皇帝赞同他的看法,便赐魏其侯一同吃饭,对他说:“此事再到东朝当廷辩论吧!”

魏其侯到了东朝,极力夸赞灌夫的长处,说他这回是酒醉失言犯了错,而丞相却用别的罪名来诬害灌夫。武安侯(即丞相田蚡)又极力诋毁灌夫所做的事骄横放纵,犯了大逆不道的罪。魏其侯考虑没有其他的办法,就议论丞相的短处。武安侯说:“天下幸而安乐无事,田蚡才得以成为皇室宗亲,爱好音乐、狗马、田宅。田蚡所喜欢的(只不过是)倡优、巧匠这一类人物,不像魏其侯和灌夫日夜召集天下的豪杰壮士,同他们商量讨论,从心里诽谤朝廷,不是抬头看天,就是低头画地,窥探于两宫之间,希望天下发生变故,想要成大事立大功。臣不知道魏其侯他们要干什么。”于是皇帝向在朝的大臣问道:“他们两人谁说的话对呢?”御史大夫韩安国说:“魏其侯说灌夫的父亲死于国事,灌夫手拿武器冲入强大的吴国军中,身上受了几十处伤,名声冠于三军,他是天下的壮士,如果没有特别严重的罪,只为酒醉引起争端,是不值得援引其他罪状来判处死刑的。魏其侯的话是对的。丞相说灌夫结交豪强恶霸,欺压小民,家产有数万万金之多,横行颍川,凌辱宗室,侵犯骨肉,这是所谓‘树枝大于树干,小腿大于大腿,不是折断必定裂开’,丞相的话也是对的。只好请英明的主上裁决了。”主爵都尉汲黯认为魏其侯说的对。内史郑当时也认为魏其侯说的对,但后来又不敢坚持自己的意见。其余的人都不敢回答。皇帝对内史发怒说:“你们平时多次议论魏其侯、武安侯二人的长短,今天廷辩,却拘谨得像驾在车辕下的马一样,我把你们这些人一并杀了。”于是皇帝罢朝起身,入内服侍太后进餐。太后也已派人在朝上打探消息,探听消息的人把朝廷辩论的情况都向太后做了报告。太后发怒,不吃饭,说:“现在我还活着,别人都敢凌辱我的兄弟,假若我百年之后,就会像鱼肉一样宰割我的兄弟了。况且皇帝怎能像石人一样自己不作主张呢?现在幸亏皇帝还在,他们都这样碌碌无为,如果皇帝百年之后,这些人还有可信赖的吗?”皇帝谢罪说:“魏其侯和武安侯都是外戚,所以才在朝廷上辩论,不然的话,只要一个狱吏就可以解决问题了。”

这时,郎中令石建分别把魏其侯、武安侯的事向皇帝说了。武安侯退朝以后,出了止车门,招御史大夫韩安国同坐一车,生气地说:“我和长孺(即韩安国)共同对付一个老秃翁,为什么首鼠两端?”韩安国过了好久才对丞相说:“您为什么这样不自爱?魏其侯诋毁您,您就应当摘下官帽,解下印绶,归还天子,说:‘我以皇帝的肺腑之亲,幸得丞相之职,本来就不能胜任,魏其侯的话是对的。’这样的话,皇帝一定会赞美您有谦让的品德,不会把您免掉;魏其侯一定会内心惭愧,闭门不出,咬舌自杀。现在别人诋毁您,您也诋毁别人,好像商人或女子争吵一般,怎么这样不识大体呢?”武安侯谢罪说:“争辩时太着急,不知道这样做。”

【点评】东朝廷辩论是整篇传记中的一个重要场面,是各种矛盾的集合点,是传记情节的高潮。在此之前,魏其侯失去了靠山窦太后,却与灌夫将军来往甚密。武安侯靠姐姐王太后登上丞相之位,骄横恣肆,为所欲为。灌夫使酒好气,骂座不敬,得罪了丞相,且掌握着丞相受贿之阴事,因此,武安侯要置他于死地。矛盾达到了白热化程度,汉武帝、王太后及朝廷大臣都牵扯进来,于是“廷辩”一场,各种人物亮相:魏其侯以理相辩,武安侯血口喷人,韩安国老于世故,郑当时首鼠两端,汉武帝左右为难,王太后仗势压人。一石激起千层浪。“廷辩”一场显出了每个人的个性,对比极为鲜明。太史公以此手法展示了统治阶级内部复杂尖锐的矛盾斗争,不愧为大手笔。魏其侯所说“终不令灌仲孺独死,婴独生”,亦为后文两人之死埋了伏笔。

【集说】载贵臣骄恣态与朝臣承风状俱妙,绝形容。(李光缙《增补史记评林》引李廷机语)

至武帝亦不直武安,无奈太后何。亦欲廷臣公论,乃诸臣竟不作声,遂发作郑当时,是一肚皮不快活语,一一入妙。……魏其武安对质语,反从韩安国口中说出,神化乃尔耶。(吴见思《史记论文》)

至东朝廷辩,以两人孰是遍问朝臣,汲郑对不能坚,余皆莫敢对,武帝之用心,实欲以朝臣公论以抗太后,而全魏其、灌夫,如袁盎诸大臣之持梁事也。即莫对,对又不坚,而遂无如太后何矣。故怒曰:“今日廷论,局趣效辕

下驹，吾并斩若属矣。”以武帝之雄才大略，而上迫太后，骄所薄，啖所严，况成、哀之下材乎！（包世臣《安吴四种》卷九《书史记魏其武安传后》）

（张新科）

游侠列传序[1]

韩子曰[2]：“儒以文乱法，而侠以武犯禁。”二者皆讥[3]，而学士多称于世云。至如以术取宰相、卿、大夫，辅翼其世主，功名俱著于春秋[4]，固无可言者。及若季次、原宪[5]，闾巷人也，读书怀独行君子之德，义不苟合当世，当世亦笑之。故季次、原宪终身空室蓬户[6]，褐衣疏食不厌[7]；死而已四百余年，而弟子志之不倦。今游侠，其行虽不轨于正义，然其言必信，其行必果，已诺必诚，不爱其躯，赴士之厄困，既已存亡死生矣[8]，而不矜其能，羞伐其德，盖亦有足多者焉[9]。且缓急，人之所时有也。太史公曰：昔者虞舜窘于井廪[10]，伊尹负于鼎俎[11]，傅说匿于傅险[12]，吕尚困于棘津[13]，夷吾桎梏[14]，百里饭牛[15]，仲尼畏匡[16]，菜色陈、蔡[17]：此皆学士所谓有道仁人也，犹然遭此灾，况以中材而涉乱世之末流乎？其遇害何可胜道哉！鄙人有言曰[18]：“何知仁义，已飨其利者为有德[19]。”故伯夷丑周[20]，饿死首阳山，而文、武不以其故贬王。跖、蹻暴戾[21]，其徒诵义无穷。由此观之，“窃钩者诛，窃国者侯，侯之门，仁义存[22]”，非虚言也！今拘学或抱咫尺之义，久孤于世，岂若卑论侪俗，与世沉浮而取荣名哉！而布衣之徒，设取予然诺，千里诵义，为死不顾生。此亦有所长，非苟而已也。故士穷窘而得委命，此岂非人之所谓贤豪间者耶？诚使乡曲之侠予季次、原宪比权量力，效功于当世，不同日而论矣。要以功见言信，侠客之义，又曷可少哉？

古布衣之侠，靡得而闻已。近世延陵、孟尝、春申、平原、信陵之徒[23]，皆因王者亲属，藉于有土、卿相之富厚，招天下贤者，显名诸侯,不可谓不贤者矣。比如顺风而呼,声非加疾,其势激也。至如闾巷之侠,修行砥名,声施于天下,莫不称贤,是为难耳。然儒、墨皆排摈不载。自秦以前,匹夫之侠,湮灭不见,余甚恨之!以余所闻,汉兴有朱家、田仲、王公、剧孟、郭解之徒,虽时扞当世之文罔(24),然其私义廉洁退让,有足称者。名不虚立,士不虚附。至如朋党宗强(25),比周设财役贫,豪暴侵凌孤弱,恣欲自快,游侠亦丑之。余悲世俗不察其意,而猥以朱家、郭解等令与暴豪之徒同类而共笑之也。

【注释】(1)选自《史记·游侠列传》。《游侠列传》是一篇记载汉代游侠的传记。司马迁对游侠给以极高评价和极大同情,在《史记·太史公自序》中说:"救人于厄,振人不赡,仁者有乎;不既(失)信,不倍(背)言,义者有取焉。作《游侠列传》。" (2)韩子:韩非。引文见《韩非子·五蠹》。 (3)讥:讥讽。指对儒、侠皆讥讽。 (4)春秋:此泛指为当时的国史。 (5)季次、原宪:皆为孔子弟子。 (6)蓬户:用杂乱的柴草编成屋门。 (7)褐衣:穿粗布衣服。疏:同"蔬"。疏食:吃野生的蔬菜。 (8)存亡死生:指对将亡者存之,对将死者生之。 (9)足多:值得称赞。 (10)虞舜窘于井廪:指舜在浚井和修仓廪时遇到了迫害。 (11)伊尹:商汤时贤臣,名挚。负:背着。鼎:做饭用的锅。俎(zǔ):砧(zhēn)板。 (12)傅说:殷之贤臣,为殷帝武丁所用。匿:隐居。傅险:即"傅岩",在今山西平陆县东。 (13)吕尚:姜姓,吕氏,名尚,俗称姜太公,号太公望。周初人,周文王立为师,周武王尊为尚父,辅佐武王灭殷。棘津:水名,又名石济津,在今河南延津县东北,现已湮没。相传太公望行年七十,卖食于棘津。 (14)夷吾:即管仲,名夷吾,字仲。桎:关锁足部的刑具。梏:手铐或面枷一类的刑具。 (15)百里:即百里奚,相传他入秦前曾为人饲牛。 (16)畏:受威胁。匡:古卫地,在今河南长垣县西南。 (17)菜色,指因断粮而受饥面有菜色。 (18)鄙人:指普通老百姓。 (19)飨:同"享",受。 (20)丑周:以周得天下为耻。 (21)跖:相传为春秋末期人,著名的大盗,又被称盗跖。蹻:人名,姓庄名蹻。相传是楚国的大盗,与跖齐名。 (22)窃钩者诛:见《庄子·胠箧篇》。钩:衣带钩,此泛指不值钱的小东西。 (23)延陵:即吴季札,因食采邑于延陵,又称

延陵季子。孟尝:即孟尝君田文。春申:即春申君黄歇。平原:即平原君赵胜。信陵:即信陵君魏无忌。 (24)扞:同“捍”,违犯,抵触。罔:同“网”。文罔:法网。 (25)朋党:结党营私。宗强:豪强的大宗族,此指土豪劣绅。

【今译】韩非子说:“儒生以舞文弄墨而败坏法制,侠士以武力助人而触犯禁令。”这两种人都受到韩非的讥讽,但是有学问的儒生却已经为当世之人称许了。至于用权术取得宰相、卿大夫的高位,辅佐当世的君主,功绩名望都记载在国家的史册上,的确没有什么可说的。至于像季次、原宪,民间人士,勤奋读书,胸怀坦荡,志节高尚,不随俗浮沉,操守道义而不苟合当世,当世之人也讥笑他们。所以季次、原宪终生住陋室茅屋,穿着粗布衣,吃粗粝的饭食,历久而不厌倦。他们死了四百多年,弟子们纪念他们,长久不衰。当今的游侠,其品行虽然有不合正义之处,然而他们言必信,行必果,一经答应必定诚实遵守,毫不顾惜自己身躯,为人赴汤蹈火,解救危困。直到保护了将要危亡者、救活了将死之人的关键时刻,也不夸耀自己的才能,羞以自夸,这很值得称颂的呀。况且缓急之事,是人生所时常遇到的。太史公说:从前虞舜挖井修仓廪时就遇到困窘祸害,伊尹当初做陪嫁奴隶时干过厨子,傅说隐居在傅岩做过筑墙工,吕尚在棘津卖食过活,管仲当过带镣枷的囚徒,百里奚当过喂牛人,孔子在匡地遭过难,在陈、蔡受围攻而饿肚子,面有菜色。这些都是文人学者,即所谓的仁人君子,还遭受这般灾难磨砺,何况是中等之材的人,身处乱世衰败期间的不良风气之中呢?他们遭遇的灾害怎么可以说得完呀?老百姓有句话说:“怎么算知道仁义?能使人享受到利益的就是有德者。”所以伯夷以周用武力伐纣’为羞耻,饿死首阳山,但周文王、周武王并不因为伯夷羞愧饿死而有损于成就王业。盗跖、庄蹻是暴戾的大盗,他们的党徒却歌颂道义,从未停止。由此看来,“盗窃小钩者被杀头,盗窃国家者成诸侯,诸侯的门里是仁义存在之所”,《庄子》的话实在不错啊。如今的学者,拘泥各种学说,或持守咫尺之间的道义,长久地在世上孤立,如何能像那些善于发出卑微之论来迎合世俗,跟着世俗沉浮升降而猎取功名荣耀的人呢?可是那些平民侠士,只要做出了收受与给予的许诺,纵使相隔千里,听说义气之举就称赞,为人赴死地而不惜,更不顾世人的讥笑非议。这些平民侠士所具有的长处,绝不是苟且之人所能做到的。所以读书之士遭遇穷困窘迫就希望得到他们的帮助，这些侠士难道不正是人们所称赞的贤人豪杰吗？如果拿乡曲的侠士来与季次、原宪比较权势地位和办事能力，看谁对世上有功劳贡献，真是不可同日而论了。如果用办事有功效、说话有信用来要求，侠士们的道义风范，又怎么可以没有呢？

古代的布衣侠士，（由于史书无记载）无法知道了。近代的延陵吴季札、孟尝君田文、春申君黄歇、平原君赵胜、信陵君魏无忌等人，都倚仗他们是国君的亲属、显贵，凭借着有封地、有卿相地位、财产富足丰厚，招揽天下的贤能门客，在诸侯间声名显赫，不能说他们不是贤能之才了。正如顺风而呼叫，声音并没有加大，只是利用风吹之势，使远处也能听清楚。至于那些民间侠士，修身磨炼以建功名，使声名传播于天下，无人不称其贤能，这才是难能可贵呀。但是儒家、墨家的典籍都排斥、摈弃这些侠士，不记载他们的事迹，自秦代以前，匹夫侠士，都被埋没，不能传世，我觉得这是非常遗憾的。以我的所闻，汉代以来有朱家、田仲、王公、剧孟、郭解等人，虽然时常触犯朝廷刑章法令，但是他们个人品质廉洁而谦让，有很多值得称赞的地方。游侠的名誉不是凭空建立起来的，一般人士也不是无缘无故就依附他们的。至于像大贵族、大地主豪绅结党营私，彼此勾结，倚仗财势来奴役老百姓，强横欺侮侵凌势孤力弱、孤苦无告之人，恣纵万欲，贪图自快，游侠也深为不满。我深悲世俗之人对这两类人不加以考察，而把朱家、郭解等游侠之士生硬地与强横、欺侮、侵凌之徒，视为同类，笼统地加以讥笑。

【点评】司马迁写《游侠列传》，是一个大胆的创新，是一次严正的挑战，还是一则庄重的宣言。七百字的序言，爱憎鲜明，抒情浓郁，悠游唱叹，辞情酣畅。文中有揭露，有针砭，有赞颂，有褒扬。叙写层次有条，有术取卿相、功名俱著者，有独行君子，如季次、原宪，有游侠之士，言信行果。于侠士之中，又有三分：有卿相豪富的贵族之侠，有暴豪恣欲役贫之侠，有布衣闾巷之侠。三者对比衬托，抑扬褒贬，咨嗟慷慨，感叹宛转，文辞曲至，百代之绝。行文有正说，有反说，有时似正而实反，有时似反而实正，奇态迭出，文笔矫健；或叙或议，叙中有议，议感叙出。或感叹，或反问，周口反复，余音不绝。

【集说】叩其意，本不取季次、原宪等，盖言其有何功业而志之不倦？却

借他说游侠之所为有过之者而不见称，特其语厚而意深也。（刘辰翁《班马异同》）

史迁遭李陵之难，交游莫救，身受法困，故感游侠之义，其辞多激，故班固讥进奸雄，此太史之过也，然咨嗟慷慨，感叹宛转，其文曲至，百代之绝矣。（凌稚隆《史记评林》引董份语）

《史记·游侠传》序论，此正是太史公愤激著书处。观其言，以术取宰相卿大夫，辅翼世主，功名俱著者为无可言，而独有取于布衣之侠。又以虞舜井廪，伊尹鼎俎，傅说板筑，吕尚卖食，夷吾、百里桎梏饭牛，以至孔子畏匡之事，以见缓急人所时有。世有如此者，不有侠士济而出之，使拘学抱咫尺之义者，虽累数百，何益于事？（何良俊《四友斋丛说》）

《游侠列传序》分三等人：术取卿相，功名俱著，一也；季次、原宪，独行君子，二也；游侠，三也。于游侠中又分三等人；布衣闾巷之侠，一也；有土卿相之富，二也；暴豪恣欲之徒，三也。反侧错综，语南意北，骤难觅其针线之迹。（曾国藩《求阙斋读书录》）

反复悠扬，愈出愈奇，如八音之合奏，戛击搏拊，各有不尽之余韵。（日本·有井范平《史记评林补标》）

（李培坤　陈彩琴）

报任安书[1]

太史公，牛马走司马迁，再拜言[2]。少卿足下[3]：曩者辱赐书[4]，教以慎于接物[5]，推贤进士为务[6]。意气勤勤恳恳，若望仆不相师[7]，而用流俗人之言。仆非敢如此也。仆虽罢驽，亦尝侧闻长者遗风矣。顾自以为身残处秽[8]，动而见尤[9]，欲益反损[10]，是以独郁悒而与谁语[11]。谚曰："谁为为之？孰令听之[12]。"盖钟子期死，伯牙终身不复鼓琴[13]。何则？士为知己者用，女为说己者容。若仆，大质已亏缺矣[14]。虽才怀随、和[15]，行若由、夷[16]，终不可以为荣，适足以见笑而自点耳[17]。书辞宜答，会东从上来[18]，又迫贱事，相见日浅，卒卒无须臾之间[19]，得竭至意。今少卿抱不测之罪[20]，涉旬月[21]，迫季冬[22]，仆又薄从上雍[23]，恐卒然不可讳[24]。是仆终已不得舒愤懑以晓左右,则长逝者魂魄私恨无穷[25]。请略陈固陋。阙然久不报,幸勿为过。

仆闻之:修身者,智之符也[26];爱施者,仁之端也;取与者,义之表也;耻辱者,勇之决也;立名者,行之极也。士有此五者,然后可以托于世,而列于君子之林矣。故祸莫憯于欲利[27],悲莫痛于伤心,行莫丑于辱先,诟莫大于宫刑[28]。刑余之人[29],无所比数[30],非一世也,所从来远矣。昔卫灵公与雍渠同载,孔子适陈[31];商鞅因景监见,赵良寒心[32];同子参乘,袁丝变色[33]:自古而耻之!夫中才之人[34],事关于宦竖,莫不伤气[35],而况慷慨之士乎?如今朝廷虽乏人,奈何令刀锯之余荐天下豪俊哉[36]?

仆赖先人绪业[37],得待罪辇毂下[38],二十余年矣。所以自惟:上之,不能纳忠效信[39],有奇策才力之誉,自结明主;次之,又不能拾遗补缺[40],招贤进能,显岩穴之士[41];外之,又不能备行伍[42],攻城野战,有斩将搴旗之功[43];下之,不能积日累劳,取尊官厚禄,以为宗族交游光宠。四者无一遂,苟合取容,无所短长之效[44],可见于此矣。向者,仆亦常厕下大夫之列[45],陪奉外廷末议[46],不以此时引维纲[47],尽思虑,今已亏形为扫除之隶[48],在阘茸之中[49],乃欲仰首信眉[50],论列是非,不亦轻朝廷、羞当世之士邪?嗟乎!嗟乎!如仆,尚何言哉,尚何言哉!

且事本末未易明也。仆少负不羁之行,长无乡曲之誉。主上幸以先人之故,使得奉薄技,出入周卫之中[51]。仆以为戴盆何以望天[52]?故绝宾客之知,忘室家之业,日夜思竭其不肖之才力,务一心营职,以求亲媚于主上。而事乃有大谬不然者!夫仆与李陵俱居门下[53],素非相善也。趣舍异路[54],未尝衔杯酒、接殷勤之余欢[55]。然仆观其为人,自守奇士[56],事亲孝,与士信[57],临财廉,取与义[58],分别有让[59],恭俭下人,常思奋不顾身,以徇国家之急[60]。其素所蓄积也,仆以为有国士之风[61]。夫人臣出万死不顾一生之计,赴公家之难,斯以奇矣[62]。今举事一不当,而全躯保妻

子之臣[63]，随而媒孽其短[64]，仆诚私心痛之。且李陵提步卒不满五千[65]，深践戎马之地[66]，足历王庭[67]，垂饵虎口，横挑强胡[68]，仰亿万之师[69]，与单于连战十有余日，所杀过当[70]，虏救死扶伤不给。旃裘之君长咸震怖[71]，乃悉征其左右贤王[72]，举引弓之民[73]，一国共攻而围之。转斗千里，矢尽道穷，救兵不至，士卒死伤如积。然李陵一呼劳军，士无不起躬流涕，沫血饮泣[74]，张空弮，冒白刃，北首争死敌[75]。陵未没时，使有来报，汉公卿王侯，皆奉觞上寿[76]。后数日，陵败书闻，主上为之食不甘味，听朝不怡。大臣忧惧，不知所出。仆窃不自料其卑贱[77]，见主上惨怆怛悼[78]，诚欲效其款款之愚[79]。以为李陵素与士大夫绝甘分少[80]，能得人死力[81]，虽古之名将，不能过也。身虽陷败，彼观其意，且欲得其当而报于汉。事已无可奈何，其所摧败[82]，功亦足以暴于天下矣[83]。仆怀欲陈之，而未有路，适会召问，即以此指，推言陵功，欲以广主上之意，塞睚眦之辞[84]。未能尽明，明主不深晓，以为仆沮贰师[85]，而为李陵游说，遂下于理[86]。拳拳之忠[87]，终不能自列[88]，因为诬上，卒从吏议[89]。家贫，财赂不足以自赎[90]，交游莫救，左右亲近，不为一言。身非木石，独与法吏为伍，深幽囹圄之中[91]，谁可告诉者！此正少卿所亲见，仆行事岂不然邪？李陵既生降，隤其家声[92]，而仆又佴之蚕室[93]，重为天下观笑[94]。悲夫，悲夫！事未易一二为俗人言也！

仆之先人非有剖符丹书之功[95]，文史星历[96]，近乎卜祝之间[97]，固主上所戏弄，倡优畜之[98]，流俗之所轻也。假令仆伏法受诛，若九牛亡一毛，与蝼蚁何以异？而世又不与能死节者[99]，特以为智穷罪极[100]，不能自免，卒就死耳。何也？素所自树立使然也[101]。人固有一死，或重于泰山，或轻于鸿毛，用之所趋异也[102]。太上不辱先[103]，其次不辱身，其次不辱理色[104]，其次不辱辞令，其次诎体受辱[105]，其次易服受辱[106]，其次关木索、被箠楚受辱[107]，其次剔毛发、婴金铁受辱[108]，其次毁肌肤、断肢体受辱[109]，最下腐刑极矣[110]！传曰[111]："刑不上大夫。"此言士节不可不勉励也。猛虎在深山，百兽震恐，及其在槛阱之中[112]，摇尾而求食，积威约之渐也[113]。故士有画地为牢，势不可入，削木为吏，议不可对[114]，定计于鲜也[115]。今交手足，受木索，暴肌肤，受榜箠，幽于圜墙之中[116]。当此之时，见狱吏则头枪地[117]，视徒隶则心惕息[118]，何者？积威约之势也。及已至此，言不辱者，所谓强颜耳，曷足贵乎？且西伯，伯也，拘于羑里[119]；李斯，相也，具于五刑[120]；淮阴，王也，受械于陈[121]；彭越、张敖，南面称孤，系狱抵罪[122]；绛侯诛诸吕，权倾五伯，囚于请室[123]；魏其，大将也，衣赭衣，关三木[124]；季布为朱家钳奴[125]；灌夫受辱于居室[126]。此人皆身至王侯将相，声闻邻国[127]，及罪至罔加[128]，不能引决自财[129]，在尘埃之中[130]。古今一体，安在其不辱也？由此言之，勇怯，势也；强弱，形也[131]。审矣[132]，何足怪乎？夫人不能早自裁绳墨之外[133]，已稍陵迟[134]，至于鞭箠之间，乃欲引节[135]，斯不亦远乎？古人所以重施刑于大夫者，殆为此也。夫人情莫不贪生恶死，念父母，顾妻子。至激于义理者不然，乃有所不得已也。今仆不幸，早失父母，无兄弟之亲，独身孤立。少卿视仆于妻子何如哉？且勇者不必死节，怯夫慕义，何处不勉焉[136]！仆虽怯懦，欲苟活，亦颇识去就之分矣[137]，何至自沉溺缧绁之辱哉[138]？且夫藏获婢妾[139]，犹能引决，况若仆之不得已乎？所以隐忍苟活，函于粪土之中而不辞者，恨私心有所不尽，鄙没世而文采不表于后世也[140]。

古者富贵而名摩灭[141]，不可胜记，唯倜傥非常之人称焉[142]。盖文王拘而演《周易》[143]；仲尼厄而作《春秋》[144]；屈原放逐，乃赋《离骚》[145]；左丘失明，厥有《国语》[146]；孙子膑脚，兵法修列[147]；不韦迁蜀，世传《吕览》[148]；韩非囚秦，《说难》《孤愤》[149]；《诗》三百篇，大底圣贤发愤之所为作也[150]。此人皆意有所郁结，不得通其道[151]，故述往事，思来者。乃如左丘无目，孙子断足，终不可用，退而论书策[152]，以舒其愤，思垂空文以自见[153]。仆窃不逊，近自

托于无能之辞，网罗天下放失旧闻[154]，略考其行事，综其终始，稽其成败兴坏之理[155]，上计轩辕[156]，下至于兹[157]，为十表，本纪十二，书八章，世家三十，列传七十，凡百三十篇。亦欲以究天人之际[158]，通古今之变，成一家之言。草创未就，会遭此祸，惜其不成，是以就极刑而无愠色[159]。仆诚以著此书，藏之名山，传之其人[160]，通邑大都[161]，则仆偿前辱之责[162]，虽万被戮，岂有悔哉？然此可为智者道，难为俗人言也！

且负下未易居[163]，下流多谤议[164]。仆以口语遇遭此祸，重为乡党戮笑[165]，污辱先人，亦何面目复上父母丘墓乎？虽累百世，垢弥甚耳！是以肠一日而九回[166]。居则忽忽若有所亡，出则不知所往。每念斯耻，汗未尝不发背沾衣也！身直为闺阁之臣[167]，宁得自引深藏于岩穴邪？故且从俗浮沉[168]，与时俯仰[169]，以通其狂惑[170]。今少卿乃教以推贤进士，无乃与仆私心刺谬乎[171]？今虽欲自雕琢[172]，曼辞以自饰[173]，无益于俗，不信[174]，只取辱耳。要之死日，然后是非乃定。书不能悉意，略陈固陋。谨再拜。

【注释】(1)选自《文选》卷41，并参以《汉书·司马迁传》。任安：字少卿，荥阳(今河南荥阳市)人。武帝征和二年(前91)发生江充巫蛊案。戾太子斩江充而与丞相刘屈氂战于长安。时任安为北军使者护军。太子使安发兵助战，安受节而闭门不出。事后武帝以为安“坐观成败”，将安诛死。事见《史记·田叔列传》后附褚少孙所作《任安传》。任安是司马迁的朋友，生前曾写信给司马迁，司马迁当在这一年度任安被杀前给他写了这封回信。(2)太史公：即太史令，司马迁称自己的官职。牛马走：牛马般供驱使奔走的仆人，谦辞。再拜言：意思是极恭敬地同您说话。古人写信程式，先列自己官衔、姓名。 (3)足下：古人称呼对方的敬辞。 (4)曩者：从前，过去。辱赐书：意为对方写信是委曲身份。 (5)顺：循，沿。接物：待人接物。 (6)推贤进士：意为推荐贤才。务：事情。 (7)望：怨恨。相师：效法，学习。(8)身残处秽：指受宫刑后处于污辱的境地。 (9)见尤：被指责。 (10)欲益反损：想做好事反而把事搞坏。(11)郁悒(yì)：愁闷。 (12)谁为为之？孰令听之：为谁做事？又有谁听从？　（13）钟子期、伯牙：都是春秋时楚人。相传伯牙善于弹琴，钟子期最为知音。钟死伯牙不再弹琴。　（14）大质：身体。　（15）才怀随、和：怀有珠玉般的才华。随：指随侯之珠。和：指和氏之璧。　（16）行若由、夷：品行如许由、伯夷那么高尚。　（17）自点：自招污辱。　（18）东从上来：即"从上东来"指征和二年七月跟随武帝由甘泉宫向东回长安来。　（19）卒（cù）卒：急心的样子。　（20）抱不测之罪：遭难以测度之罪，喻犯了死罪。　（21）涉旬月：再过一个月。　（22）迫季冬：临近十二月。季冬，冬季第三个月。汉律，十二月处决犯人。　（23）薄：通"迫"。两个"上"：前一个指武帝，后一个指登上。雍：地名，至今陕西凤翔县南，其地有祭祀五帝的祭坛。　（24）卒（cù）然：突然。不可讳：死的婉转说法。　（25）长逝者：死者，指任安。　（26）符：凭证，标志。　（27）憯（cǎn）：通"惨"。欲利：贪图私利。　（28）宫刑：古代破坏生殖机能的酷刑，又称腐刑。　（29）刑余之人：此处指受过宫刑度过余生的人。　（30）比数（shǔ）：同列，相提并论。　（31）昔卫灵公与雍渠同载两句：从前卫灵公外出时与宦者雍渠同车，孔子（坐在后一辆车上感到耻辱而离开卫国）到陈国去了。据《史记·孔子世家》，孔子离卫后去曹国。　（32）商鞅因景监见两句：商鞅依靠（秦孝公所宠信的宦官）景监的引荐而见到秦孝公，（秦国的贤者）赵良认为商鞅进身的名声不好，劝商鞅赶快引退。　（33）同子参乘两句：（因）赵谈陪汉文帝乘车，袁盎的脸色变了。同子：汉文帝宦官赵谈，司马迁因为自己父亲名谈，为避讳故改称赵谈为同子。参乘：陪坐车右。袁丝：即袁盎，丝是别号，汉文帝时中郎将，曾谏阻文帝与赵谈同车。变色：发怒的意思。　（34）中才之人：才能中等的人，即一般的人。　（35）伤气：挫伤志气。（36）刀锯之余：指受过宫刑的自己。　（37）绪业：遗业。此指司马迁子承父业任为太史令。　（38）待罪：做官，谦称。辇毂下：皇帝的车驾之下，指京城。　（39）纳忠效信：进献忠言报效诚信。　（40）拾遗补缺：拾取君王遗忘的，弥补君王缺失的，指讽谏。　（41）岩穴之士：指隐士。　（42）备行伍：指参加军队。行伍，指军队。　（43）搴（qiān）旗：拔取敌人的旗。　（44）短长：偏义复词，即长处。效：贡献。　（45）常：通"尝"。厕下大夫之列：指任太史令。厕（cì）：夹杂。下大夫：周代太史属下大夫。　（46）外廷：外朝。汉代称丞相以下至禄六百石官员为外朝官，太史令属外朝。末议：不重要的

议论，谦辞。(47)引维纲：援引国家的法令(而发表意见)。(48)扫除之隶：从事扫除的奴隶，谦辞。(49)阘茸(tà róng)：微贱。(50)乃：竟。信：通"伸"。(51)周卫之中：宫禁之中。(52)戴盆何以望天：指戴盆不能同时望天，喻专心尽职，无暇再顾私事。(53)门下：宫门内。李陵曾任侍中，司马迁当时任太史令，都任职于宫门内。(54)趣舍异路：各人走不同的路，喻各人志向不同。趣：通"趋"，向前。舍：停止。(55)衔杯酒：指举杯饮酒。(56)自守奇士：能守住自己节操的不同寻常的人。(57)信：讲信义。(58)取与义：拿取和给予都以义为准则。(59)分别有让：能分别长幼尊卑，有礼让之风。(60)徇(xùn)：即殉，为某事而牺牲自己的生命。(61)国士：一国杰出的人物。(62)以：同"已"。(63)全躯：保全自身。(64)媒孽(niè)其短：构陷他的罪名。媒孽，酒曲，此处作动词，有构成、酿成的意思。(65)提步卒：率步兵。(66)戎马：指匈奴。(67)王庭：匈奴王居处。(68)横挑：四处挑战。(69)仰：仰攻。(70)所杀过当：所杀之敌超过自己的人数。(71)旃(zhān)裘：指匈奴。匈奴人地处寒冷，多以毛毡皮裘搭帐制衣。旃同"毡"。(72)左右贤王：左贤王、右贤王，匈奴王之号。(73)举：发动。引弓之民：能拉弓箭的人。(74)沬(huì)血：以血洗面，即血流满面。沬，通"颒"，洗面。饮泣：咽下泪水，形容极悲痛。(75)北首：北向。争死敌：争死于敌，即争着跟敌人拼命。(76)奉觞上寿：指向武帝进酒祝捷。(77)自料：自量。(78)惨怆(chuàng)怛(dá)悼：悲伤。(79)效：献上。款款：恳切忠实。(80)绝甘分少：好吃的东西自己不吃，很少的东西也分给别人。(81)死力：必死之力，最大的力量。(82)其所摧败：李陵所打垮(的匈奴军队)。(83)暴：暴露，显示。(84)睚眦(yá zì)：怒目而视。指对李陵的怨恨。(85)沮(jǔ)：毁坏、中伤。贰师：指贰师将军李广利，武帝宠妃李夫人之兄。天汉二年(前99)，武帝派李广利为统帅伐匈奴，李陵为偏帅。李陵与匈奴单于主力相逢而苦战，而李广利功少。(86)理：指大理，亦称廷尉，掌诉讼刑狱之官。(87)拳拳：忠心诚恳的样子。(88)自列：自述。(89)因为诬上两句：以为欺谤皇上，武帝最终听从了法官拟议。(90)财赂：财货。自赎：汉律，犯罪者可出钱赎罪。(91)囹圄(líng yǔ)：监狱。(92)隤(tuí)：败坏。(93)佴(ér)：推入。蚕室：指像养蚕的屋子一样的密封之室，为刚受宫刑者所居。 (94)重:复,又。 (95)剖符丹书:皇帝发给功臣的凭证。 (96)文史星历:太史令所管的事。这里指太史令。星历:天文历法。 (97)卜祝:担任占卜和祭祀的官。 (98)倡优:古代以乐舞戏谑为业的艺人。 (99)与:赞许。死节者:为气节而死的人。 (100)特:只是。 (101)所自树立:指自己所处的职业地位。 (102)用之所趋异也:因死的趋向不同。用:因。 (103)太上:最高。 (104)理色:面色。 (105)诎体:弯腰,指身体被捆绑。诎,通"屈"。 (106)易服:换上罪人的衣服。 (107)关木索:戴上枷锁。 (108)剔毛发:剃去头发,即受髡(kūn)刑。剔:同"剃"。婴金铁:(颈上)套上铁链,即受钳刑。婴:绕,套。金铁:铁链,铁索。 (109)毁肌肤:古代对犯人施行毁坏肉体的体罚,如黥(qíng)面(面上刺字)、割鼻、割耳、截断膝盖骨等。 (110)最下腐刑极矣:最严重的是受宫刑,坏极了。 (111)传:指《礼记》。下句引文见《礼记·曲礼上》。 (112)槛阱:关野兽的笼子和捕野兽的陷阱。 (113)积威约之渐:指人对猛虎用威力和约束逐渐造成的结果。渐,浸渍,用如名词,浸渍的结果,即逐步造成的结果。 (114)势不可入:按情势不能进去。议不可对:按义理不能回对。议,同"义"。 (115)鲜:新,引申为早,先。 (116)圜墙:即圆墙,监狱。 (117)枪:抢,触。 (118)徒隶:狱卒。剔息:心惊胆战。 (119)西伯:即周文王姬昌。他曾被殷王囚于羑(yǒu)里,在今河南汤阴县境内。 (120)李斯句:李斯为秦二世丞相,二世听信赵高诬陷,杀了李斯。具于五刑,备受五种刑罚。五刑:指割鼻、斩左右指、笞杀、斩首、剁肉酱。 (121)淮阴句:淮阴侯韩信曾被封为楚王,在陈地(今河南淮阳县)被刘邦逮捕而戴上刑具。 (122)彭越、张敖句:彭越、张敖在汉初都曾被封王,后来都因被人诬告谋反而下狱定罪。称孤:称王。 (123)绛侯句:周勃诛诸吕,权力超过春秋时的五霸,后因被人诬告谋反而被关进监狱。绛侯:周勃。诸吕:吕后亲属吕禄、吕产等人。请室:请罪之室,汉代囚禁官吏的监狱。 (124)魏其句:魏其侯窦婴曾为大将军,汉武帝时被田蚡所害。衣赭衣:穿上囚衣。关三木:颈、手、足都戴上刑具。 (125)季布句:季布原为项羽将领,刘邦登位后,季布髡钳,卖身为朱家家奴,借以藏身。钳:用铁索套上颈上。 (126)灌夫句:灌夫因得罪田蚡被关进居室问罪。居室:囚禁犯罪官员的监狱。 (127)声闻:名声传播。 (128)罪至罔加:犯了罪后就受法令的制

裁。罔:同“网”,指法网。 (129)引决自财:即自杀。财:通“裁”。(130)在尘埃之中:指下于狱中。 (131)勇怯两句:勇怯强弱都是形势所决定的。以上二语见《孙子·兵势》。 (132)审:明白。 (133)绳墨:指法律。 (134)陵迟:指志气衰减。 (135)引节:引决尽节,指自杀。 (136)且勇者两句:况且勇敢的人不一定为名节而死(考虑得长远),怯懦的人为了羡慕道义 (好名声),处处可以勉励自己自杀。 (137)去就之分:指舍生就死的道理。分:界限;道理。 (138)缧绁:指牢狱。 (139)藏获:指奴隶。 (140)函:指处身其中。粪土:指监狱污秽环境。鄙:耻。没世:终身,至死。文采:上指著作。 (141)摩灭:磨灭,指声名被埋没。 (142)倜傥(tì tǎng):卓越,突出。 (143)文王句:周文王被纣王囚于羑里时将八卦推演成六十四卦。 (144)厄:困。 (145)赋:创作。 (146)左丘:姓左丘,名明,鲁国史官。失明:丧失视力。 (147)孙子:指孙膑,战国时军事家。被同学庞涓所害而断两足。膑脚:古代肉刑之一,断双足。兵法:指《孙膑兵法》。 (148)不韦:吕不韦,秦相,组织门客著《吕氏春秋》。秦始皇十年(前237)令其迁蜀,不韦自杀。《吕览》,即指《吕氏春秋》 (149)韩非两句:韩非被秦国囚禁,(便做了)《说难》和《孤愤》二文。 (150)大底:大抵。

(151)通其道:实现他们的理想、志向。 (152)退而论书策:退下来著书立说。论:编集。书策:书册。 (153)垂:流传。空文:指文章著作。(154)放失(yì):散失。失,通“佚”。 (155)稽:考察。 (156)计:记。轩辕:即黄帝。 (157)兹:现在。指武帝时。 (158)天人之际:指天地自然与人类社会的关系。 (159)极刑:指宫刑。愠色:怨恨之色。 (160)传之其人:把它传给与己志同道合的人。 (161)通邑大都:均指大都市。(162)责:同“债”。 (163)负下:负罪之下。 (164)下流:喻自己处低位。

(165)乡党:乡里。戮笑:耻笑,辱笑。 (166)九回:九转。喻内心极度痛告。 (167)直:不过,仅仅。闺阁之臣:即宦官。 (168)浮沉:随波逐流。

(169)与时俯仰:指适应时势。 (170)通:抒发。狂惑:指内心悲愤欲狂,思想上矛盾重重,难以想通。 (171)私心:自己的意向。刺谬:违背。(172)自雕琢:自我修饰美化。 (173)曼辞:美妙的言辞。 (174)不信:不能取信于人。

【今译】太史公、供牛马般奔走的仆人、司马迁拜了两拜(与你)说。少卿足下:早先承蒙你写给我一封信,教我要慎重地结交朋友,推荐贤士作为应做的事。你的情意十分诚恳而真挚,好像怨我不听从你的话,而采用了世俗流言。我是不敢这样做的!我虽才能低下,也曾从旁听到有德行的人遗留下的好风气。只是自己认为(受过宫刑)身体残废,处在污秽耻辱的境地,一有行动就被人指责,本想做点好事,反把事情搞坏,因此我独自苦闷,而向谁去诉说呢?俗话说:"为谁去做,叫谁来听?"所以钟子期死,伯牙(没有知音)终身不再弹琴。为什么呢?有才能的人愿为了解自己的人出力,(正如)一个女子愿为喜爱自己的人打扮(一样)。像我,身体已经残废的人,即使怀抱随侯珠、和氏璧那样的才华,品行如同许由、伯夷那样(高尚),终究不能认为是光荣的事,恰恰只能被人耻笑而自取污辱罢了。你给我的信本该早就作答,(只是)恰巧我跟随皇上向东(回长安来),又忙于处理琐事,与你相见的机会越来越少,匆匆忙忙没有一点儿空间,能尽情地表明自己的心意。现在你身负后果不可预料的罪名,再过一个月,就临近十二月,我又将被迫跟从皇上去雍地,恐怕你突然遭不幸。这样我将终身不能向你抒发自己内心的愤懑,那么你死后的魂魄也会抱恨无穷。请允许我稍稍向你陈述浅陋之见。好久没有回信,希望不要责怪。

我听说:修身养性是智慧的标志,爱人和施舍给人是仁慈的开端,该拿什么和该给什么是德义的表现,以受辱为可耻是勇敢的决断,树立名誉是品行的最高境界。士人有这样五条,然后才可以立足于社会,而置身于君子的行列。因此,祸害没有比贪图私利更悲惨了,悲哀没有比伤心更痛苦了,行为没有比污辱祖先更丑恶了,耻辱没有比宫刑更大了。受过宫刑度过余生的人,无法同正常人相比,这不是一个时代的事,而是由来久远了。从前,卫灵公与宦者雍渠同坐一辆车子,孔子感到耻辱离开卫国而去陈国;商鞅依靠宦官景监的引荐而见到秦孝公,赵良因此而感到恐惧;宦官赵谈陪坐在汉文帝车子的右边,袁盎为此脸露怒色:从古以来就以宦官为可耻。一般的人,只要事情牵涉到宦官,没有不自感气馁的,何况情绪激昂的士人呢?当今朝廷上虽缺乏人才,但怎么能让一个受过宫刑的人去推荐天下的英雄豪杰呢?

我靠着父亲的遗业(任太史令),得以在京城供职,已经二十多年了。因此自己思量:对上,我没能进献忠言报效诚信,获得有奇策高才的声誉,自己

去结交圣明的皇帝；其次，又不能向皇上讽谏，招进贤能的人才，使隐士得到显露；对外，我没有参加军队，在攻城和野外战斗中有斩敌将拔敌旗的功劳；对下，我也没有能依靠积年的劳苦，取得高官厚禄，使得宗族和朋友得到荣耀。这个四方面，我没有一样取得成功。（只不过是）随便符合以取得（皇帝）的收容，没有建树，从这就可见了。过去我也曾经置身于下大夫的行列中，陪同在朝廷发表些不重要的议论。不在这时援引国家的法令（发表意见），用尽思虑，到现在身体已残废成为一个打扫尘埃的奴隶，处在微贱的地位，竟要昂首扬眉，议论是非，不也是轻视朝廷，羞辱当代的士人吗？唉！唉！像我这样的人，还有什么话可说呢！还有什么话可说呢！

况且事情的前因后果是不容易说明白的。我年轻时缺乏出众的表现，长大了没有获得乡里的称誉。幸而皇上因父亲的缘故，使我能奉献浅薄的才技，进出于宫禁之中。我以为（头上）戴着盆子怎能看到天空？所以断绝了同宾客的交往，不顾家庭的私事，日夜想竭尽我微薄的才力，专力一心尽职，而企求得到皇上的欢心。然而事情竟有大错特错！我与李陵同在宫中任职，平素并不是要好的朋友，两人的志向不同，不曾有过在一起饮杯酒、交情很深的欢乐。然而我观察他的为人，是一个能守住自己节操的不同寻常的人。他侍奉父母孝顺，与朋友交往讲信用，面对钱财不贪，取舍之间重义气，能分别长幼尊卑懂礼节，恭敬谦逊能居于人下，常常想奋起直前不顾自身，为国家的急难而牺牲自己的生命。从他平日的言行志向看，我以为他有一国杰出人物的风度。作为一个臣子多次献身死战而不顾及自己的生命，奔赴国家的急难，这已经不寻常了。现在因他做事偶然一不得当，（那些只顾）保全自身和老婆孩子的臣子就随势构陷他的罪名，我真的内心感到痛恨。况且李陵带领的步兵不到五千人，深入到匈奴所在的地区，足迹到达匈奴王住处，在老虎口边放下诱饵，向强大的匈奴四处挑战，仰攻（居于高处）的无数匈奴军队，与匈奴王连战十多天，所杀之敌超过自己军队的数目，使敌人（对他们自己人）救死扶伤都顾不上。匈奴的首领都震惊恐惧，于是征召全部左右贤王，发动所有能拉弓射箭的人，全国上下共同进攻和包围他们。李陵的军队转辗战斗千里之远，弓箭射完了，道路阻断，援兵不到，士兵死伤成堆。然而李陵一声召唤，鼓动部下，士兵没有不起身，流着眼泪，血流满面，咽下泪水，拉开空着的弓弦，迎着敌人的刀刃，向着北方争着与敌人拼命。李陵没有全军覆没时，派使者回朝廷来报告，朝中的公卿王侯都举杯向皇帝敬酒祝捷。几天后，李陵战败的奏章让皇帝知道了，皇帝为了这件事吃饭没有味道，上朝听政不高兴。大臣们忧虑害怕，不知怎么办。我私下不自量自己地位的低微，看到皇上凄惨悲伤，实在想要献上自己诚恳的意见。我以为李陵平素同士大夫相处，好吃的东西自己不吃，很少的东西分给别人，能使别人用最大的力量帮助他，即使古代的有名将领也不能超过他。李陵虽然战败陷身匈奴，看他那意思，想要得到一次抵罪的功劳以报答汉室。事情已经无可奈何，（从）他所击败匈奴军队（看），功劳也完全可以显示于天下了。我的心意是想要陈述此事，而没有渠道，恰巧碰到皇上召见询问，就用这个意思来阐述李陵的功劳，想要以此宽慰皇上的心情，堵塞攻击李陵的坏话。我不能完全说明此想法，英明的君主没有深刻明白，认为我中伤贰师将军李广利，而替李陵辩护，于是把我交司法官审判。我的恭谨诚恳的忠心，到底不能自我表白，因被认为诬蔑皇上，皇上最终同意法官的拟议。我家境贫寒，财产不足以自赎。朋友没有一个来挽救，皇帝左右的近臣，不为我讲一句话。我的身体不是木头石块，独独与法庭官吏为伴，深深地关闭在监狱之中，谁是我可以诉说的人呢！这正是少卿所亲眼看见，我做事难道不是这样吗？李陵已活着投降（匈奴），败坏了他家族的声誉，而我又被推入受宫刑后所居的蚕室，更被天下人见笑。可悲啊！可悲啊！事情不容易一一地向世俗的人说啊！

我的祖先并没有能获得封王赐侯的功绩，只是掌管文书、史籍、天文、历法一类的工作，地位接近于掌管占卜和祭祀的官员，本来就是被皇上所玩弄的人，被当作乐师优伶一样地畜养着，是世俗所轻视的。假设让我依法被杀，如同九头牛身上失去一根毛，与蝼蚁有何区别？而世人又不会赞许我是能为气节而死的人，只是认为我虽想尽办法，但因罪大恶极，不能自己解脱，终于走上死路罢了。为什么呢？自己平日所从事的职业和所处的地位造成了这种情况。人本来都有一死，有的人死比泰山还重，有的人死比鸿毛还轻，因死的目的不同。最高的（目标）是使祖先不受侮辱，其次是使自身不受侮辱，其次是使自己的脸面不受侮辱，其次是使自己在应对的言辞上不受侮辱，其次是身体被捆绑受人侮辱，其次是换上罪人的衣服被囚禁受人侮辱，其次是戴上枷锁遭受拷打而受人侮辱，其次是剃去头发、套上铁链而受人侮

辱，其次是毁坏肌肤割断肢体而受人侮辱，最严重的是受宫刑，坏极了！《礼记》上说："刑罚用不到大夫身上。"这是说士大夫的节操不能不磨砺啊。猛虎在深山，各种野兽都震惊恐怖，等到它被关进笼子落在陷阱，只得摇尾求食，这是长期受威力和制约逐渐演变的结果啊！所以对士人说，即使在地面上画个圈作为监牢，按情势不能进去；即使削个木头人为狱吏，按义理也不能接受他审讯，这是早已明确的态度啊！现在手被捆绑，遭受木枷绳索的束缚，暴露肌肤，受鞭打，被关在监狱中。当这个时候，看到狱吏就会叩头触地，见了狱卒就胆战心惊，为什么呢？这是长期受威力制约造成的势态啊！等到了这种地步，说是不受耻辱，那是厚着脸皮罢了，有什么尊贵可言呢？况且周文王姬昌为一方诸侯之长，曾被殷王囚于羑里；李斯曾为秦二世丞相，也曾备受五种刑罚；淮阴侯韩信曾封为楚王，也曾在陈地被刘邦逮捕而戴上刑具；彭越、张敖在汉初都曾坐北面南而称王，也曾被拘囚狱中而定罪；绛侯周勃诛灭吕后的亲属吕产、吕禄等，权势压倒五霸，却被关进囚禁官吏待罪的牢狱；魏其侯窦婴是大将，也因判死刑穿上罪犯穿的囚衣，颈、手、足都带上刑具；季布卖身为朱家的戴上铁钳的奴隶；灌夫在囚所受到污辱。这些人都是亲自做到王侯将相，名声传播到邻国，等到犯了罪受到法令的制裁，不能自杀，只好在监狱中受凌辱。古今都一样，哪里能不受辱呢？由此说来，勇敢怯懦，是由地位和权力决定的；坚强软弱，是由形势决定的。这很明白了，有什么值得奇怪呢？人不能在法律裁决之前就自杀，已经志气稍减。到了鞭打的时候，才想到自杀守气节，这不是太晚了吗？古时候的人对大夫用刑罚慎重的原因，大概就为这个原因吧！说到人的常情，没有人不是贪生恶死、惦念父母、顾恋妻儿的，但到了被真理信念所激发时就不是这样，这是由于不得已的情况。现在我不幸父母早死，没有兄弟，独自一人，少卿你看我对于妻子儿女的态度怎样呢？况且勇敢的人不必为节操而死，怯懦的人为羡慕道义，哪里不可以勉励自己（自杀）呢？我虽怯懦，想要苟且活着，也稍稍知道舍生就死的道理，哪里至于使自己陷于牢狱受污辱呢？况且奴隶和婢妾还能自杀，何况像我处在迫不得已的境地中呢？我勉力忍受，不露真情地苟活，处身在监狱的污秽环境中而不肯去死的原因，在于恨自己的心意没有实现，耻于自己虽死，而著述不能流传于后世呵。

古代富贵而姓名埋没的人，多得无法全部记下，只有卓越突出的人物才能扬名。周文王被拘禁而推演出《周易》六十四卦；孔子遭困境而编写《春秋》；屈原被楚王放逐，才创作出长诗《离骚》；左丘明失去了视力，著有《国语》；孙膑断了双足，兵法编撰出来了；吕不韦迁到蜀地，世上流传着《吕览》一书；韩非子被囚于秦国，作了《说难》与《孤愤》两篇文章；《诗经》三百篇，大抵是圣君贤臣为抒发内心忧愤而作。这些人都是思虑烦闷无可告人，不能实现他们的理想，所以叙述往事，想使后来的人知道自己的志向。至于左丘明失明，孙膑断了足，到底不能被社会所用，从政治上引退而著书立说，以抒发自己的愤懑，想使文章流传后世来表现自己的志向。我个人不谦逊，近来自己寄托于不高明的手笔，收集天下散落失传的文献，大略考察他们的具体历史事迹，综合他们的始末，考查他们历史上成败兴衰的规律，上从轩辕记起，下到现在（武帝时）为止。著成：十篇表，十二篇本纪，八章书，三十篇世家，七十篇列传，共一百三十篇。也想用来探求天地自然与人类社会之间的关系，贯通古今的变化，成为一家的言论。草稿还未完成，正巧遇上李陵之祸，痛惜著作没有完成，因此遭受宫刑而无怨恨之色。如果我写成这本书，就藏在名山中，传给志同道合的人，流传大都市，那么我就偿还了以前受耻辱的债，即使被耻辱一万次，哪里有悔恨呢？然而这只能向有知识的人谈谈，难于对世俗的人说啊。

况且在负罪的情况下是不容易处世的，自己地位卑贱招来许多毁谤和议论。我因言论遭遇到这种祸事，更加被乡里人所耻笑，污辱了我的祖先，还有什么面目去见父母的坟墓呢？即使过了百世，污辱只会更加深重！因此我内心极度痛苦。在家时精神恍惚像丢了什么似的，出门时则不知道所去的地方。每当想起这个耻辱，冷汗常从背上流出湿了衣服啊！我只不过是作为一个宦官，怎能自己荐举隐居之士呢？所以暂且顺从世俗，随波逐流，适应时势，以抒发内心极度的悲愤抑郁之情。现在少卿却教我推举贤士，岂不是与我的意向违背吗？现在我虽然想自我美化，用美妙的言辞来自我修饰，对世俗无益，也不能取信于人，只能招来耻辱罢了。总而言之，只有到了死的那一天，然后是非才有定论。信中不能完全表达我的情意，只能简单地陈述我浅薄的见解，恭敬再拜。

【点评】本文作者借给友人复信之名义，叙述了自己受李陵之祸的过程，

申明了写《史记》的缘由，倾吐了郁积胸中的痛苦和悲愤。

作者原本“以求亲媚于主上。而事乃有大谬不然者”，“明主不深晓，以为仆沮贰师”。由此可见作者对汉武帝处理李陵事件的不满，并流露了自己深重的委屈情绪。这在客观上是对西汉封建专制主义的有力控诉！

“人固有一死，或重于泰山，或轻于鸿毛”。作者有自己明确的生死观。他重视死的价值，所以甘受宫刑而决不自裁。他隐忍苟活，目的是因“鄙没世而文采不表于后世”，是为了完成《史记》的著述。他把学术事业看得比自己的生命更可贵。当时司马迁有如此崇高的时代使命感和社会责任感，确是难能可贵！

作者发现了历史上一大批“倜傥非常之人”，一大批圣贤都能“发愤著书”的事例，借此作为一种榜样、一种精神力量来激励自己。这个伟大的发现，为后世无数处境艰难、道路坎坷而有为之士，特别是为那些遭遇不幸的文人，留下一笔丰厚的精神遗产。

本文叙、议、情三者密切结合。叙李陵之败的悲壮，武帝召问的始末，皆历历可见；议自己受辱之深，不自杀之因，或与多种受辱情况比较，或举史实作旁证，层层深入，皆一一自明；抒内心之痛苦、悲愤，反复曲折，“肠一日而九回，居则忽忽若有所亡，出则不知所往。每念斯耻，汗未尝不发背沾衣也”。可谓言有尽而情无穷。作者已把自己的内心、整个痛苦的灵魂形象地置于读者之前，令读者不得不同情，不得不深思！叙述的悲壮，议论的深刻，抒情的突出，使本文真正做到文情并茂，确是一篇“无韵之《离骚》”。

本文作为一篇回信，行文、结构上全照书信惯例。回复的内容“未易一二为俗人言”，事情复杂，既不能直刺皇上，亦不宜对将死的友人说一些伤心话。但作者还是于含蓄之中倾倒出自己想说的话。全文条理分明，结构严谨。开始先概括来信的内容为“教以慎于接物，推贤进士为务”。并说明迟复的原因，提出自己未能照来信要求办事的苦衷。然后申述自己是刑余之人，难以推贤进士。接着详述李陵事件，间接说明自己正因荐士而受罪。此后说明自己忍辱不死的原因以及发愤著书的经过，最后呼应开头，再次说明自己不能推贤进士。另外，本文文采丰富，谚语典故运用恰当。这是一篇杰出的汉代书信体散文。

还应指出，作者写了“李陵既生降，隤其家声”，看到了李陵降敌的后果，但对李陵投降的严重性认识不足。

【集说】此篇与《自序》，俱原作史之由。《自序》重承先继圣，此重惜死立名。《自序》悲惋，此则沉郁、雄健。其操纵起落，俱挟浩气流行，如怒马奔驰，不可羁勒，与《史记》之雅洁稍异，是史公另一种豪放激宕之文。盖因救友陷刑，满肚皮怫郁不平之气，借此发泄。书中'舒愤懑'，三字是此本旨，故篇中处处皆愤懑之辞。纵横跌宕，慷慨淋漓，转折提接虽多，却如一气呵成。挣眉裂眦而写之，骤读无不为之惋惜。（李晚芳《读史管见》）

却少卿推贤进士之教，序自己著书垂后之意，回环照应，使人莫可寻其痕迹，而段落自尔井然。原评云：史迁一腔抑郁，发之《史记》；作《史记》一腔抑郁，发之此书。识得此书，便识得一部《史记》。盖一生心事，尽泄于此也。纵横排宕，真是绝代大文章。（《评注昭明文选》引孙执升语）

是书反复数千百言，其叙受刑处，只点出仆沮贰师四字，是非自见。所谓叙愤懑以晓左右者，此也。结穴在受辱不死著书自见上。通篇淋漓悲壮，如泣如诉，自始至终，似一气呵成。盖缘胸中积愤不能自遏，故借少卿推贤进士之语，做个题目耳。读者逐段细绎，如见其慷慨激烈，须眉欲动。班掾讥有不能以智自全，犹是流俗之见也夫。（林云铭《古文析义》）

此书反复曲折，首尾相续，叙事明白，豪气逼人。其感慨啸歌，大有燕赵烈士之风；忧愁幽思，则又直与《离骚》对垒，文情至此极矣。（吴楚材、吴调侯《古文观止》）

（陈兰村）

李陵

李陵(？—前74),西汉名将李广的孙子,陇西成纪(今甘肃秦安县)人,字少卿。他善于骑射。汉武帝时为骑都尉,率兵出击匈奴,战败投降。后病死在匈奴。《汉书》有传。萧统《文选》收有《李少卿与苏武诗》三首和《李陵答苏武书》一篇。关于三首诗,近人大都认为是建安时人拟托。《答苏武书》亦无定论,今按传统选本仍题李陵所作。

答苏武书[1]

子卿足下:

勤宣令德[2],策名清时[3],荣问休畅[4],幸甚,幸甚!远托异国[5],昔人所悲,望风怀想[6],能不依依!昔者不遗,远辱还答,慰诲勤勤,有逾骨肉。陵虽不敏,能不慨然!

自从初降,以至今日,身之穷困,独坐愁苦。终日无睹,但见异类[7]。韦韝毳幕[8],以御风雨;膻肉酪浆[9],以充饥渴。举目言笑,谁与为欢?胡地玄冰[10],边土惨裂,但闻悲风萧条之声。凉秋九月，塞外草衰，夜不能寐，侧耳远听，胡笳互动[11]，牧马悲鸣，吟啸成群，边声四起[12]。晨坐听之，不觉泪下，嗟乎子卿！陵独何心，能不悲哉！

与子别后，益复无聊。上念老母，临年被戮[13]；妻子无辜，并为鲸鲵[14]。身负国恩，为世所悲。子归受荣，我留受辱，命也何如！身出礼义之乡，而入无知之俗；违弃君亲之恩，长为蛮夷之域。伤已！令先君之嗣，更成戎狄之族，又自悲矣！功大罪小，不蒙明察，孤负陵心区区之意。每一念至，忽然忘生。陵不难刺心以自明，刎颈以见志[15]，顾国家于我已矣，杀身无益，适足增羞，故每攘臂忍辱，辄复苟活。左右之人，见陵如此，以为不入耳之欢[16]，来相劝勉。异方之乐，只令人悲，增忉怛耳[17]！

嗟乎子卿！人之相知，贵相知心。前书仓卒，未尽所怀，故复略而言之。昔先帝授陵步卒五千，出征绝域，五将失道，陵独遇战。而裹万里之粮，帅徒步之师，出天汉之外[18]，入强胡之域，以五千之众，对十万之军，策疲乏之兵[19]，当新羁之马[20]。然犹斩将搴旗，追奔逐北，灭迹扫尘，斩其枭帅[21]。使三军之士，视死如归。陵也不才，希当大任，意谓此时，功难堪矣。匈奴既败，举国兴师，更练精兵，强逾十万，单于临阵[22]，亲自合围。客主之形[23]，既不相如，步马之势，又甚悬绝[24]。疲兵再战，一以当千，然犹扶乘创痛，决命争首[25]。死伤积野，余不满百，而皆扶病，不任干戈。然陵振臂一呼，创病皆起，举刃指虏，胡马奔走。兵尽矢穷，人无尺铁，犹复徒首奋呼，争为先登。当此时也，天地为陵震怒，战士为陵饮血[26]。单于谓陵不可复得，便欲引还[27]。而贼臣教之[28]。遂使复战，故陵不免耳。昔高皇帝以三十万众，困于平城[29]。当此之时，猛将如云，谋臣如雨，然犹七日不食，仅乃得免[30]。况当陵者，岂易为力哉？而执事者云云，苟怨陵以不死。然陵不死，罪也。子卿视陵，岂偷生之士而惜死之人哉？宁有背君亲、捐妻子，而反为利者乎？然陵不死，有所为也[31]。故欲如前书之言，报恩于国

主耳。诚以虚死不如立节，灭名不如报德也。昔范蠡不殉会稽之耻[32]，曹沫不死三败之辱[33]，卒复勾践之仇，报鲁国之羞。区区之心窃慕此耳。何图志未立而怨已成，计未从而骨肉受刑。此陵所以仰天椎心而泣血也[34]。

足下又云："汉与功臣不薄[35]。"子为汉臣，安得不云尔乎？昔萧、樊囚絷[36]，韩、彭菹醢[37]，晁错受戮[38]，周、魏见辜[39]；其余佐命立功之士，贾谊、亚夫之徒，皆信命世之才，抱将相之具，而受小人之谗，并受祸败之辱，卒使怀才受谤，能不得展。彼二子之遐举[40]，谁不为之痛心哉！陵先将军[41]，功略盖天地，义勇冠三军，徒失贵臣之意，刭身绝域之表。此功臣义士，所以负戟而长叹者也[42]！何谓不薄哉？且足下昔以单车之使[43]，适万乘之虏，遭时不遇，至于伏剑不顾，流离辛苦，几死朔北之野。丁年奉使[44]，皓首而归，老母终堂，生妻去帷[45]。此天下所希闻，古今所未有也。蛮貊之人，尚犹嘉子之节，况为天下之主乎？陵谓足下当享茅土之荐[46]，受千乘之赏。闻子之归，赐不过二百万，位不过典属国[47]，无尺土之封，加子之勤。而妨功害能之臣，尽为万户侯；亲戚贪佞之类，悉为廊庙宰[48]。子尚如此，陵复何望哉？且汉厚诛陵以不死；薄赏子以守节。欲使远听之臣，望风驰命，此实难矣。所以每顾而不悔者也。陵虽孤恩[49]，汉亦负德。昔人有言："虽忠不烈[50]，视死如归。"陵诚能安，而主岂复能眷眷乎？男儿生以不成名，死则葬蛮夷中，谁复能屈身稽颡[51]，还向北阙，使刀笔之吏[52]，弄其文墨耶？愿足下勿复望陵。

嗟乎子卿！夫复何言！相去万里，人绝路殊[53]，生为别世之人，死为异域之鬼，长与足下，生死辞矣！幸谢故人，勉事圣君。足下胤子无恙[54]，勿以为念。努力自爱。时因北风，复惠德音。李陵顿首。

【**注释**】(1)选自《文选》卷41。李陵于天汉二年，率领步兵五千人从居延出发进攻匈奴,遭到匈奴骑兵八万余人包围,因寡不敌众,矢尽道穷,救兵不至,力竭投降匈奴。单于封他为右校王,后病死在匈奴。苏武:字子卿,西汉杜陵(今陕西西安市东南)人。武帝时为郎,天汉元年,出使匈奴遭到扣留,匈奴多方威胁诱降,苏武断然拒绝。留匈奴十九年,在北海杖节牧羊,始终不屈。昭帝始元六年,汉和匈奴和好,获释回朝,封为典属国,后赐爵关内侯。 (2)勤:努力。宣:发扬。令:善,美。 (3)策名:古时士人出仕,把姓名登记在官府的简策上,称为策名。此指做官。清时:太平盛世。 (4)荣问:美好的名声。问,通“闻”。休:美,善。畅:畅通。 (5)托:寄托。(6)望风:想望风采,自远处瞻望其人。 (7)异类:旧时对少数民族的蔑称。 (8)韦鞲(gōu):皮的臂套,用以束衣袖以便动作。毳(cuí)幕:毡的帐幕。 (9)膻:羊臊气。 (10)玄:黑色。 (11)胡笳(jiā):古代胡人吹奏的管乐器。汉时流行于塞北和西域一带。 (12)边声:边塞的声音,指胡笳声和胡马嘶鸣等声音。 (13)临年:到一定的年纪,指老年,垂老之年。 (14)鲸鲵(ní):鲸鱼,古人认为雄的叫“鲸”,雌的叫“鲵”。这里用作动词,比喻杀戮。 (15)刎(wěn)颈:割颈自杀。 (16)入耳:中听。 (17)忉怛(dāo dá):忧伤,愁苦。 (18)天汉:犹大汉,这里指汉王朝统治区。 (19)策:鞭打,鞭策,这里是指挥的意思。 (20)羁(jī):马笼头。 (21)搴(qiān):拔取。枭(xiāo)帅:骁勇的将领。 (22)单(chán)于:匈奴君长的称号。(23)形:形势。 (24)悬绝:相差极远。 (25)争首:争先。 (26)饮血:形容极度悲愤。 (27)引:退让。还:返回。 (28)贼臣:指李陵部下的一名低级军官管敢。他先逃入匈奴,把军情告诉敌人。 (29)困于平城:汉高祖七年,韩信与匈奴勾结谋反,高祖亲自讨伐,到了平城,被匈奴围困了七天。平城:古县名,治所在今山西大同市东。 (30)仅:只是。免:免于覆没。 (31)有所为:这里谓有原因。 (32)范蠡(lǐ):春秋时越国大夫。吴越交战,吴王攻破越国,越王勾践退守会稽(今浙江绍兴市东南)。他用范蠡的计谋,与吴国讲和,积聚力量,最后把吴国灭掉。 (33)曹沫(mèi):即曹刿。春秋时鲁国武士。齐鲁交战,鲁国三次被齐国打败,失去了许多土地。后来齐君和鲁君在柯(今山东阳谷县东)会盟,曹沫持剑相从,挟持齐恒会订立盟约,退回失地。 (34)椎:打击。 (35)与:对待。 (36)萧:萧何。沛县(今江苏沛县)人,汉初功臣,任相国,封酂侯;曾劝高祖开放上林苑空

地，让百姓耕种，高祖生气，把他逮捕入狱，经其他大臣援救，才得开释。樊：樊哙(kuài)。汉初功臣，封舞阳侯。曾被人诬告与吕后结党，谋杀赵王如意，被高祖逮捕，后释放于吕后。　(37)韩：韩信。汉初功臣，封为齐王、楚王、淮阴侯。后被密告谋反，为吕后逮捕，斩于长乐宫钟室，灭三族。彭：彭越。汉初功臣，封为梁王。后被人密告谋反，为高祖所杀，灭三族。菹醢(zū hǎi)：古代的一种酷刑，把人杀死后剁成肉酱。　(38)晁错：汉景帝的谋臣，任御史大夫。　(39)周：周勃。汉初功臣，秦末从刘邦起义，以军功为将军，封绛侯。曾被人诬告谋反，逮捕入狱。后因薄太后援救，得到释放。魏：魏其侯窦婴。西汉大臣，景帝时，任大将军，监齐、赵兵，武帝时，任丞相，免官后，为后任丞相田蚡(fén)诬陷，被杀。　(40)二子：指贾谊和周亚夫。遐举：远行，这里指死亡。　(41)先将军：指李陵的已故祖父李广。李广先任散骑常侍，在景帝武帝时任陇西和右北平等郡太守，匈奴对他十分敬畏，称他为"飞将军"，多年不敢侵犯边境。武帝元狩四年，随大将军卫青攻打匈奴，在行军中迷失道路，受责后自杀。　(42)负：扛，背。戟(jǐ)：古代一种兵器。　(43)单车之使：一辆车子的使。谓从行的人很少。　(44)丁年：成丁之年，壮年。　(45)去帷：指改嫁。　(46)茅土：分茅裂土，古代分封诸侯的仪式。古代天子用五色土建成社祭的坛，东方青，南方赤，西方白，北方黑，中央黄。分封诸侯时，把一种颜色的土用茅草包好，授给受封者，作为分得土地的象征。　(47)典属国：掌握少数民族事物的官。始于秦，西汉沿置。　(48)廊庙：犹言庙堂，这里指朝廷。宰：辅佐君主统治国家的最高官吏。这里泛指高官。　(49)孤恩：负恩。孤，通"辜"。　(50)烈：壮烈，这里指死节。　(51)稽颡(qǐ sǎng)：下拜时以额触地，是古代的一种最恭敬的礼节。北阙：古代宫殿北面的门楼，是大臣等候觐见或上书奏事的地方。这里是朝廷的别称。　(52)刀笔之吏：主办文案的官吏。这里指狱吏。　(53)绝、殊：二词同义，都是"断绝"的意思。　(54)胤子：儿子。

【今译】子卿足下：

您尽力发扬美德，在太平盛世中做官，荣誉广泛传布。真是幸运得很，幸运得很！我远居异国他乡，这是从前的人所悲伤的。我想念您的风采，能不心中恋恋不绝！从前承蒙您不嫌弃我，从远处给我回信，殷勤地安慰、教诲,这超过了我骨肉亲人。我虽然不聪明,怎能不感慨万千呢?

自从投降了匈奴,一直到现在,自身穷困,也只能一个人孤独地坐着发愁。整天看不到什么,只能看到异族的人。穿着皮臂套,住着毡帐幕,用来遮风挡雨;吃的是腥膻的肉、牛羊的乳酪来充饥解渴。举目望去,又能和谁说说笑笑,共同欢乐?胡地结着黑色的厚厚的冰,边疆的土地被冻得开裂,只能听到悲凉的寒风呼啸的声音。寒秋九月,塞外的野草已衰败,夜里难以入睡,侧耳遥听远方,胡笳声声,此起彼伏;牧马悲哀地嘶叫,有时成群地长鸣;胡笳之声和胡马嘶鸣在边塞四处响起。早晨我坐着听到四面边声,不知不觉地潸然泪下。唉!子卿啊!我是什么样的心情?我能不悲哀吗?

与你分别以后,我更加感到无所事事,精神难以找到寄托。想到老母亲在老年时还被惨杀;妻子儿女并无过错,也遭到屠杀。我辜负了国家的恩德,为世人所悲叹。你回去受到称赞,我留在异地忍受着侮辱,这就是命运,有何办法!我出身礼仪之邦,然而却到了无知之地。我违背了圣上和父母的恩德,却永远留在这愚昧的蛮夷之地。悲伤啊!使我先君的后代,变成戎狄的族人,这就更加使我悲伤。我功劳大罪过小,然而得不到圣上查明实情,辜负我的点点诚意。每每想到此,我就不愿活下去。我不难剖开心扉来表明自己、割断颈脖以显示心迹,但是国家对我已经恩断义绝了,我就是自杀能有何用?只是增加了我的耻辱而已;所以,又往往振作起来,忍辱负重,苟且地活下去。我旁边的人,看到我这样,便说些让我高兴的话来劝我。异族的欢乐,只能叫人忧伤,增加内心的痛苦罢了!

唉!子卿!人与人相互了解,难得之处在知心知意。上次的信写得过于匆忙,没有说完我心中的话,所以在此再简单地提一下。从前先帝让我带领步兵五千,出征远方,五位将领迷失方向,我独自迎战。我带着远行万里的粮草,率领徒步行军的部队,走出大汉的疆域,进入强大的胡人区域,凭着五千的兵力,去迎战十万的大军,率领疲乏不堪的士兵,去抵挡新参战的匈奴骑兵。然而,我们还是斩将夺旗,追逐败走的敌人,就像扫尘灭迹一样肃清残敌,斩了他们的勇将,使得三军将士,视死如归。我李陵虽然没有什么才能,很少承担大任务,想到这功劳还是他人难以胜过的。匈奴被打败之后,全国动员,再选精兵,强大队伍超过十万,匈奴王单于亲临作战指挥包围我们。敌我双方的形势已不相称,骑兵和步兵的力量又悬殊,况且疲惫不堪

的士兵要是再度上阵作战，一个人就要抵挡上千的人。但是大家还是忍着伤痛，拼死争先杀敌。死伤遍野，剩下的不过百人，而且都是带着病伤，连武器都拿不动。然而我振臂一呼，伤兵愤然而起，举刀直指敌人，匈奴人马俱逃。直到刀枪箭弩都已用光，兵士们手无寸铁，还是光着脑袋，高呼杀敌，奋勇向前。当此时，天地都为我震惊愤怒，战士都为我感奋饮泣。单于说再也不能捉住我，就要引兵退去。此时叛贼向单于密报军情，于是就重新向我们进攻，所以我难免这次失败。从前高皇帝带着三十万军队，在平城被围困，在那个时候，勇猛的将领就像云一样多，有谋略的谋士像雨一样多，然而还是七天没吃上东西，仅仅免于覆没而已。你说像我这样的，难道就能够挽回败局吗？可是现在办事的人议论纷纷，都责备我不守死节。我李陵没有死节，这是我的罪过。子卿，你看我李陵，难道是那种苟且偷生、贪生怕死的人吗？难道说背弃圣上和父母，抛妻别子，反而认为对自己有好处？我不死是有原因的，确实像前封信中所说，是想向圣上报恩罢了。我确实认为白白的死去不如立节，埋没名声不如报德。从前范蠡不为会稽的耻辱而殉难，曹沫不为三次战败而死节，终于报了勾践的仇，雪了鲁国的耻。我心里仰慕他们。哪能想到志愿未遂而怨恨已成，计谋未实现而骨肉亲人已惨遭杀害，这就是我仰天捶胸而泣血的原因啊！

你又说："汉朝对待功臣不薄。"你为汉臣，怎能不这样说呢？从前萧何、樊哙被囚禁；韩信、彭越被剁成肉酱；晁错被杀；周勃、窦婴被判罪；其他的辅佐天子立功创业的人，像贾谊、亚夫之类的人，都是名高当世的良才，具备将相之才的能人，受到小人的谗告诬陷，都受到祸害、侮辱，以致功业均告失败。终于使他们因有才能而受诽谤，而才能得不到充分的展示。那两人的死亡，谁又能不痛心呢？我的祖父李广，功高盖天地，忠义勇猛居三军之冠，只是因为失去贵臣的欢心，在边远的疆场含冤自杀，这就是功臣义士执戟长叹的原因啊！怎么说是不薄呢？您从前凭着单车出使，到拥有兵车万乘的敌国，遇到时运不好，以至于用剑自杀也不顾惜，流落他乡，千辛万苦，几乎死在极北的荒野。壮年出使，归来已是满头白发。老母寿终正寝，妻子已经改嫁，这是世上极少听到，古往今来所没有的。异族的人还要赞美您的节义，何况是天下的君主呢？我认为您应当受到赠领地、封爵位的赏赐，受到千乘之国诸侯的待遇。可是听说您回去后，赏赐不过两百万，官位不过是个典属国，没有封给一尺的土地，以嘉奖您的功劳。可是那些压抑损害有功或有才能之人的朝臣，都封为万户侯，皇亲贵戚和贪赃枉法巧言献媚的人都做了朝廷大官。您况且受到这样的待遇，我还有什么希望呢？况且汉朝因为我没有死节就大加杀戮，而您保持气节却又只有微小的褒奖，这样，想叫远方听命的臣子，看到这种情形，能为国家效命，实在是难啊！所以，我每次回想起往事，而不觉后悔。我即使有负于皇恩，而大汉朝也负于我的功德。古人常说："忠君的人即使不能尽节，但也当视死如归。"我若真安心死节，圣上能对我念念不忘吗？男子汉活着不能成名，死后就葬身蛮夷之地，谁还能够屈辱叩头，回到朝廷，让那些狱吏对我舞文弄墨呢？希望您不要再期望我回来了。

唉！子卿！还有什么要说的话呢？您我相去万里，人的身份与人生道路迥然相异，活着做另一个世界的人，死了就做一个别国异域的鬼吧！永远和您告别，生死都不得相见了。希望您为我向老朋友致意，努力辅佐圣君。您的儿子很好，不要挂念。希望各自珍重。时常趁北风的方便，再给我来信。李陵顿首。

【点评】李陵复信苏武，以抒内心痛苦。信中先写塞外的凄凉，以情写景，以景抒情，处身异域忍辱苟活的内心痛苦，以及老母就戮、妻子遭害的悲愤，借域外的衰草、凉秋、悲风、边声宣泄无遗。战乱不死，身负国恩，汉朝绝恩，已负其德；文笔委婉，感情激愤，既责自己不死节，又历数战功等，以道明汉朝的无德。全文多为短句，融情于字里行间。节奏与文情相合。复信既是一篇委婉深情的友谊短章，又是一篇声泪俱下的控诉状。

【集说】相其笔墨之际，真是盖世英杰之士，身被至痛，衔之甚深，一旦更不能自含忍，于是开喉放声，平吐一场。看其段段精神，笔笔飞舞，除少卿自己，实乃更无余人可以代笔。昔人或疑其伪作，此大非也。（金圣叹《天下才子必读书》）

天汉二年，陵率步卒五千人出塞，与单于战，力屈乃降匈奴。中与苏武相见。武得归，为书与陵，令归汉。陵作此书答之，一以自白心事，一以咎汉负功。文情感愤壮烈，几于动风雨而泣鬼神。除少卿自己，更无余人可以代

作。（吴楚材、吴调侯《古文观止》）

陵自是奇士，遭逢不幸，身名俱裂，君子谅其心，终不能为之讳其事。然则士宁为玉碎，无为瓦全哉！书则淋漓酣恣，神似龙门。（于光华《重订文选集评》引方伯海语）

击节悲壮，大有英雄失势、无可奈何光景。读项羽纪，顿令人气郁；读答苏武书，顿令人气伸。（过商侯《古文评注》）

（鲍海波）

杨恽

杨恽(？—前54),字子幼,西汉华阴(今陕西华阴市)人,是丞相杨敞的儿子,太史令司马迁的外孙。汉宣帝时为郎,升任左曹,后封平通侯,迁中郎将,官至光禄勋。才能出众,廉洁无私。性情严刻,喜欢揭发压制别人,因此得罪人不少。后来触犯权贵,先被免职,继而被处以腰斩。

报孙会宗书[1]

恽材朽行秽,文质无所底[2],幸赖先人余业,得备宿卫。遭遇时变,以获爵位,终非其任,卒与祸会。足下哀其愚[3],蒙赐书,教督以所不及,殷勤甚厚。然窃恨足下不深惟其终始,而猥随俗之毁誉也[4]。言鄙陋之愚心,若逆指而文过[5],默而息乎,恐违孔氏各言尔志之义。故敢略陈其愚,唯君子察焉。

恽家方隆盛时,乘朱轮者十人[6],位在列卿,爵为通侯[7],总领从官[8],与闻政事。曾不能以此时有所建明,以宣德化,又不能与群僚同心并力,陪辅朝廷之遗忘,已负窃位素餐之责久矣。怀禄贪

势，不能自退，遭遇变故，横被口语，身幽北阙[9]，妻子满狱。当此之时，自以夷灭不足以塞责，岂意得全首领，复奉先人之丘墓乎？伏惟圣主之恩[10]，不可胜量。君子游道，乐以忘忧；小人全躯，说以忘罪[11]，窃自私念，过已大矣，行已亏矣，长为农夫以没世矣！是故身率妻子，戮力耕桑[12]，灌园治产，以给公上，不意当复用此为讥议也。

夫人情所不能止者，圣人弗禁。故君父至尊亲，送其终也，有时而既。臣之得罪已三年矣，田家作苦，岁时伏腊[13]，烹羊炰羔[14]，斗酒自劳。家本秦也[15]，能为秦声。妇赵女也[16]，雅善鼓瑟。奴婢歌者数人。酒后耳热，仰天拊缶[17]，而呼乌乌。其诗曰："田彼南山，芜秽不治，种一顷豆，落而为萁。人生行乐耳，须富贵何时？"是日也，拂衣而喜，奋袖低卬[18]，顿足起舞，诚淫荒无度，不知其不可也。恽幸有余禄，方籴贱贩贵[19]，逐什一之利。此贾竖之事[20]，污辱之处，恽亲行之。下流之人，众毁所归，不寒而栗。虽雅知恽者，犹随风而靡，尚何称誉之有，董生不云乎[21]："明明求仁义，常恐不能化民者，卿大夫意也[22]；明明求财利，尚恐困乏者，庶人之事也。"故道不同不相为谋。今子尚安得以卿大夫之制而责仆哉？

夫西河魏土[23]，文侯所兴[24]，有段干木、田子方之遗风[25]，漂然皆有节概，知去就之分。顷者，足下离旧土，临安定。安定山谷之间，昆戎旧壤[26]，子弟贪鄙，岂习俗之移人哉？于今乃睹子之志矣！方当盛汉之隆，愿勉旃[27]，毋多谈[28]。

【注释】(1)选自《汉书·杨恽传》。孙会宗：西汉西河郡（治所在今内蒙古鄂尔多斯市东胜区）人，曾任安定郡（治所在今宁夏固原市）太守，是杨恽的朋友。　(2)无所底：没有造诣、成就。底，通"抵"，达到。　(3)足下：古人称呼对方的敬辞。　(4)猥(wěi)：苟且。毁誉：诽谤和赞扬。这里是复词偏义，指毁。　(5)指：通"旨"，旨意。　(6)朱轮：指有红色车轮的车子，是高官显贵所乘坐的。 (7)通侯:爵位名,原称彻侯,因避汉武帝刘彻的讳而改。 (8)从官:指皇帝的侍从官员。杨恽曾任光禄勋,有统领侍从官员的职责。 (9)北阙:宫殿北面的门楼。这是大臣朝见和上章奏事的地方,代指朝廷。 (10)伏惟:在陈述事情时下对上表示尊重的敬辞。 (11)说(yuè):通"悦"。 (12)戮(lù)力:尽力。 (13)伏腊:古时在夏天的伏日、冬天的腊日祭祀的两个节日。 (14)炰(páo)羔:烤乳羊肉。 (15)秦:秦地,这里指今陕西关中地区。杨恽是华阴人,而华阴属秦。 (16)赵:赵国,相当今河北中南部地区。古代赵国的妇女善于音乐。 (17)缶(fǒu):一种瓦制乐器。 (18)卬:通"昂"。 (19)籴(dí):买粮。 (20)贾(gǔ):商人。 (21)董生:即董仲舒,西汉大儒。生是对读书人的敬称。 (22)卿大夫:泛指高官大臣。 (23)西河:指战国时魏国设置的西河郡,一称河西,今陕西大荔县一带。杨恽把孙会宗的籍贯即西汉所置西河郡说成魏国所置西河郡,是要与安定郡对照,含有讽刺意味。 (24)文侯:魏文侯,战国时魏国的君主。 (25)段干木:战国时高士,魏文侯敬他为师。田子方:魏文侯的老师。 (26)昆戎:即西戎,居住西部地区的少数民族。 (27)旃(zhān):"之焉"的合音。 (28)毋(wú):不要。

【今译】杨恽的才能低下行为污浊,文采人品无成就,幸好依靠祖上留下的业绩,可以充当宫中侍卫。遇上时事变故,取得爵位,到底不能称职,终于碰上灾祸。足下哀怜我的愚昧,承蒙赐给书信,教导指正(我)没想到做到的,殷切周到得很。但私下遗憾的是足下不深思事情的本末,却轻易顺从世俗的诽谤与赞美。(我)说出自己庸俗浅薄的想法,似乎违背来信的旨意而掩饰过错;沉默不言,恐怕违背孔子提倡的各自说出自己志向的原则。所以敢于略微陈述自己的浅见,希望您明察。

杨恽的家正兴盛的时候,身为高官乘坐朱轮车的有十人,官位在九卿之列,爵位是通侯,统领侍从官员,参与政事。(我)却不能在这个时候有所建树,来宣扬德政教化,又不能和诸位臣僚同心齐力,陪同辅助朝廷的遗失,已经受到窃取官位无功受禄的责备很久了。怀念俸禄贪图权势,不能自我引退,遇上变故,意外受到毁谤,自身被朝廷拘禁,妻子儿女关押在牢。在这个

时候，自认为诛杀灭族不能够抵罪，怎想到还能保全头颅，又供奉祖先的坟墓呢？俯身想想皇上的恩德，不可计量啊。君子掌握了道，快乐而忘记忧愁；小人保全了命，高兴而忘记罪过。私下自己思虑，罪过已很大了，德行已缺损了，永远做个农夫而结束一生了！因此亲自带领妻子儿女，全力种地养蚕，浇灌田园治理产业，用来供给公家，没意料到正又是这事而被讥笑非议。

人的感情所不能抑制的，圣人不禁止。所以君主父母最尊最亲，为他们送终服丧的时间也有个终了。我获罪三年了，成为农家劳作辛苦。每年到伏腊节日，烹煮羊肉烧烤羊羔，用大斗喝酒自我慰劳。家本来在秦地，能唱秦地歌曲，妻子是赵国的女子，很善于弹瑟，奴仆婢女歌唱的有数人。酒后耳根发热，仰对天空敲击着缶，呜呜呼唱。歌词说："在那南山耕田，荒芜没能管理，种上一顷豆子，落地只有茎秆。人生是消遣娱乐罢了，什么时候才能等到富贵？"这一天，抖动衣服而快乐，挥动袖子忽高忽低，跺脚起舞，确实迷乱无度，但是我不知道这是不可以的。杨恽幸好有剩余的俸钱，才能贱时买进贵时卖出，净挣十分之一的利润。这是商人的事情，玷污屈辱的地方，杨恽亲自去做。下贱的人，众多诽谤指向他，让我不寒而栗。即使向来知道杨恽的，仍随风而倒，还会有什么好名声？董仲舒先生不是说吗："努力追求仁义，常怕不能感化百姓的，是卿大夫的想法；努力追求财利，还怕贫困的，是平民百姓的事情。"所以志向不同的不能共同计议。如今您怎么可以用卿大夫的标准来责备我呢？

西河是魏国土地，魏文侯建立的，有段干木、田子方遗留的风尚，他们都有高远的志向和气节，懂得仕途和隐士的区分。近来，足下离开家乡，到了安定。安定在山谷之间，是昆戎的旧地，其子弟后辈贪婪卑鄙，难道是风俗习惯改变了你的品性吗？今天才看到了你的志向！正当大汉兴盛的时候，希望努力吧，不必多说。

【点评】本文辞气激越，语言辛辣，感情强烈而跌宕，笔墨酣畅而顿挫，将作者的满腹牢骚，宣泄无余。文章使用正话反说、反话正说的表现手法，在自责中突显肯定，在自咎中突显不满，在自得中突显怨愤，一而再，再而三，多侧面，深层次，反复申辩，尖锐批驳，痛斥了集于一身的谤言，发泄了积郁一腔的激愤，具有悲而不失其节，郁而不失其壮的艺术感染力。

【集说】愤口放言，不必又道，道其萧森历落，真为太史公妙楞。（金圣叹《天下才子必读书》）

满腹牢骚，触之倾吐。虽极蕴藉处，皆极愤懑。所谓诚中形外，不能掩遏者也。篇中有怨君王语，有恨会宗语，皆足取祸。至行文之法，字字翻腾，段段收束。平直处皆曲折，疏散处皆紧练，则酷肖其外祖。（余诚《重订古文释义新编》）

兀傲恢奇，笔阵酷类其外祖，而旷荡之襟与偃蹇之态，不双管而并行，亦怪事也。（浦起龙《古文眉诠》）

（佳　木）

路温舒

路温舒字长君，西汉巨鹿（今河北平乡县）人。少时牧羊，取水中的蒲草写书。后为狱小吏，学律令，转为狱吏。昭帝时任署奏曹掾、守廷尉史，宣帝时官至临淮太守。

尚德缓刑书[1]

臣闻齐有无知之祸，而桓公以兴[2]；晋有骊姬之难，而文公用伯[3]；近世赵王不终，诸吕作乱，而孝文为太宗[4]。由是观之，祸乱之作，将以开圣人也。故桓、文扶微兴坏，尊文、武之业，泽加百姓，功润诸侯，虽不及三王[5]，天下归仁焉。文帝永思至德，以承天心。崇仁义，省刑罚，通关梁，一远近，敬贤如大宾，爱民如赤子，内恕情之所安[6]，而施之于海内，是以囹圄空虚，天下太平。夫继变化之后，必有异旧之恩，此贤圣所以昭天命也。往者，昭帝即世而无嗣，大臣忧戚，焦心合谋，皆以昌邑尊亲，援而立之[7]。然天不授命，淫乱其心，遂以自亡。深察祸变之故，乃皇天之所以开至圣也。故大将军受命武帝[8]，股肱汉国，披肝胆，决大计，黜亡义，立有德，辅天而行，然后宗庙以安，天下咸宁。

臣闻《春秋》：正即位[9]，大一统而慎始也。陛下初登至尊，与天合符，宜改前世之失，正始受命之统，涤烦文，除民疾，存亡继绝，以应天意。

臣闻秦有十失，其一尚存，治狱之吏是也。秦之时，羞文学，好武勇，贱仁义之士，贵治狱之吏，正言者谓之诽谤，遏过者谓之妖言。故盛服先生不用于世[10]，忠良切言皆郁于胸，誉谀之声日满于耳，虚美熏心，实祸蔽塞。此乃秦之所以亡天下也！方今天下赖陛下恩厚，亡金革之危、饥寒之患，父子夫妻，戮力安家，然太平未洽者，狱乱之也。夫狱者，天下之大命也，死者不可复生，绝者不可复属。《书》曰[11]："与其杀不辜，宁失不经。"今治狱吏则不然，上下相驱，以刻为明，深者获公名，平者多后患。故治狱之吏，皆欲人死，非憎人也，自安之道，在人之死。是以死人之血流离于市，被刑之徒比肩而立，大辟之计岁以万数，此仁圣之所以伤也。太平之未洽，凡以此也。夫人情安则乐生，痛则思死，棰楚之下[12]，何求而不得？故囚人不胜痛，则饰词以视之[13]，吏治者利其然，则指道以明之，上奏畏却，则锻炼而周内之[14]。盖奏当之成[15]，虽咎繇听之[16]，犹以为死有余辜。何则？成练者众[17]，文致之罪明也[18]。是以狱吏专为深刻，残贼而亡极，媮为一切[19]，不顾国患，此世之大贼也。故俗语曰："画地为狱，议不入；刻木为吏，期不对。"此皆疾吏之风，悲痛之辞也。故天下之患，莫深于狱，败法乱正，离亲塞道，莫甚乎治狱之吏，此所谓一尚存者也。

臣闻乌鸢之卵不毁，而后凤凰集；诽谤之罪不诛，而后良言进。故古人有言："山薮藏疾，川泽纳污，瑾瑜匿恶，国君含诟[20]。"唯陛下除诽谤以招切言，开天下之口，广箴谏之路，扫亡秦之失，尊文、武之德，省法制，宽刑罚，以废治狱，则太平之风可兴于世，永履和乐，与天亡极，天下幸甚。

【注释】(1)选自《汉书·路温舒传》,是路温舒在宣帝即位时上的奏章。(2)无知即公孙无知,春秋齐人,他杀死齐襄公自立,不久即为国人所杀。桓公:即齐桓公公子小白。他是齐襄公的弟弟,因襄公无道,被迫流亡国外,公孙无知杀襄公,他回国即位,称霸诸侯为春秋五霸之一。(3)骊姬之难:骊姬是春秋时晋献公的宠妃。她想让自己的儿子继位,大进谗言,致使太子申生被杀,公子重耳、夷吾外逃。献公死后,骊姬所生二子相继为国君,重耳在外流亡十九年,终于回国为君,即是晋文公。(4)赵王:刘如意,汉高祖刘邦宠妃戚夫人所生。刘邦死后,他被吕后毒死。诸吕:吕氏家族。汉惠帝刘盈死,吕氏专权,危及刘氏。吕后死后,周勃、陈平等大臣诛灭吕氏、迎代王刘恒为皇帝,即孝文帝。(5)三王:夏禹、商汤和周文王。(6)恕:以自己之心推想他人之心。(7)昭帝:汉武帝之子弗陵。昌邑:昌邑王刘贺、汉武帝的孙子,被霍光立为帝,行淫乱,又被霍光废除。(8)大将军:霍光,汉武帝临死时任命霍光为大司马大将军,辅佐幼主。(9)正:一年开始的那个月。即正月古代帝王改朝换代之始,都要改变历法。(10)盛服先生:指尽忠国事的大臣。(11)书:《尚书》,是春秋战国以前的政治文告和历史资料的汇编。文中引文出自《书·大禹谟》。(12)棰楚:古代打人用具,棰即木棍,楚即荆楚,后以“棰楚”作为杖刑的通称。(13)饰词:托词粉饰,说假话。(14)锻炼:冶炼金属。这里是诬陷的意思。周内(nà):罗织罪状。内,通“纳”,使陷入。(15)当:判罪。(16)咎繇(gāo yáo):即皋陶。传说是舜时掌管刑法的官。(17)成练:成其锻炼之辞。(18)文致:玩弄法律条文,陷入于罪。(19)媮(tōu):通“偷”,苟且。一切:一时权宜,犹如刀切东西,不顾长短纵横,苟取整齐。(20)古人:指春秋时晋国大夫伯宗,引文见《左传·宣公十五年》。薮:水。臧:通“藏”。疾:指毒害人的东西。瑾、瑜:均为美玉。诟:耻辱。

【今译】臣听说齐国有了公孙无知的祸患,桓公才能够兴起;晋国遭受骊姬的灾难,文公才能成为霸主;本朝的赵王未能善终,诸吕起来叛乱,才会使孝文帝被尊为太宗。由此看来,发生祸乱,将会给圣明之人的出现创造机会。所以齐桓公、晋文公扶植弱国,振兴亡国,尊崇周文王、周武王的功业,恩泽加于百姓，功劳惠及诸侯，虽然赶不上三王，可是天下人都归附于他们的仁政。文帝常常思考如何拥有极高的道德，来承受上天的旨意。他崇尚仁义，减轻刑罚，关口相通，桥梁无阻，天下统一，敬重贤人如同对待贵宾一样，爱护百姓如同爱护自己小孩一样，他自己感觉心安的事就推行到全国，因此监狱里空虚无人，天下太平。继任新君执政之后，一定有跟过去不同的恩德施于百姓，这就是贤圣之人用来显示天意的作为。从前，昭帝去世时没有儿子继位，大臣们很忧愁，焦急地在一起共商，都认为昌邑王是尊贵的皇室亲属，于是引其进宫，立为皇帝。但是上天不授他帝王的使命，而使他内心淫乱，于是便自己丢失了帝位。我仔细考查了发生祸乱的原因，知道这是上天借此来引出最圣明的君主。所以大将军受武帝的嘱托，成了汉朝君主最得力的辅臣，他披肝沥胆，决定大计，废退无义之人，拥立有德行的人为君，辅佐上天行事，这样朝廷才得安定，天下全境太平。

臣听《春秋》说，帝王刚登基就要颁布新历法，这是为了统一天下和谨慎地对待未来的事业。现在，陛下刚刚登上帝位，正与天意符合，应该纠正前代的错误，整理刚开始受命时的每件事情，除掉烦琐的法令，解除百姓的疾苦，使失掉的好传统得以继续，将断绝的好做法得以继承，用此来应合天意。

臣听说秦朝有十条过失，其中有一条现在还存在，就是司法官吏违法判案的问题。秦时轻视文学，崇尚武勇，看不起仁义之士，重视司法官吏，正直的言论被看作是诽谤，阻止犯错误的话被视为妖言。因此，尽忠国事的人不被重用，忠实恳切的言论只能郁积在胸中，赞美阿谀的声音天天充塞了君王的耳朵，虚伪的赞誉迷住了他们的心，实际的灾祸被掩盖了起来，这就是秦朝失去天下的原因。现在天下依靠陛下的厚恩，没有战争的危险和饥寒的忧患，父子夫妻勉力治家，但是太平盛世之所以还未完全实现，就是因为判案的官吏把事情搞乱了。判案是天下的大事，被处死的人不能再活，被砍断的肢体不能再接上。《尚书》说："与其杀死无罪的人，宁愿犯不按刑法办案的错误。"现在司法官吏却不是这样，上下相互勾结，把苛刻当作严明，判案严厉的获得公正的名声，判案公平的反而多有祸患。所以判案的官吏都想置人于死地，这并不是他们憎恨谁，而是他们保全自己的办法，就在于置别人于死地。因此，死刑犯的血漂流在街，受刑的人并肩站着，处死刑的人计算起来每年数以万计。这就是奉行仁义的圣人悲伤的原因。太平盛世所以

未能完全实现，都是因为这个原因。人之常情是安乐时就喜欢活着，痛苦时就想要死亡。在棍棒荆杖的打击下，有什么要求不能得到呢？因此，罪犯忍受不了痛苦，就用假话来招供，官吏办案就利用这种假口供，指出法令依据，说明他们的罪行，上报时又担心案子被驳回，于是便罗织罪状，使其陷入法网之中。大概是上奏的判罪理由完备，即使咎繇听了这囚犯的罪状，也认为他死有余辜。为什么呢？因为审案的官吏违法陷人于罪，网罗很多罪名，玩弄法律条文所构成的罪名也很明确。因此审案的官员专门苛刻残酷地对待犯人，残害人民而没有止境，办事只顾眼前一时权宜，而不顾国家遭到祸患，这就是世上的大害。所以俗话说："在地上画一座监狱，也不想进去；就是面对木头刻的狱吏，也不愿和他对话。"这都是痛恨狱吏的讽刺，是很悲痛的话语。所以天下的祸患，没有比判错案件更厉害的了；败坏法纪，扰乱政治，离散亲属，丧失道义，没有谁比司法官吏更严重了。这就是所说的秦朝的过错仍然存在的一条原因。

臣听说乌鸦鹞鹰的蛋不遭毁坏，然后凤凰才敢停留在树上；犯了诽谤罪的人不被处死，然后忠良之士才敢向朝廷进谏忠言。所以古人有这种说法："山林之中隐藏着害人之物，河流湖泊容纳污秽之物，美玉包含着瑕斑，国君要能容忍辱骂。"希望陛下废除诽谤的罪名，用来招致恳切的言论，让天下人开口讲话，扩大人们进谏的道路，扫除使秦灭亡的过失，尊崇周文王、周武王的德行，减少法律条文，放宽刑罚，以至于废除残酷的刑狱，那么社会上就会兴盛起太平气象，人们就会永远生活在安乐之中，和天地一样没有穷尽，这样，天下的人就会感到非常幸福。

【点评】路温舒想利用汉宣帝刚刚即位之机，把秦汉以来的烦苛刑法放宽，乃至废除，于是上了此奏章。在行文中，他先概述社会由祸到兴的转化事实，说明宣帝的即位顺应天意以求得宣帝的好感。继而以大量的事实，总结历史教训，揭露出狱吏的种种残酷行径，指出他们是"不顾国患"的"世之大贼"，突出了刑狱给社会带来的危害性，从而使文章的说服力大大加强。最后再从正面提出自己的愿望：希望宣帝能广开言路，扫除"亡秦之失""尊文武之德"，以废除治狱之吏。全文结构严谨、层次井然、语言委婉，说理透彻，是一篇言之有物的谈论尚德缓刑的文章。结果，"上善其言"，由此可见其文所具有的说服力了。

【集说】温舒一疏切中时弊，盖自武帝后法益烦苛，宣帝初即位，温舒冀一扫除之。论者谓其切中宣帝病，则非也，时帝未有施行。(《汉书评林》引黄震语)

“治狱之吏是也”一句，始见本意。(《汉书评林》引林希元语)

按温舒之论，虽为狱吏发，其实讥当时之君，故始言秦之时贵治狱之吏，非自贵，由上之贵也。次言“上下相驱，以刻为明”，则下之为此者，上实驱之也。又次言“自安之道，在之人死”，则可见当时之吏能杀人者上之所欲，故安，否则违上之所欲，故危。盖孝宣虽贤明之君，而实好刑名之学，故其意指所形至于如此，上之所好，其可不谨耶？(《汉书评林》引真德秀语)

温舒传只载尚德缓刑一疏，其说皆万世君臣当服膺者。(凌稚隆《汉书评林》)

(高益荣)

刘向

刘向(前77—前6),字子政,本名更生,汉宗室,是汉高祖刘邦少弟楚元王刘交四世孙。曾为谏大夫,后坐事免,复起,更名向,拜为郎中,迁光禄大夫,校勘中央所藏秘书。元帝时为中垒校尉,时外戚王氏擅权,帝数俗用为九卿,由于王氏及诸大臣所扼,终不得升迁,居列大夫官前后三十余年。著有《说苑》《新序》《列女传》《列仙传颂图》等书。

叶公好龙(1)

叶公子高好龙(2),钩以写龙,凿以写龙,屋室雕文以写龙。于是天龙闻而下之,窥头于牖(3),拖尾于堂,叶公见之,弃而还走,失其魂魄,五色无主,是叶公非好龙也,好夫似龙而非龙者也。

【注释】(1)选自《新序·杂事第五》。 (2)叶公子高:人名,《吕氏春秋·职分篇》高诱注说:"叶公,楚叶县大夫沈诸梁字子高也。" (3)牖:窗子。

【今译】叶公子高喜爱龙,他的蚊帐带钩上雕刻着龙,凿子上也画有龙,连房子卧室都雕满了龙。于是天上的龙听到这件事之后就飞了下来，把头伸进窗子里偷看，尾巴拖在庭堂上，叶公子高看见了龙，马上掉头就跑，吓得魂飞魄散，脸无血色。看来叶公并不是一位真正爱好龙的人，他只是喜欢好像是龙而实际上不是龙的东西。

【点评】这是一个寓言故事，是子张说给鲁哀公的。子张求见鲁哀公，等了七天七夜，鲁哀公不见。于是子张准备离开，临行前托人转告鲁哀公一段话，其中主要部分是这个寓言故事，它贴切地讽刺了鲁哀公是个表面好士而实际上并非好真正之士的人。由于它生动形象，又富有风趣，含义深刻，所以便成了一个成语，用来比喻那些名义上爱好某事物而实际上并不是真正爱好那事物的人。其中刻画叶公的神态极为形象、逼真。语言亦简洁有力，讽刺性极强。

【集说】原来叶公爱好的，并不是真龙，而是似龙非龙的假龙，因此，好龙者其名，怕龙者其实。名与实本应该是一致的，但在叶公这里却不一致。他表面上一套，是好龙的假象，骨子里一套，是怕龙的本质。一到真龙出现，就立刻显出了原形——怕龙的本质。（严北溟《中国古代哲学寓言故事选》）

这篇寓言讽刺了那些言行不一的人。有的人口称爱好某事物，但并非有真正的认识。（刘国正等《寓林折枝》上）

“君非好士也，好夫似士而非士者也。”这则寓言原是孔子的学生子张用来讥讽鲁哀公的。后人常用来讽刺那些言语的巨人，行动的矮子；也用来讽刺表里不一、言行不一的两面派。（陈蒲清等《中国古代寓言选》）

（高益荣）

桓宽

桓宽（生卒年不详），字次公，西汉汝南（今河南上蔡县）人，宣帝时为郎，后任庐江太守丞。治《公羊春秋》，博通善文。撰《盐铁论》六十篇，记昭帝始元六年（前81）御史大夫桑弘羊与郡国贤良文学辩论国家盐铁专卖事。该书“推衍盐铁之议，增广条目，极其论难”，虽属政论之文，但语言简练生动，形式新颖灵活，颇富文学意味。

杂　论[1]

客曰[2]：余睹盐铁之义，观乎公卿、文学、贤良之论[3]，意指殊路，各有所出，或上仁义，或务权利。

异哉吾所闻。周、秦粲然，皆有天下而南面焉[4]，然安危长久殊世。始汝南朱子伯为予言[5]：当此之时，豪俊并进，四方辐辏。贤良茂陵唐生[6]、文学鲁国万生之伦[7]，六十余人，咸聚阙庭，舒六艺之风[8]，论太平之原。智者赞其虑，仁者明其施，勇者见其断，辩者陈其词。訚訚焉，侃侃焉，虽未能详备，斯可略观矣。然蔽于云雾，终废而不行，悲夫！公卿知任武可以辟地，而不知德广可以附远；知权利可以广用，而不知稼穑可以富国也。近者亲附，远者说德，则何为而不成，何求而不得？不出于斯路，而务畜利长威，岂不谬哉！中山刘子雍言王道[9]，矫当世，复诸正，务在乎反本。直而不徼，切而不燥，斌斌然斯可谓弘博君子矣。九江祝生奋由路之意[10]，推史鱼之节[11]，发愤懑，刺讥公卿，介然直而不挠，可谓不畏强御矣。桑大夫据当世[12]，合时变，推道术，尚权利，辟略小辩，虽非正法，然巨儒宿学恧然，不能自解，可谓博物通士矣。然摄卿相之位，不引准绳，以道化下，放于利末，不师始古。《易》曰："焚如弃如[13]。"处非其位，行非其道，果陨其性，以及厥宗。车丞相即周、吕之列[14]，当轴处中，括囊不言，容身而去，彼哉！彼哉！若夫群丞相〔史〕、御史，不能正议，以辅宰相，成同类，长同行，阿意苟合，以说其上，斗筲之人[15]，道谀之徒，何足算哉！

【注释】(1)选自桓宽《盐铁论》，此为第六十篇。前此五十九篇为盐、铁本论。作者于此篇阐明自己撰书之由并抒己见，因与本论有别，故称《杂论》。有似今之"编后语"。 (2)客：客人，局外人。作者假设客方立论，实即自称。 (3)公卿：这里指丞相、御史大夫等。文学，贤良：本是汉代选拔官吏的科目之一，始于武帝时，简称贤良或文学。这里指由此选拔而出的儒生。 (4)南面：即面朝南。古以面朝南为尊位。君主临朝南面而坐，故称君主为"南面"。 (5)朱子伯：与下文唐生、万生、刘子雍等均为参加盐铁会议的"贤良文学"之代表。 (6)茂陵：汉代县名，治所在今陕西兴平市东北。汉初为茂乡，属槐里县。汉武帝葬此并置县，因名茂陵。 (7)鲁国：西汉初改秦代薛郡为鲁国，治所在鲁县(今山东曲阜市)。 (8)六艺：即"六经"，指《礼》《乐》《书》《诗》《易》《春秋》等六部儒家经典。 (9)中山：汉代郡国名，治所在卢奴(今河北定州市)。 (10)九江：汉代郡名，治所在寿春(今安徽寿县)。由路：即孔子弟子仲由，字子路，以耿直好勇著称。 (11)史鱼：春秋时卫国大夫，又叫史鳅(qiū)，以正直敢谏著称。 (12)桑大夫：即桑弘羊(前152—前80)，昭帝年幼即位，他任御史大夫，与霍光、金日磾共同辅政。在盐铁会议上，他坚持盐、铁官营政策。昭帝元凤元年 (前80)被指告与上

官桀等谋反,被杀。 (13)焚如弃如:语出《易经·离九四》,意指烧杀、流放之刑。 (14)车丞相:即车千秋,本姓田氏,汉武帝时拜相,共为相十二年,因其年老,受主上优待,可乘小车入宫朝见,故号称“车丞相”。周、吕:即周公、吕尚。周公姬姓,名旦,曾辅佐周武王灭商。武王死后,成王年幼,由他摄政。吕:姜姓,吕氏,名望,一说字子牙,又称师尚父,辅佐周武王灭商有功,封于齐。 (15)斗筲(shāo):语本《论语·子路篇》:“斗筲之人,何足算也?”斗为古代量名,筲为古代饭筐,能容五升。斗筲比喻器识狭小。

【今译】客人说:据我看来,关于盐、铁专卖问题的争议,考察公卿与文学、贤良的论辩,主张不同,各有出发点:有的崇尚仁义,有的追求权势财利。

我所听到的与此不同。周、秦两代的情况很明显,都据有天下而面南称王,然而世道安危及国运长久很不相同。最初汝南朱子伯曾对我说:在这时,天下豪杰才俊不分先后,同时从四面八方汇集于京师。贤良茂陵唐生、文学鲁国万生等辈,六十多人,都会聚于朝廷,陈述儒家“六经”的道理,探讨国治民安的根源。睿智者出谋策,仁厚者阐明德施,勇毅者表现决断,雄辩者慷慨陈词,真是正直而恭敬,温和而从容。虽然不够周详完备,那也可以看出个大概了。然而竟被云遮雾障,终于废弃而不得实行!可悲啊!公卿们只知道使用武力可以开疆拓土,却不知道广施德政可使远方归附;只知道权利可以增加财力,却不知道农业生产可使国家富强。倘使境内的人亲来归附,境外的人悦慕德行,那么做什么不能成功?要什么不能得到呢?不从这条路线出发,却致力于蓄积财富,增强武威,难道不是错误的么?中山刘子雍力陈统一天下的道理,矫正时弊,拨乱反正,致力于使当代回到施仁政的根本上来,态度直率而见解独到,内容切实而不空虚,他那文质彬彬的样子,真可以称得上是知识渊博的君子了!九江郡姓祝的儒生发扬由路的精神,推崇史鱼的气节,抒发愤懑,讽刺公卿,耿介刚直,不屈不挠,可说是不怕骄横强暴的了。桑弘羊大夫凭借当朝权柄,迎合时势变化,推行法治,崇尚权力,略施小计,虽然不是正道,却使老成博学的大儒深感惭愧,说理难以超过,不能自得解脱。桑大夫也称得上是知识渊博,通达事理的人了。然而他代理卿相的职位,不按标准用正道去教化百姓,却热心于从事工商业而获利,不效法古圣先贤。《易经》说:“熊熊燃烧,远远抛弃。”他身处不该他担当的职位,行为不遵正道,结果丧了命,还殃及宗族。车丞相处于周公、吕尚那样的位置，身居机要中枢、却紧闭其口，不发一言，明哲保身而离去。他呀！他呀！至于那些丞相史、御史，不能发表正确议论，辅佐宰相，竟成全同类人，助长同行者，曲意迎合，以取悦上司。这班器识狭小、阿谀逢迎的小人算得什么呢？

【点评】旗帜鲜明，褒贬有度。虽有主要倾向为尊儒，但也不乏持平之议。开篇便说，公卿与贤良文学的论辩“意指殊路，各有所出，或上仁义，或务权利”，认为双方主张不同，却各有所据。赞扬贤良文学，对其意见“废而不行”深表遗憾，更对“中山刘子雍言王道”称赞备至，称之为“弘博君子”。但对公卿一方头面人物桑弘羊也有所肯定，称之为“博物通士”。而对“括囊不言，容身而去”的车丞相则表鄙视；对那些“阿意苟合，以悦其上”的小人更是鄙夷不屑，贬斥有加。行文简要直率，富于感情色彩。全文不过四百五十字，既叙且议，不仅勾勒出盐铁会议之众生相，而且表达出自己的立场和观点。虽是借“客”的身份立论，实非冷眼旁观之“局外人”，在激浊扬清、抑扬褒贬中含有强烈的感情。如论及贤良文学的主张“蔽于云雾，终废而不行”，便叹道：“悲夫！”不胜遗憾惋惜，说到车丞相，则云：“彼哉！彼哉！”显露轻视之意；贬斥群丞相史、御史等，乃直言：“何足算哉！”极表鄙夷之情。此外，语言精练生动，富于形象性。如“意指殊路”“四方辐辏”“蔽于云雾”“括囊不言”等，俨然已如成语。

【集说】两刃相割，利钝乃知；二论相订，是非乃见。是故韩非之四《难》，桓宽之《盐铁》，君山《新论》之类也。（王充《论衡·案书篇》）

读之（《盐铁论》）爱其辞博，其论核，可以施之天下国家，非空言也。（涂祯刻本《〈盐铁论〉自序》）

（桓宽）其学博通，善属文，故每一篇辞响发而披赤悃，意沉壮而寓讽激，其遥遥乎莫知玄邈疾靡能物色也。（倪邦彦刻本《〈盐铁论〉自序》）

案是书（《盐铁论》）究悉利弊，裨益治体非浅；文亦奇伟，名言杰句，络绎而来。（周广业《意林附注·盐铁论》）

（熊宪光　王春冰）

马援

马援(前14—公元49),字文渊,右扶风茂陵人(今陕西兴平市)。东汉名将。汉光武帝时,参加攻灭隗嚣的战争,后任陇西太守,平定临洮、金城一带。后又任伏波将军,征交趾,以功封为新息侯。其为人慷慨有大志,曾说:丈夫立志,穷当益坚,老当益壮。又说,男儿要当死于边野,以马革裹尸还。后死在军中。马援曾向杨子阿学习名师传授的相马骨法,著有《铜马相法》。

诫兄子严、敦书(1)

吾欲汝曹闻人过失,如闻父母之名,耳可得闻,口不可得言也。好议论人长短,妄是非正法,此吾所大恶也。宁死不愿闻子孙有此行也。汝曹知吾恶之甚矣,所以复言者,施衿结缡(2),申父母之戒,欲使汝曹不忘之耳。

龙伯高敦厚周慎(3),口无择言,谦约节俭,廉公有威,吾爱之重之,愿汝曹效之。杜季良豪侠好义(4),忧人之忧,乐人之乐,清浊无所失,父丧致客,数郡毕至,吾爱之重之,不愿汝曹效也。效伯高不得，犹为谨敕之士[(5)]，所谓“刻鹄不成尚类鹜”者也[(6)]。效季良不得，陷为天下轻薄子，所谓“画虎不成反类狗者”也。迄今季良尚未可知，郡将下车辄切齿[(7)]，州郡以为言，吾常为寒心，是以不愿子孙效也。

【注释】(1)选自《后汉书·马援传》，是马援在交趾写给他侄子马严、马敦的信。《后汉书》在正文前有下面几句话：“援兄子严、敦并喜讥议，而通轻侠客，援前在交趾，还书诫之。” (2)施衿(jīn)结缡(lí)：古时女子出嫁，母亲给她系上带子、佩巾，并再三告诫。衿：带子。缡：女子出嫁时所系的佩巾。 (3)龙伯高：名述，京兆(今陕西西安市西北)人，官至零陵(今湖南永州市零陵区)太守。 (4)杜季良：名保，京兆人，光武时任越骑马司，后因被仇人诬告为“行为浮薄，乱群惑众”而罢官。 (5)谨敕(chì)：谨慎勤勉。 (6)鹄(hú)：天鹅。鹜(wù)：鸭子。 (7)下车：指官吏初到任。切齿：咬紧牙齿，表示痛恨到极点。

【今译】我希望你们听到别人的过失，就像听到父母的名字一样，只能耳朵听，口里不能说。喜欢议论别人的长短，胡乱议论正常的政策法令，这是我最讨厌的。我宁可死也不愿听说子孙们有这样的行为。你们知道我对这种行为十分讨厌，我之所以再次谈及这个问题，就好像女儿出嫁时，母亲为她系上带子、结好佩巾，陈述父母的教训那样，想使你们不要忘记罢了。

龙伯高为人诚朴宽厚，周密谨慎，口无恶言，谦逊、节俭、廉洁、公正，很有威严，我喜欢他，敬重他，希望你们向他学习。杜季良为人豪爽任侠，讲义气，为别人的忧愁而忧愁，为别人的快乐而快乐，品德高尚的人和品德卑污的人都不得罪。给他父亲办丧事时，招致了许多客人，好几个郡的客人都来吊唁，我喜欢他，尊重他，但不愿你们向他学习。学习龙伯高不成功，还可以成为一个谨慎、勤勉的人，就是人们常说的“画不成天鹅还像个鸭子”。学习杜季良不成功，就会堕落为世上的轻薄子弟，就是人们常说的“画虎类犬”了。至今杜季良的结局还不能预料，郡将一到任就对他切齿痛恨，州郡里的人常谈论他，我常常为他担心，所以不希望子孙们向他学习。

【点评】此信针对侄子“喜讥议”、好结交“轻薄侠客”而发，郑重告诫他们为人要谦虚谨慎，切忌轻薄。开篇即申明自己的态度：“宁死不愿闻子孙有此行也。”过去一再劝告，今又反复言之者，“欲使汝曹不忘之耳”，可见他关切之重。接着以现实中的两个人物龙伯高和杜季良为例，指出有当学不当学之分，并以“刻鹄不成尚类鹜”和“画虎不成反类狗”两个比喻说明当学不当学的道理。犹恐侄子不明，再以杜季良祸至不远为警告，使其明白取舍，约束自己。全信真诚坦白，没有虚饰，言之谆谆，用心良苦。既显出长者威严，又不以威吓人。前人或以为此信亦在议论人之长短，与其所诫自相矛盾，不无道理。

【集说】戒兄子书，谆谆以黜浮返朴为计，其关系世教不浅。（吴楚材、吴调侯《古文观止》）

林西仲曰：伏波以兄子严、敦，并好讥议而通轻侠客，故自交趾还书诫之。盖讥议人过，则敛众怨；通轻侠客，则扞文网。内既丧德，外复媒祸，大非士大夫门户之幸也。书中若直指其有是好，势必令其无以自容。故前半段，止言吾愿如此，不愿如彼，以申平日所戒，使讥讽人过者，有所记而不遗忘。下半段止提出龙伯高、杜季良二人行径，俱称其美，做一榜样，轻轻说个当效不当效。且不论其效得，俱论其效不得。再单举季良之犯时忌，可为寒心处，使通轻侠客者，有所惧而不敢为。笔法异样婉切，总是一幅近里著已学问。（胡怀琛《古文笔法百篇·两两比较法》）

（张新科）

朱浮

朱浮(约6—66年),字叔元,沛国萧(今安徽萧县)人。博学有才。初从光武帝刘秀为大司马主簿,后为幽州牧,封大将军,守蓟城。后因蓟城失守而降职。因是开国功臣,又多有建树,升官至大司空。光武死后,明帝即位,被人控告处死。

与彭宠书[1]

盖闻智者顺时而谋,愚者逆理而动。常窃悲京城太叔[2],以不知足而无贤辅,卒自弃于郑也。伯通以名字典郡[3],有佐命之功[4],临民亲职,爱惜仓库[5];而浮秉征伐之任,欲权时救急;二者皆为国耳。即疑浮相谮,何不诣阙自陈[6],而为灭族之计乎?朝廷之于伯通,恩亦厚矣。委以大郡,任以威武,事有柱石之寄,情同子孙之亲。匹夫、媵母尚能致命一餐[7],岂有身带三绶[8],职典大邦而不顾恩义,生心外叛者乎?伯通与吏民语,何以为颜?行步拜起,何以为容?坐卧念之,何以为心?引镜窥影,何以舒眉?举措

建功,何以为人?惜乎!弃休令之嘉名[9],造枭鸱之逆谋[10],捐传世之庆祚[11],招破败之重灾,高论尧舜之道,不忍桀纣之性,生为世笑,死为愚鬼,不亦哀乎?伯通与耿侠游[12],俱起佐命,同被国恩,侠游谦让,屡有降挹之言[13],而伯通自伐[14],以为功高天下。往时辽东有豕[15],生子白头,异而献之;行至河东见群豕皆白[16],怀惭而还;若以子之功高论于朝廷,则为辽东豕也。今乃愚妄自比六国[17],六国之时,其势各盛,廓土数千里,胜兵将百万,故能据国相持,多历年所。今天下几里?列郡几城?奈何以区区渔阳,而结怨天子?此犹河滨之人,捧土以塞孟津[18],多见其不知量也。方今天下适定,海内愿安,士无贤不肖[19],皆乐立名于世;而伯通独中风狂走,自捐盛时[20],内听骄妇之失计,外信谗邪之谀言,长为群后恶法,永为功臣鉴戒,岂不误哉!定海内者无私仇,勿以前事自疑[21]。愿留意顾老母、少弟,凡举事,无为亲厚者所痛,而为见仇者所快。

【注释】(1)选自《文选》卷41。 (2)京城太叔:即春秋时郑庄公之弟共叔段。段尝封于京(今河南荥阳市),故称京城太叔。因阴谋篡位,被庄公所败,逃亡于外。 (3)伯通:彭宠的字。名字:美好的名声。典:字,掌管。 (4)佐命之功:指彭宠以渔阳归顺刘秀,并协助刘秀击败王朗。 (5)爱惜仓库:朱浮曾向彭宠要粮以供养良士,遭到拒绝,此是嘲讽口吻。 (6)诣(yì):往。阙;宫殿前面的高楼,指朝廷。 (7)匹夫、媵母:指普通男女。媵(yìng):陪嫁的婢女,此指地位低下的女人。致命一餐:晋国大臣赵盾曾在首阳山救活灵辄,后来灵辄作了他的卫士,在晋灵公要杀赵盾时,救了赵盾。此处借典故以说理。 (8)身带三绶:古时为官将者皆以绶带相佩,彭宠时兼渔阳太守、封建忠侯、赐号大将军,故曰三绶。 (9)休、令、嘉:皆美好的意思。 (10)枭:狠毒。鸱:鸟名。 (11)捐:抛弃。庆祚(zuò):福禄。(12)耿侠游:耿况,字侠游。新莽时为上谷太守,和彭宠一起归附刘秀,彭谋叛,约耿一同起兵,耿斩来使以拒。 (13)降挹(yì):降低,自贬。指自谦。 (14)自伐:自夸。 (15)辽东:辽东郡,在辽河之东,今辽宁东南一带。

(16)河东:河东郡,今山西境内黄河以东一带。 (17)自比六国:以自己比况于六国诸侯。六国:战国时各诸侯国,除秦以外,还有较大的赵、魏、齐、楚、韩和燕等六个较大的诸侯国。 (18)孟津:黄河渡口之一,在今河南孟州市。 (19)无:无论。 (20)捐:弃,背离。 (21)前事:过去两人间的旧怨。

【今译】曾听说聪明的人顺着时势来谋划事理,愚钝的人逆着常理而做事情。我常常私下悲叹京城太叔,因为自己的贪而不知足,又没有贤良的辅助之人,最后自己抛弃了郑国而亡去。伯通以好的名望镇守渔阳,有着协助光武帝征战的功劳,体恤民众,躬亲职责,并爱惜仓库储备;而朱浮带着征战的任务,要根据时势的变化来救急策应;我们两个都是为着国家。若是怀疑朱浮进你的谗言,为何不自己上朝申述,而要想出使自己灭族的计策呢?朝廷对伯通,恩情也算不薄。让你镇守大郡,让你拥有权势,职务上对你寄以国家栋梁之材的希望,感情上把你看作子孙一样的爱护。普通男女尚且能够以生命回报一餐之恩,岂有身兼三任重职,镇守大邦而不顾恩情礼义,竟生有外叛之心的人吗?伯通若与官吏平民说起,有何脸面?出入拜访,有何面容?坐卧之下想起,又如何安心?拿起镜子照自己,又怎能舒展双眉?行事、办理政务,又如何做人?可惜呀!放弃美好的名誉,做出毒鸱般的逆反阴谋,抛弃了世代相传的福泽,招来家族破败的重灾。高谈阔论尧舜的仁义之道,又不能克制自己桀纣般的暴虐之性,活着被世人耻笑,死后也是愚蠢的鬼魂,岂不太悲哀了吗?伯通与耿侠游,一同辅佐光武帝,共执帝令,同享国恩。侠游谦和礼让,经常有自贬之言,而伯通好自夸,以为功高于天下诸人。过去辽东郡有一头猪,生下一个白头的猪仔,其主人感到奇异,想献于皇上,走到河东郡时,看到那么多的猪都是白头,便怀着羞惭之心返回去。如果以您的功劳相论于朝廷,则也成为辽东猪一样了。现在又愚蠢地妄想着能够自比于六国。六国之时,它们的气势都很强盛,辽阔的疆土有几千里,百战百胜的兵将有百万之众,所以能够据有国家而相持对立,并能经受较长的时间。而现在您的天下有几里?割据的郡县又有几个城池?何必以区区渔阳郡而结怨于天子?这犹如黄河岸边的人,手捧着土要堵塞孟津渡口,由此可见他是多么不自量力。而今天下刚刚平定,四海之内盼望安宁,

士人无论贤与不肖，都乐意立功名于世；而伯通独自犹如中风一般狂跑不已，自弃于盛世，内听骄横之妇失算之计，外信谗邪之人的诡谀之言。以后经常被众多子侄之辈视为坏的做法，永远被功臣视为鉴戒之事，岂不大失误吗！一起安定海内诸郡的人没有什么私仇，请不要以过去的事情再怀疑人。希望能留意并照顾老母、小弟，但凡做事，不要使感情深厚的亲人所痛苦，而使仇人们感到快活。

【点评】此文最引人注目者，乃在于讽刺、讥笑、调侃，极尽挖苦之能事。以伯通"爱惜仓库"，讥讽其不予协助、给粮发钱之往事。又以"伯通与吏民语，何以为颜？行步拜起，何以为容？坐卧念之，何以为心？引镜窥影，何以舒眉？举措建功，何以为人？"诸语，批评其蒙恩而欲反之心。尤大胆者，以"辽东有豕"之故事说开，并言"若以子之功高论于朝廷，则为辽东豕也"，已为谩骂之言，此后又替彭宠虚设比拟：你欲自比六国，起兵抗衡，而你又有"天下几里？列郡几城"？设若彭宠当我们面读起，不知要羞赧几层红颜！而比彭宠于捧土填孟津之人，辱骂其"中风狂走，自捐盛时"，在反复不已的讽刺、挖苦、辱骂之言中，闪烁出了"凡举事，无为亲厚者所痛，而为见仇者所快"的被后人浓缩成"亲痛仇快"之警句，相对说来，竟算是平实恳切之语，对彭宠确属不易！至于文中屡以京城太叔之事、作者自己同秉征伐之任、伯通友耿侠游之从事等作对比、陪衬，而指责彭宠的不聪、不忠、自傲等失算和罪责，亦属难得的说理之语了。全文虽语气刻薄，但行文严实，结构紧凑，回还照应，自成章法，并非等闲之谩骂语杂会之作，亦属别种精彩文章。

【集说】范晔《后汉书》曰：浮密奏，宠遣吏迎妻而不迎其母，又受货贿，杀害友人，多聚兵谷，意计难量。宠既积怨，闻之，遂大怒，举兵攻浮，浮以书质责之。（李善《文选注》作者名下引）

自来文字，此为晓畅第一。其所争，乃在落笔法与提笔法耳。（金圣叹《天下才子必读书》）

甚劲有气，议论甚透快，亦有词锋。（于光华编《重订文选集评》引孙月峰语）

（鲍海波）

班固

班固(32—92),字孟坚,扶风安陵(今陕西咸阳市)人,年轻时曾入洛阳太学读书,学问渊博。后继父业,私撰《汉书》,有人指控他私改国史,被捕入狱,经过班超力辩,才得获释。汉明帝看了他的原稿,大加赞赏,遂任命他为兰台令史,并奉诏撰写《汉书》。和帝永元元年班固随大将窦宪出征匈奴,任中护军。永元四年,因牵涉窦宪谋反案,被捕,后死于狱中。他的作品除《汉书》外,还有《白虎通义》和后人所辑的《班兰台集》。

苏武传[1]

武字子卿,少以父任,兄弟并为郎。稍迁至栘中厩监[2]。时汉连伐胡,数通使相窥观。匈奴留汉使郭吉、路充国等前后十余辈。匈奴使来,汉亦留之以相当。

天汉元年,且鞮侯单于初立[3],恐汉袭之,乃曰:"汉天子,我丈人行也。"尽归汉使路充国等。武帝嘉其义,乃遣武以中郎将使持节送匈奴使留在汉者[4],因厚赂单于,答其善意。武与副中郎将张

胜及假吏常惠等[5]，募士、斥候百余人俱[6]。既至匈奴，置币遗单于。单于益骄，非汉所望也。

方欲发使送武等，会缑王与长水虞常等谋反匈奴中[7]。缑王者，昆邪王姊子也[8]，与昆邪王俱降汉，后随浞野侯没胡中[9]，及卫律所将降者[10]，阴相与谋劫单于母阏氏归汉[11]。会武等至匈奴，虞常在汉时，素与副张胜相知，私候胜[12]，曰："闻汉天子甚怨卫律，常能为汉伏弩射杀之。吾母与弟在汉，幸蒙其赏赐。"张胜许之，以货物与常。

后月余，单于出猎，独阏氏、子弟在。虞常等七十余人欲发，其一人夜亡告之。单于子弟发兵与战，缑王等皆死，虞常生得。单于使卫律治其事。张胜闻之，恐前语发，以状语武。武曰："事如此，此必及我。见犯乃死，重负国[13]！"欲自杀。胜、惠共止之。虞常果引张胜。单于怒，召诸贵人议，欲杀汉使者。左伊秩訾曰[14]："即谋单于，何以复加？宜皆降之。"单于使卫律召武受辞[15]。武谓惠等："屈节辱命，虽生，何面目以归汉！"引佩刀自刺，卫律惊，自抱持武，驰召医[16]。凿地为坎，置煴火，覆武其上，蹈其背以出血[17]。武气绝，半日复息。惠等哭，舆归营。单于壮其节，朝夕遣人候问武，而收系张胜。

武益愈。单于使使晓武，会论虞常，欲因此时降武。剑斩虞常已，律曰："汉使张胜，谋杀单于近臣，当死。单于募降者赦罪。"举剑欲击之，胜请降。律谓武曰："副有罪，当相坐。"武曰："本无谋，又非亲属，何谓相坐？"复举剑拟之，武不动。律曰："苏君，律前负汉归匈奴，幸蒙大恩，赐号称王，拥众数万，马畜弥山，富贵如此。苏君今日降，明日复然。空以身膏草野[18]，谁复知之！"武不应。律曰："君因我降，与君为兄弟。今不听吾计，后虽欲复见我，尚可得乎？"武骂律曰："女为人臣子[19]，不顾恩义，畔主背亲，为降虏于蛮夷，何以女为见！且单于信女，使决人死生，不平心持正，反欲斗两主[20]，观祸败！南越杀汉使者，屠为九郡[21]。宛王杀汉使者，头县北阙[22]。朝鲜杀汉使者，即时诛灭[23]。独匈奴未耳。若知我不降明，欲令两国相攻。匈奴之祸，从我始矣！”律知武终不可胁，白单于。单于愈益欲降之，乃幽武，置大窖中，绝不饮食[24]。天雨雪，武卧啮雪，与旃毛并咽之[25]，数日不死，匈奴以为神。乃徙武北海上无人处[26]，使牧羝，羝乳乃得归[27]。别其官属常惠等，各置他所。

武既至海上，廪食不至，掘野鼠去草实而食之[28]。杖汉节牧羊，卧起操持，节旄尽落。积五六年，单于弟於靬王弋射海上[29]。武能网纺缴[30]，檠弓弩[31]，於靬王爱之，给其衣食。三岁余，王病，赐武马畜、服匿[32]、穹庐。王死后，人众徙去。其冬，丁令盗武牛羊，武复穷厄[33]。

初，武与李陵俱为侍中[34]，武使匈奴明年，陵降，不敢求武。久之，单于使陵至海上，为武置酒设乐。因谓武曰：“单于闻陵与子卿素厚，故使陵来说足下，虚心欲相待。终不得归汉，空自苦亡人之地，信义安所见乎？前长君为奉车[35]，从至雍棫阳宫[36]，扶辇下除[37]，触柱折辕，劾大不敬，伏剑自刎，赐钱二百万以葬。孺卿从祠河东后土[38]，宦骑与黄门驸马争船[39]，推堕驸马河中溺死。宦骑亡，诏使孺卿逐捕，不得，惶恐饮药而死。来时，太夫人已不幸，陵送葬至阳陵[40]。子卿妇年少，闻已更嫁矣。独有女弟二人[41]，两女一男，今复十余年，存亡不可知。人生如朝露，何久自苦如此！陵始降时，忽忽如狂，自痛负汉，加以老母系保宫[42]，子卿不欲降，何以过陵！且陛下春秋高，法令亡常，大臣亡罪夷灭者数十家，安危不可知。子卿尚复谁为乎？愿听陵计，勿复有云！”武曰：“武父子亡功德，皆为陛下所成就，位列将，爵通侯，兄弟亲近，常愿肝脑涂地。今得杀身自效，虽蒙斧钺汤镬[43]，诚甘乐之。臣事君，犹子事父也，子为父死，无所恨，愿勿复再言！”

陵与武饮数日，复曰：“子卿壹听陵言。”武曰：“自分已死久矣！王必欲降武，请毕今日之驩[44]，效死于前！”陵见其至诚，喟然叹曰：

"嗟乎,义士!陵与卫律之罪,上通于天!"因泣下沾衿,与武决去。陵恶自赐武[45],使其妻赐武牛羊数十头。

后陵复至北海上,语武:"区脱捕得云中生口[46],言太守以下吏民皆白服,曰:'上崩。'"武闻之,南乡号哭[47],呕血,旦夕临,数月。

昭帝即位[48],数年,匈奴与汉和亲[49]。汉求武等,匈奴诡言武死。后汉使复至匈奴,常惠请其守者与俱,得夜见汉使,具自陈道。教使者谓单于,言:"天子射上林中[50],得雁,足有系帛书,言武等在某泽中。"使者大喜,如惠语以让单于。单于视左右而惊,谢汉使曰:"武等实在。"

于是李陵置酒贺武曰:"今足下还归,扬名于匈奴,功显于汉室。虽古竹帛所载,丹青所画[51],何以过子卿!陵虽驽怯,令汉且贳陵罪[52],全其老母,使得奋大辱之积志,庶几乎曹柯之盟[53],此陵宿昔之所不忘也!收族陵家,为世大戮,陵尚复何顾乎?已矣,令子卿知吾心耳!异域之人,壹别长绝!"陵起舞,歌曰:"径万里兮度沙幕[54],为君将兮奋匈奴。路穷绝兮矢刃摧,士众灭兮名已隤[55]。老母已死,虽欲报恩将安归!"陵泣下数行,因与武决[56]。单于召会武官属,前以降及物故[57],凡随武还者九人。……武留匈奴凡十九岁,始以强壮出,及还,须发尽白。

【注释】(1)选自《汉书·李广苏建列传》。 (2)栘(yí):汉宫中的园名。厩:养马的地方。栘中厩监:汉宫中栘园内的掌管马厩官。 (3)单(chán)于:匈奴君主的称号。且鞮(jū dī)侯:匈奴乌维单于的兄弟,天汉元年(前100)立为单于。 (4)节:使臣所持的信物,亦称牦节,以竹为之,柄长八尺,其上缀以用牦牛尾做的装饰品,共三层。 (5)假吏:临时委任的使臣兼职属官。常惠:太原人,同武出使又一同归国,后代武为典属国。 (6)斥候:侦察敌情的人。 (7)缑(gōu)王:匈奴的一个亲王。长水:水名,在今陕西蓝田县西北。汉设长水校尉。虞常曾任此官,或者他是此地人,后降于匈奴。 (8)昆邪(hún yé)王:匈奴贵族亲王,于武帝元狩二年(前121)

降汉。 (9)浞(zhuó)野侯:名越破奴,太原人。太初二年(前103),他曾率二万骑击匈奴,战败后降于匈奴。缑王此时随浞野侯作战,固而又陷入胡地。 (10)卫律:本长水胡人,在汉长大,和李延年是好朋友,李延年推荐他出使匈奴。出使归来,正逢李延年因罪被捕,他怕牵连自己,逃奔到匈奴,匈奴封他为丁零王。"降者"下脱"虞常"二字。 (11)阏氏(yān zhī):匈奴王后的称号。 (12)候:拜访。 (13)见犯:被侵犯、凌辱。 (14)左伊秩訾:伊秩訾,匈奴的王号,有左右之分。 (15)受辞:受审。辞:供辞。 (16)驰召医:使人骑马快去找医生。 (17)蹈:同"掐",作"轻敲"讲。 (18)膏:脂肪,引申为肥沃的意思。此处作动词用,意谓死了身体成为肥沃野草的肥料。 (19)女:同"汝",下同。 (20)斗两主:使单于和汉天子相争斗。 (21)"南越"两句:武帝元鼎五年(前112),南越王相吕嘉,杀死南越王、王后及汉使者,叛汉。武帝遣将讨伐,吕嘉败死。于是武帝将其地设立南海、苍梧、郁林、合浦、交趾、九真、日南、珠崖、儋耳九郡。 (22)"宛王"两句:宛王,大宛国王。县:同悬。汉武帝太初元年(前104),汉遣使往大宛求良马,大宛不与,并攻杀汉使。太初四年汉攻大宛,其国中贵人杀死国王,汉军乃立其贵人亲汉者昧蔡为王。 (23)"朝鲜"两句:朝鲜王右渠杀汉使涉河,汉派将讨伐,朝鲜相杀右渠降汉。 (24)幽:囚禁。窖(jiào):收藏物品的地室。饮食(yìn sì):用为动词。"绝不饮食":不给喝水,吃饭。 (25)旃(zhān):毛织物。 (26)北海:即今俄罗斯境内的贝加尔湖,当时为匈奴的北界。 (27)羝(dī):公羊。乳:生育。 (28)禀食:官府供应的粮食。此处指由匈奴供应的粮食。去:同"弆(jǔ)",储藏。草实:野生果实。 (29)於靬(wū jiān)王:且鞮侯单于的弟弟。弋(yì)射:打猎。 (30)网纺缴(zhuó):网,织网。缴,系在箭上的丝绳。纺缴:纺丝绳。 (31)檠(jìng):校正弓弩的工具,此作动词用,指矫正弓弩。 (32)服匿:盛酒酪之器,口小腹大方底,类似今天的坛子。 (33)丁令:即丁灵,匈奴族的别支。

(34)李陵:汉名将李广之孙,武帝时任侍中,于天汉二年(前99)带兵与匈奴战,因汉军主力迟到,战败而降。侍中:掌管皇帝乘舆服物之官。 (35)长君:指苏武兄苏嘉。 (36)雍:地名,在今陕西凤翔县南。棫(xù)阳宫:秦宫名,在雍的东北。 (37)除:殿阶。 (38)孺卿:苏武的弟弟苏贤的字。祠:祭祀。河东:郡名,今山西夏县一带。后土:地神。 (39)黄门驸马:指

皇帝的一种侍从人员。黄门:宫禁的门。驸马:即副马,本指皇帝副车之马,为掌管副马的官名。 (40)阳陵:汉景帝的陵墓所在地,在今陕西咸阳市。 (41)女弟:妹妹。 (42)系:囚禁。保宫:监狱。 (43)钺(yuè):大斧。汤镬(huò):把人放在鼎的沸水中煮死。以上比喻各种酷刑。 (44)驩:同"欢"。 (45)恶:羞恶,不好意思。 (46)区(ōu)脱:边界,此指匈奴与汉的交界地带。云中:郡名,今内蒙古自治区河套东部一带地区。生口:活人,这里指被俘虏的汉人。 (47)乡:向。 (48)昭帝:名弗陵,武帝子,于公元前87年即位。 (49)和亲:本指两个民族之间通过联姻,以缔结友好关系,这里指和好的意思。 (50)上林:上林苑,故址在陕西西安市附近。本秦时旧苑,汉武帝时扩建,周围三百里,为汉代皇帝的猎场。 (51)竹帛:竹简和白绢,古时用之写字;故指史册。丹青:绘画所用的原料,此指图画。 (52)贳(shì):宽赦。 (53)庶几:也许可以。曹柯之盟:曹沫劫齐桓公之事。曹沫,春秋时鲁人,为鲁庄公将,齐军伐鲁,曹沫军败,鲁庄公与齐桓公盟于柯(今山东阳谷县),曹沫以匕首劫持齐桓公,使桓公把侵占的鲁地归还于鲁。李陵以曹沫自比,说自己本想也做出像曹沫之事以自赎。 (54)沙幕:沙漠。 (55)隤:同"颓",丧失。 (56)决:同"诀"永别之意。 (57)物故:死亡。

【今译】苏武,字子卿,年轻时因为父亲职位的关系而担任官职,他和兄弟们一并做了皇帝的侍从官。他逐渐被升迁到宫廷移园中掌管鞍马、鹰犬、射猎用具的官。当时,汉朝接连讨伐匈奴,屡次派遣使者窥探、观察对方的情况。匈奴扣留了汉朝的使臣郭吉、路充国等人,前后有十多批。匈奴使臣来汉朝,汉朝也扣留他们,用以相抵偿。

天汉元年,且鞮侯刚刚被立为单于,害怕汉朝袭击他们,于是说:"汉朝的皇帝是我的长辈。"全部送还汉朝使臣路充国等人。汉武帝赞许他通晓情理的这种做法,于是派遣苏武以中郎将的身份出使,持旌节护送扣留在汉的匈奴使者回国,又给单于送去丰厚的财物,以答谢他的好意。苏武和副中郎将张胜以及临时委任的使臣常惠等人,还有招募充当士兵和斥候的共一百多人同往匈奴。到了匈奴以后,准备下财物赠给单于。单于更加骄横,不是汉王朝所期望的。

正当单于要派使者送苏武等人回汉时，适逢缑王与长水虞常等人在匈奴境中谋反。缑王是昆邪王姐姐的孩子，和昆邪王都投降于汉朝，后来跟随浞野侯赵破奴一块征伐匈奴，兵败而陷入胡地。他们在卫律所统率的那些投降匈奴的人中，暗中策划，打算把单于的母亲阏氏劫持到汉朝去请功。巧逢苏武等人来到匈奴。虞常在汉朝时，一向同副中郎将张胜相好，他偷偷地拜访张胜，说："听说汉朝皇帝非常怨恨卫律，我能为汉朝暗藏弓箭射死他。我母亲和弟弟在汉朝，希望受到汉朝的赏赐。"张胜答应了他，把货物又送给虞常。

一个多月以后，单于出外打猎，唯独阏氏和单于子弟在家。虞常等七十多人想发动事变，其中一人夜间逃出向单于子弟告了密，单于子弟发动军队和他们战斗，缑王等人都死了，虞常被活捉。单于派卫律审理此案。张胜听了这件事，恐怕以前和虞常谈话的内容泄露出来，于是把事情的经过告诉了苏武。苏武说："事情如此，这一定会牵连到我。自己作为使臣，不能约束副使张胜，已有负于国，若不此时自杀，被凌辱后才死，就更加辜负了国家。"苏武想自杀，张胜、常惠共同阻止他。虞常果然把张胜牵扯在内，单于很生气，召集贵族商议此事，打算杀死汉朝使者。左伊秩訾说："假若他们想谋害单于，那将怎样加重他们的处罚呢？应该让他们全部投降。"单于派卫律叫苏武来受审。苏武对常惠等人说："屈辱了使臣的气节，玷辱了汉朝的使命，即使活着，又有什么脸面回归汉朝呢！"于是拔出身上佩带的刀自杀。卫律大惊，自己抱住苏武，叫人骑马快去找医生。医生在地上挖了个坑，在里面燃起了无焰的小火，把苏武面向下放在坑上，轻轻敲他的背部让瘀血流出。苏武气本断绝，半天才恢复呼吸。常惠等人都哭了，用车子载苏武返回汉使营地。单于认为苏武的气节豪壮，早晚派人问候苏武，而逮捕监禁了张胜。

苏武的伤逐渐好些了，单于派使者通知苏武，让他同卫律共同来判虞常等人的罪，想借此使苏武投降。卫律用剑斩了虞常以后，他说："汉朝使臣张胜，谋杀单于的亲近之臣，当论死罪。单于招降的人赦免死罪。"卫律举起剑将要刺杀张胜，张胜请求投降。卫律对苏武说："副使有罪，正使也应当连带治罪。"苏武说："本来就没有和他同谋，又不是亲属，凭啥说要连带治罪？"卫律又举起剑对着苏武，做出要杀他的样子，苏武不动。卫律说："苏武君，我以前背负汉朝而归顺了匈奴，有幸蒙受单于大恩，赐给爵号，让我称王。我

拥有奴隶数万,马和其他牲畜遍及山野,如此的富贵!您今日投降,明日就会像我一样。否则白白地死在野草间,让尸体成为野草的肥料,谁又能知道呢?”苏武不应声。卫律说:“您因为我的劝说而投降,我和您结为兄弟。今日不听从我的劝说,以后即使想再见我,还能见到吗?”苏武骂卫律说:“你作为人君的臣子,不顾恩义,背叛国君亲人,被匈奴所降虏,见你干什么?况且单于信任你,让你主持决定人生死之事,你不能平心主持公正,反而想挑拨汉天子和匈奴单于的关系,使他们互相争斗,而你来坐观两国的灾殃和失败。南越杀了汉朝的使者,被汉朝平定后分为九郡。宛王杀了汉朝的使者,汉起兵讨伐,宛王被杀后头悬挂在宫殿的北门。朝鲜杀了汉朝的使者,汉派将讨伐,朝鲜即刻杀了其王。唯独匈奴没有被讨伐。你明知我不投降,却偏逼我,你分明想让汉和匈奴互相攻战。匈奴的祸患,将从我受逼迫开始!”卫律知道苏武终究不可被威胁,禀报了单于。单于更加想使苏武投降,于是囚禁了他,把他放在大窖中,不给他喝水吃饭。天上下了雪,苏武卧着吃雪和毡毛一并咽下,好几天没有死,匈奴以为他是神,于是把他迁徙到北海边的无人之处,让他放牧公羊,说等到公羊生了小羊才能归汉。把他的其他随从人员常惠等人分别安置在其他地方。

苏武已来到北海边,可匈奴供应给他的粮食还没到,苏武就掘取野鼠所储藏的野果来吃。他拄着汉节去牧羊,无论是睡觉还是牧羊,都手持汉节,节上挂的旄节装饰物全部脱落了。大约五六年后,单于的弟弟於靬王到北海上射猎。苏武能编结狩猎所用的网,会纺用在箭上的丝绳,矫正弓弩等。於靬王喜爱他,供给他衣食。过了三年多,於靬王得病,赐给苏武马和牲畜、盛酒的坛子、圆顶帐篷。於靬王死后,其部下离去。这年冬季,匈奴的另一支丁令部落偷走了苏武的牛羊,苏武又穷困了。

当初,苏武和李陵都任侍中,苏武出使匈奴的第二年,李陵投降匈奴,他不敢求见苏武。过了好长时间,单于派李陵至北海,为苏武摆酒设乐。李陵对苏武说:“单于听说我和你交情一向深厚,所以派我来劝说您,愿真诚地相待你。你终究不能回归汉朝了,自己白白地在无人之地受苦,您的信义有谁能看见呢?从前您兄苏嘉是奉车都尉,随从武帝到雍的棫阳宫,你哥护送皇帝的车子下殿阶,车撞到柱子上折断了车辕,被弹劾为不敬天子的罪名,用剑自杀,皇帝赐给二百万钱把他埋葬。你弟苏贤跟随皇帝到河东祭祀地神,骑马侍卫皇帝的宦官和皇帝的侍从人员黄门驸马争抢船只，宦官把驸马推进了河中淹死，宦官逃去，皇帝下诏让你弟追捕，你弟没有抓到，害怕而饮毒酒致死。我来的时候，你母亲已死了，我送葬到阳陵。你夫人年轻，听说已经改嫁了。家中只有你那两位妹妹和两个女儿及一个男孩还在，现在又过了十多年，他们是死是活不能知道。人生就像早上的露水，为何要如此地自己苦自己？我刚投降时，精神恍惚就像疯了一般，自己对辜负了汉朝感到痛苦，加上我老母亲被关押在保宫，你不愿投降，怎么能超过我李陵呢？再说皇帝已年高，经常改变法令，大臣无罪而诛杀的有数十家，安危不可知。你打算又为谁呢？希望你听从我的劝告，不要再说别的。"苏武说："我父亲和我兄弟们无功德，都是受皇帝的栽培，官位被列为将，爵位被封侯，兄弟们都是皇帝的亲近之臣，常常愿意为皇帝肝脑涂地。现在有了这个牺牲自己来效忠国家的机会，即使受到种种刑戮，也甘心乐意这样。大臣侍奉国君，就像儿子侍奉父亲一样，儿子为父亲死也无所遗憾，希望你不要再说了。"

李陵和苏武饮酒数日，又说："你一定要听听我李陵的话。"苏武说："我自己料定我早已死了，单于一定想让我投降，请让我在今日和你尽情欢乐一天，然后死在你的面前。"李陵见苏武对汉朝非常忠心，慨然长叹道："啊，义士！我和卫律的罪行像天那么高！"于是流下的泪水都沾湿了衣襟，和苏武告别而去。李陵不好意思亲自送给苏武财物，让他妻子送给苏武数十头牛羊。

此后李陵又来到北海边，对苏武说："匈奴在边界一带捕捉到汉云中郡的俘虏，说太守以下的官吏和黎民百姓都穿白衣，说：'皇帝死了。'"苏武听了这件事，面向南方号啕大哭，呕吐出血，早晚哀哭，数月始止。

昭帝即位，又过了几年，匈奴与汉朝和好。汉朝寻求苏武等人，匈奴欺骗说苏武已死。后来汉使者又到匈奴，常惠请求看守自己的人与自己一起去见汉使，夜里见到了汉使，详细陈述了事情的经过，并教使者对单于说："天子在上林苑射猎，射得一只鸿雁，雁足系有帛书，说苏武等人在某某湖泊中。"使者非常高兴，按照常惠所教的话来责备单于。单于看看左右的人感到吃惊，向汉使道歉说："苏武等人确实活着。"

于是李陵设置酒席向苏武祝贺说："今天您将还归汉朝，名扬匈奴，功显汉朝。即使古代史书上所记载的和图画上所描绘的贤人，怎么能超过您呢？

我虽然无能胆怯，假使汉朝姑且宽恕我的罪，保全我老母性命，使得我能实现在奇耻大辱下积蓄已久的志向，我也许可以做出像曹沫劫持齐桓公一类折服敌国的事，这是李陵以前所不忘记的事。可汉朝逮捕并诛杀了我的全家，我认为这是世上最大的耻辱，我还有什么可留恋的呢？算了吧，我只是让你了解我的心思罢了。身处异乡的我，这次同你分别就要永久隔绝了。"李陵一边起来跳舞，一边歌唱说："走过万里征途啊穿过沙漠，身为国君将帅啊奋击匈奴，归路断绝啊武器毁坏，将士死尽啊我名败坏，老母已死，想报母恩将向谁？"李陵泪流数行，于是与苏武永别。单于召集苏武的随行人员，除前已投降匈奴及死亡者以外，随苏武回归汉朝的共有九人。……苏武被留匈奴共十九年，去时还是身强力壮，等回来时胡须头发都已经白了。

【点评】《苏武传》是《汉书》中最能表现班固写人艺术特色的名篇之一。文章通过描写苏武出使匈奴时因意外事件牵连，被留匈奴十九年，之后又返回汉朝的经过，塑造了苏武这位具有坚强个性和民族气节的爱国外交使者的形象。

文章叙事详尽，选材集中，主要从三个方面表现苏武的崇高品质。（一）苏武以死报国，不容侮辱，保持了国格人格的尊严。本来，虞常等人的谋反活动同副使张胜有关，和苏武并没有关系。但当事情出来，张胜说明情况，他便觉得事情一定会牵连到他。他不是想到个人的安危，而是想到"见犯乃死，重负国"。于是想以自杀减轻对国家的侮辱。当卫律审问他时，他不畏恐吓，大义凛然，赢得了敌人的尊敬，维护了国家的声誉。（二）通过描写苏武忍受艰难困苦的考验，表现出他坚韧不拔、始终不渝的爱国精神。苏武被匈奴幽禁在大窖中，无食可吃，他便吞雪啮毡，顽强地活了下来。后来被迁徙到北海牧羊，匈奴不给他送吃的，想以此逼迫他投降，他便掘鼠洞寻食物以维持生命，仍然"卧起操持"汉节，不向匈奴投降。（三）作者运用对比方法，通过卫律、李陵的劝降，更加突出了苏武不受威胁利诱，对国家、民族忠贞不渝的崇高品质。卫律、李陵都是汉朝投降匈奴的将领。因而，同他们对比就更能表现出苏武的高大。同是劝降，但两人所采用方法不同。卫律采用威胁与利诱的方法，他先杀掉虞常造成一种杀气腾腾的气氛，再威胁张胜投降，然后再威胁苏武。但苏武毫不妥协，语言铿锵，痛斥卫律。文章层层渲染，时时对比，显现出苏武的伟岸。李陵劝降一节，可谓写得最妙。李陵是苏武往日的朋友，他以朋友面目出现，言语委婉，娓娓动听，充满感情，他想以情打动苏武，达到劝降的目的。因此他先叙说汉武帝有负于苏家，打消苏武的忠君思想，然后再说苏武母亲、儿女、妻子情况，以断绝苏武对家人的思念之情。最后再搬出他的叛徒哲学以说服苏武。尽管李陵用尽心思，但苏武单刀直入，言辞犀利，直接戳穿李陵的劝降用意，致李陵喟然长叹："嗟乎，义士！陵与卫律之罪，上通于天！"这可以说是叛徒被苏武精神彻底征服了，在英雄面前，他终于认识了自己的滔天之罪，从而使英雄的形象更加高大。正由于《苏武传》描写精练，选材得当，状物写人栩栩如生，从而使苏武这位威武不屈、贫贱不移、富贵不淫的外交使臣的光辉形象，一直受到历代人们的称赞。

【集说】武之仗节为汉绝盛事，而班椽亦为汉绝世文。(《汉书评林》引茅坤语)

武骂律数语，迄今读之犹凛凛有生气。(《汉书评林》)引凌约言语)

苏子卿持汉节十九年，考其在匈奴中对辞处义，面斥卫律与李陵言，皆有本末，非出于一时慷慨之所为，真志士仁人也。(《汉书评林》引古寅语)

传武数百言，总只叙不辱君命一节，中间插入卫律、李陵等事，则借以形其节云。(凌稚隆《汉书评林》)

(高益荣)

公孙弘传赞[1]

赞曰：公孙弘、卜式[2]、兒宽[3]，皆以鸿渐之翼困于燕爵[4]，远迹羊豕之间[5]，非遇其时，焉能致此位乎？是时，汉兴六十余载，海内艾安[6]，府库充实，而四夷未宾[7]，制度多阙[8]。上方欲用文武，求之如弗及，始用蒲轮迎枚生[9]，见主父而叹息[10]。群士慕向[11]，异人并出[12]。卜式拔于刍牧[13]，弘羊擢于贾竖[14]，卫青奋于奴仆[15]，日磾出于降虏[16]，斯亦曩时版筑饭牛之朋已[17]。

汉之得人，于兹为盛，儒雅则公孙弘[18]、董仲舒[19]、兒宽，笃行

则石建、石庆[20]，质直则汲黯[21]、卜式，推贤则韩安国[22]、郑当时[23]，定令则赵禹[24]、张汤[25]，文章则司马迁[26]、相如[27]，滑稽则东方朔[28]、枚皋[29]，应对则严助[30]、朱买臣[31]，历数则唐都[32]、洛下闳[33]，协律则李延年[34]，运筹则桑弘羊[35]，奉使则张骞[36]、苏武[37]，将率则卫青[38]、霍去病[39]，受遗则霍光[40]、金日磾，其余不可胜纪[41]。是以兴造功业，制度遗文[42]，后世莫及。

孝宣承统[43]，纂修洪业[44]，亦讲论六艺[45]，招选茂异[46]，而萧望之[47]、梁丘贺[48]、夏侯胜[49]、韦玄成[50]、严彭祖[51]、尹更始以儒术进[52]，刘向[53]、王褒以文章显[54]，将相则张安世[55]、赵充国[56]、魏相[57]、丙吉[58]、于定国[59]、杜延年[60]，治民则黄霸[61]、王成[62]、龚遂[63]、郑弘[64]、召信臣[65]、韩延寿[66]、尹翁归[67]、赵广汉[68]、严延年[69]、张敞之属[70]，皆有功迹见述于世。参其名臣[71]，亦其次也[72]。

【注释】(1)选自《汉书》卷58《公孙弘卜式兒宽传》。公孙弘：菑川(今山东寿光市)人，家庭贫寒，牧豕海上。四十多岁才学《春秋》杂说，过了六十岁，才被推荐到朝廷，历任太常、左内史、御史大夫、丞相等要职。赞：赞语，是作者对所记的人和事的评论，相当于《史记》中的“太史公曰”。 (2)卜式：西汉河南人，以田畜为事，有羊一千多头，用一半家财支援汉朝抗击匈奴，又捐钱二十万救济灾民，得到汉武帝的嘉奖，任命为齐王的太傅和相，以及御史大夫等职。 (3)兒(ní)宽：即倪宽，西汉千乘人，攻读《尚书》，是孔安国的学生，家境贫寒，常在劳动休息时读经书，后来被汉武帝选用，官至御史大夫。 (4)鸿：大雁。慚：进。这里用“鸿渐之翼”比喻公孙弘等三人的才能。燕爵：即燕雀，比喻庸俗之辈。 (5)羊豕之间：指公孙弘等人从事过放羊、放猪等劳动。 (6)艾安：即乂安，安定的意思。 (7)四夷：古代对华夏族以外的民族(所谓东夷、西戎、南蛮、北狄)的蔑称。宾：宾服，归服。 (8)阙：同“缺”。 (9)蒲轮：用蒲草包裹车轮。枚生：枚乘，字叔，淮阴人，因两次上书谏阻吴王刘濞谋反，闻名当世。汉武帝即位后，因枚乘年事已高，武帝下令用安车蒲轮征召他，结果死在途中。 (10)主父：主父偃，齐国临菑人，先学纵横之术，晚年学《易》《春秋》以及百家之言。曾上书汉武帝言政事，受到召见时，汉武帝说："何相见之晚也。" （11）慕向：思慕向往。（12）异人：奇才，不同平常的人。 （13）刍牧：放牧人。卜式是放羊的。（14）弘羊：桑弘羊，洛阳人，商人出身，武帝时任治粟都尉，领大司农。擢（zhuó）：提拔。贾（gǔ）竖：对商人的贱称。 （15）卫青：卫青的父亲郑季，是河东平阳人，同汉武帝的姐姐阳信长公主家中一个姓卫的奴仆私通，生了卫青，因为卫青的同母姐子夫得到汉武帝的宠幸，才冒姓卫。小时卫青在于阳侯曹寿家中当放羊的奴隶，后被汉武帝召入宫中，因多次出击匈奴有功，官至大将军。 （16）日磾（dī）：金日磾，字叔翁，本是匈奴休屠王的太子，后来降汉，在黄门养马。因为他容貌甚严，马又养得肥壮，汉武帝封他做马监，并提拔他做了侍中驸马都尉光禄大夫，成为武帝亲信，在莽何罗谋杀武帝时，金日磾救了武帝的命。 （17）版筑：古人筑墙，用两版夹起来，中间填土，用杵筑实。《孟子·告子下》说："傅说（yuè）举于版筑之间。"一说殷高宗武丁梦见圣人说，结果在傅险（又说是傅岩）的筑路奴隶中找到了他，提拔他做了相，故名傅说。饭牛：喂牛。传说春秋时的甯戚想见齐桓公，便来到齐国的城门外喂牛，见恒公出来，便敲着牛角唱歌，桓公听见了便将他载回，任命他做大夫。朋：同类。已：句末语气词。 （18）儒雅：博学的儒生。（19）董仲舒：广川人，年青时专攻《春秋》，汉景帝时做博士，是著名的儒生。汉武帝采纳他的建议，罢黜百家，独尊儒术。 （20）笃行：行为敦厚。石建、石庆：都是石奋的儿子，为人特别谨慎，石建任郎中令，石庆任御史大夫、丞相。 （21）质直：正直。汲黯：字长孺，濮阳人，汉景帝时做太子洗马，汉武帝时曾任东海太守、主爵都尉等官，性格倨傲少礼，当面指责别人，不能容忍别人的错误，曾批评汉武帝"内多欲而外施仁义"，汉武帝也怕他。 （22）韩安国：字长儒，梁成安人。汉武帝时为御史大夫，他所推荐的人都是胜过自己的廉士，士人仰慕他，天子认为他是"国器"。 （23）郑当时：字庄，陈人，曾任右内史、大司农等要职，以礼待人，常同汉武帝谈天下长者，称赞所推荐的人比自己强，听到别人做了好事，马上向汉武帝报告，唯恐迟了。 （24）赵禹：是著名的刀笔吏，曾任御史、中大夫，和张汤一起定律令。 （25）张汤：杜陵人，曾任侍御史、太中大夫，同赵禹一起共同制定诸律令。 （26）司马迁：字子长，夏阳人，西汉著名的史学家、文学家，著有《史记》，另外有《报

任安书》《悲士不遇赋》传于世。（27）相如：司马相如，字长卿，蜀郡成都人，是汉代辞赋的代表作家，有《子虚上林赋》。现存《司马文园集》。（28）东方朔：字曼倩，平原厌次人，滑稽多智，受到汉武帝的喜爱。还是当时有名的辞赋家。（29）枚皋：字少孺，是枚乘的儿子，汉武帝封他为郎。不通经术，喜嫚戏诙笑，像是戏子。（30）严助：会稽吴人，曾任中大夫、会稽太守，善于应对，汉朝大臣辩论不过他。（31）朱买臣：字翁子，吴人，能说《春秋》，言《楚辞》，官至中大夫、会稽太守、丞相长史。（32）历数：推算岁时节候的次序，古代认为帝王的次序与历数有关，帝王继承的次节也叫"历数"。唐都：方士，曾参与《太初历》的制订。（33）洛下闳：一作"落下闳"，字长公，明晓天文，隐居落下，汉武帝征召他，改《颛顼历》，作《太初历》。（34）协律：校正音乐的律吕，使它和谐。管音乐的官员也简称为协律。李延年：中山人，出身音乐家庭，善于歌唱，得到汉武帝喜爱，任协律都尉。他的妹妹被立为夫人。（35）运筹：筹划。这里是指筹划经济方面的事。（36）张骞：汉中人，曾奉命出使西域、西南夷，官至太中大夫，受封为博望侯。（37）苏武：字少卿，杜陵人，出使匈奴十九年，历尽艰辛，威武不屈，矢志不渝，汉昭帝时才荣归汉朝。（38）将率（shuài）：即将帅。（39）霍去病：大将军卫青的外甥，抗击匈奴，屡建奇功，被封为冠军侯、骠骑将军、大司马。（40）受遗：接受遗诏，辅助少子。霍光：字子孟，霍去病的弟弟，官至大司马大将军。武帝病重，霍光问他："如有不幸，谁当嗣者（继承人）？"武帝回答："立少子（指刘弗陵），君行周公之事。"霍光让金日磾，金日磾又让霍光。结果二人同上官桀、桑弘羊一起，受遗诏，辅少主。（41）胜（shēng）纪：尽记。（42）遗文：遗留下来的条文法令。（43）孝宣：指汉宣帝刘询。承统：继承皇统，就是继承帝位。（44）纂修：继续修建。洪业：大业。（45）六艺：六经，即《诗》《书》《易》《礼》《乐》《春秋》。（46）茂异：优秀杰出的人才。（47）萧望之：字长倩，东海兰陵人，治《齐诗》，曾经向夏侯胜学习《礼》和《论语》，官至谏大夫、御史大夫。（48）梁丘贺：字长翁，琅琊诸人，向京房学《周易》，官至太中大夫，给事中，至少府，得到汉宣帝的信任重视。（49）夏侯胜：他的先人夏侯都尉从济南张生学《尚书》，传给族子始昌，始昌再传给夏侯胜。（50）韦玄成：字少翁，因为通晓经书被选拔为谏大夫、大河都尉，后来做了丞相。（51）严彭祖：字公子，东海下邳人，学《公羊春秋》,官至太子太傅。 (52)尹更始:学《穀梁春秋》,官至谏议大夫。儒术:儒家学术。进:进用。 (53)刘向:字子政,是著名的文学家和学者,官至中禄大夫、中垒校尉,《说苑》《新序》和辞赋《九叹》是他的名作。 (54)王褒:字子渊,蜀人,写有《圣主得贤臣颂》《洞箫赋》、辞赋《九怀》等。 (55)张安世:字子孺,同霍光一起立汉宣帝,功劳只次于霍光,官至大司马车骑将军。 (56)赵充国:字翁孙,陇西上邦人,汉武帝时随贰师将军李广利出击匈奴,突围有功,封为中郎、车骑将军长史,后与霍光一起立汉宣帝,封营平侯。 (57)魏相:字弱翁,济阴定陶人,宣帝时,为丞相,封高平侯。 (58)丙吉:字少卿,鲁国人,立宣帝有功,为御史大夫,又封为博阳侯,后接替魏相做了丞相。 (59)于定国:字曼倩,东海郯人,以判案准确而闻名,宣帝时,任光禄大夫、水衡都尉、廷尉、御史大夫、丞相等要职。 (60)杜延年:字幼公,南阳杜衍人,是杜周的儿子,宣帝时任太仆、北地太守、河南太守、御史大夫,为人宽厚。 (61)黄霸:字次公,淮阳阳夏人,宣帝时为刺史、太守,外宽内明,有治绩,官至御史大夫、丞相,封为建成侯。 (62)王成:胶东相,有治绩,得到宣帝嘉奖,封关内侯。 (63)龚遂:宇少卿,山阳南平阳人,为渤海太守,政绩卓著,被任命为水衡都尉。 (64)郑弘:字稚卿,泰山刚人,为南阳太守,有治绩,官至御史大夫。 (65)召(shào)信臣:字翁卿,九江寿春人,先为南阳太守,大力兴修水利,后任河南太守。 (66)韩延寿:字长公,燕人,为东郡太守,令行禁止,政绩卓著,入守左冯翊,受到人民爱戴。 (67)尹翁归:字子兄,河东平阳人,任东海太守,东海大治。后入守右扶风,也有政绩。 (68)赵广汉:字子都,涿郡蠡吾人,宣帝时为颍川太守,威名流闻,又为京兆尹,京兆政清。 (69)严延年:字次卿,东海下邳人,任涿郡太守,郡中大治,道不拾遗;为河南太守,野无行盗,令行禁止。 (70)张敞:字子高,河东平阳人,为胶东相,胶东盗贼解散;为京兆尹,京兆市无偷盗;为冀州刺史,冀州盗贼禁止。 (71)参:查考。其:指代汉宣帝。 (72)其:指代汉武帝。次:指次于武帝时。

【今译】赞语说:公孙弘、卜式、兒宽,都是有鸿鹄展翅的才能,而被燕雀之辈所困,在远方放牧猪羊。不是碰上好的时代,怎能达到这样高的地位呢?这个时候,汉朝已经建立六十多年,四海之内,太平无事,国家仓库物资

充实。可是四方其他民族没有归服,很多制度还没有建立起来。皇上正想任用文武之才,求贤有如不及。开始是用蒲草裹着车轮迎接枚乘,见到主父偃便叹息相见太晚。很多的士人思念向往朝廷,不同寻常的人才同时出现。卜式从牧羊人中得到选拔,桑弘羊从商人中受到提升,卫青从奴隶中奋起,金日磾从俘虏中出身,这也就是过去筑墙的傅说、喂牛的甯戚一类的人了。

汉朝得人才,这个时候最多,博学的儒生有公孙弘、董仲舒、兒宽,行为敦厚的人有石建、石庆,正直不阿的人有汲黯、卜式,推举贤能的人有韩安国、郑当时,制订法令的人有赵禹、张汤,写文章的人有司马迁、司马相如,滑稽的人有东方朔、枚皋,善于应对的人有严助、朱买臣,制订历法的人有唐都、洛下闳,主管音乐的人有李延年,筹划经济的人有桑弘羊,奉命出使的人有张骞、苏武,做将帅的人有卫青、霍去病,接受遗诏的人有霍光、金日磾,其余的数也数不完。因此兴建的功业,创立的制度,遗留下来的法令条文,后代是赶不上的。

宣帝继承皇位,继承推进大业,讨论六经,招选优秀杰出的人才。萧望之、梁丘贺、夏侯胜、韦玄成、严彭祖、尹更始等人由于懂得儒家学术而被提拔任用。刘向、王褒因为会写文章而名声显达。做将军和丞相的有张安世、赵充国、魏相、丙吉、于定国、杜延年。治理民众的有黄霸、王成、龚遂、郑弘、召信臣、韩延寿、尹翁归、赵广汉、严延年,张敞等人,他们都有功绩被后世称述。查考宣帝时的名臣,也仅次于武帝年代啊。

【点评】赞语本是《汉书》作者对所记的人和事发表评论,但在这篇赞中班固却借题发挥,将它写成汉代名臣录。为了突出汉武帝、汉宣帝得人之盛,他不惜采用排比铺陈的笔法,不厌其烦地将名臣姓名分门别类,详为罗列。宋代陈骙称之为"目(称举)人之体"。作者对这些名臣的分类评价,曾经引起后人的非议。见仁见智,人各不同,又当别论。就章法而言,以"遇时"二字为一篇眼目,虽连举数十人,但富有变化,不给人以呆板之感。读者自可从中想到盛汉气象。

【集说】文有目人之体……《论语》曰:"德行:颜渊、闵子骞、冉伯牛、仲弓,言语:宰我、子贡;政事;冉有、季路;文学:子游、子夏。"此目人之体也,而扬雄、班固得之。扬子《法言》曰："美行：东园公、绮里季、夏黄公、角里先生；言辞：娄敬、陆贾；执正：王陵、申屠嘉；折节：周昌、汲黯；守儒：辕固、申公；灾异：董相、夏侯胜、京房。"班固作《公孙弘传赞》曰："儒雅则公孙弘、董仲舒、兒宽，笃行则石建、石庆，质直则汲黯、卜式，推贤则韩安国，郑当时"云云。（陈骙《文则》）

班固叙武帝名臣，李延年、桑弘羊亦与焉；若儒雅则列董仲舒于公孙弘、兒宽之间；汲黯之直，岂卜式之俦哉？史笔褒贬，万世荣辱所关，而薰莸浑淆如此，谓之比良迁董可乎？（王应麟《困学纪闻》）

此赞三人（集者按，指公孙弘、卜式、兒宽三人）以遇时致位数句尽之矣！"是时"以下，乃因三人而概论汉世得人之盛，于三人赞似不相蒙，若为列《百官表》后则佳矣。（明凌稚隆《汉书评林》按语）

此纪一时所生人才，各取长者言之，张汤、赵禹，又非酷吏乎？宋人读书不细，好大言以笼罩，只是粗俗。（何焯《校订〈困学纪闻〉三笺》）

笔力矫健，论次凡数十人，绝不觉其烦重。（《古文渊鉴》）

（温洪隆）

朱买臣传

朱买臣，字翁子，吴人也[1]。家贫，好读书；不治产业，常刈薪樵[2]，卖以给食。担束薪，行且诵书。其妻亦负戴相随[3]，数止买臣毋歌讴道中[4]，买臣愈益疾歌[5]；妻羞之，求去。买臣笑曰："我年五十当富贵，今已四十余矣。女苦日久[6]，待我富贵，报女功[7]。"妻恚怒曰[8]："如公等，终饿死沟中耳，何能富贵？"买臣不能留，即听去[9]。其后，买臣独行歌道中，负薪墓间。故妻与夫家俱上冢[10]，见买臣饥寒，呼饭饮之[11]。

后数岁，买臣随上计吏为卒[12]，将重车[13]，至长安[14]。诣阙上书[15]，书久不报[16]。待诏公车[17]，粮用乏，上计吏卒更乞丐之[18]。会邑子严助贵幸[19]，荐买臣。召见，说《春秋》，言《楚辞》，帝甚说之[20]。拜买臣为中大夫[21]，与严助俱侍中[22]。是时方筑

朔方[23],公孙弘谏[24],以为罢敝中国[25]。上使买臣难诎弘[26],语在弘传。后买臣坐事免[27]。

久之,召待诏。是时,东越数反覆[28],买臣因言:"故东越王居保泉山[29],一人守险,千人不得上。今闻东越王更徙处南行,去泉山五百里,居大泽中。今发兵浮海,直指泉山,陈舟列兵,席卷南行,可破灭也。"上拜买臣会稽太守[30]。上谓买臣曰;"富贵不归故乡,如衣绣夜行[31],今子何如?"买臣顿首辞谢。诏买臣到郡,治楼船[32],备粮食,水战具,须诏书到[33],军与会俱进。

初,买臣免,待诏,常从会稽守邸者寄居饭食[34]。拜为太守,买臣衣故衣,怀其印绶[35],步归郡邸。值上计时[36],会稽吏方相与群饮[37],不视买臣。买臣入室中,守邸与共食,食且饱,少见其绶[38]。守邸怪之,前引其绶,视其印,会稽太守章也。守邸惊,出语上计掾吏[39]。皆醉,大呼曰:"妄诞耳[40]!"守邸曰:"试来视之。"其故人素轻买臣者,入内视之,还走,疾呼曰:"实然!"坐中惊骇,白守丞[41],相推排陈列中庭拜谒[42]。买臣徐出户[43]。有顷,长安厩吏乘驷马车来迎[44],买臣遂乘传去[45]。会稽闻太守且至,发民除道,县吏并送迎,车百余乘。入吴界,见其故妻,妻夫治道。买臣驻车[46],呼令后车载其夫妻,到太守舍,置园中,给食之。居一月,妻自经死[47],买臣乞其夫钱[48],令葬。悉召见故人,与饮食;诸尝有恩者,皆报复焉[49]。

居岁余,买臣受诏将兵,与横海将军韩说等俱击破东越[50],有功。征入为主爵都尉[51],列于九卿[52]。

数年,坐法免官,复为丞相长史[53]。张汤为御史大夫[54]。始买臣与严助俱侍中,贵用事,汤尚为小吏,趋走买臣等前。后汤以廷尉治淮南狱[55],排陷严助,买臣怨汤。及买臣为长史,汤数行丞相事,知买臣素贵,故陵折之[56]。买臣见汤,坐床上弗为礼。买臣深怨,常欲死之[57]。后遂告汤阴事,汤自杀,上亦诛买臣。买臣子山拊官至郡守,右扶风[58]。

【注释】(1)选自《汉书》卷六十四《严朱吾丘主父徐严终王贾传》。朱买臣(？—前115年),汉时吴县(今江苏苏州市)人。 (2)刈(yì):割,砍。薪樵:柴火。 (3)负戴:背在背上,顶在头上。 (4)数(shuò):屡次。讴:歌唱,吟咏。 (5)疾:急速。此处有欢快之意。 (6)女(rǔ):通"汝",你。 (7)报:报谢。 (8)恚(huì):忿恨。 (9)听(tìng):任凭。 (10)冢(zhǒng):高起的坟墓。 (11)饭饮:给……吃喝。 (12)上计:秦汉时,年终地方官本人或遣吏至京进呈会计簿籍。上计吏:入京执行上计的官吏。 (13)将(jiāng):扶,推。重车:装衣食器物的车子。 (14)长安:汉代都城。 (15)诣(yì):到……去。阙(què):皇宫门。 (16)报:回复,答复。 (17)待诏:等候皇帝的诏书。汉代征士入京,使之住公车或金马门。公车:官署名。应征的人由公家用车马送京城,住这里等皇帝召见。 (18)更:轮流。乞丐:给与。 (19)邑子:同县人。严助(？—前122):汉时吴县人,辞赋家。 (20)帝:指汉武帝。说:同"悦"。 (21)中大夫:官名。汉武帝时称光禄大夫,掌顾问应对,属光禄勋。 (22)侍中:官名。此处指侍从皇帝左右,出入宫廷,应对顾问。 (23)朔方:郡名,在今内蒙古西部黄河以南地区。 (24)公孙弘(前200—前121):西汉菑川(今山东寿光市)人。汉武帝时,官至丞相。 (25)罢(pí):通"疲"。罢敝中国:使国内疲劳。 (26)难(nàn)诎:诘责使服。 (27)坐事:因事犯法。 (28)东越:古代越人的一支,居今福建浙江一带。 (29)东越王:汉武帝建元六年立余善为东越王。保:坚守。泉山:山名,在今福建晋江市北。 (30)会(kuài)稽:郡名。西汉时辖境为今江苏长江以南,茅山以东,浙江大部及福建全省。治所在吴县(今江苏苏州市)。太守:一郡的最高行政长官。 (31)衣绣夜行:穿锦绣之衣在夜里走路(不被人看见)。 (32)楼船:高大的船。汉代的兵船。 (33)须:等。 (34)会稽守邸者:会稽郡在京城所设官邸的看守人员。邸:官舍。寄居饭食:托居别处,吃人饭食。 (35)印绶:印章和系印的丝带。 (36)值:正当。 (37)会稽吏:指会稽郡上计吏。 (38)见:通"现"。 (39)上计掾吏:即上计的属官。 (40)妄诞:乱说大话。 (41)白:禀告。守丞:即守邸丞。丞:佐官。 (42)拜谒:拜见。 (43)徐:缓慢。 (44)厩吏:备有马匹的驿站小官。驷马车:用四匹马拉的显贵者所乘之

车。 (45)传(zhuàn):传车,古代驿站专用车辆。 (46)驻:停住。 (47)自经:上吊自杀。 (48)乞:与,给予。 (49)报复:报答。 (50)横海将军:官名。为出征的统帅加的称号。韩说(yuè):西汉人,以破东越之功,为按道侯。后为卫太子所杀。 (51)主爵都尉:官名。管理列侯。 (52)九卿:古时中央政府的九个高级官职。 (53)丞相长史:丞相的属官。 (54)张汤(?—前115):西汉杜陵(今陕西西安市)人。武帝进任廷尉、御史大夫等职。御史大夫:官名。位次于丞相。掌监察、执法。 (55)廷尉:官名。执掌刑狱。淮南狱:淮南王刘安谋反案。汉武帝派张汤办理此案。 (56)陵折:凌辱摧折。 (57)死之:指害死张汤。 (58)右扶风:官名、政区名。职位相当于郡太守。辖区为汉代京师地区的一部分。

【今译】朱买臣,字翁子。吴县人。家里贫穷,喜欢读书。不经营农田生产,常砍柴火,卖掉而维持生活。挑着两捆柴,一边走一边朗诵。他的妻子也背上背着、头上顶着(柴火)跟着他,屡次劝阻买臣不要在路上吟咏,买臣更加欢快地吟咏。他的妻子感到羞耻,要求离开。买臣笑道:"我年纪到五十岁时应当富贵,现在已四十多岁了。你过苦日子很久了,等我富贵了,报答感谢你的功劳。"妻子忿恨发怒说:"像您这样的人,最终饿死在水沟里罢了,怎么能富贵?"买臣不能留住她,就任凭她离去。这以后,买臣独自边走边吟在路上,背着柴火走在坟墓间。他以前的妻子与丈夫一起上坟,见到买臣挨饿受冻,招呼他并给他吃喝。

后来过了几年,买臣跟随进京城送簿籍的官吏当差,推着装载着衣食的车子,到了长安。到皇宫门口送上簿籍,簿籍送上去很久没有答复。为等待皇命而住在公车府,粮食和费用用完了,进京送簿籍的官吏的役卒轮流去乞讨。正好同县人严助贵显宠幸,推荐买臣。买臣被皇上召见,为皇上解说《春秋》,讲读《楚辞》,武帝很高兴,授予买臣中大夫的官职,与严助一起侍从皇帝左右。这时,正在设立朔方郡,公孙弘谏阻,认为这会使国内疲困。武帝让买臣诘责公孙弘并使其折服,有关的话记在《公孙弘传》。后来买臣因事犯法被免官。

过了很久,皇上召见等候诏书的人。这时,东越人多次反叛。买臣借机说:"原东越王盘踞坚守泉山,一人守住险要地方,一千人不能上去。现在听说东越王又换地方往南走，离开泉山五百里，居住在岛屿上。现在派兵航海，直接指向泉山，摆开战船排好队形，像席子一般卷过去往南走，可以消灭他们。”皇上授予买臣会稽太守官职。皇上对买臣说：“富贵后不回到故乡去，像穿了锦绣衣服在黑夜里走路，现在你怎么样？”买臣叩头告别。皇上诏书命买臣到郡里，建造高大的兵船，准备粮食、水战装备，等诏书到，与军队一起前进。

起初，买臣被免官，等待皇命，常跟从会稽郡在京城所设官舍的看守人员托居他处，吃人饭食。授为太守官职（后），买臣穿着原来穿的衣服，怀里揣着印章和丝织印带，步行回会稽郡在京的官舍。正当进呈簿籍时，会稽郡上京送簿籍的官吏正在一起集体饮酒，不理买臣。买臣进入屋中，官舍看守人同他一起吃饭，吃饱了，他稍稍露出挂印的丝带。官舍看守人感到奇怪，上前拉他的丝带，看他的印章，是会稽太守的印章。官舍看守人感到吃惊，出去告诉上京送簿籍官员的下属。他们都醉了，大声呼喊：“乱说大话！”官舍看守人说：“试着来看看吧！”平素轻视买臣的老朋友进入内室看了印章，回头就跑，急着喊道：“确实的！”在座的人很惊奇，报告看守官舍的佐官，互相推推挤挤排成队伍在中间厅堂拜见（买臣）。买臣慢慢走出门。过了一会，长安驿站小官驾着四匹马拉的车子来迎接，买臣于是乘驿车离开。会稽郡听说太守将到，发动百姓清扫道路，县里官吏都来迎接，有车一百多辆。进入吴县地界，买臣看到前妻，前妻的丈夫在修路。买臣停车，招呼并命令后面的车子载上前妻与她的丈夫，到太守的官舍，住在园子中，供给食物。住了一个月，前妻上吊自杀，买臣给前妻丈夫钱，让他安葬。（又）召见全部老朋友，给他们吃喝；每个曾经对自己有恩的人，都报答他们。

住了一年多，买臣接到诏书，带兵与横海将军韩说等一起打败东越人，立了功劳。（皇上）召他进京担任主爵都尉，位置列在中央政府九个高级官员之中。

过了几年，买臣犯法免官，后来又做了丞相的属官。这时张汤任御史大夫。起初买臣与严助一起侍从皇帝左右，被重用而掌权。张汤还在做小官吏时，奔跑在买臣等人前面。后来张汤凭廷尉资格办理淮南王刘安谋反案，排挤陷害严助，买臣怨恨张汤。等到买臣为属官时，张汤几次行使丞相职责，知道买臣平素地位高，有意欺侮折辱买臣。买臣见到张汤，坐床上不以

礼节相待。买臣深深怨恨，常想害死他。后来就告发张汤的阴谋活动，张汤自杀，皇上也杀了买臣。买臣儿子山拊官做到一郡太守，任右扶风地区长官。

【点评】《朱买臣传》记叙了朱买臣先穷后通的仕途经历和离而复见的夫妻故事，反映了西汉时代一个知识分子富贵前后的细致心态和封建社会的世态炎凉。

朱买臣负薪读书，刻苦好学；妻不耐劳，任其离去；能说《春秋》，言《楚辞》，知识渊博；难诎公孙弘，亦有口才；建议破东越，带兵出征，既有见识，又有战功；升为太守，一一报答故人。这些品质和才能，表现了他积极进取的精神和内心世界健康的一面。而苦读目的，为求富贵；拜为太守，故意戏弄故人，炫耀自己，带回故妻与其夫，处置不妥，导致故妻羞辱自杀；处理与张汤的关系不当，结果自己也被杀。这些都暴露了朱买臣的性格上偏私、狭窄的弱点，以及内在思想意识上不健康的一面。

本传结构严谨，线索分明。全传叙述买臣的苦读和仕历以及他与妻子的故事，基本上以时间先后为序，以叙述苦读的仕历为主。同时又运用了插述和补叙，以丰富传主的事迹。难公孙弘，击破东越，均是插述；寄居饭食，与严助、张汤的关系，均是补叙。

本传写买臣与妻子的故事，写买臣拜太守后回守邸的场面，十分生动细致，而且风趣。近代林纾在《畏庐论文・风趣》条说："《汉书》叙事，较《史记》稍见繁细，然其风趣之妙，悉本天然。"所谓"悉本天然"，似可理解为全来自生活本身。如本传中写买臣"行且诵书"，"行歌道中"，刻画出了他醉心读书的生动形象。再如写买臣"食且饱，少见其绶"，"买臣徐出户"，画出了他得意忘形故作神气的神态。又再如写上计掾吏大呼"妄诞耳"，故人疾呼"实然"，活现了这群小吏势利可笑的面貌。

古代史传很少写传主的夫妻生活，本传却具体写了买臣与妻子离婚而又见面的情节，既富有生活气息，又耐人寻味。这对后世戏曲文学留下了影响。元杂剧中《渔樵记》，清传奇中《烂柯山》均采用了朱买臣休妻的故事。

【集说】《朱买臣传》叙其先穷后通情形，摹写入细，以其为严助所荐，故次于《严助传》后。(李景星《四史评议·汉书评议》)《汉书》叙事,较《史记》稍见繁细,然其风趣之妙,悉本天然。……班孟坚于史传中作趣语,而又不碍于文体,此所以独成为孟坚也。(林纾《畏庐论文·风趣》)

(陈兰村)

杨王孙传[1]

杨王孙者,孝武时人也[2]。学黄老之术[3],家业千金,厚自奉养生[4],亡所不致[5]。及病且终,先令其子曰[6]:"吾欲裸葬[7],以反吾真[8],必亡易吾意。死则为布囊盛尸,入地七尺,既下,从足引脱其囊,以身亲土[9]。"其子欲默而不从,重废父命[10],欲从之,心又不忍,乃往见王孙友人祁侯[11]。

祁侯与王孙书曰:"王孙苦疾[12],仆迫从上祠雍[13],未得诣前[14]。愿存精神[15],省思虑,进医药,厚自持[16]。窃闻王孙先令裸葬,令死者亡知则已,若其有知,是戮尸地下[17],将裸见先人,窃为王孙不取也。且《孝经》曰'为之棺椁衣衾',是亦圣人之遗制,何必区区独守所闻[18]?愿王孙察焉。"

王孙报曰[19]:"盖闻古之圣王,缘人情不忍其亲[20],故为制礼,今则越之,吾是以裸葬,将以矫世也[21]。夫厚葬诚亡益于死者,而俗人竞以相高,靡财单币[22],腐之地下。或乃今日入而明日发[23],此真与暴骸于中野何异!且夫死者,终生之化[24],而物之归者也。归者得至,化者得变,是物各反其真也。反真冥冥[25],亡形亡声,乃合道情[26]。夫饰外以华众[27],厚葬以鬲真[28],使归者不得至,化者不得变,是使物各失其所也。且吾闻之,精神者天之有也,形骸者地之有也。精神离形,各归其真,故谓之鬼,鬼之为言归也。其尸块然独处[29],岂有知哉?裹以币帛,鬲以棺椁,支体络束[30],口含玉石,欲化不得,郁为枯腊,千载之后,棺椁朽腐,乃得归土,就其真宅[31]。繇是言之[32],焉用久客!昔帝尧之葬也,窾木为匵,葛藟为缄[33],其穿下不乱泉,上不泄殠[34]。故圣王生易尚,死易葬

也。不加功于亡用[35]，不损财于亡谓[36]。今费财厚葬，留归鬲至，死者不知，生者不得，是谓重惑。於戏！吾不为也。”

祁侯曰：“善！”遂裸葬。

【注释】(1)选自《汉书》卷六十七《杨胡朱梅云传》。 (2)孝武：汉武帝刘彻。 (3)黄老之术：黄帝、老子的学术，即道家之学。 (4)厚：作动词用。自奉：自己在生活上的供养。 (5)致：同“至”。 (6)先令：遗嘱。(7)裸葬：不用衣衾棺椁埋葬。 (8)反：同“返”。反真出自《庄子·秋水》：“谨守而勿失，是谓反其真。” (9)亲：近，接触。 (10)重(zhòng)：难。(11)祁侯：颜师古注谓：“缯贺之孙承嗣者，名它。” (12)苦疾：为疾病所苦。 (13)迫：近日。上：当今皇上，指武帝。祠：祭祠。雍：地名，在今陕西凤翔县。秦汉时君王多在此祭祀。 (14)诣前：前往相会。 (15)存：养息。 (16)自持：自己保养、保重。 (17)戮：将尸体陈列。 (18)区区：见识短浅。闻：知。 (19)报：答复。 (20)缘：由于。 (21)矫世：矫正世俗风气。 (22)靡：散。单：同“殚”，尽。 (23)入：埋葬。发：发掘。(24)终生之化：即众生之化，据王念孙解。 (25)冥冥：无知无识貌。(26)道情：道家的主张。 (27)华：同“哗”，夸耀。 (28)鬲：同“隔”。(29)块然：孤身独处貌。 (30)支：同“肢”。络束：包裹束缚。 (31)真宅：自然赋予的住所，指泥土。 (32)繇：同“由”。 (33)窾(kuǎn)：挖空。匵(dú)：即椟，棺材。葛藟为缄：用葛苑的长茎来缚扎。 (34)穿：墓穴。乱：至，达到。殠(chòu)：腐尸气味。 (35)功：工夫。 (36)谓：意义。

【今译】杨王孙是孝武帝时代的人。学习黄老道家之学，家道殷实，很注意养生，生活上非常讲究，没有考虑不到的地方。等到病重将亡时，给他的儿子立遗嘱说：“我希望裸葬，以归返我的真性，一定不要改变我的愿望。我死后用布袋装入尸体，埋入七尺深的地下，到了地下，然后从脚下脱去布袋，使我的身体能接触土地。”他的儿子悄悄想不遵从，可难以不听父亲的意旨；想要遵从，心中又实在不忍，便去见杨王孙的友人祁侯。

祁侯给杨王孙写信说：“王孙为疾病所苦累，我近日跟随皇上去雍地祭祀，没能前去看望。希望王孙能够养好精神，节制思虑，请医服药，多多自我保重。我听说王孙先前让裸葬，这样一来，死者无知则罢，若是有知，这样陈尸于地下，将会裸着身子去见祖先，我认为是王孙所不应取的。而且《孝经》中说‘为之棺椁衣衾’，这也是圣人的遗制，何必仅仅坚持自己的所见？希望王孙明察。”

杨王孙回信说：“听说古代的圣王，因为人之常情不忍心亲人死去后受到怠慢，所以制定了礼仪，现在却多有超出了。我因此而裸葬，也是矫正世俗改变风气罢了。厚葬实在对死者没有好处，而世俗之人却相互攀高，竭尽钱财，使之腐烂于地下。有的今天刚埋葬好，明天却被人发掘走，这实在与暴尸于田野没有差别！而且作为死者，是众生所化，万物所归；归者得归其所，化者得变其态，这是万物各自返回其真性。返回真性，无识无知，无形无声，这才符合道家的主张。装饰外表以哗众取耀，厚葬而使死者不能归返其真，使得归者不能至，化者不能变，这是使万物各自失去其归宿呀。而且我也听说，精神是天所具有的，形骸是地所具有的。精神离开形骸，各自归真，故称为鬼，鬼即是归的意思。尸骸孤单而处，难道会有知觉吗？以财物相裹，以棺椁相隔，把肢体裹束起来，口中含着玉石，欲化不能。时间久了变成干肉，千年以后，棺椁变朽腐烂，得以归土，到了自然赋予的真宅。由此说来，就不用久为客而生在世上了！过去埋葬帝尧时，挖空木头作棺材，用葛藟长茎来缚扎，这样，墓穴下碰不着泉水，上不能泄出尸臭。所以圣王活着的时候容易尊奉，死了的时候容易葬礼。不做无用之功，不浪费没意义之财。现今浪费财力而厚葬，滞留归魂，隔断回路，死去的人不得知晓，活着的人也得不到什么，这就叫作增加困惑。哎！我才不会这样做。”

祁侯说：“好！”于是王孙得以裸葬。

【点评】结构紧凑有致，首段言杨王孙欲裸葬，引出事由，次段写友人祁侯劝谏之言，然后引出王孙大段阐说，条理清晰。尤其是“王孙报曰”一段，引譬入理，文笔圆润，围绕“归真”原理，由古圣王之制、死者生者之利、众物之所归等处入笔，次第论述，末尾又举帝尧之事，与首句“古之圣王”相承，说明态度，并以“重惑”之事“吾不为也”作结论，震人耳聩。通篇选取裸葬这一典型事例作文，现出主人公境界。文笔朴实无华，然情理动人心魄。

【集说】班固传杨王孙事，虽无大关系，然能达大道之本，不可使后进不知此等议论。(《汉书评林》引何良俊语)

传杨王孙，独以裸葬一事为案，其说本庄周来，亦所谓旷世寥廓之见，而班掾之义亦称。(《汉书评林》引茅坤语)

王孙厚自奉养，死遂裸葬，非矫世也，矫过以自文也。(《汉书评林》引黄震语)

王孙谓厚葬亡益于死者，固是名言，至谓朽腐归土乃死欲速朽之意，非通论也。盖其学本黄老虚无，故其遗令如此。(凌稚隆《汉书评林》按语)

(鲍海波)

胡建传[(1)]

胡建字子孟，河东人也。孝武天汉中[(2)]，守军正丞。贫亡车马[(3)]，常步与走卒起居，所以尉荐走卒，甚得其心。时监军御史为奸，穿北军垒垣以为贾区[(4)]。建欲诛之，乃约其走卒曰："我欲与公有所诛，吾言取之则取，斩之则斩。"于是当选士马日，监御史与护军诸校列坐堂皇上[(5)]，建从走卒趋至堂皇下拜谒[(6)]，因上堂皇，走卒皆上。建指监御史曰："取彼。"走卒前曳下堂皇[(7)]。建曰："斩之。"遂斩御史。护军诸校皆愕惊，不知所以。建亦已有成奏在其怀中，遂上奏曰："臣闻军法，立武以威众[(8)]，诛恶以禁邪。今监御史公穿军垣以求贾利，私买卖以与士市[(9)]。不立则毅之心，勇猛之节，亡以帅先士大夫[(10)]，尤失理不公。用文吏议，不至重法。黄帝《李法》曰[(11)]：'壁垒已定，穿窬不繇路[(12)]，是谓奸人，奸人者杀。'臣谨按军法曰：'正亡属将军[(13)]，将军有罪以闻，二千石以下行法焉。'丞于用法疑[(14)]，执事不诿上[(15)]，臣谨以斩，昧死以闻[(16)]。"制曰[(17)]："《司马法》曰[(18)]：'国容不入军，军容不入国。'何文吏也[(19)]？三王或誓于军中，欲民先成其虑也；或誓于军门之外，欲民先意以待事也；或将交刃而誓，致民志也。建又何疑焉？"建繇是显名。

后为渭城令，治甚有声。值昭帝幼，皇后父上官将军安与帝姊盖主私夫丁外人相善。外人骄恣，怨故京兆尹樊福，使客射杀之。客臧公主庐，吏不敢捕。渭城令建将吏卒围捕。盖主闻之，与外人、上官将军多从奴客往。奔射追吏，吏散走。主使仆射劾渭城令游徼伤主家奴，建报亡它坐[20]。盖主怒，使人上书告建侵辱长公主，射甲舍门[21]。知吏贼伤奴，辟报故不穷审[22]。大将军霍光寝其奏[23]，后光病，上官氏代听事，下吏捕建，建自杀。吏民称冤，至今渭城立其祠。

【注释】(1)选自《汉书》卷六十七《杨胡朱梅云传》。 (2)天汉：汉武帝年号，前100—前97年。 (3)亡：通“无”。 (4)贾(gǔ)区：售货做生意的场地。 (5)堂皇：露天搭起的高台。 (6)从：随从。 (7)曳：通“拽”。 (8)威：威慑。 (9)市：做生意。 (10)帅：作表率。 (11)《李法》：当为刑书，或以为是兵书。 (12)窬(yú)：越墙而爬。繇：通“由”。 (13)亡属：不属于。 (14)丞于用法疑：意谓我是军丞，对于自己执法有怀疑。 (15)诿上：推诿给上级。 (16)昧死：冒死。 (17)制：皇上诏书。 (18)《司马法》：兵书。 (19)何文吏：何必用文吏之容用于军中。 (20)坐：犯罪。 (21)甲舍：甲第，即公主之宅。 (22)避：回避。故：故意。穷审：深究。 (23)寝：平息，制止。

【今译】胡建字子孟，河东人。孝武帝天汉年中，担任辅佐军法官的职务。因为贫穷而没有车马，常常徒步与士卒们一同起居作息，以此抚慰士卒，士卒从心中都非常满意和高兴。当时监军御史行奸耍猾，打通了北军的营区作为经商之处。胡建想诛杀他，便同自己的部下相约说：“我想和诸位诛杀个人，到时候我说抓，你们就抓住他，我说杀，你们就杀死他。”于是到了挑选士卒、军马那天，监御史和护军众军校顺序列坐在高台之上。胡建带领部下快步走到高台下拜见监御史，随后走到高台之上，他的部下们也都跟上去。胡建指着监御史说道：“拿住他。”部下们便把监御史拉下高台。胡建说道：“杀掉他。”部下们便把监御史杀死了。护军的众军校都惊愕不已，不知其所以然。胡建已经有写好的奏章放在怀里，便上奏说：“臣听说军法，就是

要树立威严，以震慑众人，诛杀恶人以禁止邪行。现在监御史公然打通军营谋求经商利润，私自买卖，和士卒做生意。不树立刚毅之心、勇猛之节的榜样，不能够给士大夫作表率，尤其是不讲道理，于事不公。如果用对待文官的纪律看，还不至于受此重刑。黄帝《李法》载：'军营的墙壁已建好，却穿墙而过，不走大道，这是奸人，是奸人就要处死。'臣仔细地根据军法上说的：'军法官不属于将军官阶，将军若有罪，就得表奏皇上，如果享禄二千石以下的官犯罪，就可以行使法令。'我是辅佐军法官，要执法斩御史，觉得有些疑问；而作为执法之人，应依法行事，不可事事都推给上级，臣便以此杀死监御史，冒死上奏皇上。'孝武帝颁布诏书说："《司马法》说：'国家的规章制度不适于军队，军队上的规章制度不适于国家。'何必用对待文官那样来做呢？前代三王，有的在军队中发誓，目的是使人民先完成他的谋划；有的在营门以外的地方发誓，目的是使人民先考虑然后再完成使命；有的则在两军快要作战时才发誓，目的是鼓舞人民的士气。胡建又有什么疑问呢？"胡建因此而扬名。

后来胡建任渭城令，治理政事很有声望。适逢昭帝年幼，皇后父亲上官将军安和皇帝的姐姐盖主的情人丁外人关系很要好。丁外人骄横恣肆，怨恨过去的京兆尹樊福，派门客把樊福射死了。门客藏在公主的住所，皂吏们不敢进去捕凶手。渭城令胡建率领吏卒们围住公主住所，要逮人。盖主听说后，便和丁外人、上官将军带领众多的奴客去把吏卒赶跑并射杀他们，吏卒都跑散而去。皇上派仆射责问渭城令胡建巡行中怎么伤了皇家的奴仆，胡建争说秉公办事没有犯罪。盖主大怒，派人向朝廷上书，控告胡建骚扰、辱损大公主，向公主宅邸的门上射箭。明明知道吏贼们伤了公主家奴，却回避真相报告，故意不追问下去。大将军霍光把这个奏章压下来。后来霍光病了，上官氏代他执掌事务，派皂吏逮捕胡建，胡建自杀。官吏民众都喊冤枉，至今渭城还建有他的祠堂。

【点评】传文仅取胡建诛杀监御史和获罪皇后父等人这两件事，却活脱脱勾勒出胡建的大致情形。杀监御史使其声誉大增，显名当朝，为最荣幸之时；获罪皇后父等人，使其遭谗甚至被逼自杀，为生命之最悲惨时刻。两极对比，前后照应，亦成别样之绝妙传文。而前者详而后事略，亦见作者用墨匠心,愈究愈叹其奇。写胡建上奏皇上一段,巧引设伏,诡诿机智,句句设防,终至澄清疑点,得到皇上首肯,不失为辩才、智者,读来颇觉新鲜。而传中文字多简洁,句法亦多变,反复曲折,情节纷出,亦是特征所在。

【集说】《胡建传》其事亦甚俊伟,不知《史记》何故不为立传。传中言孝武天汉中为军正丞,或者是太史公得罪以后事也。(《汉书评林》引何良俊语)

武帝天资刚严,闻臣下杀人,不惟不罪,且褒称之,观此诏可概见已。异日李广斩霸陵醉尉而上报。曰报忿除害,朕之所图于将军也,亦是此意。(《汉书评林》引何孟春语)

建小有才,斩御史以立名,至于围捕盖主之庐以取死,非大节所系,死伤勇矣。(《汉书评林》引黄震语)

(鲍海波)

霍光辅昭帝[1]

先是后元年[2],侍中仆射莽何罗与弟重合侯通谋为逆[3]。时光与金日磾、上官桀等共诛之,功未录[4]。武帝病,封玺书曰:“帝崩,发书以从事[5]。”遗诏封金日磾为秺侯[6]、上官桀为安阳侯、光为博陆侯[7],皆以前捕反者功封[8]。时卫尉王莽子男忽侍中[9],扬语曰:“帝病,忽常在左右,安得遗诏封三子事?群儿自相贵耳[10]。”光闻之,切让王莽。莽酖杀忽[11]。

光为人沉静详审[12],长财七尺三寸[13],白皙,疏眉目,美须髯。每出入、下殿门,止进有常处[14]。郎仆射窃识视之[15],不失尺寸。其资性端正如此[16]。初辅幼主[17],政自己出,天下想闻其风采[18]。殿中尝有怪,一夜群臣相惊,光召尚符玺郎[19]。郎不肯授光。光欲夺之。郎按剑曰:“臣头可得[20],玺不可得也!”光甚谊之[21]。明日,诏增此郎秩二等。众庶莫不多光[22]。

光与左将军桀,结婚相亲[23]。光长女为桀子安妻,有女,年与

帝相配[24]。桀因帝姊鄂邑盖主[25],内安女后官为婕妤。数月,立为皇后。父安为骠骑将军,封桑乐侯。光时休沐出[26],桀辄入代光决事。桀父子既尊盛,而德长公主[27]。公主内行不修[28],近幸河间丁外人[29]。桀、安欲为外人求封,幸依国家故事,以列侯尚公主者。光不许。又为外人求光禄大夫[30],欲令得召见,又不许。长公主大以是怨光。而桀、安数为外人求官爵弗能得,亦惭。自先帝时,桀已为九卿,位在光右。及父子并为将军,有椒房中宫之重[31]。皇后亲安女[32],光乃其外祖,而顾专制朝事[33]。繇是与光争权[34]。

燕王旦自以昭帝兄[35],常怀怨望。及御史大夫桑弘羊建造酒榷盐铁[36],为国兴利,伐其功[37],欲为子弟得官,亦怨恨光。于是盖主、上官桀、安及弘羊皆与燕王旦通谋,诈令人为燕王上书[38],言:"光出[39],都肄郎、羽林,道上称趕;太官先置[40]。"又引[41]:"苏武前使匈奴,拘留二十年不降,还乃为典属国,而大将军长史敞亡功为搜粟都尉,又擅调益莫府校尉[42]。光专权自恣,疑有非常[43],臣旦愿归符玺[44],入宿卫[45],察奸臣变[46]。"候司光出沐日奏之[47]。桀欲从中下其事[48],桑弘羊当与诸大臣共执退光[49]。书奏,帝不肯下[50]。

明旦,光闻之,止画室中不入[51]。上问:"大将军安在?"

左将军桀对曰:"以燕王告其罪[52],故不敢入。"

有诏召大将军。光入,免冠顿首谢。上曰:"将军冠[53]!朕知是书诈也。将军亡罪。"

光曰:"陛下何以知之?"

上曰:"将军之广明都郎[54],属耳[55]。调校尉以来[56],未能十日。燕王何以得知之?且将军为非[57],不须校尉!"是时帝年十四。尚书左右皆惊[58]。而上书者果亡[59],捕之甚急。桀等惧,白上:"小事不足遂[60]。"上不听。后桀党与有谗光者,上辄怒曰:"大将军忠臣,先帝所属以辅朕身[61]。敢有毁者[62],坐之!"自是桀等不敢复言。乃谋令长公主置酒请光[63]，伏兵格杀之，因废帝[64]，迎立燕王为天子。事发觉。光尽诛桀、安、弘羊、外人宗族，燕王、盖主皆自杀。光威震海内。

昭帝既冠[65]，遂委任光。讫十三年，百姓充实，四夷宾服。

【注释】(1)选自《汉书·霍光传》。 (2)先是：当初。后元年：犹言"后元元年"，即公元前88年。 (3)莽何罗：人名。本姓马。"马"在汉代读如母，"莽"也读如母。以"莽"代"马"，是同音假借。重合：汉县名，故城在今山东乐陵市西。逆：逆反。 (4)功未录：未记录功绩，颁行赏赐。 (5)发书以从事：打开玺书，依照上面的指示办事。 (6)秺(dù)侯：秺，县名，故城在今山东城武县西北。 (7)博陆侯：颜注引文颖说："博"，大；"陆"，平，取其嘉名，无此县。 (8)"皆以前"句：都是由于从前捕杀谋反者的功劳而加封的。 (9)"时卫尉"句：这时卫尉王莽的儿子王忽经常在宫中随侍。(10)"安得"句：哪里有皇帝留遗诏封霍光等三人的事情。这几个家伙自己想富贵，因而彼此作伪以抬高自己的地位罢了。 (11)切让王莽：切：深。让：责问。此句犹言狠狠地责问王莽。酖杀：使用毒酒毒死。 (12)沉静详审：沉：稳重。静：卑谦缄默。详：安详从容。审：周密谨慎。 (13)长财：长，身长。财：通"才"，仅仅，不过。 (14)白皙：肤色白。疏：清秀疏朗。常处：一定的处所。 (15)识(zhì)：记住。 (16)资性：秉性，天性。端正：一丝不苟。 (17)初：刚，开始。 (18)出：发出，发布。想：盼望。闻：期待。 (19)尚符玺郎：汉代官名，又叫尚符玺郎中，是符节令手下的属官，在宫内掌管皇帝的玺印。 (20)臣头可得：我宁肯被你杀死，也不能把玺印交出来。 (21)谊：同"义"。谊之：肯定他做得对。 (22)增：提升。 (23)结为相亲：结为儿女亲家，彼此关系十分亲密。 (24)相配：相当。 (25)因：凭借。 (26)休沐：指每五日有一天例假。 (27)德：感激。 (28)内行不修：私生活不检点。 (29)幸：宠幸。丁外人：姓丁名外人。 (30)"又为"二句：此言上官桀父子替丁外人求官，希望封他为光禄大夫，可以让他有被皇帝召见的机会。 (31)椒房：皇后所居的地方。汉代人借"椒房"这个名词来称呼他们皇后居住的地方，取其多子吉祥之义，另外，还有指用椒和泥涂饰宫殿的墙壁之意。中宫：皇后之宫。重：显要。 (32)皇后亲安女：

上官皇后乃是上官安的亲生女儿。 (33)顾:反。 (34)繇:由,由是,因此。 (35)"燕王旦"之句:燕王旦自己以为是皇帝的哥哥。 (36)酒榷盐铁:酒业和盐铁专卖权。 (37)伐:矜夸。 (38)诈:骗,假称。 (39)出:指下文"之广明"之事。 (40)置:准备饮食。 (41)又引:又称,又说。(42)调:选。 (43)疑有非常:怀疑他有图谋不轨的心。 (44)愿归符玺:愿意把王爵的符节玺印交还朝廷。 (45)入宿卫:回到京城。 (46)察奸臣变:考察奸臣的意外之变。 (47)候司:司与"伺"通。候司,犹言伺候。(48)下:交给。 (49)执:协迫使屈服。 (50)帝不肯下:昭帝不肯把燕王的奏书交下去。 (51)"明旦"句:此言,霍光听到消息后,便停留在西阁之室中以待命。 (52)"以燕王"句:因为燕王揭穿了他的罪状。 (53)冠:戴冠。 (54)"将军之广明"句:将军你到广明去检阅禁卫军。广明:亭驿名。 (55)属耳:属:近。此句言:你练兵不过是最近的事。 (56)"调校尉"句:从你选拔校尉的那一天算起。 (57)为非:做坏事。 (58)惊:惊讶。 (59)亡:逃。 (60)遂:追究。 (61)辅:辅佐。 (62)敢有毁者:如果有敢诋毁他的人。 (63)置:置办。 (64)因:如果。 (65)冠:行冠礼。古人成年,则行冠礼,然后可以戴冠。

【今译】在当初后元元年,侍中仆射莽何罗和他弟重合侯串通阴谋叛逆。那时候,霍光和金日磾,还有上官桀合力平叛,而武帝没有对霍光等的功劳予以奖赏。武帝病中,写好一道令装入函中,然后在封口的地方加盖上玺印说:"我死之后,打开玺书,依照上面的指示办事。"遗诏上将金日磾封为秺侯、上官桀封为安阳侯、霍光封为博陆侯,他们都是因为先前捕杀谋反者的功劳而加封的。这时卫尉王莽的儿子王忽经常在宫中随侍,向外宣扬说:"皇帝病时,我经常随侍左右,哪里有皇帝留遗诏封霍光等三人的事情?这几个小子自己想富贵,因而彼此作伪以抬高自己的地位罢了。"霍光听到以后,狠狠地责问王莽,王莽用毒酒将儿子王忽毒死。

霍光为人稳重、谦卑、从容、谨慎,身高才七尺三寸,肤色白皙,眉目疏朗,须髯也很美观。他每次出入宫廷以及下殿出门时,其停步的地方和行进的地方都有一定的位置。守卫宫门的郎官和仆射在暗中默默地记住他的行止位置,仔细查看,每次都不差分毫。他的秉性就是这样的一丝不苟。当初他辅佐昭帝时，一切政令都由他自己颁布。全国的人民都在盼望着、期待着他有好的措施和好的表现。宫中曾经有一怪事，一夜之间众臣皆惊。霍光召见掌管玺印的郎中，想取玺印。郎中不肯交出。霍光想要抢夺玺印，郎中手握剑把说："我宁可被你杀死，也不可把玺印交出来。"霍光认为他做得很对。第二天，皇帝下令把这个郎官的职位提升二级。众人听到这件事的，没有不称赞、尊重霍光的。

霍光与左将军上官桀，结为儿女亲家，其关系十分密切。他的大女儿是上官桀的儿子上官安的妻子，他们有一个女儿，年龄和昭帝相当。上官桀靠着皇帝的姐姐盖主的势力把自己的孙女送入后宫，封为婕妤。过了几个月，又立为皇后。其父上官安为骠骑将军，封为桑乐侯。每当霍光休假出宫的时候，上官桀就入宫代替霍光决定政事。上官桀、上官安父子既然获得了显贵的地位，因而很念长公主的好处。长公主的私生活很不检点，宠幸河间丁外人。上官桀、上官安父子企图封丁外人官爵以讨好公主，借以报答私恩，因此希望能按照国家过去所定的凡是娶公主为妻的可以封为列侯的旧例，也封丁外人为列侯。但丁外人并不是公主的丈夫，故霍光不允许这种做法。而后，上官桀父子又替丁外人求官，希望封他为光禄大夫，可以让他有被皇帝召见的机会，霍光又不允许。长公主因为这个缘故，特别地怨恨霍光。这样，上官桀、上官安父子几次为丁外人求封求官的事都没能办成，也感到很惭愧。从武帝在位的时候，上官桀就是九卿之一，官位在霍光之上。及至上官桀、上官安父子都做了将军，更因皇后内亲的关系而居于贵重显要的地位。皇后是上官安的亲生女儿，霍光是他的外祖父。霍光虽与上官桀有亲戚关系，但是他自己专权，独揽朝政，不让上官桀等过问。因此上官桀、上官安父子就同霍光争夺起权利来。

燕王旦自以为是昭帝的哥哥，皇位应属于他，结果竟没有被立为君，因此心里一直怀着怨恨。还有御史大夫桑弘羊因设立酒类盐铁专卖权，为国兴利，自己矜持有功于国，因此想替子弟谋官做，他也怨恨霍光。由于这样，长公主、上官桀、上官安父子以及弘羊和燕王旦，串通一气，出谋划策。他们命令一个假称是燕王派来的使臣给皇帝上书说："霍光到广明去，把郎官、羽林骑等皇帝禁卫军都集中起来进行操练演习。在途中像天子出行那样，下令戒严，断绝交通。霍光在到达目的地之前，先把给皇帝掌管饮食的官员派

到那里去准备饮食。”又说：“苏武从前出使匈奴，被扣押二十年还未投降，回来以后才做了一个典属国的官，但是大将军部下长史杨敞无功做了一个搜粟都尉。霍光又擅自选拔人才以为校尉，以增加自己幕府中的员额。霍光放纵专权，怀疑他有图谋不轨的心。我愿意把王爵的印玺交还朝廷，回到京城，察处奸臣。”这个奏折到霍光休假之日给皇帝奏上。上官桀想从此事下手。桑弘羊自愿担当起和诸大臣一同威胁霍光而使之屈服的任务，使他被黜出离职。奏书交于皇帝，皇帝不肯把燕王的奏书批复下去。

第二天早上，霍光听说此事，止步于西阁之内不肯入见皇帝。皇上问：“大将军在哪里呢？”

左将军上官桀回答说：“大概因为燕王揭发了他的罪状，所以他不敢进入宫殿。”

皇帝下令召见大将军。霍光进殿后免冠叩头谢罪。皇帝说：“将军你把冠戴上！我知道这封奏书是假的，你没有罪。”

霍光说：“陛下怎么知道的？”

皇上说：“你到广明去检阅禁卫军是最近的事。从你选拔校尉的那一天算起，到今天还不足十天，燕王怎么知道的呢？况且将军你要是做坏事，并不需要增加校尉。”这时候，昭帝才十四岁。当时在昭帝旁边的尚书以及侍从等人，都对昭帝的智慧感到惊讶。给皇帝上书的那个人果然逃走，皇上派人追捕得很紧。上官桀等人害怕之极就对皇帝说：“这是小事不值得深究了。”皇帝不听。不久以后，上官桀的同党有人进谗言诬蔑霍光，皇帝就大怒说：“大将军是忠臣，是先帝叮嘱让他辅佐我的。如果再有人敢诋毁他，就要依法治罪。”从此，上官桀等人就不敢再进谗言了。于是设计谋让长公主设酒席请霍光赴宴，然后埋伏士兵击杀霍光。如果杀死霍光，则趁便废昭帝，迎接燕王来京，立为天子。事发之后，霍光将上官桀、上官安父子、弘羊、外人的家族全部诛灭，燕王、长公主都自杀而亡。霍光的神威震惊海内外。

昭帝行冠礼以后，把政事委托于霍光担任，一直到昭帝在位的最后一年，前后共十三年。国内的百姓在休养生息的政治措施下比较充裕富足，四方各国也都称臣入贡，服从汉朝。

【**点评**】为霍光作传，多平常之事，而此段传文的故事尤具代表性。刻画其为人资性,除修身白面、疏眉美髯外,“每出入、下殿门,止进有常处。郎仆射窃识视之,不失尺寸”。可见其认真、谨严之态。此为小节。盖主、上官桀、燕王旦诸人欲陷光于不义,进谗捏造,而霍光深察静虑,不予道破,让帝识之,诚心可鉴。直至盖主诸人密谋废帝,方抓住时机,尽数诛破。可见其深谋远虑、处变不惊的政治家的素质。此为大节。而于大节、小节皆克己奉公、机智明断,亦难怪其“威震海内”,获昭帝重任了。文章线索清晰,于朴实、平常的叙述中,既刻画其外在之美,又描绘其内秀之质,既有小事上讲究明察荐贤,又在大事中沉稳积虑,及时果敢。属传文中佳作。

【集说】荆川云此传头绪最多。予谓此传止本光之起家微,以小心被宠任之故,其秉政三十余年,所及点缀者,止诏增符玺郎秩与沮予外人求封一二事耳。中间废昌邑立宣帝处,此其功。案而擅宠太过,卒召大祸。光之功过相掩,传中一一指首次如画,岂得称头绪多耶?当是《汉书》第一传。(《汉书评林》引茅坤语)

孟坚、宪章、子长殚精悉虑,以拟议之,盖已得其声貌与其步骤,如《霍光传》杂而不乱,事详词整,叙事最优。(《汉书评林》引徐中行语)

先曰长公主以是怨光,曰桀、安由是与光争权,曰燕王旦常怀怨望,曰桑弘羊亦怨恨光,而后总粘出于是盖主、上官桀、安及弘羊皆与燕王旦通谋,诈令人上书言光等句,缜密有头绪。(《汉书评林》凌稚隆按语)

(鲍海波)

李夫人传[1]

孝武李夫人,本以倡进[2]。初,夫人兄延年性知音,善歌舞,武帝爱之。每为新声变曲,闻者莫不感动。延年侍上起舞,歌曰:“北方有佳人,绝世而独立,一顾倾人城,再顾倾人国。宁不知倾城与倾国,佳人难再得[3]!”上叹息曰:“善!世岂有此人乎?”平阳主因言延年有女弟[4],上乃召见之,实妙丽善舞。由是得幸,生一男,是为昌邑哀王。李夫人少而蚤卒[5],上怜悯焉,图画其形于甘泉宫。及卫思后废后四年,武帝崩,大将军霍光缘上雅意[6],以李夫人配

食[7],追上尊号曰孝武皇后。

初,李夫人病笃[8],上自临候之,夫人蒙被谢曰:“妾久寝病,形貌毁坏,不可以见帝。愿以王及兄弟为托。”上曰:“夫人病甚,殆将不起,一见我属托王及兄弟,岂不快哉?”夫人曰:“妇人貌不修饰,不见君父。妾不敢以燕婠见帝[9]。”上曰:“夫人弟一见我[10],将加赐千金,而予兄弟尊官。”夫人曰:“尊官在帝,不在一见。”上复言欲必见之,夫人遂转乡嘘唏而不复言[11]。于是上不说而起[12]。夫人姊妹让之曰[13]:“贵人独不可一见上属托兄弟邪?何为恨上如此?”夫人曰:“所以不欲见帝者,乃欲以深托兄弟也。我以容貌之好,得从微贱爱幸于上。夫以色事人者,色衰而爱弛[14],爱弛则恩绝。上所以挛挛顾念我者[15],乃以平生容貌也。今见我毁坏,颜色非故,必畏恶吐弃我,意尚肯复追思闵录其兄弟哉!”及夫人卒,上以后礼葬焉。其后,上以夫人兄李广利为贰师将军,封海西侯,延年为协律都尉。

上思念李夫人不已,方士齐人少翁言能致其神[16]。乃夜张灯烛,设帷帐,陈酒肉,而令上居他帐,遥望见好女如李夫人之貌,还幄坐而步[17]。又不得就视[18],上愈益相思悲戚,为作诗曰:“是邪?非邪?立而望之,偏何姗姗其来迟!”[19]令乐府诸音家弦歌之。上又自为作赋,以伤悼夫人。

【注释】(1)选自《汉书·外戚传》。 (2)倡:乐人。 (3)此句并不是不可惜城与国,只是因为佳人难得,爱悦之深而不觉倾覆。 (4)平阳主:平阳公主,汉孝武帝姊。 (5)蚤:同“早”。 (6)缘:按照。雅意:爱悦之意。 (7)配食:陪享武帝宗庙。 (8)笃:深,重。 (9)婠:同“惰”,不认真修饰。 (10)弟:但。 (11)乡:同“向”。嘘唏:哭泣声。 (12)说:同“悦”。 (13)让:责备。 (14)弛:松懈。 (15)挛挛:恋恋。 (16)神:灵魂。 (17)步:徐行。 (18)就:靠近。 (19)姗姗:慢行貌。

【今译】孝武帝时,李夫人本来是以乐人的身份进入皇宫。当初,李夫人之兄李延年性通音乐，最善歌舞，武帝十分喜欢他。延年每次作了新歌异曲，听的人没有不被感动的。他在服侍皇上起舞时唱道："北方有佳人，绝世而独立，一顾倾人城，再顾倾人国。宁不知倾城与倾国，佳人难再得！"武帝叹息着说："太好了！难道世上真有这样的人吗？"武帝的姐姐平阳公主说李延年有这样一位妹妹。于是武帝就召见她，的确是美丽绝伦擅长歌舞。于是很得武帝的宠爱，生了一男孩，称为昌邑哀王。后来，年轻的李夫人早逝，武帝怜悯她，将她的画像置于甘泉宫。等到卫思后被废四年后，武帝也驾崩了，大将军霍光按照武帝的爱悦之意，便让李夫人陪享武帝的宗庙，追称她的尊号为孝武皇后。

当初，李夫人病重时，武帝亲自去看望她，夫人以被蒙面很感激武帝，说："我长期卧病在床，形貌已损，不能见皇帝。但愿能将昌邑哀王和兄弟托给皇上。"武帝说："夫人病得太重，快要起不来了。如果当面向我托付昌邑哀王及兄弟，这不是很好吗？"李夫人说："妇人没有修饰容貌，不能见君父。我不敢仪容未整面见皇上。"武帝说："夫人只要见一下我，我就加倍赐给你千金，夫人的兄弟则给以高官。"李夫人说："给以高官在于皇上，不在于一见。"武帝又说一定要见夫人，夫人便转面向里而啜泣，不再说话。于是武帝很不高兴地走了。李夫人的姊妹责怪她说："你为什么不单独先见一下皇上，就嘱托兄弟之事呢？为什么恨皇上恨成这样？"李夫人说："我不想见皇上的原因在于想重托兄弟于他。我是因为容貌美丽，才从微贱的地位受到皇帝的宠爱。以色事人的人，色衰了爱也就完结了，爱完结了恩惠自然就没有了。皇上所以恋恋不舍地顾念我，是因为我的美貌。现在若看到我的容颜不同往常，一定害怕、厌弃我，哪里还会思念我、给我兄弟以恩泽呢？"李夫人死后，武帝以帝后之礼埋葬了她。此后，武帝以李夫人之兄李广利为贰师将军，封为海西侯，以李延年为协律都尉。

武帝非常思念李夫人。有位叫少翁的齐国方士说能招回她的灵魂，于是夜秉灯烛，布置帷帐，放好酒肉，让武帝待在另外的帷帐内，远远望见如同李夫人那样的美貌女子，在帷帐中时而静坐，时而徐步，而又不能够走近看。武帝愈发相思悲痛，为她作诗道："是邪？非邪？立而望之，偏何姗姗其来迟！"并命乐府中各位音乐家配以管弦，歌唱这首诗。武帝又亲自作赋，以表伤感并悼念李夫人。

【点评】叙事严谨，详略得当，选词准确，描写细腻生动，尤以朴素无华见长。李夫人得幸以前，以“本以倡进”一笔带过，而如何得到武帝的宠爱及其托嘱之事，则以其病笃而武帝亲临探视慢慢叙来。对话以及细节描写无不生动传神，为李夫人作传，于详略有致中给人留下深刻印象。文笔简洁平实，可谓洗净铅华。

【集说】霍光称重器，何于帝之崩犹为？曲媚如此。（《汉书评林》引茅坤语）

汉武“秋风”一章，几于《九歌》矣。……上“是耶非耶”二言精绝。（《汉书评林》引王世贞语）

追尊李夫人使配食，此霍光不学之过。（《汉书评林》引王祎语）

（鲍海波）

班昭

班昭(约49—120),字惠班,扶风安陵(今陕西咸阳市东北)人,东汉有名的女史学家,是史学家班彪之女,班固之妹。班固死后,她和马续共同续写《汉书》的《天文志》等篇。和帝时,常出入宫廷,担任皇后和妃嫔的教师。因其夫为曹世叔,故世称曹大家。著有《东征赋》《女诫》七篇等。

为兄超求代疏[1]

妾同产兄西域都护定远侯超[2],幸得以微功特蒙重赏,爵列通侯[3],位二千石[4]。天恩殊绝,诚非小臣所当被蒙。超之始出,志捐躯命,冀立微功,以自陈效[5]。会陈睦之变[6],道路隔绝,超以一身转侧绝域[7],晓譬诸国[8],因其兵众,每有攻战,辄为先登,身被金夷[9],不避死亡。赖蒙陛下神灵,且得延命沙漠,至今积三十年。骨肉生离,不复相识。所与相随时人士众,皆已物故[10]。超年最长,今且七十。衰老被病[11],头发无黑,两手不仁[12],耳目不聪明[13],扶杖乃能行。虽欲竭尽其力,以报塞天恩[14],迫于岁暮,犬

马齿索。蛮夷之性，悖逆侮老[15]，而超旦暮入地，久不见代，恐开奸宄之源，生逆乱之心。而卿大夫咸怀一切，莫肯远虑。如有卒暴[16]，超之气力不能从心，便为上损国家累世之功，下弃忠臣竭力之用，诚可痛也。故超万里归诚[17]，自陈苦急，延颈逾望[18]，三年于今，未蒙省录[19]。

妾窃闻古者十五受兵，六十还之，亦有休息不任职也。缘陛下以至孝理治天下，得万国之欢心，不遗小国之臣[20]，况超得备侯伯之位[21]，故敢触死为超求哀，丐超余年。一得生还，复见阙庭[22]，使国永无劳远之虑，西域无仓卒之忧[23]，超得长蒙文王葬骨之恩[24]，子方哀老之惠[25]。《诗》云："民亦劳止，汔可小康。惠此中国，以绥四方[26]。"超有书与妾生诀，恐不复相见。妾诚伤超以壮年竭忠孝于沙漠，疲老则便捐死于旷野，诚可哀怜。如不蒙救护，超后有一旦之变，冀幸超家得蒙赵母、卫姬先请之贷[27]。妾愚戆不知大义，触犯忌讳。

【注释】(1)东汉初年，西域为匈奴控制。汉明帝派名将班超率三十六人赴西域，终于打通了"丝绸之路"，巩固了汉朝对西域的统治。班超在西域共达三十一年，六十八岁时年老思乡，上疏请归。班昭也为兄写了这封求代的奏疏，请求他人替代班超镇守西域。汉章帝看后，终于诏班超归还。 (2)妾：古代女子自称的谦辞。同产：同母所生。西域都护：镇守西域地区的最高长官。定远侯：永元七年(公元95年)班超被封此爵。 (3)通侯：汉代最高等级的爵位，也叫列侯。 (4)二千石：原指俸禄，此处指官位的品级。(5)陈效：贡献。 (6)陈睦之变：陈睦，西域都护。水平十八年(公元76年)汉明帝崩，西域焉耆国趁汉大丧攻打都护陈睦，故称陈睦之变。 (7)转侧：转徙。 (8)晓譬：晓谕。 (9)金夷：刀枪之伤。 (10)物故：死亡。 (11)被病：身带疾病。 (12)不仁：不听使唤。 (13)聪明：耳灵叫聪，眼亮曰明。 (14)报塞：报答。 (15)悖逆：违背，这里指抗命叛逆。(16)卒暴：突然，指突然发生变化。 (17)归诚：指班超上疏请归。 (18)延颈逾望：伸长脖子遥望。 (19)省录：了解和采纳。 (20)遗：遗漏。

(21)备:充数,做官者自谦辞。 (22)阙庭:朝廷。 (23)仓卒:即仓猝,突然。 (24)文王葬骨之恩:据《新序》载:周文王建筑灵台时挖出死人骨头,就命人重新埋葬。因此,百姓歌颂他恩德及于无主尸骨。此典用意希望国君施恩于班超。 (25)子方哀老之惠:子方,即田子方,战国时魏文侯之师。据史载,魏文侯要把一匹老马丢弃,田子方认为把有功之马丢弃不是仁义做法,就收养了这匹老马。此典希望国君像田子方同情老马一样施恩于班超。(26)此诗句见《诗经·大雅·民劳》篇。止:语气词。汔(qì):接近,希望。中国:京城。绥:安抚。 (27)赵母:战国时赵国名将赵奢之妻,赵括之母。《史记·廉颇蔺相如列传》载:赵孝成王用只会纸上谈兵的赵括守长平,赵母劝阻不听,便先请求赵王若赵括失败勿降罪于她,后赵括果败,赵母免罪。卫姬:春秋时齐桓公之姬,卫人,据《列女传》载:齐桓公与管仲计划伐卫,桓公退朝入宫后,其神色为卫姬觉察,卫姬便替卫国请罪。贷:宽恕。

【今译】我的同母兄西域都护定远侯班超,侥幸以微薄之功特别受到重赏,爵位列侯,官位二千石。皇帝的恩赐非常浩荡,确实不是小臣所能蒙受的。班超开始出使西域时,誓将牺牲一切,希望建立微薄之功,以效愚忠。刚好遇到陈睦被攻打之事,道路隔绝,班超只身转徙于极远的地域,晓谕诸国。因西域国家的军队多,每有攻战之事,他总是冲在前面,身受刀枪之伤也不后退,根本不怕死亡。靠皇帝神灵,使班超能够在沙漠地带延长生命,至今已经三十年。骨肉兄妹活着时分离,已经互相不认识了。和班超一起去西域的人都已经死亡。班超年龄最大,现已快七十岁了。衰老有病,头发花白,两手不听使唤,耳不灵,眼不明,扶着拐杖才能行走。即使想竭尽全力报答皇帝恩情,可迫于年老,牙齿落掉,而且蛮夷的习性是抗命叛逆、欺侮老人。班超已是早晚要入土之人,很久不见朝廷派人替代他。我担心这样下去,给那些坏人开了一个路子,产生叛乱的思想。朝廷大夫们只考虑眼前各种事情,但没有人从远处着想。如果突然发生不测之事,班超力不从心,这样,对上来说,就会损失国家多年来的努力;对下来说,也会丧失忠臣竭力为国的用心,确实是痛心的事啊。所以,班超在万里之外上疏请归,自陈缘由,伸长脖子遥望归回,至今三年,未被朝廷理解和采纳。

我听说古代十五岁从军,六十岁归家,即使在军中,也有年老休息不任

职之事。因为皇帝以孝治天下，所以得到万国的欢心。施恩都不遗漏小国的臣子，何况像班超这样充数于侯伯之位的人呢？因此，我敢冒死为班超请求，希望他能安度余年。如果活着回来，复睹天颜，骨肉重逢，并以重臣代替镇守西域，那么，国家就没有劳远忧边之虑，西域可避免突发事件，而班超也蒙受皇帝的重恩。《诗经》上说："民众劳苦实不堪，要求稍稍得安闲。爱护这些京师人，四方诸侯得抚安。"班超曾写信给我，与我活着的时候永别，担心不能再见面。我确实为班超伤心，他壮年时出使西域，在沙漠地带尽自己对国家的忠孝，到了年老时还要死在野外异域，确实值得哀怜。如果得不到皇帝批准，不救护班超，以后发生意外之变，希望班超的家族得到像赵母、卫姬那样的请罪，宽恕他们。我愚昧不知大义，触犯皇帝忌讳（谨请恕罪）。

【点评】此乃小妹为兄长求情之疏。先叙班超受恩之隆，次叙班超立功之实，再叙年老多病，留边无益，再叙西域之地非年老多病之人所可留，层层推进，直到朝廷无人远虑、无人替代班超归还。处处从国家边境安危着想，暗隐为兄求情，词意极为委婉。从"故超万里归诚"一转，转到上疏缘由。因朝廷无人理会，故班超自己上疏请归，但仍不被理解和采纳，只好由我为兄求情了，此为一层。"古者十五受兵"几句又借古证今，为二层。"缘陛下"几句又从皇帝着笔，为三层。水到渠成，逼出"故敢触死为兄求哀"一句。然后论及替他之好处：国家平安，个人受恩。意犹未足，又引《诗》作证，引兄与我书信为例，愈见哀怜之迫切。最后又从反面入手，如不蒙见察，班超但有意外之变，乞请宽恕其家族。全文语气恳切，措辞委婉，既晓之以理，又动之以情，才女之笔诚属感人。

【集说】书中叙超立功，处西域之久，及老病难堪之状，语语入情，且先为国家边防计，次为劳臣丘首计，见公私二者俱不可不谋，所以代超也，末言代超之得不代超之失，亦以公私两意双敲，悽恻之意，皆从同气关情之流出，非撷华俪采者所能措办一语。（林云铭《古文析义》）

通体词旨真切，阅者那得不首肯。（余诚《重订古文释义新编》）

以反笔双收，章法完整而词意亦周密之至。（同上）

（马雅琴）

王充

王充（27—？97），字仲任，会稽上虞（今浙江绍兴市上虞区）人，是东汉早期杰出的朴素唯物主义思想家。出身于“细族孤门”，少年丧父。后来到京城洛阳，在太学读书，拜班固的父亲班彪为师。喜欢博览群书而不死守章句。因家贫无钱买书，常到洛阳书肆中看书，一看便能诵记，因而博通众流百家之言。后来回到家乡教书，担任过一些地方官职。汉和帝永元中（89—105）病死在家里。他生活在天人感应、谶纬虚妄之说盛行的年代，“是反为非，虚转为实”，他“伤伪书俗文多不实诚”，“不得已，故为《论衡》”。《论衡》是一部“疾虚妄”的唯物主义著作。

订　鬼[1]

凡天地之间有鬼，非人死精神为之也，皆人思念存想之所致也[2]。致之何由？由于疾病。人病则忧惧，忧惧见鬼出。凡人不病则不畏惧。故得病寝衽[3]，畏惧鬼至。畏惧则存想，存想则目虚见。何以效之[4]？传曰[5]：“伯乐学相马[6]，顾玩所见[7]，无非马者。宋之庖丁学解牛[8]，三年不见生牛[9]，所见皆死牛也。”二者用

精至矣(10),思念存想,自见异物也(11)。人病见鬼,犹伯乐之见马,庖丁之见牛也。伯乐、庖丁所见非马与牛,则亦知夫病者所见非鬼也。病者困剧身体痛(12),则谓鬼持箠杖殴击之(13),若见鬼把椎锁绳纆(14),立守其旁。病痛恐惧,妄见之也。初疾畏惊,见鬼之来;疾困恐死,见鬼之怒;身自疾痛,见鬼之击,皆存想虚致,未必有其实也。夫精念存想,或泄于目,或泄于口,或泄于耳。泄于目,目见其形;泄于耳,耳闻其声;泄于口,口言其事。昼日则鬼见(15),暮卧则梦闻。独卧空室之中,若有所畏惧,则梦见夫人据案其身哭矣(16)。觉见卧闻,俱用精神(17)。畏惧存想,同一实也。

【注释】(1)选自《论衡》。订:评议。《论衡·案书》:"两论相订,是非乃见。"订鬼,评议有关鬼的妄说。 (2)存想:存心思索。 (3)衽(rèn):睡席。 (4)效:验,证明。 (5)传:儒家经书以外的书,在这里是指《吕氏春秋》。以下引用的伯乐学相马、庖丁学解牛事,见《吕氏春秋·精通》,文字上有所不同。 (6)伯乐:古代的一位善相马的人。相(xiàng)马:观察马的优劣。 (7)顾玩:观望玩味。 (8)庖丁:厨师。 (9)生牛:活牛。 (10)精:精力。 (11)自:一作"虚"。 (12)困剧:困苦得很。剧:甚。 (13)箠(chuí):短棍子。(14)椎(chuí):同"槌"。纆纆(mò):绳索。 (15)见(xiàn):同"现"。 (16)夫人:那个人。据案:按压。案:同"按"。 (17)用:由。

【今译】凡是天地之间所有的"鬼",都不是人死了以后的精神变成的,而都是人们思考和想象所招来的。从哪里招来鬼呢?是从疾病中招来的。人得了病就忧愁害怕,忧愁害怕就看见鬼出来了。大凡人不病就不害怕。得了病睡在席子上,就害怕鬼会到来。害怕鬼就想象鬼,想象鬼就眼中虚幻地出现了鬼。怎样证明呢?古书上说:"伯乐学习观察马的优劣,观望玩味,所见到的其他东西没有不是马的。宋国的庖丁学解剖牛,三年当中没有见到一条活牛,所见到的都是死牛。"这两个人使用精力到了极限,思考想象,眼中因虚幻所见到的就是一种另外的东西。人得了病看见鬼,就好像伯乐看见马、庖丁看见牛一样。伯乐、庖丁所看到的不是马和牛,那么也就可以知道病人所见到的不是鬼。病人病得厉害，身体疼痛，就说是鬼拿着短棍殴打他，好像看见鬼拿着槌子、锁链、绳索，站着守在他的身旁。这是因为病痛、害怕，仿仿佛佛糊里糊涂看见了鬼。开始得病害怕惊慌，就会看见鬼来了；病得很重害怕死，就会看见鬼发怒；自身病得疼痛，就看见鬼在打自己，这都是由于想象造成的虚幻招来的鬼，不是实在有鬼。精心思念、专心想象，有时从眼中发泄，有时从嘴里发泄，有时从耳内发泄。从眼中发泄，眼睛就看见鬼的样子；从耳内发泄，耳朵就听见鬼的声音；从嘴里发泄，嘴巴就讲出鬼的事情。这样，白天就出现鬼，晚上睡了就在梦中听见鬼的声音。一个人睡在空房里，如果有所害怕，就梦见有人按压在他的身上了。醒来看见鬼，睡着听到鬼的声音，都是因为精神活动形成的。害怕鬼的出现，一心想象着鬼，也是属于同一种情况。

【点评】世上本来没有鬼，但有人偏偏活见鬼。为什么会造成这种现象？王充说是由于人们在病中“思念存想”造成的。文中提出这一中心论点以后，便对人在病中依稀仿佛、幻想有鬼的种种心理活动，作了细致入微的描述，以证明鬼产生于幻觉。持之有故，言之成理，令人信服。一千九百多年前的王充对鬼的问题便做出了如此朴素唯物主义的解释，的确是难能可贵的。一千九百多年以后甚至还有人相信鬼，难道不觉得是愧对了王充么？

【集说】《论衡》之造也，起众书并失实，虚妄之言胜真美也。故虚妄之语不黜，则华文不见息；华文放流，则实事不见用。故《论衡》者，所以铨轻重之言，立真伪之平，非苟调文饰辞为奇伟之观也。……若夫九《虚》、三《增》《论死》《订鬼》，世俗所久惑，人所不能觉也。人君遭弊，改教于上；人臣愚惑，作论于下，实得，则上教从矣。冀悟迷惑之心，使知虚实之分。实虚之分定，而华伪之文灭。华伪之文灭，则纯诚之化日以孳矣。（王充《论衡·对作篇》）

（充）著《论衡》八十五篇，二十余万言，释物类同异，正时俗嫌疑。（范晔《后汉书·王充传》）

其文取譬连类，雄辩宏博，岂止为“谈助”“才进”而已哉，信乃士君子之先觉者也。（杨文昌《论衡序》）

（充）作《论衡》之书，以为衡者，论之平也。其为九《虚》、三《增》《论死》

《订鬼》以祛世俗之惑，使见者晓然知然否之分。（韩性《论衡序》）

王充《论衡》，独抒己见，思力绝人，虽时有激而近僻者，然不掩其卓诣。（刘熙载《艺概·文概》）

作为《论衡》，趣以正虚妄，审向背；怀疑之论，分析百耑，有所发擿，不避上圣。汉得一人焉，足以振耻。至于今鲜有能逮者也。（章炳麟《检论·学变篇》）

（温洪隆）

李固

李固(94—147)，字子坚，汉中南郑(今陕西南郑县)人。东汉政治家。年轻时好学好友，名震一时，曾多次被推荐于朝，未能接受。后因上疏直陈外戚、宦官专权之弊，拜为议郎。后任荆州刺史、太山太守、大司农等职。冲帝即位后，任太尉，与大将军梁冀参录尚书事。冲帝死，他议立清河王。梁冀不从，别立质帝。不久。梁冀又鸩杀质帝，欲立蠡吾侯。李固再次请立清河王，’为冀所忌，后被诬免职，继而被杀害。据《后汉书·李固传》：“李固所著章、表、奏、议、教令、对策、记、铭凡十一篇。弟子赵承等悲叹不已，乃共论李固言迹，以为《德行》一篇。”

遗黄琼书[1]

闻已度伊、洛[2]，近在万岁亭[3]，岂即事有渐[4]，将顺王命乎？盖君子谓：“伯夷隘，柳下惠不恭[5]。”故传曰[6]：“不夷不惠，可否之间[7]。”盖圣贤居身之所珍也[8]。

诚遂欲枕山栖谷[9]，拟迹巢、由[10]，斯则可矣[11]；若当辅政济

民，今其时也[12]。自生民以来，善政少而乱俗多，必待尧舜之君，此为志士终无时矣[13]。

常闻语曰[14]："峣峣者易缺，皎皎者易污[15]。"《阳春》之曲，和者必寡[16]；盛名之下，其实难副[17]。近鲁阳樊君被征初至[18]，朝廷设坛席，犹待神明[19]。虽无大异，而言行所守无缺[20]；而毁谤布流，应时折减者，岂非观听望深，声名太盛乎[21]？

自顷征聘之士[22]，胡元安、薛孟尝、朱仲昭、顾季鸿等[23]，其功业皆无所采[24]，是故俗论皆言处士纯盗虚声[25]。愿先生弘此远谟[26]，令众人叹服，一雪此言耳[27]。

【注释】(1)黄琼(86—164)：字世英，江夏安陆（今湖北安陆市）人，魏郡太守黄香之子。黄香死后，黄琼居家不仕，州郡屡次征辟都拒绝不应。由于朝廷不少公卿推荐，顺帝派公车征召，黄琼被迫晋京，却又在途中称疾不进：皇帝下诏书令地方政府以礼催他上道。李固久慕黄琼才能，便写了这封信催促，对他寄予很大希望。黄琼后来官至尚书仆射、太尉、司空等。 (2)度伊、洛：渡过伊水和洛水。度：同"渡"。伊、洛：伊水和洛水，均在河南西北部。伊水发源于熊耳山，流入洛水；洛水发源于冢岭山，流入黄河。 (3)万岁亭：位于河南登封市附近，伊水和洛水北面。相传汉武帝登嵩山，闻山上有三呼万岁，故名。 (4)即事：对当前的事件，指朝廷征召黄琼。渐：心动。"渐"是《易》的卦名，象征"徐缓的运动"，引申为不再固执原意。 (5)君子：指孟子，引号中的句子见《孟子·公孙丑》。伯夷：殷商时孤竹君之子，殷亡后，不食周粟，与弟弟叔齐饿死在首阳山。隘：心地偏狭孤僻。柳下惠：姓展名获，字禽，食邑在柳下，死后谥惠。春秋时鲁国人，曾在鲁国做典狱官，三次被罢免，仍不离开鲁国。恭：庄重、自尊。 (6)传(zhuàn)：解说儒家经义的文字或著作。 (7)"不夷"二句：出自扬雄《法言·渊骞篇》。夷、惠：指伯夷、柳下惠。可否之间：采取中间态度。意谓既不学伯夷的过分偏狭，也不学柳下惠的一味随和。 (8)居身：处世，立身。珍：珍视，看重。 (9)诚：果真。枕山栖谷：喻在山野隐居。 (10)拟迹：模仿行为。巢、由：巢父和许由，相传是尧时隐士，尧禅位给他们，他们逃避不受。 (11)斯：这样，指黄琼拒绝征召的做法。 (12)辅政济民：辅佐朝政，拯救百姓。其时：正是时候。 (13)生民:自从人类诞生以来,有了人类社会。乱俗:统治无方,社会混乱。志士:有志济世救民的人。终:永远。 (14)语:俗语、谚语、古语。 (15)峣(yáo)峣:高峻。缺:折断。两句比喻人的名望很高就容易受到别人的嫉妒和打击,性格过于清高就容易遭致毁谤和中伤。 (16)《阳春》:古代雅乐曲名。和:应和、共鸣。语出宋玉《对楚王问》。 (17)盛名:大名。实:实质,实际。副:符合,相称。 (18)鲁阳樊君:汉鲁阳(今河南鲁山县)的樊英,东汉名士,精通五经和术数之学,隐居壶山(今河南泌阳县东北),很多人拜他为师,州郡礼聘,公卿荐举,他都拒绝。汉顺帝召至京,乃后应对,竟无奇谋深策,颇为论者所失望。 (19)设坛席:筑坛安席,形容礼敬。神明:圣贤,有智慧的人。 (20)大异:杰出的表现,惊人的谋略。所守无缺:道德规范上没有错误。 (21)布流:传播。应时:顿时。折减:降落。观听:指群众从耳目所听察的种种。望深:期望过高。 (22)顷:近来。(23)胡元安:胡定,字元安,颍阴(河南许昌市)人。薛孟尝:薛包,字孟尝,汝南(汉郡名,在今河南上蔡县一带)人,以好学行孝闻名。顾季鸿:顾奉,字季鸿,会稽(今江苏苏州市)人,做颍川太守。朱仲昭:未详。这四人都是当时被征召的名士。 (24)采:可取,值得记载。 (25)俗论:世俗的议论。纯:专门。虚声:与实际不符的名望。 (26)弘:施展,发挥。远谟:深远的谋略。谟,同“谋”。 (27)雪:洗雪。

【今译】我听说你已经渡过了伊水和洛水,来到离京城不远的万岁亭。莫不是你对征召的事有所心动,正准备接受君王的任命吗?所以孟子曾经认为,伯夷弟兄(不食周粟而饿死在首阳山的做法)太狭隘,而柳下惠(在鲁国做大夫时三次被贬而不去鲁的行为)又过于不自重了。所以,解经的《法言》上说:“为人做官既不学伯夷那样过分清高,也不要学柳下惠那样自轻自贱,应该在他们二者之间采取适中的态度才是。”这大概是圣贤所珍重的为人处世的态度吧!

(假如您)实在愿意追求以山为枕、以谷为屋的隐居生活,仿效巢父和许由的超尘脱俗的避世行为,这样的话,您拒绝征召当然是可以的;倘若您觉得应当辅佐朝政、拯救百姓的话,现在正是时机。自人类诞生以来,好的法则政令总是少而伤风败俗的多,假如一定要等到像尧舜那样圣明君主出来,

这样，作为治理天下的有志之士便永远也没有从政的一天了。

我曾经听古语说："高峻的东西容易折断，洁白的东西容易污染。"《阳春》那样高雅的曲调，能够应和的人一定很少；一个有很大名声的人，他的实际就很难和他的名声相称。近来鲁阳的樊英应皇上征召刚到京城，朝廷就为他建筑高台，设置座席，像供奉神明一样地接待他。他虽然没有杰出的表现，但言论和行为都能遵循道德规范，没有什么缺陷和错误。然而，诋毁和诽谤的言辞却散布流传开来，他的名望也顿时降低下来，难道不是大家对他的印象太深和期望太高，声名太盛了吗？

近来朝廷征聘的名士，如胡元安、薛孟尝、朱仲昭、顾季鸿等人，他们做官的功业都没有什么可取的地方，因此，社会世俗的舆论都说这些隐居不仕的人是专门盗取虚名的人。我希望先生能大展宏图，做出使人惊叹的事业来，用它来彻底洗刷掉这些话带给名士们的耻辱吧！

【点评】感人心者，莫大乎情。应用文只要具备真情实感，便动人，便可与美文学接壤，带有美文学的性质。本文正是一篇带有浓厚情感的华笺。开篇以"闻"落笔，表明作者对黄琼的行止关切和对他出仕的由衷期待，一下子将彼此间距离拉近，为下文切入正题奠定了基础。为了敦促黄琼应征，并希望他日后施展"远谟"，能为"处士""一雪""俗论"，作者采用了一个复杂的选言推理：要么你就彻底隐居，不问人事；要么你就必须在没有尧舜之君的"乱俗"中作辅政济世的志士。但是，如果你要"拟迹巢、由"，不问人事，那本不该应征上路；既然上了路，说明你是动了用世之心的，那就不该中途托病不进。不进，无非是对时局混乱有所顾忌；而如果政治清明，天下大治，还要志士何用呢？这种绵里藏针、层层推进的说理方法，娓娓含蓄，耐人寻味，比那种一味地催逼更富鼓动力。"盛名之下……"句，既对已经征辟的那些人给以评骘，又以"俗论"之"纯盗虚声"之烈，给予隐约告诫。这种欲扬先抑的"激将法"给人以深沉凝重、推心置腹之感。总之，全文既有婉而讽的规劝，又有发人猛醒的猛烈的激励。同时，征人引譬，要言不烦，情调恳切，动人心弦，具有一定的艺术感染力。

【集说】世英练达故事，不同处士虚声，当其屡辞征辟，盖诚雅志恬退也。

子坚此书，慰藉甚深，劝勉交至，殆不特知己之怀情有所难忌，抑亦君国之念望更为特切者与。（孙琮《山晓阁评选古文十六种·东汉文选》）

“闻已度”二句据事直起，是一篇发论之根。（余诚《重订古文释义新编》）

盖子坚信世英有素，因其意有未决，用是为之激发也。其书超逸古雅，丰神秀拔，应推东汉之最。（同上）

（束有春）

朱穆

朱穆(100—163),字公叔,南阳宛(今河南南阳市)人。家世衣冠,征拜尚书,禄仕数十年,蔬食布衣,家无余财。所著论、策、奏、诗、记,凡20篇。在其《崇原论》中,有这样的言论:“故率性而行谓之道,得其天性谓之德。德性失然后贵仁义。是以仁义起而道德迁,礼法兴而淳朴散。故道德以仁义为薄,淳朴以礼法为贼也。”这种先道德后仁义,重淳朴而鄙礼法,甚至以礼法为贼的观点,对魏晋的思想和文章不无影响。《袁山松书》曰:“穆著论甚美,蔡邕尝至其家自写之。”

上书请罢省宦官[1]

按汉故事[2],中常侍参选士人[3]。建武以后[4],乃悉用宦者。自延平以来[5],浸益贵盛,假貂珰之饰[6],处常伯之任[7],天朝政事,一更在手,权倾海内,宠贵无极,子弟亲戚,并荷荣任[8],故放滥骄溢,莫能禁御。凶狡无行之徒,媚以求官,持势怙宠之辈[9],鱼食百姓,穷破天下,空竭小人[10]。愚臣以为可悉罢省[11],遵复往初,率由旧章，更选海内清淳之士，明达国体者，以补其处。即陛下可为尧舜之君，众僚皆为稷契之臣，光庶黎萌蒙被圣化矣[12]。

【注释】(1)选自范晔《后汉书》卷73。 (2)故事:旧事。 (3)中常侍:《汉宫仪》:"中常侍，秦官也。汉兴，或用士人，银珰左貂。光武以后，专任宦者，右貂金珰。" (4)建武:汉光武帝年号(公元25—57)。 (5)延平:汉殇帝年号(公元106年)。 (6)假:凭借，给予。貂珰:汉代宦官充武职者的冠饰。 (7)常伯:即侍中，官名。秦始置，两汉沿置，为自列侯以下至郎中的加官，无定员，侍从皇帝左右，出入宫廷。初仅伺应杂事，由于接近皇帝，地位渐形贵重。南朝宋文帝后，始掌机要，实际上往往即为宰相。 (8)并:连，同，齐。荷:担任。 (9)怙:依，恃。 (10)竭:完、尽。小人:春秋时，将统治阶级称为君子，将被统治的劳动生产者称为"小人"。春秋末年以后，"君子"与"小人"逐渐成为"有德者"与"无德者"的称谓。本文仍沿用春秋时的概念，意即"普通百姓。" (11)省:古官署名。罢省，意即罢官。 (12)庶:众多。黎:众。萌:通"氓"，民。黎萌:众民。蒙:承受。被:覆盖。

【今译】按汉朝先例，中常侍这一职位是由士人参选的。光武帝以后，全用宦官。自殇帝以来，这班人渐渐地成了尊贵的名流。他们凭借着貂珰的冠饰，处在常伯的位置上。王朝政事，一旦在握，权倾海内，宠贵无极，其子弟亲戚，也都荣任要职。他们因而放肆骄横起来，没有人能够禁止和抵制。于是，凶顽狂戾、行为恶劣之徒，便以谗媚的办法求取官职；依仗权势、恃宠而骄之辈，便鱼肉百姓，穷破天下，把普通百姓弄得一无所有。我认为应当把这些人全都从(侍中、中常侍这一要职上)罢掉，回遵往初的先例，一切都按旧的章程办，更选明达国体的海内清淳之士补充他们的位置。如此，陛下即可作尧舜之君，众位臣僚即都是像稷和契那样的臣子，千百万老百姓都将承受圣化的恩德了。

【点评】质朴无华是这篇奏疏的文体特点。唯其质朴，作者的思想感情才得以自然地流露，无拘束地展示；唯其无华，文章才具有"文体省净"的本色美。"自延平……"以下，散句与排比相得益彰，文气若顺势而下的江河、

瀑布,将充塞于天地的作者的堂堂正气表露无余,文章的气势、论辩的逻辑力量亦由此而生。这篇奏疏虽短短五六句,但却达到了历史与逻辑的完美统一。

【集说】穆既深疾宦官,又在台阁,旦夕共事,志欲除之,乃上(此)疏。(范晔《后汉书·朱穆传》)

(穆上此疏)帝不纳。后穆因进见,口复陈(请罢省宦官),帝怒。不应。穆伏不肯起。左右传出,良久乃趣而去。自此中官数因事称诏诋毁之。(同上)

(皇甫修文)

王符

王符(约85—162),字节信,安定临泾(今甘肃镇原县)人,东汉后期进步思想家。他生活在东汉和帝、安帝至桓帝、灵帝之际,由于社会的黑暗,他终身不仕,隐居著书,讥评时政,传世之作有《潜夫论》十卷。《后汉书》有传。

论 荣[1]

所谓贤人君子者,非必高位厚禄富贵荣华之谓也,此则君子之所宜有,而非其所以为君子者也。所谓小人者,非必贫贱冻馁困辱厄穷之谓也,此则小人之所宜处,而非其所以为小人者也。

奚以明之哉?夫桀、纣者,夏、殷之君王也,崇侯、恶来[2],天子之三公也[3],而犹不免于小人者,以其心行恶也。伯夷、叔齐[4],饿夫也,傅说胥靡[5],而井伯虞虏也[6],然世犹以为君子者,以为志节美也[7]。故论士苟定于志行[8],勿以遭命,则虽有天下不足以为重,无所用不足以为轻,处隶圉不足以为耻[9],抚四海不足以为荣[10]。况乎其未能相县若此者哉[11]。故曰:宠位不足以尊我[12],

而卑贱不足以卑己。

夫令誉从我兴[13]，而二命自天降之[14]。诗云："天实为之，谓之何哉[15]。"故君子未必富贵，小人未必贫贱，或潜龙未用，或亢龙在天[16]，从古以然。今观俗士之论，以族举德，以位命贤，兹可谓得论之一体矣，而未获至论之淑真也[17]。

尧，圣父也，而丹凶傲[18]；舜，圣子也，而叟顽恶[19]；叔向，贤兄也，而鲋贪暴[20]；季友，贤弟也，而庆父淫乱[21]。论若必以族，是丹宜禅而舜宜诛，鲋宜赏而友宜夷也。论之不可必以族也若是。

昔祁奚有言[22]："鲧殛而禹兴，管、蔡为戮，周公佑王[23]。"故书称"父子兄弟不相及"也。幽、厉之贵，天子也，而又富有四海。颜、原之贱[24]，匹庶也[25]，而又冻馁屡空。论若必以位，则是两王是为世士，而二处为愚鄙也，论之不可必以位也，又若是焉。

故曰：仁重而势轻，位蔑而义荣。今之论者，多此之反，而又以九族，或以所来，则亦远于获真贤矣。

昔自周公不求备于一人，况乎其德义既举，乃可以它故而弗之采乎？由余生于五狄[26]，越蒙产于八蛮[27]，而功施齐、秦，德立诸夏，令名美誉，载于图书，至今不灭。张仪[28]，中国之人也；卫鞅，康叔之孙也[29]，而皆谗佞反复，交乱四海。由斯观之，人之善恶，不必世族；性之贤鄙，不必世俗。中堂生负苞[30]，山野生兰芷。夫和氏之璧，出于璞石[31]；隋氏之珠，产于蜃蛤[32]。诗云："采葑采菲，无以下体[33]。"故苟有大美可尚于世，则虽细行小瑕，曷足以为累乎？

是以用士不患其非国士，而患其非忠；世非患无臣，而患其非贤。盖无羁縻[34]。陈平、韩信[35]，楚俘也，而高祖以为藩辅，实平四海，安汉室；卫青、霍去病，平阳之私人也[36]，而武帝以为司马[37]，实攘北狄，郡河西[38]。惟其任也，何卑远之有？然则所难于非此土之人，非将相之世者，为其无是能而处是位，无是德而居是贵，无以我尚而不秉我势也。

【注释】(1)选自《潜夫论》卷一。 (2)崇侯:殷人,崇国侯爵,名虎,曾谗西伯姬昌,使纣王囚西伯于羑里。恶来:纣王之臣。 (3)三公:辅助国君掌握军政大权的最高官员,即太师、太傅、太保。 (4)伯夷、叔齐:商孤竹君的两个儿子。周武王伐纣,两人叩马谏阻。商灭,他们不食周粟,饿死于首阳山。 (5)傅说:殷人,初隐于傅岩,为胥靡版筑以供食,武丁访得举相,天下大治。胥靡:囚徒。 (6)井伯:春秋人百里奚,字井伯,原为虞大夫,晋献公灭虞,百里奚成为俘虏。后在楚,秦穆公以五羊皮赎之,委以国政,助穆公成霸业。 (7)志节:人的品德节操。 (8)苟:若。 (9)隶圄:隶,供贱役的人,奴隶。圄:牢狱,这里指被囚禁。 (10)抚:占有。 (11)县:通"悬",悬殊。 (12)尊我:使我尊重他。 (13)令誉:美好的声誉。 (14)二命:富贵、贫贱两种不同的命运。 (15)天实为之,谓之何哉:《诗经·北门》中的诗句,意为:天要这样做,又有什么办法呢。 (16)潜龙未用,亢龙在天:是《周易》中的两句爻辞。 (17)淑真:美而善。 (18)丹:丹朱,尧之子,惟慢游是好,《孟子·万章上》:"丹朱不肖。" (19)叟:老者之称,这里指父亲。 (20)叔向:晋大夫羊舌肸,字叔向。其弟羊舌鲋。《左传》:"晋有羊舌鲋,渎货无厌。" (21)季友:春秋时鲁桓公之子,庄公之弟。庄公死,他立庄公子般,庆父杀般,季友又立般之子申,为僖公,季友为相。庆父:鲁庄公弟,杀般立闵公,后又杀闵公。齐人仲孙湫说,"不去庆父,鲁难未已。" (22)祁奚:春秋时晋国人,为中军尉,年老请退,举仇人解狐代己,解狐死,又举自己的儿子祁午,被称为"外举不隐仇,内举不隐子"。 (23)鲧:大禹之父,治水无功,舜殛之于羽山,为四凶之一。管、蔡:管叔鲜、蔡叔度,皆武王之弟。武王死,成王幼,周公摄政,管、蔡散布流言,后挟纣王子武庚叛乱,周公出兵杀武庚、管叔,流放蔡叔,乱始平。 (24)颜、原:颜渊、原宪,为孔子的两位弟子,都贫困而有节操。 (25)匹庶:普通老百姓。 (26)由余:其先晋人,逃亡入戎,奉使入秦,后奔秦,秦用由余之谋伐戎,辟地千里,遂霸西戎。五狄:古代泛指我国西部地区少数民族。 (27)越蒙:《史记·邹阳传》:"秦用戎人由余而霸中国,齐用越人蒙而强威、宣。"《索隐》云:"越人蒙未见所出",《汉书》作子臧,张晏云:"子臧或是越人蒙字也。"八蛮:古代指南方少数民族。 (28)张仪:战国魏人,纵横家,以连横之策说六国,使六国背

纵约而事秦。 (29)卫鞅:战国卫人,相秦十九年,助孝公变法,后被车裂。康叔:武王少弟,名封,初封于康,后封于卫。 (30)负苞:朽木上生的菌。(31)和氏之璧:春秋时楚人卞和所得到的宝玉。 (32)隋氏之珠:隋侯救了一条大蛇,蛇于江中衔大珠以报,因而称隋侯之珠。蜃蛤:产珠的大蚌。(33)采葑采菲,无以下体:《诗经·谷风》中的诗句,葑菲:蔓菁一类的菜。这句诗意为:采葑采菲,不能因根茎不良而连叶子也丢了。 (34)羁縻:羁:马笼头。縻:牛纼绳。喻联络、维系,旧时指天子联系控制少数民族。此处有脱文。 (35)陈平:汉阳武(今河南原阳县)人,少家贫,好读书,秦末战乱,初从项羽,后归刘邦,以功封曲逆侯。韩信:淮阴(今江苏淮安市淮阴区)人,秦末,初从项羽,后归刘邦,拜大将,封楚王,与萧何、张良称兴汉三杰。(36)卫青:西汉河东平阳(今山西临汾市)人,官至大将军,前后七次出击匈奴,封长平侯。霍去病:西汉河东平阳人,卫青姊子,善骑射,六次出击匈奴,封冠军侯,为骠骑将军。平阳:即武帝时平阳侯。卫青姐弟均为其奴仆。(37)司马:官名,汉设司马专管兵事。 (38)郡河西:卫青击匈奴,收河南地,置朔方郡。

【今译】所谓贤人君子,并非一定是高官厚禄、富贵荣华之人才能获得的称谓,这些都是君子所应该享有的,但并非因为享有这些(称谓)才能成为君子。所谓小人,并非一定是贫贱冻馁、屈辱困厄之人的称谓,这些都是属于小人所陷于的处境,但并不是因为陷于这种处境才是小人。

怎样来说明这个道理呢?桀和纣,一个是夏的君主,一个是殷的君主,崇侯虎、恶来,居于三公之位,但还是免不了被称为小人,因为他们心恶不善。伯夷、叔齐是饥饿之人,傅说是囚徒,百里奚也做过俘虏,然而天下人仍然认为他们是君子,因为他们的志向节操高尚。所以评论人士若是看他的志向行为,不去管他的遭遇,那么虽然富有天下也并不重要,一无所有也并不要紧,身处奴隶囚徒的地位并非耻辱,占有四海也不算什么荣耀。何况一般人之间的悬殊未必有这样大呀!所以说,地位再高不足以让我尊重他,卑贱的人也没有什么可自卑的。

美好的名声靠自己取得,而富贵贫贱的命运却来自上天的降临。《诗经》上说:"老天要这样办,又有什么办法呢。"因而君子未必富贵,小人未必贫贱,有的龙潜藏在地下不能发挥作用,有的龙在天空腾飞,自古以来就是这样。现在看那些庸俗之人的议论,以家族门第作为衡量品德的标准,以地位来决定人的贤明,这可以算是一种论点,但未能掌握评价人的完美方法的真谛。

尧,是圣明的父亲,可儿子丹朱凶残倨傲;舜,是圣明的儿子,而他父亲却顽劣不善;叔向,是贤德的兄长,可弟弟鲋贪婪凶暴;季友,是贤德的弟弟,可哥哥庆父却多次作乱。如果一定要以家族论人,那么尧应该禅位于丹朱,而舜该被其父诛杀,鲋该得到赏赐,季友却应遭陈尸。论人不能必须看门第的原因就是这样。

以前祁奚说过:"鲧被杀而禹成功,管叔蔡叔被罪责,周公辅佐成王。"所以《尚书》认为"父子兄弟各不相干"。周代的幽王、厉王贵为天子,而又富有四海。颜渊、原宪贫贱,是普通平民,又常常穷得无衣无食,而忍受冻馁。论人要是必须看地位,那么两位帝王就是有学问的杰出人士,而二位不仕之士就是笨拙浅陋之人。论人不可专看地位,就是这个原因。

所以说,重视仁义而轻视权势,蔑视地位而崇尚德义。今天论人,多和这相反,而又去看他的亲族或者是他的来历,这样就更加难以得到真贤了。

过去周公不要求人一切完美,何况德义双全的人,能够因一些小问题而不选用吗?由余生活在五狄之地,越人蒙出生在八蛮之地,而功利于秦、齐,德行布于华夏,美好的声誉,记载于史书中,至今流传不息。张仪,中原之人;卫鞅,康叔的子孙,都是谗佞反复,搞乱了天下。由此看来,人的善恶,不是在于出生的家庭;性格的贤和鄙,也不在于他生长的地方。庭院中的朽木上长有朽菌,山野中却生长兰芷。那和氏之璧,出于一块普通的石中;隋侯之珠,却是蛤蚌孕育。《诗经》上说:"采葑和采菲,不能只看根茎。"所以具有崇高的美德就可得到社会尊崇,虽然有一些小的缺陷又有什么妨碍呢。

因此用人不必担心他是不是本国之人,只担心他是否忠诚;朝廷不要担心有无朝臣,只担心有无贤才。不必受其他条件约束。陈平、韩信,都是从楚归顺过来的,而高祖皇帝以他们为辅佐,平定四海,安定汉室;卫青、霍去病,都是平阳侯的奴仆,可武帝任他们为司马,结果打败了匈奴,设郡于河西。只看他们的能力大小,哪里有什么卑尊远近。然而担心于非本土之人,非出生于将相之家,让没有这种能力的处在这种位置上,没有这样德行的而

得到这样的尊贵，那不会得到崇尚，这只是依靠了原有的势力罢了。

【点评】《论荣》是王符《潜夫论》中的第四篇，文章围绕怎样论人这一中心议题，从正反两个方面反复论证，针对社会上俗士以地位、家世论人的陋习，指出其荒谬。文中列举了一系列的君子和小人，通过这些代表性的历史人物，雄辩地证实，人的贤愚和贫富尊卑并无任何联系，并用归谬法推出幽王贤、颜渊劣、丹受禅、舜被诛这样荒唐可笑的结论，将流行的论人之术批驳得体无完肤。

文章以说理为主，逻辑严密，在平稳和缓的语气中，隐隐可体察到作者的激愤。文中列举贤能多贫贱，小人常富贵的社会现象，不能不引人深思，那一声“天实为之，谓之何哉”的悲叹，强烈地震撼着人的心灵。可见此文并非仅仅在谈论人，对社会的抨击也贯穿于字里行间。

【集说】世不识论，以士卒化。弗问志行，官爵是纪。不义富贵，仲尼所耻。伤俗陵迟，遂远圣述。故述《论荣》第四。（王符《潜夫论·叙录篇》）

“君子未必富贵，小人未必贫贱”，这是从处于贫贱地位的庶族地主阶级的文人学者的角度讲的。讲这样的话，一方面是对“高位厚禄、富贵荣华”的豪族地主的不满之辞，另方面也是以“志节”自负的贫士的自慰之辞。王符还特别指出“以族举德，以位命贤”的不合理，说这是“俗士之论”。文章……引经据典，侃侃而谈，……儒者的气息比较浓厚。（郭预衡《中国散文史》）

（喻　斌　潘世东）

郑玄

郑玄(127—200),东汉经学家。字康成,北海高密(今山东高密市)人。曾入太学并向名家学习《京氏易》《公羊春秋》《古文尚书》《礼记》《左传》《韩诗》等。跟随马融学习十余年。游学归来,在乡里聚徒讲学,弟子多达数千人。后遭党锢之祸被禁,潜心著述,以古文经说为主,兼采今文经说,遍注群经,成为汉代经学的集大成者,世称“郑学”。今通行本《十三经注疏》中的《毛诗》《三礼》注,即采用郑玄的注。

戒子益恩书[(1)]

吾家旧贫,不为父母昆弟所容。去厮役之吏[(2)],游学周、秦之都,往来幽、并、兖、豫之域,获觐乎在位通人、处逸大儒,得意者咸从捧手[(3)],有所受焉。遂博稽六艺,粗览传记,时睹秘书纬术之奥[(4)]。年过四十,乃归供养。假田播植,以娱朝夕。遇阉尹擅势[(5)],坐党禁锢,十有四年,而蒙赦令,举贤良方正有道[(6)],辟大将军三司府。公车再召[(7)],比牒并名,早为宰相。惟彼数公,懿德大

雅，克堪王臣，故宜式序[8]。吾自忖度，无任于此，但念述先圣之元意，思整百家之不齐，亦庶几以竭吾才，故闻命罔从。而黄巾为害，萍浮南北，复归邦乡。入此岁来，已七十矣。宿素衰落，仍有失误，案之礼典，便合传家[9]。今我告尔以老，归尔以事，将闲居以安性，覃思以终业[10]。自非拜国君之命，问族亲之忧，展敬坟墓[11]，观省野物，胡尝扶杖出门乎！家事大小，汝一承之。咨尔茕茕一夫[12]，曾无同生相依。其勖求君子之道[13]，研钻勿替，敬慎威仪，以近有德。显誉成于僚友，德行立于己志。若致声称，亦有荣于所生[14]，可不深念邪！可不深念邪！吾虽无绂冕之绪，颇有让爵之高。自乐以论赞之功[15]，庶不遗后人之羞。末所愤愤者，徒以亡亲坟垄未成，所好群书率皆腐敝，不得于礼堂写定，传与其人。日西方暮，其可图乎！家今差多于昔，勤力务时，无恤饥寒。菲饮食，薄衣服，节夫二者，尚令吾寡恨。若忽忘不识，亦已焉哉！

【注释】(1)选自《后汉书·郑玄传》。益恩是郑玄唯一的儿子，曾举孝廉，就在郑玄写下这篇戒子书后不久，益恩便死于黄巾起义的战乱中，(2)厮役之吏：低贱小官。此指郑玄青年时所任掌收赋税的乡啬乡。(3)捧手：犹拱手。表示敬佩。(4)秘书：秘密之书，此指谶纬图篆之书。纬术：即谶纬之术。用儒家经义，附会人事吉凶祸福，预言治乱兴废。多有怪诞无稽之谈。与方士所传的谶语，合称谶纬。(5)阉(yān)尹：宦官。(6)有道：与贤良方正同为汉代选举科目名。(7)公车：汉代官署名。掌管宫殿中司马门的警卫工作。臣民的上书和征召，都由公车接待。(8)式序：指被任用班列于朝堂之上，成为地位显赫的官僚。(9)传家：家事传于子孙。《礼记·曲礼》："七十老而传。"(10)覃(tán)思：深思。(11)展：省视。(12)茕茕(qióng)：孤零貌。(13)其：表示期望的语气。勖(xù)：勉励。(14)所生：生身父母。(15)论赞：史传一篇后的评论叫论赞。此是郑玄比喻自己乐于著书立说之事。

【今译】我家过去很穷，(我因为偏爱学习、不爱做官)而不被父母弟弟所容。于是我抛弃了低贱的官职，到周秦两朝的故都去周游讲学，来往于幽、并、兖、豫等地，有幸拜见身居高位而又才能出众的显官，以及隐居不仕而又学识渊博的学者。遇到合心意的人总是施礼求教，有所受益。于是我广泛研习六艺，粗略浏览传记，有时也看神秘奥妙的谶纬书籍。年过四十，才回家奉养父母。租来田地耕种收获，自食其力快乐度日。时逢宦官专权，指责我交结朋党而遭到禁锢，十四年之后，才承蒙皇帝赦免，并被推举为应考贤良、方正、有道等选举科目之人，又征召我为大将军三司府的官员。公车一再征召，那些与我连牒齐名而入朝的人，有的如今早已做了宰相。说到他们，有美德有涵养，确实能够承担大臣的重任，因此适合班列在朝堂之上。我暗自揣度自己，是不宜做官的人。只想着阐发先代圣贤的本来意图，思量着整理补充诸子百家欠缺的方面，这也许可以竭尽我的才力吧，所以我未能从命去做官。遭逢黄巾起义的战乱，像浮萍一样南北漂泊，于是我又回到了家乡。进入这一年，我已是七十岁的人了。平日里因年迈衰落，往往有所失误。依照礼节的规定，该是把家事传给子孙的时候了。现在我要告诉你的是我老了，把家事托付给你，我将要悠闲地生活以安养性情，缜密地思考以完成事业。除非接受国君的任命，或吊问家族亲人的丧事，或恭敬地祭扫坟墓，或观看野外的景致，又何必扶杖出门呢？家事无论大小，由你一人承担。可叹的是你孤单一人，没有兄弟相依靠。期望你努力寻求君子之道，深入钻研不要放弃，恭敬谨慎庄严，逐渐成为一个有高尚德行的人。显扬名誉的成功在于同官的人，树立德行全在于自己的志向。倘若得到了荣誉与赞扬，也会给父母祖宗带来荣耀，能不深思吗！能不深思吗！我虽没有高官显位和功绩，却很有推位让爵的品行。以著书立说为自己的快乐，只希望不要把羞辱留给后代。最终使我深感郁闷和遗憾的，只是亲人的坟茔尚未修成，所喜好的书籍大都陈旧破烂，不能再到讲学习礼之堂去抄录订正，并传给好学的人。日落西山已是迟暮之年，还能图个什么呢！今天的家业已稍好于从前，望你勤勉务实及时努力，不要为饥寒忧虑。节衣缩食，在这两方面时常注意节俭，差不多会让我少些遗憾的。如果你忽略忘记不以为然，那也只好就此算了！

【点评】《戒子益恩书》，从所表达的内容看，无外三个方面，即一番回顾、

一番衷戒、一番叹惜。

回顾是对自己的从前而言，以追述自己的平生开篇，不喜做官，不慕荣爵，唯以著述自任，即使“坐党禁锢”，即使“萍浮南北”，又即使已忽忽颓老，仍然矢志不渝，仍然要“覃思以终业。”一代经学大师勤奋严谨的治学精神和淡泊高远的人生态度，明达坦荡执着，感召后学。

衷戒是对自己的儿子而言，节衣缩食，承继家业，“敬慎威仪，以近有德”，光宗耀祖，不遗后人之羞。“可不深念邪”的反复强调，正足见其寄情之悃挚殷切。

叹惜是对自己的晚年而言，七十高龄，正好比“日西方暮”，虽已有所作用，然而才孝不得竭尽，书不得写定，业不得传人，一句“其可图乎”！栩栩见出老人的悽悽遗憾和酸楚。

当然，综合起这三方面，无疑衷戒又是全篇的大旨，回顾也好，叹惜也好，都是为了加强衷戒的感召力。因此看似大量铺叙了郑玄本人的生平，实际是为儿子树立起一个活生生的表率，既然封建伦理道德的要求是“父为子纲”，那么父亲的事业和品德就会很容易影响到儿子。另外，就文章本身来看，语词温和朴质，衷戒重重深入，动之以情，晓之以理，有尊严无威恐，即便儿子果真辜负了期望，也无非慨然地告他一声“若忽忘不识，亦已焉哉”！如此地通达宽厚、平静从容，正是全篇感情基调之所在。

【集说】康成经注，古今共推。其当疾戒子，勖以德行，期以节俭，此庭训之常也。至始叙游学通都，后惜群书失传，谆复再三，娓娓不置，则望子因言以继其志。盖绂冕之荣，过时便尔寥落；著述之盛，百代共推伟人。有志之士，何去何从，读此当知自省。（孙琮《山晓阁东汉文选》）

郑康成《戒子益恩书》，雍雍穆穆，隐然涵《诗》《礼》之气。（刘熙载《艺概》）

（王其祎）

蔡邕

蔡邕(132—192),字伯喈,东汉陈留(今河南杞县)人。建宁年间拜郎中,与杨赐等奏定六经文字,并立碑于太学门外。不久,以事免官。董卓征召为祭酒,累迁中郎将。后因董卓被诛,王允收蔡邕付廷尉,死于狱中。蔡邕少时博学,好辞章,精音律,善鼓琴,又工书画。著有《独断》等,后人辑为《蔡中郎集》。

郭有道碑文一首并序[1]

先生讳泰,字林宗,太原界休人也[2]。其先出自有周王季之穆[3],有虢叔者实有懿德[4],文王咨焉。建国命氏,或谓之郭,即其后也。

先生诞应天衷,聪睿明哲,孝友温恭,仁笃慈惠。夫其器量弘深,姿度广大,浩浩焉,汪汪焉,奥乎不可测已。若乃砥节厉行,直道正辞,贞固足以干事[5],隐括足以矫时[6]。遂考览六经[7],探综图纬[8],周流华夏,游集帝学,收文武之将坠,拯微言之未绝。于时

缨緌之徒[9]，伸佩之士[10]，望形表而影附，聆嘉声而响和者，犹百川之归巨海，鳞介之宗龟龙也[11]。尔乃潜隐衡门[12]，收朋勤诲，童蒙赖焉[13]，用祛其蔽。州郡闻德，虚己备礼[14]，莫之能致。群公休之，遂辟司徒掾[15]，又举有道[16]，皆以疾辞。将蹈洪崖之遐迹[17]，绍巢许之绝轨[18]，翔区外以舒翼，超天衢以高峙，禀命不融，享年四十有二，以建宁二年正月乙亥卒。凡我四方同好之人，永怀哀悼，靡所置念，乃相与推先生之德，以谋不朽之事。佥以为先民既没，而德音犹存者，亦赖之于见述也。今其如何而阙斯礼，于是树碑表墓，昭铭景行[19]，俾芳烈奋于百世，令问显于无穷[20]。其辞曰：

於休先生，明德通玄；纯懿淑灵，受之自天。崇壮幽浚，如山如渊；礼乐是悦，诗书是敦[21]。匪惟摭华，乃寻厥根[22]；宫墙重仞[23]，允得其门。懿乎其纯，确乎其操；洋洋缙绅[24]，言观其高。栖迟泌丘[25]，善诱能教；赫赫三事[26]，几行其招。委辞召贡，保此清妙；降年不永，民斯悲悼。爰勒兹铭[27]，摛其光耀；嗟尔来世，是则是效[28]。

【注释】(1)选自《文选》卷58。 (2)界休：古地名。据《汉书》载，属太原郡。(汉称界休，晋改称介休。今山西介休市。) (3)王季：周文王的父亲。 (4)虢叔：周文王的兄弟。 (5)贞固足以干事：此语出自《周易》。贞固：固守正道。 (6)隐括：隐审，审度。 (7)六经：此指《五经》和《乐经》。 (8)图纬：图：河图。纬：六经诸纬和孝经纬。起于西汉末期，至东汉尤为盛行，都是附会经义以占验术数为主要内容的书。 (9)缨緌之徒：缨緌：指冠带与冠饰。此指有声望的封建士大夫。 (10)伸佩之士：伸：束在腰间一头垂下的大带。佩：结于衣带上的饰物。古代有身份的人束伸。 (11)鳞介之宗龟龙也：古代传说龟为介虫之精，龙为鳞虫之精。 (12)衡门：横木为门，此指简陋的房屋。 (13)童蒙：本指幼稚未开知的儿童。此处泛指知识低下的人。 (14)虚己：虚心。 (15)司徒：官名，主管教化。掾(yuàn)：佐治的官吏、属员。 (16)有道：汉代选举科目之一。 (17)洪崖：传说中仙人名，即黄帝的臣子伶伦，尧帝时已三千岁。 (18)巢许：传说唐尧时的隐士。巢：即巢父，在树筑巢而居，所以人称巢父。许：即许由，尧以天下让巢父，巢父不受，又让许由，也不受。后人多并称巢由成巢许。 (19)景行：高尚的德行。 (20)问：通"闻"，声誉。 (21)悦、敦：笃信深好。 (22)厥：通"撅"，握。 (23)宫墙：本指房屋的围墙。后以宫墙称师门。 (24)措绅：古时士大夫垂绅缙笏，故称士大夫为缙绅。 (25)栖迟：隐遁。 (26)三事：指三公大夫。 (27)勒：刻。 (28)则：效法。

【今译】先生名讳泰，字林宗，是太原郡界休人。先生的祖先是周代王季的后代。虢叔有十分美好的品德，(他与周文王是兄弟)文王经常与虢叔商量国事。虢叔建立虢国后，称郭氏，所以姓郭的，就是虢叔的后代。

先生的诞生顺应了上天的善意，聪慧明智，孝敬父母，友爱兄弟，温良恭顺；待人仁义真诚，慈爱贤惠。先生的器量宏大，胸怀宽广，浩浩汪汪，深不可测。至于磨炼节操与德行，在正直之道、言辞端正方面，先生固守正道，足以委以重任；审时度势足以用来纠正时事。于是先生考察览阅了六经，探求河图、六经诸纬和孝经纬，遍寻华夏，游集京师官学，把濒临丧失的文武之道收集起来，将尚未灭绝的精微之言拯救出来。在当时那些头顶冠带与冠饰，腰束伸佩的有身份的人，看到先生的外表形象则如影附身，听到先生的声音则响应附和，就像百川归向大海，鳞虫介虫归向龙龟一样。至于先生潜心隐居于简陋的房屋之中，搜罗朋辈勤于教诲，童蒙有赖祛除蒙蔽。州郡的长官听说先生贤德，虚心备礼，也不能表达出对先生的敬意。许多君子贤人都赞美先生，于是官府就征召先生为司徒的属员，又推举去应考选举科目之一的有道，先生都以有病而推辞。先生将要踏着洪崖远去的足迹，继续巢父许由的行迹，飞翔到疆域之外的广阔天地舒展羽翼，超越天路以此高高地耸立。可惜啊，寿命不长，享年四十二岁，于建宁二年正月乙亥去世。凡是我等四方同好的人，将永远怀念和哀悼先生，没有什么地方可以寄托思念，于是共同回顾先生的德操，谋划先生不朽的事业。大家都认为古人已经不在世了，可是赞美之辞还存在，就是靠碑文的记述。现在我们如何能缺少这样的礼仪呢，因此在这里竖立碑石将墓标志出来，醒目地刻上先生高尚的德行，使他的美好的事迹发扬于百世，美好的声誉显现于万代。碑文写道：

呜呼！先生。

您品德完美通达玄道。

您心灵善良受于上天。

您形象高大如山一样，

您思想深邃如同深渊。

您笃信礼乐爱好诗书，

不仅取华还探求根源，

师门重重心诚则开。

您德行是那样纯洁美好，

您信念是如此坚固牢靠。

洋洋士大夫仰慕您高德。

您隐遁世尘居于陋室，

您循循善诱启迪童蒙，

赫赫三公大夫几次征召。

您婉言相辞永保清妙，

惜享年不长百姓悲悼。

特刻此碑张扬先生荣耀，

以告后世效法先生德操。

【点评】文前小序先简明交代郭有道的出身。“有虢叔者实有懿德”一句非闲笔，而是交代郭有道的“懿德”乃继承祖先而来，同时也交代了郭有道出身世家大族，有很高的门第。下文并没有平铺直叙其生平事迹，而是抓住最感动人的典型细节，竭尽铺陈之能事，浓墨重彩大肆渲染，表现其“懿德”。“聪睿明哲，孝友温恭，仁笃慈惠，器量弘深，姿度广大”都说明其品德高尚。同时他又才学深厚，“考览六经，探综图纬，周流华夏，游集帝学”。所以当时无论是很有身份的人还是童竖，都很景仰他，并从师于他。“犹百川之归巨海，鳞介之宗龟龙也”。作者连用两个比喻，说明郭有道先生的影响之大。如此德高望重，按理可以仕途通达，可他偏偏甘居陋室，收朋勤诲，以洪崖、巢许为榜样，这就更显出其品德高洁，节操贞固。全文骈散相间，文采华丽。

碑文则以四言诗形式出现，内容与序互为补充。序实文虚，相得益彰。

通篇虽然旨在为郭有道叙述生平事迹，然字里行间洋溢着作者对死者的敬仰之情。读来文气畅通，娓娓动人，是碑文中的佳作。对唐宋八大家之碑文也有很大的影响。

【集说】吾为碑铭多矣，皆有惭德，唯《郭有道》无愧色耳。（《后汉书·郭泰传》载蔡邕语）

藻腴流利，已开魏晋六朝之风，然西京矩矱犹存也。（《古文渊鉴》）

典赡而工，中郎谓平生惟作郭有道碑不愧，宜其文之卓荦乃尔。（《古文渊鉴》引《鸿耆》评语）

雅炼之作，从《左》《国》中来。（于光华《重订文选集评》引邵氏语）

铭词淡远，雅与人称。（同上）

（江　健）

孔融

孔融(153—208),字文举,汉末鲁国(今山东曲阜市)人。历任北海相、将作大匠、少府、太中大夫等职。为人秉性刚直,先后触犯何进、董卓等权臣,受到他们的谄毁和排挤。后因屡次触犯讥讽曹操,被杀害。他耿直而博学,是汉末有名的文士,为"建安七子"之一。其散文议论犀利有力,富有气势,个性鲜明,今留有《孔少府集》。

与曹公论盛孝章书[1]

岁月不居[2],时节如流。五十之年,忽焉已至。公为始满[3],融又过二[4]。海内知识[5],零落殆尽,惟会稽盛孝章尚存。其人困于孙氏[6],妻孥湮没[7],单子独立,孤危愁苦。若使忧能伤人,此子不得永年矣[8]!

《春秋传》曰[9]:"诸侯有相灭亡者,桓公不能救,则桓公耻之[10]"。今孝章实丈夫之雄也,天下谈士[11],依以扬声,而身不免于幽絷[12],命不期于旦夕。吾祖不当复论损益之友[13],而朱穆所以绝交也[14]。公诚能驰一介之使,加咫尺之书[15],则孝章可致,友道可弘矣[16]。

今之少年,喜谤前辈,或能讥评孝章。孝章要为天下大名[17],九牧之民所共称叹[18]。燕君市骏马之骨[19],非欲以骋道里,乃当以招绝足也[20]。惟公匡复汉室,宗社将绝[21],又能正之[22]。正之之术,实须得贤。珠玉无胫而自至者,以人好之也[23],况贤者之有足乎!昭王筑台以尊郭隗[24],隗虽小才,而逢大遇,竟能发明主之至心[25],故乐毅自魏往[26],剧辛自赵往[27],邹衍自齐往[28]。向使郭隗倒悬而王不解[29],临难而王不拯[30],则士亦将高翔远引[31],莫有北首燕路者矣[32]。

凡所称引[33],自公所知,而复有云者,欲公崇笃斯义也[34]。因表不悉。

【注释】(1)此文是孔融写给曹操的一封书信,也是他的代表作之一。盛孝章,名宪。《会稽典录》说他"器量雅伟",曾任吴郡太守,因病去官。"孙策平定吴会,诛其英豪,宪素有高名,策深忌之"。盛宪一直和孔融要好,孔融担心他不免于祸,因此写这封信,希望曹操能解救任用他。曹操果然为信所动,"征为骑都尉",但"制命未至",盛宪已被害于孙权。 (2)不居:不停留。居:停。 (3)公为始满:您刚满五十岁。公:指曹操。 (4)融又过二:我孔融已经五十二岁了。 (5)海内知识:国内相知相识的人。知识:相知相识的人、朋友。 (6)孙氏:代东吴孙氏政权。 (7)妻孥:妻子和儿女。湮没:埋灭。此指死亡。 (8)永年:长寿。 (9)《春秋传》:为《春秋》作解说的有三传,即《公羊传》《穀梁传》《左传》。这里引用的是《春秋公羊传》。 (10)桓公:春秋五霸之一,常以在春秋舞台上主持公道、伸张正义自居。 (11)谈士:游谈之士,清议之士。 (12)幽縶:囚禁。 (13)"损益之友":出自《论语·季氏》,孔子曰:"益者三友:友直、友谅、友多闻,益也。友便辟,友善柔,友便佞,损矣。" (14)朱穆:字化叔,东汉人。他曾著《崇厚论》《绝交论》,慨叹社会风俗浇薄,不讲友道,以图力挽狂澜,矫世陋鄙。 (15)咫尺之书:短信。咫尺:八寸。 (16)弘:光大。 (17)要:总要,总概

来说。 (18)九牧:九州。古代九州的长官叫牧伯。故云。 (19)燕君市骏马之骨:典见《战国策·燕策》。燕昭王买死马之骨,而招来千里马。(20)绝足:就是绝尘之足,即千里马。 (21)宗社:宗庙社稷,指国家政权。 (22)又能正之:又能够重新抚正,使之安定下来。 (23)胫(jìng):小腿。这两句语出《韩诗外传》。 (24)昭王筑台:典出《战国策·燕策》。燕昭王渴望贤者,以报齐国破燕之仇,请谋臣郭隗推荐。郭隗说:"只要您尊重国内贤人,天下贤士必闻风而来。"昭王说:"那么从谁开始呢?"郭隗说:"请从我开始。我尚且受到尊重,何况比我更高明的贤士呢?"于是燕王就为他修建宫殿,并以师礼相待。 (25)发:启发。至心:至诚之心。 (26)乐(yuè)毅:魏国人。燕昭王任为上将军,曾为燕伐齐,破齐七十余城。 (27)剧辛:赵国人。有贤才,跟乐毅一起合谋破齐。 (28)邹衍:齐国人。主张大九州说,燕昭王以师礼相待。 (29)向:从前。 (30)拯:救。 (31)高翔远引:言远走高飞。 (32)北首燕路:向北踏上去燕国的道路。 (33)称引:述说。 (34)崇笃斯义:推崇重视这个道理。

【今译】岁月不停留,时光像流水一样逝去。五十岁的年龄,恍惚之间就到了。您是刚满,而我已经超过两岁了。四海之内相知相识的朋友,零落殆尽,唯有会稽的盛孝章尚存。他受困于孙氏政权,妻子儿女都已死去,只身独立,忧愁孤闷,处境维艰。假使忧愁可以伤人,孝章恐怕不能长寿了。

《春秋公羊传》里说:"诸侯之间有相互并吞的,齐桓公没能加以救助,自己则感到是一种耻辱。"盛孝章的确是当今男子中的雄杰,天下一些善于言谈议论的人,常要依靠他来宣扬自己的名声,而他本人却不能避免被囚禁,生命朝不保夕。这样看来,我的祖先孔子不该谈论朋友好坏的问题,也无怪乎朱穆所以要写他的《绝交论》了。您如果能赶快派遣一个使者,再带上一封短信,就可以把孝章招来,而交友之道也可以发扬光大了。

现在的年轻人,喜欢谤议前辈,或许有人会对孝章讽刺评论。孝章总的说来,是一个闻名天下、为天下人所称赞叹服的人。燕君购买骏马的骨头,不是指望它在道路上奔驰,而是通过它来招致千里马。您匡复汉室,使将要覆灭的政权,重新安定下来。安定天下的方法,关键在于得到贤才。珠玉不生脚,却能够到人的身边来,就是因为有人喜欢它们,何况贤士生有脚啊!

燕昭王筑了宫殿来推重郭隗，郭隗虽然是一个才能不高的人，但却得到隆重的礼遇，终究能传播明主的诚心，所以乐毅从魏国前去，剧辛从赵国前去，邹衍从齐国前去。当初假若郭隗处于困苦危急之中，昭王不去帮助他，面临祸难的时候不去救援他，那么其他贤士也都将远走高飞，没有人肯向北踏上到燕国的道路了。

以上所说的一些事情，原来就是您所熟悉的，而我还是要再说一下，是想请您(对交友之道)加以推崇重视罢了。因此表白我的意见，不再一一详述了。

【点评】此信名重当时，流馨千秋，妙不可言；其内容之丰富，语言之精粹，实乃一篇富有时代特点的旷世杰作。要而言之，其妙在以下四端：情沛，理充，言约，义丰。

从“岁月不居”到“友道可弘矣”是以情感动曹操。其中，有对人生易老、岁月如流的感慨，有对故旧日稀、知交凋零的哀叹，有对幸存者孤危悲苦处境的忧愁，还有对世态炎凉、人情日薄的愤激。这些都是从人类的通情共性出发，旨在让“古直，甚有悲凉之句”的曹公产生共鸣，使其伤时忧生悯乱重友的美德再度焕发，激发其对于当前幸存者和朋友的同病相怜之情和拯救之心。这些情，既是对人类真情的再现，更是作者崇高的志趣、真诚执着而又美好的心灵的外化，它们的力量是不可战胜的。曹操果为所动，不久便发出“制命”，前去召见盛宪。

从“今之少年”到“燕路者矣”重在说理，旨在以无可辩驳的道理使曹操从理智上接受拯救盛宪的恳请。其理有三：一是盛宪有“天下大名”，足值一救，二是救盛宪如同燕昭王购买千里马骨，看似无用，其实有用；三是救盛宪，必招致天下人才同往，这是匡复汉室之必须。说理条条服人，步步深入，对曹操自然非常重要。至此，表和理便都说透了。

信的末二句既是必要的自谦，又是一个美妙的补充，既见出作者的人情练达、高深修养，又得古代文人互敬互重、互知互谅之美德，同时使文意更加完美，天衣无缝，真是一石数鸟，得一箭多雕之妙。

在语言上，此信受时尚影响，以四字句式为主，骈俪生花，但其言约意丰，简洁明快，极富表现力。而文中对于典故的驾驭，更是要言妙道，其精粹

典丽的造诣，让人叹为观止。

【集说】其（孔融）论盛孝章、郗鸿豫书，慨然有烈丈夫之风。（苏轼《苏东坡集》）

文举体气高妙如琪花瑶草，虽不结实，自是风尘外物，是书偏宕激越，雅与人称。（孙琮《山晓阁评选古文十六种·东汉文选》卷五引钟伯敬语）

上半以交情论，则当致孝章以弘友道，后半以国事论，则当尊孝章以招众贤。深情远韵，逸宕绝伦。（孙琮《山晓阁评选古文十六种·东汉文选》）

纵笔无结构，然雄迈之气，亦自不伦。（于光华《重订文选集评》卷十引孙月峰语）

（潘世东　喻　斌）

曹操

曹操(155—220),字孟德,沛国谯县(今安徽亳州市)人。三国时著名的政治家、军事家和文学家。以镇压黄巾起义和讨伐董卓而显名当时。建安元年,迎汉献帝建都许昌,“挟天子以令诸侯”,逐步统一了北方。后为汉丞相,封魏王,死后被曹丕追尊为武帝。其著近人辑校为《曹操集》。曹诗朴实刚健,气魄宏伟,慷慨悲壮,苍劲雄浑,开一代诗风;其文清峻通脱,简约严明,挥洒自如,个性鲜明,鲁迅先生称他为“改造文章的祖师”。

让县自明本志令(1)

孤始举孝廉(2),年少,自以本非岩穴知名之士(3),恐为海内人之所见凡愚(4),欲为一郡守,好作政教,以建立名誉,使世士明知之。故在济南(5),始除残去秽(6),平心选举,违迕诸常侍(7)。以为强豪所忿,恐致家祸,故以病还(8)。

去官之后,年纪尚少,顾视同岁中(9),年有五十,未名为老。内自图之,从此却去二十年(10),待天下清,乃与同岁中始举者等

耳[11]。故以四时归乡里，于谯东五十里筑精舍[12]，欲秋夏读书，冬春射猎，求底下之地[13]，欲以泥水自蔽，绝宾客往来之望。然不能得如意。

后征为都尉[14]，迁典军校尉[15]，意遂更欲为国家讨贼立功，欲望封侯作征西将军，然后题墓道[16]，言"汉故征西将军曹侯之墓"。此其志也。而遭值董卓之难[17]，兴举义兵。是时合兵能多得耳[18]，然常自损[19]，不欲多之；所以然者，多兵意盛，与强敌争，倘更为祸始[20]。故汴水之战数千[21]，后还到扬州更募，亦复不过三千人，此其本志有限也。

后领兖州[22]，破降黄巾三十万众。又袁术僭号于九江[23]，下皆称臣，名门曰建号门，衣被皆为天子之制[24]，两妇预争为皇后。志计已定，人有劝术使遂即帝位，露布天下[25]，答言："曹公尚在，未可也。"后孤讨禽其四将[26]，获其人众，遂使术穷亡解沮[27]，发病而死。及至袁绍据河北[28]，兵势强盛，孤自度势，实不敌之。但计投死为国[29]，以义灭身，足垂于后。幸而破绍，枭其二子[30]。又刘表自以为宗室[31]，包藏奸心，乍前乍却[32]，以观世事，据有当州[33]。孤复定之，遂平天下。身为宰相，人臣之贵已极，意望已过矣。

今孤言此，若为自大，欲人言尽[34]，故无讳耳。设使国家无有孤，不知当几人称帝，几人称王。或者人见孤强盛，又性不信天命之事，恐私心相评，言有不逊之志，妄相忖度，每用耿耿[35]。齐桓、晋文所以垂称至今日者[36]，以其兵势广大，犹能奉事周室也。《论语》云："三分天下有其二，以服事殷，周之德可谓至德矣[37]。"夫能以大事小也。昔乐毅走赵[38]，赵王欲与之图燕，乐毅伏而垂泣，对曰："臣事昭王，犹事大王；臣若获戾，放在他国，没世然后已，不忍谋赵之徒隶，况燕后嗣乎！"胡亥之杀蒙恬也[39]，恬曰："自吾先人及至子孙，积信于秦三世矣；今臣将兵三十余万，其势足以背叛，然自知必死而守义者，不敢辱先人之教以忘先王也。"孤每读此二人书，未尝不怆然流涕也。孤祖、父以至孤身[40]，皆当亲重之任，可谓见信者矣，以及子桓兄弟[41]，过于三世矣。

孤非徒对诸君说此也，常以语妻妾，皆令深知此意。孤谓之言："顾我万年之后，汝曹皆当出嫁，欲令传道我心，使他人皆知之。"孤此言皆肝鬲之要也[42]，所以勤勤恳恳叙心腹者，见周公有《金縢》之书以自明[43]，恐人不信之故。然欲孤便尔委捐所典兵众，以还执事，归就武平侯国[44]，实不可也。何者？诚恐已离兵为人所祸也。既为子孙计，又已败则国家倾危，是以不得慕虚名而处实祸，此所不得为也。前，朝恩封三子为侯[45]，固辞不受，今更欲受之，非欲复以为荣，欲以为外援，为万安计。

孤闻介推之避晋封[46]，申胥之逃楚赏[47]，未尝不舍书而叹，有以自省也。奉国威灵，仗钺征伐[48]，推弱以克强，处小而禽大，意之所图，动无违事，心之所虑，何向不济？遂荡平天下，不辱主命，可谓天助汉室，非人力也。然封兼四县[49]，食户三万，何德堪之！江湖未静[50]，不可让位；至于邑土，可得而辞。今上还阳夏、柘、苦三县户二万，但食武平万户，且以分损谤议，少减孤之责也。

【注释】(1)建安十三年，曹操任汉丞相，大权在握，因此招致朝野谤议，说他有废汉自立的"不逊之志"。针对政敌的议论，曹操于建安十五年(210)十二月，颁发了这篇令文。题目为后人所加，或题作《述志令》。 (2)举孝廉：孝廉是汉代选拔官吏的科目之一。曹操二十岁被荐举为孝廉。 (3)岩穴：山洞，指隐士的居处。 (4)凡愚：平庸愚昧。 (5)在济南：汉灵帝中平元年(184)，曹操任济南(治所在今山东济南市)相。 (6)除残去秽：据《魏志·武帝纪》：曹操任济南国相时，曾奏免八个依附豪强的不法官吏，许多豪强逃往他郡。他还毁坏祠屋，禁止淫祀。 (7)违迕：触犯。常侍：也称中常侍，皇帝的侍从近臣，后汉时专用宦官充任。 (8)以病还：曹操在中干四年(187)称病还乡。 (9)同岁：指同一年被举为孝廉的人。 (10)却去：再过。 (11)始举者等：指被荐举时即已五十岁的人相同。 (12)精舍：读书讲学的房舍。 (13)底下：下等。 (14)征为都尉：被朝廷征召，担任都

尉(辅助郡守国相掌管军事的官)。 (15)典军校尉:"八校尉"之一,主管军务。 (16)题墓道:指题写在墓道碑上。 (17)董卓之难:中平六年(189),西北地方豪强董卓带兵入洛阳,杀何太后,废少帝,另立陈留王刘协为汉献帝,自称丞相,把持朝政,酿成大乱。 (18)合兵:招聚兵众。 (19)自损:削减,限制。 (20)祸始:祸端。 (21)汴水:今河南荥阳市东北。初平元年(190),曹操被董卓打败,士卒死伤甚多。 (22)领:暂时代管。兖州:后汉十三刺史部之一,约当今山东西南部。 (23)袁术:字公路,东汉末年出身于士族的大军阀。僭号:私用帝号。九江:郡名,治所在今安徽寿县。建安二年(197),袁术在九江称帝。 (24)衣被:指服装。 (25)露布:布告。 (26)讨禽:讨伐、擒获。禽,通"擒"。 (27)穷亡解沮:途穷逃亡,瓦解溃败。 (28)袁绍:字本初,袁术之从兄,汉末势力最大的军阀。 (29)投死:效死。 (30)枭:斩首并悬以示众。 (31)刘表:字景升,出身皇族的军阀,当时任荆州(约当今湖南、湖北及其附近一带地区)牧。宗室:皇帝的同族。 (32)乍前乍却:忽进忽退。 (33)当州:指刘表所在的荆州。(34)欲人言尽:要使毁谤的人再无话说。 (35)用:因此。耿耿:心中不安。 (36)齐桓、晋文:齐桓公(小白),晋文公(重耳)。垂:流传。称:称誉。(37)这里引的几句话见《论语·泰伯篇》。这是孔子颂扬周文王的话,意谓周文王的势力已超过殷纣王,但还能臣服于殷。 (38)乐毅:战国时燕昭王大将,曾攻下齐国七十余城。昭王死,乐毅遭到昭王之子惠王的猜忌,被迫逃往赵国。 (39)胡亥:秦始皇的小儿子,即秦二世。蒙恬:秦始皇大将,率兵防御匈奴,因谗为秦二世所杀。 (40)祖、父:指曹操的祖父曹腾和父亲曹嵩。曹腾在桓帝时任中常侍、大长秋,封费亭侯;曹嵩在灵帝时任太尉。 (41)子桓兄弟:指曹操的儿辈。子桓是曹操次子曹丕的字。 (42)肝鬲(gé)之要:发自肺腑的要紧话。 (43)周公有《金縢(téng)》之书:周公(姬旦)是周初政治家,曾协助其兄周武王管理朝政。相传武王病重时,周公曾作策书祈告神明,要求代死。事后史官把策书藏在金縢之柜中。成王即位,周公摄政,有流言诽谤周公将不利于成王,周公避居洛阳。成王开柜见到策文,才知道周公的忠诚,把他接了回来。金縢,用金属物封闭的意思,后成为《尚书》篇名。 (44)武平侯国:建安元年(196),曹操受封为武平侯。(45)恩封三子为侯:建安十六年(211),汉献帝封曹操子植为平原侯,据为范阳侯,豹为饶阳侯。曹丕是继嗣的长子,故未封。 (46)介推之避晋封:介子推曾随晋公子重耳流亡在外十九年,重耳回国为君(晋文公)后,封赏时忘了他,他不去求赏,携母隐居于绵山之中。后晋文公举火烧山,欲逼他出来,介之推终于抱着树木被烧死。 (47)申胥之逃楚赏:申胥即申包胥,春秋时楚国大夫。吴王阖闾伐楚入郢都,申包胥入秦求援,在秦廷痛哭七昼夜,秦国终于发兵相救,打败吴国。事后楚王赏赐功臣,申包胥逃而不受。 (48)仗钺(yuè):拿着大斧。古代天子出征时手执大斧。建安元年(196),献帝把节和黄钺赏赐给曹操,让他代替自己总管内外军事。 (49)四县:指武平(今河南鹿邑县西)、阳夏(今河南太康县)、柘(今河南柘城县北)、苦(今河南鹿邑县东)。 (50)江湖未静:指长江及附近的湖泊地带因刘备、孙权的势力存在,还未平定。

【今译】我刚举孝廉时,年纪很轻,自认为本不是隐居山林的知名人物,恐怕被世人看作平庸之辈,就曾想做个一郡的太守,把政治和教化搞好,以建立名誉,好让天下人都了解我的才能。所以担任济南国相时,一上任就打击残暴的官吏和改变不良的社会风俗,公正地选拔人才,这就触犯了那些有权势的宦官。因为遭到豪强势力的忌恨,担心给家族招来灾祸,所以就借口有病辞职回家乡了。

辞官以后,年纪还轻,回首看看和我同举孝廉的人,有的年已五十,都还不能说已是年老。我心里盘算着,从现在起再过二十年,等天下太平了,我和同举孝廉的人刚举孝廉时的年纪才相同。所以当年就回到家乡,在谯县以东五十里的地方建了座学舍书房,打算秋夏两季读书,冬春季节里去打猎,希望求得一块瘠薄的土地,盖间房子,把自己隐藏起来,断绝与宾客来往的念头。可是这个愿望未能实现。

后来被朝廷征召为都尉,又升迁为典军校尉,就改变主意,想为国家讨贼立功,希望能够封侯,做征西将军,死后能在墓前的石碑上刻上:"汉故征西将军曹侯之墓"。这就是我的志向。不久遭逢董卓作乱,我就组织义兵讨伐。当时可以招募很多的军队,但自己常常限制自己,不想多招;所以这样做,是怕兵多气盛,与强敌相争,或许又会成为祸端。所以汴水之战时,我只有几千人,后来返回到扬州重新招募,也不过三千人,这是因为自己的志向

本来就很有限。

以后我又代理兖州牧，击败和招降了黄巾军三十万人。接着袁术在九江郡冒用天子的名号，部下都向他称臣，称城门叫“建号门”，衣冠服饰都照天子的式样制作，袁术的两个老婆也预先争着做皇后。计划已定，有人劝袁术马上即位做皇帝，布告天下。袁术回答说：“曹公还在，还不能做。”后来我讨伐袁术，活捉了他的四位大将，俘虏了他的大批部属，才使袁术走投无路，溃散瓦解，发病死去。等到袁绍占据黄河以北，兵力强大，我估计自己的力量，实在不是他的对手。但想到为国效死，为大义牺牲，足以垂名后世，（故还是奋勇向前）结果很幸运地打败了袁绍，杀了他的两个儿子，并悬首示众。又有刘表，自以为是皇帝的同族，怀着邪恶的用心，忽进忽退，窥测形势，占据荆州。我又平定了荆州，终于安定了天下。我身为丞相，作为臣子，地位之尊贵已到了顶点，已超过了我平生的愿望了。

现在我说这些话，好像自我夸耀，但为了使谤议之人无话可说，所以才不避忌讳。假如国家没有我，真不知道会有多少人称帝，多少人称王呢！或许有的人看见我势力强盛，又生来不相信天命这类事，恐怕私下议论纷纷，说我有称帝的野心，这种胡乱猜测，使我常常感到不安。齐桓公、晋文公所以流传至今还受人称赞，是因为他们虽然军队强大，还能拥戴周天子。《论语》中说：“周文王已经得到三分之二的天下，还能服从殷王朝，周文王的道德可以说是最高的了。”这是因为能以强大的诸侯臣服于弱小的天子啊！从前燕将乐毅逃到赵国，赵王想和他商量进攻燕国。乐毅伏在地上流着泪回答说：“我侍奉燕昭王，就和侍奉大王一样；我如果获罪，被驱逐到别国，到死为止，连赵国的服劳役和贱役的罪犯也不忍心加害，何况燕王的后代呢？”胡亥杀蒙恬时，蒙恬说：“自我的祖父、父亲直到我，受到秦国的长期信用已经三代了；现在我统兵三十余万，论我的力量足以造反，然而我自知即使死也要坚持君臣的大义，这是因为不敢玷污祖先的教诲而忘记先王的恩德啊！”我每次读关于这两个人的书，没有一次不感动得流泪的。从我祖父、父亲到我自己，都在朝廷里担任亲信和重要的职务，可以说是倍受信任的了。到了子桓兄弟他们，已经超过三代了。

我不是只对你们这样说，也常常把这些话告诉我的侍妾，让她们都知道我的心意。我对她们说：“等我死了以后，你们都应该改嫁，目的是让你们宣扬我这种心意，让大家都知道。”我的这些话都是发自肺腑的要紧话啊！我所以诚挚恳切地说出这些内心的话，是因为看到周公用《金縢》书来表明心迹，担心他人不相信我的缘故。然而，想让我就这样放弃所统率的军队，把军权交给朝廷，回到武平侯的封地，那实在是不行的。为什么呢？我的确是害怕失去了兵权就会遭到人家谋害。这既是替子孙打算，也是考虑自己一旦失策那国家就要出现危险，因此不能追求虚名而遭受灾祸，这是所以不能这样做的原因。先前，朝廷加恩封我的三个儿子为侯，我坚辞不接受，现在改变了又想接受，不是想再以此为荣，而是想借此做外援，是为自己的万无一失做打算。

我听到介子推逃避晋文公的封爵，申包胥逃避楚昭王的赏赐，没有一次不放下书感叹一番，并作自我省察的。凭借朝廷的威望，拿着节钺征伐，以弱克强，以小胜大，心里想得到什么，没有得不到的；心里想做什么，没有做不成功的。于是平定天下，没有辜负皇帝的使命，这可以说是上天在帮助汉朝，非人力所能企及的啊！然而我的封地兼有四个县，享受三万户的租税，我有什么功德可以享受此荣呢？天下还未太平，我还不能让位；至于封地，那是可以辞让的。现在我把阳夏、柘、苦三县的封地和二万户的赋税还给国家，只保留武平县的一万户租税，以此减少别人对我的诽谤，同时也稍稍减轻我的责任。

【点评】本文是研究曹操生平和思想发展的重要材料，也是体现曹操清峻通脱文风的重要作品。文章写于建安十五年（公元 210 年），正是在赤壁之战后，魏、蜀、吴三国鼎立局面开始形成之时。曹操“挟天子以令诸侯”，在政治上处于主动地位，他的政敌刘备、孙权等人也看到了这一点，便不断攻击他“托名汉相，其实汉贼”“欲废汉自立”。曹操为了反击政敌、安抚人心，以一个大政治家特有的气魄和风度写了此令，将本志布告于天下。文章详细地叙述了自己的生平事迹和志趣抱负，坦率地说明自己本志有限，“身为宰相”“意望已过”，将师法前贤，守义为国，绝无篡汉自立、图谋不轨的“不逊之志”。但是有人想让他离开相位、交出兵权，这也是绝对办不到的，他根本不会做这种于国于家都不利的蠢事。

文章直抒胸臆，称心而道，没有任何掩饰和顾忌，真是心里怎样想，笔下

就怎样写，像这样痛快淋漓、挥洒自如地剖明心迹的文章，只有曹操才敢说敢写。这一方面表现了他那种不受任何传统束缚的思想，同时这也和他那种权势熏天、不可一世的权力地位有关系，因为他随便怎么说，他人都是无可奈何的，没有人敢去责问他。文章写得既言辞恳切，娓娓说来，如道家常，令人口服心服，又柔中有刚，绵里藏针，具有一种咄咄逼人的气势和坚不可摧的力量，令人望而生畏，不敢不服。鲁迅先生称誉曹操是“改造文章的祖师”，于此可见一斑。

【集说】《述志》一令，似乎欺人，未尝不抽序心腹、慨当以慷也。（张溥《汉魏六朝百三家集·魏武帝集题辞》）

董卓之后，曹操专权，在他的统治之下，第一个特色便是尚刑名。他的立法是很严的，因为当大乱之后，大家都想做皇帝，大家都想叛乱，故曹操不能不如此。曹操曾自己说过：“倘无我，不知有多少人称王称帝！”这句话他倒并没有说谎。因此之故，影响到文章方面，成了清峻的风格。——就是文章要简约严明的意思。（鲁迅《魏晋风度及文章与药及酒之关系》）

像曹操这样一个满腹权谋的人物，在文章里面能够不说谎而“抽序心腹”，并不容易，其所以如此，乃是因为当建安十五年的时候，三国鼎峙之局初定，北方尚在不断用兵，自己虽有相当的实力，却也并非踌躇志满。正当用人之秋，所以肯于推心置腹。话说得实在，文章也就显得自然。（郭预衡《中国散文史》）

（俞樟华）

举贤勿拘品行令[1]

昔伊挚、傅说出于贱人[2]，管仲，桓公贼也[3]，皆用之以兴。萧何、曹参，县吏也[4]，韩信、陈平负污辱之名[5]，有见笑之耻，卒能成就王业，声著千载。吴起贪将[6]，杀妻自信，散金求官，母死不归，然在魏，秦人不敢东向，在楚，则三晋不敢南谋[7]。今天下得无有至德之人放在民间[8]，及果勇不顾，临敌力战；若文俗之吏[9]，高才异质[10]，或堪为将守；负污辱之名，见笑之行，或不仕不孝，而有治国用兵之术,其各举所知,勿有所遗。

【注释】(1)此令颁布于建安二十二年(217)八月,是曹操继《求贤令》、《敕有司取士勿废偏短令》之后,下的第三道求贤令。 (2)伊挚:即伊尹,传说是夏末至商帝沃丁时人,出身奴隶,辅助商汤灭夏建立商国,任相国。傅说:商朝人,出身奴隶,商王武了用他为相。 (3)管仲:名夷吾,又叫敬仲。春秋齐国人,原属齐桓公之兄公子纠部下。在公子纠与桓公争立时,管仲曾射中桓公的带钩,险些杀死桓公。后桓公不记前仇,任其为相,对齐国的富强起了重要作用。桓公:姓姜,名小白。齐国国君,为春秋五霸之一。 (4)萧何、曹参:都为秦末沛(今江苏沛县)人,县吏出身,秦末佐刘邦起义。在辅助刘邦打败项羽、建立汉王朝的过程中,做出了重大贡献。西汉初,两人先后为丞相。 (5)韩信:汉高祖刘邦的大将,年轻时,曾在淮阴受过胯下之辱。陈平:汉高祖刘邦的重要谋臣之一。他初归刘邦时,有人攻击他私通嫂子,又受贿赂,但刘邦信而不疑,更加重用。吕后执政时任丞相。 (6)吴起:战国初期卫国人,著名的军事家。在鲁国时,鲁君想用他为将,但因他的妻子是齐国人而犹豫不决,他就杀妻求为鲁将,打败了齐国。他年轻时,为了外出求官,化了千金。他同母亲分别,发誓不做卿相不归,因此母死未归。后来为魏文侯将,使秦兵不敢攻魏。魏文侯死,吴起入楚,楚悼王用他为相,进行变法。悼王死,他被楚国贵族残杀,变法失败。 (7)三晋:魏、赵、韩三国原是晋国的三家世卿,后分晋各自立国,故称三晋。 (8)至德之人:品德极高之人。放:埋没。 (9)文俗之吏:一般小官吏。 (10)高才异质:有较高的才能和优异的品质。

【今译】从前伊尹、傅说的出身都很低贱,管仲曾是齐桓公的仇人,都因重用他们,国家得到了兴盛。萧何、曹参原先都是县里的小官,韩信、陈平也曾经蒙受过不光彩的名声,被人讥笑,然而他们终于成就了大业,声扬千载。吴起想当大将,杀死妻子取得了鲁君的信任,又曾耗费家财谋求官位,甚至母亲死了也不回家。可是他在魏国做将军时,秦兵便不敢向东进犯魏国;在楚国做相时,韩、赵、魏三国就不敢南下侵犯楚国。现在难道没有品学兼优才干出众的人埋没在民间吗?有的果断勇猛,敢于奋不顾身地对敌作战;有

的虽身为普通小官，却才德超群绝伦，可以胜任将军、郡守职务；有的虽然背着不好的名声，有被人讥笑的行为，或甚至被认为是不仁不孝的，只要真正有治国用兵才能的，你们知道的都要推荐上来，不得有所遗漏。

【点评】曹操的文章，清峻通脱，摆脱了西汉以来文学上的一切陈规旧套，无拘无束，想说什么就说什么，想怎么说就怎么说，胆子之大，当时后来，罕有其匹。按照儒家的用人路线，都是先德而后才，没有讲"唯才是举"的。曹操为了政治斗争的需要，不仅两次三番地颁布"求贤令"，强调唯才是举，而且在本文中进一步明确宣布，不讲门第，不问旧怨，也不管所谓的名声好不好，甚至不忠不孝也不要紧，只要有治国用兵之术的，都可以举荐任用。这种话，是别人不敢说的。全文简短明了，气势非凡，表现了曹操求贤若渴的急切心情和似大海般宽广无垠的胸怀。当然，曹操所谓"唯才是举"，主要是指那些能为他所用之才，如果不能为他所用，即使是个人才，也得不到举荐和任用，有的甚至还要被他所杀。

【集说】总括起来，我们要以说汉末魏初的文章是清峻、通脱。在曹操本身，也是一个改造文章的祖师，可惜他的文章传得很少。他胆子很大，文章从通脱得力不少，做文章又没有顾忌，想写的便写出来。所以曹操征求人才时也是这样说，不忠不孝不要紧，只要有才便可以。这是别人所不敢说的。（鲁迅《魏晋风度及文章与药及酒之关系》）

（俞樟华）

祢衡

祢衡(173—198),汉末文学家。字正平,平原般(今山东临邑县东北)人。少有才辩,长于笔札。性刚傲物,不容于时。初入曹操幕,当众辱操,被遣送于刘表;复侮慢表,又转送江夏太守黄祖,终被杀。作有《鹦鹉赋》,借物抒怀,辞气慷慨,表现出才智之士生于乱世的不幸遭遇和委屈心情,以及连类而及的种种感慨,为东汉末年以咏物为题材的抒情小赋的代表作。原有集,今已失传。《后汉书》有传。

吊张衡文[(1)]

南岳有精,君诞其姿[(2)],清和有理[(3)],君达其机[(4)]。故能下笔绣辞,扬手文飞。昔伊尹值汤[(5)],吕望遇旦[(6)],嗟矣君生,而独值汉!苍蝇争飞,凤皇已散;元龟可羁[(7)],河龙可绊。石坚而朽,星华而灭;惟道兴隆[(8)],悠永靡绝。旦光没发[(9)],君音永浮;河水有竭,君声永流。周旦先没,发梦孔丘[(10)];余生虽后,身亦存游[(11)]。士贵知己,君其弗忧!

【注释】(1)选自《全后汉文》卷87,据《太平御览》校正。张衡:东汉时著名文学家和伟大科学家。崔瑗《河间相张平子碑》称赞张衡:"道德漫流,文章云浮。数述穷天地,制作侔造化。瑰辞丽说,奇技传艺。磊落焕炳,与神合契。"本篇通过凭吊前人来抒发自己的不平之气,既是吊张衡,又是自悼。 (2)南岳:即衡山。诞:生。姿:同"资",资质。《易经·乾卦》:"大哉乾元,万物资始。" (3)清和:指海内之气,太平时清而且和。理:通常指事物的条理、准则,引申为道理、规律。 (4)达:通。机:要,枢。 (5)伊尹:商汤的右相,名挚,尹是官名。传说他本奴隶出身,为汤妻陪嫁之臣。在汤伐桀灭夏的过程中,他有很大功绩,汤尊之为阿衡。 (6)吕望:即吕尚,俗称姜太公。传说他年老隐于钓,文王出猎,遇于渭水之滨,后尊其为师,因助武王伐纣有功,成王时封于齐。旦:姬姓,名旦,周武王同母弟。西周初年政治家,因采邑在周(今陕西岐山县北),称为周公。成王幼小,周公旦摄王位,代行国政,制礼作乐,建立典章制度,其言论见于《尚书》的《大诰》《康诰》《多士》《无逸》《立政》诸篇。望、旦同为周初重臣。 (7)元龟:大龟,用以占卜。《史记·龟策列传》:"纣为暴虐,而元龟不占。"引申为借鉴的意思。河龙:《书·顾命》:"天球河图。"传:"河图,八卦,伏羲王天下,龙马出河,遂则其文以画八卦,谓之河图。"元龟、河龙,都是神物。羁:原作"霸",据《本子御览》改。 (8)道:宇宙万物的本原、本体。 (9)此四字《太平御览》缺如,《全后汉文》"旦光没发"句在"君声水流"之后,据上下文意,注者以为"旦光没发"句应在《御览》缺如处。旦光:晨曦。发:现,出。 (10)周旦两句据《御览》补添。 (11)游:这里指游于道。

【今译】南岳有精灵之气,您是汲取它而生的;天地清和之气中有一种奥妙之理,只有您通晓它的精义。由于您独得南岳之精、清和之理,所以写起文章来,下笔有锦绣的词采,扬手便文气飞动。忆往昔,伊尹适逢成汤,吕望恰遇周公;令人嗟叹的是,君却生不逢时,唯独值遇汉朝!(当今的朝代)苍蝇争飞,凤凰早已云散;灵龟被捆绑,河龙受羁绊。磐石虽坚而会朽,星华灿烂亦可灭;唯宇宙万物本源的"道"兴盛昌隆,永不会灭绝。晨曦有时隐没,有时出现;您的声音永远飘浮于空中。河水有枯竭的时候,您的名声永久流传。周公虽然先于孔丘四百余年而去,然而他却发梦于孔丘;我虽生于您之后,但我和您一样,也是游于道的人。贤士贵有知己,请您不要以"人不和"

为忧吧。

【点评】这篇文章吊张衡评其人而连及其文，对张衡其人、其文、其时代社会作历史哲学的思考。它是诗（四言体）的散文化，是诗与政论的结合。既有诗抒情言志的特点，又具赋铺陈直述、骋词极意的长处；既隐约含蓄、留有不尽之意，又穷形尽态，一泻无余。它把诗与散文、诗与政论这两者看似矛盾的东西有机地融为一体，读来音韵铿然、酣畅淋漓而又有回味的余地。文章虽短小，但却承接有法，层层铺展，有力度，有气势。开篇起势非凡，言衡其人得山川之精、天地清和之理。“故而”承上评其文，顺理成章。接着用一“昔”字领起，把张衡与伊尹、吕望并比，给以崇高的评价。“嗟矣”“而独”与“昔”字呼应，从评张衡自然过渡到评其所处时代社会。然后引深一层，作艺术哲学的思考。这层的“道”与开篇提及的“理”暗自呼应，思路一脉相承，而意义却有所升华：由形而下的评人论文进入形而上的境界，言其不朽之由。最后一层，水到渠成，扣题“吊”字，既表达作者的一片深情，又承上言张衡光照后人。隐喻、双关，含义丰富。作者虽然痛感生不逢时，但又以才华自负，坚信“惟道兴隆，悠永靡绝”，毫无低沉郁闷之感。文章才情横溢，辞藻飞骋，结得深沉有力。

【集说】祢衡之吊平子，缛丽而轻清。（刘勰《文心雕龙·哀吊》）

（皇甫修文）

仲长统

仲长统(180—220),字公理,名统,仲长是姓,山阳高平(今山东邹城市西南)人。《后汉书》本传言:“少好学,博涉书记,赡于文辞。年二十余,游学青、徐、并、冀之间,与交友者多异之。”性格狂放不羁,敢于直言。尚书令荀彧听到他的名声,举为尚书郎,后参丞相曹操军事。他常常论说历史和当时的政事风俗,发愤叹息,因著论名曰《昌言》,凡 34 篇 10 余万言。今大都散佚,仅部分保存在《后汉书》和《群书治要》中,其内容多暴露和批判当时不合理现实。

理乱篇(1)

汉兴以来,相与同为编户齐民(2),而以财力相君长者(3),世无数焉(4)。而清洁之士,徒自苦于茨棘之间(5),无所益损于风俗也(6)。豪人之室,连栋数百,膏田满野;奴婢千群,徒附万计(7);船车贾贩,周于四方;废居积贮(8),满于诸城。琦赂、宝货,巨室不能容;马、牛、羊、豕,山谷不能受。妖童美妾,填乎绮室;倡讴妓乐(9),

列乎深堂。宾客待见而不敢去(10),车骑交错而不敢进(11)。三牲之肉(12),臭而不可食;清醇之酎(13),败而不可饮。睇盼则人从其目之所视;喜怒则人随其心之所虑(14)。此皆公侯之广乐(15),君长之厚实(16)也。苟能运智诈者,则得之焉(17);苟能得之者,人不以为罪焉。源发而横流,路开而四通矣(18)。求士之舍荣乐而居穷苦,弃放逸而赴束缚,夫谁肯为之者邪?

夫乱世长而化世短(19)。乱世则小人贵宠,君子困贱。当君子困贱之时,局高天,蹐厚地(20),犹恐有镇压之祸也。逮至清世,则复入于矫枉过正之检(21)。老者耄矣(22),不能及宽饶之俗;少者方壮,将复困于衰乱之时。是使奸人擅无穷之福利,而善士挂不赦之罪辜。苟目能辨色,耳能辨声,口能辨味,体能辨寒温者(23),将皆为修洁为讳恶(24),设智巧以避之焉(25),况肯有安而乐之者耶?斯下世人主一切之愆也(26)。

【注释】(1)《理乱》本作《治乱》。唐人避高宗李治讳,改"治"作"理"。本文是《昌言·理乱篇》的节录。 (2)相与:共同。编户:民户编列于国籍者,指普通百姓。齐民:平民。 (3)以财力相君长:凭着财力来相统治,意即依靠经济力量来剥削奴役别人。 (4)世无数:在世上多得数不清。 (5)茨棘之间:指穷苦的居处。茨:茅苇的屋盖。棘:荆棘。 (6)益损:偏义复词,谓有益。 (7)徒附:指依附豪强世家的人。徒:众。附:亲。 (8)废居积贮:这句是说有所出售,有所积贮,指进行抛售和囤积等投机买卖。废:出售。居:藏蓄。 (9)倡讴妓乐:唱歌奏乐的人。倡:唱歌的人。讴:歌。 (10)待见而不敢去:等候召见,即使等了很久,仍不敢离去。 (11)交错:形容拥挤。不敢进:形容害怕豪富的威势。 (12)三牲:牛羊豕。 (13)醇、酎:醇,酒味厚叫醇。酎(zhòu),经过三重酿的醇酒。 (14)睇盼两句是说,别人随着他们目所顾盼、心所喜怒而趋附奉承。睇:微盼,缩小的眼睛斜视。 (15)广乐:很大的乐趣。 (16)厚实:富厚的享受。 (17)苟能两句:意思是,只要能运用智诈的人,就可取得上列公侯的广乐和君长的厚实。 (18)源发两句:比喻上述现象泛滥普遍,一发不可收拾。 (19)化世:即

治世,也是唐人避讳改的。 (20)局高天两句:形容人们的一种普遍的忧惧感。意思说,遭遇乱世,天虽高而不敢不弯着背,地虽厚而不敢跨大步。局:作“曲”解,即伛偻。蹐(jí):小步。 (21)逮:及。检:法度。 (22)耄(mào):年老,古代八十、九十岁称耄。一说七十岁称耄。 (23)苟目能四句:意指感觉正常的普通人。 (24)修:修饰,指修饰德行。讳恶:应避忌之坏事。 (25)这句意思说,设想出各种智巧的方法来逃避修洁的行为。 (26)一切之愆:苟且从事造成的过失。

【今译】汉兴以来,大家原都是普通百姓,而依靠财力剥削奴役别人的人,在世上多得数不清。居住在茅屋清苦自守的人,则无力扭转这一世风。富豪人家的房屋,一栋连一栋,多达数百;肥沃的田地,布满郊野;奴婢千群,附徒万计;贩卖货物的车船商铺,布于四方;囤积居奇者,满于众多的城市。这般人储藏的奇珍异宝,巨室不能容纳;牧养的牲畜,山谷不能承受。他们的娇童美妾,充塞绮丽的华屋;歌舞乐队,从前庭一直排列到深宅。等候召见的宾客幕僚,车骑交错,拥挤于门前,既不敢轻易离开,又不敢贸然进去。他们有吃不尽的牛、羊、猪肉,饮不完的清醇美酒。围绕在身边的人们,随着他们的目光所顾盼、心情所喜怒,而趋附奉承。这就是王公贵胄们极大的乐趣,富商大贾们富厚的享受。这些只要能运用智诈,就可取得;一旦取得,人们并不以为是罪过。因而这种现象在社会上普遍泛滥,一发而不可收。这样一来,谁还肯舍荣乐而居穷苦、弃放逸而赴束缚呢?

乱世长而治世短。乱世时小人贵宠,君子陷入困贱。当君子陷入困贱之时,天虽高而不敢不弯腰曲背,地虽厚而不敢跨大步走路,唯恐有被镇压的大祸临头。及至清明之世,又进入到了矫枉过正的法制局面。(由于治世短而乱世长)所以,老者来不及看到充满宽容风气的社会,少者正值壮年,又将遭遇下一轮乱世。这就使奸人独得无穷的福利,而善良的人却遭受着不赦的罪孽。因之,一个眼睛能辨色彩、耳朵能辨声音、口舌能辨味道、身体能辨温寒的人,都会把修饰德行作为应避忌之坏事,设想出各种智巧的方法来逃避它。如此,谁还肯安然而乐意于修德自好呢?这都是末世的人主苟且从事造成的过失。

【点评】仲长统《理乱篇》论治乱之由，虽有明显的循环论历史观，但他推求祸乱之起，源于封建地主统治政权的残酷剥削和荒淫奢侈，愚主的苟且从事、“荒废庶政”，较之汉人的五德三统的天命论，则有清醒与梦呓之别。本文前节以骈排出之，揭露当时社会上层的穷奢极侈与因此而造成的祸乱败亡，笔墨酣畅，淋漓尽致，千载之下，读来仍使人与作者同其愤叹；后节以散体古文句法出之，清空质直，不用典事，但却气势凌厉，力透纸背。特别是作者一针见血地指出：乱则小人贵宠，君子困贱；“逮至清世，则复入于矫枉过正之检”。千载之上这种对专制政治罪恶入木三分的揭露，是极其深透，难能可贵的。两节合读，骈散相间，挥洒自如，故而仲长统“友人东海缪袭常称统才章足以继西京董(仲舒)、贾(谊)、刘(向)、扬(雄)”，姜书阁先生称统文“体异骈散，而俊发畅达”(《骈文史论》)，道出了这位“赡于文辞”“敢直言”的“狂生”的文体风格。

【集说】从“豪人之室，连栋数百”到“喜怒则人随其心之所虑”，这一段叙述，实在是写得淋漓尽致。后面一段分析末世风气，尤其深刻。他已能看到“乱世长而化世短”，君子不免“镇压之祸”；他又能看到君子一到“清世”，又不免“入于矫枉过正之检”。这样，“清世”没有多久，又将入于“衰乱之时”。……士风日下，不可救药。为什么会有这样的恶果？“斯下世人主一切之愆也”。这话是直接指斥末代皇帝，认为当时最高统治者仍要负主要罪责。这样的文章已经不是一般地指摘时弊，而是对于当朝天子的严厉谴责了。(郭预衡《中国散文史》)

(皇甫修文)

诸葛亮

诸葛亮(181—234),字孔明,琅琊阳都(今山东沂南县南)人。东汉末年避乱荆州,“躬耕陇亩”。后辅佐刘备连吴拒曹,西取益州,建立蜀汉政权。刘备称帝,拜他为丞相。刘备死后,受遗诏辅后主刘禅,长期主持蜀汉军政大事,曾先后六次出师北伐曹魏,后因病死于军中,谥忠武。有《诸葛亮集》。

出师表[1]

先帝创业未半[2],而中道崩殂[3]。今天下三分[4],益州疲敝[5],此诚危急存亡之秋也。然侍卫之臣不懈于内,忠志之士忘身于外者,盖追先帝之殊遇,欲报之于陛下也。诚宜开张圣听[6],以光先帝遗德,恢弘志士之气;不宜妄自菲薄[7],引喻失义[8],以塞忠谏之路也。

宫中府中[9],俱为一体[10],陟罚臧否[11],不宜异同,若有作奸犯科,及为忠善者[12],宜付有司论其刑赏[13],以昭陛下平明之理,不宜偏私,使内外异法也。侍中、侍郎郭攸之、费祎、董允等[14],此皆良实[15]，志虑忠纯[16]，是以先帝简拔以遗陛下[17]。愚以为宫中之事，事无大小，悉以咨之[18]，然后施行，必能裨补阙漏[19]，有所广益。将军向宠[20]，性行淑均[21]，晓畅军事，试用于昔日，先帝称之曰能，是以众议举宠为督。愚以为营中之事，事无大小，悉以咨之，必能使行阵和睦[22]，优劣得所。亲贤臣，远小人，此先汉所以兴隆也[23]；亲小人，远贤臣，此后汉所以倾颓也[24]。先帝在时，每与臣论此事，未尝不叹息痛恨于桓、灵也[25]。侍中、尚书、长史、参军[26]，此悉贞亮死节之臣，愿陛下亲之信之，则汉室之隆，可计日而待也。

臣本布衣[27]，躬耕于南阳[28]，苟全性命于乱世，不求闻达于诸侯[29]。先帝不以臣卑鄙[30]，猥自枉屈[31]，三顾臣于草庐之中，谘臣以当世之事。由是感激，遂许先帝以驱驰[32]。后值倾覆[33]，受任于败军之际，奉命于危难之间，尔来二十有一年矣[34]！先帝知臣谨慎，故临崩寄臣以大事也[35]。受命以来，夙夜忧叹[36]，恐托付不效，以伤先帝之明。故五月渡泸[37]，深入不毛[38]。今南方已定，兵甲已足，当奖率三军，北定中原，庶竭驽钝[39]，攘除奸凶[40]，兴复汉室，还于旧都[41]。此臣所以报先帝而忠陛下之职分也。至于斟酌损益[42]，进尽忠言，则攸之、祎、允之任也。

愿陛下托臣以讨贼兴复之效。不效，则治臣之罪，以告先帝之灵。若无兴德之言，则责攸之、祎、允等之慢[43]，以彰其咎[44]。陛下亦宜自谋，以谘诹善道[45]，察纳雅言[46]，深追先帝遗诏。臣不胜受恩感激。今当远离，临表涕零，不知所言。

【注释】(1)蜀汉后主(刘禅)建兴五年(227)，诸葛亮率诸军北驻汉中，准备出师北伐，临发，上此表给刘禅。表：古代臣子对君主有所陈请的一种文书。　(2)先帝：去世的皇帝，指刘备。　(3)崩殂：天子死称崩，又称殂。　(4)三分：指魏、蜀、吴三国的鼎立。　(5)益州：蜀国所在地。汉置益州。今四川省及陕西、云南两省部分地区。　(6)圣听：圣明的听闻。　(7)菲

薄:鄙薄。菲也是薄的意思。(8)引喻失义:称引譬喻不合道理。　(9)宫中:指皇帝宫禁中的侍臣。府中:指丞相府所属官吏,也即政府中一般官吏。建兴元年(223),诸葛亮被封武乡侯,开府治事。丞相负责国家行政工作,统率百官,故此丞相府也即国家政务部门。　(10)一体:意为不论宫中的侍臣和府中的官吏,都是蜀汉之臣,为一个整体。　(11)陟(zhì):升。臧:善。否(pǐ):恶。陟罚指升降官吏,臧否指评论人物。　(12)犯科:犯法。科:律条。　(13)有司:有专职的官吏,各有专司,故叫有司,这里指主管机关。(14)侍中、侍郎:官职名,都是皇帝亲近的侍臣。郭攸之:南阳(今河南南阳市)人,字演。费祎(yī):三国时江夏鄳县(今河南信阳市)人,字文伟。董允:南郡(今湖北江陵县)人,字休昭。三人德才皆备,为诸葛亮所识拔。这时郭攸之、费祎任侍中,董允任黄门侍郎。　(15)良实:忠良诚实。　(16)志虑忠纯:志向和心思忠诚无二。　(17)简拔:选拔。　(18)咨:同谘,询问。　(19)裨(bì):增益。阙:同缺。　(20)向宠:襄阳宜城(今湖北宜城市)人,字巨违。刘备时为牙门将,刘备伐吴兵败,只有向宠的部队完好无损。刘禅即位,封都亭侯,为中部督,掌管宿卫兵。诸葛亮北伐时,上表后主,迁宠为中领军。　(21)性行淑均:性格品德,善良平正。淑:和善。均:公平。　(22)行阵:队伍行列。　(23)先汉:指西汉。　(24)后汉:指东汉。　(25)桓、灵:指东汉时桓帝、灵帝。历来被认为昏君,因用人不当,宠信宦官,政治腐败,造成东汉末大乱。　(26)侍中:官名,指郭攸之、费祎。尚书:官名,指陈震。长(zhǎng)史:官名,指张裔。参军:官名,指蒋琬。(27)布衣:平民。　(28)躬耕:亲自耕种。南阳:汉郡名,治所在宛(今河南南阳市)。　(29)闻达:扬名显达。　(30)卑鄙:指地位卑微,见识鄙陋。(31)猥:发声词,有乃字义。枉屈:委屈,屈尊就卑。　(32)驱驰:奔走效劳。(33)后值倾复:后来遇到兵败。指汉献帝建安十三年(208)刘备为曹操所败一事。　(34)二十有一年:即二十一年,指建安十二年(207)刘备访诸葛亮于隆中,到建兴五年(227)诸葛亮上表出师北伐的时间。　(35)故临崩句:指刘备临死时,把国家大事托付给诸葛亮,并对刘禅说:"汝与丞相从事,事之如父。"临崩:临死。　(36)夙:早。　(37)渡泸:指南征。后主建兴元年南方诸郡并发事变。建兴三年,诸葛亮率军南征。是秋,南方全部平定。泸:金沙江。　(38)不毛:不生草木的地方,指未经开发之地。　(39)驽钝:

自谦才能平庸。驽:劣马,跑不快的马。 (40)攘:排除、铲除。奸凶,指曹魏。 (41)旧都:指长安、洛阳之地,两汉建都所在。蜀以继汉统自承,故以攻取二地为还旧都。 (42)斟酌:对事情度量它的可否,加以去取。损:减少。益:增加。 (43)慢:怠慢,疏忽。 (44)彰:显示,揭明。咎:过失。 (45)谘诹(zōu):询问。善:好。 (46)察:明察。雅言:正言。

【今译】先帝(刘备)创立统一中国的大业还没有完成一半,就中途去世了。现在,魏、蜀、吴三国鼎立,益州(蜀汉)困乏,这真是存亡危急的时刻啊。然而侍从护卫的近臣在内毫不懈怠,忠心耿耿的将士在外奋不顾身,这都是因为追念先帝刘备对他们的恩宠和信任,想向陛下报答这恩典啊。所以皇上确实应该广开言路,听取大家的意见,以使先帝遗留下来的德行发扬光大,使有志之士的精神受到振奋弘扬;不应当妄自菲薄,言谈训喻有违道理,以致堵塞了群臣忠心进谏的道路。

皇上宫中的官员和丞相府的官员都是蜀汉之臣,为一个整体。无论是升迁、表扬,还是降级、处罚,不应该有所差别。如果有人作奸犯科,或是做忠于皇上和其他的好事,都应当交给有关的官员,判定他们受罚或者受赏,用来显示陛下办事公平严明,不应偏私,使皇宫和丞相府的赏罚不一样。侍中、侍郎郭攸之、费祎、董允等,这些都是忠良、诚实的人,志向和心思忠诚无二,所以先帝把他们选拔出来,留给陛下任用。我认为宫中事,事无大小,都要询问他们,然后再贯彻执行。这样,一定能够补救缺漏,有所大的收益。将军向宠,性格品德善良平正,通晓军事,过去就被任用过,先帝称赞他能干。因此,大家讨论一致推举向宠为都督。我认为军营中的事务,事无大小,都可以询问他,那样一定会使军队和睦,处置适宜,各得其所。亲近贤臣,疏远小人,这是先汉所以兴隆旺盛的原因;亲近小人,疏远贤臣,这是后汉之所以衰败倾覆的原因。先帝在世时,每逢与我谈论到这件事,没有不对桓、灵二帝信用宦官、斥逐忠良的做法感到惋惜痛心的。侍中郭攸之与费祎、尚书陈震、长史张裔、参军蒋琬,他们都是忠贞坦诚、以死报国的忠臣。希望皇上亲近他们,信用他们。那么,蜀汉兴隆昌盛,就可以计算日期等待它的到来了。

我本来是个平民百姓,在南阳耕田为生,在此乱世只求保全性命,不谋

求在诸侯面前扬名显达。先帝不因我身份低微，亲自降低身份，委屈自己，而三顾茅庐，向我询问当今天下大事。因此我深为感激，于是答应先帝，为他奔走效劳。后来遇到兵败，在军队溃散和处境危急时刻，临危受命，从那时以来，到如今已有二十一年了。先帝知道我一生谨慎，所以临终之前把国家大事托付给我。接受重任以来，早晚忧愁叹息，只恐怕先帝的托付不见成效，以致损害先帝知人之明的名声。因而五月渡过泸水南征，深入不毛之地。现在南方的叛乱已经平定，兵器铠甲已准备充足，可以勉励三军，率领部队，向北平定中原，希望献出我的微薄力量，铲除奸雄，光复汉室，还迁旧都。这是我用以报答先帝并向陛下尽忠的职责和本分啊。至于权衡得失、掌握分寸，向皇上毫无保留地提出忠告之言，则是郭攸之、费祎、董允他们的任务了。

希望皇上把讨伐奸贼、复兴汉室的任务交给我。不成功，就办我的罪，以告慰先帝的在天之灵。如果没有劝勉皇上宣扬圣德的言辞和意见，就责问郭攸之、费祎、董允等人的怠慢和疏忽，以宣示他们的过失。皇上也应该自行谋划国家大事，询问治国的好道理，听取采纳正确的意见，深切地记住先帝临终时遗留下来的诏命。我受皇上的恩典很多，因而感激不尽。现在，在要远离皇上的时刻，面对我的《出师表》，禁不住落下泪水，不知我说了些什么。

【点评】起笔以“先帝创业未半而中道崩殂”之语统领全篇。笔势一陡，直入天下形势，“今天下三分，益州疲弊，此诚危急存亡之秋”，读之使人动容，顺势提出“开张圣听，以光先帝遗德”的三项建议：不堵塞忠谏之路，执法内外一致，亲贤臣远小人。随后宕开一笔，叙述先帝三顾茅庐之事，表明“感激”心迹，又点出白帝城托孤之事后的作为，其目的是为了继承先帝遗志——“兴复汉室，还于旧都”，北定中原。这样，首尾呼应，“出师”有名。其词婉心切，动人心魄，很符合“一生谨慎”的托孤重臣的身份。全文感情充沛，融议论、叙事、说理为一炉，情真理足，启愚矫顽，可谓是苦口婆心，语重心长。一个至忠至爱的艺术形象跃然于纸上。陆游在《书愤》一诗中赞扬道“《出师》一表真名世，千载谁堪伯仲间”。此言极当。

【集说】诸葛孔明不以文章自名，而开物成务之姿，综练名实之意，自见于言语。到《出师表》，简而直，尽而不肆，大哉言乎！与《伊训》《说命》相表里。非秦汉以来，以事君为悦者所能至也。（苏轼《乐全先生文集叙》）

大意只重亲贤远佞，而亲贤成为远佞之本。故始以“开张圣听”起，末以“咨诹”“察纳”收。篇中十三引先帝，勤勤恳恳，皆根极至诚之言，自是至文。（吴楚材、吴调侯《古文观止》）

一片忠心，千古如见。其文笔之古茂，亦且突过西京。（余诚《重订古文释义新编》）

并不着意为文，而语语咸自血性中流出，精忠之言，看似轻描淡写，而一种勤恳之意，溢诸言外。视郭忠武之自陈，尚觉郭言少激，而公文则纯是一腔热血也。（林纾《古文辞类纂》）

《前出师表》中段，的是三国时文字，上变汉京之朴茂，下开六朝之隽爽。其气韵少能辩之者。此表云：“臣本布衣，躬耕于南阳，”至“此臣之所以报先帝而忠陛下之职分也”悲壮苍凉，所谓声情激越矣。（陈石遗《石遗室论文》）

（江　健）

曹丕

曹丕(187—226),字子桓,沛国谯县(今安徽亳州市)人。曹操次子。初为五宫中郎将,建安二十二年,立为魏太子。操死,他位为丞相、魏王。建安末(公元220年冬),自立为大魏皇帝,即魏文帝。都洛阳,国号魏。曹丕在位七年,于政治、军事无甚建树,但雅好文学,礼重文人,以著述为事,在文学史上有一定地位。其诗流传至今者约40首,所作《燕歌行》是现存最早的文人七言诗。另有《典论·论文》,是我国较早的文学批评著作。其著作,《隋书·经籍志》著录有集二十三卷,又有《典论》五卷,《列异传》三卷,今皆散佚。明代张溥辑有《魏文帝集》,收入《汉魏六朝百三名家集》中。

与吴质书(1)

二月三日,丕白(2):

岁月易得(3),别来行复四年(4)。三年不见,《东山》犹叹其远(5),况乃过之(6)?思何可支!虽书疏往返(7),未足解其劳结(8)。

昔年疾疫(9),亲故多离其灾(10)。徐、陈、应、刘(11),一时俱逝,痛可言邪！昔日游处，行则连舆[12]，止则接席[13]，何曾须臾相失。每至觞酌流行[14]，丝竹并奏[15]，酒酣耳热，仰而赋诗。当此之时，忽然不自知乐也，谓百年己分[16]，可长共相保。何图数年之间[17]，零落略尽[18]，言之伤心！

顷撰其遗文[19]，都为一集[20]。观其姓名，已为鬼录[21]。追思昔游，犹在心目；而此诸子，化为粪壤[22]，可复道哉！观古今文人，类不护细行[23]，鲜能以名节自立[24]。而伟长独怀文抱质[25]，恬淡寡欲，有箕山之志[26]，可谓彬彬君子者矣[27]。著《中论》二十余篇，成一家之言，辞义典雅，足传于后，此子为不朽矣。德琏常斐然有述作之意[28]，其才学足以著书，美志不遂，良可痛惜。间者历览诸子之文[29]，对之抆泪[30]，既痛逝者，行自念也[31]。孔璋章表殊健[32]，微为繁富。公幹有逸气[33]，但未遒耳[34]。其五言诗之善者，妙绝时人[35]。元瑜书记翩翩[36]，致足乐也[37]。仲宣独自善于辞赋[38]，惜其体弱[39]，不足起其文；至于所善，古人无以远过。昔伯牙绝弦于钟期[40]，仲尼覆醢于子路[41]，痛知音之难遇，伤门人之莫逮[42]。诸子但未及古人，自一时之隽也[43]。今之存者，已不逮矣。后生可畏，来者难诬[44]，然恐吾与足下不及见也。

年行已长大[45]，所怀万端，时有所虑，至通夜不瞑[46]。志意何时复类昔日？已成老翁，但未白头耳。光武言[47]："年三十余，在兵中十岁，所更非一[48]。"吾德不及之，年与之齐矣[49]。以犬羊之持，服虎豹之文；无众星之明，假日月之光[50]。动见瞻观，何时易乎[51]？恐永不复得为昔日游也。少壮真当努力，年一过往，何可攀援[52]？古人思秉烛夜游[53]，良有以也[54]。

顷何以自娱，颇复有所述造不[55]？东望于邑[56]，裁书叙心[57]。丕白。

【注释】(1)吴质：字季重。魏济阴(今山东定陶县)人。历任元城令、振威将军，假节都督河北诸军事，与曹丕友善。　(2)白：陈述，　(3)岁月易

得:时间很容易过去。 (4)行复:又将。 (5)《东山》:《诗经·豳风·东山》第三章曰:“我徂东山,慆慆不归。……自我不见,于今三年。” (6)况乃过之:指分别时间已超过三年。 (7)书疏:书信。 (8)劳结:郁结。 (9)昔年疾疫:指建安二十二年(217),中原大疫。 (10)亲故:亲戚故旧。离:通“罹”(lí),遭受。 (11)徐、陈、应、刘:徐干、陈琳,应玚、刘桢。这四人都相继死于建安二十二年的大疫。 (12)连舆:车子相接。 (13)接席:座次相连。 (14)觞酌流行:巡回传杯敬酒。 (15)丝竹:管弦乐器的总称。这时泛指音乐。 (16)己分(fèn):自己应得的一分。即当享百年之寿。 (17)何图:哪里料想到。 (18)零落:比喻死亡。 (19)撰:编订。 (20)都:总共,凡。 (21)鬼录:死者的名册。 (22)粪壤:本指泥土。这里指死者的尸骨已化成尘土。 (23)类:都,大抵。不护:不注意检点。细行:生活上的小节。 (24)鲜:少。 (25)伟长:指徐干。徐干字伟长,北海(今山东潍坊市一带)人。 (26)箕山之志:传说古时,尧让天下于许由,许由不受,避于箕山(在今河南境内)之下。这里喻徐干有隐士的志趣。 (27)彬彬:指文质兼备。 (28)德琏:应玚(yáng),字德琏,汝南(河南汝南县)人。斐然:有文采,这里是赞许应玚很有才学。述:阐述前人成就。作:创作。 (29)间者:近来。历览:逐篇阅读。 (30)抆(wěn)泪:抹眼泪。 (31)行:且,又。行自念也:又想到了自己。 (32)孔璋:陈琳字孔璋,广陵(今江苏扬州市)人。章表:泛指奏章。殊健:指文章气势很雄健。 (33)公幹:刘桢字公幹,东平(今山东东平县)人。 (34)遒(qiú):劲健。 (35)妙绝时人:高妙超过了同时代的作家。 (36)元瑜:阮瑀字元瑜,东留尉氏(今河南尉氏县)人。翩翩:形容风致、文采优美。 (37)致足乐也:读了使人感到十分愉快。 (38)仲宣:王粲字仲宣,山阳高平(今山东邹城市)人。 (39)体弱:指体质孱弱。 (40)伯牙、钟期:都是春秋时楚国人。伯牙善于弹琴,只有钟子期知音。子期死后,伯牙就破琴绝弦,终生不弹。 (41)仲尼覆醢(hǎi):孔子听到子路在卫国被杀,斩剁成肉酱的消息,非常哀痛,叫家人把食用的肉酱倒掉了。事见《礼记·檀弓》。 (42)门人:学生。逮:及。 (43)但是:只是,仅仅是。隽:通“俊”,指杰出的人才。 (44)诬:轻视。 (45)年行:即行年、年龄。 (46)瞑(míng):合眼,入睡。 (47)光武:东汉开国皇帝光武帝刘秀。 (48)引文见《东观汉记》。更

(gēng):经历。 (49)年与之齐矣:年龄和他(光武帝)一样大了。 (50)“犬羊”四句:犬羊的身子披着虎豹的皮毛。《法言·吾子》有“羊质有虎皮,见草而悦见豺而战,忘其皮之虎矣。”此四句为自谦之词,大意说:自己德薄才疏,却地位很高;只因依靠了君父的势力做了太子,居于人上。假:借。 (51)动见瞻观:一举一动,是观瞻所系,拘束得很。易:改变。 (52)攀援:拉住,挽留。 (53)秉:执持,拿着。秉烛夜游:喻及时行乐。《古诗十九首》:“生年不满百,常怀千岁忧,昼短苦夜长,何不秉烛游。” (54)良有以也:实在是很有道理的啊。 (55)颇:稍微。述造:著作。不:同“否”。 (56)于(wū):呜咽,因悲哀而气结之意。 (57)裁书:裁笺作书,指写信。

【今译】二月三日,曹丕告白:

年岁易增,分别以来行将四年。三年未能见面,《东山》诗的作者还感叹离别时间太久,何况我们超过了三年?思念的痛苦,又怎么能忍受得了呢!虽然有书信来往,也不足以化解心中的郁结。

去年流行瘟疫,许多亲友都不幸遭难。徐干、陈琳、应玚、刘桢等好友,片刻之间全都去世,悲痛怎么能用语言去表达呢!当年我们交游相处,出门时车辆相连,休息时座席相接,那曾有片刻分离!每到宴席时,举觞相敬,推杯换盏,管乐齐鸣,酒酣耳热,于是便仰面赋诗。正当此时,恍惚间还没有觉察到那快乐时光的宝贵,总认为人生百年的寿命是我们分内所当享的,大家可以长久地在一起永不分离。哪里料到,数年之间,朋友们竟然相继去世,所剩无几,说起来实在令人伤心!

近来我编订了他们生前的文章,汇成一个集子。看着他们的姓名,(我这本集子)如今已变成了死者的名册。回想起当年我们的交游,好像还留在心头,出现在眼前。然而这几位先生,早已化为肥土。我还能再说什么呢?考察古今文人,大抵是不拘小节,很少能有以名节自立的。然而徐伟长却胸怀文墨,持守着隐居不仕、恬淡寡欲的初衷,可谓德才兼备的君子啊!他著述的《中论》二十余篇,成一家之言,思想符合经典教义,文辞运用优美典雅,完全能够传于后世,而作者将随之扬名不朽。应玚的文采焕发,抱有传承创作的意愿。他的才学足以著述,可是他美好的愿望竟未能实现,真是值得痛惜的呀!近来,我遍观各位先生的文章,对着这些文章又擦起了眼泪,一边

痛惜这几位去世的友人，一边想着自己终有一天也要离开人间啊！陈琳的奏章疏表写得很是出色，仅有点词采烦冗而已。刘桢的作品气势纵横奔放，只是还没有达到强劲有力的程度。他写的五言诗中的优秀篇章，精彩得超过了同时代的作家。阮瑀写的书札、奏记，文辞优美、笔锋轻捷，读了使人感到十分愉快。王粲独以辞赋见长，可惜他体质孱弱，不能更好地展示他的文才。至于他写的好文章，古人也没有能超过的。从前，俞伯牙由于失去钟子期而摔琴绝弦终生不弹，孔子因为子路战死而倒掉自己吃的肉酱。哀痛难以遇到钟子期这样的知音，悲伤在学生中无人超过子路。诸君虽然不及古人，仍然是一个时代的优秀人物，现在活着的人已经不能赶上他们了。后生可畏，对后来的人不要加以妄评轻视。但我同你恐怕是来不及看到那些后起之秀了。

年龄已大，考虑的事情是千头万绪，有时思想起来，直至整夜不眠。我的志向和意愿什么时候再能像从前那样呢？已成老翁，只是头发尚未全白。光武帝（刘秀）说："活了三十多岁，在军队里生活十年，所经历的事情不止一件。"我的品德不如他，年龄却同他一般大了。就像犬羊的身子披着虎豹的皮毛一样；也好似没有其他星辰那样明亮，只靠着太阳和月亮的光芒一样（我没有德才，却处尊贵的地位）。我的一举一动都被瞻仰注目，什么时候能改变这种拘束的生活呢？恐怕永远不能再像当年那样交游了。年轻健壮时，真该努力学习。时光一旦流逝过去，怎么还能挽留得住？古人主张秉烛夜游，实在是有一定道理的呀。

近来您用什么娱乐自己呢？还写点什么文章了吗？向东方频频遥望，不禁呜咽悲叹！裁笺写信，聊表心意。曹丕告白。

【点评】吴质与"建安七子"一样，同曹氏兄弟关系友善，尤其同曹丕交往甚密。曹丕先后三次给吴质写信，《与吴质书》是第二封，它作于建安二十三年(218)。上一年，中原大疫，王粲及"徐、陈、应、刘，一时俱逝"，阮瑀亦早作古，吴质也出任朝歌令而远行，"邺下文学集团"渐趋消散。故与《典论·论文》相较，此文虽对建安作家继续有所品评，但并非旨在论文，而是重在伤逝感旧，且"既痛逝者，行自念也"。充满哀伤凄楚情调，是一篇笃于友情而感叹人生的抒情性极强的文章。其行文风格：(一)俯仰咏叹，如见肺腑。"三年不见,《东山》犹叹其远”“何图数年之间,零落略尽,言之伤心”“诸子但未及古人,自一时之隽也”……无论是怀念对方,追忆悼友,还是评论作家,叙述自己,无不情真意切,情溢乎辞,情居理先。(二)文字清新,词语雅丽,骈散兼行,文学色彩浓郁。“伯牙绝弦于钟期,仲尼覆醢于子路;痛知音之难遇,伤门人之莫逮”诸句,已露散文趋向骈体化之端倪。表明这个时代的书信已不单纯是应用文体,而是文学性更强的文艺作品了。

【集说】《典略》曰:初,徐幹、刘桢、应玚、阮瑀、陈琳、王粲等与质并见友于太子。二十二年,魏大疫,诸人多死,故太子与质书。(李善《文选注》篇名下注引)

以感逝为主,不立间架,自成章法。(李兆洛《骈体文钞》)

书牍有言情、言理、言事之别。古今文家,此体以昌黎韩氏为最优,而多偏于事理,言情者绝少。子桓、子建,无所规仿,独抒性灵,辞意斐笃。曾文正公亟抵为书牍正裁,不虚也。惟风骨稍颓,此时代为之,不可强者。(黎庶昌《续古文辞类纂》)

中幅论次断续,是撰定遗文之笔。前段念往,后段悲来。俯仰绵邈。细数生平,都归切劘绝业,故味长。(浦起龙《古文眉诠》)

(束有春)

曹植

曹植(192—232),字子建,曹操第三子,曹丕的弟弟。早年就有建功立业的雄心,且才思敏捷,深得曹操钟爱,曹操曾考虑立他为太子。但由于他"任性而行,不自雕励,饮酒不节",失去了曹操的欢心。曹操去世,曹丕即位,曹植深受嫉恨,多次被贬爵移封。曹丕死后,其子曹叡称帝,曹植几次上书表明心迹,要求报效王室,但终未如愿,困顿苦闷中郁郁而死。他最后的封地是陈(今河南),谥号"思",故称陈思王。他是建安时期最杰出的诗人,当时的文坛领袖之一。著作有《陈思王集》

与杨德祖书(1)

植白:数日不见,思子为劳(2),相同之也。(3)

仆少小好为文章,迄至于今,二十有五年矣。然今世作者可略而言也。昔仲宣独步于汉南(4),孔璋鹰扬于河朔(5),伟长擅名于青土(6),公幹振藻于海隅(7),德琏发迹于大魏(8),足下高视于上京(9)。当此之时,人人自谓握灵蛇之珠(10),家家自谓抱荆山之玉(11),吾王于是设天网以该之[12]，顿八纮以掩之[13]，今悉集兹国矣。然此数子犹复不能飞轩绝迹[14]，一举千里。以孔璋之才，不闲于辞赋[15]，而多自谓能与司马长卿同风[16]，譬画虎不成反为狗也[17]，前书嘲之，反作论盛道仆赞其文[18]。夫钟期不失听[19]，于今称之。吾亦不能妄叹者，畏后世之嗤余也。

世人之著述，不能无病[20]，仆常好人讥弹其文[21]，有不善者，应时改定。昔丁敬礼常作小文[22]，使仆润饰之，仆自以才不过若人[23]，辞不为也。敬礼谓仆："卿何所疑难，文之佳恶，吾自得之，后世谁相知定吾文者耶？"吾常叹此达言[24]，以为美谈。昔尼父之文辞[25]，与人通流[26]，至于制《春秋》，游夏之徒乃不能措一辞[27]。过此而言不病者[28]，吾未之见也。

盖有南威之容[29]，乃可以论于淑媛[30]，有龙泉之利[31]，乃可以议于断割，刘季绪才不能逮于作者[32]，而好诋诃文章[33]，掎摭利病[34]。昔田巴毁五帝[35]，罪三皇，呰五霸于稷下[36]，一旦而服千人[37]，鲁连一说，使终自杜口[38]。刘生之辩，未若田氏，今之仲连，求之不难，可无叹息乎？人各有好尚，兰茝荪蕙之芳[39]，众人所好，而海畔有逐臭之夫[40]；咸池六茎之发[41]，众人所共乐，而墨翟有非之之论[42]，岂可同哉！

今往仆少小所著辞赋一通相与[43]。夫街谈巷说[44]，必有可采，击辕之歌，有应风雅[45]，匹夫之思[46]，未易轻弃也。辞赋小道[47]，固未足以揄扬大义[48]，彰示来世也。昔扬子云先朝执戟之臣耳[49]，犹称壮夫不为也[50]。吾虽德薄，位为藩侯[51]，犹庶几戮力上国[52]，流惠下民，建永世之业，流金石之功[53]，岂徒以翰墨为勋绩[54]，辞赋为君子哉。若吾志未果，吾道不行，则将采庶官之实录，辩时俗之得失，定仁义之衷[55]，成一家之言，虽未能藏之于名山，将以传之于同好，非要之皓首，见今日之论乎[56]？其言之不惭，恃惠子之知我也[57]。

明早相迎,书不尽怀。植白。

【注释】(1)选自《文选》卷四十二。杨修(175—219):字德祖,华阴(今陕西华阴市)人,博学有才智,受到曹氏父子的重视,与曹植关系尤为密切,曾极力为曹植谋划,以使曹植得立为太子。曹操立曹丕之后,恐怕酿成家庭内乱,借故将他处死。 (2)思子为劳:想你想得很苦。劳:苦的意思。(3)相同之也:料想你也和我一样。 (4)"昔仲宣":仲宣,王粲的字。独步:超群出众,独一无二。汉南:汉水之南,即指荆州。中原战乱,王粲曾在荆州依附刘表,后归曹操。 (5)"孔璋"句:孔璋,陈琳的字。鹰扬,像鹰一样高飞远扬,指声名大。河朔:即黄河以北地区。陈琳曾在冀州任袁绍的记室,后归服曹操。 (6)"伟长"句:伟长,徐干的字。擅名:独享盛名。青土:指青州地区,约在今山东及河北两省的部分地区。徐干是北海郡人,北海在汉代属于青州。 (7)"公幹"句:公幹,刘桢的字。振藻:显露文才。海隅:刘桢是东平(今山东东平县)人。此地距海较近,故称海隅。 (8)"德琏"句:德琏,应玚的字。发迹:指人由隐微而行志显身扬名。这里指出仕。大魏:指魏都许昌一带。应玚是汝南(今河南汝南县)人,地近许昌。 (9)"足下"句:足下,敬辞,指杨修。高视:本指不把别人放在眼里,这时指不同流俗。上京:即京师洛阳。 (10)灵蛇之珠:隋侯是春秋时姬姓诸侯,他见到大蛇被斩为两截,就把蛇身联结在一起,并施药治疗,后大蛇复从江中衔一大珠来报答他,因称这珠为隋侯之珠,也叫明月之珠,此称灵蛇之珠,见《淮南子·览冥训》。 (11)荆山之玉:即和氏之璧。 (12)"吾王"句:吾王,指曹操,操于建安二十一年(216),自立为魏王。该:同"赅",包括一切。(13)顿:振举。纮:粗绳。八纮:本指网周围的网绳,这里借指天下八方。(14)轩:翥,鸟飞的样子。绝迹:灭绝踪影,无可寻览,形容极高,意谓最高成就。 (15)闲:同"娴",熟练。 (16)司马长卿:司马相如,字长卿。(17)画虎不成反为狗:语出东汉马援《诫兄子严、敦书》,这里是嘲笑陈琳好高骛远,妄自夸大。 (18)盛道:大大地称说。 (19)钟期:即钟子期。不失听:善听,不会错误地领会曲意。指钟子期听了伯牙所弹的琴声,就能理解伯牙当时的心情。 (20)无病:缺点。 (21)讥弹:讽刺批评的意思。

(22)丁敬礼：丁廙，字敬礼。建安中官黄门侍郎，和其兄丁仪、杨修都是曹植亲近的朋友，谋划立曹植为太子，后被杀。 (23)若人：那个人，指丁敬礼。 (24)达言：通达的言论。 (25)尼父：即孔子。 (26)通流：即流通，与人互相商讨。 (27)措一辞：即置一词，参加一点意见。 (28)过此：超过这个。此：指《春秋》。 (29)南威：古代美女名。 (30)淑媛：贤淑的妇女。 (31)龙泉：古宝剑名。 (32)刘季绪：建安时刘表的儿子，官至乐安太守，曾著诗、赋、颂六篇。逮：及。 (33)诋诃(dī hē)：毁谤，斥责。(34)掎(jǐ)摭(zhí)：指摘。 (35)田巴：战国时齐国的辩士。 (36)呰(zǐ)：谤毁。稷下：《史记·田敬仲完世家》集解引刘向《别录》云："齐有稷门，城门也，谈说之士，朝会于稷下也。" (37)服：折服。 (38)"鲁连一说"两句：《史记·鲁仲连邹阳列传》注引《鲁仲连子》说，鲁仲连前去见田巴先生，指责他在外国军队压境、国家危亡之秋所发的这些议论并不能挽救国家，因此请他闭口，田巴果然闭口不说了。 (39)兰茝(chǎi)荪蕙：都是香草名。 (40)"海畔"句：《吕氏春秋·遇合篇》："人有大臭者，其亲戚、兄弟、妻妾、知识无能与居者，自苦而居海上。海上人有悦其臭者，昼夜随者而弗能去也。"比喻爱憎违反常情的人。道出了审美无争辩。 (41)咸池：相传是皇帝的乐名。六茎：颛顼的乐名。发：声。这里指演奏发出的乐声。(42)"墨翟"句：墨子有《非乐篇》。 (43)今往：现在送去。一通：一份。相与：相赠。 (44)街谈巷说：指民间传说。 (45)"击辕之歌"两句：古代有人拍着车辕唱歌，称之为击辕之歌，此指民歌。有应风雅，指符合国风和大、小雅。 (46)匹夫之思：普通人的思想或见解。 (47)小道：小玩意儿。(48)揄扬大义：阐明严正的大道理。 (49)扬子云：扬雄，字子云。执戟之臣：扬雄曾作过给事黄门郎，执戟保卫宫廷的小官。 (50)壮夫不为：扬雄在《法言》中曾说辞赋是"童子雕虫篆刻，壮夫不为也"。 (51)藩侯：古代诸侯，保护王室，常被比作屏藩，故称藩侯。 (52)戮力：尽力。上国：附庸国称主国为上国，这里曹植以藩国的身份称魏中央政府。 (53)金：钟鼎。石：碑碣。古人凡纪颂功德，即将事迹刻在钟鼎碑石上，以便流传后世，永久保存。 (54)岂徒：岂但。翰墨：即笔墨，此指文章。 (55)衷：中心意旨。(56)"非要之皓首"两句：如果不是和你有愿同终始的交情，哪能有今天这

些议论呢？ (57)“其言之不惭”两句：我之所以这样大言不惭，因自恃你非常了解我。惠子：即惠施，庄子的好友，他死之后，庄子路过其坟墓的时候，感慨：“自夫子死后……吾无与言之矣！”曹植在这里是以惠子比杨修，以庄子自比。意在说明杨修是他知己，所以可对他畅所欲言。

【今译】曹植告白：多日不见，想你想得很苦，料想你也是一样。

我自小喜爱写文章，至今已有二十五年了。然而，对于当今的文人，只可谈些粗浅的看法。过去王仲宣在荆州独步文坛，陈孔璋声名传播于黄河以北，徐伟长独享盛名于冀、鲁，刘公幹显露文才于海隅，应德琏发迹于魏都许昌，德祖你出类拔萃于京师洛阳。其时，这些人都自称拥有像隋侯珠、和氏璧一样的惊世骇俗之才(等待当权者的赏识与重用)。于是父王布天网以遍收八方之才。如今这些人全都聚集在我们国内了。然而，我觉得这几个人还没有能够像鸟一样一飞千里，达到文学创作的最高境界。拿陈琳的才气来说吧，他并不很熟悉辞赋，自己却总是说和司马相如风格相同，正如前人常说的“画虎不成反类犬”。前时曾写信调笑他，他反而放出风声，沸沸扬扬地说我称赞他的文章。我想你是一个会听话的人，故今天在此重提此事。我不能对陈琳妄加赞叹的原因，是怕后人嗤笑我曹植没有鉴赏力。

世人所写的著作，不可能没有毛病，我常喜欢人批评我的文章，有不完善的地方，可及时改正。过去丁敬礼曾写了一篇短文，让我给他润色一下，我自感才情还不如他，就推辞不干。敬礼对我说：“你有什么可为难的，文章的好坏，我心里自然清楚，(如果你不帮我润饰)以后谁和我相知而订正我的文章呢？”我常为他这通达之言而感叹，引为佳话。从前孔子写文章也与人交换意见，只是到了著述《春秋》的时候，才不让子游、子夏这些人参与。除《春秋》而外可称没有毛病的文章，我还没有见过。

大概只有南威那样的国色天姿，才可以谈论别人是否漂亮贤淑；只有龙泉剑的锋利，才可以批评其他剑的锐钝。刘季绪的才情比不上一般作家，却好毁谤别人文章，指摘优劣。昔日，战国时齐国的辩士田巴在稷下，诽谤五帝，归罪三皇，诋毁五霸，一时间，千人为之折服，而鲁仲连的一句话，就使他终生不再胡说。刘季绪的辩才比不上田巴，今天的鲁仲连也不难找到，能不让人为之叹息吗？人各有喜好，兰茝荪蕙的芳香，为众多人所喜爱，而海边却有喜欢臭味，追逐臭味的人；《咸池》、《六茎》之类的乐声，大家都爱听，而墨子有非乐的议论，哪能天下人人都一样呢！

现送去我小时所写的一篇辞赋予以相赠。就是街谈巷语，也必定有可取之处，民间歌谣也有合乎风雅的精神，一个普通人的思想和见解也不能轻易弃之不理。辞赋小道，固然不足以揄扬大义，彰示于未来。昔日的扬雄不过是前朝(指:西汉)一个执戟卫士，犹能声称大丈夫不屑于写作辞赋。我虽没有大的功德，又处在藩侯的地位，但是还希望庶几戮力为国家，推广恩惠于我的人民，建立功业，名垂青史，哪能以翰墨为勋绩，以辞赋来彰显才华呢？如果我的志向不能实现，我的主张不能推行，那么就收集史官们的资料，辨析时俗的得失，推敲仁义的意旨，成就一家之言，虽不能藏之名山，但也将要把它传给我的知己。不是和你有愿同终始的交情，哪能对你说今天这些话呢？之所以敢大言不惭，自恃你了解我。

明天早早相迎，书不尽怀。曹植告白。

【点评】这是一篇书信体的文艺论文。信中畅谈了自己的文学见解。他认为作家应有自知之明，不精于辞赋，便不要在这方面吹嘘，而应该虚心听取别人意见。对于批评家，曹植认为既应有较高的文学修养，又应有创作实践的体验，不能根据自己的主观好恶，断章取义妄论别人的文章。同时，曹植有意无意之间谈到了审美趣味的无可争辩性，“人各有好尚，兰茝荪蕙之芳，众人所好，而海畔有逐臭之失……岂可同哉。”更为可贵的是，他还指出应重视民间文学，认为“街谈巷说，必有可取，击辕之歌，有应风雅”，但对文学价值有所忽视，认为从事辞赋文学的创作，不足以作为自己终生的事业，而建立功业、名传青史才是更重要的，即使著述史书也比文学有价值，这显然是片面的。

全文气势豪放飘逸，句法骈散结合，形式自由流畅，语言率直恳切，具有书信体的特点，字里行间，流露着作者与受信人的密切关系。

【集说】《典略》曰：临淄侯以才捷爱幸，秉意投修，数与修书论诸才人优

劣。(李善《文选注》卷四十二篇名下注引)

有波澜,有性情。(李兆洛《骈体文钞》)

子建人品甚正,志向甚远,观其《答杨德祖书》,不以翰墨为勋绩,辞赋为君子;《求通亲亲表》《求自试表》,仁心劲气,都可想见。(潘德舆《养一斋诗话》)

以子建之捷,犹勤改窜如此,何可轻易言文。引与丁对答,轻省圆微,不见痕迹,此是笔力高处。(于光华《重订文选集评》引孙氏语)

(梁瑜霞)

图书在版编目（CIP）数据

先秦两汉文观止/张新科，尚永亮本书主编．--西安：陕西人民教育出版社，2019.1

（中国古典文学观止丛书/尚永亮主编）

ISBN 978-7-5450-6408-7

Ⅰ.①先… Ⅱ.①张… ②尚… Ⅲ.①古典散文-散文评论-中国-先秦时代②古典散文-散文评论-中国-汉代 Ⅳ.①I207.62

中国版本图书馆 CIP 数据核字（2019）第 001551 号

中国古典文学观止丛书

先秦两汉文观止

张新科　尚永亮　主编

出　　版	陕西新华出版传媒集团 陕西人民教育出版社
发　　行	陕西人民教育出版社
地　　址	西安市丈八五路 58 号
责任编辑	贺金娥　董方红
装帧设计	张　田
经　　销	各地新华书店
印　　刷	北京市松源印刷有限公司
开　　本	787 mm×1092 mm　1/16
印　　张	33.5
字　　数	570 千字
版　　次	2019 年 1 月第 1 版
印　　次	2019 年 1 月第 1 次印刷
书　　号	ISBN 978-7-5450-6408-7
定　　价	128.00 元